Simone de Beauvoir

Les mandarins

II

Gallimard

713110

CHAPITRE VI

J'étais égarée de joie et de curiosité le soir où j'atterris à La Guardia ; je passai la semaine qui suivit à ronger mon frein. Oui, sur les derniers progrès de la psychanalyse américaine j'avais tout à apprendre ; les séances du congrès étaient bien instructives ainsi que les conversations de mes collègues ; mais j'avais aussi envie de voir New York et ils m'en empêchaient avec un zèle navrant. Ils me confinaient dans des hôtels surchauffés, des restaurants climatisés, des bureaux solennels, des appartements de luxe et ça n'était pas facile de leur échapper. Quand ils me ramenaient à mon hôtel, après dîner, je traversais vivement le hall et je sortais par une autre porte ; je me levais à l'aube et j'allais me promener avant la séance du matin ; mais je ne tirais pas grand-chose de ces moments de liberté à la sauvette ; je me rendais compte qu'en Amérique, la solitude ne paie pas ; et j'étais inquiète en quittant New York. Chicago, Saint Louis, La Nouvelle-Orléans, Philadelphie, de nouveau New York, Boston, Montréal : une belle tournée ; encore fallait-il qu'on me donne les moyens d'en profiter. Mes collègues m'avaient bien indiqué des adresses de natifs qui se feraient un plaisir de me montrer leur ville ; mais il s'agissait exclusivement de docteurs, de professeurs, d'écrivains et je me méfiais.

Pour Chicago, en tout cas, la partie était perdue d'avance ; je n'y restais que deux jours et il y avait deux vieilles dames qui m'attendaient à l'aéroport ; elles m'emmenèrent déjeuner avec d'autres vieilles dames qui ne me lâchèrent pas de la journée. Après ma conférence, je mangeai du homard entre deux messieurs amidonnés et c'est si fatigant de s'ennuyer qu'en rentrant à l'hôtel je montai directement me coucher.

C'est la colère qui m'a réveillée, au matin. « Ça ne peut pas durer », décidai-je. Je décrochai le téléphone : « J'étais navrée, je m'excusais, mais un rhume m'obligeait à garder le lit. » Et puis je sautai joyeusement du lit. Mais dans la rue, je déchantai ; il faisait grand froid ; entre les rails de tramway et le métro aérien je me sentais complètement perdue ; inutile de marcher pendant des heures : je n'irais nulle part. J'ouvris mon carnet ; Lewis Brogan, écrivain ; ça valait peut-être mieux que rien. De nouveau j'ai téléphoné ; j'ai dit à ce Brogan que j'étais une amie des Benson, ils lui avaient sans doute écrit pour lui annoncer ma venue. D'accord, il serait dans le hall de mon hôtel à deux heures de l'après-midi. « C'est moi qui passerai vous prendre », dis-je ; et je raccrochai. Je détestais mon hôtel, son odeur de désinfectant et de dollars, et ça m'amusait de prendre un taxi pour aller à un endroit défini, voir quelqu'un.

Le taxi a traversé des ponts, des rails, des entrepôts, il a suivi des rues où toutes les boutiques étaient italiennes ; il s'est arrêté au coin d'une allée qui sentait le papier brûlé, la terre mouillée, la pauvreté ; le

10

chauffeur a désigné un mur de brique auquel s'accrochait un balcon de bois. « C'est ici. » J'ai longé une palissade. A ma gauche il y avait une taverne décorée d'une enseigne rouge aux feux éteints : SCHILTZ ; à droite, sur une grande affiche, la famille américaine idéale reniflait en riant un plat de porridge ; une poubelle fumait au pied d'un escalier de bois. J'ai monté l'escalier. Sur le balcon, je trouvai une porte vitrée abritée par un store jaune : ça devait être là. Mais soudain, je me suis sentie intimidée. La richesse a toujours quelque chose de public, mais une vie de pauvre, c'est intime ; ça me semblait indiscret de frapper à ce carreau. Je regardai avec indécision les murs de brique auxquels s'accrochaient avec monotonie d'autres escaliers et d'autres balcons gris ; par-dessus les toits j'apercevais un immense cylindre rouge et blanc : un réservoir à gaz ; à mes pieds, au milieu d'un carré de terre nue, il y avait un arbre tout noir et un petit moulin aux ailes bleues. Au loin un train passa, le balcon trembla. Je frappai et je vis apparaître un homme assez jeune, assez grand, au buste raidi par un blouson de cuir ; il m'examina avec surprise.

— Vous avez trouvé la maison ?

— Ça m'en a l'air.

Un poêle noir ronflait au milieu d'une cuisine jaune ; le linoléum était jonché de vieux journaux et je remarquai qu'il n'y avait pas de frigidaire. Brogan désigna les papiers d'un geste vague : « Je faisais de l'ordre.

— J'espère que je ne vous dérange pas.

— Mais non. » Il restait planté en face de moi avec un air embarrassé. « Pourquoi n'avez-vous pas voulu que j'aille vous prendre à votre hôtel ?

— C'est un horrible endroit. »

La bouche de Brogan esquissa enfin un sourire :
« C'est le plus bel hôtel de Chicago.

— Justement. Trop de tapis, trop de fleurs, trop
de gens, trop de musique, trop de tout.

Le sourire de Brogan monta jusqu'à ses yeux :

— Entrez donc par ici.

Je vis d'abord la couverture mexicaine, la chaise
jaune de Van Gogh et puis les livres, le pick-up, la
machine à écrire ; il devait faire bon vivre dans cette
chambre qui n'était ni un studio d'esthète ni un spécimen du home américain idéal. Je dis avec élan :
« C'est agréable chez vous.

— Vous trouvez ? » Du regard Brogan interrogeait
les murs. « Ça n'est pas grand. » Il y eut encore un
silence et il dit avec précipitation : « Vous ne voulez
pas ôter votre manteau ? Que diriez-vous d'une tasse
de café ? J'ai des disques français, aimeriez-vous
les entendre ? des disques de Charles Trenet ? »

Sans doute était-ce à cause du grand poêle qui
ronflait, ou parce que sur le store doré par le froid
soleil de février l'ombre de l'arbre noir frissonnait,
j'ai tout de suite pensé : « Ça serait bon de passer la
journée assise sur la couverture mexicaine. » Mais
c'est pour visiter Chicago que j'avais téléphoné à
Brogan. Je dis avec fermeté :

— J'aimerais voir Chicago : je pars demain matin.

— Chicago est grand.

— Montrez-m'en un petit morceau.

Il toucha son blouson de cuir et dit d'une voix
inquiète : « Est-ce qu'il faut que je m'habille ?

— Quelle idée ! Je déteste les cols durs ! »

Il protesta avec chaleur :

— Je n'ai jamais porté un col dur de ma vie...

Pour la première fois nos sourires se sont rencontrés, mais il ne semblait pas encore tout à fait rassuré :

— Vous ne tenez pas à voir les abattoirs ?

— Non. Promenons-nous dans les rues.

Il y avait beaucoup de rues et elles se ressemblaient toutes ; elles étaient bordées de chalets fatigués et de terrains vagues qui essayaient de ressembler à des jardinets de banlieues ; nous avons suivi aussi des avenues droites et mornes ; partout il faisait froid. Brogan touchait ses oreilles avec inquiétude : « Elles sont déjà toutes raides, elles vont se casser en deux. »

J'eus pitié de lui. « Entrons nous réchauffer dans un bar. »

Nous sommes entrés dans un bar ; Brogan a commandé du ginger ale, moi du bourbon. Quand nous sommes sortis, il faisait toujours aussi froid ; nous sommes entrés dans un autre bar et nous nous sommes mis à causer. Il avait passé quelques mois dans un camp des Ardennes, après le débarquement, et il me posait un tas de questions sur la France, la guerre, l'occupation, Paris. Moi aussi je l'ai interrogé. Il semblait tout heureux d'être écouté, mais confus de se raconter ; il s'arrachait ses phrases avec hésitation et puis il me les jetait avec tant d'élan que j'avais chaque fois l'impression de recevoir un cadeau. Il était né au sud de Chicago d'un petit épicier d'origine finlandaise et d'une juive hongroise ; il avait vingt ans à l'époque de la grande crise et il avait vagabondé à travers l'Amérique, caché dans des fourgons de marchandises, tour à tour colporteur, plongeur, serveur, masseur, terrassier, maçon, vendeur et au besoin cambrioleur ; dans un relais perdu de l'Arizona où il lavait des verres il avait écrit une nouvelle qu'une revue de gauche avait publiée ; alors il en avait écrit d'autres ; depuis le succès de son premier roman un éditeur lui allouait une pension qui lui permettait de vivre.

— Je voudrais bien le lire, ce livre, dis-je.

— Le suivant sera meilleur.

— Mais celui-ci est écrit.

Brogan m'examina d'un air perplexe : « Vous voulez vraiment le lire ?

— Oui, vraiment. »

Il se leva et marcha vers le téléphone, au fond de la salle. Il revint au bout de trois minutes : « Le livre sera à votre hôtel avant le dîner.

— Oh ! merci ! » dis-je avec chaleur.

La vivacité de son geste m'avait touchée ; c'était ça qui me l'avait rendu tout de suite sympathique : sa spontanéité ; il ignorait les phrases toutes faites et les rites de la politesse ; ses prévenances, il les improvisait et elles ressemblaient aux inventions de la tendresse. D'abord, j'avais été amusée de rencontrer en chair et en os ce spécimen américain classique : écrivain-de-gauche-qui-s'est-fait-lui-même. Maintenant c'est à Brogan que je m'intéressais. On sentait à travers ses récits qu'il ne se reconnaissait aucun droit sur la vie et que pourtant il avait toujours eu passionnément envie de vivre ; ça me plaisait, ce mélange de modestie et d'avidité.

— D'où vous est venue l'idée d'écrire ? demandaï-je.

— J'ai toujours aimé le papier imprimé : quand j'étais enfant je fabriquais un journal en collant des coupures de presse sur des cahiers.

— Il doit y avoir d'autres raisons ?

14

Il réfléchit : « Je connais des tas de gens différents : j'ai envie de montrer à chacun comment les autres sont pour de vrai. On raconte tant de mensonges. » Il se tut un instant. « A vingt ans, j'ai compris que tout le monde me mentait et ça m'a mis dans une grande colère ; je crois que c'est pour ça que j'ai commencé à écrire et que je continue...

— Vous êtes toujours en colère ?

— Plus ou moins, dit-il avec un petit sourire réticent.

— Vous ne faites pas de politique ? demandai-je.

— Je fais des petites choses. »

Somme toute, il se trouvait à peu près dans la situation de Robert et d'Henri ; mais il s'en accommodait avec un calme tout exotique ; écrire, parler à la radio et quelquefois dans les meetings pour dénoncer quelques abus, ça le satisfaisait pleinement ; on me l'avait dit déjà : ici les intellectuels pouvaient vivre en sécurité parce qu'ils se savaient tout à fait impuissants.

— Est-ce que vous avez des amis écrivains ?

— Oh ! non ! dit-il avec élan. Il sourit : « J'ai des amis qui se sont mis à écrire quand ils ont vu que je gagnais de l'argent rien qu'en restant assis devant ma machine, mais ils ne sont pas devenus des écrivains.

— Est-ce qu'ils ont gagné de l'argent ? »

Il se mit à rire franchement : « Il y en a un qui a tapé cinq cents pages en un mois ; il a dû payer gros pour les faire imprimer et sa femme lui a défendu de recommencer ; il a repris son métier de pickpocket.

— C'est un bon métier ? demandai-je.

— Ça dépend. A Chicago il y a une grosse concurrence.

— Vous en connaissez beaucoup, des pickpockets ? »

Il me regarda d'un air un peu moqueur : « Une demi-douzaine.

— Et des gangsters? »

Le visage de Brogan devint sérieux : « Tous les gangsters sont des salauds. »

Il a commencé à m'exposer avec volubilité le rôle que les gangsters avaient joué ces dernières années comme briseurs de grève ; et puis il m'a raconté un tas d'histoires sur leurs rapports avec la police, avec la politique, avec les affaires. Il parlait vite et j'avais un peu de peine à le suivre, mais c'était aussi passionnant qu'un film d'Edward Robinson. Il s'est arrêté brusquement.

— Vous n'avez pas faim?

— Si. Maintenant que vous m'y faites penser, j'ai grand-faim, dis-je. J'ajoutai gaiement : « Vous en savez des histoires.

— Oh! si je n'en savais pas, j'en inventerais, dit-il. Pour le plaisir de vous voir écouter. »

Il était plus de huit heures, le temps avait filé vite. Brogan m'emmena dîner dans un restaurant italien, et tout en mangeant une pizza, je me demandais pourquoi je me sentais si confortable, près de lui ; je ne savais presque rien de lui et pourtant il ne me semblait pas du tout étranger ; c'était peut-être grâce à son insouciante pauvreté. L'amidon, l'élégance, les bonnes manières, ça crée des distances ; quand Brogan ouvrait son blouson sur son pull-over passé, quand il le refermait, je sentais près de moi la présence confiante d'un corps qui avait chaud ou froid, un corps vivant. Il avait ciré lui-même ses souliers : il suffisait de les regarder pour entrer dans son intimité. Quand en sortant de la pizzeria il a pris mon bras

16

pour m'aider à marcher sur le sol verglacé, sa chaleur m'a paru tout de suite familière.

— Allons! je vais tout de même vous montrer quelques petits morceaux de Chicago, m'a-t-il dit.

Nous nous sommes assis dans un burlesque pour regarder des femmes se déshabiller en musique; nous avons écouté du jazz dans un petit dancing noir; nous avons bu dans un bar qui ressemblait à un asile de nuit; Brogan connaissait tout le monde : le pianiste du burlesque, aux poignets tatoués, le trompette noir du dancing, les clochards, les nègres et les vieilles putains du bar; il les invitait à notre table, il les faisait parler et il me regardait d'un air heureux parce qu'il voyait que je m'amusais. Quand nous nous sommes retrouvés dans la rue, j'ai dit avec élan : « Je vous dois ma meilleure soirée d'Amérique.

— Il y a bien d'autres choses que j'aurais voulu vous montrer! dit Brogan.

La nuit s'achevait, l'aube allait naître et Chicago disparaître à jamais; mais l'acier du métro aérien nous cachait la tache lépreuse qui commençait à ronger le ciel. Brogan me tenait par le bras. Devant nous, derrière nous, les arches noires se répétaient à l'infini; on avait l'impression qu'elles ceinturaient la terre et que nous allions marcher comme ça pendant l'éternité. Je dis :

— Un jour, c'était trop court. Il faudra que je revienne.

— Revenez, dit Brogan. Il ajouta d'une voix rapide : « Je ne veux pas penser que je ne vous reverrai pas. »

Nous avons continué à marcher en silence jusqu'à la station de taxis. Quand il a approché son visage du mien, je n'ai pas pu m'empêcher de détourner la tête ; mais j'ai senti son souffle contre ma bouche.

Dans le train, quelques heures plus tard, tout en essayant de lire le roman de Brogan, je me morigénai : « C'est ridicule, à mon âge ! » Mais ma bouche demeurait émue comme celle d'une pucelle. Je n'avais jamais embrassé que les hommes avec qui j'avais couché ; quand j'évoquais cette ombre de baiser, il me semblait que j'allais retrouver au fond de ma mémoire de brûlants souvenirs d'amour. « Je reviendrai », me dis-je avec décision. Et puis j'ai pensé : « A quoi bon ? Il faudra de nouveau nous quitter et cette fois je n'aurai pas la ressource de me dire : je reviendrai. Non ; il valait mieux arrêter tout de suite les frais. »

Je n'ai pas regretté Chicago. J'ai vite compris que ça faisait partie des plaisirs du voyage, les amitiés sans lendemain et le menu déchirement des départs. J'évinçai résolument les gens ennuyeux, je ne fréquentai que ceux qui m'amusaient ; on passait des après-midi à se promener, des nuits à boire et à discuter, et puis on se quittait pour ne plus jamais se rencontrer et personne n'avait de regret. Comme la vie était facile ! Pas de regret, pas de devoir, aucun de mes gestes ne comptait, on ne me demandait pas de conseil et je ne connaissais pas d'autre règle que mes caprices. A La Nouvelle-Orléans, au sortir d'un patio où je m'étais saoulée avec des daiquiri, j'ai pris brusquement un avion pour la Floride. A Lynchburg j'ai loué une auto et je me suis promenée pendant huit jours à travers les terres rouges de la Virginie. Pendant mon second séjour à New York, je n'ai quasi pas fermé l'œil ; j'ai vu pêle-mêle un tas de gens et j'ai traîné partout. Les Davies m'ont proposé de les accompagner à Hartford, et deux heures plus tard je m'embarquais avec

18

eux en auto : vivre quelques jours dans une maison de campagne américaine, quelle aubaine! C'était une très jolie maison en bois, toute blanche, vernie, avec de petites fenêtres partout. Myriam sculptait, la fille prenait des leçons de danse, le fils écrivait des poèmes hermétiques ; il avait trente ans, une peau d'enfant, de grands yeux tragiques et un nez ravissant. Le premier soir, tout en me racontant ses peines de cœur, Nancy s'amusa à me déguiser d'une grande robe mexicaine, elle lâcha mes cheveux sur mes épaules. « Pourquoi ne vous coiffez-vous pas toujours ainsi? m'a dit Philipp ; on dirait que vous faites exprès de vous vieillir. » Il m'a fait danser tard dans la nuit. Pour lui plaire, j'ai continué les jours suivants à me déguiser en jeune femme. Je comprenais très bien pourquoi il me faisait la cour ; j'arrivais de Paris, et puis j'avais l'âge qu'avait eu Myriam pendant son adolescence. J'étais tout de même touchée. Il organisait pour moi des parties, il m'inventait des cocktails, il me jouait sur sa guitare de très jolies chansons de cow-boys, il me promenait à travers les vieux villages puritains. La veille de mon départ, nous sommes restés dans le living-room après les autres, nous écoutions des disques en buvant du whisky et il m'a dit d'une voix désolée :

— Quel dommage que je ne vous aie pas mieux connue à New York! J'aurais adoré sortir à New York avec vous!

— Ça peut se retrouver, dis-je. Dans dix jours je reviens à New York : vous y serez peut-être.

— En tout cas je peux y venir. Téléphonez-moi, dit-il en me regardant gravement.

Nous avons écouté encore quelques disques, et il

19

m'a accompagnée à travers le hall jusqu'à la porte de ma chambre ; je lui ai tendu la main mais il a demandé à voix basse : « Vous ne voulez pas m'embrasser ? »

Il m'a prise dans ses bras ; un instant nous sommes restés immobiles, joue contre joue, paralysés par le désir ; et puis nous avons entendu un pas léger et nous nous sommes vivement écartés l'un de l'autre. Myriam nous a regardés avec un drôle de sourire.

— Anne part de bonne heure ; ne la fais pas veiller trop tard, dit-elle de sa voix délicate.

— J'allais me coucher, dis-je.

Je ne me couchai pas. Je restai debout devant la fenêtre ouverte à respirer la nuit qui ne sentait rien : on aurait dit que la lune glaçait le parfum des fleurs. Myriam dormait ou veillait dans la chambre voisine et je savais que Philipp ne viendrait pas. Parfois j'ai cru entendre un pas, mais c'était seulement le vent qui marchait dans les arbres.

Le Canada n'était pas drôle ; j'ai été tout heureuse quand j'ai de nouveau débarqué à New York et j'ai aussitôt pensé : « Je vais téléphoner à Philipp. » J'étais invitée le jour même à un cocktail où je devais retrouver la plupart de mes amis ; de ma fenêtre j'apercevais un vaste paysage de gratte-ciel : mais tout ça ne me suffisait plus. Je suis descendue au bar de mon hôtel : dans la lumière bleu-noir, un pianiste jouait en sourdine des airs langoureux, des couples chuchotaient, les garçons marchaient sur la pointe des pieds ; j'ai commandé un martini et allumé une cigarette, mon cœur battait à petits coups. Ce que j'allais faire n'était pas très raisonnable ; après huit jours passés avec Philipp, je ne le quitterais sûrement

20

pas sans un sérieux vague à l'âme ; mais tant pis ; d'abord j'avais envie de lui ; quant au vague à l'âme, j'en aurais de toute façon. J'en avais déjà. Queensbridge, Central Park, Washington Square, l'East River : dans huit jours, je ne les verrais plus ; somme toute, j'aimais mieux avoir à regretter une personne que des pierres, il me semblait que ça serait moins douloureux. Je bus une gorgée de martini. Une semaine : c'était trop court pour de nouvelles découvertes, trop court pour des plaisirs sans lendemain ; je ne voulais plus errer dans New York en touriste ; il fallait que je vive pour de bon dans cette ville, comme ça elle deviendrait un peu mienne et j'y laisserais quelque chose de moi. Il fallait que je marche dans les rues au bras d'un homme qui, provisoirement, serait à moi. Je vidai mon verre. Une fois pendant ce voyage un homme avait tenu mon bras ; c'était l'hiver, je trébuchais sur du verglas mais près de lui je me sentais au chaud. Il disait : « Revenez. Je ne veux pas penser que je ne vous reverrai pas. » Et je ne reviendrais pas ; je serrerais contre mon bras un autre bras. Pendant un instant, je me suis sentie coupable de trahison. Mais il n'y avait pas de question ; c'est Philipp que j'avais désiré pendant toute une nuit, je le désirais encore et il attendait mon coup de téléphone. Je me suis levée, je suis entrée dans la cabine et j'ai demandé Hartford.

— Mr. Philipp Davies.

— Je vais le chercher.

Brusquement mon cœur s'est mis à battre à grands coups. Un instant plus tôt, je disposais de Philipp à ma guise, je l'appelais à New York, je le couchais dans mon lit. Mais il existait pour son compte et maintenant c'était moi qui dépendais de lui ; j'étais seule, sans défense, dans cet étroit cachot.

— Allô ?

— Philipp ? c'est Anne.

— Anne ! comme c'est bon de vous entendre !

Il parlait français avec une lente perfection qui paraissait soudain cruelle.

— Je téléphone de New York.

— Je sais. Chère Anne, Hartford est si ennuyeux depuis que vous nous avez quittés ! Avez-vous fait de beaux voyages ?

Comme sa voix est proche ! elle frôle mon visage. Mais lui, soudain, il est très loin ; contre l'ébonite noire du récepteur, ma main est moite. Je lance des mots au hasard : « J'aimerais vous les raconter. Vous m'avez dit de vous faire signe. Pourrez-vous venir à New York avant mon départ ?

— Quand partez-vous ?

— Samedi.

— Oh ! dit-il, oh ! si tôt ! » Il y eut un bref silence. « Cette semaine, je dois aller à Cape Cod chez des amis, j'ai promis.

— Quel dommage !

— Oui, c'est dommage ! Vous ne pouvez pas remettre ce départ ?

— Je ne peux pas. Vous ne pouvez pas remettre ce séjour ?

— Non, c'est impossible ! dit sa voix consternée.

— Eh bien, nous nous reverrons cet été à Paris, dis-je avec une gaieté polie. L'été n'est pas bien loin.

— Je regrette tant !

— Je regrette aussi. Au revoir, Philipp. A cet été.

— Au revoir, chère Anne. Ne m'oubliez pas trop. »

22

Je raccrochai le récepteur humide de sueur. Mon
cœur s'était calmé et ça laissait un vide sous mes
côtes. Je suis allée chez les Wilson. Il y avait beaucoup
de monde, on m'a mis un verre dans les mains, on me
souriait, on m'appelait par mon nom, on m'attrapait
par le bras, par l'épaule, on m'invitait à droite, à
gauche, j'inscrivais les rendez-vous sur mon carnet ;
et il y avait toujours ce vide dans ma poitrine. La
déception de mon corps, j'en prenais mon parti ; mais
ce vide, j'avais de la peine à le supporter. Ils me
souriaient, ils parlaient, je parlais, je souriais, pendant
toute une semaine encore nous allions parler et sourire
et puis aucun d'eux ne penserait plus à moi ni moi
à eux ; ce pays était bien réel, j'étais bien vivante, et
je partirais sans rien laisser derrière moi, et sans rien
emporter. Entre deux sourires, j'ai pensé brusquement :
« Et si j'allais à Chicago ? » Je pouvais téléphoner à
Brogan ce soir même et lui dire : « Je viens. » S'il n'avait
plus envie de me voir, eh bien, il le dirait : quelle
importance ? Deux refus, ça ne serait pas pire qu'un.
Entre deux autres sourires, je me suis considérée avec
scandale : je n'ai pas eu Philipp, alors je vais me jeter
dans les bras de Brogan ! Qu'est-ce que ces mœurs de
femelle en chaleur ? En fait, l'idée de coucher avec
Brogan ne me disait pas grand-chose, j'imaginais
qu'au lit il était plutôt gauche ; et je n'étais mên e
pas sûre d'avoir plaisir à le revoir ; je n'avais passé
qu'un après-midi avec lui, je risquais les pires déceptions.
Aucun doute, ce projet était stupide ; j'avais envie de
bouger, de m'agiter pour me masquer ma déconvenue,
c'est comme ça qu'on fait de vraies sottises. Je décidai
de rester à New York et je continuai à noter des
rendez-vous : des expositions, des concerts, des dîners,

des parties, la semaine passerait vite. Quand je me suis
retrouvée dans la rue, la grosse horloge de Gramercy
Square marquait minuit ; de toute façon, il était trop
tard pour téléphoner. Non, pas trop tard ; à Chicago,
il n'était que neuf heures, Brogan lisait dans sa
chambre, ou il écrivait. Je m'arrêtai devant la vitrine
enluminée d'un drug-store. « Je ne veux pas penser
que je ne vous reverrai jamais. » Je suis entrée, j'ai
fait de la monnaie à la caisse et j'ai demandé Chicago.

— Lewis Brogan ? C'est Anne Dubreuilh.

On ne répondit rien. « C'est Anne Dubreuilh. Vous
entendez ?

— J'entends très bien. » Il ajouta dans un français
informe en ânonnant gaiement chaque syllabe : « Bonjour, Anne ; comment ça va ? »

La voix était moins présente que celle de Philipp ;
Brogan en semblait moins lointain.

— Je peux venir passer trois ou quatre jours à
Chicago cette semaine, dis-je. Qu'en pensez-vous ?

— Il fait très beau en ce moment à Chicago.

— Mais si je venais ça serait pour vous voir. Avez-
vous du temps ?

— J'ai tout mon temps, dit-il d'un ton rieur. Mon
temps est à moi.

J'hésitai une seconde ; c'était trop facile : l'un disait
non, et l'autre oui, avec la même indifférence ; mais
il était trop tard pour reculer ; je dis : « Alors,
j'arriverai demain matin par le premier avion. Rete-
nez-moi une chambre dans un hôtel qui ne soit pas
le meilleur de Chicago. Où nous retrouverons-nous ?

— J'irai vous chercher à l'aérodrome.

— Entendu ; à demain. »

Il y eut un silence ; et j'ai reconnu la voix qui

24

trois mois plus tôt m'avait dit : « Revenez » ; elle disait :

— Anne! je suis si heureux de vous revoir!

— Je suis heureuse aussi. A demain.

— A demain.

C'était sa voix, c'était bien lui tel que je me le rappelais et il ne m'avait pas oubliée ; près de lui, je me sentirais au chaud, comme cet hiver. Soudain, j'étais contente que Philipp eût répondu : non. Tout serait simple. Nous causerions un moment dans un bar aux lumières tamisées ; il me dirait : « Venez vous reposer chez moi. » Nous nous assiérions côte à côte sur la couverture mexicaine, j'écouterais docilement Charles Trenet, et Brogan me prendrait dans ses bras. Ça ne serait sans doute pas une nuit très sensationnelle mais il en serait heureux, j'en étais sûre et ça suffisait à mon bonheur. Je me couchai, tout émue de penser qu'un homme m'attendait pour me serrer contre son cœur.

Il ne m'attendait pas ; il n'y avait personne dans le hall. « Ça commence mal », pensai-je en m'asseyant dans un fauteuil. J'étais nettement désemparée et je me dis avec inquiétude que j'avais manqué de prudence. « J'appelle Brogan ou je ne l'appelle pas ? » J'avais joué seule à ce jeu ; et voilà que je me trouvais jetée dans une équipée dont le succès ne dépendait plus de moi ; tout ce que je pouvais faire, c'était suivre sur le cadran le mouvement de ces aiguilles qui n'avançaient pas ; cette passivité m'effraya et je cherchai à me rassurer. Après tout, si cette histoire tournait mal, je pourrais trouver un prétexte pour rentrer dès demain à New York; de toute façon, dans huit jours, la parenthèse serait refermée : en sécurité dans ma vie, je sourirais avec indulgence à tous mes souvenirs, touchants ou ridicules. Mon inquiétude s'apaisa. Quand j'ouvris mon sac pour chercher sur mon agenda le numéro de téléphone de Brogan, j'avais vérifié toutes les issues de secours, j'étais garantie contre tous les accidents. Je relevai la tête, et je vis qu'il était debout devant moi, il m'enveloppait tout entière d'un petit sourire réticent. Je fus aussi stupéfaite que si à l'autre bout du monde j'avais rencontré son fantôme. « Alors? comment ça va? » dit-il dans son affreux français. Je me levai. Il était plus mince que son image, il avait des yeux plus vivants : « Ça va. »

Sans quitter son sourire, il approcha sa bouche de mes lèvres. Ce baiser public m'a déconcertée et il a laissé sur le menton de Brogan une tache rouge : « Vous voilà tout barbouillé », dis-je. J'essuyai la tache avec mon mouchoir et j'ajoutai : « Je suis arrivée à neuf heures.

— Oh! dit-il sur un ton de reproche qui semblait s'adresser à moi : ils m'avaient dit au téléphone que le premier avion atterrissait à dix heures.

— Ils se sont trompés.

— Ils ne se trompent jamais.

— Enfin je suis là.

— Vous êtes là », concéda-t-il. Il s'assit, je m'assis aussi. Neuf heures vingt. Il était arrivé vingt minutes en retard, quarante minutes en avance. Il portait un beau complet de flanelle, une chemise immaculée; je le devinais planté devant son miroir, anxieux de me faire honneur, inhabile à se regarder, interrogeant son reflet d'un œil tour à tour flatté et perplexe; il

26

surveillait avec inquiétude la pendule; et moi, traîtreusement je l'attendais déjà! Je lui souris :

— Nous n'allons pas rester ici toute la matinée.

— Non, dit-il. Il réfléchit : « Voulez-vous que nous allions au Zoo ?

— Au Zoo ?

— C'est tout près d'ici.

— Et qu'est-ce que nous y ferons ?

— Nous regarderons les bêtes et elles nous regarderont.

— Je ne suis pas venue ici pour me donner en spectacle à vos bêtes. » Je me levai. « Allons plutôt dans un endroit tranquille où je pourrai avoir du café, des sandwiches, et nous nous regarderons l'un l'autre. »

Il se leva aussi : « C'est une idée. »

Nous étions seuls dans la limousine qui nous emportait vers le centre de la ville ; Brogan tenait mon sac de voyage sur ses genoux, il se taisait, et de nouveau je me sentis inquiète : « Ça sera long, quatre jours avec cet inconnu ; quatre jours, ce sera court pour faire connaissance. » Je dis : « Il faudra passer d'abord à mon hôtel pour déposer ma valise. »

Brogan sourit d'un air embarrassé.

— Vous m'avez bien retenu une chambre ?

Il gardait son sourire coupable, mais il y avait dans sa voix quelque chose de provocant : « Non! »

— Comment! Je vous l'avais demandé au téléphone!

— Je n'ai pas entendu la moitié de ce que vous racontiez, dit-il avec volubilité. Votre anglais est encore pire que cet hiver et vous parlez comme une mitrailleuse. Mais ça n'a aucune importance. Nous allons mettre ce sac à la consigne. Attendez-moi là », ajouta-t-il quand nous fûmes descendus de la voiture devant le bureau d'aviation. Il poussa une porte tambour et je le suivis du regard avec soupçon. Cet oubli, était-ce négligence ou ruse? Sans doute était-il clair pour lui comme pour moi que je passerais cette nuit dans son lit; mais j'étais prise de panique à l'idée que ce soir nous n'en aurions peut-être pas vraiment envie. Je m'étais bien juré que je ne ferais plus jamais la faute d'entrer sans désir dans le lit d'un homme. Dès que Brogan fut de retour, je dis avec nervosité :

— Il faut téléphoner à un hôtel. Je n'ai pas dormi de la nuit; j'aimerais faire une sieste, prendre un bain.

— C'est très difficile de trouver une chambre à Chicago, dit-il.

— Raison de plus pour en chercher une tout de suite.

Il aurait dû dire : « Venez vous reposer chez moi. » Mais il ne dit rien. Et la cafétéria où il m'emmena ne ressemblait pas du tout au bar intime et chaud que j'avais imaginé : on aurait dit un buffet de gare. Le bar où nous échouâmes ensuite avait aussi l'air d'une salle d'attente. Allions-nous passer la journée à attendre? Qu'attendions-nous?

— Un whisky?

— Volontiers.

— Cigarette?

— Merci.

— Je vais mettre un disque.

Si du moins nous avions pu causer tranquillement comme naguère! mais Brogan ne tenait pas en place; il allait chercher au comptoir une bouteille de coca-cola, il glissait un nickel, puis un autre dans la boîte à disques, il négociait des cigarettes. Quand enfin je l'eus décidé à téléphoner, il resta absent si longtemps

28

que je le crus disparu à jamais. Décidément, je m'étais bien trompée dans mes prévisions! on aurait dit qu'il faisait exprès de les déjouer ; c'est à peine s'il ressemblait à l'homme dont j'avais gardé le souvenir. Le printemps avait fait fondre le bloc de raideur dans lequel l'hiver l'avait figé ; certes, il n'était devenu ni gracieux, ni souple, mais sa taille était presque élégante, ses cheveux décidément blonds, ses yeux d'un gris-vert bien défini ; dans ce visage qui m'avait paru neutre, je découvrais une bouche sensible, des narines un peu farouches, une subtilité qui me déconcertait.

— Je n'ai rien trouvé, dit Brogan quand il se rassit près de moi. J'ai fini par m'adresser à l'association des hôtels. Je dois les rappeler un peu plus tard.

— Merci.

— Que voulez-vous faire maintenant?

— Si on restait tranquillement ici?

— Alors, un autre whisky?

— Soit.

— Cigarette?

— Merci.

— Vous voulez que je mette un disque?

— Non, s'il vous plaît.

Il y eut un silence ; j'attaquai : « J'ai vu vos amis à New York.

— Je n'ai pas d'amis à New York.

— Mais si, les Benson qui nous ont mis en rappor

— Oh! ce ne sont pas des amis.

— Alors pourquoi avez-vous accepté de me voir, il y a deux mois?

— Parce que vous étiez française et que vous aviez un nom qui me plaisait : « Anne. » Un instant, il me

29

donna son sourire, mais il le reprit tout de suite. Je fis
un nouvel effort :

— Qu'est-ce que vous êtes devenu ?

— J'ai vieilli d'un jour tous les jours.

— Je vous trouve plutôt rajeuni.

— C'est que j'ai un veston d'été.

Le silence retomba et cette fois j'abandonnai.

— Bon. Allons quelque part. Mais où ?

— Cet hiver, vous aviez envie de voir une partie
de base-ball, dit-il avec empressement, il y en a une
aujourd'hui.

— Eh bien, allons-y.

C'était gentil de se rappeler mes vieux désirs ; mais
il aurait pu se douter que pour l'instant le base-ball
ne m'intéressait pas du tout. N'importe. Le mieux
que nous ayons à faire, c'était de tuer le temps en
attendant... en attendant quoi ? Je suivais d'un regard
hébété les hommes casqués qui couraient sur la pelouse
d'un vert agressif, et je me répétais avec anxiété :
tuer le temps ! alors que nous n'avons pas une heure
à gâcher. Quatre jours, c'est si court, il faut nous hâter :
quand allons-nous enfin nous rencontrer ?

— Vous vous ennuyez ? dit Lewis.

— J'ai un peu froid.

— Allons ailleurs.

Il m'emmena dans un bowling où nous avons bu
de la bière en regardant tomber des quilles, et dans
une taverne où cinq pianos mécaniques ont martelé
à tour de rôle une musique poussiéreuse, et dans un
aquarium où des poissons grimaçaient méchamment.
Nous avons pris des tramways, des métros, d'autres
tramways, d'autres métros ; je me plaisais dans les
métros ; le front appuyé à la vitre du premier wagon,

nous nous engloutissions dans de vertigineux tunnels fleuris d'ampoules bleu pâle, le bras de Brogan soutenait ma taille et notre silence ressemblait à celui qui unit des amants confiants ; mais dans les rues nous marchions à distance et je sentais avec détresse que nous nous taisions parce que nous ne trouvions rien à nous dire. Au milieu de l'après-midi, il me fallut bien reconnaître qu'il y avait eu une erreur dans mes calculs : dans une semaine, demain, cette journée serait devenue du passé, j'aurais beau jeu d'en triompher ; mais d'abord il fallait la vivre heure par heure et pendant toutes ces heures un inconnu disposait capricieusement de mon sort. J'étais si fatiguée et si déçue, que j'ai voulu me retrouver seule.

— S'il vous plaît, demandai-je, téléphonez encore une fois ; j'ai besoin de dormir un peu.

— Je vais m'adresser à l'association des hôtels, dit Brogan en poussant la porte d'un drug-store. Je restai debout à regarder d'un œil distrait les livres aux couvertures glacées et presque tout de suite il sortit de la cabine avec un sourire satisfait.

— Il y a une chambre qui vous attend à deux blocs d'ici.

— Ah! merci.

Nous avons marché en silence jusqu'à l'hôtel. Pourquoi n'avait-il pas menti ? C'est maintenant qu'il aurait dû dire : Venez vous reposer chez moi. N'était-il pas sûr lui non plus de ses désirs ? J'avais compté sur sa chaleur, sur son audace pour briser la solitude de mon corps ; mais il me laissait prisonnière et je ne pouvais rien pour nous. Lewis s'approcha du bureau :

— Je viens de retenir une chambre.

L'employé jeta un coup d'œil sur le registre :

31

— Deux personnes ?

— Une, dis-je. J'inscrivis mon nom sur la fiche. « Ma valise est à la consigne.

— Je vais la chercher, dit Lewis. Quand la voulez-vous ?

— Appelez-moi dans deux heures. »

Avais-je rêvé ? Ou avait-il échangé un drôle de regard avec l'employé ? Avait-il retenu la chambre pour deux personnes ? Mais alors il aurait dû trouver un prétexte pour monter avec moi. Je lui en aurais soufflé vingt. Ses pauvres ruses m'irritaient d'autant plus que j'aurais souhaité m'y laisser prendre. Je fis couler mon bain, je plongeai dans l'eau tiède tout en me disant que nous étions bien mal embarqués. Était-ce ma faute ? Sans doute y avait-il des femmes qui auraient su dire tout de suite. « Allons chez vous. » Nadine l'aurait dit. Je me couchai sur la courtepointe satinée, je fermai les yeux. Déjà je redoutais le moment où il faudrait me retrouver debout au milieu de cette chambre où ne m'accueillerait pas même la familiarité d'une brosse à dents. Tant de chambres différentes et indiscernables, tant de valises ouvertes, fermées, tant d'arrivées et de départs, de réveils, d'attentes, de courses, de fuites : j'étais lasse d'avoir égrené pendant trois mois des jours sans lendemain, j'étais lasse de recréer ma vie chaque matin, chaque soir, à chaque heure. Je souhaitais passionnément qu'une force étrangère me terrassât sur ce lit, à jamais. Qu'il monte, qu'il frappe à ma porte, qu'il entre. Je guettais son pas dans le couloir avec une impatience si passionnée qu'elle imitait le désir. Pas un bruit. Je me jetai dans le sommeil.

Quand je retrouvai Brogan dans le hall, j'étais

apaisée ; bientôt, le sort de cette aventure serait décidé, et de toute façon, d'ici quelques heures je dormirais. Le vieux restaurant allemand où nous avons dîné m'a paru accueillant, et j'ai bavardé avec insouciance. Le bar où nous nous sommes assis ensuite baignait dans des brumes violettes : je m'y sentais bien. Et Brogan me parlait avec sa voix d'autrefois.

— Le taxi vous a enlevée, disait-il, et je ne savais rien de vous. En rentrant, j'ai trouvé le *New Yorker* sous ma porte ; et voilà qu'au milieu d'un article sur un congrès de psychiatrie, je tombe sur votre nom. Comme si vous étiez revenue au milieu de la nuit pour me dire qui vous étiez.

— Les Benson ne vous avaient pas renseigné ?

— Oh ! je ne lis jamais leurs lettres. Il ajouta d'une voix amusée : « Dans l'article, on parlait de vous comme d'un brillant docteur.

— Ça vous a bien étonné ? »

Il me regarda sans répondre, en souriant ; quand il me souriait ainsi il me semblait sentir son souffle contre ma bouche.

— J'ai pensé qu'ils ont de bien drôles de docteurs en France.

— Moi en rentrant, j'ai trouvé votre livre à l'hôtel. J'ai essayé de le lire mais j'avais trop sommeil. Je l'ai lu le lendemain dans le train. Je dévisageai Lewis : « Bertie, c'est beaucoup vous, n'est-ce pas ?

— Oh ! moi je n'aurais jamais mis le feu à une ferme, dit Brogan d'une voix ironique ; j'ai bien trop peur du feu et aussi des gendarmes. » Il se leva brusquement : « Venez faire une partie de vingt-six. »

La blonde aux yeux moroses qui était assise derrière la table de jeu nous tendit le cornet à dés ; Brogan choisit le six et misa un demi-dollar; je regardais avec abattement les petits os qui roulaient sur le tapis vert. Pourquoi est-ce qu'il s'était dérobé, juste quand nous commencions à nous retrouver? est-ce que moi aussi je lui faisais peur? Son visage me semblait à la fois très dur et très vulnérable, je le déchiffrais mal. « Gagné! » dit-il d'un ton joyeux; et il me tendit le cornet. Je le secouai avec violence. « C'est notre nuit que je joue », décidai-je dans un éclair. Je choisis le cinq; ma bouche était doublée de parchemin, mes paumes moites; le cinq sortit sept fois pendant les treize premiers coups, puis trois fois encore : perdu!

— C'est un jeu stupide, dis-je en me rasseyant.

— Vous aimez jouer?

— Je déteste perdre.

— J'adore le poker et je perds toujours, dit Brogan avec mélancolie. Il paraît que mon visage est trop facile à déchiffrer.

— Je ne trouve pas, dis-je en fixant sur lui un regard de défi. Il eut l'air embarrassé mais je ne détournai pas les yeux. J'avais joué notre nuit, je l'avais perdue, Brogan me refusait son aide et les dés m'avaient condamnée; je me révoltai contre cette défaite avec une violence qui soudain se changea en courage.

— Depuis ce matin, je me demande si vous êtes content que je sois venue et je n'arrive pas à le savoir.

— Naturellement, je suis content, dit-il d'une voix si sérieuse que j'eus honte de mon ton agressif.

— Je le voudrais, dis-je, parce que moi je suis heureuse de vous avoir retrouvé. Ce matin j'avais peur que mes souvenirs ne m'aient trompée : mais non, c'est bien vous que je me rappelais.

— Moi j'étais sûr de ma mémoire, dit-il; et de

34

nouveau sa voix était chaude comme une haleine ; je pris sa main et je dis le mot de toutes les femmes qui s'essaient à la tendresse :

— J'aime bien vos mains.

— J'aime bien les vôtres ; c'est avec ça que vous torturez le cerveau de pauvres malades sans défense ?

— Confiez-moi le vôtre, je crois qu'il en a besoin...

— Oh ! il ne boite que d'un côté.

Nos mains restaient unies, je regardais avec émotion ce pont fragile jeté entre nos vies et je me demandais, la bouche sèche : « Ces mains, vais-je ou non les connaître ? » Le silence dura longtemps et Brogan proposa :

— Voulez-vous que nous retournions entendre Big Billy ?

— J'aimerais bien.

Dans la rue, il prit mon bras ; je savais que d'un instant à l'autre il allait m'attirer à lui ; le poids de cette lourde journée avait glissé de mes épaules et je marchais enfin vers la paix, vers la joie. Brusquement, il quitta mon bras ; un grand sourire inconnu illumina son visage : « Teddy ! »

L'homme et les deux femmes s'arrêtèrent et sourirent aussi avec éclat ; en un instant nous nous sommes trouvés installés à la table d'une triste cafétéria ; ils parlaient tous très vite et je ne comprenais rien à ce qu'ils disaient. Brogan riait beaucoup, son regard s'était animé, il avait l'air soulagé d'échapper à notre long tête-à-tête ; c'était naturel : ces gens étaient ses amis, ils avaient des tas d'histoires à se raconter ; entre lui et moi, qu'y avait-il de commun ? Les femmes assises auprès de lui étaient jeunes et jolies : lui plaisaient-elles ? Je m'avisai qu'il y avait certainement dans sa vie des femmes jeunes et jolies : comment pouvais-je en éprouver tant de souffrance alors que nous n'avions pas encore échangé un seul vrai baiser? Je souffrais. Loin, très loin au fond d'un tunnel j'apercevais une des sorties de secours qui au matin m'avaient paru si sûres : mais j'étais bien trop fatiguée pour m'y traîner, fût-ce à genoux. J'essayai de murmurer : « Que d'histoires pour ne pas arriver à se faire baiser! » mais ce cynisme n'aidait pas ; être plus ou moins ridicule, mériter mon approbation ou mon blâme, ça n'avait plus aucune importance ; ce n'était pas de moi à moi que cette histoire se déroulait : je m'étais mise pieds et poings liés à la merci d'un autre. Quelle folie! Je ne comprenais même plus ce que j'étais venue chercher ici ; certainement il fallait avoir perdu l'esprit pour m'imaginer qu'un homme qui ne m'étais rien pourrait quelque chose pour moi. « Je vais rentrer dormir tout de suite », décidai-je quand Brogan dans la rue reprit mon bras.

— Je suis content de vous avoir montré Teddy, disait-il, c'est le pickpocket écrivain dont je vous ai parlé, vous vous rappelez?

— Je me rappelle. Et les femmes, qui sont-elles?

— Je ne les connais pas. Brogan s'était arrêté au coin d'une rue. « Si le tramway ne vient pas, nous prendrons un taxi. »

« Un taxi, pensais-je, c'est notre dernière chance ; si le tramway s'amène, je renonce, je rentre à l'hôtel. » Pendant un instant infini, j'épiai les rails à l'éclat menaçant. Brogan fit signe à un taxi : « Montez. »

Je n'ai pas eu le temps de me dire : «_Maintenant ou jamais » ; déjà, il me serrait contre lui, un carcan de chair emprisonnait mes lèvres, une langue fouillait ma bouche et mon corps se levait d'entre les morts. J'entrai dans le bar en titubant comme dut tituber Lazare ressuscité ; les musiciens se reposaient et Big Billy vint s'asseoir à notre table ; Brogan plaisantait avec lui et ses yeux brillaient ; j'aurais voulu partager sa gaieté, mais j'étais encombrée par mon corps tout neuf, il était trop volumineux, trop brûlant. L'orchestre recommença à jouer ; je regardai d'un œil vague l'unijambiste aux cheveux calamistrés qui exécutait un numéro de claquettes, et ma main tremblait en portant à ma bouche le godet de whisky : qu'allait faire Brogan ? que dirait-il ? Moi je ne saurais pas m'arracher un geste, ni un mot. Au bout d'un temps qui me parut très long il demanda d'une voix animée : « Vous voulez partir ?

— Oui.

— Vous voulez rentrer ? »

Dans un murmure qui déchira ma gorge, je réussis à balbutier : « Je ne voudrais pas vous quitter.

— Ni moi vous », dit-il avec un sourire.

Dans le taxi, il reprit ma bouche et puis il demanda :

— Voulez-vous bien dormir chez moi ?

— Bien sûr.

Pensait-il que je pouvais le jeter à la poubelle ce corps qu'il venait de me donner ? Je mis la tête sur son épaule et il m'entoura de son bras.

Dans la cuisine jaune où le poêle ne ronflait plus, il me serra contre lui avec violence : « Anne ! Anne ! c'est un rêve ! J'ai été si malheureux tout le jour !

— Malheureux ? C'est vous qui m'avez torturée ; vous ne vous décidiez jamais à m'embrasser.

— Je vous ai embrassée et vous m'avez essuyé

37

le menton avec votre mouchoir : j'ai pensé que je
faisais fausse route.

— On ne s'embrasse pas dans un hall! Il fallait
m'amener ici.

— Mais vous réclamiez une chambre! Moi j'avais
tout bien arrangé ; j'avais acheté un grand beefsteak
pour le dîner ; à dix heures du soir j'aurais dit : il
est trop tard pour trouver un hôtel.

— J'avais bien compris ; mais je suis prudente :
supposez que nous ne nous soyons pas retrouvés.

— Comment ne pas nous retrouver? Je ne vous
ai jamais perdue. »

Nous nous parlions bouche à bouche et je sentais
son haleine sur mes lèvres. Je murmurai : « J'avais
si peur qu'il ne passe un tramway. »

Il rit avec orgueil : « J'étais bien décidé à prendre
un taxi. » Il embrassait mon front, mes paupières,
mes joues et je sentais la terre tourner. « Vous êtes
morte de fatigue, il faut vous coucher », dit-il. D'un
air consterné il ajouta : « Votre valise!

— Je n'en ai pas besoin. »

Il est resté dans la cuisine pendant que je me désha-
billais ; je m'enroulai dans les draps, sous la couverture mexicaine ; je l'entendais rôder, ranger, ouvrir
et fermer des placards comme si nous avions été déjà
un vieux ménage ; après tant et tant de nuits passées
dans des chambres d'hôtel, dans des chambres d'amis,
c'était réconfortant de me sentir chez moi, dans ce
lit étranger ; l'homme que j'avais choisi et qui m'avait
choisie allait se coucher à mon côté.

— Oh! vous êtes déjà installée! dit Brogan. Ses
bras étaient chargés de linge immaculé et il me considérait avec perplexité. « Je voulais changer les draps.

38

— C'est inutile. » Il restait sur le pas de la porte tout embarrassé de son fardeau pompeux. « Je suis très bien », dis-je en tirant jusqu'à mon menton le drap tiède dans lequel il avait dormi, la nuit dernière. Il s'est éloigné, il est revenu.

— Anne!

Il s'était abattu sur moi et son accent m'a bouleversée. Pour la première fois, je dis son nom : « Lewis!

— Anne! je suis si heureux! »

Il était nu, j'étais nue, et je n'éprouvais aucune gêne; son regard ne pouvait pas me blesser; il ne me jugeait pas, il ne me préférait rien. Des cheveux aux orteils, ses mains m'apprenaient par cœur. De nouveau je dis : « J'aime vos mains.

— Vous les aimez?

— Toute la soirée je me suis demandé si je les sentirais sur mon corps.

— Vous les sentirez toute la nuit », dit-il.

Soudain, il n'était plus ni gauche ni modeste. Son désir me transfigurait. Moi qui depuis si longtemps n'avait plus de goût, plus de forme, je possédais de nouveau des seins, un ventre, un sexe, une chair; j'étais nourrissante comme le pain, odorante comme la terre. C'était si miraculeux que je n'ai pas pensé à mesurer mon temps ni mon plaisir; je sais seulement que lorsque nous nous sommes endormis on entendait le faible pépiement de l'aube.

Une odeur de café m'a réveillée; j'ouvris les yeux et je souris en voyant sur une chaise voisine ma robe de lainage bleu dans les bras d'un veston gris. L'ombre de l'arbre noir avait poussé des feuilles qui papillotaient sur le store d'un jaune éclatant. Lewis me tendit un verre et je bus d'un trait le jus d'orange qui avait ce matin goût de convalescence : comme si la volupté était une maladie ; ou comme si toute ma vie avait été une longue maladie dont j'étais en train de me guérir.

C'était un dimanche, et pour la première fois de l'année le soleil brillait sur Chicago ; nous avons été nous asseoir sur une pelouse au bord du lac. Il y avait des enfants qui jouaient aux Sioux dans les buissons et beaucoup d'amoureux qui se tenaient les mains ; des yachts glissaient sur l'eau luxueuse, des avions nains, rouges, jaunes et vernis comme des jouets, tournaient en rond au-dessus de nos têtes. Lewis a tiré un papier de sa poche. « Il y a deux mois j'avais fait un poème sur vous...

— Montrez. »

Je sentis un petit pincement au cœur ; assis près de la fenêtre, sous la reproduction du Van Gogh, il avait écrit ces vers pour la chaste inconnue qui lui avait refusé ses lèvres ; pendant deux mois, il avait pensé à elle avec tendresse : et je n'étais plus cette femme ; sans doute aperçut-il une ombre sur mon visage car il dit avec inquiétude : « Je n'aurais pas dû vous le montrer.

— Mais si, je l'aime beaucoup. » Je souris avec effort. « Mais maintenant ces lèvres sont à vous.

— Maintenant enfin », dit-il.

La chaleur de sa voix me rassura ; cet hiver, ma réserve l'avait touché ; mais évidemment il était bien plus content maintenant ; inutile de me tourmenter ; il caressait mes cheveux, il me disait des mots simples et doux, il faisait glisser à mon doigt une vieille bague de cuivre ; je regardais l'anneau, j'écoutais les mots insolites ; sous ma joue, j'épiais

40

les battements familiers d'un cœur inconnu. Rien ne m'était demandé : il suffisait que je sois juste ce que j'étais et un désir d'homme me changeait en une parfaite merveille. C'était tellement reposant que si le soleil s'était arrêté au milieu du ciel, j'aurais laissé couler l'éternité sans m'en apercevoir.

Mais le soleil s'était rapproché de la terre, l'herbe devenait fraîche, les buissons se taisaient, les yachts s'endormaient : « Vous allez prendre froid, dit Lewis. Marchons un peu. »

Ça semblait étrange de me retrouver sur mes jambes, réchauffée par ma seule chaleur, et que mon corps sût se mouvoir et qu'il occupât une place à lui ; tout le jour il n'avait été qu'une absence, un négatif : il attendait la nuit et les caresses de Lewis.

— Où voulez-vous dîner ? dit-il. On peut rentrer ou aller quelque part.

— Allons quelque part.

Cette journée avait été si bleue, si tendre que je me sentais à bout de douceur. Notre passé n'avait pas trente-six heures, notre horizon se réduisait à un visage, et notre avenir, c'était notre lit : on étouffait un peu dans cet air confiné.

— Si nous essayions le club noir dont parlait hier Big Billy ?

— C'est loin, dit Lewis.

— Ça nous promènera un peu.

J'avais envie de distractions. Ces heures trop intenses m'avaient fatiguée. Dans le tramway, je somnolai sur l'épaule de Lewis. Je n'essayais pas de m'y reconnaître dans cette ville ; je ne croyais pas qu'elle eût comme les autres des artères fixes et des moyens de transport précis. Il fallait se plier à certains rites que

41

Lewis connaissait, et les endroits surgissaient du néant. Le club Delisa surgit du néant, auréolé d'un halo mauve. Il y avait une grande glace à côté de la porte et ensemble nous avons souri à notre reflet. Ma tête arrivait juste à la hauteur de son épaule, nous avions l'air heureux et jeunes, et je dis gaiement : « Quel beau couple! » Et puis mon cœur se serra : non ; nous n'étions pas un couple ; nous n'en serions jamais un. Nous aurions pu nous aimer, j'en étais sûre : en quel point du monde, en quel temps? en tout cas nulle part sur terre, en aucun point de l'avenir.

— Nous voudrions dîner, dit Lewis.

Un maître d'hôtel au teint très sombre, qui avait l'air d'un champion de catch, nous installa dans un box près de la scène et on posa devant nous des corbeilles pleines de poulet frit. Les musiciens n'étaient pas encore arrivés mais la salle était pleine : quelques Blancs, beaucoup de Noirs dont certains portaient sur leur tête des fez.

— Qu'est-ce que c'est que ces chéchias?

— C'est une de ces ligues comme il y en a tant, dit Lewis. Nous sommes tombés sur un de leurs congrès.

— Mais ça va être très ennuyeux.

— J'en ai peur.

Sa voix était maussade. Sans doute était-il fatigué lui aussi par notre longue débauche de bonheur ; depuis la veille nous nous étions épuisés à nous chercher, à nous atteindre, à nous étreindre ; trop peu de sommeil, trop de fièvre, trop de langueur. Pendant que nous mangions en silence, un grand nègre coiffé d'un fez monta sur la scène et se mit à parler avec emphase.

— Qu'est-ce qu'il raconte?

42

— Il parle de la ligue.

— Il y aura quand même des attractions?

— Oui.

— Quand?

— Je ne sais pas.

Il répondait du bout des lèvres; notre lassitude commune ne nous rapprochait pas et soudain je n'ai plus senti couler dans mes veines qu'une eau grise. Peut-être était-ce une erreur d'avoir voulu fuir notre cachot : l'air y était trop lourd, trop riche; mais dehors, la terre était dépeuplée, il faisait froid. L'orateur jeta un nom d'une voix gaie, une femme coiffée de rouge se leva et tout le monde applaudit; un autre visage, et puis un autre se dressèrent au-dessus de la foule; allait-on présenter un à un tous les membres de la ligue? Je me tournai vers Lewis. Il fixait sur le vide un regard vitreux; sa mâchoire inférieure pendait et il ressemblait aux méchants poissons de l'aquarium.

— Si ça doit durer longtemps nous ferions mieux de partir, dis-je.

— Nous ne sommes pas venus de si loin pour partir si vite.

Sa voix était sèche; il me sembla même y discerner une espèce d'hostilité que la fatigue ne suffisait pas à expliquer. Peut-être quand nous avions quitté le bord du lac souhaitait-il rentrer chez nous; peut-être était-il blessé que je n'aie pas désiré retrouver tout de suite notre lit; cette idée me consterna. J'essayai de me rapprocher de lui avec des mots.

— Vous êtes fatigué?

— Non.

— Vous vous ennuyez?

— J'attends.

43

— Nous n'allons pas attendre comme ça pendant deux heures ?

— Pourquoi pas ?

Il avait appuyé sa tête contre la cloison de bois, son visage était opaque et lointain comme la face de la lune ; il avait l'air prêt à somnoler sans mot pendant deux heures. Je commandai un double whisky qui ne réussit pas à me ranimer. Sur la scène de vieilles dames noires coiffées de fez rouges se saluaient et saluaient le public au milieu des applaudissements.

— Lewis, rentrons.

— Non, c'est absurde.

— Alors parlez-moi.

— Je n'ai rien à dire.

— Je ne peux plus supporter de rester ici.

— Vous avez voulu venir.

— Ça n'est pas une raison.

Il était déjà retombé dans sa torpeur. J'essayai de penser : « Je dors, c'est un cauchemar, je vais me réveiller. » Mais non ; c'était cet après-midi trop bleu qui avait été un rêve, c'est maintenant que nous étions éveillés. Au bord du lac, Lewis me parlait comme si je n'avais jamais dû le quitter, il avait passé à mon doigt une alliance ; et dans trois jours je serais partie, pour toujours, il le savait. « Il m'en veut, et c'est justice, pensais-je. Pourquoi suis-je venue, puisque je ne peux pas rester ? Il m'en veut, et sa rancune va nous séparer à jamais. » Il s'en fallait de si peu pour nous séparer à jamais : si peu de temps auparavant nous étions à jamais séparés ! Des larmes me montaient aux yeux.

— Vous êtes fâché ?

— Mais non.

— Alors qu'y a-t-il ?

44

— Rien.

Je cherchais en vain son regard ; je pourrais m'é-
craser les phalanges, me fracasser le crâne contre
ce mur aveugle, je ne l'ébranlerais pas. Des jeunes
filles en robes de distribution de prix s'alignaient sur la
scène ; une petite maigrichonne au teint beige s'approcha du micro et commença à chantonner en mi-
naudant. Je murmurai avec désespoir : « Moi je vais
rentrer ! »

Lewis ne bougea pas et je me demandais incrédule :
« Est-il possible que tout soit déjà fini ? L'ai-je perdu
si vite ? » Je fis un effort de bon sens : je ne l'avais
pas perdu, je ne l'avais jamais eu, et je n'avais pas le
droit de m'en plaindre puisque je n'avais fait que
me prêter à lui. Soit, je ne me plaignais pas : mais je
souffrais. Je touchai ma bague de cuivre. Il n'y avait
qu'un moyen de cesser de souffrir : tout renier. Je
lui rendrais la bague, demain matin je prendrais
l'avion pour New York, et cette journée ne serait
plus qu'un souvenir que le temps se chargerait d'effacer.
La bague glissa le long de mon doigt et je revis le ciel
bleu, le sourire de Lewis, il caressait mes cheveux, il
m'appelait : « Anne ! » Je m'effondrai sur son épaule :
« Lewis ! »

Il passa son bras autour de moi et mes larmes
jaillirent.

— Ai-je été vraiment si méchant ?

— Vous m'avez fait peur, dis-je. J'ai eu tellement
peur !

— Peur ? Aviez-vous peur des Allemands à Paris ?

— Non.

— Et moi je vous ai fait peur ? je suis bien fier...

— Vous devriez être honteux. Il embrassait légè-

45

rement mes cheveux ; sa main caressait mon bras ; je murmurai : « J'ai voulu vous rendre votre bague.

— J'ai vu, dit-il d'une voix grave. J'ai pensé Je gâche tout ; mais je ne pouvais pas m'arracher un mot.

— Pourquoi ? Que s'est-il passé ?

— Il ne s'est rien passé du tout. »

Je n'insistai pas mais je demandai : « Vous voulez bien que nous rentrions maintenant ?

— Bien sûr. »

Dans le taxi, il dit brusquement : « Ça ne vous arrive jamais d'avoir envie de tuer tout le monde et vous avec ?

— Non. Surtout pas quand je suis avec vous. »

Il sourit et il m'installa sur son épaule ; j'avais retrouvé sa chaleur, son souffle, mais il se taisait et je pensai : « Je ne me suis pas trompée ; cette crise n'a pas éclaté sans raison ; il a pensé que notre histoire était absurde, il le pense encore ! » Quand nous avons été couchés, il éteignit tout de suite la lumière ; il me prit dans l'obscurité, en silence sans prononcer mon nom, sans m'offrir son sourire. Et puis il s'éloigna sans un mot. « Oui, me dis-je avec terreur, il m'en veut ; je vais le perdre. » Je suppliai :

— Lewis ! dites-moi au moins que vous avez de l'amitié pour moi !

— De l'amitié ? mais je vous aime, dit-il avec violence. Il se tourna contre le mur et je pleurai long-temps, sans savoir si c'était parce qu'il m'aimait, ou parce que je ne pouvais pas l'aimer, ou parce qu'il cesserait un jour de m'aimer.

« Il faut que je lui parle », décidai-je le matin, en ouvrant les yeux ; maintenant que le mot d'amour

46

avait été prononcé, il fallait que j'explique à Lewis pourquoi je refusais de m'en servir. Mais il m'attira à lui : « Comme vous êtes rose! comme vous êtes chaude! » et le cœur me manqua ; plus rien ne comptait sinon le bonheur d'être dans ses bras chaude et rose. Nous sommes partis à travers la ville ; nous avons marché enlacés dans des rues bordées de masures délabrées devant lesquelles stationnaient des autos de luxe ; par endroits les maisons bâties en contrebas étaient séparées de la chaussée par un fossé qu'enjambait un escalier et on avait l'impression de marcher sur une digue. Sous les trottoirs de Michigan Avenue, je découvris une cité sans soleil où brillaient tout le jour des enseignes au néon ; nous nous sommes promenés en canot sur la rivière. Nous avons bu des martinis au sommet d'une tour d'où on apercevait un lac sans fin et des banlieues vastes comme le lac. Lewis aimait sa ville ; il me la racontait ; la prairie, les Indiens, les premières baraques, les ruelles où grognaient des cochons, le grand incendie, les premiers gratte-ciel : on aurait dit qu'il avait assisté à tout.

— Où voulez-vous dîner ? demanda-t-il.

— Où vous voudrez.

— J'avais pensé que nous pourrions dîner à la maison ?

— Oui, dînons à la maison, dis-je.

Mon cœur se serra ; il avait dit « à la maison » comme si nous avions été mari et femme : et il nous restait deux jours à vivre ensemble. Je me répétais : « Il faut parler. » Ce qu'il fallait lui dire, c'est que j'aurais pu l'aimer et que je ne pouvais pas : allait-il me comprendre, ou me haïr ?

Nous avons acheté du jambon, du salami, une

bouteille de chianti, un biscuit au rhum. Nous avons tourné le coin de la rue où rougeoyait l'enseigne SCHILTZ. Au pied de l'escalier, au milieu des poubelles, il m'a serrée contre lui. « Anne! Savez-vous pourquoi je vous aime tant? C'est parce que je vous rends heureuse »; et j'approchai mes lèvres pour boire de plus près son souffle quand il s'est détaché de moi : « Il y a quelqu'un sur le balcon », dit-il.

Il est monté devant moi d'un pas rapide et je l'ai entendu s'exclamer gaiement :

— Maria! quelle bonne surprise! Entrez.

Il m'a souri : « Anne : Maria qui est une vieille amie.

— Je ne veux pas vous déranger, dit Maria.

— Vous ne me dérangez pas. »

Elle est entrée; elle était jeune, un peu trop forte, elle aurait été jolie si elle avait été un peu maquillée et coiffée avec plus de soin; son sarrau bleu laissait nus deux bras blancs dont l'un était marbré de grosses ecchymoses; elle devait être venue en voisine, sans prendre la peine de s'habiller : « Une vieille amie », qu'est-ce que ça voulait dire au juste? Elle s'assit, elle dit d'une voix un peu rauque :

— J'avais besoin de vous parler, Lewis.

Une houle salée m'est montée à la gorge. Lewis. Elle avait prononcé ce nom comme s'il lui avait été très familier; et elle regardait Lewis avec une tendresse appuyée tandis qu'il débouchait une bouteille de chianti.

— Vous avez attendu longtemps? demanda-t-il.

— Deux ou trois heures, dit-elle légèrement. Les gens d'en dessous ont été charmants, ils m'ont offert du café. C'est fou tout le bien qu'ils pensent de vous. Elle avala d'un trait un verre de chianti. « J'ai des choses très importantes à vous dire. » Elle me toisa du regard. « Des choses personnelles.

— Vous pouvez parler devant Anne », dit Lewis, il ajouta : « Anne est française, elle vient de Paris.

— Paris! » dit Maria ; elle haussa les épaules. « Donnez-moi encore un peu de vin. » Lewis remplit son verre qu'elle vida brutalement. « Il faut que vous m'aidiez, dit-elle, il n'y a que vous...

— J'essaierai. »

Elle hésita, se décida :

— Bon, je vais vous mettre au courant?

A mon tour je me versai un peu de vin et je me demandai anxieusement : « Est-ce qu'elle va rester ici toute la nuit? » Elle s'était levée, et adossée au poêle, elle déclamait une histoire où il était question de mariage, de divorce, de vocation contrariée. « Vous, vous avez réussi, disait-elle d'une voix revendicante. Une femme, c'est moins facile ; il faut que j'achève ce livre ; et là où je suis, je ne peux pas écrire. » Je l'écoutais à peine ; je pensais avec colère que Lewis aurait dû trouver un moyen de nous débarrasser d'elle ; il disait qu'il m'aimait, et il savait bien que nos heures étaient comptées : alors? Mais il demanda d'un ton poli :

— Et votre famille?

— Pourquoi me demandez-vous ça? Ma famille! D'un geste nerveux Maria ramassa les papiers qui traînaient sur la table et les roula en boule ; elle les jeta avec violence vers la caisse à ordures. « Je déteste le désordre! Non, reprit-elle en regardant Lewis fixement, je ne peux compter que sur vous. »

Il se leva d'un air embarrassé : « Vous n'avez pas faim? Nous allions dîner.

— Merci, dit-elle. J'ai mangé des sandwiches au fromage ; du fromage américain, souligna-t-elle d'un ton vaguement provocant.

— Et où allez-vous dormir cette nuit ? demanda-t-il.

Elle éclata de rire : « Je ne vais pas dormir : j'ai bu dix tasses de café.

— Mais où passerez-vous la nuit ?

— Mais vous m'avez invitée, n'est-ce pas ? » Elle me dévisagea : « Naturellement pour que je consente à rester, il ne faut pas que d'autres femmes traînent dans la maison.

— L'ennui, c'est qu'il y a une autre femme, dit Lewis.

— Mettez-la dehors, dit Maria.

— C'est difficile », dit Lewis gaiement.

D'abord j'ai eu envie de rire : Maria était une échappée d'asile, ça aurait dû me sauter aux yeux dès qu'elle avait ouvert la bouche. Et puis mon aveuglement m'effraya. Comme il fallait que je sois vulnérable pour avoir vu dans cette illuminée une rivale ! Et dans deux jours, je partais, j'abandonnais Lewis à la meute des femmes qui seraient libres de l'aimer. Je ne pouvais pas supporter cette idée.

— Il y a dix ans que je ne l'ai pas vu, me dit Maria d'une voix impérieuse. Laissez-le-moi cette nuit et vous pourrez l'avoir le reste de votre vie. C'est équitable, non ?

Je restai sans réponse et elle se tourna vers Lewis :

— Si je m'en vais d'ici, je ne reviendrai jamais ; si je m'en vais demain j'en épouse un autre.

— Mais Anne est chez elle ici, dit Lewis. Nous sommes mariés.

— Ah! Le visage de Maria s'était figé. « Excusez-moi. Je ne savais pas. » Elle saisit la bouteille de chianti et but avidement au goulot. « Donnez-moi un rasoir. »

Nous avons échangé un regard inquiet et Lewis a dit :

— Je n'en ai pas.

— Allons donc! Elle se leva et marcha vers l'évier. « Cette lame fera très bien l'affaire. Vous permettez? » me demanda-t-elle d'un air ironique en s'asseyant, les cuisses largement écartées ; elle se mit à se raser les jambes avec une application frénétique. « Ça sera mieux comme ça, beaucoup mieux. » Elle se leva de nouveau, se planta devant le miroir et se rasa une aisselle après l'autre. « Ça fait toute la différence du monde, déclara-t-elle en s'étirant devant la glace avec un sourire voluptueux. Eh bien, voilà! demain j'épouserai ce docteur. Pourquoi est-ce que je n'épouserais pas un nègre puisque je travaille comme un nègre? »

— Maria, il est tard, dit Lewis. Je vais vous installer dans un hôtel où vous pourrez vous reposer tranquillement.

— Je ne veux pas me reposer. » Elle le regarda avec colère. « Pourquoi avez-vous insisté pour me faire entrer? Je n'aime pas qu'on se moque de moi. » Son poing se leva et s'arrêta à un doigt du visage de Lewis. « C'est quand même le plus sale tour qu'on m'ait joué dans ma vie. Quand je pense à tout ce que j'ai supporté à cause de vous, ajouta-t-elle en désignant ses ecchymoses.

— Venez, il est tard », répéta Lewis calmement.

Le regard de Maria s'arrêta sur l'évier. « Bon. Je vais venir. Mais faites d'abord chauffer de l'eau ; je

51

vais laver cette vaisselle ; je ne peux pas supporter la saleté.

— Il y a de l'eau chaude », dit Lewis d'un ton résigné.

Elle saisit la bouilloire et se mit à laver la vaisselle avec une hâte silencieuse ; quand elle eut terminé, elle s'essuya les mains à son sarrau.

— Ça va. Je vous laisse avec votre femme.

— Je vous accompagne, dit Lewis. Il me fit un petit signe tandis qu'elle marchait vers la porte sans un regard vers moi. Je mis le couvert, j'allumai une cigarette. Maintenant il n'y avait plus de sursis, Lewis allait revenir dans un instant, j'allais parler. Mais les mots que je remâchais depuis le matin ne me semblaient plus avoir aucun sens. Robert, Nadine, mon travail, Paris : tout ça, c'était vrai pourtant, il n'avait pas suffi d'une journée pour que ça devienne faux.

Lewis rentra dans la cuisine et verrouilla soigneusement la porte : « Je l'ai mise dans un taxi, dit-il. Elle m'a dit : « Après tout, le mieux c'est que je retourne dormir chez les cinglés. » Elle s'est échappée à la fin de l'après-midi et elle est venue directement ici.

— Je n'ai pas compris tout de suite.

— J'ai bien vu. Il y a quatre ans qu'elle est enfermée. Elle m'a écrit l'an dernier pour me demander mon livre et je le lui ai envoyé avec un petit mot. Je la connaissais à peine. » Il regarda autour de lui en souriant : « Depuis que j'habite ici, il arrive de drôles de choses. C'est cet endroit. Il attire les chats, les fous, les drogués. » Il me prit dans ses bras. « Et les simples d'esprit. »

Il alla disposer les disques dans le pick-up et revint s'asseoir à la table ; il restait un peu de chianti que j'ai versé dans nos verres ; le phonographe jouait une ballade irlandaise tandis que nous mangions côte à côte, en silence ; sous la couverture mexicaine le lit nous attendait ; on aurait dit une soirée quotidienne qu'allaient suivre mille soirées toutes semblables. Lewis exprima tout haut ma pensée : « On pourrait croire que je n'ai pas menti à Maria. » Son regard soudain m'interrogeait : « Qui sait ? » Moi je savais. Je détournai la tête ; je ne pouvais plus reculer. Je murmurai :

— Lewis, je ne vous ai pas assez parlé de moi ; il faut que je vous explique...

— Oui ? Il y avait de l'appréhension dans ses yeux et je pensais : « Tout est fini ! » Une dernière fois je regardai le poêle, les murs, la fenêtre, ce décor où tout à l'heure je ne serais plus qu'une intruse. Et puis à tâtons, pêle-mêle, je me mis à jeter des phrases. Un jour, en montagne, j'ai roulé le long d'un éboulis, j'ai pensé que j'allais mourir et il n'y avait en moi qu'indifférence ; je reconnaissais cette résignation. J'aurais seulement voulu pouvoir fermer les yeux.

— Je n'avais pas compris que ce mariage comptait encore tant pour vous, dit Lewis.

— Il compte.

Il se tut pendant un long moment ; je murmurai :

— Me comprenez-vous ?

Il entoura mon épaule de son bras. « Vous m'êtes encore plus chère qu'avant d'avoir parlé. Chaque jour vous m'êtes plus chère. » J'appuyai ma joue contre la sienne et tous les mots que je refusais de lui dire me gonflaient le cœur.

— Vous devriez aller dormir, dit-il enfin. Je fais un peu d'ordre et je vous rejoins.

Longtemps, j'entendis le bruit de la vaisselle remuée, et puis je n'entendis plus rien, je dormais. Quand j'ai ouvert les yeux, il dormait à côté de moi. Pourquoi ne m'avait-il pas réveillée ? Qu'avait-il pensé ? Qu'allait-il penser demain ? que penserait-il quand je serais partie ? Je sortis du lit doucement, j'ouvris la porte de la cuisine et je m'accoudai à la balustrade du balcon ; l'arbre frissonnait au-dessous de moi ; entre le ciel et la terre brillait une grande couronne d'ampoules rouges : le réservoir à gaz. Il faisait froid et j'ai frissonné moi aussi.

Non, je ne voulais pas partir. Pas après-demain, pas si vite. Je télégraphierais à Paris ; je pouvais rester encore dix jours, quinze jours... Je pouvais rester : et après ? Il faudrait bien finir par m'en aller. La preuve que je devais partir tout de suite, c'est que déjà ça me coûtait tant. Il ne s'agissait encore que d'une aventure de voyage : si je restais, ça deviendrait un véritable amour, un impossible amour, et c'est alors que je souffrirais. Je ne voulais pas souffrir ; j'ai vu de trop près souffrir Paule ; j'ai couché sur mon divan trop de femmes torturées qui ne parvenaient pas à guérir. « Si je pars, j'oublierai, pensais-je, je serai forcée d'oublier ; on oublie, c'est mathématique, on oublie tout, on oublie vite : quatre jours, c'est facile à oublier. » J'essayai de penser à Lewis comme à un oublié : il marchait à travers la maison, et il m'avait oubliée. Oui, il oublierait lui aussi. Aujourd'hui, c'est ma chambre, mon balcon, mon lit, un cœur plein de moi : et je n'aurai jamais existé. Je refermai la porte en pensant avec passion : « Ça ne sera pas par ma faute ; je ne le perdrai pas par ma faute. »

— Vous ne dormez pas ? dit Lewis.

— Non. Je m'assis sur le bord du lit, tout près de sa chaleur. « Lewis, si je voulais rester encore une semaine ou deux, est-ce que ça serait possible ?

— Je croyais qu'on vous attendait à Paris, dit-il.

— Je peux télégraphier à Paris. Est-ce que vous me garderiez encore un peu ?

— Vous garder ? Je vous garderais toute ma vie ! » dit-il.

Il m'avait jeté ces mots avec une telle violence que je chavirai dans ses bras. J'embrassai ses yeux, ses lèvres, ma bouche descendit le long de sa poitrine ; elle effleura le nombril enfantin, la fourrure animale, le sexe où un cœur battait à petits coups ; son odeur, sa chaleur me saoulaient et j'ai senti que ma vie me quittait, ma vieille vie avec ses soucis, ses fatigues, ses souvenirs usés. Lewis a serré contre lui une femme toute neuve. J'ai gémi, pas seulement de plaisir : de bonheur. Le plaisir, autrefois je l'avais apprécié à son prix ; mais je ne savais pas que ça pouvait être si bouleversant de faire l'amour. Le passé, l'avenir, tout ce qui nous séparait mourait au pied de notre lit : rien ne nous séparait plus. Quelle victoire ! Lewis était tout entier dans mes bras, moi dans les siens, nous ne désirions rien d'autre : nous possédions tout pour toujours. Ensemble nous disions : « Quel bonheur ! » et quand Lewis a dit : « Je vous aime », je l'ai dit avec lui.

Je suis restée quinze jours à Chicago. Pendant quinze jours nous avons vécu sans avenir et sans nous poser de question ; avec notre passé nous fabriquions des histoires que nous nous racontions. C'était surtout Lewis qui parlait : il parlait très vite, un peu fébrilement, comme s'il avait voulu se rattraper de toute une vie de silence. J'aimais la façon dont les mots se bousculaient dans sa bouche ; j'aimais ce qu'il disait et sa manière de le dire. Sans cesse je découvrais de nouvelles raisons de l'aimer : peut-être parce que tout ce que je découvrais en lui servait à mon amour de prétexte nouveau. Il faisait beau et nous nous promenions beaucoup. Quand nous étions fatigués, nous revenions dans la chambre ; c'était l'heure où sur le store jaune l'ombre de l'arbre s'effaçait ; Lewis mettait sur le pick-up une pile de disques, il enfilait son peignoir blanc, je me couchais en chemise sur ses genoux et nous attendions le désir. Moi qui m'interroge toujours avec soupçon sur les sentiments que j'inspire, je ne me demandai jamais qui Lewis aimait en moi : j'étais sûre que c'était moi. Il ne connaissait ni mon pays, ni mon langage, ni mes amis, ni mes soucis : rien que ma voix, mes yeux, ma peau ; mais je n'avais pas d'autre vérité que cette peau, cette voix, ces yeux.

L'avant-veille de mon départ, nous avons été dîner dans le vieux restaurant allemand et nous sommes descendus sur le bord du lac. L'eau était noire sous le ciel d'un gris laiteux ; il faisait chaud ; des garçons et des filles à demi nus et tout mouillés se séchaient autour d'un feu de camp ; plus loin des pêcheurs avaient dressé leurs lignes, ils installaient sur les dalles de la berge des sacs de couchage et des bouteilles thermos. Peu à peu le quai est devenu désert. Nous nous taisions. Le lac haletait doucement à nos pieds, il était aussi sauvage qu'au temps où les Indiens campaient sur ses rives marécageuses, qu'au temps où les Indiens n'existaient pas encore. A gauche, au-dessus de nos têtes, on entendait une grande rumeur citadine, les phares des autos balayaient l'avenue où brillaient les hauts buildings. La terre paraissait infiniment vieille, absolument jeune.

— Quelle belle nuit! dis-je.

— Oui, une belle nuit, dit Lewis. Il me désigna un banc : « Vous voulez vous asseoir ici?

— Si vous voulez.

— Comme c'est agréable une femme qui répond toujours : Si vous voulez! » dit Lewis d'une voix gaie. Il s'assit à côté de moi et il m'entoura de son bras : « C'est drôle que nous nous entendions si bien, dit-il tendrement. Jamais je n'ai pu m'entendre avec personne.

— C'était sûrement la faute des autres gens, dis-je.

— Non; c'était la mienne. Je ne suis pas facile à vivre.

— Moi je trouve que si.

— Pauvre petite Gauloise : vous n'êtes pas bien exigeante! »

J'ai appuyé ma tête contre la poitrine de Lewis et j'écoutai battre son cœur. Qu'aurais-je exigé de plus? Il y avait ce cœur robuste et patient qui battait sous ma joue, et cette nuit gris perle autour de moi : une nuit faite exprès pour moi. Impossible d'imaginer que j'aurais pu ne pas la vivre. « Et pourtant, me dis-je, si Philipp était venu à New York, je ne serais pas ici. » Je n'aurais pas aimé Philipp, ça j'en étais sûre : mais je n'aurais pas revu Lewis, notre amour n'aurait pas existé. C'était aussi déconcertant à penser que lorsqu'on essaie d'imaginer qu'on aurait pu ne pas naître ou être quelqu'un d'autre. Je murmurai :

— Quand je pense que j'aurais pu ne pas vous téléphoner! que vous auriez pu ne pas me répondre!

— Oh! dit Lewis. Je ne pouvais pas ne pas vous rencontrer!

Il y avait une telle certitude dans sa voix que j'en eus le souffle coupé. Je posai mes lèvres à l'endroit où battait son cœur et je me suis promis : « Jamais il ne regrettera cette rencontre! » J'allais partir, dans deux jours ; l'avenir existait à nouveau : mais nous en ferions du bonheur. Je relevai la tête :

— Lewis, si vous voulez bien, je reviendrai pour deux ou trois mois, au printemps.

— Quand vous reviendrez, ce sera toujours le printemps, dit Lewis.

Longtemps, nous sommes restés enlacés à regarder les étoiles. Il y en a une qui a filé à travers le ciel et j'ai dit :

— Faites un vœu!

Lewis sourit : « Je l'ai fait. »

Ma gorge s'est serrée. Je savais ce qu'il avait souhaité, et que ce vœu ne serait pas exaucé. Là-bas, à Paris, ma vie m'attendait, ma vie que j'avais bâtie pendant vingt ans et sur laquelle il n'était pas question de me poser de question. Je reviendrais au printemps : mais ça serait pour repartir.

Je passai la journée du lendemain à faire des courses. Je me rappelai Paris, ses tristes étalages, ses femmes mal soignées, et j'achetais de tout, à tour de bras, pour tout le monde. Nous avons dîné dehors et quand j'ai monté l'escalier de bois appuyée au bras de Lewis, j'ai pensé : « C'est la dernière fois! » Les rubis du réservoir à gaz brillaient entre ciel et terre, pour la dernière fois. J'entrai dans la chambre. On aurait dit qu'un éventreur venait d'assassiner une femme et de saccager ses armoires. Mes deux valises étaient ouvertes, et sur le lit, sur les chaises, sur le plancher gisaient des lingeries de nylon, des bas, des fards, des étoffes, des souliers, des écharpes ; ça sentait l'amour, la mort, le cataclysme. En vérité, c'était un hall funéraire : tous ces objets étaient les reliques d'une morte, c'était le viatique qu'elle allait emporter dans l'au-delà. Je restai clouée sur place. Lewis s'approcha de la commode, il ouvrit un tiroir et en sortit un carton mauve qu'il me tendit d'un air un peu honteux :

— J'ai acheté ça pour vous!

Sous le papier de soie, il y avait une grosse fleur blanche au parfum étourdissant. Je pris la fleur, je l'écrasai contre ma bouche, et je me jetai sur le lit en sanglotant.

— Il ne faut pas la manger, dit Lewis. Est-ce qu'on mange les fleurs en France?

Oui, quelqu'un était mort : une femme joyeuse qui se réveillait chaque matin, toute rose et chaude, en riant. Je mordis la fleur, j'aurais voulu m'évanouir dans son parfum, mourir tout à fait. Mais je me suis endormie vivante, et au petit matin Lewis m'a conduite au coin de la grande avenue : nous avions décidé de nous quitter là. Il a fait signe à un taxi, je suis montée, la portière a claqué, le taxi a tourné le coin de la rue. Lewis a disparu.

— C'est votre mari? m'a demandé le chauffeur.

— Non, dis-je.

— Il avait l'air si triste!

— Ce n'est pas mon mari.

Il était triste; et moi donc! Mais déjà ce n'était pas la même tristesse ; chacun était seul. Lewis rentrait seul dans la chambre vide. Je montai seule dans l'avion.

Dix-huit heures, c'est court pour sauter d'un monde dans un autre, d'un corps dans un autre. J'étais encore à Chicago, écrasant mon visage en feu contre une fleur, quand Robert soudain m'a souri ; j'ai souri moi aussi, j'ai pris son bras, et je me suis mise à parler. Je lui avais raconté par lettres pas mal de choses. Pourtant, dès que j'ai ouvert la bouche, j'ai senti que je déchaînais un monstrueux cataclysme : tous ces jours si vivants que je venais de vivre se sont brusquement pétrifiés ; il ne restait plus derrière moi qu'un bloc de passé figé ; le sourire de Lewis avait pris la fixité d'une grimace de bronze. Moi j'étais là, je me promenais dans des rues que je n'avais jamais quittées, serrée contre Robert dont je n'avais jamais été séparée et je dévidais une histoire qui n'était arrivée à personne. Cette fin de mai était très bleue, on vendait du muguet à tous les carrefours, sur la bâche verte des voitures des quatre-saisons reposaient des bottes d'asperges ceinturées jusqu'à mi-corps de papier rouge : du muguet, des asperges, sur ce continent-ci, c'était de grands trésors. Les femmes portaient des jupes de cotonnades aux couleurs joyeuses mais comme leur peau et leurs cheveux me semblaient mornes ! les voitures disséminées sur les étroites chaussées étaient vieilles, naines, infirmes, et quels chiches étalages sur le velours fané des vitrines ! Je ne pouvais pas m'y tromper : cette austérité m'annonçait que j'avais repris pied dans la réalité. Et bientôt plus irréfutable encore, j'ai reconnu ce goût dans ma bouche : le goût du souci. Robert ne me parlait que de moi, il éludait mes questions : visiblement, les choses ne marchaient pas comme il l'aurait voulu. Pauvreté, inquiétude : aucun doute, j'étais chez moi.

Nous sommes partis pour Saint-Martin dès le lendemain ; il faisait doux et nous nous sommes assis dans le jardin. Dès que Robert a commencé à me parler, j'ai vu que je ne m'étais pas trompée : il en avait lourd sur le cœur. Les communistes avaient ouvert contre lui cette campagne qu'il redoutait un an plus tôt : ils avaient publié entre autres dans *L'Enclume* un article qui l'avait touché au vif. Il m'a blessée aussi. On dépeignait Robert comme un vieil idéaliste, incapable de s'adapter aux dures nécessités de ce temps ; moi je trouvais qu'il avait fait plutôt trop de concessions aux communistes et abandonné trop de choses de son passé.

— C'est de la mauvaise foi, dis-je. Personne ne croit ça de vous, pas même l'auteur de l'article.

— Ah! je ne sais pas, dit Robert. Il haussa les épaules. « Quelquefois, je me dis qu'en effet, je suis trop vieux.

— Vous n'êtes pas vieux! dis-je. Vous ne l'étiez pas quand je suis partie et vous m'avez promis de ne pas changer. »

Il sourit : « Disons que j'ai une jeunesse qui date.

— Vous n'avez rien répondu?

— Non. Il y aurait trop de choses à répondre. Et ce n'est pas le moment. »

Depuis le 5 mai, un tas de prétendus sympathisants avaient profité de l'échec des communistes pour leur tourner le dos. Le M. R. P. triomphait, de Gaulle s'agitait, le parti américain guettait ; il fallait plus que jamais que la gauche se tienne les coudes ; en attendant le référendum d'octobre et les élections qui suivraient, ce que le S. R. L. pouvait faire de mieux c'était de se mettre en sommeil. Mais Robert n'avait pas pris cette décision de gaieté de cœur. C'était la faute des communistes si on ne pouvait pas poursuivre un regroupement de la gauche sans leur nuire : il leur en voulait de leur sectarisme. S'il s'interdisait de le leur reprocher publiquement, dans le privé il ne se gênait pas : il s'est emporté plusieurs fois contre eux avec violence pendant ces deux jours. Visiblement, ça le soulageait de pouvoir me parler. Et je me disais que peut-être ce n'est pas précisément de moi qu'il avait besoin, mais à coup sûr elle lui était utile, cette femme dont j'occupais la place : c'était ma place, sans aucun doute, ma vraie place sur terre.

Mais alors, pourquoi est-ce que je ne m'y reposais pas en paix ? pourquoi ces larmes ? Je marchais dans la forêt, c'était un très joli printemps, j'étais en bonne santé, on ne m'avait privée de rien : et par instants, je m'arrêtais, et j'avais envie de gémir comme si j'avais tout perdu. J'appelais doucement : « Lewis ! » Quel silence ! J'avais eu du crépuscule à l'aube, de l'aube à la nuit, son souffle, sa voix, son sourire : plus un signe ; existait-il encore ? J'écoutais : pas un murmure ; je regardais : pas un vestige. Je ne me comprenais plus. « Je pleure, pensais-je, et cependant je suis ici : n'aimé-je pas assez Lewis ? Je suis ici, et voilà que je pleure : est-ce que je n'aime pas assez Robert ? » J'admire les gens qui enferment la vie en formules définitives. « L'amour physique n'est rien », disent-ils ; ou « Un amour qui n'est pas physique n'est rien. ». Mais je n'en tenais pas moins à Robert pour avoir rencontré Lewis ; et la présence de Robert, si immense fût-elle, ne comblait pas l'absence de Lewis.

Le samedi après-midi, Nadine s'est amenée avec Lambert. Tout de suite elle m'a interrogée d'un air soupçonneux : « Tu as bien dû t'amuser pour prolonger comme ça ton séjour, toi qui ne changes jamais tes plans.

— Tu vois qu'à l'occasion je les change.

— C'est drôle que tu sois restée si longtemps à Chicago. On dit que c'est affreux.

— On a tort. »

Elle avait fait plusieurs reportages avec Lambert pendant ces trois mois, elle habitait chez lui, elle lui parlait avec une tendresse ironique, mais appuyée. Satisfaite de sa vie, elle scrutait la mienne avec une malveillance indécise. Je l'apaisai de mon mieux par des récits de voyage. Lambert m'a paru plus détendu et plus gai qu'avant mon départ. Ils ont passé le week-end dans le pavillon. J'y avais fait aménager une cuisine et brancher le téléphone pour que Nadine fût indépendante sans se sentir coupée de la maison ; elle fut si contente de son séjour qu'elle m'annonça le dimanche soir qu'ils resteraient à Saint-Martin pendant toutes leurs vacances.

— Tu es sûre que ça plaît à Lambert cette combinaison ? lui demandai-je. Il n'aime pas beaucoup ni ton père, ni moi.

— D'abord il vous aime bien assez, dit-elle d'un ton tranchant. Et si c'est que tu as peur de nous avoir sur le dos, rassure-toi, on restera chez nous.

— Tu sais bien que je serai contente de t'avoir ici. Je craignais seulement que pour vous ça ne manque d'intimité. Je te préviens entre autres que de ma chambre on entend tout ce qui se dit au jardin.

— Et alors ? que veux-tu que ça me foute ? Je ne

suis pas une cachottière, moi, je ne m'entoure pas de mystère.

C'est vrai que Nadine si soucieuse de son indépendance, si rétive à toute critique, à tout conseil, étalait volontiers sa vie en plein jour ; sans doute était-ce une manière de s'y montrer supérieure.

— Maman prétend que ça t'emmerde de passer les vacances ici : c'est vrai ? demanda-t-elle en enjambant la selle de la moto.

— Mais non, pas du tout, dit Lambert.

— Tu vois, me dit-elle d'une voix triomphante. Tu compliques toujours tout. D'abord, Lambert est toujours content de faire ce que je lui demande, c'est un bon petit garçon, dit-elle en lui ébouriffant les cheveux. Elle passa le bras autour de sa taille et appuya câlinement le menton sur son épaule tandis que la machine s'envolait.

C'est quatre jours plus tard qu'un entrefilet de *L'Espoir* nous apprit que le père de Lambert venait de se tuer en tombant par la portière d'un train ; Nadine téléphona d'une voix maussade qu'il était parti pour Lille, qu'elle ne viendrait pas en week-end ; je ne lui posai pas de question ; nous étions intrigués pourtant. Le vieux s'était-il suicidé ? avait-il été sonné par son procès ? ou est-ce que quelqu'un lui avait fait son affaire ? Pendant quelques jours, nous nous sommes perdus en conjectures ; et puis nous avons eu d'autres chats à fouetter. Scriassine avait arrangé une rencontre entre Robert et un fonctionnaire soviétique qui venait de franchir le rideau de fer tout exprès pour dénoncer à l'Occident les méfaits de Staline ; la veille de l'entrevue, Scriassine s'est amené, il apportait des documents dont il voulait

que Robert prît connaissance avant le lendemain et
qu'il avait tenu à lui remettre en main propre. Nous
ne le voyions plus guère, chaque fois on se disputait
mais, ce matin-là, il évita avec soin tous les sujets épi-
neux et il décampa très vite : on se quitta en bons
termes. Tout de suite, Robert s'est mis à feuilleter
la grosse liasse de papiers : certains étaient écrits en
français, beaucoup en anglais, quelques-uns en allemand.

— Regarde-les donc avec moi, m'a-t-il demandé.
Je me suis assise près de lui sous le tilleul et nous
avons lu en silence ; il y avait de tout : des rapports,
des récits, des statistiques, des extraits du code soviétique, des commentaires. Je me débrouillais mal
dans ce fatras ; il y avait pourtant certains textes
qui étaient très clairs : les témoignages d'hommes
et de femmes enfermés par les Russes dans des camps
de concentration qui ressemblaient tragiquement
aux camps nazis ; les descriptions que faisaient de
ces camps des Américains qui avaient traversé en
alliés de grands morceaux de l'U. R. S. S. D'après
les conclusions rédigées par Scriassine, quinze à vingt
millions d'hommes y croupissaient dans des conditions
atroces, et c'était là une des bases essentielles de ce
système que nous appelions « le socialisme russe ».
Je regardai Robert :

— Qu'est-ce qu'il y a de vrai dans tout ça ? dis-je.
— Certainement beaucoup de choses, m'a-t-il dit
d'une voix brève.
Jusqu'ici, il n'avait pas attaché beaucoup d'importance à la réunion du lendemain, il s'y rendait seulement pour qu'on ne l'accusât pas de se dérober ; il
était certain que les révélations du Russe le laisseraient froid, vu qu'il pensait ne pas se faire d'illusions

sur l'U. R. S. S. Eh bien, il fallait croire qu'il s'en était fait : soudain, il était désarçonné. Il n'avait pas été dupe, quand dans les années 30 ses amis communistes lui vantaient le régime pénitentiaire de l'U. R. S. S. ; au lieu d'emprisonner les criminels, disaient-ils, on les rééduquait en les employant à des travaux utiles ; les syndicats les protégeaient et veillaient à ce qu'ils soient payés aux tarifs syndicaux. Robert m'avait expliqué qu'en fait c'était un moyen de mater les paysans rebelles tout en se procurant une main-d'œuvre quasi gratuite ; le travail forcé, là-bas comme partout, c'était le bagne. Mais à présent que les paysans étaient intégrés au régime et la guerre gagnée, on pouvait imaginer que les choses avaient changé : on nous révélait qu'elles avaient empiré. Longtemps, nous avons discuté chaque fait, chaque chiffre, chaque témoignage, chaque hypothèse ; même en faisant la part la plus large possible aux exagérations et aux mensonges, une vérité s'imposait qui était parfaitement accablante. Les camps étaient devenus une institution, aboutissant à la création systématique d'un sous-prolétariat ; on ne punissait pas des crimes par le travail : on traitait les travailleurs en criminels pour s'autoriser à les exploiter.

— Alors ? qu'est-ce que vous allez faire ? demandai-je quand nous avons quitté le jardin pour aller manger un morceau dans la cuisine.

— Je ne sais pas, dit Robert.

L'idée de Scriassine, c'était évidemment que Robert l'aidât à divulguer ces faits : il me semblait qu'on n'avait pas le droit de les taire. Je dis avec un peu de reproche : « Vous ne savez pas ?

— Non.

— Quand il ne s'agit que de vous, ou même du S. R. L., je comprends que vous acceptiez beaucoup de choses sans broncher, dis-je. Mais là, c'est différent. Si on ne fait pas tout ce qu'on peut contre ces camps, on est complice!

— Je ne peux rien décider comme ça, du jour au lendemain, dit Robert. Et d'abord, j'ai besoin d'un supplément d'informations.

— Et si elles confirment ce que nous venons d'apprendre, dis-je, qu'est-ce que vous ferez? »

Il ne répondit pas et je le dévisageai avec inquiétude. Se taire, ça signifiait qu'il était prêt à tout encaisser des communistes. C'était renier tout ce qu'il avait entrepris depuis la Libération : le S. R. L., ses articles, le livre qu'il achevait.

— Vous avez toujours voulu être à la fois un intellectuel et un révolutionnaire, dis-je. Comme intellectuel vous avez pris des engagements : entre autres de dire la vérité.

— Laisse-moi le temps de réfléchir, dit-il avec un peu d'impatience.

Nous avons mangé en silence ; d'ordinaire, il aime bien s'interroger devant moi ; il fallait qu'il fût bien troublé pour ruminer comme ça, sans rien dire. Je l'étais aussi. Camps de travail ou camps de mort : il y avait évidemment quelques différences ; mais un bagne est un bagne ; tous ces internés, je leur voyais les mêmes fronts démesurés, les mêmes yeux fous qu'aux déportés. Et c'est en U. R. S. S. que tout ça se passait!

— Je n'ai pas envie de travailler ; allons nous promener, proposa Robert.

Nous avons traversé le village, nous sommes montés

67

sur le plateau couvert de blés mûrissants et de pommiers en fleur ; il faisait un peu chaud, pas trop ; quelques petits nuages se roulaient en boule dans le ciel ; on apercevait le village, ses toits couleur de bon pain, ses murs hâlés, son clocher enfantin ; la terre avait l'air faite tout exprès pour l'homme et le bonheur à portée de toutes les mains. On aurait dit que Robert avait entendu le murmure de mes pensées ; il a dit abruptement :

— C'est facile d'oublier combien ce monde est dur. J'ai dit avec regret : « Oui, c'est facile. »

J'aurais aimé profiter moi aussi de cette facilité. Pourquoi Scriassine était-il venu nous déranger ? Mais ce n'était pas aux camps que Robert pensait.

— Tu me dis que si je me tais, je serai complice des camps, dit-il. Mais en parlant je deviens le complice des ennemis de l'U. R. S. S., c'est-à-dire de tous ceux qui veulent maintenir ce monde comme il est. C'est vrai que ces camps sont une chose horrible. Mais il ne faut pas oublier que l'horreur est partout.

Soudain, il s'est mis à parler volubilement ; ce n'est pas son genre, les fresques historiques, les grands panoramas sociaux ; et pourtant cet après-midi, tandis que les mots se bousculaient dans sa bouche, tout le malheur du monde est venu s'abattre sur la campagne ensoleillée : la fatigue, la pauvreté, le désespoir du prolétariat français, la misère de l'Espagne et de l'Italie, l'esclavage des peuples colonisés, du fond de la Chine et des Indes, les famines, les épidémies. Autour de nous des hommes mouraient par millions sans avoir jamais vécu, leur agonie obscurcissait le ciel et je me demandais comment nous osions encore respirer.

— Alors, tu comprends, dit Robert, mes devoirs d'intellectuel, le respect de la vérité, ce sont des fariboles. La seule question c'est de savoir si en dénonçant les camps on travaille pour les hommes ou contre eux.

— Soit, dis-je. Mais qu'est-ce qui vous autorise à penser que la cause de l'U. R. S. S. se confond encore aujourd'hui avec celle de l'humanité? Il me semble que l'existence des camps oblige à remettre l'U. R. S. S. tout entière en question.

— Il faudrait savoir tant de choses! dit Robert. S'agit-il vraiment d'une institution indispensable au régime? Ou est-elle liée à une certaine politique qui pourrait être modifiée? Peut-on espérer qu'elle sera rapidement liquidée quand l'U. R. S. S. aura commencé à se reconstruire? C'est sur tout ça que je veux me renseigner avant de prendre une décision.

Je n'insistai pas. Au nom de qui aurais-je pu protester? Je suis bien trop incompétente. Nous sommes rentrés et nous avons passé la soirée à feindre de travailler, chacun de son côté. J'avais rapporté d'Amérique beaucoup de documents, de notes et de livres sur la psychanalyse, mais je n'y touchai pas.

Robert a pris le car de dix heures du matin; au jardin, je guettai le facteur : pas de lettre de Lewis. Il m'avait prévenue qu'il n'écrirait pas avant huit jours, et de Chicago les lettres n'arrivent pas vite; sûrement il ne m'avait pas oubliée; mais il était infiniment loin. Inutile de chercher du secours de ce côté-là. Du secours contre quoi? Je rentrai dans le bureau et je mis un disque sur le pick-up. Il m'arrivait quelque chose d'insupportable : je doutais de Robert. « Autrefois, il aurait parlé », me disais-je. Autrefois, il avait son franc-parler, il ne passait rien à l'U. R. S. S., ni au parti communiste ; et une des raisons d'être du S. R. L., c'était de lui permettre des critiques constructives. Soudain, il choisissait de se taire : pourquoi ? Il avait été blessé qu'on le traitât d'idéaliste ; il essayait de s'adapter en réaliste aux dures nécessités de ce temps. Mais ce n'est que trop facile de s'adapter. Moi aussi, je m'adapte, et je n'en suis pas fière ; toujours passer outre, toujours accepter, à la fin ça veut dire trahir. J'accepte l'absence et je trahis mon amour, j'accepte de survivre aux morts, je les oublie, je les trahis. Enfin, tant qu'il ne s'agit que des morts et de moi-même il n'y a pas de victimes sérieuses. Mais trahir les vivants, c'est grave.

« Si je parle, j'en trahirai d'autres », me répondrait Robert. Et ils ajouteraient en chœur qu'on ne fait pas d'omelette sans casser des œufs. Mais à la fin, qui les mangera toutes ces omelettes ? les œufs cassés pourriront et infesteront la terre. « Elle est déjà infestée. » Ça, c'est vrai ; trop de choses sont vraies ; ça m'affole, toutes ces vérités qui se battent entre elles, je me demande comment ils s'y reconnaissent. Moi, je ne sais pas additionner quatre cents millions de Chinois et quinze millions de forçats. D'ailleurs, c'est peut-être soustraire qu'il faudrait. De toute façon, ces opérations sont fausses. Un homme et un homme, ça ne fait pas deux hommes, ça fait à jamais un et un. Bon, j'ai tort de recourir à l'arithmétique ; pour mettre de l'ordre dans le chaos, c'est à la dialectique qu'il faut s'adresser. Il s'agit de dépasser les forçats vers les Chinois. Soit. Dépassons. Tout passe, tout casse, tout lasse, tout se dépasse ; les camps seront dépassés et aussi ma propre existence ; c'est dérisoire, cette petite vie éphémère qui s'angoisse à propos de ces camps que l'avenir a déjà abolis. L'histoire prend soin d'elle-même et de chacun de nous par-dessus [e marché. Restons donc tranquilles, chacun dans notre trou.

Alors, pourquoi ne restent-ils pas tranquilles ? c'est la question que je posais à Robert, voilà plus de vingt ans, quand j'étais étudiante ; il s'est moqué de moi ; mais je ne suis pas sûre aujourd'hui qu'il m'ait jamais tout à fait convaincue. Ils feignent de croire que l'humanité est une seule personne, immortelle, qu'un jour elle sera récompensée de tous ses sacrifices et que moi-même j'y retrouverai mon compte. Mais je ne marche pas : la mort ronge tout. Les générations sacrifiées ne sortiront pas de leur tombe pour prendre part aux agapes finales ; et ce qui peut les consoler, c'est que les élus les rejoindront sous la terre au bout de très peu de temps. Entre le bonheur et le malheur, il n'y a peut-être pas tant de différence qu'on ne croit.

J'ai arrêté le phonographe, je me suis couchée sur le divan, et j'ai fermé les yeux, délivrée. Comme elle est égale et clémente, la lumière de la mort ! Lewis, Robert, Nadine étaient devenus légers comme des ombres, ils ne pesaient plus sur mon cœur : j'aurais pu supporter le poids de quinze millions d'ombres, ou de quatre cents millions. Au bout d'un moment, j'ai tout de même été chercher un roman policier ; il faut bien tuer le temps : mais le temps aussi me tuera, voilà la vraie harmonie préétablie. Quand Robert est rentré le soir, il m'a semblé que je le voyais de très loin à travers une lorgnette : une image désincarnée, avec du vide tout autour, comme Diégo aux fenêtres de Drancy, Diégo qui n'était déjà plus de

71

ce monde. Il parlait, j'écoutais, mais rien ne me concernait plus.

— Tu me blâmes d'avoir demandé ce délai ? dit Robert.

— Moi ? Pas du tout.

— Alors qu'est-ce qu'il y a ? Si tu crois que ça ne me touche pas, ces camps, tu te trompes bien.

— C'est juste le contraire, dis-je. J'ai pensé aujourd'hui qu'on a vraiment bien tort de se faire des cheveux à propos de tout et de rien. Les choses n'ont jamais tant d'importance ; elles changent, elles finissent, et surtout au bout du compte tout le monde meurt : ça arrange tout.

— Ah ! ça, c'est juste une façon de fuir les problèmes, dit Robert.

Je l'arrêtai : « A moins que les problèmes ne soient une façon de fuir la vérité. Évidemment, ajoutai-je, quand on a décidé que c'est la vie qui est vraie, l'idée de la mort semble une fuite. Mais réciproquement... »

Robert secoua la tête : « Il y a une différence. On prouve qu'on a choisi de croire à la vie en vivant ; si on croit sincèrement que la mort seule est vraie, on devrait se tuer. En fait, même les suicides n'ont jamais ce sens-là.

— Ça peut être parce qu'on est étourdi et lâche qu'on continue à vivre, dis-je. C'est le plus facile. Mais ça ne prouve rien non plus.

— D'abord, c'est important, que le suicide soit difficile, dit Robert. Et puis continuer à vivre, ce n'est pas seulement continuer à respirer. Personne ne réussit à s'installer dans l'indifférence. Tu aimes des choses, tu en détestes d'autres, tu t'indignes, tu admires : ça implique que tu reconnais les valeurs de

72

la vie. » Il sourit : « Je suis tranquille. Nous n'avons pas fini de discuter sur les camps, sur tout le reste. Tu te sens impuissante, comme moi, comme tout le monde, devant certains faits qui t'accablent, alors tu te réfugies dans un scepticisme généralisé : mais ce n'est pas sérieux. »

Je ne répondis rien. Évidemment, demain je discuterais de nouveau, sur un tas de choses : ça prouvait-il qu'elles cesseraient de me paraître insignifiantes ? et si oui, c'est peut-être que je recommencerais à me duper.

Nadine et Lambert sont revenus à Saint-Martin le samedi suivant : ça n'avait plus l'air de bien marcher entre eux, Nadine n'a pas desserré les dents de tout le dîner. Lambert devait partir deux jours plus tard pour l'Allemagne, afin de se renseigner sur les camps de la zone russe ; d'un commun accord, ils ont évité Robert et lui d'aborder le fond du problème mais ils ont discuté avec animation sur les modalités pratiques de l'enquête.

Au café, Nadine a explosé :

— C'est une sombre connerie, toute cette histoire ! Bien sûr qu'ils existent, ces camps. C'est ignoble et c'est nécessaire : c'est la société, quoi, et personne ne peut rien y faire !

— Tu en prends facilement ton parti ! dit Lambert Il la regarda avec reproche. « Pour te débarrasser des trucs qui te gênent, tu as vraiment le don !

— Et toi, tu n'en prends pas ton parti ! dit Nadine d'une voix agressive. Allons donc ! tu es ravi de pouvoir penser du mal de l'U. R. S. S. Et grâce à ça tu vas aller te promener et faire l'important : c'est tout bénéfice. »

73

Il a haussé les épaules sans répondre, mais ils ont dû se chamailler la nuit dans le pavillon. Le lendemain, Nadine a passé la journée seule dans le living-room, avec un livre qu'elle ne lisait pas. Inutile de lui parler : elle me répondait par monosyllabes. Le soir, Lambert l'appela du jardin et comme elle ne bougeait pas, il entra :

— Nadine, il serait temps de partir.

— Je ne pars pas, dit-elle. Il suffit que je sois à *Vigilance* demain matin à dix heures.

— Mais je t'ai dit que je devais rentrer ce soir à Paris : j'ai des gens à voir.

— Vois-les. Tu n'as pas besoin de moi pour ça.

— Nadine, ne sois pas stupide! dit-il avec impatience. Je ne resterai qu'une heure avec eux. On avait dit qu'on irait au restaurant chinois.

— J'ai changé d'avis, ça t'arrive aussi, dit Nadine. Je reste ici.

— C'est notre dernière soirée, dit Lambert.

— Ça, c'est toi qui l'as décidé! dit-elle.

— Ça va ; à demain, dit-il d'un ton rogue.

— Demain, je suis occupée. A ton retour.

— Oh! Adieu pour toujours si tu veux, cria-t-il d'une voix furieuse.

Il referma la porte derrière lui ; Nadine me regarda et elle se mit à crier elle aussi : « Surtout ne me dis pas que j'ai tort, ne me dis rien ; je sais tout ce que tu peux me dire et ça ne m'intéresse pas.

— Je n'ai pas ouvert la bouche.

— Qu'il parte en voyage, je m'en fous! dit-elle. Mais il devait me consulter avant de décider : et je déteste qu'on me mente. Cette enquête n'est pas si urgente. Il aurait mieux fait de me dire en face : j'ai

74

envie d'être seul. Parce que c'est ça le fond : il veut pouvoir pleurer tranquillement son petit papa chéri.

— C'est normal, dis-je.

— Normal ? Son père était un vieux salaud. D'abord, il n'aurait pas dû se réconcilier avec lui ; et maintenant voilà qu'il le pleure comme un bébé. Il a pleuré avec de vraies larmes, je l'ai vu ! dit-elle sur un ton triomphant.

— Et alors ? il n'y a pas de honte.

— Aucun des hommes que je connais n'aurait pleuré. Et le plus beau de tout, c'est que, pour corser la tragédie, il prétend qu'on a bousillé le vieux exprès.

— Ce n'est pas impossible », dis-je.

Elle devint toute rouge :

— Pas le père de Lambert ! c'est ridicule ! dit-elle.

Tout de suite après le dîner, elle est partie rôder dans la campagne ; nous ne l'avons revue qu'au petit déjeuner. C'est alors que d'un air réprobateur et avide, elle m'a tendu la première lettre de Lewis.

— Il y a une lettre d'Amérique. Elle ajouta : « De Chicago », en me dévisageant avec insistance.

— Merci.

— Tu ne l'ouvres pas ?

— Ce n'est rien d'urgent.

J'ai posé la lettre à côté de moi et j'essayai de boire mon thé sans que ma main tremble ; j'avais autant de peine à tenir rassemblés les morceaux de mon corps qu'à l'heure où pour la première fois Lewis m'avait serrée dans ses bras. Robert est venu à mon secours, il s'est mis à poser à Nadine des questions sur *Vigilance*, jusqu'à ce que j'aie trouvé un prétexte pour gagner ma chambre ; mes doigts étaient si gourds qu'en l'arrachant de l'enveloppe je déchirai la feuille de papier jaune

d'où allait miraculeusement surgir la présence bouleversante de Lewis ; la lettre était tapée à la machine,
elle était gaie, gentille et vide et pendant un long
moment je contemplai avec stupeur la signature
qui la scellait, implacable comme une dalle mortuaire.
J'aurais beau relire cent fois cette page et la mar-
tyriser, je n'en exprimerais pas un mot neuf, pas
un sourire, pas un baiser ; et je pouvais bien recommencer d'attendre : au bout de mon attente, je ne
rencontrerais qu'une autre feuille de papier. Lewis
était resté à Chicago, il continuait à vivre, il vivait
sans moi. Je me suis approchée de la fenêtre, j'ai
regardé le ciel d'été, les arbres heureux, et j'ai compris
que je commençais seulement à souffrir. Le même
silence : mais il n'y avait plus d'espoir, ce serait toujours ce silence. Quand nos corps ne se touchaient
plus, quand nos regards ne se mélangeaient plus,
qu'avions-nous de commun ? Nos passés s'ignoraient,
nos avenirs se fuyaient, on ne parlait pas autour de
nous la même langue, les horloges se moquaient de nous :
ici le matin brillait, et c'était la nuit dans la chambre
de Chicago, nous ne pouvions pas même nous donner
un rendez-vous dans le ciel. Non, de lui à moi il n'existait aucun passage : sauf ces sanglots dans ma gorge
et je les réprimais.

C'était encore une chance que Paule m'ait suppliée
au téléphone de venir la voir ce jour-là : peut-être
en partageant sa tristesse réussirais-je à oublier la
mienne. Assise dans l'autocar à côté de Nadine qui
méditait quelque mauvais coup, je me demandai :
« Est-ce qu'on finit par s'habituer ? m'habituerai-je ? »
Dans les rues de Paris, je croisais des centaines, des
milliers d'hommes qui avaient comme Lewis deux

bras, deux jambes, mais jamais son visage : c'est fou combien il y a sur la surface de la terre d'hommes qui ne sont pas Lewis ; c'est fou combien il y a de chemins qui ne reconduisent pas à ses bras et de mots d'amour qui ne s'adressent pas à moi. Partout des promesses de douceur, de bonheur me frôlaient, mais jamais cette tendresse printanière ne traversait ma peau. Lentement je suivis les quais. Paule avait fait l'immense effort de se traîner jusque chez moi quelques jours après mon retour et elle avait reçu gaiement ses cadeaux d'Amérique ; mais elle avait écouté mes récits et répondu à mes questions d'un air lointain. Je n'avais pas encore été la voir chez elle et c'est avec une espèce d'étonnement que je retrouvai, pareille à elle-même, la rue familière. Rien n'avait changé pendant mon absence : il ne s'était rien passé. On lisait les mêmes inscriptions qu'autrefois : « Spécialité d'oiseaux rares et saxons », et le petit singe enchaîné au garde-fou d'une fenêtre écossait encore des cacahuètes. Assis sur les marches de l'escalier, un clochard fumait un cigare en surveillant un ballot de guenilles. La porte d'entrée, quand je la poussai, heurta comme naguère une poubelle ; chaque trou du tapis était à sa place ; on entendait la sonnerie insistante d'un téléphone. Paule était enveloppée d'une robe de chambre soyeuse, un peu fripée.

— Tu es gentille! Je suis désolée de t'ennuyer, mais descendre seule dans cette cage aux lions, jamais je n'en aurais eu le courage.

— Tu es sûre que je suis invitée ?

— Mais c'est à cause de toi que la Belhomme m'a téléphoné trois fois ; elle m'a suppliée de t'amener ; elle a Henri : elle voudrait Dubreuilh...

Elle monta l'escalier qui conduisait à sa chambre et je la suivis.

— Tu n'imagines pas comme la maison de Saint-Martin est jolie, dis-je. Il faudra venir.

Elle soupira. « C'est si loin! » Elle ouvrit les battants de son armoire. « Qu'est-ce que je vais mettre? il y a si longtemps que je ne suis pas sortie.

— Ta robe noire.

— Elle est bien vieille.

— La verte.

— Je ne suis pas sûre que le vert m'aille bien. » Elle décrocha le cintre auquel était suspendue la robe noire. « Je ne voudrais pas avoir l'air mangée aux mites. Lucie serait trop contente.

— Pourquoi vas-tu chez elle, toi qui ne sors jamais?

— Elle me déteste, dit Paule. Autrefois, j'étais plus jeune et plus jolie qu'elle, j'ai eu plusieurs de ses amants; si je refuse toutes ses invitations, elle croira que je suis devenue infirme et elle jubilera. »

Elle s'était approchée de la glace et elle suivait du doigt la courbe de ses épais sourcils. « J'aurais dû les épiler; je devrais suivre la mode; elles vont me trouver ridicule!

— N'aie pas peur d'elles, dis-je. Tu seras toujours la plus belle.

— Oh! plus maintenant, dit-elle. Non. Plus maintenant! »

Elle se regardait d'un air hostile et soudain, pour la première fois depuis bien des années, je la vis moi aussi avec des yeux étrangers; elle avait l'air fatiguée; ses pommettes avaient pris une nuance violacée, et le menton s'empâtait; les deux entailles profondes qui cernaient sa bouche accusaient la virilité de ses

78

traits. Naguère, le teint crémeux de Paule, son regard velouté, le noir éclat de ses cheveux adoucissaient sa beauté : privé de ce banal attrait, son visage devenait insolite ; il était construit d'une manière trop volontaire pour qu'on excusât l'indécision d'une courbe, l'hésitation d'une couleur ; au lieu de s'y inscrire sournoisement, le temps marquait d'un signe brutal ce masque noble et baroque qui méritait encore l'admiration, mais qui aurait été à sa place dans un musée plutôt que dans un salon.

Paule avait enfilé sa robe noire et elle brossait ses longs cils.

— J'allonge les yeux, oui ou non ?

— Je ne sais pas.

Je voyais bien ses défauts ; mais j'étais incapable de suggérer un remède : je n'étais même pas sûre qu'il en existât.

— Pourvu qu'il me reste une paire de bas convenables ! Elle fouillait dans un tiroir avec des gestes fébriles. « Tu crois que ces deux-là sont de la même couleur ?

— Non ; celui-ci est plus clair que l'autre.

— Et celui-là ?

— Il y a une échelle du haut en bas. »

Il nous a bien fallu dix minutes pour assortir deux bas intacts.

— Tu es sûre, ils sont pareils ? demandait Paule avec anxiété. J'avais tendu sur mes doigts écartés le réseau léger et debout près de la fenêtre je consultais la lumière :

— Je ne vois aucune différence.

— Mais elles voient tout, tu comprends.

Elle laça autour de ses jambes des sandales aux

hautes semelles et me demanda : « Je mets mon collier ? »

C'était un lourd collier de cuivre, d'ambre et d'os, un bijou exotique sans valeur marchande qui ferait sourire de mépris des femmes endiamantées.

— Non, ne le mets pas.

J'hésitai. De toute façon avec ses boucles, sa robe sans âge, son masque, ses cothurnes, Paule était si différente de ses ennemies qu'il valait peut-être mieux souligner son originalité « Attends ; oui, il vaut mieux le mettre. Ah ! je ne sais pas, dis-je avec impatience. Après tout, elles ne vont pas te manger.

— Oh ! si, elles me mangeront », dit-elle sans sourire.

Nous avons marché vers une station d'autobus ; dans la rue, Paule perdait toute sa majesté ; elle marchait en rasant les murs d'un air furtif. « Je déteste sortir habillée dans ce quartier, dit-elle sur un ton d'excuse. Le matin, je traîne en savates, c'est différent ; mais à cette heure-ci, dans cette toilette, je suis une insulte. »

J'essayai de la distraire :

— Comment va Henri ?

Elle hésita : « Il est si compliqué. »

Je répétai bêtement : « Compliqué ? »

— Oui, c'est bizarre ; c'est seulement maintenant que je commence à le connaître : après dix ans. » Il y eut un silence et elle reprit : « Il a fait un drôle de truc, pendant ton absence ; il m'a mis brusquement sous le nez un passage de son roman où le héros explique à une femme qu'elle lui empoisonne la vie ; et il m'a demandé : « Qu'est-ce que « tu en penses ? »

— Qu'est-ce qu'il voulait te faire répondre ? dis-je, en essayant de donner à ma voix un accent amusé.

— Je lui ai demandé s'il avait pensé à moi en l'écrivant et il a rougi de confusion. Mais j'ai bien senti que pendant un moment il aurait aimé que je le croie.

— Oh! tu m'étonnes! dis-je.

— Henri est un cas », dit-elle pensivement; elle ajouta : « Il voit beaucoup la petite Belhomme; c'est aussi pour ça que j'ai tenu à aller chez Lucie : pour qu'elles ne s'imaginent pas que j'attache de l'importance à ce caprice...

— Oui, j'ai vu une photo d'elle...

— D'elle avec Henri aux « Iles Borromées! » Elle haussa les épaules : « C'est triste. Il n'en est pas fier, tu sais. C'est même étrange : il a demandé que nous ne couchions plus ensemble; comme s'il ne se sentait plus digne de moi », conclut-elle lentement.

J'avais envie de lui dire : « Cesse donc de te mentir! » Mais de quel droit? en un sens j'admirais son entêtement.

Dans l'escalier, en montant chez Lucie Belhomme, elle a saisi mon poignet : « Dis-moi la vérité : est-ce que j'ai l'air d'une vaincue?

— Toi? tu as l'air d'une princesse. »

Mais quand le valet de chambre nous a ouvert la porte, j'ai senti que la panique de Paule m'avait gagnée; on entendait un cliquetis de voix, l'air sentait le parfum et la malveillance; moi aussi on allait joyeusement me mettre en pièces : ça n'est jamais agréable à penser. Paule avait retrouvé son sang-froid : elle entra dans le salon avec une dignité princière; moi, soudain, je n'étais plus très sûre que ses deux bas fussent de la même couleur.

Meubles d'époque, tapis vaguement persans, tableaux patinés, livres reliés en parchemin, cristaux, velours, satins : on sentait que Lucie hésitait entre ses aspira-

81

tions bourgeoises, ses prétentions intellectuelles, et son propre goût qui, malgré son bon goût réputé, était vulgaire.

— Comme je suis contente de vous avoir ici! Elle était habillée avec une perfection qui eût donné des complexes d'infériorité à la duchesse de Windsor ; on ne remarquait qu'au second coup d'œil la mesquinerie de la bouche, la malveillance inquiète du regard : il n'existe pas encore de visagiste qui sache rectifier le regard ; tout en souriant elle m'expertisait avec exactitude ; elle se tourna vers Paule. « Ma petite Paule! douze ans qu'on ne s'est pas vues! on ne se serait pas reconnues. » Un instant, elle garda dans sa main la main de Paule qu'elle détaillait effrontément, et puis elle m'entraîna : « Venez que je vous présente. »

Les femmes étaient beaucoup plus jeunes et plus jolies que dans le salon de Claudie et aucun drame spirituel ne défigurait leurs visages adroitement travaillés ; il y avait beaucoup de mannequins avides de devenir des starlettes, et des starlettes avides de se muer en stars ; elles avaient toutes des robes noires, des cheveux couleur d'oréal, des talons très hauts, de longs cils et une personnalité, différente pour chacune, mais fabriquée dans les mêmes ateliers. Si j'avais été homme ça m'aurait été impossible d'en préférer aucune, j'aurais été faire mon marché ailleurs. En fait, les beaux jeunes gens qui me baisaient la main semblaient surtout s'intéresser les uns aux autres. Il y avait bien çà et là quelques adultes aux allures mâles, mais ils avaient l'air de figurants appointés. Parmi eux se trouvait l'amant en titre de Lucie que tout le monde appelait Dudule ; il causait avec une longue brune aux cheveux platinés.

82

— Il paraît que vous revenez de New York ? me dit-il. Quel pays prodigieux, n'est-ce pas ? On dirait un gigantesque rêve d'enfant gâté. Ces énormes cornets de glace dont ils se gavent, j'y vois le symbole de l'Amérique tout entière.

— Moi je ne m'y suis pas plu du tout, a dit la fausse blonde, tout est trop propre, trop parfait ; on finit par avoir envie de rencontrer un homme en chemise douteuse, avec une barbe de deux jours.

Je ne protestai pas ; je les laissai m'expliquer à coups de slogans éprouvés ce pays d'où je revenais : « De grands enfants », « le paradis de la femme », « de détestables amants », « une vie tourbillonnante et fiévreuse ». Dudule à propos des gratte-ciel prononça même hardiment le mot *phallus*. Je me disais en les écoutant qu'on n'a vraiment pas le droit d'imputer aux intellectuels une sensibilité sophistiquée ; c'était ces gens-là — gens du monde et assimilés — qui promenaient dans l'existence des yeux aveuglés par de mauvais clichés et un cœur envahi de lieux communs. Robert, Henri se laissent aller avec nonchalance à aimer ce qu'ils aiment, à s'ennuyer de ce qui les ennuie, et si un roi se promène tout nu ils n'admirent pas les broderies de son manteau ; ils savent bien qu'ils créent eux-mêmes les modèles que copieront avec zèle les snobs qui affectent des réactions distinguées ; leur orgueil leur permet toutes les naïvetés ; tandis que ni Dudule, ni Lucie, ni les jeunes femmes minces et lustrées qui s'empressaient autour d'elle ne s'accordaient jamais un moment de sincérité. J'éprouvais pour elles une pitié effrayée. Leur seul lot, c'était des ambitions vides, des jalousies brûlantes, des victoires et des défaites abstraites. Alors qu'il y a tant de choses sur terre à aimer et à haïr solidement ! J'ai pensé

83

dans un éclair : « Robert a bien raison. Ça n'existe pas, l'indifférence. » Même ici, où ça n'en valait guère la peine, je me jetai tout de suite dans l'indignation ou dans le dégoût ; j'affirmai qu'il y avait plein de choses au monde à aimer et à haïr et je savais bien que rien ne déracinerait en moi cette certitude. Oui, c'est par fatigue, par paresse, par honte de mon ignorance que j'avais bêtement prétendu le contraire.

— Tu n'as jamais rencontré ma fille ? demanda Lucie en décochant à Paule un de ses minces sourires.

— Non.

— Tu vas la voir ; elle est très belle : tout à fait le genre de beauté que tu avais autrefois. Lucie esquissa et effaça un nouveau sourire : « Vous avez beaucoup de choses en commun. »

Je décidai d'être aussi grossière qu'elle : « Oui, on dit que votre fille ne vous ressemble pas du tout. »

Lucie m'examina avec une hostilité décidée ; il y avait une curiosité presque inquiète dans cette inspection comme si elle s'était demandé : « Y a-t-il une autre manière que la mienne d'être femme et d'en profiter ? est-ce que quelque chose m'a échappé ? » Son regard revint vers Paule : « Tu devrais venir me voir un de ces jours chez Amaryllis ; je t'habillerais un peu ; ça change une femme, d'être bien habillée.

— Ça serait bien dommage de changer Paule, dis-je ; les femmes à la mode, ça pullule, tandis qu'il n'y a qu'une Paule. »

Lucie eut l'air un peu déconcerté : « En tout cas, le jour où tu ne mépriseras plus la mode tu seras toujours bien accueillie dans mes salons ; et je connais un esthéticien qui fait des miracles, ajouta-t-elle en pivotant sur ses hauts talons.

— Tu aurais dû lui demander pourquoi elle n'a pas recours à ses services, dis-je à Paule.

— Je n'ai jamais su leur répondre, dit Paule. Ses pommettes étaient violacées et ses narines pincées, c'était sa manière de pâlir.

— Tu veux t'en aller?

— Non, ça serait une défaite. »

Claudie se précipitait vers nous avec des yeux brillants de commère en chaleur : « La petite rousse qui vient d'entrer, c'est la fille Belhomme », dit-elle.

Paule tourna la tête, moi aussi. Josette n'était pas petite, et c'était une rousse de l'espèce la plus rare : celles qui ont sous leurs cheveux fauves une chair crémeuse de blonde ; sa bouche voluptueuse et désolée, ses yeux immenses lui donnaient l'air d'être effarouchée par sa propre beauté. On comprenait qu'un homme ait envie d'émouvoir un tel visage. Je jetai sur Paule un coup d'œil inquiet ; elle tenait une coupe de champagne à la main, elle était immobile, l'œil fixe, comme si elle avait entendu des voix ; de méchantes voix.

Mon cœur se révolta ; quel crime expiait-elle? Pourquoi la brûlait-on toute vive alors qu'autour de nous toutes ces femmes souriaient? J'étais prête à reconnaître qu'elle avait forgé elle-même son malheur ; elle n'essayait pas de comprendre Henri, elle se repaissait de chimères, elle avait choisi la paresse avec l'esclavage : mais enfin elle n'avait jamais fait de mal à personne, elle ne méritait pas d'être punie si sauvagement. C'est toujours pour nos fautes que nous payons ; seulement, il y a des portes où les créanciers ne frappent jamais et d'autres qu'ils forcent, c'est injuste. Paule était du côté des malchanceux et je ne me résignais pas à voir ces larmes qui coulaient de ses yeux sans qu'elle parût s'en apercevoir ; je la réveillai brusquement : « Allons-nous-en, dis-je en lui prenant le bras.

— Oui. »

Quand après les adieux hâtifs nous nous sommes retrouvées dans la rue, Paule me regarda d'un air sombre.

— Pourquoi ne m'as-tu jamais avertie ? dit-elle.

— T'avertir ? de quoi ?

— De ce que j'étais sur un mauvais chemin.

— Mais je ne pense pas ça.

— C'est drôle que tu ne l'aies pas pensé.

— Tu veux dire que tu as vécu trop enfermée ?

Elle haussa les épaules. « Je n'ai pas dit mon dernier mot. Je sais que je suis un peu idiote : mais quand j'ai compris, j'ai compris. »

En descendant de l'autobus, elle s'arracha pourtant un sourire : « Merci de m'avoir accompagnée. Tu m'as rendu un vrai service. Je n'oublierai pas. »

Nadine est restée à Paris toute la semaine. Quand elle a reparu à Saint-Martin, je lui ai demandé des nouvelles de Lambert : il lui avait écrit, il rentrait dans une semaine. « Il va y avoir des étincelles, a-t-elle ajouté d'une voix jubilante : j'ai revu Joly et nous avons recouché ensemble. Tu imagines la gueule de Lambert quand je vais lui raconter ça !

— Nadine ! ne le lui raconte pas ! »

Elle me regarda d'un air déconcerté :

— Tu m'as mille fois répété que les gens décents ne se mentent pas. Franchise d'abord !

— Non. Je t'ai dit qu'il faut tâcher de bâtir des rapports où le mensonge ne soit pas même concevable. Mais tu n'en es pas là avec Lambert, pas du tout. Et d'ailleurs, ajoutai-je, il ne s'agit pas de lui confier par souci de sincérité un événement vrai de ta vie : tu as fabriqué cette histoire exprès pour le blesser en la lui racontant.

Nadine ricana d'un air indécis :

— Oh! toi! quand tu te mets à faire ta sorcière!

— Je me trompe?

— Évidemment, j'ai voulu le punir; il le mérite bien.

— Tu reconnais toi-même qu'il fait toujours tout ce que tu veux : pour une fois qu'il n'a pas cédé, tu pourrais te montrer belle joueuse.

— Il fait ce que je veux parce que ça l'amuse de jouer au petit garçon, c'est une comédie. Mais pour de vrai, n'importe quoi compte plus que moi : Henri, le journal, son père, une enquête...

— Tu es aveugle. Lambert tient à toi par-dessus tout.

— Que tu dis. Lui, il ne m'a jamais rien dit de tel.

— Tu n'as guère dû l'y encourager.

— Évidemment, je n'ai pas été lui mendier des déclarations d'amour.

Je la regardai avec un peu de curiosité :

— Ça vous arrive bien quand même de parler de vos sentiments?

— C'est pas des choses dont on parle, dit-elle d'un air choqué. Qu'est-ce que tu t'imagines?

— Parler, ça aide à se comprendre.

— Mais je comprends très bien tout.

— Alors tu dois comprendre que Lambert ne supportera jamais que tu l'aies trompé; tu vas lui faire une peine affreuse et gâcher irrémédiablement toute votre histoire.

— C'est quand même marrant que ce soit toi qui

me conseilles de mentir. Elle ricanait, mais elle avait l'air plutôt soulagée. « Ça va, je ne lui dirai rien. »

Lambert arriva le surlendemain ; il parla peu de son voyage, il comptait repartir en septembre pour réunir des renseignements plus précis ; Nadine paraissait réconciliée avec lui. Ils prenaient côte à côte de longs bains de soleil dans le jardin, ils se promenaient, ils lisaient, ils discutaient, ils faisaient des projets. Lambert se laissait dorloter par Nadine et se pliait de bonne grâce à ses caprices ; mais par instants il éprouvait le besoin de se prouver son indépendance, il enfourchait sa motocyclette et il filait sur les routes à une vitesse qui visiblement l'effrayait lui-même. Nadine haïssait toujours la solitude d'autrui ; à sa jalousie il se mêlait cette fois de l'envie ; devant la résistance de Lambert et mon opposition formelle, elle avait renoncé à conduire la machine ; elle avait essayé du moins de l'adopter : elle avait peint le garde-boue en rouge vif et attaché des fétiches au guidon ; malgré ces efforts, la motocyclette demeurait à ses yeux le symbole de tous les plaisirs virils dont elle n'était pas la source et qu'elle ne pouvait pas non plus partager ; c'était le plus fréquent prétexte de ses disputes avec Lambert ; mais il ne s'agissait là que de chamailleries sans aigreur.

Un soir, comme j'étais dans ma chambre en train de me préparer pour la nuit, ils sont venus s'asseoir dans le jardin.

— En somme, dit Lambert, tu estimes que je ne serais pas capable de diriger tout seul un journal ?

— Je n'ai pas dit ça. Je dis que si Volange te prend comme homme de paille tu ne dirigeras rien du tout.

— Et qu'il me fasse assez confiance pour me proposer sans arrière-pensée un pareil poste, ça te semble incroyable !

— Tu es naïf ! Volange est encore trop mouillé pour oser afficher son nom, et il compte te manœuvrer en coulisse.

— Oh ! toi tu te crois très forte parce que tu joues les cyniques ; mais la malveillance aussi rend aveugle. Volange, c'est quelqu'un.

— C'est un salaud, dit-elle tranquillement.

— Il s'est trompé, soit ; mais je préfère les gens qui ont leurs erreurs derrière eux à ceux qui les ont devant, dit Lambert avec hargne.

— Tu veux dire Henri ? Je n'en ai jamais fait un héros, mais c'est un type propre, lui.

— Il l'a été ; mais il est en train de se laisser bouffer par la politique et par son personnage public.

— Je trouve qu'il a plutôt gagné, dit Nadine d'un ton impartial. Cette pièce qu'il vient d'écrire, c'est ce qu'il a fait de meilleur.

— Ah, non ! dit Lambert. Je la trouve détestable. Et c'est une mauvaise action ; les morts sont morts, qu'on les laisse tranquilles ; ce n'est pas la peine de venir exaspérer la haine entre les Français...

— Au contraire ! dit Nadine. Les gens ont drôlement besoin qu'on leur rafraîchisse la mémoire.

— Ça n'avance à rien de se buter sur le passé, dit Lambert.

— Moi je n'admets pas qu'on l'oublie, dit Nadine ; elle ajouta d'une voix sèche : « Et je ne comprends pas qu'on pardonne.

— Et qui es-tu, qu'est-ce que tu as fait pour être si sévère ? dit Lambert.

— J'en aurais fait autant que toi si j'avais été un homme, dit Nadine.

— J'en aurais fait dix fois plus que je ne me permettrais pas de condamner les gens sans appel, dit-il.

— Ça va! dit-elle. Là-dessus on ne sera jamais d'accord. Allons nous coucher. »

Il y eut un silence et Lambert dit d'un ton définitif :

— Je suis sûr que Volange fera de grandes choses.

— J'en doute, dit Nadine. En tout cas, je ne vois pas en quoi ça te concerne. Diriger un vague canard qui ne sera même pas vraiment à toi, ça n'a rien de grand.

Sur un ton vaguement badin, il demanda : « Est-ce que tu crois que je ferai jamais quelque chose de grand ?

— Oh! je ne sais pas, dit-elle, et je m'en fous. Pourquoi faudrait-il absolument donner dans la grandeur ?

— Que je sois un bon petit garçon soumis à tes quatre volontés, c'est tout ce que tu attends de moi ?

— Mais je n'attends rien : je te prends comme tu es. »

Son accent était affectueux ; mais il signifiait clairement qu'elle se refusait à dire les mots que Lambert souhaitait entendre. Il insistait, d'une voix un peu maniaque : « Et qu'est-ce que je suis ? quelles capacités me reconnais-tu ?

— Tu sais faire une mayonnaise, dit-elle gaiement, et conduire une motocyclette.

— Et autre chose aussi que je ne dirai pas, dit-il avec un petit ricanement.

— Je déteste quand tu es vulgaire », dit-elle.

Elle bâilla avec éclat. « Je vais dormir. » Le gravier crissa sous leurs pieds et puis on n'entendit plus

90

dans le jardin que le concert têtu des sauterelles.

Je les ai écoutées longtemps : la belle nuit! il ne manquait pas une étoile au ciel, il ne manquait rien nulle part. Et pourtant il y avait en moi ce vide qui n'en finissait pas. Lewis m'avait écrit deux autres lettres, il me parlait beaucoup mieux que dans la première ; mais plus je le sentais vivant, réel, plus sa tristesse prenait du poids. Je suis triste moi aussi et ça ne nous rapproche pas. Je murmure : « Pourquoi êtes-vous si loin? » Il répond en écho : « Pourquoi êtes-vous si loin? » et sa voix est chargée de reproche. Parce que nous sommes séparés, tout nous sépare et même nos efforts pour nous rejoindre.

Eux cependant, ils auraient pu faire de leur amour un bonheur ; je m'irritais de leur maladresse. Ce jour-là, ils avaient décidé d'aller passer la journée et la nuit à Paris ; au début de l'après-midi, Lambert sortit du pavillon, vêtu d'un élégant complet de flanelle et cravaté avec recherche. Nadine était couchée sur l'herbe, elle portait une jupe à fleurs toute tachée, une chemisette de coton, de grosses sandales. Il lui cria avec un peu d'humeur : « Dépêche-toi d'aller te préparer! nous allons manquer le car.

— Je t'ai dit que je voulais prendre la moto, dit Nadine, c'est bien plus amusant.

— Mais nous arriverions sales comme des peignes ; et on est ridicule sur une moto dès qu'on est un peu habillé.

— Je ne compte pas m'habiller, dit-elle d'un ton définitif.

— Tu ne vas pas te ramener à Paris dans cette tenue? » Elle ne répondit pas et il me prit à témoin d'une voix désolée : « Quel dommage! elle pourrait avoir tellement d'allure si seulement elle ne prenait pas ce genre anarchiste ! » Il l'examina d'un œil critique : « D'autant plus que le débraillé, ça ne te va pas du tout. »

Nadine se pensait laide et c'est surtout par dépit qu'elle dédaignait de se féminiser ; sa négligence hargneuse ne laissait guère soupçonner combien elle était sensible à toute remarque concernant son apparence physique ; son visage s'était altéré : « Si tu veux une femme qui s'occupe de sa peau du matin au soir, adresse-toi à un autre rayon.

— Ça ne serait pas long de passer une robe propre, dit Lambert. Je ne peux te sortir nulle part si tu restes déguisée en sauvage.

— Mais je n'ai pas besoin qu'on me sorte. Tu t'imagines que j'ai envie d'aller parader à ton bras dans des endroits où il y aurait des maîtres d'hôtel et de la femme en peau ? Merde, alors ! Si tu tiens à jouer au Don Juan, loue un mannequin pour t'accompagner.

— Je ne vois pas ce qu'il y aurait de révoltant à aller danser dans une boîte convenable où on entendrait du bon jazz. Vous voyez, vous ? me demandat-il.

— Je crois que Nadine n'aime guère danser, dis-je avec prudence.

— Elle danserait très bien, si elle voulait !

— Justement, je ne veux pas, dit-elle. Faire le singe au milieu d'une piste, ça ne m'amuse pas.

— Ça t'amuserait tout comme une autre », dit Lambert ; un peu de sang lui monta au visage. « Et ça t'amuserait de t'habiller, de sortir, si seulement tu étais sincère. On dit : ça ne m'amuse pas ; mais on

ment. Nous sommes tous des refoulés et des hypocrites.
Je me demande pourquoi. Pourquoi ça serait-il un
crime d'aimer les beaux meubles, les beaux vêtements,
le luxe et les divertissements? pour de vrai tout le
monde aime ça.

— Je te jure que je m'en contre-fous, dit Nadine.

— Que tu dis! c'est marrant, reprit-il avec une
passion qui me déconcerta, il faut toujours se guinder,
toujours se renier. On ne doit ni rire ni pleurer quand
on en a envie, ni faire ce qui vous tente, ni penser ce
qu'on pense.

— Mais qui vous l'interdit? ai-je demandé.

— Je ne sais pas, et c'est bien ça le pire. Nous sommes
tous là à nous mystifier les uns les autres, et personne
ne sait pourquoi. Soi-disant on sacrifie à la pureté :
mais où est-elle, la pureté? qu'on me la montre! et
c'est en son nom qu'on refuse tout, qu'on ne fait rien,
qu'on n'arrive à rien.

— A quoi veux-tu donc arriver? dit Nadine d'une
voix ironique.

— Tu ricanes; mais ça aussi, c'est de l'hypocrisie.
Tu es bien plus sensible au succès que tu ne le dis ;
c'est quand même avec Perron que tu es partie en
voyage et tu me parlerais sur un autre ton si j'étais
quelqu'un. Tout le monde admire la réussite ; et tout
le monde aime l'argent.

— Parle pour toi, dit Nadine.

— Et pourquoi ne tiendrait-on pas à l'argent? dit
Lambert. Tant que le monde est comme il est, autant
être du côté de ceux qui en ont. Allons! tu étais bien
fière d'avoir un manteau de fourrure l'année dernière,
et tu crèves d'envie de faire de grands voyages ; tu
serais enchantée de te réveiller millionnaire ; seulement

93

tu ne l'avoueras jamais : tu as peur d'être toi-même!

— Je sais qui je suis et ça me convient très bien, dit-elle d'une voix mordante. C'est toi qui as peur d'être ce que tu es : un petit intellectuel bourgeois. Les grandes aventures tu sais bien que tu n'es pas fait pour. Alors maintenant, tu mises sur la réussite sociale, argent et le reste. Tu deviendras un snob et un sale arriviste, voilà tout.

— Il y a des moments où tu mériterais tout simplement une bonne gifle, dit Lambert en tournant les talons.

— Essaie donc! Je te jure qu'il y aurait du sport. »

Je suivis Lambert des yeux; je me demandais quelle était la raison de son éclat; qu'étouffait-il en lui, à contrecœur? le goût de la facilité? une ambition inavouée? souhaitait-il par exemple accepter la proposition de Volange sans oser encourir le blâme de ses amis? peut-être s'était-il persuadé que les interdits dont il se sentait entouré l'empêchaient de devenir quelqu'un? ou désirait-il qu'on l'autorisât tranquillement à n'être personne?

— Je me demande qu'est-ce qu'il avait en tête? dis-je.

— Oh! il se fabrique de petits rêves, dit Nadine avec dédain. Seulement quand il veut me faire entrer dedans, minute!

— Je dois dire que tu ne l'encourages pas beaucoup.

— Non; c'est même marrant; quand je sens qu'il a envie que je lui dise une chose, je dis aussitôt le contraire. Tu ne comprends pas ça?

— Je comprends un peu.

Je comprenais très bien; avec Nadine précisément je connaissais ce genre de résistance.

— Il veut toujours se faire donner des permissions :
il n'a qu'à les prendre.

— N'empêche que tu pourrais être un peu plus
conciliante, dis-je. Tu ne fais jamais aucune concession : tu devrais lui céder quand par hasard il te
demande quelque chose.

— Oh! il demande plus que tu ne crois, dit-elle ;
elle haussa les épaules d'un air excédé : « D'abord
tous les soirs il demande à coucher avec moi : ça
m'assomme.

— Tu peux refuser.

— Tu ne te rends pas compte : si je refuse ça fait
tout un drame » ; elle ajouta d'une voix irritée : « Par-
dessus le marché, si je ne prenais pas mes précautions,
il me ferait un gosse à tous coups. » Elle me guignait
du coin de l'œil ; elle savait bien que je détestais ce
genre de confidences.

— Apprends-lui à faire attention.

— Merci! si ça devient des séances d'exercices
pratiques, c'est gai! J'aime encore mieux me défendre
toute seule. Mais c'est pas très marrant d'avoir à se
mettre un bouchon chaque fois qu'on baise. D'autant
plus que j'ai cassé la brosse à dents.

— La brosse à dents?

— On ne t'a donc rien montré en Amérique? C'est
une Wac qui m'a fait cadeau de ce machin-là. Oh!
c'est mignon tout plein, on dirait un petit chapeau
melon ; seulement pour s'installer ça convenablement,
on a besoin d'une espèce d'outil en verre : j'appelle
ça la brosse à dents ; et je l'ai cassée. Elle me regarda
avec malice : « Je te choque, hein? »

Je haussai les épaules. « Je me demande pourquoi
tu t'entêtes à faire l'amour, si c'est une telle corvée.

— Comment veux-tu que j'aie des histoires avec des types si je ne baise pas ? Les femmes m'emmerdent, je ne m'amuse qu'avec les garçons ; mais si je veux sortir avec eux il faut que je couche avec, je n'ai pas le choix. Seulement, il y en a qui le font plus ou moins souvent, plus ou moins longtemps. Lambert c'est tout le temps et ça n'en finit pas. » Elle se mit à rire. « Je suppose que dès qu'il ne s'en sert pas, il n'est pas sûr d'en avoir une ! »

Un des paradoxes de Nadine, c'est qu'elle avait traîné dans quantité de lits, qu'elle disait sans sourciller d'énormes obscénités, et que pourtant elle était, touchant sa vie sexuelle, d'une extrême susceptibilité. Quand Lambert se permettait, comme il le faisait trop souvent, une allusion à leur intimité, elle se hérissait.

— Il y a une chose dont tu n'as pas l'air de te rendre compte, dis-je. C'est que Lambert t'aime.

Elle haussa les épaules : « Tu n'as jamais voulu comprendre, dit-elle d'une voix raisonnable. Lambert a aimé une femme dans sa vie : Rosa. Après, il a voulu se consoler, il a ramassé la première fille venue : c'était moi ; mais il n'avait même pas envie de coucher avec moi, au début. C'est quand il a appris qu'Henri me baisait que ça lui a donné des idées ; mais je n'ai jamais été son type. Avoir une femme à lui, ça lui semble plus mâle que de courir la gueuse ; c'est plus commode aussi. Mais je ne compte pas là-dedans. »

Elle avait l'art de mélanger si subtilement le vrai et le faux que je restai atterrée devant l'effort qu'il me faudrait faire pour la contredire ; je dis faiblement : « Tu reconstruis tout de travers.

— Non. Je sais ce que je dis », dit-elle.

Elle a fini par passer une robe propre et ils ont été à Paris ; mais ils en sont revenus plus maussades que jamais. Et bientôt une nouvelle scène a éclaté. J'étais en train de travailler dans le jardin, ce matin-là, le ciel orageux pesait sur mes épaules et me plaquait contre la terre. Près de moi, Lambert lisait, Nadine tricotait. « Au fond, m'avait-elle dit la veille, c'est très fatigant des vacances ; il faut tous les jours inventer son emploi du temps. » Visiblement, elle était en train de s'ennuyer ; pendant un instant, ses yeux demeurèrent rivés sur la nuque de Lambert comme si elle avait essayé de lui faire tourner la tête par la force de son regard ; elle dit :

— Tu ne l'as pas encore fini, le Spengler ?

— Non.

— Quand tu l'auras fini tu me le passeras.

— Oui.

Nadine ne pouvait pas voir un livre entre des mains sans le réclamer ; elle l'emportait dans sa chambre, et il grossissait vainement la pile des ouvrages qui peuplaient son avenir ; en fait, elle lisait très lentement, avec une espèce d'hostilité, et elle se fatiguait au bout de quelques pages. Elle reprit avec un petit ricanement :

— Il paraît que c'est royalement con !

Cette fois, Lambert leva la tête :

— Qui t'a dit ça ? tes petits copains communistes ?

— Tout le monde sait que Spengler est un con, dit-elle avec assurance. Elle s'étira sur le sol et grogna : « Tu ferais mieux de m'emmener faire un tour en moto.

— Oh ! je n'en ai pas du tout envie, dit Lambert sèchement.

— On déjeunerait aux Mesnils et on se baladerait dans la forêt.

97

— Et on recevrait tout l'orage sur le dos : regarde ce ciel.

— Il n'y aura pas d'orage. Dis plutôt que ça t'emmerde d'aller te promener avec moi.

— Ça m'emmerde d'aller me promener, oui, je viens de te le dire », dit-il avec impatience.

Elle se leva : « Eh bien, moi, ça m'emmerde de passer la journée dans ce carré de choux. Je vais prendre la machine et faire un tour sans toi. Donne-moi la clef de l'antivol.

— Tu es folle ; tu ne peux pas la conduire.

— Je l'ai déjà conduite ; ça n'est pas malin : la preuve c'est que tu sais le faire.

— Et au premier tournant tu te casserais la gueule. Rien à faire. Je ne te donnerai pas la clef.

— Tu t'en fous que je me casse la gueule! tu as peur que je t'abîme ton joujou, c'est tout. Sale égoïste. Je veux cette clef! »

Lambert ne répondit même pas. Nadine resta un moment immobile, le regard vide ; et puis elle se leva, ramassa le grand cabas qui lui servait de sac et me jeta : « Je m'emmerde ici : je vais passer la journée à Paris.

— Amuse-toi bien. »

Elle avait adroitement choisi sa vengeance. Lambert souffrirait certainement de savoir Nadine à Paris avec des camarades qu'il détestait. Il la suivit des yeux tandis qu'elle sortait du jardin et il tourna la tête vers moi.

— Je ne comprends pas pourquoi nos disputes s'enveniment si vite, dit-il d'un ton désolé. Le comprenez-vous ?

C'était la première fois qu'il amorçait avec moi une conversation intime. J'hésitai ; mais puisqu'il était

98

prêt à m'entendre, le mieux, c'était sans doute d'essayer de parler.

— C'est en grande partie la faute de Nadine, dis-je. Un rien la cabre ; alors elle devient injuste et agressive. Mais dites-vous bien que c'est parce qu'elle est très vulnérable qu'elle est blessante.

— Elle pourrait comprendre que les autres sont vulnérables eux aussi, dit-il avec rancune. Elle est monstrueuse d'insensibilité quelquefois.

Il avait l'air très désarmé, et très jeune, avec son teint frais, son nez un peu retroussé, sa bouche gourmande : un visage sensuel et perplexe, partagé entre des rêves trop doux et des consignes trop dures. Je me décidai : « Voyez-vous, pour voir clair en Nadine, il faut remonter à son enfance. »

Tout ce que j'avais ressassé mille fois en moi-même, je le racontai à Lambert, du mieux que je le pus ; il m'écouta en silence, d'un air ému. Quand je prononçai le nom de Diégo il m'interrompit avec avidité :

— Est-ce vrai qu'il était prodigieusement intelligent ?

— C'est vrai.

— Ses poèmes étaient bons ? il avait du talent ?

— Je le crois.

— Et il n'avait que dix-sept ans! Nadine l'admirait ?

— Elle n'admire jamais. Non, ce qui l'attachait surtout à Diégo, c'est qu'il lui appartenait sans réserve.

— Mais moi aussi, je l'aime, dit-il tristement.

— Elle n'en est pas sûre, dis-je. Elle a toujours craint que vous ne la compariez à une autre.

— Je tiens beaucoup plus à Nadine que je n'ai jamais tenu à Rosa, murmura-t-il.

Cette déclaration me surprit : malgré tout, j'avais épousé les préjugés de Nadine :

— Est-ce que vous le lui avez dit ?

— Ce ne sont pas des choses qu'on peut dire.

— Ce sont des choses qu'elle aurait besoin d'entendre.

Il haussa les épaules. « Elle voit bien que depuis plus d'un an je ne vis que pour elle.

— Elle est convaincue qu'il ne s'agit là que d'une espèce de camaraderie. Et comment vous expliquer ? c'est en tant que femme qu'elle se défie d'elle : elle a besoin d'être aimée en femme. »

Lambert hésita : « Mais sur ce plan aussi elle est impraticable. Peut-être je ne devrais pas vous dire ça : mais je n'y comprends rien, je m'y perds. Si un soir il ne se passe rien entre nous, elle se sent insultée ; mais presque tous les gestes amoureux la choquent ; alors bien entendu elle reste glacée et elle m'en veut... »

Je me rappelai les confidences hargneuses de Nadine :

— Vous êtes sûr que c'est elle qui veut, tous les soirs... ?

— Absolument sûr, dit-il d'un air maussade.

Je ne m'étonnai pas trop de leur contradiction. J'en avais rencontré bien des exemples ; ça signifiait toujours qu'aucun des deux amants n'était satisfait de l'autre.

— Nadine se sent mutilée quand elle accepte sa féminité et aussi quand elle la refuse, dis-je. C'est ce qui rend ces rapports si difficiles pour vous. Mais si vous avez assez de patience, les choses s'arrangeront.

— Oh ! de la patience ! j'en ai. Si seulement j'étais sûr qu'elle ne me déteste pas !

— Quelle idée ! elle tient farouchement à vous.

— Souvent je pense qu'elle me méprise parce que je ne suis, comme elle dit, qu'un petit intellectuel ; un intellectuel qui n'a même pas de dons créateurs, ajouta-t-il avec amertume. Et qui ne se décide pas à voler de ses propres ailes.

— Nadine ne pourra jamais s'intéresser qu'à un intellectuel, dis-je ; elle adore discuter, s'expliquer : il lui faut mettre sa vie en mots. Non, croyez-moi, elle ne vous reproche vraiment que de ne pas l'aimer assez.

— Je la convaincrai, dit-il ; son visage s'était éclairé. « Si je pense qu'elle m'aime un peu, tout le reste m'est égal.

— Elle vous aime beaucoup : je ne vous le dirais pas si je n'en étais pas certaine. »

Il a repris son livre et moi mon travail. Le ciel s'assombrissait d'heure en heure, il était tout à fait noir quand l'après-midi je suis montée dans ma chambre pour essayer d'écrire à Lewis ; lui, il avait appris à me parler ; ça lui était plus commode qu'à moi ; ces gens, ces choses qu'il me décrivait avaient existé pour moi ; à travers les feuilles jaunes je retrouvais la machine à écrire, la couverture mexicaine, la fenêtre ouverte sur un parterre d'arbres, des autos de luxe roulant au long de la chaussée crevassée ; mais ce village, mon travail, Nadine, Lambert n'étaient rien pour lui ; et comment raconter Robert, comment le taire ? Ce que Lewis me chuchotait entre les lignes de ses lettres, c'était des mots faciles à dire : « Je vous attends, revenez, je suis à vous. » Mais comment dire : Je suis loin, je ne reviendrai pas avant longtemps, j'appartiens à une autre vie ? comment le dire si je voulais qu'il lise : « Je vous aime! » Il m'appelait, et moi je ne pouvais pas l'appeler ; je n'avais rien à lui donner dès que je lui refusais ma présence. J'ai relu ma lettre avec honte : comme elle était vide, alors que mon cœur était si lourd! et quelles piètres promesses : je reviendrai ; mais je reviendrai dans longtemps, et ce sera pour repartir. Ma main s'est immobilisée, en touchant l'enveloppe que dans quelques jours toucheraient ses mains : de vraies mains, celles que j'avais vraiment senties sur ma peau. Il était donc bien réel! parfois il me semblait une création de mon cœur ; je disposais trop aisément de lui : je l'asseyais près de la fenêtre, j'éclairais son visage, j'éveillais son sourire sans qu'il se défendît. L'homme qui me surprenait, qui me comblait, le retrouverais-je, en chair et en os? J'ai abandonné ma lettre sur la table, je me suis accoudée à la fenêtre ; le crépuscule tombait et l'orage se déchaînait ; on voyait des armées de cavaliers galoper lances au poing dans les nuées tandis que le vent délirait dans les arbres. Je suis descendue dans le living-room, j'ai allumé un grand feu de bois et par téléphone j'ai invité Lambert à venir dîner avec nous ; quand Nadine n'était pas là pour attiser les conflits, Robert et lui évitaient d'un commun accord les questions épineuses. Après le repas, Robert a regagné son bureau, et pendant que Lambert m'aidait à desservir la table, Nadine s'est amenée, les cheveux tout mouillés de pluie. Il lui sourit gentiment :

— Tu as l'air d'une ondine. Tu veux manger quelque chose ?

— Non. J'ai dîné avec Vincent et Sézenac, dit-elle. Elle prit sur la table une serviette et se frotta les cheveux. « On a parlé des camps russes. Vincent est bien de mon avis. Il dit que c'est dégueulasse, mais que si on fait une campagne contre, les bourgeois seront trop contents.

— On va loin avec ce genre de raisonnements! » dit Lambert. Il haussa les épaules d'un air agacé : « Il

102

va essayer de persuader Perron de ne pas parler !

— Évidemment, dit Nadine.

— J'espère bien qu'il perdra son temps, dit Lambert. J'ai prévenu Perron que s'il étouffait l'affaire, je quitte *L'Espoir*.

— Ça c'est un argument de poids ! dit Nadine avec ironie.

— Oh ! ne prends pas tes airs supérieurs ! dit Lambert d'une voix gaie. Au fond tu ne penses pas tant de mal de moi que tu ne veux me le faire croire.

— Mais peut-être moins de bien que tu ne crois, dit-elle sans aménité.

— Tu n'es pas gentille ! dit Lambert.

— Et toi, c'était gentil de me laisser partir seule à Paris ?

— Tu n'avais pas l'air d'avoir envie que je vienne ! dit Lambert.

— Je n'ai pas dit que j'en avais envie. Je dis que tu aurais pu me le proposer. »

Je marchai vers la porte et je quittai la pièce. J'entendis Lambert qui disait :

— Allons, ne nous disputons pas !

— Je ne me dispute pas ! dit Nadine.

J'ai supposé qu'ils allaient se disputer toute la soirée.

Le lendemain matin je suis descendue tôt dans le jardin. Sous le ciel bleu attendri par les pluies de la nuit la campagne restait meurtrie ; la route était creusée de fondrières, la pelouse jonchée de rameaux morts. J'installais mes papiers sur la table mouillée quand j'ai entendu la pétarade de la motocyclette. Nadine filait sur la route crevassée, cheveux au vent, sa jupe haut retroussée sur ses cuisses nues. Lambert sortit du

103

pavillon, il courut jusqu'à la grille en criant « Nadine! » et il revint vers moi d'un air égaré.

— Elle ne sait pas conduire! dit-il d'une voix bouleversée. Et avec cet orage, il y a des branches brisées, des arbres abattus en travers de la route. Il va arriver un malheur!

— Nadine est prudente à sa manière, dis-je pour le rassurer. J'étais inquiète moi aussi; elle tenait à sa peau, mais elle n'était pas adroite.

— Elle a pris la clef de l'antivol pendant que je dormais. Elle est si têtue! Il me regarda avec reproche : « Vous me dites qu'elle m'aime; mais alors elle a une drôle de manière d'aimer! Moi je ne demandais qu'à faire la paix hier soir, vous avez bien vu. Ça n'a pas servi à grand-chose!

— Ah! il n'est pas si facile d'arriver à s'entendre, dis-je. Ayez un peu de patience.

— Avec elle il en faut beaucoup! »

Il s'éloigna et je pensai tristement : « Quel gâchis. » Nadine filait sur les routes, les mains crispées sur le guidon et se plaignant au vent. « Lambert ne m'aime pas. Personne ne m'a jamais aimée, sauf Diégo qui est mort. » Et pendant ce temps-là, Lambert marchait de long en large dans sa chambre le cœur plein de doutes. C'est difficile de devenir un homme en un temps où ce mot s'est chargé d'un sens trop lourd : trop d'aînés morts, torturés, décorés, prestigieux se proposent en exemple à ce garçon de vingt-cinq ans qui rêve encore de tendresse maternelle et de protection virile. Je songeais à ces peuplades où on enseigne dès l'âge de cinq ans aux petits mâles à enfoncer dans des chairs vivantes des épines empoisonnées : chez nous aussi, pour acquérir la dignité d'adulte il faut qu'un

104

mâle sache tuer, faire souffrir, se faire souffrir. On accable les filles d'interdits, les garçons d'exigences, ce sont deux espèces de brimades également néfastes. S'ils avaient bien voulu s'entraider, peut-être Nadine et Lambert auraient-ils réussi ensemble à accepter leur âge, leur sexe, leur place réelle sur terre ; est-ce qu'ils se décideraient à le vouloir ?

Lambert a déjeuné avec nous ; il hésitait entre la peur et la colère.

— Ça dépasse les limites d'une plaisanterie! dit-il avec agitation. On n'a pas le droit de faire des peurs pareilles aux gens. C'est de la méchanceté, c'est du chantage. Une bonne paire de gifles, voilà ce qu'elle mériterait!

— Elle ne pense pas que vous êtes si inquiet, dis-je. Et vous savez il n'y a pas lieu. Elle est sans doute en train de dormir dans un pré ou de prendre un bain de soleil.

— A moins qu'elle ne soit dans le fossé, le crâne éclaté, dit-il. Elle est folle! C'est une folle.

Il avait l'air vraiment angoissé. Je le comprenais. J'étais bien moins rassurée que je ne le prétendais. « S'il était arrivé quelque chose, on nous aurait téléphoné », me disait Robert. Mais peut-être était-ce juste à cette minute que la machine faisait une embardée et que Nadine se fracassait contre un arbre. Robert essayait de me distraire ; mais au soir tombant, il ne cachait plus son inquiétude ; il parlait de téléphoner aux gendarmeries des environs, quand enfin nous avons entendu le bruit d'une pétarade. Lambert est arrivé sur la route avant moi ; la machine était couverte de boue, Nadine aussi ; elle a mis pied à terre en riant et j'ai vu Lambert lui lancer deux gifles à toute volée.

105

— Maman! Nadine s'était jetée sur lui, elle le giflait à son tour, et elle criait : « Maman! » d'une voix aiguë. Il lui saisit les poignets. Quand j'arrivai près d'eux, il était si blême que je crus qu'il allait s'évanouir. Nadine saignait du nez, mais je savais qu'elle se faisait saigner à volonté, c'était un tour qu'elle avait appris dans son enfance quand elle se battait avec des gamins autour des fontaines du Luxembourg.

— Vous n'avez pas honte, dis-je en m'interposant entre eux comme j'aurais séparé deux enfants.

— Il m'a battue! criait Nadine d'une voix hystérique.

J'entourai ses épaules de mon bras ; je tamponnai son nez : « Calme-toi!

— Il m'a battue parce que je lui ai pris sa sale moto. Je la lui casserai en morceaux!

— Calme-toi! répétais-je.

— Je la lui casserai.

— Écoute, dis-je, Lambert a eu grand tort de te gifler. Mais c'est naturel qu'il ait été hors de lui. Nous avons tous eu terriblement peur. Nous avons cru qu'il t'était arrivé un accident.

— Il s'en serait bien foutu! c'est à sa machine qu'il pensait. Il a eu peur que je la lui abîme.

— Je m'excuse, Nadine, dit Lambert péniblement, je n'aurais pas dû. Mais j'étais bouleversé. Tu aurais pu te tuer.

— Hypocrite! tu t'en fous! je le sais. Je pourrais crever que ça te serait égal, tu en as bien enterré une autre!

— Nadine! Il avait passé du blanc au rouge; il n'y avait plus rien de puéril dans son visage.

— Enterrée, oubliée, ça a été vite fait, cria-t-elle.

106

— Comment oses-tu ! toi ! toi qui as trahi Diégo avec toute l'armée américaine.

— Tais-toi.

— Tu l'as trahi. »

Des larmes de fureur coulaient sur les joues de Nadine : « Je l'ai peut-être trahi mort. Mais toi tu as permis à ton père de dénoncer Rosa quand elle était vivante. »

Il est resté un moment silencieux ; il a dit : « Je ne veux plus te revoir, jamais. Plus jamais. »

Il a enfourché sa motocyclette, et je n'ai pas trouvé un mot pour l'arrêter. Nadine sanglotait :

— Viens te reposer. Viens.

Elle m'a repoussée, elle s'est jetée sur l'herbe, elle criait :

— Un type dont le père dénonçait des juifs. Et j'ai couché avec lui ! Et il m'a giflée ! C'est bien fait pour moi ! c'est bien fait !

Elle criait. Et il n'y avait rien d'autre à faire que de la laisser crier.

CHAPITRE VII

Paule passa l'été chez Claudie de Belzunce et Josette alla se bronzer à Cannes en compagnie de sa mère. Henri partit pour l'Italie dans une petite auto d'occasion. Il aimait tant ce pays qu'il réussit à oublier *L'Espoir*, le S. R. L., tous les problèmes. Quand il rentra à Paris, il trouva dans son courrier un rapport que Lambert lui avait envoyé d'Allemagne et une liasse de documents rassemblés par Scriassine. Il passa la nuit à les étudier : au matin, l'Italie était très loin. On pouvait douter des documents retrouvés dans les archives du Reich et qui dénonçaient neuf millions huit cent mille prisonniers ; on pouvait tenir pour suspects les rapports des internés polonais libérés en 41 ; mais pour récuser systématiquement tous les témoignages des hommes et des femmes rescapés des camps, il fallait avoir décidé une fois pour toutes de se boucher les yeux et les oreilles. Et puis, outre les articles du code qu'Henri connaissait, il y avait ce rapport paru à Moscou en 1935 qui énumérait les immenses travaux exécutés par les camps de l'Oguépéou ; il y avait le plan quinquennal de 1941 qui confiait au M. V. D. 14 % des entreprises de construction. Les mines d'or de Kolyma, les mines de charbon de Norilek, de Vorkouta, le fer de Starobelsk, les pêcheries de Komi : comment y vivait-on exactement ? Quel était le nombre de forçats ? Sur ce point il y avait une marge d'incertitude considérable ; mais ce qui était sûr, c'est que les camps existaient, sur une grande échelle, et de manière institutionnelle. « Il faut le dire, conclut Henri. Sinon, je serai complice ; complice, et coupable envers mes lecteurs d'un abus de confiance. » Il se jeta tout habillé sur son lit en pensant : « Ça va être gai ! » Il allait se brouiller avec les communistes, et alors la position de *L'Espoir* n'aurait rien de facile. Il soupira. Il était content, le matin, quand il voyait des ouvriers qui achetaient *L'Espoir* au kiosque du coin : ils ne l'achèteraient plus. Et pourtant, comment se taire ? Il pouvait plaider qu'il n'en savait pas assez pour parler : c'est tout l'ensemble du régime qui donnait leur vrai sens à ces camps, et on était si mal informé ! Mais alors il n'en savait pas non plus assez pour garder le silence. L'ignorance n'est pas un alibi, il l'avait compris depuis longtemps. Dans le doute, puisqu'il avait promis la vérité à ses lecteurs, il devait leur dire ce qu'il savait ; il lui aurait fallu des raisons positives pour décider de le leur cacher : sa répugnance à se brouiller avec les communistes n'en était pas une, elle ne concernait que lui.

Heureusement, les circonstances lui laissèrent un peu de répit. Ni Dubreuilh, ni Lambert, ni Scriassine n'étaient à Paris, et Samazelle ne fit à l'affaire que des allusions vagues. Henri s'efforça d'y penser le moins possible ; d'ailleurs il y avait beaucoup d'autres choses auxquelles il devait penser : des choses futiles mais urgentes. Les répétitions de sa pièce étaient orageuses ; Salève était exagérément slave, la fréquence de ses caprices ne les rendait pas moins redoutables et Josette les subissait dans les larmes ; Vernon commençait à craindre un scandale, il suggérait des coupures et des changements inacceptables ; il avait confié à la maison Amaryllis l'exécution des costumes, et Lucie Belhomme refusait de comprendre que Josette était censée sortir d'une église en flammes et non d'un salon de couture. Henri était obligé de passer des heures au théâtre.

« Il faut tout de même que je téléphone à Paule », se dit-il un matin. Elle ne lui avait envoyé que de rares et sibyllines cartes postales ; elle était rentrée à Paris depuis quelques jours, et elle ne lui faisait pas signe ; mais évidemment elle guettait avec anxiété le téléphone, sa discrétion n'était qu'une manœuvre et ç'aurait été cruel d'en abuser. Quand il l'appela pourtant, elle lui donna rendez-vous d'une voix si tranquille qu'il avait un peu d'espoir en montant l'escalier : peut-être s'était-elle détachée de lui pour de bon. Elle lui ouvrit la porte en souriant et il se demanda avec stupeur : « Qu'est-ce qui lui est arrivé ? » Ses cheveux étaient relevés, découvrant une nuque grasse, elle avait épilé ses sourcils, elle portait un tailleur qui la serrait trop, elle avait l'air presque vulgaire. Elle dit en continuant à sourire :

— Pourquoi me regardes-tu comme ça ?

Il sourit aussi, avec effort : « Tu es drôlement habillée..

— Je t'étonne ? » Elle tira de son sac un long fume-cigarette qu'elle se ficha dans la bouche : « J'espère beaucoup t'étonner », dit-elle ; elle le regardait avec des yeux brillants de gaieté : « Et d'abord je vais t'annoncer une grande nouvelle : J'écris.

— Tu écris ? dit-il. Et qu'est-ce que tu écris ?

— Un jour, tu le sauras », dit-elle.

Elle mordillait son fume-cigarette d'un air mystérieux et il marcha vers la fenêtre ; Paule lui avait souvent

111

joué des scènes de tragédie, mais ce genre de comédie était indigne d'elle ; s'il n'avait pas redouté des complications, il lui aurait arraché ce fume-cigarette, il l'aurait décoiffée, secouée. Il se retourna vers elle :

— C'était bien ces vacances ?

— Tout à fait bien. Et toi ? Qu'est-ce que tu deviens ? demanda-t-elle avec une espèce d'indulgence.

— Oh! moi ; je passe mes journées au théâtre ; pour l'instant on piétine. Salève est un bon metteur en scène, mais il s'énerve vite.

— La petite sera convenable ? demanda Paule.

— Je crois qu'elle sera excellente.

Paule aspira la fumée de sa cigarette, s'étrangla, toussota : « Ça dure toujours ton histoire avec elle ?

— Toujours. »

Elle le dévisagea avec une espèce de sollicitude :

— C'est curieux.

— Pourquoi ? dit-il ; il hésita : « Ce n'est pas un caprice ; je suis amoureux d'elle », dit-il avec décision.

Paule sourit : « Tu le crois vraiment ?

— J'en suis sûr ; j'aime Josette, dit-il fermement.

— Pourquoi me dis-tu ça, sur ce ton ? demanda-t-elle d'un air surpris.

— Quel ton ?

— Un drôle de ton. »

Il eut un geste d'impatience : « Raconte-moi plutôt tes vacances : tu m'as si peu écrit.

— J'étais très occupée.

— C'est un joli pays ?

— Je l'ai aimé », dit Paule.

C'était fatigant de poser des questions auxquelles elle ne répondait que par de brèves phrases lourdes de mystérieux sous-entendus. Henri en fut si excédé, qu'il s'en alla au bout de dix minutes ; elle n'essaya pas de le retenir et ne demanda pas de nouveau rendez-vous.

Lambert se ramena d'Allemagne huit jours avant la générale. Il avait changé depuis la mort de son père, il était devenu boudeur et renfermé. Il se mit tout de suite à parler volubilement de son enquête et des témoignages qu'il avait recueillis. Il regarda Henri d'un air soupçonneux :

— Tu es convaincu ou non ?

— Sur l'essentiel, oui.

— C'est déjà ça ! dit Lambert. Et Dubreuilh ? qu'est-ce qu'il en dit ?

— Je ne l'ai pas revu. Il ne bouge pas de Saint-Martin et je n'ai pas eu le temps d'y aller.

— Ça serait pourtant urgent de passer aux actes, dit Lambert. Il fronça les sourcils : « J'espère qu'il aura assez de bonne foi pour reconnaître que ce coup-ci les faits sont établis.

— Sûrement », dit Henri.

De nouveau Lambert dévisagea Henri avec méfiance :

— Personnellement, tu es toujours décidé à parler ?

— Personnellement, oui.

— Et si le vieux s'y oppose ?

— On consultera le comité.

Le visage de Lambert s'assombrit et Henri ajouta :

— Écoute, laisse-moi huit jours. En ce moment je suis trop bousculé, mais j'irai lui parler tout de suite après la générale ; et on réglera cette question. Il ajouta d'une voix amicale : « Je vais au théâtre ; ça t'amuserait de m'accompagner ?

— J'ai lu ta pièce : je ne l'aime pas, dit Lambert.

— C'est ton droit, dit Henri gaiement. Mais ça aurait pu t'amuser d'assister à une répétition.

113

— J'ai du travail. Il faut que je mette de l'ordre dans mes notes », dit Lambert. Il y eut un silence embarrassé et puis Lambert parut se décider : « J'ai vu Volange pendant le mois d'août, dit-il d'un ton neutre ; il est en train de mettre sur pied un grand hebdomadaire littéraire, et il me propose le poste de rédacteur en chef.

— J'ai entendu parler de ce projet, dit Henri ; *Les Beaux Jours*, c'est bien ça ? Je suppose qu'il n'ose pas en prendre ouvertement la direction.

— Tu veux dire qu'il a l'intention de se servir de moi ? En effet, il souhaite que nous nous occupions du journal ensemble ; ça ne rend pas son offre moins intéressante.

— En tout cas, tu ne peux pas travailler à la fois à *L'Espoir* et dans un canard de droite, dit Henri sèchement.

— Il s'agit d'un hebdo purement littéraire.

— C'est ce qu'on dit toujours. Mais les types qui se déclarent apolitiques, ce sont des réactionnaires, fatalement. » Henri haussa les épaules : « Enfin, comment peux-tu espérer concilier nos idées et celles de Volange ?

— Je ne me sens pas si loin de lui ; je t'ai dit souvent que je partageais son mépris de la politique.

— Tu ne comprends pas que chez Volange ce mépris est encore une attitude politique : la seule qui lui soit possible pour l'instant. »

Henri s'interrompit ; Lambert avait pris l'air buté. Volange sans doute avait su le flatter ; et puis il lui offrait la possibilité de brouiller le bien et le mal de manière à innocenter son père, et aussi de justifier sa lourde fortune. « Il faut que je m'arrange pour le voir souvent et pour lui parler », se dit Henri. Mais pour l'instant, il n'avait pas le temps. « On reparlera de tout ça », dit-il en serrant la main de Lambert.

Ça le peinait un peu que Lambert lui ait parlé si sèchement de sa pièce. Sans doute Lambert était-il gêné qu'on remue le passé, à cause de son père ; mais pourquoi cette espèce d'hostilité ? « Dommage ! » se dit Henri. Il aurait bien aimé que quelqu'un du dehors assiste à une de ses dernières répétitions et lui dise ce qu'il en pensait : il ne savait plus où il en était. Salève et Josette n'arrêtaient plus de sangloter, Lucie Belhomme se refusait avec acharnement à déchirer la robe de Josette, Vernon s'entêtait à donner un souper après la gé..érale. Henri avait beau protester, s'agiter, personne n'écoutait un mot de ce qu'il disait ; et il avait l'impression qu'on courait à un désastre. « Après tout, une pièce qui réussit ou qui tombe, ce n'est pas si grave », essayait-il de se dire ; seulement voilà, s'il pouvait personnellement s'accommoder d'un four, Josette avait besoin d'un succès. Il décida de téléphoner aux Dubreuilh qui venaient de rentrer à Paris : pouvaient-ils venir demain au théâtre ? on filait la pièce d'un bout à l'autre et il était anxieux de connaître leur avis.

— C'est entendu, dit Anne. Ça nous intéressera énormément. Et ça obligera Robert à se reposer un peu : il travaille comme un fou.

Henri avait un peu peur que Dubreuilh ne remette tout de suite sur le tapis l'affaire des camps ; mais peut-être n'était-il pas pressé lui non plus de prendre des décisions : il n'en souffla pas mot. Henri se sentit très intimidé quand la répétition commença. Déjà ça le gênait quand il surprenait un lecteur en train de lire un de ses romans ; être assis à côté des Dubreuilh pendant qu'ils écoutaient son texte, ça avait quelque chose d'obscène. Anne semblait émue, et Dubreuilh inté-

ressé : mais à quoi ne s'intéressait-il pas ? Henri n'c a
pas l'interroger. La dernière réplique tomba dans un
silence glacial. Alors Dubreuilh se tourna vers Henri :

— Vous pouvez être content! dit-il avec chaleur. La
pièce sort encore bien mieux à la scène qu'à la lecture.
Je vous l'ai dit tout de suite : c'est ce que vous avez
fait de meilleur.

— Oh! sûrement! dit Anne avec élan.

Ils continuèrent à se répandre en éloges véhéments :
ils disaient juste les mots qu'Henri avait envie d'entendre ; ça lui était bien agréable mais aussi ça l'effrayait
un peu. Pendant ces trois semaines il avait fait de son
mieux pour que la pièce eût toutes ses chances ; mais il
n'avait pas voulu s'interroger sur sa valeur, sur son
succès ; il s'était interdit l'espoir et la peur ; maintenant, il sentait fondre sa prudence. Ce qu'il avait fait de
meilleur : était-ce bon ? est-ce que le public allait
trouver ça bon ? Son cœur battait trop vite, le soir de la
générale, tandis qu'il épiait, caché derrière un portant,
la grande rumeur inarticulée qui montait de la salle
invisible. Vanités, mirages : voilà des années qu'il se
méfiait des contrefaçons ; mais il n'avait pas oublié ses
rêves de jeune homme ; la gloire : il avait cru en elle, il
s'était promis de la serrer un jour contre lui, à pleins
bras, comme on serre son amour ; elle est difficile à sai-
sir, elle ne possède pas de visage. « Mais du moins,
pensait-il, ça pourrait être un bruit. » Une fois, il l'avait
entendu ; il était monté sur l'estrade, il était redescendu
les bras chargés de livres, et son nom se répercutait
dans le fracas des applaudissements. Peut-être allait-il
connaître de nouveau cette apothéose enfantine. On
ne peut pas toujours être modeste, on ne peut pas
toujours être orgueilleux et dédaigner tous les signes ;

si on passe le meilleur de ses journées à essayer de communiquer avec autrui, c'est qu'il compte, et on a besoin de savoir, par moments, qu'on a réussi à compter pour lui ; on a besoin d'instants de fête où le présent ramasse en soi tout le passé et triomphe de l'avenir... Les ruminations d'Henri se cassèrent net ; on frappait les trois coups. Le rideau se leva sur une grotte sombre où des gens étaient assis, silencieux, le regard fixe ; il y avait si peu de rapport entre cette présence impassible et le bruit de ménagerie qui avait rempli la dernière demi-heure qu'on se demandait d'où ils avaient surgi ; ils ne semblaient pas tout à fait réels. La vérité c'était ce village calciné, le soleil, les cris, les voix allemandes, la peur. Quelqu'un toussa dans la salle, et Henri sut qu'ils étaient réels, eux aussi : les Dubreuilh, Paule, Lucie Belhomme, Lambert, les Volange, tant d'autres qu'il connaissait, tant d'autres qu'ils ne reconnaissait pas. Qu'est-ce qu'ils faisaient au juste ici ? Il se rappelait un après-midi rouge de soleil, de vin et de souvenirs sanglants ; il avait voulu l'arracher à ce mois d'août, l'arracher au temps ; il l'avait prolongé en rêveries d'où avaient germé une histoire, et aussi des idées qu'il avait coulées dans des mots ; il avait souhaité que les mots, les idées, l'histoire deviennent vivants : cette muette assemblée était-elle là pour leur donner la vie ? La rafale des mitrailleuses éclata, Josette traversa la place déserte dans sa trop belle robe signée Amaryllis, et elle vint s'écrouler sur le devant de la scène tandis que montaient des coulisses des cris et des ordres rauques. On cria aussi dans la salle ; une femme coiffée de paradis jaunes quitta son fauteuil avec fracas : « Assez de ces horreurs ! » Au milieu des sifflets et des applaudissements Josette jeta sur Henri un regard traqué et il lui sourit avec calme ; elle se remit à parler. Il souriait alors qu'il aurait voulu bondir sur le devant de la scène ou souffler à Josette des mots nouveaux, des mots convaincants, bouleversants ; il n'avait qu'à étendre la main, pour toucher son bras, mais la lumière de la rampe l'excluait de ce monde où les moments du drame continuaient à s'engrener inexorablement. Alors Henri sut pourquoi ils avaient été convoqués : pour rendre le verdict. Il ne s'agissait pas d'une apothéose : un procès. Il reconnaissait ces phrases qu'il avait choisies avec espoir dans le silence conciliant de sa chambre : elles avaient cette nuit un goût de crime. Coupable, coupable, coupable. Il se sentait aussi seul que dans le box des Assises l'homme qui écoute en silence son avocat. Il plaidait coupable et tout ce qu'il demandait, c'était l'indulgence du jury. On cria encore : « C'est honteux », et il ne pouvait pas dire un mot pour sa défense. Quand le rideau tomba au milieu des applaudissements que traversèrent quelques coups de sifflet, il s'aperçut que ses mains étaient moites. Il quitta le plateau et alla s'enfermer dans le bureau de Vernon ; au bout de quelques minutes, la porte s'ouvrit.

— On m'a dit que tu ne voulais voir personne, dit Paule ; mais je suppose que je ne suis pas quelqu'un. Il y avait une désinvolture appliquée dans sa voix ; elle portait une robe noire et ce soir encore, sa sobre élégance la faisait paraître excentrique : « Tu dois être ravi! ajouta-t-elle. C'est un beau scandale.

— Oui, c'est l'impression que j'ai eue, dit-il.

— Tu sais, la femme qui a protesté, c'est une Suissesse qui a passé toute la guerre à Genève. Il y a eu aussi une jolie bagarre au fond de l'orchestre. Et Huguette Volange a fait semblant de s'évanouir. »

Henri sourit : « Huguette s'est évanouie ?

— Très élégamment. Mais c'est lui qu'il faut voir. Pauvre Louis ! il flaire le triomphe, il est blême.

— Drôle de triomphe, dit Henri. Tu vas voir ça : au second acte, tous les gens qui ont applaudi vont se mettre à siffler.

— Tant mieux ! » dit Paule avec superbe ; elle ajouta : « Les Dubreuilh sont enchantés. »

Bien sûr, tous les amis se félicitaient de ce joyeux esclandre : les intellectuels, le scandale leur semble toujours bénin quand c'est un autre qui le provoque. Henri seul était atteint par ces haines et ces colères qu'il venait de déchaîner. Des hommes avaient brûlé vifs dans une église, et Josette avait trahi le mari qu'elle aimait d'amour ; l'émotion, la rancune du public rendaient réels ces crimes de carton : et c'était lui le criminel. De nouveau appuyé à un portant, dans l'ombre, il dévisageait ses juges, et il pensait avec stupeur : « Voilà ce que j'ai fait ! c'est moi ! » Un an avait passé ; le soleil d'août écrasait encore le village squelette mais des croix avaient poussé sur les fosses, on les arrosait de discours, l'air était plein de fanfares tricolores et des veuves drapées de noir paradaient avec des fleurs dans les bras. De nouveau des rumeurs hostiles fusèrent dans la nuit.

« Je me moque des trafiquants de cadavres, et on va m'accuser de bafouer les morts », pensa-t-il. A présent ses mains étaient sèches, mais il sentait dans sa gorge une vapeur de soufre. « Suis-je si vulnérable ? » se demanda-t-il avec dégoût. Les autres, quand on leur serrait la main dans les coulisses, ils avaient toujours un air dégagé, nonchalant : connaissaient-ils en secret ces affres puériles ? Comment se comparer ? Sur tout le reste, ils s'expliquent avec complaisance ; ils n'hésitent pas à communiquer au monde un catalogue détaillé de leurs vices et les mesures exactes de leur verge ; mais ses ambitions, ses déceptions, aucun écrivain n'a été assez outrecuidant ou assez humble pour les découvrir au grand jour. « Notre sincérité serait aussi scandaleuse que celle des enfants, se dit Henri ; nous mentons comme eux et comme eux chacun de nous craint secrètement d'être un monstre. » Le rideau tomba pour la seconde fois ; et Henri prit un air dégagé, nonchalant pour tendre la main aux curieux. Un vrai défilé de sacristie : mais s'agissait-il d'une noce ou d'un enterrement ?

— C'est un triomphe! cria Lucie Belhomme en se précipitant vers lui, quand il entra dans le grand restaurant où jacassait une foule parfumée ; elle posa sur le bras d'Henri sa main gantée ; sur sa tête se balançait un grand oiseau noir éploré : « Avouez que Josette a de l'allure quand elle s'amène dans cette robe rouge.

— Demain soir, je la traîne dans la poussière cette robe et je donne dedans quelques bons coups de ciseaux.

— Vous n'avez pas le droit, elle est signée! dit Lucie sèchement. D'ailleurs tout le monde l'a trouvée très belle.

— C'est Josette qu'ils ont trouvée belle! » dit Henri. Il sourit à Josette qui lui sourit d'un air dolent et un éclair de magnésium les éblouit. Il fit un geste, mais la main de Lucie se crispa sur son bras :

— Soyez gentil : Josette a besoin de publicité.

Il y eut un autre éclair, et puis un autre. Paule observait la scène d'un air de vestale outragée. « Quelle faiseuse d'embarras! » pensa-t-il avec agacement. Il ne savait pas s'il avait perdu ou gagné son procès ; la gloire sage et sûre des distributions de prix, il faut un cœur d'enfant pour la connaître ; mais il avait soudain

120

envie d'être gai ; quelque chose venait de lui arriver, une de ces choses dont il rêvait confusément quinze ans plus tôt, quand il déchiffrait sur les colonnes Morisse les affiches flamboyantes : on avait joué sa première pièce et des gens la trouvaient bonne. Il sourit de loin aux Dubreuilh et il fit quelques pas vers eux ; Louis l'arrêta au passage ; il tenait à la main un verre de martini, son regard était un peu trouble.

— Eh bien, voilà ce qu'on appelle un grand succès parisien!

— Comment va Huguette? dit Henri. On m'a dit qu'elle s'est trouvée mal : c'est vrai?

— Ah! c'est que tu mets les nerfs des spectateurs à une rude épreuve! dit Louis. Remarque, moi je ne suis pas de ceux qui s'indignent ; pourquoi refuserait-on a priori d'utiliser des procédés de mélo, disons même, avec tes détracteurs, de Grand-Guignol? Mais Huguette est une sensitive, elle n'a pas tenu le coup ; elle est partie après le premier acte.

— Je suis désolé! dit Henri. Tu n'aurais pas dû te croire obligé de rester.

— Je tenais à venir te féliciter, dit Louis avec un sourire ouvert. Après tout, je suis ton plus vieil ami. Il regarda autour de lui : « Je suis sûrement le seul ici à avoir connu le petit lycéen de Tulle qui travaillait si dur. Si quelqu'un a mérité d'arriver, c'est bien toi. »

Henri réprima plusieurs réponses ; non, il ne pouvait pas rendre à Louis perfidie pour perfidie, c'était déjà assez désagréable d'imaginer ce qui se passait en ce moment dans cette tête envieuse, il fallait se garder d'y provoquer de nouveaux remous. Il coupa court :

— Merci d'être venu ; et toutes mes excuses à Huguette, dit-il en s'éloignant avec un bref sourire.

121

Oui, ces souvenirs de jeunesse et d'enfance qui l'avaient effleuré ce soir, Louis était le seul à les partager avec lui : du coup Henri s'en trouva dégoûté. Il n'avait pas de chance avec son passé. Il lui semblait souvent que toutes les années écoulées demeuraient à sa disposition, intactes comme un livre qu'on vient de fermer, qu'on peut rouvrir ; il se promettait que sa vie ne s'achèverait pas sans qu'il l'eût récapitulée ; mais pour une raison ou une autre la tentative avortait toujours. De toute façon, pour essayer de se rassembler tout entier, le moment était mal choisi ; il avait trop de mains à serrer, et sous l'assaut des compliments équivoques, il perdait pied.

— Eh bien, c'est gagné ! dit Dubreuilh. La moitié des gens sont furieux, l'autre moitié enchantés, mais ils prédisent tous trois cents représentations.

— Josette était bien, n'est-ce pas ? dit Henri.

— Très bien ; et elle est si belle, dit Anne un peu hâtivement ; elle ajouta avec rancune : « Mais la mère, quelle sale chipie ! Je l'ai entendue tout à l'heure ricaner avec Vernon... Elle n'a tout de même pas de pudeur.

— Qu'est-ce qu'elle disait ?

— Je vous raconterai ça plus tard », dit Anne ; elle jeta un regard à la ronde : « Elle a des amis affreux !

— Ce ne sont pas ses amis ni ceux de personne, dit Dubreuilh : c'est le Tout-Paris : il n'y a rien de plus minable. » Il eut un sourire d'excuse : « Je fous le camp.

— Moi je reste un peu, pour voir Paule », dit Anne. Dubreuilh serra la main d'Henri : « Vous passerez à la maison demain ou après-demain ?

— Oui ; il faut que nous prenions des décisions, dit Henri. C'est urgent.

— Téléphonez », dit Dubreuilh.

Il gagna hâtivement la porte, il était content de par-

tir, il ne le cachait pas ; et c'était visible qu'Anne ne
restait que par politesse, elle se sentait mal à l'aise :
qu'avait dit au juste Lucie ? « Voilà pourquoi Lachaume
et Vincent ne sont pas venus au souper, pensa Henri.
Ils me blâment tous de me commettre avec ces gens-là. »
Il regarda à la dérobée Paule qui s'était figée en statue
du reproche et tout en continuant à saluer les invités élégants que lui présentait Vernon, il se demanda : « Est-ce
moi qui suis en faute ? ou sont-ce les choses qui ont
changé ? » Il y avait eu un temps où on connaissait ses
amis et ses ennemis, on s'aimait au péril de sa vie, on
se haïssait jusqu'à la mort. Maintenant, il se glissait
dans toutes les amitiés des réserves et des rancunes,
la haine s'était éventée ; personne n'était plus prêt à
donner sa vie ni à tuer.

— C'est une pièce très intéressante, dit Lenoir d'une
voix guindée. Une pièce complexe. Il hésita : « Je regrette seulement que vous n'ayez pas un peu attendu
pour la faire représenter.

— Attendu quoi ? le référendum ? dit Julien.

— Exactement. Ce n'est pas le moment de souligner
les faiblesses que peuvent avoir les partis de gauche...

— Merde alors ! heureusement que Perron s'est enfin
décidé à ruer un peu dans les brancards : le conformisme,
ça ne lui va pas, même teint en rouge. » Julien ricana :
« Tu vas te faire si bien étriller par les cocos que tu n'auras plus envie de chanter dans leurs chœurs.

— Je ne pense pas que Perron soit accessible au
ressentiment, dit Lenoir avec une ardeur inquiète. Dieu
sait que personnellement j'ai subi des rebuffades de
la part du P. C. ; mais je ne me laisserai pas décourager.
Ils peuvent m'insulter, me calomnier : ils ne réussiront
pas à me faire sombrer dans l'anticommunisme.

— Autrement dit : on me donne un coup de pied au cul et je tends l'autre fesse », dit Julien en s'esclaffant.

Lenoir devint très rouge. « L'anarchisme est aussi un conformisme, dit-il. Tu écriras au *Figaro* un de ces jours. »

Il s'éloigna avec dignité et Julien appuya sa main sur l'épaule d'Henri : « Tu sais, elle n'est pas mal ta pièce ; mais elle serait encore bien plus marrante si tu en avais fait une comédie bouffe. » D'un geste vague, il dévisagea l'assistance : « Une revue de fin d'année sur tout ce beau monde, ça se donnerait.

— Écris-la ! » dit Henri agacé. Il sourit à Josette qui exhibait ses épaules dorées au milieu d'un cercle d'admirateurs ; il s'avançait vers elle quand il rencontra le regard traqué de Marie-Ange que Louis avait acculée contre le buffet ; il lui parlait les yeux dans les yeux en buvant un verre de martini. Les hommes reconnaissaient d'ordinaire à Louis de la séduction intellectuelle, mais il n'avait jamais su plaire aux femmes. Il y avait une impatience avare dans le sourire qu'il offrait à Marie-Ange, on sentait qu'il était tout prêt à le reprendre dès qu'il aurait opéré ; il avait l'air de dire : « Je vous veux, mais dépêchez-vous de céder parce que je n'ai pas de temps à perdre. » A quelques pas d'eux, Lambert ruminait d'un air sombre. Henri s'arrêta près de lui :

— Quelle foire ! dit-il en lui souriant. Il cherchait dans ses yeux une complicité qu'il n'y rencontra pas.

— Oui, drôle de foire, dit Lambert. La moitié des gens qui sont ici ne demanderait qu'à massacrer l'autre. Forcément puisque tu as choisi de ménager la chèvre et le chou.

— Tu appelles ça les ménager ? J'ai mécontenté tout le monde.

124

— Tout le monde, c'est trop, dit Lambert. Ça s'annule. Ce genre de scandale, c'est seulement de la publicité.

— Je sais que cette pièce te déplaît : ce n'est pas une raison pour être de mauvaise humeur, dit Henri d'un ton conciliant.

— Ah! mais c'est que c'est grave! dit Lambert.

— Quoi donc? même à supposer qu'elle soit ratée, cette pièce, ce n'est pas si grave.

— Ce qui est grave c'est que tu te sois abaissé à ce genre de réussite! dit Lambert d'un ton contenu. Ce sujet que tu as choisi; les procédés dont tu te sers : c'est flatter les plus bas instincts du public. On est en droit d'attendre autre chose de toi.

— Vous me faites marrer! dit Henri. Vous êtes tous là à attendre des choses de moi : que j'entre au P. C., que je le combatte, que je sois moins sérieux, que je le sois davantage, que je renonce à la politique, que je m'y consacre corps et âme. Et tous vous êtes déçus, vous hochez la tête avec blâme.

— Tu voudrais qu'on s'interdise de te juger?

— Je voudrais qu'on me juge sur ce que je fais, et non sur ce que je ne fais pas, dit Henri. C'est bizarre : quand on débute, on est accueilli avec bienveillance, les lecteurs vous savent gré de ce que vous apportez de positif; plus tard, vous n'avez plus que des dettes, et aucun crédit.

— Ne t'inquiète pas, la critique sera sûrement excellente, dit Lambert d'un ton peu amical.

Henri haussa les épaules et se rapprocha de Louis qui discourait d'une voix violente devant Marie-Ange et Anne; il avait l'air tout à fait saoul; il ne supportait pas l'alcool, c'était la rançon de sa sobriété.

125

— Regardez-moi cette chose, disait-il en désignant Marie-Ange, ça couche avec tout le monde, ça se peint la figure, ça montre ses jambes, ça se rembourre les seins et ça se frotte aux hommes pour les exciter : et soudain, ça se met à jouer les Saintes Vierges...

— J'ai quand même le droit de coucher avec qui ça me plaît, dit Marie-Ange d'une voix plaintive.

— Le droit ? quel droit ? qui lui a donné des droits ? cria Louis. Ça ne pense rien, ça ne sent rien, ça palpite à peine, et ça réclame des droits ! La voilà la démocratie ! c'est du joli...

— Et le droit d'emmerder le monde, où le prenez-vous ? dit Anne. Regardez-moi ce type qui se prend pour Nietzsche parce qu'il engueule une femme !

— Une femme, il faudrait se prosterner devant ! dit Louis. Vous parlez d'une déesse ! elles se prennent pour des déesses, mais ça n'empêche qu'elles pissent et qu'elles chient comme tout le monde.

— Tu as trop bu, tu es grossier, tu ferais mieux d'aller te coucher, dit Henri.

— Naturellement ! tu les défends ! les femmes ça fait partie de ton humanisme, dit Louis d'une voix qui s'empâtait. Tu les baises tout comme un autre, tu les fous sur le dos et tu leur montes dessus, mais tu les respectes. Marrant. Ces dames veulent bien ouvrir les cuisses, mais elles veulent être respectées. C'est ça, hein ? respectez-moi et j'ouvre les cuisses.

— Et d'être goujat, ça fait partie de ton mysticisme ? dit Henri. Si tu ne la boucles pas tout de suite, je te reconduis...

— Tu prends avantage de ce que j'ai bu, dit Louis en s'éloignant d'un air sombre.

— Il est souvent comme ça ? dit Marie-Ange.

— Tout le temps ; seulement c'est rare qu'il jette le masque, dit Anne. Ce soir, il est fou de jalousie.

— Vous voulez un verre pour vous remettre ? demanda Henri.

— Je veux bien. Je n'osais pas boire.

Henri tendit un verre à Marie-Ange, et il aperçut Josette, debout en face de Paule qui lui parlait volubilement : ses yeux demandaient du secours ; il alla se planter entre les deux femmes.

— Vous avez l'air bien sérieuses ; de quoi donc parlez-vous ?

— C'est une conversation de femme à femme, dit Paule d'un air un peu crispé.

— Elle me dit qu'elle ne me hait pas : je n'ai jamais pensé que vous me haïssiez, gémit Josette.

— Allons Paule ! ne sois pas pathétique, dit Henri.

— Je ne suis pas pathétique. Je tenais à m'expliquer clairement, dit Paule avec hauteur. Je déteste les équivoques.

— Il n'y a aucune équivoque.

— Tant mieux, dit-elle. Et elle marcha vers la porte d'un pas nonchalant.

— Elle me fait peur, dit Josette. Je te regardais pour que tu viennes me délivrer. Mais tu étais bien trop occupé à faire la cour à cette petite noiraude...

— Je faisais la cour à Marie-Ange ? Moi ? mais mon chéri, regarde-la et regarde-toi.

— Les hommes ont de si drôles de goûts. La voix de Josette tremblait. Cette grosse vieille qui m'explique que tu es à elle pour toujours, et toi tu ricanes avec une fille qui a les jambes torses !

— Josette, mon petit faune ! tu sais bien que je n'aime que toi.

127

— Qu'est-ce que je sais? dit-elle. Est-ce qu'on sait jamais? Après moi il y en aura une autre, elle est peut-être ici, dit-elle en regardant autour d'elle.

— Il me semble que c'est moi qui pourrais me plaindre, dit-il gaiement. On t'a fait drôlement la cour ce soir.

Elle frissonna : « Tu crois que j'aime ça?

— Ne sois pas triste ; tu as très bien joué, je te le jure.

— Pour une jolie fille, je n'ai pas été trop mauvaise. Quelquefois, je voudrais être laide », dit-elle avec détresse.

Il sourit : « Que le ciel ne t'entende pas.

— Oh! n'aie pas peur, il n'entend rien.

— Je t'assure que tu les as étonnés, dit-il en désignant l'assistance.

— Pour ça non! ils ne s'étonnent de rien, ils sont bien trop méchants.

— Viens, rentrons, il faut que tu te reposes, dit-il.

— Tu veux déjà rentrer?

— Pas toi?

— Oh! moi, oui ; je suis fatiguée. Attends-moi cinq minutes. »

Henri la suivit des yeux pendant qu'elle faisait ses adieux à la ronde, et il pensa : « C'est bien vrai ; ils ne s'étonnent de rien ; on ne peut ni les émouvoir ni les indigner ; ce qui se passe dans leur tête n'a pas plus de poids que leurs paroles. » Tant qu'ils étaient perdus dans les lointains de l'avenir, ou bien dans l'obscurité de la salle, ils pouvaient faire illusion : dès qu'on les voyait face à face, on comprenait qu'il n'y avait rien à espérer ni à redouter d'eux. Oui, c'était ça le plus décevant : non que le verdict fût incertain, mais qu'il fût rendu par ces gens-là. Finalement, rien de ce qui s'était passé cette nuit n'avait aucune importance; ses rêves de jeune homme n'avaient eu aucun sens. Henri essaya de se dire : « Ce n'est pas ça le vrai public » ; soit, de temps en temps, il y aurait dans la salle quelques hommes, quelques femmes, à qui ça vaudrait la peine de parler ; mais ils resteraient des isolés. La foule fraternelle, qui détient dans son cœur votre vérité, il ne l'affronterait jamais : elle n'existait pas ; en tout cas, pas dans cette société.

— Ne sois pas triste, dit-il en s'asseyant à côté de Josette dans sa petite auto.

Sans répondre, elle appuya la tête contre le dossier de son siège et ferma les yeux d'un air exténué. Était-ce vrai que le public l'avait accueillie avec réticence? en tout cas elle le croyait. Et il aurait tant voulu qu'elle se sentît triomphante, au moins un soir! Ils filaient en silence dans la petite rue et ils dépassèrent une femme qui marchait à grands pas. Henri reconnut Anne et ralentit :

— Vous montez? je vous dépose.

— Merci. J'ai envie de marcher, dit-elle.

Elle lui fit un petit signe amical et il appuya sur l'accélérateur : il avait vu des larmes dans ses yeux. « Pourquoi? Pour rien sans doute, et pour tout », pensa-t-il. Il était fatigué lui aussi de cette soirée, des autres, de lui-même. « Ce n'est pas ça que j'avais voulu! » se dit-il avec une brusque détresse, sans savoir si c'était aux larmes d'Anne qu'il pensait, ou au visage morne de Lambert, à la déception de Josette, aux amis, aux ennemis, aux absents, à ce soir, à ces deux années, ou à toute sa vie.

« La curée! » se dit Henri. Quand on livre un roman en pâture aux critiques, ils mordent l'un après l'autre ; une pièce, on reçoit d'un seul coup à la face cette boue où s'agglutinent les fleurs et les crachats. Vernon était enchanté : même les articles injurieux serviraient le succès de la pièce. Mais Henri regardait les coupures de presse étalées sur son bureau avec une répugnance qui ressemblait à de la honte. Il se rappelait un vieux mot de Josette et il pensait : « La célébrité aussi est une humiliation. » S'exhiber, c'est toujours se livrer, c'est s'abaisser. N'importe qui avait le droit de lui décocher un coup de pied ou de le gratifier d'un sourire. Il avait appris à se défendre, il avait ses ruses ; ses détracteurs, il évoquait avec précision leurs visages : des ambitieux, des aigris, des ratés, des imbéciles ; ceux qui le congratulaient ne valaient ni plus ni moins que les autres, seulement leur sympathie pouvait passer pour du discernement et par ce biais ils reprenaient assez de prix pour qu'on en accordât à leurs louanges. « Comme la bonne foi est difficile! » se dit Henri. La vérité, c'est que ni les injures ni les compliments ne prouvaient rien ; et ce qu'ils avaient de blessant, c'est qu'ils enfermaient Henri en lui-même, inexorablement. Si sa pièce avait été un échec décidé, il aurait pu la regarder comme un simple accident et s'en consoler par des promesses ; mais il se reconnaissait en elle et il y déchiffrait ses limites. « Ce que vous avez fait de meilleur » : ces mots de Dubreuilh le tourmentaient encore. Ça ne lui était pas agréable quand il entendait dire que son premier livre demeurait le meilleur de tous ; mais penser que cette pièce aux qualités incertaines surclassait le reste de son œuvre, ce n'était pas confortable non plus. Il avait expliqué un jour à Nadine qu'il évitait de se comparer : mais il y a des moments où on y est bien obligé, où les autres vous y obligent. Alors on commence à se poser les questions oiseuses : « Qui suis-je au juste ? qu'est-ce que je vaux ? » C'est angoissant, c'est inutile : quoique peut-être ce soit lâche de ne jamais se les poser. Avec soulagement, Henri entendit craquer le plancher du couloir.

— On peut entrer ? dit Samazelle ; Luc, Lambert et Scriassine le suivaient.

— Je vous attendais.

Sauf Luc qui traînait d'un air endormi ses gros pieds goutteux, ils avaient tous l'air de venir réclamer des comptes ; ils s'assirent autour du bureau.

— J'avoue que je ne comprends pas bien le sens de cette réunion, reprit Henri. Je vais chez Dubreuilh tout à l'heure...

— Justement. Il faut qu'une décision soit prise avant que vous le rencontriez, dit Samazelle. Quand je lui ai parlé, il s'est montré des plus réticents. Je suis persuadé qu'il va demander de nouveaux délais. Or Peltov et Scriassine réclament une prompte action, et je suis tout à fait d'accord. Je voudrais qu'il soit établi qu'en cas d'opposition de la part de Dubreuilh le journal se sépare du S. R. L. et assure sans lui la divulgation des documents.

— Que Dubreuilh dise oui ou non, nous porterons la question devant l'ensemble du comité à l'avis duquel nous nous rangerons, dit Henri sèchement.

— Le comité suivra Dubreuilh.

— Je le suivrai donc aussi. D'ailleurs je ne vois pas pourquoi nous perdons du temps à discuter avant de connaître sa réponse.

— Parce que sa réponse n'est que trop prévisible,

dit Samazelle. Il prendra prétexte du référendum et des
élections pour se dérober.

— J'essaierai de le convaincre ; mais je ne me désoli-
dariserai pas du S. R. L., dit Henri.

— Le S. R. L. existe-t-il encore ? voilà trois mois qu'il
est en sommeil, dit Samazelle.

— Depuis trois mois le S. R. L. n'a rien fait pour
freiner l'offensive communiste, dit Scriassine. Depuis
trois mois Dubreuilh n'a plus été attaqué par la presse
coco. Il y a pour cela une bonne raison qui éclaire la
situation d'un jour tout nouveau. Il fit une pause théâ-
trale : « Dubreuilh est inscrit au P. C. depuis la fin de
juin.

— Allons donc! dit Henri.

— J'ai des preuves, dit Scriassine.

— Quelles preuves ?

— On a vu sa carte et sa fiche. » Scriassine eut un
sourire satisfait. « Depuis 44, il y a au parti un tas de
gars qui, en vérité, ne sont pas plus staliniens que toi
ou moi, ils ont tout juste cherché un moyen de se dé-
douaner ; j'en connais plus d'un de cette espèce, et dans
l'intimité ils ne demandent qu'à causer. Dubreuilh m'est
suspect depuis longtemps ; j'ai posé des questions et
on m'a répondu.

— Tes mouchards se sont trompés ou ils ont menti,
dit Henri. Si Dubreuilh avait voulu s'inscrire au P. C.,
il aurait commencé par quitter le S. R. L. en expliquant
pourquoi.

— Il a toujours veillé à ce que le S. R. L. ne devienne
pas un parti, dit Samazelle. En principe un communiste
peut appartenir au mouvement. Inversement : un membre du mouvement peut se croire en droit d'adhérer
au P. C.

132

— Mais enfin, il aurait prévenu, dit Henri. Le P. C. n'est pas clandestin.

— Tu ne les connais pas! dit Scriassine. Le P. C. a intérêt à ce que certains de ses membres se fassent passer pour indépendants. La preuve, c'est que si je ne t'avais pas ouvert les yeux, tu tombais dans le piège.

— Je ne te crois pas, dit Henri.

— Je peux te faire rencontrer un de mes informateurs », dit Scriassine ; il tendit la main vers le téléphone.

— Je poserai la question à Dubreuilh et à lui seul, dit Henri.

— Et tu t'imagines qu'il répondra honnêtement ? Ou tu es naïf, ou tu as tes raisons à toi d'éluder la vérité, dit Scriassine.

— J'estime que ce nouveau fait bouleverse nos rapports avec le S. R. L., dit Samazelle.

— Ce n'est pas un fait, dit Henri.

— Pourquoi Dubreuilh se prêterait-il à cette manœuvre ? dit Luc.

— Parce que le P. C. le lui demande et qu'il est ambitieux, dit Scriassine.

— Il croit peut-être sénilement que le bonheur de l'humanité est dans les mains de Staline, dit Samazelle.

— C'est un vieux renard qui estime que les communistes ont gagné et qu'il est préférable de se ranger de leur côté, dit Scriassine. En un sens il a raison ; il faut que tu aies le goût du martyre pour garder une attitude critique sans rien faire pour les empêcher de venir au pouvoir : quand ils y seront, tu verras ce que cette inconséquence te coûtera.

— Ces considérations personnelles ne me touchent pas, dit Henri.

— Et les camps de travail, ça te touche ou non? dit Lambert.

— Est-ce que j'ai refusé d'en parler? J'ai dit que je le ferai en accord avec Dubreuilh, c'est tout ; et c'est mon dernier mot. Cette discussion est parfaitement oiseuse. D'ici deux à trois jours le comité aura été consulté et nous te communiquerons sa réponse, dit Henri en se tournant vers Scriassine.

— La direction de *L'Espoir* en donnera peut-être une différente, dit Samazelle en se levant.

— C'est ce que nous verrons.

Ils marchèrent vers la porte mais Lambert resta debout devant le bureau d'Henri.

— Tu aurais dû accepter de voir l'informateur de Scriassine, dit-il. Dubreuilh est ton ami ; mais il est aussi le principal responsable de ton parti ; sous prétexte de lui faire confiance, tu trahis la confiance que d'autres ont mise en toi.

— Mais c'est un conte à dormir debout, cette histoire! dit Henri.

En vérité, il n'était pas si rassuré que ça. Si Dubreuilh avait finalement décidé de s'inscrire au P. C., il n'aurait pas consulté Henri. Il allait son chemin sans consulter personne, sans se soucier de personne, là-dessus Henri ne se faisait plus d'illusions. Mis au pied du mur, peut-être hésiterait-il à mentir ; mais on ne lui avait encore posé aucune question et sa conscience s'accommodait sans aucun doute d'une restriction mentale.

— Tu vas te laisser prendre à ses sophismes, dit Lambert avec tristesse. Quant à moi, j'estime que ne pas révéler la vérité entièrement et tout de suite en un pareil cas, c'est un crime. Je t'ai prévenu en juin : si tu ne publies pas ces textes, je revends mes parts, vous en disposerez comme vous voudrez. Quand je suis entré au journal, c'est dans l'espoir que tu cesserais bientôt toute collaboration avec le P. C. Si tu continues, je n'ai qu'à m'en aller.

— Je n'ai jamais collaboré avec le P. C.

— J'appelle ça une collaboration. S'il s'agissait de l'Espagne, de la Grèce, de la Palestine, de l'Indochine, tu aurais refusé depuis le premier jour de garder le silence. Enfin, tu te rends compte! on arrache un homme à sa famille, à sa vie sans l'ombre d'un jugement, on le jette dans un bagne, on le fait travailler jusqu'à la limite de ses forces en le nourrissant à peine, et s'il tombe malade, on le fait crever de faim. Tu admets ça? Tous les types, les ouvriers, les responsables, tous savent que ça peut leur arriver d'une minute à l'autre, ils vivent avec cette terreur sur leur tête! Tu admets ça? répéta Lambert.

— Mais non! dit Henri.

— Alors dépêche-toi de protester. Sous l'occupation, tu n'étais pas tendre pour les gens qui ne protestaient pas!

— Je protesterai, c'est entendu, dit Henri avec impatience.

— Tu as dit que tu suivrais Dubreuilh, dit Lambert. Et Dubreuilh s'opposera à cette campagne.

— Tu te trompes, dit Henri. Il ne s'y opposera pas.

— Supposons que je ne me trompe pas?

— Ah! il faut d'abord que je lui parle, on verra après, dit Henri.

— Oui, on verra! dit Lambert en marchant vers la porte.

Henri écouta le bruit de son pas décroître dans le corridor : il lui semblait que c'était sa propre jeunesse

qui venait d'en appeler à lui ; s'il les avait vus avec ses
yeux de vingt ans, ces millions d'esclaves enfermés
derrière des barbelés, il n'aurait pas envisagé une seconde de se taire. Et Lambert avait vu clair en lui : il
hésitait. Pourquoi ? Il répugnait à faire figure d'ennemi
aux yeux des communistes ; et plus profondément, il
aurait aimé se dissimuler qu'en U. R. S. S. aussi il y
avait quelque chose de pourri : mais tout ça, c'était de
la lâcheté. Il se leva et descendit l'escalier. « Un communiste aurait le droit de choisir le silence, pensa-t-il ;
ses partis pris sont déclarés, et même quand il ment,
en un sens il ne trompe personne. Mais moi qui fais
profession d'indépendance, si j'use de mon crédit pour
étouffer la vérité, je suis un escroc. Je ne suis pas communiste, justement parce que je veux être libre de dire
ce que les communistes ne veulent et ne peuvent pas
dire : c'est un rôle qui est souvent ingrat, mais dont au
fond ils reconnaissent eux-mêmes l'utilité. Sûrement
Lachaume par exemple me saura gré d'avoir parlé : lui,
et tous ceux qui souhaiteront l'abolition des camps sans
qu'il leur soit permis de protester ouvertement contre
eux. Et qui sait ? peut-être tenteront-ils officieusement
quelque chose ; peut-être des pressions provenant
des partis communistes eux-mêmes amèneront-elles
l'U. R. S. S. à modifier son régime pénitentiaire : ce
n'est pas la même chose d'opprimer des hommes en
secret ou bien à la face du monde. Me taire, ça serait
du défaitisme ; ça serait à la fois refuser de regarder les
choses en face, et nier qu'on puisse les changer ; ça
serait condamner irrémédiablement l'U. R. S. S. sous
prétexte de ne pas la juger. Si vraiment il n'y a aucune
chance qu'elle devienne ce qu'elle devrait être, alors il
ne reste plus sur terre aucun espoir ; ce qu'on fait, ce

qu'on dit n'a plus aucune importance. « Oui, se répétait Henri en montant l'escalier de Dubreuilh : ou bien parler a un sens ; ou rien n'a de sens. Il faut parler. Et à moins que Dubreuilh se soit effectivement inscrit au parti, il est forcé d'être de cet avis. » Henri appuya sur le bouton de la sonnette. « Si Dubreuilh est inscrit, est-ce qu'il me le dira ? »

— Alors ça va ? dit Dubreuilh. Comment marche la pièce ? Dans l'ensemble la critique est très bonne, non ?

Henri eut l'impression que cette voix cordiale sonnait faux : peut-être parce qu'en lui-même quelque chose sonnait faux.

— Elle est bonne, dit-il. Il haussa les épaules : « Je vous dirai que j'en ai par-dessus la tête, de cette pièce. Tout ce que je demande, c'est de pouvoir penser à autre chose.

— Je connais ça ! dit Dubreuilh. Il y a quelque chose d'écœurant dans le succès. » Il sourit : « On n'est jamais content : les échecs, ce n'est pas agréable non plus. »

Ils s'assirent dans le bureau et Dubreuilh enchaîna :

— Eh bien, nous avons justement à parler d'autre chose.

— Oui ; et je suis impatient de savoir ce que vous pensez, dit Henri. Moi je suis convaincu à présent qu'en gros Peltov a dit la vérité.

— En gros, oui, dit Dubreuilh. Ces camps existent. Ce ne sont pas des camps de mort comme ceux des nazis, mais ce sont tout de même des bagnes ; et la police a le droit d'envoyer des hommes au bagne pour cinq ans, sans jugement. Ceci dit, je voudrais bien savoir combien il y a de détenus, combien sont des politiques, combien sur le nombre sont condamnés à vie : les chiffres de Peltov sont parfaitement arbitraires.

137

Henri approuva de la tête : « A mon avis nous ne devons pas publier son rapport, dit-il. Nous allons établir ensemble quels faits nous paraissent certains et arrêter nos propres conclusions. Nous parlerons en notre nom, en précisant bien notre point de vue. »

Dubreuilh regarda Henri : « Mon avis à moi, c'est de ne rien publier du tout. Et je vais vous expliquer pourquoi... »

Henri sentit un petit choc au cœur. « Ainsi ce sont les autres qui ont vu juste », se dit-il. Il interrompit Dubreuilh : « Vous voulez étouffer cette affaire ?

— Vous pensez bien qu'elle ne sera pas étouffée ; la presse de droite en fera ses choux gras. Laissons-lui ce plaisir : ce n'est pas à nous d'ouvrir un procès contre l'U. R. S. S. » A son tour, il arrêta Henri d'un geste : « Nous aurions beau prendre toutes les précautions imaginables, ce que les gens verraient fatalement dans nos articles, ça serait une mise en accusation du régime soviétique. Je ne veux de ça à aucun prix. »

Henri garda le silence. Dubreuilh avait parlé d'un ton tranchant ; son siège était fait, il n'en démordrait pas, ça ne servirait à rien de discuter. Il avait pris ses décisions seul, il les imposerait au comité : Henri n'aurait qu'à se soumettre docilement.

— Il faut que je vous pose une question, dit-il.

— Allez-y.

— Il y a des gens qui prétendent que vous vous êtes récemment inscrit au parti communiste.

— On dit ça ? dit Dubreuilh. Qui ?

— C'est un bruit qui court.

Dubreuilh haussa les épaules : « Et vous l'avez pris au sérieux ?

— Voilà deux mois que nous n'avons pas parlé

138

ensemble, dit Henri ; et je ne suppose pas que vous m'auriez envoyé un faire-part.

— Bien sûr, j'aurais envoyé des faire-part! dit Dubreuilh avec véhémence. C'est absurde : comment pourrais-je m'être inscrit sans avoir avisé le S. R. L. et sans avoir expliqué publiquement mes raisons?

— Vous auriez pu différer cette explication de quelques semaines », dit Henri. Il ajouta vivement : « Je dois dire que ça m'aurait étonné, mais j'ai tout de même voulu vous poser la question.

— Tous ces bruits! dit Dubreuilh. Les gens disent n'importe quoi. »

Il avait l'air sincère : mais c'est l'air qu'il aurait eu s'il avait menti. A vrai dire, Henri voyait mal pourquoi il l'aurait fait ; et pourtant Scriassine paraissait absolument sûr de ce qu'il avançait. « J'aurais dû voir cet informateur », se dit Henri. La confiance, ça ne s'imite pas : on l'a ou on ne l'a pas. Son refus avait été un geste faussement noble puisqu'il n'avait plus confiance en Dubreuilh. Il reprit d'une voix neutre :

— Au journal, tout le monde est d'accord pour casser le morceau. Lambert a décidé de quitter *L'Espoir* si on ne parle pas.

— Ça ne serait pas une grosse perte, dit Dubreuilh.

— Ça rendrait la situation très délicate, vu que Samazelle et Trarieux sont prêts à rompre avec le S. R. L.

Dubreuilh réfléchit une seconde : « Eh bien, si Lambert s'en va, je rachète ses parts, dit-il.

— Vous?

— Le journalisme ne m'amuse pas. Mais c'est la meilleure façon de nous défendre. Vous convaincrez sûrement Lambert de me revendre ses parts. Pour le fric je m'arrangerai. »

139

Henri resta décontenancé ; ça ne lui plaisait pas cette idée, pas du tout. Brusquement, il eut une illumination. « C'est un coup monté! » Dubreuilh avait passé l'été avec Lambert, et il savait que celui-ci s'apprêtait à démissionner. Tout devenait parfaitement cohérent. Les communistes avaient chargé Dubreuilh de freiner une campagne gênante pour eux, et de leur annexer *L'Espoir* en s'immisçant dans la direction du journal ; il ne pouvait réussir qu'en cachant soigneusement son affiliation au parti.

— Il n'y a qu'une chose qui cloche, dit Henri sèchement. C'est que moi aussi, je veux parler.

— Vous avez tort! dit Dubreuilh. Rendez-vous compte. Si le référendum et les élections ne sont pas un triomphe pour la gauche, nous risquons une dictature gaulliste : ce n'est pas le moment de servir la propagande anticommuniste.

Henri dévisagea Dubreuilh ; la question était moins de savoir ce que valaient ses arguments que s'il était ou non de bonne foi.

— Et après les élections, demanda-t-il, vous serez d'accord pour parler ?

— A ce moment-là, l'affaire aura été ébruitée, de toute façon, dit Dubreuilh.

— Oui ; Peltov aura été porter ses informations au *Figaro*, dit Henri ; ça revient à dire que le sort des élections n'est pas en jeu, mais seulement notre propre attitude. Et de ce point de vue, je ne vois pas quel avantage nous avons à laisser la droite prendre les devants. Nous serons tout de même obligés de définir notre position : Quelle tête ferons-nous ? Nous essaierons de tempérer les attaques anticommunistes sans donner franchement raison à l'U. R. S. S. et nous aurons l'air de faux jetons...

Dubreuilh interrompit Henri : « Je sais très bien ce que nous dirons. Ma conviction, c'est que ces camps ne sont pas exigés par le régime comme le soutient Peltov ; ils sont liés à une certaine politique qu'on peut déplorer sans mettre en question le régime lui-même. Nous dissocierons les deux choses ; nous condamnerons le travail correctif, mais nous défendrons l'U. R. S. S.

— Admettons, dit Henri. Ça saute aux yeux que nos paroles auront beaucoup plus de poids si nous sommes les premiers à dénoncer les camps. Alors personne ne pourra penser que nous récitons une leçon apprise. On nous fera crédit et nous couperons l'herbe sous le pied aux anticommunistes : ce sont eux qui feront figure de partisans quand ils renchériront sur nous.

— Oh! ça n'y changera rien, on les croira quand même, dit Dubreuilh. Et ils tireront argument de notre intervention : même des sympathisants ont été indignés au point de se tourner contre l'U. R. S. S., voilà ce qu'ils diront! Ça troublera des gens qui n'auraient pas marché sans ça. »

Henri secoua la tête : « Il faut que ce soit la gauche qui prenne cette affaire en main. Les calomnies de la droite, les communistes ont l'habitude, ça les laisse froids. Mais si toute la gauche, à travers toute l'Europe, s'insurge contre les camps, ça risque de les troubler. La situation change quand un secret devient un scandale : l'U. R. S. S. finira peut-être par reviser son système pénitentiaire...

— Ça, c'est du rêve! dit Dubreuilh d'une voix dédaigneuse.

— Écoutez, dit Henri avec colère, vous avez toujours admis que nous pouvions exercer certaines pressions sur les communistes : c'est le sens même de notre

141

mouvement. Voilà le cas ou jamais de tenter le coup. Même si nous n'avons qu'une faible chance d'aboutir, il faut la courir. »

Dubreuilh haussa les épaules : « Si nous déclenchions cette campagne, nous nous ôterions toute possibilité de travailler avec les communistes : ils nous classeraient comme anticommunistes, et ils n'auraient pas tort. Voyez-vous, reprit Dubreuilh, le rôle que nous essayons de jouer, c'est celui d'une minorité oppositionnelle, extérieure au parti, mais alliée avec lui. Si nous en appelons à la majorité pour combattre les communistes sur quelque point que ce soit, il ne s'agit plus d'une opposition : nous entrons en guerre contre eux, nous changeons de camp. On aurait le droit de nous traiter de traîtres. »

Henri dévisagea Dubreuilh. Il n'aurait pas parlé autrement s'il avait été un communiste camouflé. Sa résistance confirmait Henri dans son idée : si les communistes souhaitaient que la gauche reste neutre, ça prouvait qu'elle avait prise sur eux, donc que son intervention avait des chances d'être efficace : « En somme, dit-il, pour garder une chance d'agir un jour sur les communistes, vous refusez celle qui se présente. L'opposition ne nous est permise que dans la mesure où elle n'a aucune efficacité. Eh bien, je n'accepte pas ça, ajouta-t-il d'une voix décidée. L'idée que les communistes vont nous cracher dessus ne m'est pas plus agréable qu'à vous, mais j'ai bien réfléchi : nous n'avons pas le choix. » Il arrêta Dubreuilh d'un geste : il ne lui rendrait pas la parole avant d'avoir vidé son sac : « Être non-communiste, ça signifie quelque chose ou ça ne signifie rien. Si ça ne signifie rien, devenons communistes ou allons planter nos choux. Si ça a un sens, ça implique certains devoirs : entre autres de savoir au besoin nous brouiller avec les communistes. Les ménager à tout prix, sans se rallier carrément à eux, c'est choisir le confort moral le plus facile, c'est de la lâcheté. »

Dubreuilh tapotait son buvard d'un air impatient :

— Ça, ce sont des considérations morales qui ne me touchent pas, dit-il. Moi je m'intéresse aux conséquences de mes actes, et pas à la figure qu'ils me donnent.

— Il ne s'agit pas de figure...

— Mais si, dit Dubreuilh avec brusquerie, le fond de l'affaire, c'est que ça vous embête d'avoir l'air de vous laisser intimider par les communistes...

Henri se raidit : « Ça m'embêterait effectivement que nous nous laissions intimider par eux : ça serait en contradiction avec tout ce que nous avons tenté depuis deux ans. »

Dubreuilh continuait à tapoter son buvard d'un air fermé et Henri ajouta d'une voix sèche : « Vous mettez la discussion sur un drôle de plan. Je pourrais vous demander pourquoi vous avez tellement peur de déplaire aux communistes.

— Je m'en fous de leur plaire ou de leur déplaire, dit Dubreuilh. Je ne veux pas déclencher une campagne antisoviétique ; surtout pas en ce moment : je trouverais ça criminel.

— Et moi je trouverais criminel de ne pas faire contre les camps tout ce qui est en mon pouvoir », dit Henri. Il regarda Dubreuilh : « Je comprendrais beaucoup mieux votre attitude si vous étiez inscrit au parti ; un communiste, j'admettrais même qu'il nie les camps, qu'il les défende.

— Je vous ai dit que je n'étais pas inscrit, dit Dubreuilh d'une voix irritée. Ça ne vous suffit pas ? »

143

Il se leva et fit quelques pas à travers la pièce. « Non, pensa Henri, décidément ça ne me suffit pas. Rien n'empêche Dubreuilh de me mentir cyniquement : il l'a déjà fait. Et les considérations morales ne le touchent pas. Mais cette fois je ne me laisserai pas avoir », se dit-il avec rancune.

Dubreuilh continuait à marcher de long en large en silence. Avait-il senti la méfiance d'Henri ? ou était-ce seulement son opposition qui l'irritait ? Il semblait avoir peine à se contenir : « Eh bien, il n'y a qu'à réunir le comité, dit-il. Sa décision nous départagera.

— Ils vous suivront, vous le savez très bien ! dit Henri.

— Si vos raisons sont bonnes, elles les convaincront, dit Dubreuilh.

— Allons donc ! Charlier et Méricaud votent toujours avec vous, et Lenoir est à genoux devant les communistes. Leur avis ne m'intéresse pas, dit Henri.

— Alors quoi ? vous agirez contre la décision du comité ? demanda Dubreuilh.

— Le cas échéant, oui.

— C'est un chantage ? dit Dubreuilh d'une voix blanche. On vous laisse les mains libres ou *L'Espoir* rompt avec le S. R. L., c'est bien ça ?

— Ce n'est pas du chantage. Je suis décidé à parler et je parlerai, c'est tout.

— Vous vous rendez compte de ce que cette rupture signifie ? dit Dubreuilh. Son visage était aussi blanc que sa voix. C'est la fin du S. R. L. Et *L'Espoir* passe dans le camp de l'anticommunisme.

— Le S. R. L., à l'heure qu'il est, c'est zéro, dit Henri. Et *L'Espoir* ne deviendra jamais anticommuniste, comptez sur moi. »

Un moment ils se toisèrent en silence.

— Je vais immédiatement réunir le comité, dit enfin Dubreuilh. Et s'il est d'accord avec moi, nous vous désavouerons publiquement.

— Il sera d'accord, dit Henri. Il marcha vers la porte : « Désavouez-moi : je vous répondrai.

— Réfléchissez encore, dit Dubreuilh. Ce que vous allez faire, ça s'appelle une trahison.

— C'est tout réfléchi », dit Henri.

Il traversa le vestibule et referma derrière lui cette porte qu'il ne franchirait plus jamais.

Scriassine et Samazelle l'attendaient anxieusement au journal. Ils ne cachèrent guère leur satisfaction. Ils déchantèrent un peu quand Henri leur déclara qu'il entendait rédiger lui-même, en toute liberté, les articles sur les camps : c'était à prendre ou à laisser. Scriassine tenta de discuter, mais Samazelle le convainquit rapidement d'accepter. Henri se mit tout de suite à l'ouvrage. Il décrivit dans ses grandes lignes, avec textes à l'appui, le régime pénitentiaire de l'U. R. S. S. ; et il en souligna le caractère scandaleux ; mais il prit grand soin de dire que d'une part les erreurs de l'U. R. S. S. n'excusaient en aucune façon celles du capitalisme, que d'autre part l'existence des camps condamnait une certaine politique, non le régime tout entier ; dans un pays en proie aux pires difficultés économiques, ils représentaient sans doute une solution de facilité ; on était en droit d'espérer leur disparition ; il fallait que tous les gens pour qui l'U. R. S. S. incarnait un espoir, et les communistes eux-mêmes, mettent tout en œuvre pour obtenir leur abolition. Le seul fait d'en avoir divulgué l'existence changeait déjà la situation ; c'est pour ça qu'Henri avait pris la parole : se taire aurait été du défaitisme et de la lâcheté.

L'article parut le lendemain matin ; Lambert s'en déclara très mécontent ; et Henri eut l'impression que dans la salle de rédaction on discutait ferme. Le soir, un commissionnaire apporta la lettre de Dubreuilh ; le comité du S. R. L. avait exclu Perron et Samazelle, le mouvement ne conservait plus aucun lien avec *L'Espoir* ; il déplorait qu'on exploitât au profit d'une propagande anticommuniste des faits qui ne pouvaient être jugés qu'au sein d'une appréciation globale du régime stalinien ; quelle qu'en fût l'exacte portée, le P. C. demeurait aujourd'hui le seul espoir du prolétariat français et si on cherchait à le discréditer, c'est qu'on choisissait de servir la réaction. Henri rédigea immédiatement une réponse ; il accusait le S. R. L. de céder à la terreur du communisme et de trahir son programme initial.

« Comment en sommes-nous arrivés là ? » se demanda Henri le lendemain avec une espèce de stupeur quand il eut acheté *L'Espoir*. Il n'arrivait pas à détacher son regard de cette première page. Il avait été d'un avis, Dubreuilh d'un autre ; il y avait eu des bruits de voix, quelques gestes impatients, entre quatre murs : et soudain s'étalaient noir sur blanc, aux yeux de tous, ces deux colonnes jumelées d'insultes.

— Le téléphone n'arrête pas de sonner, lui dit sa secrétaire quand il s'amena vers cinq heures au journal. Il y a un M. Lenoir qui a dit qu'il passerait à six heures.

— Vous le laisserez entrer.

— Et vous allez voir ce courrier : je n'ai même pas fini de tout classer.

« Eh bien, ça passionne les gens, cette affaire ! » se dit Henri en s'asseyant devant son bureau. Le premier article avait paru la veille, et déjà un tas de lecteurs le félicitaient, l'insultaient, s'étonnaient. Il y avait un pneumatique de Volange : « Cher vieux, je te serre la main. » Julien aussi le congratulait dans un style élevé tout à fait surprenant. L'ennuyeux, c'est que tout le monde semblait croire que *L'Espoir* allait devenir un duplicata du *Figaro* : il faudrait remettre les choses au point. Henri leva la tête. La porte du bureau venait de s'ouvrir et Paule était devant lui ; elle portait un vieux manteau de fourrure, elle avait son visage des mauvais jours.

— C'est toi ? qu'est-ce qui se passe ? dit Henri.

— C'est ce que je suis venue te demander, dit Paule ; elle jeta sur la table le numéro de *L'Espoir*. « Qu'est-ce qui se passe ?

— Eh bien, c'est expliqué dans le journal, dit Henri. Dubreuilh ne voulait pas que je publie ces articles sur les camps soviétiques, je l'ai fait tout de même et nous avons rompu. » Il ajouta avec impatience : « Je t'aurais tout raconté demain à déjeuner. Pourquoi es-tu venue aujourd'hui ?

— Ça te dérange ?

— Ça me fait plaisir de te voir. Mais j'attends Lenoir d'une minute à l'autre, et j'ai beaucoup de travail. Je te donnerai les détails demain : ce n'est pas si urgent.

— Si, c'est urgent. J'ai besoin de comprendre, dit-elle. Pourquoi cette rupture ?

— Je viens de te le dire. » Il sourit avec application : « Tu devrais être contente, tu la souhaitais depuis si longtemps. »

Paule le regarda d'un air soucieux : « Mais pourquoi maintenant ? on ne rompt pas avec un ami de vingt-cinq ans parce qu'on n'est pas d'accord sur une malheureuse histoire de politique.

— C'est pourtant ce qui est arrivé. En fait, cette malheureuse histoire est très importante. »

Le visage de Paule se ferma : « Tu ne me dis pas la vérité.

— Je t'assure que si.

— Il y a longtemps que tu ne me dis plus rien, dit-elle. Je crois que j'ai deviné pourquoi. C'est pour ça que je suis venue te parler : il faut que tu me rendes ta confiance.

— Tu as toute ma confiance. Ceci dit nous parlerons demain, dit-il. Je n'ai pas le temps maintenant. »

Paule ne bougea pas : « Je t'ai déplu en m'expliquant avec Josette, l'autre soir, je m'en excuse, dit-elle.

— C'est moi qui m'excuse : j'étais de mauvaise humeur...

— Surtout ne t'excuse pas! » Elle leva vers lui un visage tremblant d'humilité : « La nuit de cette générale et les jours qui ont suivi, j'ai compris beaucoup de choses. Il n'y a pas de commune mesure entre toi et les autres gens, entre toi et moi. Te vouloir tel que je t'avais rêvé et non pas tel que tu es, c'était me préférer à toi ; c'était de la présomption. Mais c'est fini. Il n'y a que toi : moi je ne suis rien. J'accepte de n'être rien, et j'accepte tout de toi.

— Écoute, ne t'exalte pas, dit-il avec gêne. Je te dis qu'on parlera demain.

— Tu ne me crois pas sincère? dit Paule ; c'est ma faute ; j'ai eu trop d'orgueil. C'est que le chemin du renoncement n'est pas facile. Mais maintenant je te le jure : je ne réclame plus rien pour moi-même. Toi seul existes, et tu peux tout exiger de moi. »

« Mon Dieu! pensa Henri. Pourvu qu'elle s'en aille avant que Lenoir n'arrive! » Il dit tout haut : « Je te

148

crois ; mais tout ce que je te demande pour l'instant c'est de patienter jusqu'à demain et de me laisser travailler.

— Tu te moques de moi! » dit Paule d'une voix violente. Son visage se radoucit : « Je te répète que je suis totalement à toi. Qu'est-ce que je peux faire pour te convaincre ? Veux-tu que je me coupe une oreille ?

— Et qu'est-ce que j'en ferais ? dit Henri en essayant de plaisanter.

— Ça serait un signe. » Des larmes montèrent aux yeux de Paule : « Ça m'est intolérable que tu doutes de mon amour. »

La porte s'entrebâilla : « M. Lenoir. Je le fais entrer ?

— Qu'il attende cinq minutes. » Henri sourit à Paule : « Je ne doute pas de ton amour. Mais tu vois, j'ai des rendez-vous, il faut que tu t'en ailles.

— Tu ne vas tout de même pas me préférer Lenoir! dit Paule. Qu'est-ce qu'il est pour toi ? et moi je t'aime. » Maintenant elle pleurait avec de grosses larmes : « Si j'ai fréquenté le monde, si j'ai essayé d'écrire, c'était pour l'amour de toi.

— Je sais bien.

— On t'a peut-être raconté que j'étais devenue vaniteuse, que je n'attachais plus d'importance qu'à mon travail : la personne qui t'a dit ça est bien coupable. Demain, je jetterai au feu tous mes manuscrits, sous tes yeux.

— Ça serait stupide.

— Je le ferai », dit-elle. Elle ajouta avec éclat : « Je vais le faire tout de suite en rentrant.

— Mais non, je t'en prie ; ça ne rime à rien. »

Le visage de Paule s'affaissa de nouveau : « Tu veux dire que rien ne peut te convaincre de mon amour ?

— Mais j'en suis convaincu, dit-il. J'en suis profondément convaincu.

— Ah! je t'ennuie, dit-elle en pleurant. Comment faire! il faut pourtant que ces malentendus se dissipent!

— Il n'y a aucun malentendu.

— Voilà, je continue, dit-elle avec désespoir, je continue à t'ennuyer et tu ne voudras plus me voir! »

« Non, pensa-t-il dans un élan, je ne veux plus. » Il dit tout haut : « Bien sûr que si.

— Tu finiras par me détester et tu auras raison. Dire que je te fais une scène, à toi, moi!

— Tu ne me fais pas de scène.

— Tu vois bien que si, dit-elle en éclatant en sanglots.

— Calme-toi, Paule », dit-il de sa voix la plus suave. Il avait envie de la battre ; et il se mit à lui caresser les cheveux : « Calme-toi. »

Il continua à les lui caresser pendant quelques minutes et elle se décida enfin à relever la tête :

— Bon, je m'en vais, dit-elle. Elle le regarda avec angoisse : « Tu viens déjeuner demain, c'est promis ?

— C'est juré. »

« Ne plus la voir du tout, c'est la seule solution, se dit-il quand elle eut refermé la porte derrière elle. Mais comment lui faire accepter de l'argent si je ne la vois plus? Une femme scrupuleuse n'accepte les secours d'un homme qu'à condition de lui infliger sa présence. Je m'arrangerai. Mais je ne veux plus la voir », décida-t-il.

— Excusez-moi de vous avoir fait attendre, dit-il à Lenoir.

Lenoir eut un petit geste de la main : « C'est sans importance. » Il toussa, il était déjà rouge ; il avait certainement préparé chaque mot de sa diatribe, mais la présence d'Henri désagrégeait ses phrases. « Vous vous doutez de l'objet de ma visite.

— Oui ; vous vous solidarisez avec Dubreuilh et mon attitude vous scandalise ; j'en ai donné mes raisons : je regrette de ne pas vous avoir convaincu.

— Vous dites que vous n'avez pas voulu cacher la vérité à vos lecteurs. Mais de quelle vérité s'agit-il ? » dit Lenoir ; il avait retrouvé un des mots clés de son discours, toute la suite allait aisément s'y accrocher ; vérité ambiguë, vérité partielle, Henri connaissait la chanson ; il se réveilla lorsque Lenoir abandonna ces généralités : « La contrainte policière ne joue pas en U. R. S. S. un autre rôle qu'en pays capitaliste la pression économique ; qu'elle le joue d'une manière plus systématique, je ne vois là que des avantages ; un régime où l'ouvrier n'est pas menacé de renvoi ni le responsable de faillite est obligé d'inventer de nouvelles formes de sanctions.

— Pas forcément celles-ci, dit Henri ; et vous n'allez pas comparer la condition d'un chômeur avec celle des travailleurs des camps.

— Au moins leur vie quotidienne est assurée ; je suis convaincu que leur sort est moins affreux que ne le prétend une propagande intéressée ; d'autant qu'on oublie que la mentalité d'un homme soviétique n'est pas la nôtre : il trouve naturel par exemple d'être déplacé selon les besoins de la production.

— Quelle que soit sa mentalité, aucun homme ne trouve naturel d'être exploité, sous-alimenté, privé de tous ses droits, enfermé, abruti de travail, condamné à mourir de froid, de scorbut ou d'épuisement », dit Henri. Il pensa : « C'est tout de même beau la politique ! »

Lenoir n'aurait littéralement pas supporté de voir souffrir une mouche et il consentait de gaieté de cœur aux horreurs des camps.

— Personne ne veut le mal pour le mal, dit Lenoir ; et l'U. R. S. S. moins qu'aucun autre régime ; s'ils prennent ces mesures, c'est qu'elles sont nécessaires. Lenoir devint plus rouge encore. Comment osez-vous condamner les institutions d'un pays dont vous ignorez les besoins, les difficultés ? C'est une intolérable légèreté.

— Ces besoins, ces difficultés, j'en ai parlé, dit Henri. Et vous savez très bien que je n'ai pas condamné en bloc le régime soviétique. Mais l'accepter en bloc, aveuglément, c'est de la lâcheté. Vous justifiez n'importe quoi en invoquant cette idée de nécessité ; mais c'est une arme à deux tranchants ; quand Peltov dit que les camps sont nécessaires, c'est pour prouver que le socialisme est une utopie.

— Ils peuvent être nécessaires aujourd'hui sans l'être définitivement, dit Lenoir. Vous oubliez que la situation de l'U. R. S. S. est une situation de guerre ; les puissances capitalistes n'attendent que le moment de lui tomber dessus.

— Même comme ça, rien ne prouve qu'ils le soient, dit Henri. Personne ne veut le mal pour le mal, et tout de même ça arrive souvent qu'on le fasse inutilement. Vous ne nierez pas qu'en U. R. S. S. comme partout il n'y ait eu des fautes de commises : des famines, des révoltes, des massacres qui auraient pu être évités. Eh bien, je pense que ces camps aussi sont une faute. Vous savez, ajouta-t-il, même Dubreuilh est de cet avis.

— Nécessité ou faute, en tout cas vous avez commis une mauvaise action, dit-il. Attaquer l'U. R. S. S. ça

152

ne change rien à ce qui se passe en U. R. S. S. et ça sert les puissances capitalistes. Vous avez choisi de travailler pour l'Amérique et pour la guerre.

— Mais non! dit Henri. On peut critiquer le communisme sans qu'il s'en porte plus mal, il est plus costaud que ça!

— Vous venez de prouver une fois de plus qu'on ne peut pas se vouloir extra-communiste, sans devenir objectivement anticommuniste, dit Lenoir, il n'y a pas de tiers chemin ; le S. R. L. était condamné dès le départ à s'allier à la réaction ou à périr.

— Si c'est là ce que vous pensez, il ne vous reste qu'à vous inscrire au P. C.

— Oui, c'est ce qui me reste à faire, c'est ce que je vais faire, dit Lenoir. Je tenais à ce que la situation soit nette : il faut désormais que vous me considériez comme un adversaire.

— Je le regrette, dit Henri.

Un instant ils se toisèrent avec embarras et Lenoir dit :

— Alors adieu.

— Adieu, dit Henri.

Oui, c'était une des ripostes possibles : nier les faits, les chiffres, la raison et son propre sens par un acte de foi aveugle : tout ce que fait Staline est bien fait. « Lenoir n'est pas communiste : c'est pour ça qu'il fait de l'excès de zèle », se dit Henri. Ce qui l'aurait intéressé, ç'aurait été de parler avec Lachaume ou n'importe quel autre communiste intelligent et pas trop sectaire.

— Tu as vu Lachaume ces jours-ci ? demanda-t-il à Vincent.

— Oui.

Vincent avait été remué par l'affaire des camps ; au

début il pensait qu'il ne fallait pas parler, et puis il s'était rangé à l'avis d'Henri.

— Qu'est-ce qu'il pense de mes articles ? demanda Henri.

— Il est plutôt monté contre toi, dit Vincent. Il dit que tu fais de l'anticommunisme.

— Ah ! dit Henri. Et les camps ? ça ne le gêne pas ? qu'est-ce qu'il pense des camps ?

Vincent sourit : « Que ça n'existe pas ; que c'est une excellente institution ; que ça disparaîtra de soi-même.

— Je vois ! » dit Henri.

Décidément, les gens n'aiment pas se poser de questions. Ils s'arrangeaient tous pour sauvegarder leurs systèmes. Les journaux communistes allèrent jusqu'à entonner les louanges d'une institution qu'ils baptisaient : camps de redressement et travail correctif ; et les antistaliniens ne voyaient dans cette affaire qu'un prétexte à réchauffer des indignations bien assises.

— Encore des télégrammes de félicitations ! dit Samazelle en jetant les dépêches sur le bureau d'Henri. On peut dire que nous avons soulevé l'opinion, ajouta-t-il d'un air réjoui. Il ajouta : « Scriassine attend dans le parloir ; il est avec Peltov et deux autres types.

— Son projet ne m'intéresse pas, dit Henri.

— Il faut tout de même les recevoir », dit Samazelle. Il désigna des papiers qu'il avait posés devant Henri : « Et je voudrais beaucoup que vous jetiez un coup d'œil sur ces articles remarquables que Volange vient de nous envoyer.

— Volange n'écrira jamais dans *L'Espoir*, dit Henri.

— Dommage ! » dit Samazelle.

La porte s'ouvrit, Scriassine entra, en souriant d'un air séducteur : « Tu as bien cinq minutes ? nos amis

154

s'impatientaient. J'ai amené Peltov, et Bennet, un journaliste américain qui a passé quinze ans comme correspondant à Moscou, et Moltberg qui militait encore comme communiste à Vienne au temps où je venais de quitter le parti ; je peux les faire entrer ?

— Fais-les entrer. »

Ils entrèrent et leur regard était lourd de reproche, soit parce qu'Henri les avait fait attendre, soit parce que le monde ne leur rendait pas justice ; d'un geste, Henri les invita à s'asseoir et il dit en s'adressant à Scriassine : « Je crains que cette réunion ne soit parfaitement vaine ; je l'ai précisé dans les conversations que nous avons eues et dans mes articles : je ne suis pas devenu anticommuniste. Ton projet, c'est à l'Union gaulliste qu'il faut le porter, pas à moi.

— Ne me parle pas de De Gaulle, dit Scriassine. Quand il a eu le pouvoir, son premier acte a été de voler à Moscou : c'est une chose qui ne doit pas s'oublier.

— Vous n'avez sans doute pas eu le temps de regarder attentivement notre programme, dit Moltberg avec reproche. Nous sommes des hommes de gauche ; le mouvement gaulliste est soutenu par le grand capitalisme et il n'est pas question de nous allier à lui. Nous voulons rassembler contre le totalitarisme russe les forces vivantes de la démocratie. » D'un geste courtois il écarta les objections d'Henri : « Vous dites que vous n'êtes pas devenu anticommuniste : vous avez dévoilé certains abus et vous ne voulez pas aller plus loin ; mais en vérité vous ne pouvez pas vous arrêter en route : contre un pays totalitaire notre engagement aussi doit être total. »

Scriassine reprit vivement la parole : « Ne me dis pas que tu es si loin de nous. Le S. R. L. avait tout de même

155

été crée pour empêcher que l'Europe ne tombe dans les mains de Staline. Et c'est une Europe autonome que nous souhaitons nous aussi. Seulement nous avons compris qu'elle ne peut pas se réaliser sans le secours de l'Amérique.

— Une paille! » dit Henri. Il haussa les épaules : « Une Europe colonisée par l'Amérique, c'est justement ce que le S. R. L. voulait éviter, c'était même le premier de nos objectifs, puisque nous n'avons jamais pensé que Staline comptât annexer l'Europe.

— Je ne comprends pas ce préjugé contre l'Amérique, dit Bennet d'une voix sombre. Il faut être communiste pour ne vouloir voir en elle que le bastion du capitalisme : c'est aussi un grand pays ouvrier ; et c'est le pays du progrès, de la prospérité, de l'avenir.

— C'est le pays qui partout, toujours, prend systématiquement le parti des privilégiés : en Chine, en Grèce, en Turquie, en Corée, qu'est-ce qu'ils défendent ? ce n'est pas le peuple, non ? c'est le capital, c'est la grande propriété. Quand je pense qu'ils maintiennent Franco et Salazar... »

Henri avait appris le matin même que ses vieux amis portugais avaient fini par fomenter une révolte : ça se soldait par neuf cents arrestations.

— Vous parlez de la politique du State Department, dit Bennet. Vous oubliez qu'il y a aussi un peuple américain ; on peut faire confiance aux syndicats de gauche et à toute cette partie de la nation qui est sincèrement éprise de liberté et de démocratie.

— Jamais les syndicats ne se sont désolidarisés de la politique gouvernementale, dit Henri.

— Il faut regarder les choses en face, dit Scriassine. L'Europe ne peut se défendre contre l'U. R. S. S.

qu'avec l'appui de l'Amérique ; si tu interdis à la gauche européenne de l'accepter, il va s'établir une confusion désolante entre les intérêts de la droite et ceux de la démocratie.

— Si la gauche fait une politique de droite, ce n'est plus une gauche, dit Henri.

— En somme, dit Bennet d'un ton menaçant, entre l'Amérique et l'U. R. S. S. vous choisissez l'U. R. S. S. ?

— Oui, dit Henri. Et je n'en ai jamais fait mystère.

— Comment pouvez-vous mettre en balance les abus du capitalisme américain et l'horreur d'une oppression policière, dit Bennet. Sa voix s'enfla, il commençait de prophétiser, et Moltberg faisait chœur avec lui tandis que Scriassine et Peltov parlaient volubilement en russe. Ces hommes ne se ressemblaient pas du tout ; mais tous avaient le même regard perdu dans un rêve revendicant et affreux dont ils refusaient de se réveiller, tous se voulaient aveugles et sourds au monde, possédés par un passé d'horreur. Aiguë, grave, solennelle, ou canaille, leur voix à tous vaticinait. Peut-être de tous les témoignages qu'ils portaient contre l'U. R. S. S. c'était là le plus troublant : cet air méfiant, coléreux, à jamais traqué dont l'expérience stalinienne avait marqué leurs visages. Il ne fallait pas essayer de les arrêter quand ils commençaient à vous jeter leurs souvenirs à la face ; ils étaient trop intelligents pour espérer arracher une décision à coups d'anecdotes : il s'agissait plutôt d'une crise verbale utile à leur hygiène intime. Bennet se tut soudain, comme épuisé.

— Je ne vois pas ce que nous faisons ici! dit-il brusquement.

— Je vous ai prévenus que nous allions perdre notre temps, dit Henri.

157

Ils se levèrent ; Moltberg regarda longuement Henri dans les yeux :

— Peut-être nous retrouverons-nous plus tôt que vous ne pensez, dit-il d'une voix presque tendre.

Quand ils eurent quitté le bureau, Samazelle s'ébroua : « C'est difficile de discuter avec des exaltés. Le plus piquant, c'est qu'ils se détestent entre eux : chacun considère comme un traître celui qui est resté stalinien un peu plus longtemps que lui. Et le fait est qu'ils sont tous suspects. Bennet est demeuré quinze ans à Moscou comme correspondant : s'il était aussi indigné contre le régime qu'il le prétend aujourd'hui, quelle lâcheté ! ce sont des hommes marqués, conclut-il d'un air satisfait.

— En tout cas, ils ont l'honnêteté de ne pas vouloir se compromettre avec le gaullisme, dit Henri.

— Ils manquent de sens politique », dit Samazelle.

Samazelle avait échoué à gauche : rien ne lui semblait plus naturel que de se rallier à la droite puisqu'il ne s'intéressait qu'au nombre de ses auditeurs et non au sens de ses discours. Il avait proposé à Henri des articles de Volange, il parlait avec une sobre sympathie du programme de l'Union gaulliste. Henri feignait de ne pas comprendre ses insinuations ; mais c'était une ruse bien vaine ; Samazelle n'hésita pas longtemps à attaquer franchement.

— Il y aurait une belle partie à jouer pour qui voudrait sincèrement constituer une gauche indépendante, dit-il d'un air ouvert. Scriassine a raison de penser que l'Europe ne saurait exister sans l'appui des U. S. A. Toutes les forces qui s'opposent à la soviétisation de l'Occident, notre rôle devrait être de les coaliser au profit d'un authentique socialisme : accepter l'aide américaine en tant qu'elle nous vient du peuple américain, accepter une alliance avec l'Union gaulliste, en tant que celle-ci peut être orientée vers une politique de gauche ; voilà le programme que je nous proposerais.

Il fixait sur Henri un regard sévère et impérieux.

— Ne comptez pas sur moi pour l'exécuter, dit Henri. Je continuerai à combattre de toutes mes forces la politique américaine. Et vous savez parfaitement que le gaullisme, c'est la réaction.

— Je crains que vous ne réalisiez pas très bien la situation, dit Samazelle. Vous avez eu beau vous entourer de précautions, nous voilà classés comme anticommunistes ; ça nous supprime la moitié de nos lecteurs. La seule chance du journal, c'est qu'il en gagne d'autres. Et pour ça il ne faut pas nous arrêter à mi-chemin : il faut foncer dans la direction où nous venons de nous engager.

— C'est-à-dire devenir effectivement un canard anticommuniste! dit Henri. Pas question. Si on doit faire faillite, on fera faillite, mais on gardera notre ligne jusqu'au bout.

Samazelle ne répondit rien ; Trarieux était évidemment du même avis que lui, mais il savait que Lambert et Luc soutiendraient toujours Henri : il ne pouvait rien contre cette coalition.

— Vous avez vu *L'Enclume*? demanda-t-il d'un air réjoui deux jours plus tard. Il jeta l'hebdomadaire sur le bureau d'Henri. « Lisez-le.

— Qu'est-ce qu'il y a de spécial dans *L'Enclume*? dit Henri avec nonchalance.

— Un article de Lachaume sur vous, dit Samazelle. Lisez, répéta-t-il.

159

— Je le lirai plus tard », dit Henri.

Dès que Samazelle eut quitté le bureau, il ouvrit le journal. « Bas les masques », c'était le titre de l'article. Au fur et mesure qu'il lisait Henri sentait sa gorge se contracter de colère. Lachaume expliquait à coup de citations tronquées et de résumés tendancieux que toute l'œuvre d'Henri trahissait une sensibilité fasciste et sous-entendait une idéologie réactionnaire. Sa pièce notamment était une insulte à la Résistance. Il y avait chez lui un fondamental mépris des autres hommes : les articles odieux qu'il venait de publier dans *L'Espoir* le prouvaient avec éclat. Il aurait été plus honnête en se déclarant franchement anticommuniste qu'en affirmant sa sympathie pour l'U. R. S. S. au moment où il déclenchait cette campagne de calomnie : la grossièreté de cette ruse montrait bien en quelle piètre estime il tenait ses semblables. Les mots de traître et de vendu n'étaient pas écrits noir sur blanc, mais on les lisait entre les lignes. Et c'était Lachaume qui avait écrit ça. Lachaume. Henri le revoyait cirant d'un air réjoui les parquets de Paule, au temps où il vivait caché dans le studio ; il le voyait gare de Lyon, enveloppé dans un pardessus trop long et tout embarrassé de son émotion à la minute des adieux. Les épis de Noël crépitaient ; assis à une table au Bar Rouge il disait : « Il faut travailler côte à côte » ; un peu plus tard, d'un air confus : « On ne t'a jamais attaqué. » Il essaya de penser : « Ce n'est pas sa faute. Le coupable, c'est le parti qui l'a choisi tout exprès pour cette besogne. » Et puis une colère rouge lui monta jusqu'aux yeux. C'était bien lui qui avait inventé une à une chaque phrase : on ne se borne jamais à obéir, on recrée. Et il avait moins d'excuses encore que ses complices parce qu'il savait parfaite-

160

ment qu'il mentait. Il sait que je ne suis pas un asciste et que je n'en deviendrai jamais un.

Il se leva. Pas question de répondre à cet article : il n'avait rien de plus à dire que ce que Lachaume savait déjà. Quand les mots n'ont plus de sens, la seule chose qui reste à faire, c'est de cogner. Il monta dans son auto. A cette heure-ci, Lachaume devait être au Bar Rouge. Henri fonça vers le Bar Rouge. Il trouva Vincent qui buvait avec des copains. Pas de Lachaume.

— Lachaume n'est pas là ?

— Non.

— Alors il doit être à *L'Enclume*, dit Henri.

— Je ne sais pas, dit Vincent. Il se leva et suivit Henri vers la porte : « Tu as ta bagnole ? Je vais au journal.

— Moi je n'y vais pas, dit Henri. Je vais à *L'Enclume*. »

Vincent sortit derrière lui : « Laisse donc tomber, dit-il.

— Tu as lu l'article de Lachaume ? demanda Henri.

— Je l'ai lu. Il me l'a montré avant de le faire passer, et je me suis brouillé avec lui. C'est une belle saloperie. Mais à quoi ça t'avancera de faire un scandale ?

— Je n'ai pas souvent envie de cogner, dit Henri. Mais ce coup-ci, c'est un besoin. Tant mieux si ça fait du scandale.

— Tu as tort, dit Vincent. Ils en profiteront pour remettre ça : et ils iront encore plus loin.

— Plus loin ? mais ils m'ont traité de fasciste, dit Henri, ils ne peuvent pas aller plus loin. Et de toute façon, je m'en contre-fous. » Il ouvrit la portière de l'auto. Vincent saisit son bras :

— Tu sais, quand ils ont décidé d'avoir un gars, ils ne

reculent devant rien, dit Vincent. Il y a un point faible dans ta vie ; ils iront te chercher par là.

Henri regarda Vincent : « Un point faible ? Tu veux parler de Josette et de ces ragots qu'on a faits sur elle ?

— Oui. Tu ne t'en doutes peut-être pas, mais tout le monde est au courant.

— Ils n'oseraient tout de même pas, dit Henri.

— Tu crois qu'ils se gêneraient. » Il hésita : « J'ai tellement engueulé Lachaume quand il m'a montré son papier qu'il a coupé dix lignes. Mais la prochaine fois, il cassera le morceau. »

Henri garda le silence. Pauvre Josette, si vulnérable ! ça donnait froid dans le dos de l'imaginer en train de lire ces dix lignes que Lachaume avait coupées. Il s'installa au volant : « Monte ; on va au journal, tu as gagné. » Il embraya et il ajouta : « Je te remercie !

— Je n'aurais pas cru ça de Lachaume, dit Vincent.

— De Lachaume ni de personne, dit Henri. Attaquer quelqu'un dans sa vie privée, et de cette manière-là, c'est tout de même trop dégueulasse.

— C'est dégueulasse », dit Vincent. Il hésita : « Mais il y a une chose que tu devrais comprendre : tu n'as plus de vie privée.

— Comment ! dit Henri. Bien sûr que si, j'ai une vie privée, et elle ne regarde que moi.

— Tu es un homme public ; tout ce que tu fais tombe dans le domaine public : en voilà la preuve ! Il faudrait que tu sois inattaquable, sur toute la ligne.

— Il n'y a pas de défense possible contre la calomnie », dit Henri. Pendant un moment ils roulèrent en silence : « Quand je pense qu'ils ont été choisir Lachaume pour faire cette besogne, dit Henri. Justement Lachaume !

c'est du raffinement. » Il ajouta : « Faut-il qu'ils me
détestent!

— Tu ne t'imagines pas qu'ils t'aiment », dit Vincent.

Ils arrivaient devant le journal, et Henri descendit
de voiture. « Je vais faire une course. Je serai là dans
cinq minutes », dit-il. Il n'avait pas de course à faire
mais il voulait être seul cinq minutes. Il partit à pied
droit devant lui. « Tu ne t'imagines pas qu'ils t'aiment! »
Non, il ne l'imaginait pas ; mais il n'avait pas mesuré
leur hostilité ; des slogans périmés avaient flotté entre
son cœur et ses lèvres : adversaire loyal, se combattre
dans l'estime ; c'était des mots vieux de deux ans, de
plusieurs siècles, dont personne ne comprenait plus le
sens. Il savait que les communistes l'attaqueraient
officiellement : mais il se racontait qu'en secret beaucoup
lui garderaient leur estime, et même qu'il les ferait
réfléchir. « En vérité, ils me haïssent! » se dit-il. Il
marchait devant lui, au hasard, Paris était beau et
mélancolique comme Bruges-la-Morte sous les ors fu-
meux de l'automne, et la haine était à ses chausses.
C'était une expérience neuve, assez affreuse. « L'amour,
ce n'est jamais tout à fait à vous qu'il s'adresse, pensa
Henri, l'amitié est précaire comme la vie : mais la haine
ne rate pas son homme et elle est sûre comme la mort. »
Désormais, où qu'il aille, quoi qu'il fasse, cette certitude
l'accompagnerait partout : « Je suis haï! »

Scriassine attendait Henri dans son bureau. « Il a lu
L'Enclume, il pense qu'il faut battre le fer quand il est
chaud! » se dit Henri. Il demanda :

— Tu as à me parler? Il ajouta avec une feinte sollicitude : « Quelque chose qui ne va pas ? Tu as mauvaise
mine.

— J'ai un affreux mal de tête : pas assez de sommeil

163

et trop de vodka, rien de grave », dit Scriassine. Il se redressa sur sa chaise et raffermit son visage : « Je venais te demander si tu as changé d'avis depuis l'autre jour ?

— Non, dit Henri. Je n'en changerai pas.

— Ça ne te fait pas réfléchir, la manière dont les communistes te traitent ? »

Henri se mit à rire : « Oh ! je réfléchis. Je réfléchis beaucoup. Je ne fais que ça ! »

Scriassine poussa un profond soupir : « J'espérais que tu finirais par y voir clair.

— Allons ! ne te désole pas. Tu n'as pas besoin de moi, dit Henri.

— On ne peut compter sur personne, dit Scriassine. La gauche a perdu sa chaleur. La droite n'a rien appris. » Il ajouta d'une voix lugubre : « Il y a des moments où j'ai envie de me retirer à la campagne.

— Retire-toi.

— Je ne m'en sens pas le droit », dit Scriassine. Il passa la main sur son front d'un air harassé : « Quel mal de crâne !

— Veux-tu un cachet d'ortédrine ?

— Non, non ; je dois rencontrer des gens tout à l'heure, d'anciens copains ; ce n'est jamais très agréable ; alors je ne tiens pas à être trop lucide. »

Il y eut un silence : « Tu vas répondre à Lachaume ? demanda Scriassine.

— Certainement pas.

— C'est dommage. Quand tu veux, tu sais te défendre. La réponse à Dubreuilh, c'était bien envoyé.

— Oui. Mais est-ce qu'elle était juste ? » dit Henri. Il interrogea Scriassine du regard : « Je me demande si ton informateur est bien sérieux.

— Quel informateur ? dit Scriassine en promenant une main douloureuse sur son visage.

— Celui qui prétend avoir vu la carte de Dubreuilh et sa fiche.

— Oh ! » dit Scriassine ; il eut un petit sourire : « Il n'a jamais existé !

— Pas possible ! Tu as inventé ça !

— A mes yeux, Dubreuilh est un communiste, inscrit ou non ; mais je n'avais pas le moyen de te faire partager ma conviction, alors j'ai un peu triché.

— Et si j'avais accepté de rencontrer le type ?

— La psychologie la plus élémentaire me garantissait que tu refuserais. »

Henri regarda Scriassine avec consternation ; il n'arrivait même pas à lui en vouloir d'un mensonge avoué avec tant de naturel ! Scriassine eut un sourire confus : « Tu es fâché ?

— Ça me dépasse qu'on puisse faire des trucs pareils ! dit Henri.

— En fait, je t'ai rendu service, dit Scriassine.

— Tu me permettras de ne pas te remercier », dit Henri.

Scriassine sourit sans répondre ; il se leva : « Il faut que j'aille à mon rendez-vous. »

Henri resta un long moment immobile, le regard fixe. Si Scriassine n'avait pas inventé ce bobard, qu'est-ce qui serait arrivé ? Peut-être que les choses auraient tourné de la même manière : peut-être que non. En tout cas, il détestait penser qu'il avait joué avec des cartes truquées : ça lui donnait une envie dévorante de reprendre son coup. « Pourquoi n'essaierais-je pas de m'expliquer avec Nadine ? » se dit-il brusquement. Vincent la voyait quelquefois ; il décida de lui demander la date de leur prochain rendez-vous.

Quand il entra le jeudi suivant dans le café où Nadine attendait, Henri se sentit vaguement ému ; pourtant il n'avait jamais attaché beaucoup d'importance au jugement de Nadine. Il se planta devant sa table : « Salut. »

Elle leva les yeux : « Salut », dit-elle avec indifférence. Elle ne semblait même pas étonnée.

— Vincent sera un peu en retard : je suis venu t'avertir. Je peux m'asseoir ?

Elle inclina la tête sans répondre.

— Je suis bien content de pouvoir te parler, dit Henri avec un sourire. On avait nos rapports personnels, tous les deux ; alors je voudrais bien savoir si d'être brouillé avec ton père ça me brouille aussi avec toi.

— Oh ! en fait de rapports personnels, on se voyait quand on se rencontrait, dit Nadine froidement. Tu ne viens plus à *Vigilance*, on ne se voit plus : il n'y a pas de problème.

— Je te demande pardon, il y en a un pour moi, dit Henri. Si nous ne sommes pas fâchés, rien ne nous empêche de boire un verre ensemble de temps en temps.

— Rien ne nous y oblige non plus, dit Nadine.

— A ce que je vois, nous sommes fâchés ? dit Henri. Elle ne répondit rien et il ajouta : « Pourtant tu vois Vincent qui est du même bord que moi ?

— Vincent n'a pas écrit la lettre que tu as écrite », dit Nadine.

Henri dit vivement : « Reconnais que celle de ton père n'était pas aimable non plus !

— Ce n'est pas une raison. Et la tienne était carrément moche.

— Soit, dit Henri. C'est que j'étais en colère. » Il

166

regarda Nadine dans les yeux : « On m'avait juré avec des preuves à l'appui que ton père était inscrit au parti communiste. J'étais furieux qu'il me l'ait caché : mets-toi à ma place.

— Tu n'avais qu'à ne pas croire ces bêtises », dit Nadine.

Quand elle avait cet air buté, il ne fallait pas espérer la convaincre ; d'ailleurs Henri n'aurait pas pu se justifier sans mettre Dubreuilh en accusation : il laissa tomber.

— C'est uniquement à cause de cette lettre que tu m'en veux ? demanda-t-il. Ou est-ce que tes copains communistes t'ont convaincue que je suis un social-traître ?

— Je n'ai pas de copains communistes, dit Nadine. Elle posa sur le visage d'Henri un regard glacé : « Social-traître ou non, tu n'es plus celui que tu étais.

— C'est idiot ce que tu dis là, dit Henri avec irritation. Je suis juste le même.

— Non.

— En quoi ai-je changé ? depuis quand ? qu'est-ce que tu me reproches ? Explique-toi.

— D'abord tu fréquentes du sale monde », dit Nadine. Brusquement sa voix se monta : « Je croyais que toi au moins tu voulais qu'on se souvienne ; tu dis des trucs très bien dans ta pièce : qu'il ne faut pas oublier, et tout. Et pour de vrai tu es juste pareil aux autres !

— Ah ! Vincent t'a raconté des histoires ! dit Henri.

— Pas Vincent : Sézenac. » Les yeux de Nadine étincelèrent : « Comment peux-tu toucher la main de cette bonne femme ! Moi, je me laisserais plutôt écorcher vive...

— Je te dirai ce que j'ai dit l'autre jour à Vincent :

167

ma vie privée ne regarde que moi. D'autre part, voilà un an que je connais Josette : ce n'est pas moi qui ai changé, c'est toi.

— Je n'ai pas changé ; seulement l'année dernière je ne savais pas ce que je sais ; et puis je te faisais confiance! ajouta-t-elle d'un ton provocant.

— Et pourquoi as-tu cessé? » dit Henri avec colère.

Nadine baissa la tête d'un air fermé.

— Tu as pris parti contre moi dans l'affaire des camps? c'est ton droit. Mais de là à décider que je suis un salaud, il y de la marge. C'est sans doute l'opinion de ton père, ajouta-t-il d'une voix irritée. Mais tu n'avais pas l'habitude de prendre tout ce qu'il dit pour parole d'évangile.

— Ce n'est pas salaud d'avoir parlé des camps ; en soi, je trouve même que ça se défend, dit Nadine d'une voix posée. La question c'est de savoir pourquoi tu l'as fait.

— Je m'en suis expliqué, non?

— Tu as donné des raisons publiques, dit Nadine. Mais tes raisons à toi, on ne les connaît pas. De nouveau, elle posa sur Henri un regard glacé : « Toute la droite te couvre de fleurs ; c'est gênant. Tu me diras que tu n'y peux rien : c'est tout de même gênant.

— Enfin, Nadine, tu ne penses pas sérieusement que cette campagne était une manœuvre pour me rapprocher de la droite?

— En tout cas elle se rapproche de toi.

— C'est idiot! dit Henri. Si j'avais voulu passer à droite, ça serait déjà fait! Tu vois bien que *L'Espoir* n'a pas changé de ligne : et je te jure que j'y ai du mérite. Vincent ne t'a pas expliqué comment ça se passe?

168

— Vincent est aveugle quand il s'agit de ses amis. Bien sûr il te défend : ça prouve la pureté de son cœur et rien d'autre.

— Et toi, quand tu m'accuses d'être un salaud, tu as des preuves ? dit Henri.

— Non. Aussi je ne t'accuse pas : je me méfie, c'est tout. » Elle sourit sans gaieté : « Je suis méfiante de naissance. »

Henri se leva : « Ça va : méfie-toi tout ton saoul. Moi quand j'ai un peu d'amitié pour quelqu'un, j'essaie plutôt de lui faire crédit : mais en effet ce n'est pas ton genre. J'ai eu tort de venir, je m'excuse. »

« La méfiance, il n'y a rien de pire, se dit-il en rentrant chez lui. J'aime encore mieux qu'on me traîne dans la boue comme Lachaume, c'est plus franc. » Il les imaginait, assis dans le bureau, en train de prendre leur café : Dubreuilh, Nadine, Anne ; ils ne disaient pas : « C'est un salaud », non, ils étaient trop scrupuleux pour ça : ils se méfiaient. Qu'est-ce qu'on peut répondre à quelqu'un qui se méfie ? Un criminel peut au moins se chercher des excuses : mais un suspect ? Il est entièrement désarmé. « Oui, voilà ce qu'ils ont fait de moi, se dit-il avec colère les jours suivants : un suspect. Et par-dessus le marché ils me reprochent tous d'avoir une vie privée ! » Mais il n'était ni un tribun ni un porte-drapeau, il y tenait à sa vie, à sa vie privée. Et la politique, en revanche, il en avait par-dessus la tête ; on n'en est jamais quitte avec elle ; chaque sacrifice crée de nouveaux devoirs ; d'abord le journal, et maintenant on voulait lui interdire tous ses plaisirs, tous ses désirs. Au nom de quoi ? De toute façon on ne faisait rien de ce qu'on voulait faire, on faisait même le contraire : alors, pas la peine de se gêner. Il décida de ne pas se gêner et

169

d'agir comme ça lui chanterait : au point où il en était, ça n'avait aucune importance.

Tout de même, le soir où il se trouva attablé entre Lucie Belhomme et Claudie de Belzunce devant une bouteille de champagne trop sucré, Henri s'étonna brusquement : « Qu'est-ce que je fais ici ? » Il n'aimait pas le champagne, ni les lustres, les glaces, le velours des banquettes, ni ces femmes qui exhibaient avec abondance une peau usagée, il n'aimait ni Lucie, ni Dudule, ni Claudie, ni Vernon, ni le jeune acteur vieillissant qu'on disait son amant.

— Alors elle est entrée dans la chambre, racontait Claudie, elle l'a vu couché sur le lit, tout nu, avec une petite queue... comme ça, dit-elle en désignant son petit doigt ; et elle a demandé : où est-ce qu'on se met ça ? dans le nez ? Les trois hommes rirent bruyamment et Lucie dit d'une voix un peu sèche : « Très drôle ! » Elle était flattée de fréquenter une femme qui était née, mais elle s'irritait du ton grossier que Claudie adoptait volontiers quand elle sortait avec des inférieurs. Lulu faisait des efforts pathétiques pour afficher une distinction qui fût à la hauteur de son élégance ; elle se tourna vers Henri.

— Ruéri serait bien dans le rôle du mari, chuchotat-elle en désignant le jeune beau qui aspirait avec une paille le sherry gobler de Vernon.

— Quel mari ?

— Le mari de Josette.

— Mais on ne le voit pas : il meurt au début de la pièce.

— Je sais ; mais pour le cinéma, c'est trop triste votre histoire : Brieux suggère que le mari ait échappé, il se serait enfui dans le maquis et à la fin il pardonnerait à Josette.

170

Henri haussa les épaules : « Brieux tournera ma pièce ou rien du tout.

— Vous n'allez pas cracher sur deux millions parce qu'on vous demande de ressusciter un mort !

— Il affecte de mépriser l'argent, dit Claudie. Pourtant, on en a bien besoin au prix où est le beurre : il coûtait seulement moins cher du temps des Fritz.

— Ne parle pas comme ça devant un résistantialiste », dit Lucie.

Cette fois, ils rirent tous en chœur et Henri sourit avec eux. S'ils avaient pu les entendre et le voir, tous en chœur ils l'auraient blâmé, Lambert aussi bien que Vincent, Volange autant que Lachaume, et Paule, Anne, Dubreuilh et Samazelle et même Luc, et toute la foule anonyme de ceux qui attendaient quelque chose de lui. C'est justement pour ça qu'il était ici, avec ces gens : parce qu'il n'aurait pas dû y être. Il avait tort, radicalement tort, sans réserve, sans excuse : quel repos ! On finissait par en avoir marre de sans cesse se demander : ai-je raison ou tort ? Au moins ce soir il connaissait la réponse : j'ai tort, j'ai parfaitement tort. Il était brouillé à jamais avec Dubreuilh, le S. R. L. l'avait désavoué, et la plupart des anciens camarades avaient un frisson de scandale en pensant à lui. A *L'Enclume,* Lachaume et ses copains — et combien d'autres à travers Paris et la province — l'appelaient un traître. Dans les coulisses du Studio 46, les mitraillettes crépitaient, les Allemands brûlaient un village français et la colère et l'horreur se réveillaient dans des cœurs engourdis. Partout la haine flambait. C'était ça sa récompense : la haine, et il n'y avait aucun moyen de la vaincre. Boire : il comprenait Scriassine ; il remplit de nouveau son verre.

171

— C'est courageux ce que vous avez fait, dit Lucie
— Quoi donc ?
— Dénoncer toutes ces horreurs.
— Oh! à ce compte-là, il y a des milliers de héros en France, dit Henri. Quand on attaque l'U. R. S. S. aujourd'hui, on ne risque pas d'être fusillé.

Elle dévisagea Henri d'un air un peu perplexe : « Oui, mais vous vous étiez plutôt fait une situation du côté de la gauche ; ça doit vous compromettre cette histoire.

— Mais pensez aux situations que je peux retrouver à droite !

— Droite, gauche, ce sont des notions bien dépassées, dit Dudule ; ce qu'il faut faire comprendre au pays c'est que la collaboration du capital et du travail est nécessaire à son redressement. Vous avez fait un travail utile en dissipant un des mythes qu'on oppose à leur réconciliation.

— Ne me félicitez pas trop vite! » dit Henri.

C'était ça la pire solitude : d'être approuvé par ces gens-là. Onze heures et demie, l'heure la plus redoutable ; le théâtre se vidait ; toutes ces consciences que pendant trois heures il avait tenues captives se déchaînaient ensemble, et d'un seul coup elles se retournaient contre lui : quel massacre!

— Le vieux Dubreuilh doit écumer, dit Claudie d'un air satisfait.

— Dites donc, sa femme, avec qui couche-t-elle ? dit Lucie. Parce qu'enfin, c'est presque un vieillard.

— Je ne sais pas, dit Henri.

— Elle m'a fait l'honneur de venir une fois chez moi, dit Lucie. C'est une belle pimbêche! Ah! je déteste ces femmes qui s'habillent comme des chaisières pour montrer qu'elles ont des idées sociales.

172

Anne était une pimbêche ; Dudule qui avait vu le monde expliquait que le Portugal était un paradis et ils pensaient tous que la richesse était un mérite et qu'ils méritaient leurs richesses ; mais Henri n'avait qu'à se taire puisqu'il était venu s'asseoir à côté d'eux.

— ...soir, dit Josette en posant sur la table un petit sac pailleté ; elle portait sa robe verte au décolleté généreux ; Henri n'arrivait pas à comprendre pourquoi puisque le désir des mâles la blessait, elle s'offrait si prodigieusement à leurs regards ; il n'aimait pas que cette tendre chair fût aussi publique qu'un nom. Elle s'assit à côté de lui au bout de la table et il demanda : « Ça a bien marché ? On n'a pas sifflé ? »

— Oh ! pour toi, c'est un triomphe », dit-elle.

Dans l'ensemble la critique n'avait pas été trop mauvaise pour elle : un début comme il y en a tant ; avec ce physique et de la patience, elle avait toutes les chances de faire une carrière honorable ; mais elle était déçue. Son visage s'anima : « Tu as vu ? à la table du fond, il y a Félicia Lopez : comme elle est belle !

— Elle a surtout de très beaux bijoux, dit Lucie.

— Elle est belle !

— Ma petite, dit Lucie en souriant du bout des dents, ne dis jamais devant un homme qu'une autre femme est belle ; parce qu'il pourrait s'imaginer que tu l'es moins ; et sois sûre qu'aucune ne sera jamais assez sotte pour te rendre la pareille.

— Josette peut se permettre d'être franche, dit Henri ; elle n'a rien à craindre.

— Avec vous peut-être, dit Lucie d'un ton vaguement méprisant ; mais il y en a d'autres que ça n'amuserait pas d'avoir en face d'eux cette face de pleureuse ; versez-lui donc à boire : une jolie femme doit être gaie.

173

— Je ne veux pas boire », dit Josette ; sa voix se brisa : « J'ai un bouton au coin de la lèvre, c'est sûrement le foie : je prendrai un vichy.

— Quelle génération! dit Lucie en haussant les épaules.

— Ce qu'il a y de bien quand on boit, dit Henri, c'est qu'on finit par être saoul.

— Tu n'es pas saoul? dit Josette avec inquiétude.

— Oh! se saouler au champagne, c'est un travail d'Hercule. » Il tendit la main vers la bouteille et elle arrêta son bras.

— Tant mieux. Parce que j'ai quelque chose à te dire. Elle hésita. « Mais d'abord promets-moi de ne pas te fâcher. »

Il rit : « Je ne peux quand même pas promettre sans savoir. »

Elle le regarda avec impatience : « Alors tu ne m'aimes plus.

— Vas-y.

— Eh bien, j'ai donné une interview à *L'Ève moderne* l'autre soir...

— Qu'est-ce que tu as encore raconté?

— J'ai dit que nous étions fiancés. Ça n'est pas du tout pour t'obliger à m'épouser, dit-elle vivement ; nous annoncerons notre rupture quand tu voudras. Mais on nous voit tout le temps ensemble ; et ça me pose, des fiançailles, tu comprends. » De son sac rutilant, elle tira une page de magazine qu'elle étala d'un air satisfait. « Pour une fois, ils ont fait un papier gentil.

— Montre », dit Henri ; il murmura : « Ah! j'ai bonne mine! »

En grand décolleté, Josette riait à côté d'Henri devant des coupes de champagne et il riait aussi ; il pensa avec dépit : « Juste comme en ce moment. D'ici à s'imaginer que je passe mes nuits à sabler le champagne, que je suis vendu à l'Amérique, il n'y a qu'un pas : on le franchira vite. » Pourtant, il n'aimait pas tout ce vacarme vaseux ; il fréquentait les endroits à la mode pour faire plaisir à Josette, mais ça ne comptait pas, ces moments restaient en marge de sa vraie vie. Il gardait ses yeux fixés sur la photo : « Le fait est que c'est moi et que je suis ici. »

— Tu es fâché ? dit Josette. Tu avais promis de ne pas te fâcher.

— Je ne suis pas fâché du tout, dit-il ; et il pensa avec décision : « Qu'ils aillent tous chier ! » Il ne devait rien à personne et il était en train de mettre tous les torts de son côté : c'était ça la vraie liberté ! « Viens danser », dit-il.

Ils firent quelques pas sur la piste encombrée d'hommes en smoking et de femmes en peau et Josette demanda : « C'est vrai que ça t'ennuie quand j'ai l'air triste ?

— Ça m'ennuie que tu sois triste. »

Elle haussa les épaules : « Ce n'est pas de ta faute.

— Ça m'ennuie tout de même ; il n'y a pas de raison, tu sais ; ta presse parlée est excellente, je t'assure que tu auras des engagements...

— Oui. C'est bête, c'est parce que je suis bête : je pensais que le lendemain de la générale, brusquement, tout serait changé ; par exemple que maman n'oserait plus me parler comme elle me parle ; et puis qu'au-dedans, je me sentirais différente.

— Quand tu auras beaucoup joué, que tu seras sûre de ton talent, alors tout te semblera différent.

— Non ; ce que j'imaginais... Elle hésita : C'était

175

magique. » Elle était touchante quand elle essayait d'habiller avec des mots ses pensées incertaines : « Quand quelqu'un tombe amoureux de vous, vraiment amoureux, c'est une magie, tout se transforme ; je croyais qu'après la générale ça serait comme ça.

— Tu m'as dit un jour que personne n'avait été amoureux de toi ? »

Elle rougit : « Oh! une fois; c'est arrivé une fois; quand j'étais toute petite, je sortais de pension, je ne m'en souviens même plus. »

Henri dit gentiment : « Pourtant tu as l'air de t'en souvenir. Qui était-ce ?

— Un jeune homme ; mais il est parti ; il est parti en Amérique, je l'ai oublié, c'est vieux.

— Et nous deux ? demanda Henri, ça n'est pas un petit peu magique ? »

Elle le regarda avec une espèce de reproche : « Oh! tu es gentil, tu me dis des choses gentilles ; mais ça n'est pas à la vie à la mort. »

Henri dit avec un peu d'agacement : « Le jeune homme non plus puisqu'il est parti.

— Ah! Laisse-moi tranquille avec cette histoire, dit Josette d'une voix irritée qu'Henri ne lui connaissait pas. Il est parti parce qu'il ne pouvait pas faire autrement.

— Mais il n'en est pas mort ?

— Qu'est-ce que tu en sais ? dit-elle.

— Excuse-moi, mon chéri, dit-il, étonné par sa violence. Il est mort ?

— Il est mort. Il est mort en Amérique. Tu es content ?

— Je ne savais pas, ne te fâche pas », murmura Henri en la ramenant vers la table. Était-elle donc capable,

176

après dix ans, d'avoir encore des souvenirs si cuisants ?
« Peut-elle aimer plus qu'elle ne m'aime ? se demanda-
t-il avec déplaisir. Tant mieux si elle ne m'aime pas,
comme ça je n'ai pas de responsabilité, je ne suis pas
en faute. » Il but coup sur coup plusieurs verres. Soudain,
tous les objets autour de lui s'étaient mis à babiller :
c'était fascinant ces messages qu'ils émettaient avec
une rapidité déconcertante et qu'il était seul à capter ;
il les oubliait malheureusement tout de suite ; cette
baguette de bois posée négligemment en travers d'une
des coupes, il ne se rappelait déjà plus ce qu'elle signifiait ; et le lustre, cette énorme pendeloque de cristal,
qu'est-ce que ça représentait ? l'oiseau qui se balançait
sur la tête de Lucie c'était une stèle funéraire : mort,
empaillé, il était à lui-même son propre monument
funèbre : comme Louis. Pourquoi Louis ne se serait-il
pas déguisé en oiseau ? En vérité ils étaient tous des
bêtes déguisées ; de temps en temps il se produisait
dans leur cerveau une petite secousse électrique et alors
des mots leur sortaient de la bouche.

— Regarde, dit-il à Josette. On les a tous changés
en hommes : le chimpanzé, le caniche, l'autruche, le
phoque, la girafe et ils parlent, ils parlent mais personne
ne comprend ce que les autres lui disent. Tu vois, tu ne
me comprends pas : nous deux non plus, on n'est pas
de la même espèce.

— Non, je ne comprends pas, dit Josette.

— Ça ne fait rien, dit-il avec indulgence, ça ne fait
rien du tout. Il se leva : « Viens danser.

— Mais qu'est-ce qui t'arrive ? tu marches sur ma
robe. Tu as trop bu ?

— Jamais trop, dit-il. Tu ne veux vraiment pas boire
un peu ? On se sent si bien. On pourrait faire n'im-

porte quoi : battre Dudule ou embrasser ta mère...

— Tu ne vas pas embrasser maman ? Qu'est-ce que tu as ? Je ne t'ai jamais vu comme ça.

— Tu me verras », dit-il. Un tas de souvenirs dansaient capricieusement dans sa tête, et un mot de Lambert lui revint à la mémoire : « Vois-tu, dit-il solennellement, j'intègre le mal !

— Mais qu'est-ce que tu racontes ? viens t'asseoir.

— Non, dansons. »

Ils dansèrent, ils se rassirent, ils dansèrent encore ; Josette s'était égayée peu à peu : « Regarde le grand type qui vient d'entrer, c'est Jean-Claude Sylvère, dit-elle d'une voix éblouie. C'est vraiment bien cette boîte, on reviendra.

— Oui, c'est bien », dit Henri.

Il regarda autour de lui avec surprise. Qu'est-ce qu'il faisait au juste ici ? Les choses soudain s'étaient tues, il avait sommeil et l'estomac pâteux. « Ça doit être ça la débauche. » Du moins on échappait : une nuit on peut échapper, avec un peu de chance et beaucoup de whisky, disait Scriassine qui s'y connaissait ; avec le champagne ça marchait aussi : on oubliait ses torts et ses raisons, on oubliait la haine, on oubliait tout.

— C'est bien, répéta Henri. Et puis n'est-ce pas, comme ils disent, on ne s'amuse pas pour s'amuser. On reviendra, mon chéri ; on reviendra.

CHAPITRE VIII

C'est une bien étrange entreprise, de vivre un amour
en le refusant. Les lettres de Lewis me fendaient le
cœur. « Est-ce que je vais continuer à vous aimer
chaque jour de plus en plus ? » m'écrivait-il. Et une
autre fois : « C'est un drôle de tour que vous m'avez
joué. Je ne peux plus ramener chez moi des femmes
d'une nuit. Celles à qui j'aurais pu donner un petit bout
de mon cœur, je n'ai plus rien à leur offrir. » Comme
j'avais envie, quand je lisais ces mots, de me jeter
dans ses bras ! Puisque ça m'était interdit, j'aurais dû
lui dire : « Oubliez-moi. » Mais je ne voulais pas le dire ;
je voulais qu'il m'aime ; je voulais tout le mal que je
lui faisais ; je subissais sa tristesse dans le remords. Je
souffrais aussi pour mon compte ; comme le temps
passait lentement, comme il passait vite ! Lewis restait
toujours aussi loin de moi ; mais je me rapprochais de
jour en jour de ma vieillesse ; notre amour vieillissait,
un jour il mourrait sans avoir vécu. C'était une pensée
insupportable. J'ai été contente de quitter Saint-
Martin, de retrouver à Paris des malades, des amis, du
bruit, des occupations qui m'empêchaient de penser à
moi.

Je n'avais guère revu Paule depuis le mois de juin.

Claudie s'était engouée d'elle et l'avait invitée à passer l'été dans son château bourguignon : à ma grande surprise Paule avait accepté. Quand à mon retour à Paris je lui téléphonai, je fus déconcertée par la politesse enjouée et distante de sa voix :

— Bien sûr, je serai ravie de te voir. Tu serais libre demain pour aller au vernissage de Marcadier ?

— J'aimerais mieux te voir plus tranquillement ; tu n'as pas un autre moment ?

— C'est que je suis très prise. Attends. Peux-tu passer demain après le déjeuner ?

— Ça m'arrange très bien. Entendu.

Pour la première fois depuis bien des années, Paule était en toilette de ville quand elle m'ouvrit sa porte ; elle portait un tailleur dernier cri, en fil à fil gris et un chemisier noir, ses cheveux étaient coiffés en hauteur, et coupés en frange sur le front ; elle avait épilé ses sourcils ; son visage s'était épaissi et légèrement coupe-rosé.

— Comment vas-tu ? dit-elle affectueusement. Tu as passé de bonnes vacances ?

— Excellentes. Et toi ? tu as été contente ?

— Enchantée, dit-elle d'un ton qui me parut lourd de sous-entendus. Elle me scrutait d'un air à la fois embarrassé et provocant. « Tu ne me trouves pas changée ?

— Tu as l'air en excellente forme, dis-je. Et tu as un bien beau tailleur.

— C'est Claudie qui m'en a fait cadeau : il vient de chez Balmain. »

Il n'y avait rien à dire contre cette coupe raffinée, ni contre ces élégants escarpins. Peut-être était-ce seulement parce que je n'étais pas habituée à son nouveau style : Paule me semblait plus insolite que dans les toilettes démodées qu'elle s'inventait naguère. Elle s'assit, croisa les jambes, alluma une cigarette. « Tu sais, dit-elle avec un petit rire, je suis une femme nouvelle. »

Je ne sus pas trop que répondre et je dis sottement :

— C'est l'influence de Claudie ?

— Claudie n'a été qu'un prétexte. Bien que ce soit quelqu'un de très remarquable, dit-elle. Elle rêva une seconde. « Les gens sont bien plus intéressants que je ne pensais. Dès qu'on cesse de les tenir à distance, ils ne demandent qu'à être gentils. » Elle m'examina d'un air critique : « Tu devrais sortir davantage.

— Peut-être, dis-je lâchement. Qui y avait-il là-bas ?

— Oh ! tout le monde, dit-elle d'une voix éblouie.

— Tu vas te mettre à tenir un salon toi aussi ? »

Elle rit : « Tu crois que je n'en serais pas capable ?

— Au contraire. »

Elle leva les sourcils : « Au contraire ? » Il y eut un petit silence et elle dit d'une voix sèche : « En tout cas, pour l'instant, c'est d'autre chose qu'il s'agit.

— Quoi donc ?

— J'écris.

— C'est bien ! dis-je en chargeant ma voix d'enthousiasme.

— Moi je ne me voyais pas du tout en femme de lettres, dit-elle avec un sourire ; mais là-bas, ils m'ont tous dit que c'était un crime de laisser perdre tant de dons.

— Et qu'est-ce que tu écris ? dis-je.

— On peut appeler ça comme on veut : des nouvelles ou bien des poèmes. Ça ne se laisse pas cataloguer.

— Tu as montré ton travail à Henri ?

— Bien sûr que non. Je lui ai dit que j'écrivais, mais

je ne lui ai rien montré. » Elle haussa les épaules : « Je suis sûre qu'il serait déconcerté. Il n'a jamais cherché à inventer des formes neuves. D'ailleurs, l'expérience que je fais, je dois la faire seule. » Elle me regarda en face et dit avec solennité : « J'ai découvert la solitude.

— Tu ne tiens plus à Henri?

— Si, mais je l'aime en personne libre. » Elle jeta sa cigarette dans la cheminée vide. « Sa réaction a été curieuse.

— Il s'est rendu compte que tu avais changé?

— Évidemment : il n'est pas stupide.

— En effet. »

Moi je me sentais stupide. J'interrogeai Paule du regard.

— D'abord, à son retour je ne lui ai pas fait signe, dit-elle d'une voix satisfaite. J'ai attendu qu'il téléphone ; ce qu'il a fait aussitôt. Elle se recueillit une seconde. « J'avais mis mon beau tailleur, je lui ai ouvert la porte d'un air très tranquille, et tout de suite il a changé de visage ; j'ai senti qu'il était bouleversé ; il a appuyé son front à la fenêtre en me tournant le dos pour cacher sa figure pendant que je lui parlais posément de nous, de moi. Et puis il m'a regardée d'un air très étrange. Et j'ai compris qu'il venait de décider de me mettre à l'épreuve.

— Pourquoi te mettre à l'épreuve?

— Un instant, il a été sur le point de me proposer de reprendre la vie commune : et puis il s'est dominé. Il veut être sûr de moi. Il a le droit de douter : je n'ai pas été commode avec lui pendant ces deux ans.

— Alors?

— Il m'a expliqué gravement qu'il est amoureux

182

de la petite Josette. » Elle se mit à rire avec abandon.
« Tu te rends compte ? »

J'hésitai. « Il a une histoire avec elle, non ?

— Bien sûr. Mais il n'avait pas besoin de venir me
raconter qu'il l'aimait. S'il l'aimait, il ne me l'aurait
sûrement pas dit. Il m'a mise en observation, tu comprends. Mais j'ai gagné d'avance puisque je me suffis.

— Je comprends », dis-je. Je rassemblai tout mon
courage dans un grand sourire confiant.

— Le plus amusant, dit-elle gaiement, c'est qu'en
même temps il était d'une coquetterie inimaginable :
il ne veut pas que je lui pèse, mais si je cessais de l'aimer
je crois qu'il serait capable de me tuer. Tiens, il m'a
parlé du Musée Grévin.

— A quel propos ?

— Comme ça, à brûle-pourpoint. Il paraît qu'il y a
un vague académicien — Mauriac ou Duhamel — qui
va avoir sa statue au Musée Grévin ; tu penses si Henri
s'en balance. En vérité, c'était une allusion à ce fameux
après-midi où il est tombé amoureux de moi. Il veut que
je me souvienne.

— C'est compliqué, dis-je.

— Mais non, dit-elle. C'est naïf. D'ailleurs, il n'y a
qu'une chose très simple à faire. Dans quatre jours,
c'est la générale : je parlerai à Josette.

— Pour quoi lui dire ? demandai-je avec inquiétude.

— Oh ! tout et rien. Je veux faire sa conquête, dit
Paule avec un rire léger. Elle se leva : « Tu ne veux
vraiment pas venir à ce vernissage ?

— Je n'ai pas le temps. »

Elle planta un béret noir sur sa tête, enfila des gants.

— Sincèrement : comment me trouves-tu ?

Ce n'était plus en moi, c'était sur son visage que je

183

déchiffrais mes répliques. Je répondis avec conviction :
« Tu es parfaite!

— Nous nous verrons jeudi à la générale, dit-elle ;
tu viendras au souper?

— Bien sûr. »

Je suis descendue avec elle. Sa démarche aussi avait
changé. Elle allait droit son chemin avec assurance,
mais c'était une assurance de somnambule.

Trois jours avant la générale, j'ai assisté avec Robert
à une répétition des *Survivants*. Tous les deux nous
avons été saisis. Moi j'aime tous les livres d'Henri, ils
me touchent personnellement ; mais je reconnais que
jamais encore il n'avait rien fait d'aussi bon. C'était
neuf chez lui, cette violence verbale, ce lyrisme à la fois
burlesque et noir. Et puis cette fois il n'y avait aucune
distance entre l'intrigue et les idées : il suffisait d'être
attentif à l'anecdote, et le sens de la pièce s'imposait
à vous ; comme ce sens collait à une histoire singulière
et convaincante il avait la richesse de la réalité. « Ça
c'est du vrai théâtre! » disait Robert. J'espérais que tous
les spectateurs allaient réagir comme nous. Seulement,
ce drame qui tenait de la farce et de la tragédie avait
un goût de viande crue qui risquait de les effaroucher.
Quand le rideau s'est levé, le soir de la générale, je me
suis sentie bien inquiète. La petite Josette manquait
nettement de moyens, mais elle s'est bien tenue quand
des gens ont commencé à chahuter. Après le premier
acte, on a énormément applaudi. Et davantage encore
à la fin, ç'a été un vrai triomphe. Décidément, dans la vie
d'un écrivain qui n'est pas trop malchanceux, il y a
de sérieux moments de joie ; on doit être bien ému
quand on apprend comme ça d'un seul coup qu'on a
réussi son coup.

En entrant dans le restaurant, j'ai eu un grand élan de sympathie pour Henri ; c'est si rare, la vraie simplicité! Autour de lui, tout sonnait faux, les sourires, les voix, les paroles, et lui, il était tout juste pareil à lui-même ; il avait l'air heureux, un peu embarrassé, et j'aurais aimé lui dire un tas de choses gentilles ; mais je n'aurais pas dû attendre : au bout de cinq minutes, j'avais déjà la gorge nouée. Il faut dire que j'ai joué de malheur ; je suis tombée sur Lucie Belhomme au moment où elle disait à Volange en lui désignant deux jeunes actrices juives : « C'était pas des crématoires qu'ils avaient, les Allemands, c'était des couveuses! » Je connaissais la plaisanterie ; mais jamais je ne l'avais entendue de mes oreilles : j'ai eu horreur à la fois de Lucie Belhomme et de moi-même. Et j'en ai voulu à Henri. Dans sa pièce, il disait de bien belles choses sur l'oubli : mais il était plutôt oublieux lui aussi. Vincent prétendait que la mère Belhomme avait été tondue et qu'elle ne l'avait pas volé. Et Volange : qu'est-ce qu'il faisait là? Je n'ai plus eu envie de féliciter Henri. Je crois qu'il a senti ma gêne. Je suis restée un petit moment à cause de Paule, mais j'étais si mal à mon aise que j'ai bu sans mesure : ça ne m'a guère aidée. Je me rappelais les mots que Lambert avait dits à Nadine. « De quel droit est-ce que je m'entête à me souvenir? me demandais-je. J'en ai fait moins que les autres, j'ai souffert moins que les autres : s'ils ont oublié, s'il faut oublier, je n'ai qu'à oublier moi aussi. » Mais c'est en vain que je me gourmandais : j'avais envie d'insulter quelqu'un ou de pleurer. Se réconcilier, pardonner! quels mots hypocrites. On oublie, c'est tout. Oublier les morts ce n'était pas encore assez. Maintenant, nous oublions les meurtres, nous oublions

185

les meurtriers. Soit, je n'ai aucun droit : mais si des larmes me viennent aux yeux, ça ne regarde que moi.

Paule a parlé longuement avec Josette, ce soir-là ; je n'ai pas su ce qu'elle lui a dit. Pendant les semaines qui ont suivi, il m'a semblé qu'elle m'évitait ; elle sortait, elle écrivait, elle était affairée et importante. Je ne me suis guère inquiétée d'elle : j'étais trop occupée, par trop de choses. En rentrant à la maison un après-midi, j'ai trouvé Robert blanc de colère ; c'était la première fois de ma vie que je le voyais hors de lui-même : il venait de se brouiller avec Henri. Il m'a raconté la scène en quelques phrases hachées et il m'a dit d'une voix coupante :

— N'essaie pas de l'excuser. Il est inexcusable.

Je n'ai pas essayé tout de suite, j'étais sans voix. Quinze ans d'amitié effacés en une heure! Henri ne s'assiérait plus dans ce fauteuil, nous n'entendrions plus sa voix gaie. Comme Robert allait être seul! Et Henri : quel vide dans sa vie! Non, ça ne pouvait pas être définitif. Je retrouvai la parole :

— C'est absurde, dis-je. Vous vous êtes montés tous les deux. Dans un cas pareil, vous pouviez donner politiquement tort à Henri sans lui retirer votre amitié. Je suis certaine qu'il est de bonne foi. Ce n'est pas si facile d'y voir clair. Je dois dire que si j'avais des décisions à prendre sous ma propre responsabilité, je serais salement embarrassée.

— Tu as l'air de croire que j'ai chassé Henri à coups de pied, dit Robert. Je ne demandais qu'à régler les choses à l'amiable. C'est lui qui est parti en claquant la porte.

— Êtes-vous sûr de ne pas l'avoir mis en demeure de vous céder ou de rompre? dis-je. Quand vous avez demandé que *L'Espoir* devienne le journal du S. R. L., il était convaincu qu'en cas de refus il aurait perdu votre amitié. Cette fois, comme il ne voulait pas céder, il a sans doute préféré en finir tout de suite.

— Tu n'as pas assisté à la scène, dit Robert. Dès le début, il a été d'une mauvaise volonté flagrante. Je ne dis pas qu'une conciliation était facile : mais on pouvait au moins essayer d'éviter un éclat. Au lieu de ça, il a récusé tous nos arguments, il a refusé de discuter avec le comité ; il a été jusqu'à insinuer que j'étais secrètement inscrit au parti communiste. Veux-tu que je te dise : il l'a cherchée cette rupture.

— Quelle idée ! dis-je.

Henri avait sûrement nourri de sérieuses rancunes contre Robert, mais il y avait longtemps de ça. Pourquoi se brouiller maintenant ?

Robert regarda au loin d'un air dur : « Je le gêne, tu comprends.

— Non, je ne comprends pas, dis-je.

— Il est en train de filer un drôle de coton, dit Robert. Tu as vu le genre de gens qu'il fréquente ? Nous sommes sa mauvaise conscience ; il ne demande qu'à s'en débarrasser.

— Vous êtes injuste ! dis-je. Moi aussi, j'étais dégoûtée, l'autre soir ; mais vous m'avez remontré vous-même que faire jouer une pièce aujourd'hui, ça oblige nécessairement à certaines compromissions ; et chez Henri ça ne va pas bien loin. Il les fréquente à peine ces gens. Il couche avec Josette : mais on peut être tranquille que ce n'est pas elle qui l'influence.

— En soi, ce souper n'était pas grave, d'accord, dit Robert. Mais c'est un signe. Henri est un type qui se préfère, et il veut pouvoir se préférer en toute tranquillité, sans avoir de comptes à rendre à personne.

— Il se préfère ? dis-je. Il passe son temps à faire des trucs qui l'emmerdent. Vous avez reconnu souvent qu'il était drôlement dévoué.

— Quand ça lui chante, oui. Mais le fait est que la politique l'emmerde. Il n'est sérieusement préoccupé que de lui-même. » Robert m'interrompit d'un geste impatient : « C'est ça que je lui reproche le plus : dans cette affaire, il n'a pensé qu'à ce que les gens diraient de lui.

— Ne me dites pas que l'existence des camps le laisse indifférent, dis-je.

— Moi non plus, elle ne me laisse pas indifférent, ce n'est pas la question », dit Robert. Il haussa les épaules : « Henri ne veut pas qu'on l'accuse de se laisser intimider par les communistes ; il préfère passer effectivement dans le camp des anticommunistes. Dans ces conditions, ça l'arrange d'être brouillé avec moi. Il pourra se modeler sans contrainte une belle figure d'intellectuel au grand cœur, à laquelle toute la droite applaudira.

— Ça n'intéresse pas Henri de plaire à la droite, dis-je.

— Il veut se plaire à lui-même, et ça l'entraînera fatalement à droite parce qu'à gauche, les belles figures ne trouvent pas beaucoup d'amateurs ». Robert levait la main vers le téléphone : « Je vais convoquer le comité pour demain matin. »

Toute la soirée, Robert a ruminé d'un air méchant la lettre qu'il voulait soumettre au comité. J'ai eu le cœur en deuil le matin où, en dépliant *L'Espoir*, j'ai vu imprimées les deux lettres où ils échangeaient Henri et lui des désaveux insultants. Nadine aussi a été consternée ; elle avait gardé beaucoup d'amitié pour Henri, et d'autre part elle ne supporte pas qu'on attaque publiquement son père.

— C'est Lambert qui a poussé Henri, me dit-elle avec rage.

J'aurais bien voulu comprendre ce qui s'était passé dans la tête d'Henri. Les interprétations de Robert étaient trop malveillantes. Ce qui l'indignait le plus, c'est qu'Henri ne lui eût pas parlé avec confiance : mais après tout, me dis-je, il lui a donné quelques raisons de se méfier. Il me dirait que depuis le temps Henri aurait dû passer l'éponge? C'est bien joli, mais le passé ne s'oublie pas à volonté! Et je sais par expérience qu'on est facilement injuste avec les gens qu'on n'a pas l'habitude de juger. Moi-même, sous prétexte que dans les petites choses Robert a un peu vieilli, il m'est arrivé de douter de lui : je me rends compte aujourd'hui que s'il a décidé de taire l'affaire des camps, c'est pour de solides raisons, mais j'ai cru que c'était par faiblesse. Alors je comprends Henri ; lui aussi il a admiré Robert, aveuglément ; bien qu'il connût son impérialisme, il l'a toujours suivi, en tout, même quand ça l'obligeait à vivre à contrecœur. L'affaire Trarieux a dû le marquer, justement à cause de ça : puisque Robert avait pu le décevoir une fois, Henri a cru qu'il était devenu capable de n'importe quoi.

Enfin, c'était inutile d'épiloguer là-dessus, on ne pouvait pas revenir en arrière. La question qui se posait à présent c'était ce qu'allait devenir le S. R. L. Divisé, désorganisé, privé de journal, il était condamné à s'effriter rapidement. Par l'intermédiaire de Lenoir, Lafaurie a suggéré sa fusion avec des groupes paracommunistes. Robert a répondu qu'il voulait attendre les élections avant de rien décider ; mais je savais qu'il ne marcherait pas. C'est vrai que la découverte des camps ne l'avait pas laissé indifférent : il n'avait pas la moindre envie de se rapprocher des communistes. Les membres du S. R. L. étaient libres de s'inscrire au P. C., mais le mouvement comme tel cesserait tout simplement d'exister.

Lenoir fut le premier à s'inscrire. Il se félicitait que l'éclatement du S. R. L. lui ait dessillé les yeux. Beaucoup d'autres le suivirent : c'est fou le nombre de gens dont les yeux se sont dessillés en novembre, après les succès communistes. La petite Marie-Ange est venue demander à Robert une interview pour *L'Enclume*.

— Mais depuis quand êtes-vous communiste ? dis-je.

— Depuis que j'ai compris qu'il fallait prendre parti, me répondit-elle en me toisant d'un air de supériorité lassée.

Robert lui a refusé l'interview. Toutes ces conversions autour de lui l'agaçaient. Et malgré sa rancune contre Henri, l'article de Lachaume l'a écœuré. Quand Lenoir est revenu à la charge, il l'a écouté avec impatience.

— C'est la plus belle réponse que les communistes pouvaient faire à cette campagne immonde : le succès des élections, a dit Lenoir d'une voix enthousiaste. Perron et sa clique n'ont pas réussi à déplacer une seule voix. Il regarda Robert d'un air engageant : « A présent le S. R. L. vous suivra comme un seul homme si vous lui proposez la fusion que nous envisagions l'autre jour.

— Le S. R. L. est mort, dit Robert. Et moi je ne fais plus de politique.

— Allons donc », dit Lenoir. Il sourit : « Les membres

du S. R. L. sont encore vivants ; il suffira d'un mot d'ordre venant de vous pour les rallier.

— Je n'ai pas l'intention de le dire, dit Robert. Je n'étais déjà pas d'accord avec les communistes avant l'affaire des camps, ce n'est pas maintenant que je vais me jeter dans leurs bras.

— Les camps : mais, voyons, vous avez refusé de participer à cette mystification, dit Lenoir.

— J'ai refusé de parler des camps, mais pas de croire à leur existence, dit Robert. A priori, il faut toujours croire au pire, c'est ça le vrai réalisme. »

Lenoir fronça les sourcils : « Il faut savoir envisager le pire, et passer outre, d'accord, dit-il. Mais alors, reprochez tout ce que vous voulez aux communistes : ça ne doit pas vous empêcher de marcher avec eux.

— Non, répéta Robert. La politique et moi, c'est fini. Je rentre dans mon trou. »

Je savais bien que le S. R. L. n'existait plus et que Robert n'avait aucun projet neuf ; j'ai tout de même eu un petit choc en l'entendant déclarer qu'il rentrait définitivement dans son trou. Dès que Lenoir fut parti, je demandai :

— Vous en avez vraiment fini avec la politique ?

Robert sourit : « J'ai l'impression que c'est elle qui en a fini avec moi. Qu'est-ce que je peux faire ?

— Je suis sûre que si vous cherchiez, vous trouveriez, dis-je.

— Non, dit-il. Il y a une chose dont je commence à être convaincu : aujourd'hui une minorité n'a plus ses chances. » Il haussa les épaules : « Je ne veux ni travailler avec les communistes ni contre eux. Alors ?

— Alors, consacrez-vous à la littérature, dis-je gaiement.

— Oui, dit Robert sans enthousiasme.

— Vous pourrez toujours écrire des articles dans *Vigilance*.

— A l'occasion j'en écrirai. Mais décidément ce qu'on écrit ne pèse pas lourd. C'est vrai ce que disait Lenoir, les articles d'Henri n'ont eu aucune influence sur les élections.

— Lenoir a l'air de croire qu'Henri en est désolé, dis-je. Mais c'est très injuste : d'après ce que vous m'avez dit vous-même, il ne le souhaitait pas.

— Je ne sais pas ce qu'il souhaitait, dit Robert d'une voix rogue. Je ne suis pas sûr qu'il l'ait su lui-même.

— En tout cas, dis-je vivement, vous reconnaîtrez que *L'Espoir* ne donne pas dans l'anticommunisme.

— Jusqu'ici, non, dit Robert. Il faut attendre la suite. »

Ça m'irritait de penser que Robert et Henri s'étaient brouillés à propos d'une histoire qui finissait en queue de poisson. Il n'était pas question qu'ils se réconcilient, mais visiblement Robert se sentait très seul. Ce n'était pas un joyeux hiver. Les lettres que je recevais de Lewis étaient gaies, mais elles ne me réconfortaient pas. Il neigeait à Chicago, des gens patinaient sur le lac, Lewis passait des jours sans sortir de sa chambre, il se racontait des histoires : il se racontait qu'au mois de mai nous descendrions le Mississippi en bateau, que nous dormirions ensemble dans une cabine, bercés par le bruit de l'eau ; il avait l'air d'y croire ; sans doute, de Chicago le Mississippi ne semblait pas si loin. Mais je savais que pour moi cette journée froide et grise qui recommençait à chaque réveil recommencerait sans fin. « Jamais nous ne nous rejoindrons, pensais-je ; il n'y aura pas de printemps. »

C'est par un de ces soirs sans avenir que j'ai entendu au téléphone la voix de Paule ; elle parlait d'un ton impérieux :

— Anne! c'est bien toi? viens tout de suite, j'ai besoin de te parler, c'est urgent.

— Je suis désolée, dis-je. J'ai du monde à dîner : je passerai demain matin.

— Tu ne comprends pas : il m'arrive quelque chose de terrible et il n'y a que toi qui puisses m'aider.

— Tu ne peux pas faire un saut ici?

Il y eut un silence : « Qui as-tu à dîner?

— Les Pelletier et les Cange.

— Henri n'est pas là?

— Non.

— Tu es sûre?

— Évidemment j'en suis sûre.

— Alors je viens. Mais ne le leur dis surtout pas. »

Une demi-heure plus tard, elle a sonné et je l'ai fait entrer dans ma chambre ; un foulard sombre cachait ses cheveux; la poudre dont elle s'était aspergée ne camouflait pas son nez gonflé. Son haleine avait une lourde odeur de menthe et de vinasse. Paule avait été si belle que je n'avais jamais imaginé qu'elle pût cesser tout à fait de l'être : il y avait quelque chose dans son visage qui résisterait à tout; et soudain ça se voyait; il était fait comme les autres d'une chair spongieuse : plus de 80 % d'eau. Elle arracha son foulard et s'affala sur le divan : « Regarde ce que je viens de recevoir. »

C'était une lettre d'Henri, quelques lignes d'une écriture nette sur une petite feuille blanche : « Paule. Nous ne nous faisons que du mal. Il vaut mieux cesser tout à fait de nous voir. Essaie de ne plus penser à moi.

Je souhaite qu'un jour nous puissions devenir des amis. Henri. »

— Y comprends-tu quelque chose ? dit-elle.

— Il n'a pas osé te parler, dis-je. Il a préféré t'envoyer une lettre.

— Mais qu'est-ce qu'elle signifie ?

— Ça me semble clair.

— Tu as de la chance.

Elle me regardait d'un air interrogateur et je finis par murmurer :

— C'est une lettre de rupture.

— De rupture ? Tu as déjà vu des lettres de rupture écrites comme ça ?

— Elle n'a rien d'extraordinaire.

Elle haussa les épaules : « Allons donc ! et d'abord qu'y a-t-il à rompre entre nous ? puisqu'il accepte l'idée d'amitié et que je ne souhaite rien d'autre.

— Es-tu sûre de ne pas lui avoir dit que tu l'aimais ?

— Je l'aime hors de ce monde : en quoi cela gêne-t-il notre amitié ? Et d'ailleurs il l'exige, cet amour, dit-elle d'une voix violente qui soudain me rappela la voix de Nadine. Cette lettre est d'une hypocrisie révoltante ! Enfin, relis-la : *Essaie* de ne plus penser à moi. Pourquoi ne dit-il pas simplement : Ne pense plus à moi ? Il se trahit, il veut que je me torture à essayer, mais non pas que je réussisse. Et au même moment, au lieu de m'appeler banalement : chère Paule, il écrit « Paule ». Sa voix fléchit en prononçant son nom.

— Il a craint que le *chère* ne te semble hypocrite.

— Pas du tout. Tu sais bien qu'en amour, aux moments les plus bouleversants, on ne dit que le nom tout nu. Il a voulu me faire entendre sa voix d'alcôve, comprends-tu ?

194

— Mais pourquoi ? dis-je.

— C'est ce que je viens te demander », dit-elle en me regardant d'un air accusateur ; elle détourna les yeux : « Nous ne *nous* faisons que du mal. C'est un comble ! il prétend que je le tourmente !

— Je suppose qu'il souffre de te faire souffrir.

— Et il s'imagine que cette lettre me sera agréable ? Allons ! allons ! il n'est pas si stupide. »

Il y eut un silence et je demandai : « Qu'est-ce que tu supposes ?

— Je n'y vois pas clair, dit-elle. Pas clair du tout. Je ne supposais pas qu'il pût être si sadique. » Elle passa ses mains sur ses joues d'un air épuisé. « Il me semblait que j'avais presque gagné ; il était redevenu confiant, amical ; plus d'une fois j'ai senti qu'il était prêt à me dire que l'épreuve était finie. Et puis l'autre jour, j'ai dû faire une fausse manœuvre.

— Qu'est-ce qui s'est passé ?

— Les journalistes avaient annoncé son mariage avec Josette. Naturellement je n'y ai pas cru une minute. Comment pouvait-il épouser Josette puisque c'est moi qui suis sa femme ? ça faisait partie de l'épreuve, je l'ai compris tout de suite. Il est venu m'avouer que c'était un mensonge.

— Oui ?

— Puisque je te le dis ! est-ce que tu te méfies de moi toi aussi ?

— J'ai dit « oui » ; ça n'était pas une question.

— Tu as dit : Oui ? Enfin passons. Il est venu. J'ai essayé de lui expliquer qu'il pouvait mettre fin à cette comédie ; que rien de ce qui lui arrive en ce monde ne peut désormais m'atteindre, que je l'aime dans un total renoncement. Je ne sais si j'ai été maladroite ou si c'est

195

lui qui est fou. A chaque mot que je disais, il en entendait un autre : c'était horrible... »

Il y eut un long silence et je demandai avec prudence : « Mais que penses-tu qu'il veuille au juste de toi ? »

Elle me dévisagea avec soupçon :

— Enfin, dit-elle, quel jeu joues-tu ?

— Je ne joue aucun jeu.

— Tu me poses des questions stupides.

Après un nouveau silence elle reprit : « Tu sais parfaitement ce qu'il veut. Il veut que je lui donne tout sans rien lui demander, c'est simple. Ce que je ne sais pas, c'est s'il a écrit cette lettre parce qu'il croit que j'exige encore son amour, ou parce qu'il craint que je ne lui refuse le mien. Au premier cas, c'est la comédie qui continue. Au second...

— Au second ?

— C'est une vengeance », dit-elle sombrement. De nouveau son regard se posa sur moi, hésitant, méfiant et cependant impérieux. « Il faut que tu m'aides.

— Comment ?

— Il faut que tu parles à Henri et que tu le convainques.

— Mais Paule, tu sais bien que Robert et moi nous venons de nous brouiller avec Henri.

— Je sais, dit-elle vaguement. Mais tu le vois quand même.

— Bien sûr que non. »

Elle hésita. « Admettons. En tout cas, tu peux le voir : il ne te jettera pas en bas de l'escalier.

— Il pensera que c'est toi qui m'envoies et ce que je dirai n'aura aucun poids.

— Est-ce que tu es mon amie ?

— Évidemment ! »

196

Elle me jeta un regard de vaincue et, soudain, son visage se détendit et elle fondit en larmes. « Je doute de tout, dit-elle.

— Paule, je suis ton amie, dis-je.

— Alors va lui parler, dit-elle. Dis-lui que je suis à bout, que c'est assez : j'ai pu avoir des torts. Mais voilà trop longtemps qu'il me torture. Dis-lui de cesser!

— Supposons que je fasse cette démarche, dis-je. Quand je te rapporterai ce que m'aura dit Henri, me croiras-tu? »

Elle se leva, essuya ses yeux, rajusta son foulard.

— Je te croirai si tu me dis la vérité, dit-elle en marchant vers la porte.

Je savais qu'il était parfaitement inutile de parler à Henri; quant à Paule toute conversation amicale serait désormais vaine; il aurait fallu la coucher sur mon divan et la mettre à la question; heureusement que ça ne nous est pas permis de traiter quelqu'un que nous connaissons intimement : j'aurais eu l'impression de commettre un abus de confiance. Je fus lâchement soulagée qu'elle refusât de décrocher le téléphone et qu'elle répondît à mes deux lettres par un mot laconique : « Excuse-moi. J'ai besoin de solitude. Je te ferai signe au jour voulu. »

L'hiver continua à se traîner. Nadine était très instable depuis sa rupture avec Lambert; à part Vincent elle ne voyait plus personne. Elle ne faisait plus de journalisme, elle se bornait à s'occuper de *Vigilance*. Robert lisait énormément, il m'emmenait souvent au cinéma et il passait des heures à écouter de la musique : il s'était mis à acheter des disques avec emportement. Quand il développe comme ça une nouvelle manie, ça veut dire que son travail ne va pas.

Un matin, pendant que nous prenions notre petit déjeuner tout en feuilletant les journaux, je tombai sur un article de Lenoir ; c'était la première fois qu'il écrivait dans un journal communiste et il en avait mis un sérieux coup ; tous ses anciens amis, il les exécutait dans les règles ; Robert était le moins maltraité ; en revanche il se déchaînait contre Henri.

— Regardez ça, dis-je.

Robert lut, et rejeta le journal : « Il faut avouer qu'Henri a bien du mérite à ne pas devenir anticommuniste.

— Je vous avais dit qu'il tiendrait le coup!

— Il doit y avoir du tirage au journal, dit Robert. On sent bien d'après les papiers de Samazelle qu'il ne demanderait qu'à filer à droite ; Trarieux aussi, évidemment ; et Lambert est plus que douteux.

— Oh! Henri n'est pas dans de beaux draps! » dis-je. Je souris : « Au fond, c'est à peu près la même situation que vous : tous les deux vous êtes mal avec tout le monde.

— Ça doit le gêner plus que moi », dit Robert.

Il y avait presque de la bienveillance dans sa voix ; j'eus l'impression que sa rancune contre Henri commençait à se dissiper.

— Je n'arriverai jamais à comprendre pourquoi il s'est brouillé avec vous de cette façon, dis-je. Je suis sûre qu'aujourd'hui il s'en mord les doigts.

— J'y ai repensé souvent, dit Robert. Au début je lui reprochais de s'être trop soucié de lui-même, dans cette affaire. Maintenant je me dis qu'il n'avait pas tellement tort. Au fond nous avions à décider ce que peut et doit être le rôle d'un intellectuel, aujourd'hui. Se taire, c'était choisir une solution bien pessimiste : à son âge, c'est naturel qu'il ait renâclé.

— Le paradoxe, c'est qu'Henri tenait beaucoup moins que vous à jouer un rôle politique, dis-je.

— Il a peut-être compris que d'autres choses étaient en question, dit Robert.

— Quoi donc ?

Robert hésita : « Tu veux le fond de ma pensée ?

— Évidemment.

— Un intellectuel n'a plus aucun rôle à jouer.

— Comment ça ? Il peut tout de même écrire, non ?

— Oh ! on peut s'amuser à enfiler des mots, comme on enfile des perles, en prenant bien garde à ne rien dire. Mais même comme ça, c'est dangereux.

— Voyons, dis-je, dans votre livre vous défendez la littérature.

— J'espère que ce que j'en ai dit redeviendra vrai un jour, dit Robert ; pour l'instant, je crois bien que le mieux que nous ayons à faire, c'est de nous faire oublier.

— Vous n'allez tout de même pas cesser d'écrire ? demandai-je.

— Si. Quand j'aurai fini cet essai, je n'écrirai plus.

— Mais pourquoi ?

— Pourquoi est-ce que j'écris ? dit Robert. Parce que l'homme ne vit pas seulement de pain et que je crois à la nécessité de ce superflu. J'écris pour sauver tout ce que l'action néglige : les vérités du moment, l'individuel, l'immédiat. Je pensais jusqu'ici que ce travail s'intégrait à celui de la révolution. Mais non : il le gêne. A l'heure qu'il est, toute littérature qui vise à donner aux hommes autre chose que du pain, on l'exploite pour démontrer qu'ils peuvent très bien se passer de pain.

— Vous avez toujours évité ce malentendu, dis-je.

— Mais les choses ont changé, dit Robert. Tu comprends, reprit-il, aujourd'hui la révolution est aux mains des communistes et d'eux seuls ; les valeurs que nous défendions n'y ont plus leur place ; on les retrouvera peut-être, souhaitons-le ; mais si nous nous entêtons à les maintenir, en ce moment, nous servons la contre-révolution.

— Non, je ne veux pas croire ça, dis-je. Le goût de la vérité, le respect des individus, ce n'est sûrement pas nocif.

— Quand j'ai refusé de parler des camps de travail, c'est que la vérité m'a paru nocive, dit Robert.

— C'était un cas particulier.

— Un cas particulier semblable à des centaines d'autres. Non, dit-il. On dit la vérité ou on ne la dit pas. Si on n'est pas décidé à la dire toujours, il ne faut pas s'en mêler : le mieux, c'est de se taire. »

Je dévisageai Robert : « Vous savez ce que je crois ? Vous continuez à penser qu'il fallait garder le silence sur les camps russes, mais tout de même ça vous a coûté. Et les sacrifices, là-dessus vous êtes comme moi : nous n'aimons pas ça, ça nous donne des remords. C'est pour vous punir que vous renoncez à écrire. »

Robert sourit : « Disons plutôt qu'en sacrifiant certaines choses — en gros, ce que tu appelais mes devoirs d'intellectuel — j'ai pris conscience de leur vanité. Tu te rappelles le réveillon de 44 ? ajouta-t-il. On disait qu'il viendrait peut-être un moment où la littérature perdrait ses droits. Eh bien, nous y voilà ! Ce ne sont pas les lecteurs qui manquent. Mais les livres que je pourrais leur offrir seraient ou nuisibles, ou insignifiants. »

J'hésitai : « Il y a quelque chose qui cloche là-dedans.

200

— Quoi donc?

— Si les vieilles valeurs vous paraissaient si vaines, vous marcheriez avec les communistes. »

Robert hocha la tête : « Tu as raison ; quelque chose cloche. Je vais te dire quoi : je suis trop vieux.

— Qu'est-ce que votre âge a à voir là-dedans?

— Je me rends bien compte que beaucoup des choses auxquelles j'ai tenu ne sont plus de mise ; je suis amené à vouloir un avenir très différent de celui que j'imaginais ; seulement je ne peux pas me changer : alors cet avenir je n'y vois pas de place pour moi.

— Autrement dit, vous souhaitez le triomphe du communisme, tout en sachant que vous ne pourriez pas vivre dans un monde communiste?

— C'est à peu près ça. Je t'en reparlerai, ajouta-t-il. Je vais écrire là-dessus : ça sera la conclusion de mon livre.

— Et alors, quand le livre sera fini, qu'est-ce que vous ferez? dis-je.

— Je ferai comme tout le monde. Il y a deux milliards et demi d'hommes qui n'écrivent pas. »

Je n'ai pas voulu trop m'inquiéter. Robert avait à liquider l'échec du S. R. L., il était en crise, il se reprendrait. Mais j'avoue que je n'aimais pas cette idée : faire comme tout le monde. Manger pour vivre, vivre pour manger, ç'avait été le cauchemar de mon adolescence. S'il fallait en revenir là, autant ouvrir le gaz tout de suite. Mais je suppose que tout le monde pense aussi ces choses-là : ouvrons le gaz tout de suite ; et on ne l'ouvre pas.

Je me suis sentie plutôt déprimée, les jours suivants et je n'avais envie de voir personne. J'ai été bien étonnée quand un matin un livreur m'a mis dans les bras un énorme bouquet de roses rouges. Épinglée au papier transparent, il y avait une petite lettre de Paule :

« Lux ! le malentendu est dissipé ! Je suis heureuse et je t'envoie des roses. A cet après-midi, chez moi. »

Je dis à Robert : « Ça ne va pas mieux.

— Il n'y a aucun malentendu ?

— Aucun. »

Il me répéta ce qu'il m'avait dit déjà plusieurs fois :

— Tu devrais la conduire chez Mardrus.

— Ça ne sera pas facile de la décider.

Je n'étais pas son médecin ; mais je n'étais plus son amie tandis que je montais son escalier avec des mensonges au bout de mes lèvres, et un regard professionnel tapi au fond de mes yeux. Le sourire que j'amorçai en frappant à sa porte me semblait une trahison, et j'en fus d'autant plus honteuse qu'en m'accueillant Paule fit un geste inhabituel : elle m'embrassa. Elle portait une de ses longues robes sans âge, elle avait piqué une rose rouge dans ses cheveux dénoués, une autre sur son cœur ; le studio était plein de fleurs.

— Comme tu es gentille d'être venue ! dit Paule. Tu es toujours si gentille. Je ne le mérite vraiment pas : j'ai été infecte avec toi. J'avais tout à fait perdu pied, ajouta-t-elle sur un ton d'excuse.

— C'est à moi de te remercier : tu m'as envoyé des roses somptueuses.

— Ah ! c'est un grand jour ! dit Paule. J'ai tenu à ce que tu sois de la fête. Elle me sourit d'un air heureux : « J'attends Henri d'une minute à l'autre : tout recommence. »

Tout recommençait ? J'en doutais beaucoup ; je supposais plutôt qu'Henri s'était décidé à cette visite par

202

charité. En tout cas, je ne voulais pas le rencontrer.
Je fis un pas vers la porte :

— Je t'ai dit que nous étions brouillés avec Henri.
Il sera furieux de me trouver là. Je reviendrai demain.

— Je t'en prie! dit-elle.

Il y avait une telle panique dans ses yeux que je
jetai mon sac et mes gants sur le divan. Tant pis, je
restais. Paule marcha vers la cuisine à grands pas
soyeux et revint en portant sur un plateau deux coupes
et une bouteille de champagne. « Nous allons boire à
l'avenir. »

Le bouchon sauta, et nos coupes s'entrechoquèrent.

— Qu'est-ce qui s'est passé? demandai-je.

— Il faut que je sois vraiment stupide, dit Paule
gaiement. Depuis si longtemps, j'ai tous les indices en
main. Et c'est seulement cette nuit que le puzzle s'est
reconstitué. Je ne dormais pas mais j'avais fermé les
yeux et soudain j'ai vu, aussi clairement que sur la
carte postale, le grand bassin du château de Belzunce.
Dès l'aube j'ai envoyé un pneumatique à Henri.

Je la regardai avec inquiétude ; oui, j'avais bien fait
de rester ; ça n'allait pas mieux, ça n'allait pas du tout.

— Tu ne comprends pas? C'est bête comme un
vaudeville! dit Paule. Henri est jaloux. Elle rit avec
une vraie gaieté. « Ça semble inconcevable, n'est-ce pas?

— Plutôt.

— Eh bien, c'est la vérité. Il s'amuse sadiquement
à me torturer et maintenant je sais pourquoi. » Elle
assujettit dans ses cheveux la rose rouge : « Quand il
m'a déclaré brusquement que nous ne devions plus coucher ensemble, j'ai cru que c'était par délicatesse morale;
je me trompais complètement : en fait il s'est imaginé
que j'étais devenue froide et ça l'a horriblement blessé

203

dans son amour-propre ; je n'ai pas protesté avec assez de conviction ce qui l'a irrité encore davantage. Là-dessus, j'ai commencé à sortir, à m'habiller, et il s'en est agacé. Je lui ai dit au revoir gaiement, beaucoup trop gaiement pour son goût. Et une fois en Bourgogne, j'ai accumulé des gaffes monumentales. Je te jure que je ne l'ai pas fait exprès. »

À cet instant, on frappa doucement à la porte. Paule me regarda avec un tel visage que je me levai pour aller ouvrir. C'était une femme qui tenait à la main un panier.

— Pardon, excuse, dit-elle, je ne trouve pas la concierge. C'est pour couper un chat.

— La clinique est au rez-de-chaussée, dis-je, la porte à gauche.

Je refermai la porte et mon rire se figea quand je rencontrai le regard égaré de Paule.

— Qu'est-ce que ça signifie ? dit-elle.

— Que la concierge n'était pas là, dis-je gaiement, ça lui arrive.

— Mais pourquoi est-ce ici qu'on a frappé ?

— C'est un hasard : il fallait bien frapper quelque part.

— Un hasard ? dit Paule.

Je souris d'un air engageant : « Tu me parlais de tes vacances. Qu'as-tu donc fait pour blesser Henri ?

— Ah ! oui. Il n'y avait plus aucune animation dans sa voix. Eh bien, je lui ai envoyé une première carte postale. Je lui parlais de mes occupations et j'ai écrit cette phrase malheureuse : Je fais de longues promenades dans ce pays qui dit-on me ressemble. Évidemment, il a tout de suite pensé que j'avais un amant.

— Je ne vois pas...

— *On*, dit-elle avec impatience. Le *on* était suspect. Quand on compare une femme à un paysage, c'est généralement qu'on est son amant. Et là-dessus, je lui expédie à Venise une autre carte qui représente le parc de Belzunce avec un bassin au milieu.

— Et alors ?

— Tu m'as appris toi-même que les fontaines, les vasques, les bassins c'est un symbole psychanalytique. Henri a compris que je lui jetais au visage : j'ai pris un amant ! Il a dû savoir que Louis Volange était là-bas : tu n'as pas remarqué, au souper de la générale, de quel regard il me foudroyait quand je parlais avec Volange ? C'est clair comme deux et deux font quatre. A partir de là tout s'enchaîne.

— C'est ça ce que tu lui as dit dans ton pneumatique ?

— Oui. Maintenant il sait tout.

— Il t'a répondu ?

— Pour quoi faire ? Il va venir, il sait bien que je l'attends. »

Je gardai le silence. Au fond d'elle-même, Paule savait qu'il ne viendrait pas : c'est pour ça qu'elle m'avait suppliée de rester ; à un certain moment, il lui faudrait s'avouer qu'il n'était pas venu et alors elle s'effondrerait. Mon seul espoir c'est qu'Henri ait compris qu'elle était en train de devenir folle et qu'il passât la voir par pitié. En attendant, je ne trouvais rien à dire ; elle regardait la porte avec une fixité qui m'était insupportable ; l'odeur des roses me semblait une odeur mortuaire.

— Tu travailles toujours ? demandais-je.

— Oui.

— Tu m'avais promis de me montrer quelque chose,

dis-je, frappée d'une inspiration subite. Et puis tu ne l'as jamais fait.

— Ça t'intéresse vraiment?

— Bien sûr.

Elle marcha vers son bureau et en sortit une liasse de papiers bleus couverts d'une écriture ronde; elle la posa sur mes genoux; elle avait toujours fait des fautes d'orthographe, mais jamais en aussi grand nombre; je parcourus un feuillet; ça me donnait une contenance, mais Paule continuait à regarder la porte.

— Je te lis très mal, dis-je. Ça t'ennuierait de lire à haute voix?

— Comme tu voudras, dit Paule.

J'allumai une cigarette. Du moins pendant qu'elle lisait, je savais quels sons se formaient dans sa gorge. Je ne m'attendais pas à grand-chose, mais j'ai tout de même été surprise : c'était atterrant. Au milieu d'une phrase, on a sonné en bas. Paule se leva : « Tu vois! » dit-elle d'un ton triomphant. Elle pressa le bouton qui commande l'ouverture de la porte. Elle resta debout, avec sur son visage une expression d'extase.

— Pneumatique.

— Merci.

L'homme referma la porte et elle me tendit le papier bleu : « Ouvre-le. Lis-le-moi. »

Elle s'était assise sur le divan; ses pommettes et ses lèvres étaient devenues violettes.

« Paule. Il n'y a jamais eu aucun malentendu. Nous serons amis quand tu auras accepté que notre amour soit mort. En attendant ne m'écris plus. A plus tard. »

Elle s'abattit de tout son long avec tant de violence que sur la cheminée une rose s'effeuilla. « Je ne

comprends pas, gémit-elle. Je ne comprends plus rien. »
Elle sanglotait, le visage caché dans les coussins, et
je lui jetais des mots dépourvus de sens seulement
pour entendre le ronron de ma voix. « Tu guériras,
il faut guérir. L'amour n'est pas tout... » Sachant bien
qu'à sa place je ne voudrais jamais guérir et enterrer
mon amour avec mes propres mains.

Je revenais de Saint-Martin où j'avais passé le week-
end quand j'ai reçu son pneumatique : « Le dîner a
lieu demain à huit heures. » Je décrochai le téléphone.
La voix de Paule me parut glacée.

— Ah! c'est toi? de quoi s'agit-il?

— Je voulais tout juste te dire que c'est entendu
pour demain soir.

— Naturellement, c'est entendu, dit-elle ; et elle
raccrocha.

Je m'attendais à une soirée difficile et pourtant
quand Paule m'ouvrit la porte, j'eus un choc ; jamais
je n'avais vu son visage sans maquillage ; elle portait
une vieille jupe, un vieux pull-over gris, ses cheveux
étaient tirés en arrière en un chignon ingrat ; sur la
table, à laquelle elle avait ajouté des rallonges et qui
s'étirait d'un mur à l'autre du studio, elle avait
disposé douze assiettes et autant de verres. En me
tendant la main, elle m'adressa en grimaçant :

— Tu viens m'offrir tes condoléances ou tes félicitations ?

— A quel propos ?

— Ma rupture avec mon amant.

Je ne répondis pas et elle demanda en désignant
par-dessus mon épaule le corridor désert :

207

— Où sont-ils?

— Qui?

— Les autres?

— Quels autres?

— Ah! je croyais que vous étiez bien plus nombreux, dit-elle d'une voix incertaine en refermant la porte. Elle jeta un coup d'œil vers la table : « Qu'est-ce que tu veux manger?

— N'importe quoi. Ce que tu as.

— C'est que je n'ai rien, dit-elle, sauf peut-être des nouilles?

— De toute façon, je n'ai pas faim, dis-je avec empressement.

— Je peux t'offrir des nouilles sans ruiner personne, dit-elle d'une voix insinuante.

— Non vraiment; ça m'arrive souvent de ne pas dîner. »

Je m'assis, je n'arrivais pas à détacher mon regard de cette table de banquet. Paule s'était assise elle aussi, elle me dévisagea en silence. Déjà j'avais vu dans ses yeux du reproche, du soupçon, de l'impatience, mais aujourd'hui on ne pouvait pas s'y tromper : noire, froide, dure, c'était la haine. Je me forçai à parler :

— Qui attendais-tu? dis-je.

— Je vous attendais tous! Elle haussa les épaules : « J'ai dû oublier d'envoyer les invitations.

— Tous : qui veux-tu dire? demandai-je.

— Tu sais bien, dit-elle. Toi, Henri, Volange, Claudie, Lucie, Robert, Nadine : toute la coalition.

— Une coalition?

— Ne fais pas l'innocente, dit-elle d'une voix dure. Vous vous êtes tous coalisés. La question que je voulais

208

vous poser ce soir, c'est celle-ci : à quelle fin avez-vous agi ? Si c'est pour mon bien, je vous remercierai et je partirai en Afrique soigner les lépreux. Sinon, il ne me reste qu'à me venger. » Elle me regarda fixement : « J'aurai à me venger d'abord de ceux qui m'ont été les plus chers. Il faut donc que je ne me décide qu'à coup sûr. » Il y avait dans sa voix une passion si sombre que je regardais à la dérobée le sac qu'elle avait posé sur ses genoux et dont elle manœuvrait nerveusement la fermeture éclair. Soudain, tout était devenu possible. Ce studio rouge, quel beau décor pour un meurtre ! Je décidai de contre-attaquer :

— Écoute Paule, tu as l'air drôlement fatigué ces temps-ci. Tu donnes un dîner, et tu oublies d'inviter les gens, tu oublies de préparer le repas. Maintenant te voilà en train de construire un délire de persécution. Il faut que tu ailles voir tout de suite un médecin. Je vais te prendre un rendez-vous avec Mardrus.

Un instant elle parut décontenancée : « J'ai des maux de tête, dit-elle, mais c'est secondaire. Il faut d'abord que je tire les choses au clair. » Elle réfléchit : « Je sais que j'ai un tempérament d'interprétante. Mais un fait est un fait.

— Où sont les faits ?

— Pourquoi Claudie a-t-elle posté sa dernière lettre rue Singer ? pourquoi y avait-il un singe qui me faisait des grimaces dans la maison d'en face ? pourquoi lorsque j'ai dit que je ne savais pas tenir un salon m'as-tu répondu : Au contraire ? Vous m'accusez d'avoir singé Henri en essayant d'écrire, d'avoir singé Claudie, ses toilettes, sa vie mondaine. Vous me reprochez d'avoir accepté l'argent d'Henri et d'avoir nargué les pauvres. Vous vous êtes ligués pour me convaincre de mon abjection. » De nouveau elle fixa sur moi un regard menaçant : « Était-ce pour me sauver, ou pour me détruire ?

— Ce que tu appelles des faits, ce sont des hasards qui ne signifient rien, dis-je.

— Allons, allons, ce ne sont pas des nuages qui se rencontrent ! Ne nie pas, ajouta-t-elle avec impatience. Réponds-moi franchement, ou nous n'en sortirons jamais.

— Personne n'a jamais pensé à te détruire, dis-je. Écoute, pourquoi est-ce que je te voudrais du mal ? Nous sommes amies.

— C'est ce que je me disais autrefois, dit Paule. Dès que je vous revoyais, je cessais de croire à mes soupçons ; c'était comme un envoûtement. » Elle se leva brusquement et sa voix changea : « Je te reçois très mal, dit-elle. Je dois bien avoir un reste de porto quelque part. » Elle alla chercher le porto, remplit deux verres et grimaça un sourire : « Comment va Nadine ?

— Comme ci comme ça. Depuis sa rupture avec Lambert elle est plutôt abattue.

— Avec qui couche-t-elle ?

— Je crois bien qu'en ce moment elle n'a personne.

— Nadine ? Avoue que c'est bizarre, dit Paule.

— Pas tant que ça.

— Elle sort souvent avec Henri ?

— Je t'ai dit que nous étions brouillés, dis-je.

— Ah ! j'oubliais cette histoire de brouille ! » dit Paule avec une espèce de rire. Le rire s'arrêta : « Je ne suis pas dupe, tu sais.

— Voyons : tu as lu les lettres d'Henri et de Robert dans L'Espoir.

— Je les ai lues dans le numéro de *L'Espoir* que j'ai eu en main, oui. »

Je la dévisageai : « Tu veux dire que ce numéro a été fabriqué exprès ?

— Évidemment ! » dit Paule. Elle haussa les épaules : « Pour Henri, c'était un jeu d'enfant. »

Je gardai le silence ; ça n'aurait eu aucun sens de discuter. Elle attaqua de nouveau :

— Ainsi selon toi, Nadine ne voit plus Henri ?

— Non.

— Elle ne l'a jamais aimé, n'est-ce pas ?

— Jamais.

— Pourquoi est-elle partie avec lui au Portugal ?

— Tu sais bien : ça l'amusait d'avoir une histoire avec lui, et surtout elle avait envie de voyager.

J'avais l'impression de subir un interrogatoire de police ; d'un instant à l'autre on allait me sauter dessus et me passer à tabac.

— Et tu l'as laissée partir comme ça, dit Paule.

— Depuis la mort de Diégo, je l'ai toujours laissée libre.

— Tu es une drôle de femme, dit Paule. On parle trop de moi, et pas assez de toi. Elle remplit de nouveau mon verre : « Finis donc ce porto.

— Merci. »

Je ne voyais pas où elle voulait en venir, mais j'étais de plus en plus mal à l'aise. Qu'avait-elle au juste contre moi ?

— Voilà bien longtemps que tu ne couches plus avec Robert, n'est-ce pas ? dit-elle.

— Très longtemps.

— Et tu n'as jamais eu d'amants ?

— Ça m'est arrivé... des histoires sans importance.

211

— Des histoires sans importance, répéta Paule lentement. Et tu en as une en ce moment, une histoire
sans importance ?

Je ne sais trop pourquoi je me suis sentie obligée
de répondre, comme si j'espérais que la vérité aurait
le pouvoir de désarmer sa folie : « J'ai une histoire très
importante en Amérique, dis-je. Avec un écrivain, il
s'appelle Lewis Brogan... »

J'étais prête à tout lui raconter mais elle m'arrêta :
« Oh ! l'Amérique, c'est loin, dit-elle. Je veux dire en
France.

— J'aime cet Américain, dis-je. Je retournerai le voir
en mai. Il n'est pas question d'avoir une autre histoire.

— Et qu'en dit Henri ? demanda Paule.

— Qu'est-ce qu'Henri vient faire là-dedans ? »

Paule se leva : « Allons ! cessons ce jeu, dit-elle.
Tu sais très bien que je sais que tu couches avec
Henri. Ce que je veux, c'est que tu me dises quand ça
a commencé.

— Voyons, dis-je, c'est Nadine qui a couché avec
Henri. Pas moi.

— Tu l'as jetée dans les bras d'Henri pour le retenir.
J'ai compris ça depuis longtemps, dit Paule. Tu es
très forte, mais tu as tout de même fait des fautes. »

Paule avait pris son sac, elle continuait à jouer avec
la fermeture éclair et je ne pouvais plus détacher mon
regard de ses mains. Je me levai aussi.

— Si tu penses ça, il vaut mieux que je m'en aille,
dis-je.

— J'ai deviné la vérité cette nuit de mai 45 où vous
avez prétendu vous être perdus dans la foule, dit Paule.
Et puis je me suis dit que je délirais : quelle idiote
j'ai été !

— Tu délirais, dis-je. Tu délires.

Paule s'adossa à la porte : « Finissons-en, dit-elle. Avez-vous monté cette comédie pour vous débarrasser de moi, ou bien dans mon intérêt ?

— Va voir un médecin, dis-je, Mardrus ou un autre, n'importe lequel. Mais va en voir un et raconte-lui tout : il te dira que tu es en plein délire.

— Tu refuses de m'aider ? dit Paule. Oh ! je m'y attendais. Peu importe. Je finirai bien par y voir clair sans ton aide.

— Je ne peux pas t'aider, tu refuses de me croire. »

Pendant un moment qui me parut interminable, elle plongea son regard dans le mien : « Tu veux t'en aller ? Ils t'attendent ?

— Personne ne m'attend. Mais ça ne sert à rien que je reste. »

Elle s'écarta de la porte : « Va-t'en. Tu peux tout leur répéter : je n'ai rien à cacher.

— Crois-moi Paule, dis-je en lui tendant la main, tu es malade, il faut te soigner. »

Elle me tendit la main : « Merci de ta visite. A bientôt.

— A bientôt », dis-je.

Je descendis l'escalier aussi vite que je pus.

Le lendemain après le déjeuner nous étions en train de prendre le café quand on a sonné. C'était Claudie.

— Excusez-moi ; c'est très incorrect de m'amener comme ça à l'improviste. Sa voix était agitée et importante. « Je viens vous voir à propos de Paule ; j'ai l'impression que quelque chose ne va pas.

— Qu'est-il arrivé ?

— Elle devait déjeuner à la maison ; à une heure et demie elle n'était pas là ; j'ai téléphoné et elle m'a répondu par un grand éclat de rire ; je lui ai dit que nous allions nous mettre à table et elle a crié : « Mettez-vous à table! mettez-vous donc à table! » en riant comme une hystérique.

Une joyeuse appréhension faisait briller les gros yeux de Claudie. Je me levai : « Il faut passer chez elle.

— C'est ce que j'ai pensé; mais je n'osais pas y aller seule, dit Claudie.

— Allons-y ensemble! » dis-je.

La voiture de Claudie nous déposa deux minutes plus tard devant la maison de Paule. Aujourd'hui, l'écriteau familier « CHAMBRES MEUBLÉ » me semblait chargé d'un sens sinistre. Je sonnai. La porte ne s'ouvrit pas. De nouveau, je sonnai longuement; un pas martela le carreau et Paule apparut; ses cheveux étaient cachés sous un châle violet; elle se mit à rire : « Vous n'êtes que deux? » Elle tenait la porte entrebâillée et nous examinait de ses yeux méchants.

— Je n'ai plus besoin de vous, merci.

Elle referma brutalement la porte et je l'entendis qui criait très haut en s'éloignant : « Quelle comédie! »

Nous sommes restées plantées sur le trottoir :

— Je crois qu'il faudrait prévenir la famille, dit Claudie; ses yeux ne brillaient plus. « Dans ces cas-là, c'est ce qu'il y a de mieux à faire.

— Oui, elle a une sœur. » J'hésitai. « Je vais quand même essayer de lui parler. »

Cette fois, je pressai le premier bouton et la porte s'ouvrit automatiquement; la concierge m'arrêta au passage; c'était une petite femme frêle et discrète qui tenait depuis longtemps le ménage de Paule : « Vous montez chez Mlle Mareuil?

— Oui. Elle n'a pas l'air d'aller bien.

214

— Justement, j'étais ennuyée, dit la concierge. Il y a au moins cinq jours qu'elle n'a rien mangé du tout et les locataires du dessous m'ont dit que toute la nuit elle marche de long en large. Quand je fais son ménage, elle est toujours à se marmonner des choses à haute voix : ça, je m'y étais habituée ; mais ces derniers temps, elle est devenue toute bizarre.

— Je vais tâcher de l'emmener se reposer. »

Je montai l'escalier, et Claudie monta derrière moi. Il faisait sombre sur le dernier palier ; dans l'obscurité quelque chose luisait : une grande feuille blanche fixée sur la porte avec des punaises. En lettres imprimées, il y avait écrit sur le papier : « Le singe mondain. » Je frappai, en vain.

— Quelle horreur! dit Claudie. Elle se sera tuée!

Je collai l'œil au trou de la serrure ; Paule était agenouillée devant la cheminée, il y avait autour d'elle des liasses de papier et elle les jetait dans le feu. Je frappai de nouveau avec violence.

— Ouvre, ou je fais enfoncer la porte!

Elle se leva, elle ouvrit et mit la main derrière son dos.

— Qu'est-ce qu'on me veut?

De nouveau, elle s'agenouilla devant le feu ; des larmes roulaient sur ses joues et de la morve coulait de son nez ; elle jetait ses manuscrits dans les flammes, et des lettres. Je posai la main sur son épaule et elle se secoua avec horreur.

— Laisse-moi.

— Paule, tu vas venir avec moi chez le médecin, tout de suite. Tu es en train de devenir folle.

— Va-t'en. Je sais que tu me hais. Et moi aussi je te hais. Va-t'en.

215

Elle se leva et elle se mit à crier : « Allez-vous-en. »

Dans un instant, elle allait hurler. Je marchai vers la porte et je sortis avec Claudie.

Claudie télégraphia à la sœur de Paule, je téléphonai à Mardrus pour lui demander conseil et j'envoyai un mot à Henri. Le soir, pendant le dîner, un coup de sonnette nous a fait sursauter. Nadine a bondi vers la porte d'entrée : ce n'était qu'un jeune garçon qui me tendit un morceau de papier. « De la part de Mlle Mareuil. Je suis le neveu de sa concierge », dit-il. Je lus tout haut : « Je ne te hais pas, je t'attends. Viens immédiatement. »

— Tu ne vas pas y aller ? dit Nadine.

— Bien sûr que si.

— Ça n'avancera à rien.

— On ne sait jamais.

— Mais elle est dangereuse, dit Nadine. Bon, ajouta-t-elle. Si tu y vas, je vais avec toi.

— C'est moi qui irai, dit Robert. Nadine a raison, il vaut mieux être deux.

Je protestai faiblement.

— Paule trouvera ça bizarre.

— Il y a tant de choses qui lui semblent bizarres.

Par le fait, lorsque je me retrouvai devant cette maison démente, quand de nouveau je montai l'escalier au tapis crevé, je fus bien contente d'avoir Robert avec moi. La pancarte n'était plus sur la porte. Paule ne nous tendit pas la main, mais son visage était net ; elle fit un geste cérémonieux :

— Donnez-vous la peine d'entrer.

Je retins une exclamation : tous les miroirs étaient brisés et la moquette jonchée d'esquilles de verre ; une âcre odeur d'étoffes brûlées remplissait la pièce.

216

« Voilà, dit Paule d'une voix solennelle, je voulais vous remercier. » Elle nous désigna des sièges : « Je veux tous vous remercier : parce que maintenant j'ai compris. »

Sa voix semblait sincère ; mais le sourire qu'elle nous adressait tordait ses lèvres comme si elle n'avait plus été capable de s'en faire obéir.

— Tu n'as pas à me remercier, dis-je. Je n'ai rien fait.

— Ne mens pas, dit-elle. Vous avez agi pour mon bien, je l'admets. Mais il ne faut plus me mentir. Elle me scruta : « C'était pour mon bien, n'est-ce pas ?

— Oui, dis-je.

— Oui, je le sais. J'ai mérité cette épreuve et vous avez eu raison de me l'infliger. Je vous remercie de m'avoir mise en face de moi-même. Mais maintenant, il faut me donner un conseil : est-ce que je dois prendre de l'acide prussique ou essayer de me racheter ?

— Pas d'acide prussique, dit Robert.

— Bon. Alors comment vais-je vivre ?

— D'abord tu vas prendre un calmant et dormir, dis-je. Tu ne tiens plus debout.

— Je ne veux plus m'occuper de moi, dit-elle avec violence. Je n'ai que trop pensé à moi, ne me donne pas de faux conseils. »

Elle se laissa tomber sur une chaise ; il n'y avait qu'à attendre, d'un instant à l'autre elle allait s'effondrer, et je la mettrais au lit avec deux cachets. Je regardai autour de moi. Avait-elle vraiment de l'acide prussique sous la main ? Je me rappelais qu'en 40 elle m'avait montré une petite fiole brunâtre, en m'expliquant qu'elle s'était procuré du poison « à tout hasard ». La fiole était peut-être dans son sac.

Je n'osai pas toucher à ce sac. Mon regard revint sur Paule. Sa mâchoire inférieure pendait, tous ses traits s'étaient affaissés, j'avais vu bien des visages dans cet état ; mais Paule, ce n'était pas une malade, c'était Paule, ça me faisait mal de la voir comme ça. Elle fit un effort :

— Je veux travailler, dit-elle. Je veux rembourser Henri. Et je ne veux plus que les clochards m'insultent.

— Nous vous trouverons du travail, dit Robert.

— J'ai pensé à me faire femme de ménage, dit-elle. Mais ça serait une concurrence injuste. Quels sont les métiers où on ne fait concurrence à personne ?

— On trouvera, dit Robert.

Paule se passa une main sur le front : « Tout est si difficile ! tout à l'heure, j'avais commencé à brûler mes robes. Mais je n'ai pas le droit. » Elle me regarda : « Si je les vends aux chiffonniers, penses-tu qu'ils cesseront de me détester ?

— Ils ne te détestent pas. »

Brusquement, elle se leva, elle marcha vers la cheminée et ramassa un ballot de vêtements : les robes de soie brillante, le tailleur en fil à fil gris n'étaient plus que des chiffons fripés.

— Je vais aller les distribuer tout de suite, dit-elle. Descendons tous ensemble.

— Il est bien tard, dit Robert.

— Le café des cloches reste ouvert très tard.

Elle jeta un manteau sur ses épaules : comment l'empêcher de descendre ? J'échangeai un regard avec Robert ; sans doute le surprit-elle : « Oui, c'est une comédie, dit-elle d'une voix fatiguée. Maintenant, je me singe moi-même. » Elle ôta son manteau, le jeta sur une chaise : « Ça aussi, c'est une comédie : je me suis vue, jetant le manteau. » Elle enfonça dans ses yeux ses poings fermés : « Je n'arrête pas de me voir! »

J'allai remplir un verre d'eau et j'y fis dissoudre un cachet : « Bois ça, dis-je. Et couche-toi! »

Le regard de Paule vacilla ; elle s'abattit dans mes bras : « Je suis malade! Je suis si malade!

— Oui. Mais tu vas te soigner et tu vas guérir, dis-je.

— Soignez-moi, il faut me soigner!»

Elle tremblait, des larmes roulaient sur ses joues, elle était si fiévreuse et si moite qu'il me semblait que d'ici un instant elle aurait tout entière fondu, laissant à sa place une flaque de poix, noire comme ses yeux.

— Demain, je t'emmène dans une clinique, dis-je. En attendant, bois.

Elle prit le verre :

— Ça me fera dormir ?

— Sûrement.

Elle vida le verre d'un trait.

— Maintenant monte te coucher.

— Je monte, dit-elle docilement.

Je suis montée avec elle et pendant qu'elle était dans le cabinet de toilette, j'ai ouvert le sac à fermeture éclair : au fond il y avait une petite fiole brunâtre que j'ai enfouie dans ma poche.

Le lendemain matin, Paule m'a suivie docilement à la clinique et Mardrus m'a promis qu'elle guérirait : c'était l'affaire de quelques semaines ou de quelques mois. Elle guérirait ; mais je me demandais avec inquiétude quand je me retrouvai dans la rue : de quoi au juste vont-ils la guérir ? Qui sera-t-elle après ? Oh! somme toute, c'était facile à prévoir. Elle serait comme moi, comme des millions d'autres : une femme

qui attend de mourir sans plus savoir pourquoi elle
vit.

Et voilà que le mois de mai a fini par arriver. Là-
bas, à Chicago, j'allais me retrouver dans la peau
d'une femme amoureuse et aimée : ça ne me semblait
guère plausible. Assise dans l'avion, je n'y croyais pas
encore. C'était un vieil appareil qui s'amenait d'Athènes
et qui volait très bas ; il était plein de boutiquiers
grecs qui allaient chercher fortune en Amérique ;
moi, je ne savais pas ce que j'allais y chercher ; pas
une image vivante dans mon cœur, pas un désir dans
mon corps ; ce n'était pas cette voyageuse gantée
que Lewis attendait : je n'étais attendue par personne.
« Je le savais : jamais je ne le reverrai », pensai-je quand
l'avion a fait demi-tour au-dessus de l'Océan. Un
moteur s'était arrêté, nous sommes retournés à Shannon.
Je passai deux jours au bord d'un fiord, dans un
faux village aux maisons enfantines ; le soir je buvais
du whisky irlandais, le jour je me promenais dans une
campagne verte et grise, mélancolique à souhait. Quand
nous avons atterri aux Açores, un pneu a éclaté et
on nous a parqués pendant vingt-quatre heures dans
un hall tendu de cretonne. Après Gander, l'avion
a été pris dans un orage et pour lui échapper, le pilote
a filé vers la Nouvelle-Écosse. J'avais l'impression
que le reste de ma vie allait se passer à graviter autour
de la terre, en mangeant du poulet froid. Nous avons
survolé un gouffre d'eau sombre que balayait le pin-
ceau d'un phare, de nouveau l'avion s'est posé : encore
une esplanade, un hall. Oui, j'étais condamnée à errer
sans fin d'esplanade en esplanade avec du bruit

plein la tête et une mallette bleue à mes pieds.

Soudain je l'aperçus : Lewis. Nous étions convenus qu'il m'attendrait chez lui ; mais il était là, dans la foule qui guettait à la porte de la douane ; il portait un col dur et des lunettes d'or, c'était bizarre ; mais le plus bizarre c'est que je l'avais vu et que je ne sentais rien. Toute cette année d'attente, ces regrets, ces remords, ce long voyage : et j'allais peut-être apprendre que je ne l'aimais plus. Et lui ? m'aimait-il encore ? J'aurais voulu courir vers lui. Mais les douaniers n'en finissaient pas ; les petites boutiquières grecques avaient leurs valises pleines de dentelles, et ils les expertisaient une à une, en plaisantant. Quand enfin ils m'ont libérée, Lewis n'était plus là. Je pris un taxi et je voulus donner son adresse au chauffeur : je ne me rappelai plus le numéro ; mes oreilles bourdonnaient et ce bruit dans ma tête ne s'arrêtait pas. Je trouvai enfin : 1211. Le taxi démarra ; une avenue, une autre, des enseignes au néon, d'autres enseignes au néon. Je ne m'étais jamais reconnue dans cette ville, mais, tout de même, il me semblait que le trajet n'aurait pas dû être si long. Peut-être le chauffeur allait-il m'entraîner au fond d'une impasse et m'assommer : dans l'humeur où j'étais, ça m'aurait paru beaucoup plus normal que de revoir Lewis. Le chauffeur se retourna :

— Le 1211, ça n'existe pas.

— Ça existe : je connais bien la maison.

— Peut-être qu'ils auront changé les numéros, dit le chauffeur. On va refaire l'avenue dans l'autre sens.

Il se mit à rouler lentement le long du trottoir. Il me semblait reconnaître des carrefours, des terrains

221

vagues, des rails : mais les rails, les terrains vagues se ressemblent tous. Un bassin, un viaduc me parurent familiers ; on aurait dit que les choses étaient encore là, mais elles avaient changé de place. « Quelle folie ! » pensais-je. On part, on dit : « Je reviendrai » parce que c'est trop dur de partir à jamais ; mais on se ment : on ne revient pas. Un an passe, des choses se passent, plus rien n'est pareil. Aujourd'hui Lewis portait un col dur, je l'avais vu sans que mon cœur ait battu plus vite, et sa maison s'était évanouie. Je me secouai : « Je n'ai qu'à téléphoner, me dis-je. Quel est le numéro ? » Je l'avais oublié. Soudain j'aperçus une enseigne rouge : SCHILTZ, et des faces niaises qui riaient sur une affiche. Je criai :

— Arrêtez ! arrêtez ! c'est ici.

— C'est le 1112, dit le chauffeur.

— 1112 : c'est bien ça !

J'ai sauté du taxi et dans la découpe lumineuse d'une fenêtre, j'ai aperçu une silhouette penchée ; il guettait, il me guettait, il accourait, c'était bien lui ; il ne portait ni col dur ni lunettes, mais sur sa tête une casquette de base-ball et ses bras m'étouffaient : « Anne !

— Lewis !

— Enfin ! j'ai tant attendu ! comme c'était long !

— Oui, c'était long, c'était si long ! »

Je sais qu'il ne m'a pas portée, et je ne me rappelle pas m'être servie de mes jambes d'étoupe pour monter l'escalier ; pourtant voilà que nous nous étreignions au milieu de la cuisine jaune : le poêle, le linoléum, la couverture mexicaine, toutes les choses étaient là, à leur place. Je balbutiai :

— Qu'est-ce que vous faites avec cette casquette ?

— Je ne sais pas. Elle était là. Il arracha la casquette et la jeta sur la table.

— J'ai vu votre double à l'aérodrome : il porte des lunettes et un faux col dur. Il m'a fait peur : j'ai cru que c'était vous et je ne sentais rien.

— Moi aussi j'ai eu peur. Il y a une heure, deux hommes ont passé sous la fenêtre, ils portaient une femme morte ou évanouie, et j'ai cru que c'était vous.

— Maintenant, c'est vous, c'est moi, dis-je.

Lewis m'a serrée très fort et puis il a relâché son étreinte : « Vous êtes fatiguée ? vous avez soif ? vous avez faim ?

— Non. »

Je me suis collée de nouveau contre lui ; mes lèvres étaient si lourdes, si gourdes qu'elles ne laissaient plus passer les mots ; je les ai appuyées sur sa bouche ; il m'a couchée sur le lit : « Anne ! toutes les nuits je vous ai attendue ! »

Je fermai les yeux. De nouveau un corps d'homme pesait sur moi, lourd de toute sa confiance et de tout son désir ; c'était Lewis, il n'avait pas changé, ni moi ni notre amour. J'étais partie mais j'étais revenue : j'avais retrouvé ma place et j'étais délivrée de moi.

Nous avons passé la journée suivante à faire les bagages et à faire l'amour : une longue journée qui a duré jusqu'au lendemain matin. Dans le train nous avons dormi joue contre joue. J'étais mal réveillée quand j'aperçus sur le quai de l'Ohio le bateau à palettes dont Lewis m'avait parlé dans ses lettres ; j'y avais tant pensé sans y croire que même à présent j'avais peine à en croire mes yeux. Pourtant il était bien réel, j'y montai. J'inspectai avec attendrissement notre cabine. A Chicago, j'habitais chez Lewis ; ici c'était notre cabine, elle était à nous deux : c'est donc que nous étions vraiment un couple. Oui. A présent je savais : on peut revenir, et je reviendrais chaque année ; chaque année notre amour aurait à traverser une nuit plus longue que la nuit polaire : mais un jour le bonheur se lèverait pour ne plus se coucher de trois ou quatre mois ; du fond de la nuit nous attendrions ce jour, nous l'attendrions ensemble, l'absence ne nous séparerait plus : nous étions réunis pour toujours.

— Nous partons : venez vite ! dit Lewis.

Il monta l'escalier en courant et je le suivis ; il se pencha par-dessus le bastingage, sa tête tournait dans tous les sens :

— Regardez comme c'est joli : le ciel et la terre qui se mélangent dans l'eau.

Les lumières de Cincinnati brillaient sous un grand ciel piqué d'étoiles et nous glissions sur des flammes. Nous nous sommes assis, et nous sommes restés longtemps à regarder pâlir et disparaître les enseignes au néon. Lewis me serrait contre lui.

— Dire que je n'avais jamais cru à tout ça, dit-il.

— Tout quoi ?

— Aimer et être aimé.

— A quoi croyiez-vous ?

— Une chambre fixe, des repas réguliers, des femmes d'une nuit : la sécurité. Je pensais qu'il ne fallait pas demander plus. Je pensais que tout le monde est seul, toujours. Et vous voilà !

Au-dessus de nos têtes un haut-parleur criait des chiffres : les passagers jouaient au bingo. Ils étaient tous si vieux que j'avais perdu la moitié de mon âge. J'avais vingt ans, je vivais mon premier amour et

224

c'était mon premier voyage. Lewis embrassait mes cheveux, mes yeux, ma bouche :

— Descendons : vous voulez bien ?

— Vous savez bien que je ne dis jamais non.

— Mais j'aime tant vous entendre dire : oui. Vous le dites si gentiment !

— Oui, dis-je. Oui.

Quelle joie de n'avoir qu'à dire : oui. Avec ma vie déjà usée, avec ma peau plus toute neuve, je fabriquais du bonheur pour l'homme que j'aimais : quel bonheur !

Nous avons mis six jours à descendre l'Ohio et le Mississippi. Aux escales, nous fuyions les autres passagers, et nous marchions à perdre haleine à travers les villes chaudes et noires. Le reste du temps, nous causions, nous lisions, nous fumions sans rien faire, couchés sur le pont au soleil. C'était chaque jour le même paysage d'eau et d'herbe, le même bruit de machine et d'eau : mais nous aimions qu'un seul matin ressuscitât de matin en matin, un seul soir de soir en soir.

C'est ça le bonheur : tout nous était bon. Nous avons été joyeux de quitter le bateau. Nous connaissions tous deux La Nouvelle-Orléans, mais pour Lewis et pour moi ce n'était pas la même ville. Il me montra les quartiers populeux où quinze ans plus tôt il colportait des savonnettes, les docks où il se nourrissait de bananes volées, les petites rues bordelières qu'il traversait le cœur battant, le sexe en feu, les poches vides. Par moments il semblait presque regretter ce temps de misère, de colère, et la violence de ses désirs inassouvis. Mais quand je le promenai dans le carré français, quand il se pavana en touriste dans ses bars

et ses patios, il jubilait comme s'il avait été en train
de jouer un bon tour au destin. Il n'avait jamais pris
l'avion ; pendant toute la traversée, il garda le nez
collé à un hublot, et il riait aux nuages.

Moi aussi j'exultais. Quel dépaysement! Quand les
étoiles fixes se mettent à valser dans le ciel, et que
la terre fait peau neuve, c'est presque comme si on
changeait de peau soi-même. Pour moi le Yucatan
n'était qu'un nom sans vérité, inscrit en petites lettres
sur un atlas ; rien ne m'y rattachait, pas même un
désir, une image, et voilà que je le découvrais de mes
yeux. L'avion s'alourdit, il fonça vers le sol, et je vis
se déployer d'un bout du ciel à l'autre une lande de
velours vert-de-gris où l'ombre des nuages creusait
des lacs noirs. Je roulai sur une route cabossée entre
des champs d'agaves bleus au-dessus desquels ex-
plosait de loin en loin le rouge vigoureux des flam-
boyants aux cimes plates. Nous suivîmes une rue
bordée de maisonnettes de pisé aux toits de chaume ;
il faisait un énorme soleil. Nous avons laissé nos valises dans le hall de l'hôtel, une espèce de serre luxu-
riante et croupie où dormaient, perchés sur un pied,
des flamants roses. Et nous sommes repartis. Sur
les places blanches, à l'ombre des arbres vernissés,
des hommes en blanc rêvaient sous des chapeaux de
paille. Je reconnaissais le ciel, le silence de Tolède
et d'Avila ; retrouver l'Espagne de ce côté de l'Océan,
ça m'ahurissait encore plus que de me dire : « Je suis
au Yucatan. »

— Prenons un de ces petits fiacres, dit Lewis.

Il y avait au coin de la place une file de fiacres
noirs, aux dos raides. Lewis réveilla un des cochers
et nous nous sommes assis sur la banquette étroite.

Lewis se mit à rire : « Et maintenant où allons-nous ?
Vous le savez, vous ?

— Dites au cocher qu'il nous promène et qu'il
nous conduise à la poste : j'attends des lettres. »

Lewis avait appris en Californie du Sud quelques
mots d'espagnol. Il fit un petit discours au cocher,
et le cheval se mit en marche, à petits pas. Nous avons
suivi des avenues luxueuses et délabrées ; la pluie, la
pauvreté avaient rongé les villas bâties dans un dur
style castillan ; les statues pourrissaient derrière
les grilles rouillées des jardins ; des fleurs luxuriantes,
rouges, violettes et bleues, agonisaient au pied des
arbres à demi nus ; alignés sur la crête des murs, de
grands oiseaux noirs guettaient. Partout ça sentait
la mort. J'ai été contente de me retrouver à la lisière
du marché indien : sous les vélums battus de soleil
grouillait une foule bien vivante.

— Attendez-moi cinq minutes, dis-je à Lewis.

Il s'assit sur une marche de l'escalier et j'entrai
dans la poste. Il y avait une lettre de Robert ; je la
décachetai tout de suite. Il corrigeait les dernières
épreuves de son livre, il écrivait un article pour *Vigilance*, un article politique. Bon. J'avais eu raison
de ne pas trop m'inquiéter : il avait beau se méfier
de la politique et de l'écriture, il n'était pas près d'y
renoncer. Il disait qu'à Paris il faisait gris. Je rangeai
la lettre dans mon sac et je sortis : que Paris était loin!
que le ciel était bleu! Je pris le bras de Lewis : « Tout
va bien. »

Nous avons fendu la foule, à l'ombre des vélums.
On vendait des fruits, des poissons, des sandales,
des cotonnades ; les femmes portaient de longs jupons brodés, j'aimais leurs nattes luisantes et leurs

227

visages où rien ne bougeait ; les petits Indiens eux riaient beaucoup en montrant leurs dents. Nous nous sommes assis dans une taverne à l'odeur de marée, et on nous a servi sur un tonneau une bière noire et écumeuse ; il n'y avait que des hommes, tous jeunes ; ils jacassaient et ils riaient.

— Ils ont l'air heureux, ces Indiens, dis-je.

Lewis haussa les épaules : « C'est facile à dire. La petite Italie aussi, quand on s'y promène par un beau soleil, les gens ont l'air heureux.

— C'est vrai, dis-je. Il faudrait y regarder de plus près.

— Je pensais ça en vous attendant, dit Lewis. Pour nous tout prend un air de fête, parce que c'est une fête de voyager. Mais je suis sûr qu'eux ne sont pas à la fête. » Il recracha le noyau d'une olive : « Quand on passe comme ça en touriste, on ne comprend rien à rien. »

Je souris à Lewis : « Achetons une petite maison. Nous dormirons dans des hamacs, je vous fabriquerai des tortillas et nous apprendrons à parler en indien.

— J'aimerais bien, dit Lewis.

— Ah ! dis-je en soupirant. Il faudrait avoir plusieurs vies. »

Lewis me regarda : « Vous ne vous débrouillez pas si mal, dit-il avec un petit sourire.

— Comment ça ?

— Vous vous arrangez pour avoir deux vies, il me semble. »

Le sang me monta aux joues. La voix de Lewis n'était pas hostile, mais pas très affectueuse non plus. Était-ce à cause de cette lettre de Paris ? Brusquement je m'avisai que je n'étais pas seule à penser notre histoire : il la pensait aussi, à sa manière à lui. Je me disais : Je suis revenue, je reviendrai toujours. Mais il se disait peut-être : elle repartira toujours. Que lui répondre ? J'étais prise de court. Je dis avec angoisse :

— Lewis, nous ne serons jamais ennemis, n'est-ce pas ?

— Ennemis ? qui pourrait être votre ennemi ?

Il avait l'air franchement ahuri ; bien sûr, ces mots qui m'étaient venus aux lèvres étaient stupides. Il me souriait, je lui souris. Mais soudain j'avais peur : est-ce qu'un jour je serais punie d'avoir osé aimer sans donner toute ma vie ?

Nous avons dîné à l'hôtel, entre deux flamants roses. L'agence touristique de Mérida nous avait délégué un petit Mexicain que Lewis écoutait avec impatience. Je n'écoutais pas. Je continuai à me demander : Que se passe-t-il dans sa tête ? Nous ne parlions jamais de l'avenir, Lewis ne me posait pas de questions : j'aurais peut-être dû lui en poser. Mais somme toute, un an plus tôt je lui avais dit tout ce que j'avais à lui dire. Il n'y avait rien de neuf à ajouter. Et puis les mots, c'est dangereux, on risque de tout embrouiller. Il fallait vivre cet amour ; plus tard, quand déjà il aurait un long passé derrière lui, il serait bien temps d'en parler.

— Madame ne peut pas aller à Chichen-Itza en autobus, dit le petit Mexicain. Il me fit un grand sourire : « L'auto serait tout le jour à votre disposition pour vous promener dans les ruines et le chauffeur vous servirait de guide.

— Nous détestons les guides et nous aimons la marche, dit Lewis.

— L'hôtel Maya fait une réduction aux clients de l'agence.

— Nous descendons au Victoria, dis-je.

— C'est impossible : le Victoria est une auberge indigène », dit l'indigène.

Devant notre silence, il s'inclina avec un sourire écœuré : « Vous allez passer une journée très éprouvante! »

En fait, l'autobus qui nous amena le lendemain soir à Chichen-Itza était tout à fait confortable et nous nous sentîmes fiers de notre entêtement quand nous dépassâmes le jardin de l'hôtel Maya où babillaient des voix américaines : « Vous les entendez! me dit Lewis. Je ne suis tout de même pas venu au Mexique pour voir des Américains! »

Il tenait à la main un petit sac de voyage et nous avancions à tâtons sur un chemin fangeux ; une eau lourde dégouttait des arbres qui nous cachaient le ciel ; on ne voyait rien et j'étais étourdie par une odeur pathétique d'humus, de feuilles pourries, de fleurs moribondes. Dans les ténèbres bondissaient d'invisibles chats aux yeux luisants ; je désignai ces prunelles sans corps : « Qu'est-ce que c'est ?

— Des lucioles. Il y en a aussi dans l'Illinois. Enfermez-en cinq sous un verre de lampe, et vous y verrez assez clair pour lire.

— Ça serait bien utile! dis-je. Je n'y vois rien. Vous êtes sûr qu'il existe un autre hôtel ?

— Tout à fait sûr! »

Je commençais à en douter. Pas une maison, pas un bruit humain. Enfin nous avons entendu des voix espagnoles ; on distinguait vaguement un mur : pas une lumière. Lewis a poussé une barrière, mais nous n'osions pas avancer : des porcs grognaient, des volailles caquetaient et quelque part, il y avait un chœur de crapauds. Je murmurai : « C'est un coupe-gorge. »

Lewis cria : « C'est un hôtel ici ? »

Il y eut une rumeur, une bougie clignota ; et puis la lumière se fit ; nous étions dans la cour d'une auberge, un homme nous souriait poliment. Il dit des choses en espagnol : « Il s'excuse ; il y avait une panne d'électricité, me dit Lewis. Il a des chambres. »

La chambre donnait d'un côté sur la cour, de l'autre sur la jungle, elle était nue, mais les draps étaient blancs sous les moustiquaires blanches. A dîner on nous a servi des tortillas qui collaient aux dents, des fèves violettes, un poulet osseux dont la sauce m'incendia la gorge. La salle à manger était décorée de porcelaine de foire et de chromos. Sur un calendrier, des Indiens demi-nus, empanachés de plumes, jouaient au basket-ball au milieu d'uu stade antique. Assis sur un banc dans la cour, au milieu des porcs et des poules, un Mexicain grattait une guitare.

— Comme Chicago est loin! dis-je. Et Paris. Comme tout est loin!

— Oui, maintenant nous commençons vraiment à voyager, dit Lewis d'une voix animée.

Je serrai sa main. En cet instant, je savais très bien ce qu'il y avait dans sa tête : le son de la guitare, le chœur des crapauds, et moi. J'entendais les crapauds, la guitare et j'étais toute à lui. Pour lui, pour moi, pour nous, rien n'existait que nous.

Toute la nuit le chant des crapauds est entré dans notre chambre ; au matin des milliers d'oiseaux jacassaient. Quand nous sommes entrés dans l'enceinte où se dresse la vieille ville, nous étions seuls. Lewis a couru vers les temples et je l'ai suivi à petits pas. J'étais encore plus déconcertée qu'en arrivant au Yucatan. Jusqu'ici, l'antiquité s'était confondue pour moi avec la Méditerranée ; sur l'Acropole, dans le Forum, j'avais contemplé sans surprise mon propre passé ; mais rien ne rattachait Chichen-Itza à mon histoire ; huit jours plus tôt, j'ignorais jusqu'au nom de cette immense Mecque géométrique aux pierres gorgées de sang. Et elle était là, énorme, muette, écrasant la terre sous le poids de ses architectures mesurées et de ses sculptures fanatiques. Des temples, des autels, le stade peint sur le calendrier, un marché aux mille colonnes, d'autres temples aux angles exacts, aux bas-reliefs déments. Je cherchai Lewis des yeux, et je l'aperçus tout en haut de la grande pyramide ; il agitait la main, il avait l'air tout petit. L'escalier était abrupt et je le montai sans regarder à mes pieds, les yeux fixés sur Lewis.

— Où sommes-nous ? dis-je.

— Je me le demande.

Par-delà l'enceinte des murs, on apercevait à perte de vue la jungle verte où éclatait de loin en loin le rouge d'un flamboyant. Pas un champ. Je dis : « Mais où donc font-ils pousser leur maïs ?

— Qu'est-ce qu'on vous a donc appris à l'école ? dit Lewis d'un ton suffisant. Au moment des semences ils brûlent un morceau de la jungle ; après la récolte, les arbres repoussent tout de suite, on ne voit pas les cicatrices.

— D'où savez-vous ça ?

— Oh ! je l'ai toujours su. »

Je me mis à rire. « Vous mentez ! Vous l'avez lu dans un livre, cette nuit sans doute pendant que je dormais. Sans ça vous me l'auriez dit hier, dans le car. »

Il eut l'air penaud : « C'est quand même drôle, même dans les petites choses, vous me déjouez toujours. Oui, j'ai trouvé un livre hier soir à l'hôtel et je voulais vous éblouir.

— Éblouissez-moi. Qu'avez-vous appris encore ?

— Le maïs pousse tout seul. Les paysans n'ont pas besoin de travailler plus de quelques semaines par an. C'est comme ça qu'ils ont eu le temps de bâtir tant de temples. » Il ajouta avec une brusque violence : « Vous imaginez ces vies ! manger des tortillas, et coltiner des pierres ; sous ce soleil ! Manger et suer, suer et manger, jour après jour ! Les sacrifices humains, il n'y en avait pas tant que ça, ce n'est pas le pire. Mais pensez à ces millions de malheureux dont les guerriers et les prêtres ont fait des bêtes de somme ! et pourquoi ? par vanité imbécile ! »

Il regardait avec hostilité ces pyramides qui jadis s'élançaient vers le soleil et qui nous semblaient aujourd'hui accabler la terre ; je ne partageais pas sa colère, peut-être parce que jamais je n'avais eu à suer pour manger et parce que tout ce malheur était trop ancien. Mais je ne pouvais pas non plus, comme je l'aurais fait dix ans plus tôt, me perdre sans arrière-pensée dans la contemplation de cette beauté morte. Cette civilisation qui avait sacrifié tant de vies humaines à ses jeux de pierre n'avait rien laissé derrière elle ; plus encore que sa cruauté, c'est sa stérilité qui m'offensait. Il n'y avait plus qu'une poignée d'archéologues et d'esthètes pour s'intéresser à ces monuments que photographiaient machinalement les touristes.

— Si nous descendions ? dis-je.

— Comment ?

On aurait dit que les murs qui soutenaient la plate-forme étaient tous les quatre verticaux ; l'un d'eux était strié d'ombres et de lumières sur lesquelles on ne pouvait pas songer à poser le pied. Lewis se mit à rire : « Je ne vous ai jamais dit que j'ai un vertige terrible dès que je suis à deux mètres du sol ? Je suis monté sans m'en apercevoir, mais je ne pourrai jamais descendre.

— Il faudra bien !

Lewis recula vers 'e milieu de la plate-forme :

— Impossible.

Il sourit de nouveau : « Il y a dix ans à Los Angeles, je crevais de faim ; j'ai trouvé du travail : il s'agissait de crépir le haut d'une cheminée d'usine ; on m'a hissé dans un panier : j'y suis resté trois heures sans me décider à en sortir. On a fini par me redescendre et je suis reparti les poches vides. Pourtant je n'avais rien mangé depuis deux jours. C'est vous dire !

— C'est bizarre que vous ayez le vertige ! dis-je. Vous en avez tant vu, de toutes les couleurs : je vous aurais cru plus aguerri ! » Je m'avançai vers l'escalier : « Il y a toute une famille américaine qui se prépare à monter : descendons !

— Vous n'avez pas peur ?

— Si, j'ai peur.

— Alors laissez-moi passer devant vous », dit Lewis

Nous avons descendu l'escalier la main dans la main, en nous tenant de biais ; nous étions en sueur quand nous sommes arrivés en bas ; un guide expliquait à un groupe de touristes les mystères de l'âme maya. Je murmurai : « Quelle drôle de chose que de voyager !

— Oui, c'est bien drôle », dit Lewis. Il m'entraîna : « Rentrons boire un verre. »

L'après-midi a été très chaud ; nous avons somnolé

dans des hamacs, devant la porte de notre chambre. Et puis, brutale comme un tropisme, la curiosité m'a fait tourner la tête vers la forêt :

— J'ai bien envie d'aller faire un tour dans ces bois, dis-je.

— Pourquoi pas ? dit Lewis.

Nous nous sommes enfoncés dans le grand silence moite de la jungle ; pas un touriste ; des fourmis rouges qui portaient sur l'épaule des brins d'herbe acérés marchaient en cohortes vers d'invisibles citadelles ; nous rencontrions aussi des assemblées de papillons qui s'envolaient, roses, bleus, verts, jaunes, au bruit de nos pas ; une eau endormie dans les lianes s'affalait sur nous en larges gouttes. De loin en loin on apercevait au bout d'un sentier un mystérieux tumulus : enseveli dans sa gangue caillouteuse, un temple ou un palais ruiné ; certains avaient été à demi exhumés, mais des herbes les étouffaient.

— On pourrait croire que personne n'est jamais venu ici, dis-je.

— Oui, dit Lewis sans chaleur.

— Regardez au bout du sentier : c'est un grand temple.

— Oui, dit encore Lewis.

C'était un très grand temple. Des lézards dorés se chauffaient parmi les pierres ; les sculptures étaient abîmées, sauf un dragon qui grimaçait. Je le désignai à Lewis dont le visage restait mort :

— Vous avez vu ?

— Je vois, dit Lewis.

Brusquement il donna un coup de pied dans la gueule du dragon.

— Qu'est-ce que vous faites ?

235

— Je lui ai donné un coup de pied, dit Lewis.

— Pourquoi?

— Il me regardait d'une manière qui ne m'a pas plu. Lewis s'assit sur un rocher et je demandai : « Vous ne voulez pas faire le tour du temple?

— Faites-le sans moi. »

J'ai fait le tour du temple; mais le cœur n'y était pas; je n'ai vu que des pierres empilées les unes sur les autres et qui ne signifiaient rien. Quand je suis revenue, Lewis n'avait pas bougé et son visage était si vide qu'il semblait s'être absenté de lui-même.

— Vous en avez assez vu? demanda-t-il.

— Vous voulez rentrer?

— Si vous en avez assez vu.

— Oui bien assez, dis-je. Rentrons.

Le soir tombait. On commençait à distinguer les premières lucioles. Je me dis avec inquiétude que somme toute je connaissais mal Lewis. Il était si spontané, si sincère qu'il me paraissait simple! mais qui l'est? Quand il avait donné ce coup de pied, il n'avait pas eu l'air bon. Et ses vertiges, qu'est-ce que ça signifiait? Nous marchions en silence : à qui pensait-il?

— A qui pensez-vous? dis-je.

— Je pense à la maison de Chicago. J'ai laissé la lampe allumée, les gens qui passent croient qu'il y a quelqu'un : et il n'y a personne.

Il y avait de la tristesse dans sa voix.

— Vous regrettez d'être ici? dis-je.

Lewis eut un petit rire : « Est-ce que j'y suis? C'est drôle : vous êtes comme une enfant, tout vous semble réel; moi tout ça me fait l'impression d'un rêve : un rêve rêvé par quelqu'un d'autre.

— C'est pourtant bien vous, dis-je. Et c'est moi.

Lewis ne répondit pas. Nous sommes sortis de la jungle. Il faisait tout à fait nuit ; dans le ciel les vieilles constellations gisaient sens dessus dessous parmi des jonchées d'étoiles toutes neuves. En apercevant les lumières de l'auberge, Lewis sourit : « Enfin ! je me sentais perdu !

— Perdu ?

— C'est si vieux toutes ces ruines ! c'est trop vieux.

— Moi j'aime bien me sentir perdue, dis-je.

— Pas moi. J'ai été perdu trop longtemps, j'ai cru ne jamais m'y retrouver. Maintenant pour rien au monde je ne recommencerais. »

Il y avait du défi dans sa voix et je me sentis obscurément menacée : « Il faut savoir quelquefois se perdre, dis-je : si on ne risque rien, on n'a rien.

— J'aime mieux ne rien avoir que de courir ce risque », dit Lewis d'un ton tranchant.

Je le comprenais : il avait eu tant de peine à conquérir un peu de sécurité qu'il tenait avant tout à la sauvegarder. Pourtant, avec quelle imprudence il m'avait aimée. Est-ce qu'il allait le regretter ?

— Ce coup de pied que vous avez donné, c'est parce que vous vous sentiez perdu ? demandai-je.

— Non. Je n'aimais pas cette bête.

— Vous aviez l'air vraiment méchant.

— C'est que je le suis, dit Lewis.

— Pas avec moi. »

Il sourit : « Avec vous, c'est difficile. J'ai essayé une fois, l'année dernière, vous avez pleuré tout de suite. »

Nous entrions dans notre chambre et je demandai : « Lewis, vous ne m'en voulez pas ?

— De quoi ? dit-il.

— Je ne sais pas. De tout, de rien. D'avoir deux vies.

— Si vous n'en aviez qu'une vous ne seriez pas ici », dit Lewis.

Je le regardai avec inquiétude :

— Vous m'en voulez ?

— Non, dit Lewis. Je ne vous en veux pas. Il me plaqua contre lui : Je vous veux.

Il bouscula la moustiquaire et il me jeta sur le lit. Quand nous fûmes nus, peau contre peau, il dit d'une voix joyeuse :

— Voilà nos plus beaux voyages !

Son visage s'était éclairé ; il ne se sentait plus perdu ; il était bien là où il était, dans mon corps. Et je n'étais plus inquiète. La paix, la joie que nous trouvions dans les bras l'un de l'autre serait plus forte que tout.

Voyager, courir le monde pour voir de ses yeux ce qui n'existe plus, ce qui ne vous concerne pas, c'est une activité bien louche. Nous étions d'accord là-dessus, Lewis et moi ; n'empêche que ça nous amusait tous deux, énormément. A Uxmal, c'était dimanche et les Indiens déballaient des paniers de pique-nique à l'ombre des temples ; nous avons escaladé les escaliers dégradés en nous accrochant à des chaînes derrière des femmes aux longs jupons. Deux jours plus tard, nous avons survolé des forêts saoules de pluie ; l'avion s'est élevé haut dans le ciel et il n'est pas descendu : c'est le sol qui est monté à notre rencontre ; il nous a offert, couchés dans la verdure, un lac bleu et une ville plate au quadrillage aussi régulier que celui d'un cahier d'écolier : Guatemala, la sèche pauvreté de ses rues bordées de longues maisons basses, son marché exubérant, ses paysannes aux pieds nus, vêtues de guenilles princières, qui portaient sur leurs têtes des corbeilles de fleurs et de fruits. Dans le jardin de l'hôtel d'Antigua, des avalanches de fleurs rouges, violettes et bleues s'écroulaient au long des troncs d'arbres et noyaient les murs ; la pluie tombait avec furie, épaisse et chaude, et un perroquet enchaîné courait du haut en bas de son perchoir en riant. Au bord du lac Atitlan, nous dormions dans un bungalow fleuri d'énormes gerbes d'œillets ; un bateau nous a conduits à Santiago où des femmes auréolées de ruban rouge berçaient des nourrissons ensevelis du crâne aux épaules dans des capuchons cylindriques. Nous avons débarqué un jeudi au milieu du marché de Chichicastenango. La place était couverte de tentes et d'éventaires ; des femmes vêtues de corsages brodés et de jupes chatoyantes vendaient des graines, des farines, des pains, des fruits racornis, de maigres volailles, des poteries, des sacs, des ceintures, des sandales et des kilomètres d'étoffes aux couleurs de vitrail et de céramique, si belles que Lewis lui-même les palpait avec jubilation.

— Achetez donc cette étoffe rouge ! disait-il. Ou alors la verte, avec tous ses petits oiseaux.

— Attendez, dis-je. Il faut tout voir.

Les plus merveilleuses de toutes ces merveilles, c'était les très vieux huipils que portaient certaines paysannes. Je montrai à Lewis une de ces blouses aux broderies antiques où le bleu de Chartres se fondait tendrement avec des rouges et des ors éteints : « Voilà ce que je voudrais acheter, si c'était à vendre. »

Lewis examina la vieille Indienne aux longues nattes :

— Elle le vendrait peut-être.

— Jamais je n'oserai le lui proposer. Et puis dans quelle langue ?

Nous avons continué à rôder. Des femmes malaxaient entre leurs paumes la pâte des tortillas, des marmites pleines d'un ragoût jaune mijotaient sur des feux ; des familles mangeaient. La place était flanquée de deux églises blanches, auxquelles on accédait par des escaliers ; sur les marches, des hommes habillés en toréadors d'opérette agitaient des encensoirs. Nous sommes montés vers la grande église, à travers des fumées épaisses qui me rappelaient ma pieuse enfance.

— A-t-on le droit d'entrer ? demandai-je.

— Qu'est-ce qu'ils peuvent nous faire ? dit Lewis.

Nous sommes entrés et j'ai été prise à la gorge par une lourde odeur d'aromates. Ni chaises, ni bancs, pas un siège. Le sol dallé était un parterre de bougies aux flammes roses ; les Indiens marmonnaient des prières en se passant de main en main des épis de maïs. Sur l'autel gisait une momie couverte de brocarts et de fleurs ; en face, accablé d'étoffes et de bijoux, il y avait un grand Christ sanglant à la face torturée.

— Si on pouvait au moins comprendre ce qu'ils disent ! dit Lewis.

Il regardait un vieillard aux pieds rugueux qui bénissait des femmes agenouillées. Je le tirai par le bras : « Sortons. Tout cet encens me fait mal à la tête. »

Quand nous nous sommes retrouvés dehors Lewis m'a dit :

— Non, voyez-vous, je ne crois pas que ces Indiens soient bien heureux. Leurs vêtements sont gais : pas eux.

240

Nous avons acheté des ceintures, des sandales, des étoffes ; la vieille au merveilleux huipil était toujours là, mais je n'ai pas osé l'aborder. Dans le café-épicerie de la place, quelques Indiens buvaient autour d'une table ; leurs femmes étaient assises à leurs pieds. Nous avons commandé des tequillas qu'on nous a servis avec du sel et de petits citrons verts. Deux jeunes Indiens dansaient entre eux en titubant : ils avaient l'air si incapables de s'amuser, que ça fendait le cœur. Dehors, les marchands commençaient à plier leurs éventaires ; ils échafaudaient avec leurs poteries des édifices compliqués qu'ils installaient sur leurs dos ; le front ceint d'un bandeau de cuir qui les aidait à soutenir leur fardeau, ils s'en allaient au petit trot.

— Regardez-moi ça! dit Lewis. Ils se prennent pour des bêtes de somme.

— Je suppose qu'ils sont trop pauvres pour avoir des ânes.

— Je suppose. Mais ils ont l'air si bien installés dans leur misère : c'est ça qu'ils ont d'agaçant. Si nous rentrions ? ajouta-t-il.

— Rentrons.

Nous sommes revenus à l'hôtel, mais il m'a quittée devant la porte : « J'ai oublié d'acheter des cigarettes. Je reviens tout de suite. »

Il y avait un grand feu dans notre cheminée ; cette petite ville ensoleillée était perchée plus haut que la plus haute commune de France et la nuit risquait d'être fraîche. Je me suis couchée devant les flammes qui sentaient bon la résine. Elle me plaisait, cette chambre, avec ses murs crépis de rose et tous ses tapis. Je pensai à Lewis : j'étais contente de me retrouver seule cinq minutes, parce que ça me permettait de penser à lui. Décidément, le pittoresque, ça ne prenait pas avec Lewis. Qu'on lui montre des temples, des paysages, des marchés, il voyait tout de suite à travers : il voyait des hommes ; et il avait ses idées sur ce que doit être un homme : avant tout quelqu'un qui ne se résigne pas, quelqu'un qui a des désirs et qui lutte pour les satisfaire. Lui-même, il se contentait de peu, mais il avait refusé avec violence d'être frustré de tout. Il y avait dans ses romans un drôle de mélange de tendresse et de cruauté parce qu'il détestait presque autant que leurs oppresseurs les victimes trop complaisantes. Il réservait sa sympathie aux gens qui tentaient au moins des évasions personnelles dans la littérature, l'art, la drogue, à la rigueur le crime, au mieux dans le bonheur. Et il n'admirait vraiment que les grands révolutionnaires. Il n'avait guère la tête plus politique que moi ; mais il aimait très sentimentalement Staline, Mao Tse-Tung, Tito. Les communistes d'Amérique lui semblaient niais et mous, mais je supposais qu'en France il aurait été communiste : du moins il aurait essayé. Je tournai la tête vers la porte : pourquoi ne revenait-il pas ? J'allais m'impatienter quand enfin il est entré, un paquet sous le bras.

— Qu'avez-vous donc fait ? dis-je.

— J'étais chargé d'une mission spéciale.

— Par qui donc ?

— Par moi-même.

— Et vous l'avez exécutée ?

— Bien sûr.

Il me jeta le paquet ; j'arrachai le papier. Et le bleu de Chartres me remplit les yeux : c'était le merveilleux huipil.

— Il est plutôt crasseux! dit Lewis.

Je suivais du doigt avec délectation le dessin capricieux et réfléchi des broderies : « Il est magnifique. Comment l'avez-vous eu ?

— J'ai emmené avec moi le portier de l'hôtel et il a tout négocié. La vieille ne voulait rien savoir pour vendre sa guenille mais quand on lui a proposé de l'échanger contre un huipil neuf, elle a cédé. Elle a même eu l'air de me prendre pour un idiot. Seulement après ça, j'ai dû offrir un verre au portier, et il ne me lâchait plus : il veut aller chercher fortune à New York. »

Je m'accrochai au cou de Lewis : « Pourquoi êtes-vous si gentil avec moi ?

— Je vous ai déjà dit que je ne suis pas gentil. Je suis très égoïste. Ce qu'il y a c'est que vous êtes un petit morceau de moi. » Il m'enlaça plus fort. « Vous êtes si douce à aimer. »

Ah! nos corps nous étaient bien utiles dans ces instants où la tendresse nous suffoquait. Je me collai contre Lewis. Comment sa chair pouvait-elle être à la fois si familière et si bouleversante? Soudain sa tiédeur me brûlait de la peau aux os. Nous nous sommes effondrés sur le tapis devant les flammes grésillantes.

— Anne! vous savez combien je vous aime? Vous le savez quoique je ne vous le dise pas souvent?

— Je sais. Vous savez aussi n'est-ce pas ?

— Je sais.

Nous avons jeté nos vêtements aux quatre coins de la chambre.

— Pourquoi est-ce que je vous désire tant? a dit Lewis.

— Parce que je vous désire tant.

Il m'a prise sur le tapis; il m'a reprise sur le lit et longtemps je suis restée couchée dans l'ombre de son aisselle.

— Comme j'aime être contre vous!

— Comme j'aime vous avoir contre moi.

Au bout d'un moment Lewis se souleva sur un coude :

— J'ai la gorge sèche. Pas vous?

— Je boirais bien un verre.

Il décrocha le téléphone et commanda deux whiskies. J'enfilai ma robe de chambre et lui son vieux peignoir blanc.

— Vous devriez jeter cette horreur, dis-je.

Il se drapa étroitement dans le tissu éponge :

— Jamais! J'attendrai qu'il me quitte.

Il n'était pas du tout avare, mais il détestait jeter les choses, et surtout ses vieux vêtements. On nous a apporté les whiskies et nous nous sommes assis au coin du feu. Dehors, il commençait à pleuvoir, il pleuvait toutes les nuits.

— Je suis bien! dis-je.

— Moi aussi, dit Lewis. Il passa son bras autour de mes épaules : « Anne! dit-il, restez avec moi. »

Mon souffle s'arrêta dans ma gorge : « Lewis! Vous savez comme je le voudrais! je voudrais tant! Mais je ne peux pas.

— Pourquoi?

— Je vous ai expliqué l'année dernière. »

Je vidai mon verre d'un trait et toutes les vieilles peurs s'abattirent sur moi : celle du club Delisa, celle de Mérida, celle de Chichen-Itza, et d'autres encore que j'avais très vite étouffées. C'est ça que je pres-

244

sentais ; un jour il me dirait : restez, et je devrais répondre non. Qu'arriverait-il alors ? L'an dernier, si j'avais perdu Lewis j'aurais pu encore m'en consoler ; maintenant, autant être enterrée vive que privée de lui.

— Vous êtes mariée, dit-il. Mais vous pouvez divorcer. Nous pouvons vivre ensemble sans être mariés. Il se pencha sur moi : « Vous êtes ma femme, ma seule femme. »

Les larmes me montèrent aux yeux : « Je vous aime, dis-je. Vous savez combien je vous aime. Mais à mon âge on ne peut pas jeter toute sa vie par-dessus bord : c'est trop tard. Nous nous sommes rencontrés trop tard.

— Pas pour moi, dit-il.

— Croyez-vous ? dis-je. Si je vous demandais de venir vivre à Paris pour toujours, viendriez-vous ?

— Je ne parle pas français », dit Lewis vivement.

Je souris : « Ça s'apprend. La vie n'est pas plus chère à Paris qu'à Chicago et une machine à écrire, c'est facile à transporter. Viendriez-vous ? »

Le visage de Lewis se rembrunit : « Je ne pourrais pas écrire à Paris.

— Je suppose que non », dis-je. Je haussai les épaules : « Vous voyez, à l'étranger vous ne pourriez plus écrire et votre vie n'aurait plus de sens. Je n'écris pas ; mais des choses comptent pour moi autant que vos livres pour vous. »

Lewis garda un moment le silence : « Et pourtant, vous m'aimez ? dit-il.

— Oui, dis-je. Je vous aimerai jusqu'à ma mort. » Je pris ses mains : Lewis, je peux revenir tous les ans. Si nous sommes sûrs de nous revoir tous les ans, il n'y aura plus de séparation ; seulement des attentes. On peut s'attendre dans le bonheur quand on s'aime assez fort.

— Si vous m'aimez comme je vous aime, pourquoi perdre les trois quarts de notre vie à attendre ? » dit Lewis.

J'hésitai : « Parce que l'amour n'est pas tout, dis-je. Vous devriez me comprendre : pour vous non plus il n'est pas tout. »

Ma voix tremblait et mon regard suppliait Lewis : qu'il comprenne ! qu'il me garde cet amour qui n'était pas tout mais sans lequel je ne serais plus rien.

— Non, l'amour n'est pas tout, dit Lewis.

Il me regardait d'un air hésitant. Je dis avec passion :

— Je ne vous aime pas moins parce que je tiens aussi à d'autres choses. Il ne faut pas m'en vouloir. Il ne faut pas que vous m'en aimiez moins.

Lewis toucha mes cheveux : « Je suppose que si l'amour était tout pour vous je ne vous aimerais pas tant : ça ne serait plus vous. »

Mes yeux se remplirent de larmes. S'il m'acceptait tout entière, avec mon passé, ma vie, avec tout ce qui me séparait de lui, notre bonheur était sauvé. Je me jetai dans ses bras :

— Lewis! ç'aurait été si affreux si vous n'aviez pas compris! Mais vous comprenez. Quel bonheur!

— Pourquoi pleurez-vous ? dit Lewis.

— J'ai eu peur : si je vous perdais, je ne pourrais plus vivre.

Il écrasa une larme sur ma joue : « Ne pleurez pas. C'est moi qui ai peur quand vous pleurez.

— Maintenant je pleure parce que je suis heureuse, dis-je. Parce que nous serons heureux. Quand nous serons ensemble, nous ferons des provisions de bonheur pour toute l'année. N'est-ce pas, Lewis?

— Oui, ma petite Gauloise », dit-il tendrement. Il embrassa ma joue mouillée : « C'est drôle, quelquefois vous me semblez une femme très sage, et quelquefois tout juste une enfant.

— Je suppose que je suis une femme stupide, dis-je. Mais ça m'est égal si vous m'aimez.

— Je vous aime, stupide petite Gauloise », dit Lewis.

J'avais le cœur en fête le lendemain matin dans le car qui nous emmenait à Quetzaltenango ; je ne craignais plus l'avenir, ni Lewis, ni les mots, je ne craignais plus rien ; pour la première fois j'osais faire à haute voix des projets : l'an prochain, Lewis louerait une maison sur le lac Michigan et nous y passerions l'été ; dans deux ans il viendrait à Paris, je lui montrerais la France et l'Italie... Je tenais sa main serrée dans la mienne et il approuvait en souriant. Nous traversions des forêts épaisses ; il tombait une pluie si chaude et si odorante que je baissai la vitre pour la sentir sur mon visage. Des bergers nous regardaient passer, immobiles sous leurs capes de paille : on aurait dit qu'ils transportaient des huttes sur leurs dos.

— C'est vraiment vrai que nous sommes à 4 000 mètres ? dit Lewis.

— Il paraît.

Il secoua la tête : « Je n'y crois pas. J'aurais le vertige. »

De loin, ça m'avait toujours paru un impossible prodige, ces plateaux aussi hauts que des glaciers

247

et couverts d'arbres luxuriants ; maintenant je les voyais, et ils devenaient aussi naturels qu'une prairie française. A vrai dire le haut Guatemala avec ses volcans endormis, ses lacs, ses herbages, ses paysans superstitieux ressemblait à l'Auvergne. Je commençais à m'en fatiguer et j'ai été contente lorsque, deux jours plus tard, nous sommes descendus vers la côte : une fameuse descente! A l'aube nous grelottions sur la route en lacets que bordaient de frais pâturages. Et puis les plantes caduques ont disparu sous la houle d'une sombre végétation aux feuilles dures et vernissées ; au pied des alpages emperlés de gelée blanche est apparu un sec village andalou fleuri d'hibiscus et de bougainvillées ; en quelques tours de roue, nous avons encore franchi plusieurs parallèles, le ciel s'est embrasé, nous avons traversé des plantations de bananiers, semées de huttes autour desquelles rôdaient des Indiennes aux seins nus. La gare de Motzatenango était un champ de foire ; des femmes étaient assises sur les rails au milieu de leurs jupes, de leurs ballots, de leurs volailles. Une cloche sonna dans le lointain, des employés se mirent à crier et un petit train apparut, précédé d'un antique bruit de vapeur et de ferraille.

Il nous a fallu dix heures pour parcourir les cent vingt kilomètres qui nous séparaient de Guatemala ; en cinq heures, le lendemain, par-dessus de sombres montagnes et une côte étincelante, un avion nous a transportés à Mexico.

— Enfin une vraie ville! une ville où des choses arrivent! a dit Lewis dans le taxi. « J'aime les villes! ajouta-t-il.

— Moi aussi. »

248

Nous avions choisi d'avance notre hôtel et du courrier nous y attendait. Je lus mes lettres dans la chambre, assise à côté de Lewis : à présent, je pouvais penser à ma vie de Paris sans avoir l'impression de lui voler quelque chose ; à présent, je partageais tout avec lui même ce qui nous séparait. Robert semblait de bonne humeur, il disait que Nadine était triste mais paisible et Paule presque guérie : tout allait bien. Je souris à Lewis :

— Qui vous écrit ?

— Mes éditeurs.

— Qu'est-ce qu'ils racontent ?

— Ils veulent des détails sur ma vie. Pour le lancement du livre : ils comptent faire un grand lancement. La voix de Lewis était maussade. Je l'interrogeai du regard.

— Ça veut dire que vous gagnerez beaucoup d'argent, non ?

— Souhaitons-le ! dit Lewis. Il enfouit la lettre dans une poche : « Il faut que je leur réponde tout de suite.

— Pourquoi tout de suite ? demandai-je. Allons d'abord voir Mexico. »

Lewis se mit à rire : « Une si petite tête ! et des yeux qui ne se fatiguent jamais de regarder ! »

Il riait, mais quelque chose dans son ton me déconcerta : « Si ça vous ennuie de sortir, restons, dis-je.

— Vous seriez bien trop désolée ! » dit Lewis.

Nous avons longé l'Alameda ; sur le trottoir des femmes tressaient d'énormes couronnes mortuaires, et d'autres faisaient les cent pas ; le mot : Alcazar brillait joyeusement au fronton d'un hall funéraire ; nous avons suivi une large avenue populeuse et puis de petites rues louches. A première vue, Mexico me plaisait. Mais Lewis était préoccupé. Ça ne m'étonnait pas. Il y a des choses qu'il décide d'un seul élan, mais ça lui arrive souvent d'hésiter pendant des heures devant une valise à faire ou une lettre à écrire. Je le laissai méditer en silence pendant tout le dîner. Aussitôt dans la chambre, il s'installa devant une feuille de papier blanc : la bouche entrouverte, l'œil vitreux, il ressemblait à un poisson. Je m'endormis avant qu'il eût tracé un seul mot.

— Elle est faite votre lettre ? lui demandai-je le lendemain matin.

— Oui.

— Pourquoi ça vous ennuyait-il tant de l'écrire ?

— Ça ne m'ennuyait pas. Il se mit à rire : « Ah! ne me regardez pas comme si j'étais un de vos malades. Venez vous promener. »

Nous nous sommes beaucoup promenés, cette semaine-là. Nous avons escaladé les grandes pyramides et vogué dans des barques fleuries, nous avons flâné sur l'avenue Jalisco, dans ses marchés miteux, ses dancings, ses music-halls, nous avons rôdé dans la zone et bu du tequilla dans les bars mal famés. Nous comptions rester encore un peu à Mexico, passer un mois à visiter le pays et revenir à Chicago pour quelques jours. Mais un après-midi, comme nous rentrions dans notre chambre faire la sieste, Lewis m'a dit abruptement :

— Il faut que je sois jeudi à New York.

Je le regardai avec surprise : « A New York ? Pourquoi ?

— Mes éditeurs me le demandent.

— Vous avez reçu une nouvelle lettre ?

250

— Oui ; ils m'invitent pour quinze jours.

— Mais vous n'êtes pas obligé d'accepter, dis-je.

— Justement : je suis obligé, dis Lewis. Ce n'est peut-être pas ainsi que ça se passe en France, ajouta-t-il, mais ici, un livre, c'est une affaire, et si on veut qu'elle rapporte, il faut s'en occuper. Je dois voir des gens, assister à des parties, donner des interviews. Ce n'est pas très drôle, mais c'est comme ça.

— Vous ne les avez pas prévenus que vous n'étiez pas libre avant juillet ? On ne peut pas repousser tout ça jusqu'en juillet ?

— Juillet, c'est un mauvais moment ; il faudrait attendre jusqu'en octobre : c'est trop tard. » Lewis ajouta avec impatience : « Voilà quatre ans que je vis aux crochets de mes éditeurs. S'ils veulent rentrer dans leurs frais, ce n'est pas à moi de leur mettre des bâtons dans les roues. Et j'ai besoin d'argent, moi aussi, si je veux continuer à écrire ce qui me plaît.

— Je comprends », dis-je.

Je comprenais ; et pourtant je sentais un drôle de vide au creux de l'estomac. Lewis se mit à rire :

— Pauvre petite Gauloise ! comme elle a l'air pitoyable dès qu'on ne fait plus ses quatre volontés !

Je rougis. C'était bien vrai que Lewis ne pensait jamais qu'à me faire plaisir. Pour une fois qu'il se souciait de ses propres intérêts, je n'aurais pas dû me sentir brimée ; il me trouvait égoïste, voilà pourquoi sa voix était un peu agressive.

— C'est votre faute, dis-je. Vous m'avez trop gâtée. Je souris : « Oh ! ça sera bien de se promener ensemble dans New York, dis-je. Seulement ça m'a fait un choc, l'idée de changer tous nos projets, et vous m'avez annoncé ça sans crier gare.

— Comment fallait-il vous l'annoncer?

— Je ne vous reproche rien », dis-je gaiement.
J'interrogeai Lewis du regard : « Ils vous invitaient
déjà dans leur première lettre?

— Oui, dit Lewis.

— Pourquoi ne me l'avez-vous pas dit?

— Je savais que ça ne vous ferait pas plaisir »,
dit Lewis.

Son air penaud m'attendrit ; je comprenais maintenant pourquoi il avait tant peiné sur sa réponse ;
il essayait de sauver notre voyage au Mexique, et il
comptait si fermement y réussir que ça lui avait semblé
vain de m'inquiéter. Mais il avait échoué. Alors maintenant, il essayait de faire contre mauvaise fortune
bon cœur et mes regrets l'irritaient un peu : il aime
mieux s'irriter que s'attrister, je le comprends.

— Vous auriez pu me parler, je ne suis pas si fragile, dis-je. Je lui souris avec tendresse : « Vous voyez
bien que vous me gâtez trop.

— Peut-être », dit Lewis.

De nouveau, je me sentis déconcertée : « Nous
allons changer ça, dis-je. Quand nous serons à New
York, c'est moi qui ferai vos quatre volontés. »

Lewis me regarda en riant.

— C'est vrai ça?

— Oui, c'est vrai. Chacun son tour.

— Alors, n'attendons pas New York. Commençons
tout de suite. Il me saisit aux épaules : « Venez faire
mes quatre volontés », dit-il avec un peu de défi.

C'est la première fois qu'en lui donnant ma bouche
je pensai : « Non. » Mais je n'avais pas l'habitude de
dire non, je n'ai pas su. Et déjà il était trop tard pour
me reprendre sans histoire. Bien sûr, il m'était arrivé

deux ou trois fois de dire : oui, sans en avoir vraiment
envie ; mais mon cœur était toujours consentant.
Aujourd'hui, c'était différent. Il y avait eu dans la
voix de Lewis une insolence qui m'avait glacée ; ses
gestes, ses mots ne me choquaient jamais parce qu'ils
étaient aussi spontanés que son désir, que son plaisir,
que son amour ; aujourd'hui, c'est avec gêne que je
participais à la familière gymnastique qui me parut
baroque et frivole, incongrue. Et je m'avisai que Lewis ne me disait pas : « Je vous aime. » Quand l'avait-
il dit pour la dernière fois ?

Il ne l'a pas dit les jours qui suivirent. Il ne parlait
que de New York. Il y avait passé un jour, en 43,
quand il s'embarquait pour l'Europe et il grillait
d'envie de s'y retrouver. Il espérait y revoir d'anciens
amis de Chicago ; il espérait un tas de choses. L'avenir
et le passé ont beaucoup plus de prix que le présent
aux yeux de Lewis ; j'étais près de lui, New York
était loin : c'était New York qui l'obsédait. Je ne
m'en affectais pas trop, mais tout de même sa gaieté
m'attristait. Est-ce qu'il ne regrettait pas du tout
notre tête-à-tête ? J'avais trop de souvenirs et trop
proches pour craindre qu'il fût déjà fatigué de moi :
mais peut-être y était-il un peu trop habitué.

New York était torride. Finies les grandes pluies
nocturnes. Dès le matin le ciel brûlait. Lewis a quitté
l'hôtel de bonne heure et je suis restée à somnoler
sous le ronronnement du ventilateur. J'ai lu, j'ai pris
des douches, j'ai écrit quelques lettres. A six heures
j'étais habillée et j'attendais Lewis. Il est arrivé à
sept heures et demie, tout animé.

— J'ai retrouvé Felton ! m'a-t-il dit.

Il m'avait beaucoup parlé de ce Felton, qui jouait

du tambour la nuit, qui conduisait un taxi le jour
et qui se droguait nuit et jour ; sa femme faisait le
trottoir et se droguait avec lui. Ils avaient quitté
Chicago pour d'impérieuses raisons de santé. Lewis
ne connaissait pas exactement leur adresse. Dès qu'il
en avait eu fini avec ses agents et ses éditeurs, il s'était
mis à la rechercher et après mille péripéties il avait
enfin eu Felton au téléphone.

— Il nous attend, dit Lewis. Il va nous montrer
New York.

J'aurais préféré passer la soirée seule avec Lewis
mais je dis avec allant : « Ça m'amusera bien de le
connaître.

— Et puis il nous emmènera dans un tas de coins
qu'on n'aurait jamais découverts sans lui. Des coins
que vos amis les psychiatres ne vous ont sûrement
pas montrés! » ajouta Lewis gaiement.

Dehors, il faisait une grosse chaleur moite. Il faisait
encore plus chaud dans la mansarde de Felton. C'était
un grand type au visage blême qui riait de plaisir
en secouant les mains de Lewis. En fait, il ne nous a
pas montré grand-chose de New York. Sa femme
s'est amenée, avec deux jeunes gars et des boîtes de
bière ; ils ont vidé boîte sur boîte en parlant d'un
tas de gens dont j'ignorais tout, qui venaient d'être
mis en prison, qui allaient en sortir, qui cherchaient
une combine, qui en avaient trouvé une. Ils ont parlé
aussi du trafic de la drogue et du prix que coûtaient
les flics d'ici. Lewis s'amusait beaucoup. On a été
manger des côtes de porc dans un bistrot de la troisième avenue. Ils ont continué à parler longtemps.
Je m'ennuyais ferme et je me sentais plutôt déprimée.

Je le suis restée les jours suivants. Sur un point

je ne m'étais pas trompée : une fois à New York, Lewis a quelque peu déchanté. Il n'aimait pas le genre de vie qu'on lui infligeait ici, les mondanités, la publicité. Il se rendait sans joie à ses déjeuners, à ses parties, à ses cocktails et il en revenait maussade. Moi, je ne savais trop que faire de ma peau. Lewis me proposait mollement de l'accompagner, mais cette année, ça ne m'amusait pas les rencontres sans lendemain, ça ne m'amusait même pas de revoir mes anciens amis. Je me promenais dans les rues, seule et sans beaucoup de conviction : il faisait trop chaud, le goudron fondait sous mes pieds, j'étais tout de suite en sueur et je me languissais de Lewis. Le pire, c'est que quand nous nous retrouvions, ce n'était pas beaucoup plus gai. Ça ennuyait Lewis de raconter des séances ennuyeuses et moi je n'avais rien à raconter. Alors nous allions au cinéma, à un match de boxe, à une partie de base-ball, et souvent Felton venait avec nous.

— Vous n'avez pas beaucoup de sympathie pour Felton, n'est-ce pas ? me demanda un jour Lewis.

— Je n'ai surtout rien à lui dire ni lui à moi, dis-je. Je dévisageai Lewis avec curiosité : « Pourquoi vos meilleurs amis sont-ils tous des pickpockets ou des drogués, ou des maquereaux ? »

Lewis haussa les épaules : « Je les trouve plus amusants que les autres.

— Mais vous, vous n'avez jamais été tenté de vous droguer ?

— Oh ! non ! dit-il vivement. Vous savez bien : tout ce qui est dangereux, j'adore ça ; mais de loin. »

Il plaisantait, mais il disait la vérité. Ce qui est dangereux, démesuré, déraisonnable le fascine ; mais

255

il a décidé de vivre sans risque, avec mesure et raison. C'est cette contradiction qui le rend souvent inquiet et hésitant ; n'était-ce pas elle qui se retrouvait dans son attitude envers moi ? je me le demandais avec angoisse. Lewis m'avait aimée d'un élan, avec imprudence : était-il en train de se le reprocher ? En tout cas, je ne pouvais plus me le cacher : depuis quelque temps il avait changé.

Ce soir-là, il avait l'air de très bonne humeur quand il entra dans la chambre ; il avait passé l'après-midi à enregistrer une interview pour la radio et je m'attendais au pire mais il m'embrassa gaiement :

— Habillez-vous vite ! je dîne avec Jack Murray et vous allez venir avec moi. Il crève d'envie de vous connaître et moi je veux que vous le connaissiez.

Je ne cachai pas ma déception : « Ce soir ? Lewis, est-ce que nous ne passerons plus jamais une soirée seuls, vous et moi ?

— Nous le quitterons tôt ! » dit Lewis. Il vida sur la table les poches de son veston et sortit de l'armoire son complet neuf : « Ça ne m'arrive pas souvent d'avoir de la sympathie pour un écrivain, dit-il. Si je vous dis que Murray vous plaira, vous pouvez me croire.

— Je vous crois », dis-je.

Je m'assis devant la coiffeuse pour me refaire une beauté.

— On va dîner en plein air, dans Central Park, dit Lewis. Il paraît que l'endroit est très joli et qu'on y mange très bien. Qu'est-ce que vous en dites ?

Je souris : « Je dis que si nous sommes vraiment libres de bonne heure vous et moi, c'est parfait. »

Lewis me regarda d'un air hésitant : « Je voudrais beaucoup que Murray vous plaise.

— Pourquoi ça ?

— Ah ! nous avons fait des projets ! dit Lewis d'une voix gaie. Mais il faut qu'il vous plaise, sinon ça ne collera pas ! »

J'interrogeai Lewis du regard.

— Il a une maison dans un petit village, près de Boston, dit Lewis. Il nous y invite pour aussi longtemps que nous voulons. Ça serait drôlement mieux que de rentrer à Chicago : à Chicago il doit faire encore plus chaud qu'ici.

De nouveau je sentis un grand vide au creux de l'estomac : « Il habite cette maison, ou il ne l'habite pas ?

— Il l'habite avec sa femme et deux mômes. Mais n'ayez pas peur, ajouta Lewis d'un ton un peu moqueur, nous aurions une chambre à nous.

— Mais Lewis, je n'ai pas envie de passer ce dernier mois avec d'autres gens ! dis-je. J'aime mieux avoir trop chaud à Chicago seule avec vous.

— Je ne vois pas pourquoi il faudrait rester nuit et jour seuls ensemble sous prétexte qu'on s'aime ! » dit Lewis d'une voix brusque.

Avant que j'aie pu répondre, il était entré dans la salle de bains et il avait refermé la porte.

« Qu'est-ce que ça signifie ? Est-ce que vraiment il s'ennuie avec moi ? » me demandai-je avec angoisse. Je mis une blouse de dentelles, et une jupe bruissante que j'avais achetées à Mexico, j'enfilai des sandales dorées, et je restai plantée au milieu de la chambre, tout à fait désemparée. Il s'ennuie ? ou quoi ? Je touchai les clefs qu'il avait jetées sur la table, le portefeuille, le paquet de Camel : comment pouvais-je connaître si mal Lewis alors que je l'aimais tant ! Parmi les papiers épars, je remarquai une lettre, avec l'en-tête de ses éditeurs. Je la dépliai : *Cher Lewis Brogan. Puisque vous préférez venir tout de suite à New York, c'est d'accord. Nous allons prendre toutes les dispositions nécessaires. Entendu pour jeudi midi.* Je lus la suite à travers un brouillard, la suite n'avait pas d'intérêt. *Vous préférez venir tout de suite à New York, vous préférez, vous...* Le soir où Paule avait donné son banquet fantôme j'avais senti le sol basculer sous mes pieds. Aujourd'hui c'était pire. Lewis n'était pas fou : il fallait que ce soit moi! Je me laissai tomber sur un fauteuil. Cette lettre, il l'avait écrite huit jours seulement après la nuit de Chichicastenango, cette nuit où il disait : « Je vous aime, stupide petite Gauloise. » Je me rappelais tout : les flammes, les tapis, son vieux peignoir, la pluie contre les vitres. Et il disait : « Je vous aime. » C'était huit jours avant notre arrivée à Mexico : entre-temps, rien ne s'était passé. Alors pourquoi avait-il décidé d'abréger notre tête-à-tête? Pourquoi m'avait-il menti? Pourquoi?

— Oh! ne faites pas cette tête-là! dit Lewis quand il sortit de la salle de bains.

Il croyait que je boudais à cause de l'invitation de Murray; je ne le détrompai pas; impossible de m'arracher un mot. Pendant le trajet en taxi nous n'avons pas desserré les dents.

Il faisait frais dans le restaurant de Central Park. Du moins, la verdure, les nappes damassées, les seaux pleins de glace, les épaules nues des femmes donnaient une impression de fraîcheur. J'ai bu coup sur coup deux martinis et grâce à ça quand Murray s'est amené j'ai pu articuler décemment quelques phrases. Au temps où j'aimais les rencontres sans lendemain j'aurais sûrement été contente de le rencontrer. Il était tout rond, tête, visage et corps, c'est peut-être pour ça qu'on avait envie de s'accrocher à lui comme à une bouée ; et comme sa voix était gentille! je réalisai en l'entendant combien celle de Lewis était devenue sèche. Il m'a parlé des livres de Robert, de ceux d'Henri, il avait l'air au courant de tout, c'était facile de causer avec lui. On continuait à frapper à coups de marteau dans ma tête : « Vous préférez venir à New York, vous préférez New York. » Mais c'était un cauchemar qui se poursuivait sans moi pendant que je mangeais un cocktail aux crevettes et que je buvais du vin blanc. Murray m'a demandé ce que les Français pensaient des propositions Marshall et il s'est mis à discuter avec Lewis sur l'attitude probable de l'U. R. S. S. : il pensait qu'elle enverrait Marshall promener et qu'elle aurait bien raison. Il paraissait s'y connaître plus que Lewis en politique ; dans l'ensemble il avait la tête mieux organisée et une culture plus solide ; Lewis était tout heureux de retrouver ses propres opinions dans la bouche d'un homme qui savait si bien les défendre. Oui, sur un tas de plans Murray pouvait lui apporter bien plus que moi. Je comprenais que Lewis eût envie d'en faire un ami ; je comprenais à la rigueur qu'il souhaitât passer ce mois avec lui. Mais ça ne m'expliquait pas le mensonge de Mexico ; ça n'expliquait pas l'essentiel.

— Est-ce que je peux vous poser quelque part ? demanda Murray en se dirigeant vers le parc à autos.

— Non, j'ai envie de marcher, dis-je vivement.

— Si vous aimez marcher, il faut absolument que vous veniez à Rockport, dit Murray avec un grand sourire. Il y a des promenades ravissantes à faire. Je suis sûr que l'endroit vous plaira. Et je serais si content de vous avoir là-bas tous les deux!

259

— Ça serait bien! dis-je avec chaleur.

— A partir de lundi prochain, vous n'avez qu'à vous amener, dit Murray. Ce n'est même pas la peine de prévenir.

Il est monté dans sa voiture et nous sommes partis à pied à travers le parc.

— Je crois que Murray avait envie de passer la soirée avec nous, dit Lewis avec un peu 'de reproche.

— Peut-être, dis-je. Mais moi pas.

— Vous aviez pourtant l'air de bien vous entendre avec lui? dit Lewis.

— Je le trouve très sympathique, dis-je. Mais j'ai des choses à vous dire.

Le visage de Lewis se rembrunit : « Ça ne doit pas être tellement important!

— Si. » Je désignai un rocher plat au milieu de la pelouse : « Asseyons-nous. »

Des écureuils gris couraient dans l'herbe; au loin les grands buildings brillaient. Je dis d'une voix neutre :

— Tout à l'heure, pendant que vous preniez votre douche, vous avez laissé traîner des lettres sur la table. Je cherchai le regard de Lewis : « Vos éditeurs n'exigeaient pas du tout que vous veniez à New York maintenant. C'est vous qui le leur avez proposé. Pourquoi m'avez-vous dit le contraire?

— Ah! vous lisez mon courrier derrière mon dos! dit Lewis d'une voix irritée.

— Pourquoi pas? Vous, vous me mentez.

— Je vous mens et vous fouillez dans mes papiers : nous sommes quittes », dit Lewis avec hostilité.

Soudain toutes mes forces m'abandonnèrent et je le regardai avec stupeur; c'était lui, c'était moi; comment en étions-nous venus là?

— Lewis, je ne comprends plus rien. Vous m'aimez, je vous aime. Qu'est-ce qui nous arrive ? demandai-je avec égarement.

— Rien du tout, dit Lewis.

— Je ne comprends pas! répétai-je. Expliquez-moi. Nous étions si heureux à Mexico. Pourquoi avez-vous décidé de venir à New York ? Vous saviez bien que nous ne pourrions presque plus nous voir.

— Toujours des Indiens, des ruines, ça commençait à m'assommer, dit Lewis. Il haussa les épaules : « J'ai eu envie de changer d'air ; je ne vois pas ce que ça a de tragique. »

Ça n'était pas une réponse, mais je décidai provisoirement de m'en contenter : « Pourquoi ne m'avez-vous pas dit que vous en aviez marre du Mexique ? Pourquoi ces manigances ? demandai-je.

— Vous ne m'auriez pas laissé venir ici, vous m'auriez obligé à rester là-bas », dit Lewis.

Je fus aussi saisie que s'il m'avait giflée : quelle rancune dans sa voix!

— Vous pensez ce que vous dites ?

— Oui, dit Lewis.

— Mais enfin Lewis, quand vous ai-je empêché de faire ce que vous vouliez ? Oui, vous cherchiez toujours à me faire plaisir : mais ça avait l'air de vous faire plaisir à vous aussi. Je n'ai jamais eu l'impression que je vous tyrannisais.

Je repassai notre passé dans ma tête : tout avait été amour, entente et le bonheur de nous donner l'un à l'autre du bonheur. C'était affreux d'imaginer que derrière la gentillesse de Lewis des griefs se cachaient.

— Vous êtes tellement têtue que vous ne vous en rendez même pas compte, dit Lewis. Vous arrangez les choses dans votre tête, et puis vous n'en démordez plus, il faut en passer par où vous voulez.

— Mais quand est-ce arrivé? donnez-moi des exemples, dis-je.

Lewis hésita :

— J'ai envie d'aller passer ce mois chez Murray et vous refusez.

Je l'interrompis :

— Vous êtes de mauvaise foi. Quand est-ce arrivé, avant Mexico?

— Je sais très bien que si je n'avais pas fait un coup de force nous serions restés au Mexique, dit Lewis. D'après vos plans, on devait y passer encore un mois et vous m'auriez prouvé qu'il fallait le faire.

— D'abord, c'était nos plans à tous les deux, dis-je. Je réfléchis. « Je suppose que j'aurais discuté; mais puisque vous aviez tellement envie de venir à New York, j'aurais sûrement fini par céder.

— C'est facile à dire », dit Lewis. Il m'arrêta d'un geste : « En tout cas, il aurait fallu un rude travail pour vous convaincre. J'ai fait un petit mensonge pour gagner du temps : ce n'est pas si grave.

— Moi, je trouve ça grave, dis-je. Je pensais que vous ne me mentiez jamais. »

Lewis sourit avec un peu de gêne :

— En fait, oui, c'est la première fois. Mais vous avez tort de vous frapper. Qu'on se mente ou qu'on ne se mente pas, la vérité n'est jamais dite.

Je le dévisageai avec perplexité. Décidément il s'en passait de drôles dans sa tête! il en avait lourd sur le cœur. Mais quoi au juste? Je secouai la tête :

— Je ne crois pas ça, dis-je. On peut se parler. On peut se connaître. Il suffit d'un peu de bonne volonté.

262

— Je sais que c'est votre idée, dit Lewis. Mais justement, c'est le pire mensonge : prétendre qu'on se dit la vérité.

Il se leva :

— Enfin sur ce point je vous l'ai dite et je n'ai rien à ajouter. On pourrait peut-être partir d'ici.

— Partons.

Nous avons traversé le parc en silence. Cette explication ne m'avait rien expliqué du tout. Une seule chose était claire : l'hostilité de Lewis. Mais d'où venait-elle ? Il était bien trop hostile pour me le dire ; ça ne servirait à rien de l'interroger.

— Où allons-nous ? demanda Lewis.

— Où vous voulez.

— Je n'ai pas d'idée.

— Moi non plus.

— Vous sembliez avoir des plans pour cette soirée, dit Lewis.

— Rien de spécial, dis-je. Je pensais qu'on irait dans un petit bar tranquille, et qu'on causerait.

— On ne cause pas comme ça sur commande, dit-il avec humeur.

— Allons écouter du jazz à Café Society, dis-je.

— Vous n'avez pas entendu assez de jazz dans votre vie ?

La colère m'est montée au visage :

— Bon, rentrons dormir, dis-je.

— Je n'ai pas sommeil, dit Lewis d'un air innocent.

Il s'amusait à me taquiner, mais sans amitié. « Il fait exprès de gâcher cette soirée ; il fait exprès de tout gâcher ! » ai-je pensé avec rancune. Je dis sèchement :

— Alors, allons à Café Society puisque j'en ai envie et que vous n'avez envie de rien.

Nous avons pris un taxi. Je me rappelai ce que Lewis m'avait dit un an plus tôt : qu'il ne s'entendait avec personne par sa faute. C'était donc vrai! Il avait de bons rapports avec Teddy, Felton, Murray parce qu'il les voyait rarement. Mais une vie commune, il ne supportait pas ça longtemps. Il m'avait aimée à l'étourdie : et déjà l'amour lui semblait une contrainte. De nouveau la colère me prit à la gorge : c'était plutôt réconfortant. « Il aurait dû prévoir ce qui lui arrive, pensais-je. Il ne devait pas me laisser m'engager corps et âme dans cette histoire. Et il n'a pas le droit de se conduire comme il est en train de le faire. Si je lui pèse, qu'il le dise. Je peux rentrer à Paris, je suis prête à rentrer. »

L'orchestre jouait un morceau de Duke Ellington ; nous avons commandé des whiskies. Lewis me dévisagea avec un peu d'inquiétude :

— Vous êtes triste?

— Non, dis-je, pas triste. Je suis en colère.

— En colère? Vous avez une manière bien calme d'être en colère.

— Ne vous y fiez pas.

— Qu'est-ce que vous pensez?

— Je pense que si cette histoire vous pèse, vous n'avez qu'à le dire. Je peux prendre un avion pour Paris dès demain.

Lewis eut un petit sourire :

— C'est grave ce que vous proposez là.

— Pour une fois que nous sortons seuls, on dirait que ça vous est insupportable, dis-je. Je suppose que c'est la clef de toute votre conduite : vous vous ennuyez avec moi. Autant m'en aller.

Lewis secoua la tête :

264

— Je ne m'ennuie pas avec vous, dit-il d'une voix sérieuse.

Ma colère m'abandonna comme elle était venue, et de nouveau je me sentis sans force :

— Alors qu'y a-t-il, dis-je. Il y a quelque chose : quoi ?

Il y eut un silence et Lewis dit :

— Mettons que de temps en temps vous m'irritez un tout petit peu.

— Je m'en rends bien compte, dis-je. Mais je voudrais savoir pourquoi.

— Vous m'avez expliqué que l'amour n'est pas tout pour vous, dit Lewis avec une brusque volubilité. Soit : mais alors pourquoi exigez-vous qu'il soit tout pour moi ? Si j'ai envie de venir à New York, de voir des amis, ça vous fâche. Il faudrait que vous soyez seule à compter, que rien d'autre n'existe, que je vous subordonne toute ma vie alors que vous ne sacrifiez rien de la vôtre. Ce n'est pas juste !

Je gardais le silence. Il y avait bien de la mauvaise foi dans ces reproches, et bien de l'incohérence ; mais ce n'était pas la question. Pour la première fois de la soirée, j'entrevoyais une lueur : elle n'avait rien de rassurant.

— Vous vous trompez, murmurai-je. Je n'exige rien.

— Oh ! si ! Vous partez et vous revenez quand ça vous chante. Mais tant que vous êtes là, je dois vous assurer le parfait bonheur...

— C'est vous qui êtes injuste, dis-je. Ma voix s'étrangla dans ma gorge. Ça me sautait aux yeux soudain : Lewis m'en voulait parce que j'avais refusé de rester pour toujours avec lui. Ce séjour à New York, les projets faits avec Murray, c'était des représailles !

— Vous m'en voulez! dis-je. Pourquoi? rien n'est de ma faute, vous le savez bien.

— Je ne vous en veux pas. Je pense seulement qu'il ne faut pas demander plus qu'on ne donne.

— Vous m'en voulez! répétai-je. Je regardai Lewis avec désespoir : « Pourtant, quand nous avons parlé à Chichicastenango nous étions d'accord, vous me compreniez. Qu'est-ce qui s'est passé depuis?

— Rien, dit Lewis.

— Alors? Vous disiez que vous ne m'auriez pas tant aimée si j'avais été différente. Vous disiez que nous serions heureux... »

Lewis haussa les épaules :

— J'ai dit ce que vous vouliez que je dise.

De nouveau, j'eus l'impression de recevoir une gifle en plein visage. Je balbutiai : « Comment ça?

— Je voulais vous dire beaucoup d'autres choses ; mais vous vous êtes mise à pleurer de joie ; ça m'a fermé la bouche. »

Oui, je me rappelais. Les flammes grésillaient et j'avais les yeux pleins de larmes ; c'est vrai que je m'étais hâtée de pleurer de joie sur l'épaule de Lewis ; je lui avais forcé la main, c'est vrai.

— J'avais tellement peur! dis-je. J'avais tellement peur de perdre votre amour!

— Je sais. Vous aviez l'air terrorisée. Ça aussi ça m'a coupé la parole », dit Lewis. Il ajouta avec rancune : « Comme vous avez été soulagée quand vous avez compris que j'en passerais par où vous vouliez! Le reste vous était bien égal! »

Je me mordis la lèvre ; cette fois il ne fallait pas que je pleure, à aucun prix. Et pourtant c'était très affreux ce qui m'arrivait. Les flammes, les tapis, la pluie contre les vitres, Lewis dans son peignoir blanc : tous ces souvenirs étaient faux. Je me revoyais pleurant sur son épaule, nous étions unis à jamais : mais j'étais unie toute seule. Il avait raison : j'aurais dû me soucier de ce qui se passait dans sa tête, au lieu de me contenter des mots que je lui arrachais. J'avais été lâche, égoïste et lâc J'en étais bien punie. Je rassemblai tout mon courage ; maintenant, je ne pouvais plus me dérober.

— Qu'est-ce que vous auriez dit si je n'avais pas pleuré ? demandai-je.

— J'aurais dit qu'on ne peut pas aimer de la même manière quelqu'un qui est tout à vous et quelqu'un qui ne l'est pas.

Je me raidis et j'essayai de me défendre : « Vous avez dit juste le contraire : vous avez dit que si j'étais différente vous ne m'aimeriez pas tant.

— Ce n'est pas contradictoire », dit Lewis. Il haussa les épaules : « Ou alors, c'est que les sentiments peuvent se contredire. »

Inutile de discuter ; la logique n'avait rien à voir ici ; sans doute les sentiments de Lewis avaient d'abord été confus, et pour gagner du temps, il m'avait dit des mots apaisants ; ou peut-être était-ce après coup qu'il s'était mis à m'en vouloir. Peu importait. Aujourd'hui, il ne m'aimait plus de la même manière qu'avant : comment pourrais-je m'y résigner ? Le désespoir m'étouffait. Je continuai à parler, pour m'empêcher de penser :

— Vous ne m'aimez plus comme avant ?

Lewis hésita : « Je pense que l'amour est moins important que je ne l'avais cru.

— Je vois, dis-je. Puisque je dois repartir, que je

sois ici, que je n'y sois pas, ça ne fait pas tant de différence.

— Quelque chose comme ça », dit Lewis. Il me regarda et soudain sa voix changea : « Pourtant je vous ai tellement attendue ! dit-il avec émotion. Pendant toute l'année, je n'ai pensé à rien d'autre. Comme je vous ai désirée!

— Oui, dis-je tristement. Et maintenant... »

Lewis passa son bras autour de mes épaules : « Maintenant je vous désire encore.

— Oh! de cette façon-là, dis-je.

— Pas seulement de cette façon-là. » La main se crispa sur mon bras : « Je vous épouserais sur l'heure. »

Je baissai la tête. Je me rappelai l'étoile filante, au-dessus du lac. Il avait fait un vœu, ce vœu n'avait pas été exaucé ; moi qui m'étais promis de ne jamais le décevoir, je l'avais déçu irrémédiablement. J'étais la seule coupable. Jamais plus je ne pourrais lui en vouloir, de rien.

Nous n'avons plus parlé. Nous avons écouté un peu de jazz et nous sommes rentrés. Je n'ai pas dormi. Je me demandais avec angoisse si je réussirais à sauver notre amour ; il pouvait encore triompher de l'absence, de l'attente, de tout, mais à condition que nous le voulions tous les deux ; Lewis le voudrait-il ? « Pour l'instant, il hésite, me disais-je ; il tient à se garder des regrets, de la souffrance, du vague à l'âme : mais lui qui répugne à jeter un vieux peignoir, il ne se débarrassera pas si facilement de notre passé ; il est plus généreux qu'orgueilleux, me disais-je encore pour m'encourager ; il est plus avide que prudent, il souhaite que des choses lui arrivent. » Seulement je savais aussi quelle valeur il donnait à sa sécurité, à son indépen-

268

dance, et comme il se piquait de vivre avec mesure et raison. Ça peut paraître déraisonnable d'aimer à travers un océan. Oui, c'est là ce qui me semblait le plus redoutable chez Lewis : cette folie de sagesse qui le prend par à-coups. C'est elle que je devais combattre. Il fallait démontrer à Lewis qu'il avait plus à gagner qu'à perdre dans cette histoire. En prenant le petit déjeuner, j'attaquai :

— Lewis! j'ai pensé à nous toute la nuit.

— Vous auriez mieux fait de dormir.

Sa voix était amicale ; il avait l'air détendu ; ça l'avait sans doute soulagé de me dire ce qu'il avait sur le cœur.

— Vous m'avez dit hier que je vous irritais parce que je demande plus que je ne donne, dis-je. Oui, c'est un tort : je ne le ferai plus. Je prendrai ce que vous me donnerez et je n'exigerai jamais rien.

Lewis voulut m'interrompre, mais je continuai. D'abord nous irions chez Murray, c'était une affaire entendue. Et puis je ne voulais pas qu'il se croie astreint à cette fidélité que jusqu'ici il s'était imposée : en mon absence, il devait se sentir aussi libre que si je n'avais pas existé. Si jamais il était tenté d'aimer d'amour une autre femme, tant pis pour moi, je ne protesterais pas. Puisque notre histoire ne lui apportait pas tout ce qu'il aurait souhaité, au moins elle ne le priverait de rien.

— Alors, ne pensez plus que je vous ai tendu un piège, dis-je. Ne gâchez plus les choses pour le seul plaisir de les gâcher!

Lewis m'avait écoutée d'un air attentif, il secoua la tête :

— Ce n'est pas si simple que ça!

— Je sais, dis-je. Du moment qu'on aime, on n'est pas libre. Mais ce n'est tout de même pas pareil d'aimer quelqu'un qui se croit des droits sur vous ou quelqu'un qui ne s'en croit aucun.

— Oh! ça me serait bien égal qu'une femme se croie des droits sur moi si je ne lui en reconnaissais pas, dit Lewis. Il ajouta : « Ne parlons plus de tout ça. On ne fait qu'embrouiller les choses quand on en parle.

— On les embrouille aussi quand on se tait », dis-je. Je me penchai vers lui : « Il y a une chose que je veux vous demander : est-ce que vous regrettez de m'avoir rencontrée?

— Non, dit-il. Soyez tranquille. Jamais je ne le regretterai. »

Son accent me donna du courage :

— Lewis, nous nous reverrons, n'est-ce pas?

Il sourit :

— C'est ce qu'il y a de plus sûr au monde.

L'espoir me revint au cœur. Je savais que mon discours ne l'avait qu'à demi convaincu; et en fait, oui, c'était fallacieux de lui parler de liberté tout en lui demandant de ne pas me chasser de son cœur. « Mais il suffirait, me disais-je, qu'il ne se bute pas dans la rancune et je lui prouverais que notre amour peut être heureux. » Sans doute avais-je déjà touché en lui un point sensible, ou bien ses griefs s'étaient évanouis au moment où il les avait formulés : il m'a emmenée à Coney Island l'après-midi et il a été aussi gai, aussi tendre qu'aux plus beaux jours. Soudain, il avait mille choses à me raconter : sur la vie littéraire à New York, sur des gens, sur des livres; il parlait, il parlait comme si nous venions tout juste de nous

270

retrouver. Et si seulement il avait dit « Je vous aime »
j'aurais pu croire cette nuit-là que tout était exactement comme autrefois.

— Ça ne vous ennuie vraiment pas d'aller chez
Murray ? m'a-t-il demandé le lundi d'une voix un peu
hésitante.

— Pas du tout : ça m'amuse.

— Alors partons ce soir.

Je le regardai avec surprise :

— Je croyais que vous aviez encore beaucoup de
choses à faire ici ?

Lewis se mit à rire :

— Je ne les ferai pas.

Dès le lendemain matin nous buvions du café avec
les Murray dans un studio aux larges baies vitrées ;
la maison était à l'écart du village, perchée sur un
éperon rocheux, le bleu du ciel et le bruit de la mer
entraient par les fenêtres. Lewis parlait à perdre
haleine tout en se gavant de toasts beurrés : on aurait
cru, à voir son visage joyeux, qu'il réalisait enfin le
plus cher de ses rêves. Il fallait reconnaître que tout
était parfait : le site, le temps, le breakfast, le sourire
de nos hôtes ; pourtant je me sentais mal dans ma peau.
Malgré sa gentillesse, Ellen m'intimidait ; sa discrète
élégance, le charme de son intérieur, ses deux enfants
éblouissants de santé témoignaient qu'elle était une
jeune matrone accomplie : les femmes qui concertent
avec tant de bonheur tous les détails de leur existence
m'effraient toujours un peu. Et voilà que j'allais être
prise dans le réseau serré de cette vie où je n'avais
pas ma place : j'avais l'impression à la fois d'être
ligotée et de flotter à la dérive.

Le petit garçon avait huit ans, il s'appelait Dick :

271

il s'est tout de suite pris d'une grande amitié pour Lewis ; il nous a conduits par un sentier escarpé jusqu'à une petite crique, au pied des rochers. Lewis a passé la matinée à jouer au ballon avec lui dans l'eau et sur le sable. J'ai nagé, j'ai lu, je ne m'ennuyais pas mais je continuai à me demander : « Qu'est-ce que je fais ici ? » L'après-midi, Murray nous a promenés en auto le long de la côte ; Ellen ne nous a pas accompagnés. Quand nous sommes rentrés, nous sommes restés seuls un long moment Lewis et moi dans le studio, devant des verres de whisky ; j'ai réalisé soudain que ça nous arriverait souvent de rester seuls ensemble : Murray comptait passer ses journées devant sa machine à écrire et Ellen n'avait visiblement pas une minute à elle. Je bus une gorgée de whisky, je commençais à me sentir bien.

— Comme ce pays est beau ! dis-je. Et comme Murray est gentil ! Je suis contente.

— Oui, on est bien ici, dit Lewis.

La radio jouait une petite musique ancienne et pendant un moment nous l'avons écoutée en silence. La glace tintait dans nos verres, on entendait rire des enfants, une bonne odeur de pâtisserie se mélangeait à l'odeur de la mer.

— Voilà comment il faudrait vivre ! dit Lewis. Une maison à soi, une femme qu'on n'aime ni trop ni trop peu, des enfants.

— Vous pensez que c'est comme ça que Murray tient à Ellen ? Ni trop ni trop peu ? demandai-je avec curiosité.

— C'est évident, dit Lewis.

— Et elle ? comment l'aime-t-elle ?

Lewis sourit :

— Trop et trop peu, je suppose, comme toutes les femmes.

« Il m'en veut de nouveau », pensai-je avec un peu de tristesse. C'était sans doute à cause de ce petit rêve de bonheur familial qui venait de lui tr .erser la tête. Je demandai :

— Vous croyez que vous seriez heureux comme ça ?

— Du moins je ne serais jamais malheureux.

— Ce n'est pas sûr. Il y a des gens que ça rend malheureux de ne pas se sentir heureux : je crois bien que vous en êtes.

Lewis sourit : « Peut-être », dit-il. Il réfléchit :

— Tout de même, j'envie Murray d'avoir des enfants. On se fatigue de vivre toujours seul, pour soi seul, ça finit par paraître très vain. J'aimerais des enfants.

— Eh bien, un jour, vous vous marierez et vous aurez des enfants, dis-je.

Lewis me regarda d'un air hésitant : « Ça ne sera ni demain ni après-demain, dit-il. Mais plus tard, dans quelques années, pourquoi pas ? »

Je lui souris :

— Oui, dis-je. Pourquoi pas ? Dans quelques années...

C'était tout ce que je demandais : quelques années ; pour les serments d'éternité, j'habitais trop loin, j'étais trop âgée ; il fallait seulement que notre amour vécût assez longtemps pour s'éteindre avec douceur, en nous laissant au cœur des souvenirs sans tache et une amitié qui n'en finirait pas.

Le dîner fut si généreux et Murray si cordial que j'achevai de m'acclimater. J'étais d'humeur accueillante quand, au café, des gens se sont amenés. En ce début de saison il y avait encore peu d'estivants à Rockport, ils se connaissaient tous, et ils étaient avides

de voir de nouveaux visages ; on nous a fait fête. Lewis
s'est vite retiré de la conversation, il a aidé Ellen à
fabriquer les sandwiches et à secouer les cocktails.
Moi j'ai fait de mon mieux pour répondre à toutes les
questions dont on m'accablait. Murray a amorcé une
discussion sur les rapports de la psychanalyse et du
marxisme ; là-dessus j'en savais plus long que les autres,
et comme il me poussait, j'ai beaucoup parlé. Quand
nous nous sommes retrouvés dans notre chambre,
Lewis m'a dévisagée d'un air intrigué.

— Je vais finir par croire qu'il y a un cerveau dans
ce petit crâne! m'a-t-il dit.

— C'était bien imité, n'est-ce pas ? dis-je.

— Non : vous avez vraiment un cerveau, dit Lewis.
Il continuait à me regarder et il y avait un peu de
reproche dans ses yeux : « C'est drôle ; jamais je ne
pense à vous comme à une femme de tête. Pour moi
vous êtes tellement autre chose!

— Avec vous, je me sens tellement autre chose! »
dis-je en venant dans ses bras.

Comme il m'a serrée fort! Ah! soudain aucune
question ne se posait plus. Il était là, ça suffisait. J'avais
ses jambes emmêlées aux miennes, son souffle, son odeur,
ses mains violentes sur mon corps, il disait : « Anne! »
avec sa voix d'autrefois, et comme autrefois son sourire
me donnait son cœur avec sa chair.

Quand nous nous sommes réveillés, le ciel et la mer
étincelaient. Nous avons emprunté les bicyclettes des
Murray et nous avons été au village ; nous nous sommes
promenés sur le pont, nous avons passé un long moment
à regarder les barques, les pêcheurs, les filets, les
poissons ; je respirais la fraîche odeur de marée, le
soleil me caressait, Lewis tenait mon bras, il riait.

Je dis avec élan : « La belle matinée!

— Pauvre petite Gauloise, dit Lewis d'une voix tendre. Comme il lui en faut peu pour se croire au paradis!

— Le ciel, la mer, l'homme que j'aime : ça n'est pas si peu. »

Il serra mon bras : « Allez! vous n'êtes pas bien exigeante.

— Je me contente de ce que j'ai, dis-je.

— Vous avez raison, dit Lewis. Il faut se contenter de ce qu'on a. »

Le ciel est devenu encore plus bleu, le soleil plus chaud, et j'ai entendu en moi-même un grand carillon joyeux. « J'ai gagné! » me dis-je. J'avais eu raison d'accepter de venir ici. Lewis se sentait libre, il comprenait que mon amour ne le privait de rien. Sur la plage, il joua de nouveau avec Dick pendant une partie de l'après-midi et j'admirai sa patience. Depuis longtemps je ne l'avais pas vu si détendu. Murray nous emmena chez des amis, après le dîner, et cette fois Lewis n'essaya pas de se tenir à l'écart : il se dépensa avec exubérance. Décidément, il n'aurait jamais fini de m'étonner ; je ne croyais pas qu'en société il pût être brillant : il l'était. Il raconta notre voyage avec des raccourcis si habiles et un tel bonheur d'invention que son Guatemala était plus vrai que le vrai ; tout le monde avait envie d'y aller. Quand il mima les petits Indiens trottant sous leurs fardeaux, des femmes s'exclamèrent :

— Vous seriez un acteur merveilleux!

— Comme il raconte bien!

Lewis s'arrêta net : « Quelle patience vous avez! » dit-il en souriant. Il ajouta : « Moi je déteste les récits de voyage.

275

— Oh! continuez, dit une blonde.

— Non, j'ai fini mon numéro », dit-il en marchant vers le buffet. Il a vidé un grand verre de manhattan pendant que de belles filles aux épaules dorées et des femmes moins belles au yeux chargés d'âme s'empressaient autour de lui. Ça me vexa un peu de constater qu'il plaisait aux femmes. Je croyais qu'il m'avait subtilement séduite par son absence de séduction : et je découvrais qu'il était séduisant. De toute façon, ce qu'il était pour moi, il ne l'était pour personne d'autre. « Pour moi seule il est unique », pensais-je avec une espèce de fierté.

J'ai bu moi aussi, j'ai dansé, j'ai causé avec un guitariste qu'on venait de vider de la radio pour idées avancées, et puis avec des musiciens, des peintres, des intellectuels, des littérateurs. Rockport, l'été, c'est une annexe de Greenwich Village, c'est plein d'artistes. Soudain je m'avisai que Lewis avait disparu. Je demandai à Murray :

— Où est passé Lewis ?

— Je ne sais pas du tout, m'a dit Murray de sa voix placide.

J'ai senti une petite angoisse au cœur : avait-il été faire un tour dans le jardin avec une de ses belles admiratrices ? En ce cas, il ne serait pas très content de me voir apparaître : tant pis ! Je jetai un coup d'œil dans le hall, dans la cuisine, et je sortis de la maison. On n'entendait que le chant patient des sauterelles. Je fis quelques pas et j'aperçus la braise d'une cigarette ; Lewis était assis sur une chaise de jardin, seul.

— Qu'est-ce que vous faites là ? demandai-je.

— Je me repose.

Je souris : « J'ai cru que ces femelles allaient vous manger vif.

— Vous savez ce qu'il faudrait faire ? dit Lewis d'un ton vindicatif. On les embarquerait sur un bateau, on les jetterait toutes à la mer et on ramènerait à la place une cargaison de petites Indiennes. Vous vous rappelez les petites Indiennes de Chichicastenango, sagement assises par terre aux pieds de leurs maris : comme elles étaient silencieuses ; et elles avaient des visages qui ne bougeaient pas.

— Je me rappelle.

— Elles ont toujours leurs jolies figures, leurs nattes noires : et nous ne les reverrons jamais », dit Lewis. Il soupira : « Comme c'est loin tout ça ! »

Il y avait la même nostalgie dans sa voix que lorsque, dans la jungle de Chichen-Itza, il me parlait de la maison de Chicago. « Si je deviens un souvenir dans son cœur, il pensera à moi avec cette tendresse », pensais-je. Mais je ne voulais pas devenir un souvenir.

— Peut-être nous retournerons voir les petites Indiennes, un jour.

— Je crois bien que non, dit Lewis. Il se leva : « Venez vous promener. La nuit sent si bon.

— Il faut revenir chez ces gens, Lewis. Ils vont remarquer notre absence.

— Et après ? Je n'ai rien à leur dire ni eux à moi.

— Mais ce sont des amis des Murray : ça ne serait pas gentil de disparaître comme ça. »

Lewis soupira : « Que j'aimerais une petite épouse indienne qui me suivrait sans protester partout où je voudrais ! »

Nous avons regagné la maison. Lewis n'était plus du tout gai. Il a beaucoup bu et il ne répondait plus que

277

par des grognements aux questions qu'on lui posait. Il s'est assis à côté de moi et il a écouté la conversation d'un air de blâme. J'ai dit à Murray qu'en France beaucoup d'écrivains se demandaient quel sens ça gardait aujourd'hui, d'écrire. Là-dessus tout le monde s'est mis à discuter avec passion. Le visage de Lewis est devenu de plus en plus sombre. Il déteste les théories, les systèmes, les généralisations. Je sais bien pourquoi : pour lui une idée n'est pas un assemblage de mots, c'est quelque chose de vivant ; celles qu'il accueille, elles bougent en lui, elles dérangent tout, il est obligé de faire un dur travail pour remettre de l'ordre dans sa tête : alors ça l'effraie un peu ; dans ce domaine aussi, il a le goût de la sécurité, il déteste se sentir perdu ; souvent il se ferme. Visiblement il se fermait. Et à un moment il a explosé :

— Pourquoi écrit-on ? pour qui écrit-on ? Si on commence à se demander ça, on n'écrit plus ! On écrit c'est tout, et des gens vous lisent. On écrit pour les gens qui vous lisent. Ce sont les écrivains que personne ne lit qui se posent ces questions-là !

Ça a jeté un froid. D'autant plus qu'en effet il y avait là pas mal d'écrivains que personne ne lisait ni ne lirait jamais. Heureusement Murray a arrangé les choses. Lewis est rentré dans sa coquille. Un quart d'heure après, nous avons pris congé.

Toute la journée qui suivit, Lewis fut maussade ; quand Dick s'amena sur la plage, revolvers aux poings, en poussant des cris, il le regarda d'un œil noir ; c'est la rage au cœur qu'il lui donna une leçon de boxe et qu'il l'emmena nager. Le soir pendant que je causais avec Ellen et Murray, il s'absorba dans la lecture des journaux. Je savais que Murray ne se frapperait pas pour si peu, mais j'étais ennuyée à cause d'Ellen. « Il a trop bu hier soir, demain il sera mieux luné », me dis-je avec espoir en m'endormant.

Je me trompais. Le lendemain matin Lewis ne m'adressa pas un sourire. Ellen fut touchée parce qu'il lui ôta l'aspirateur des mains et qu'il nettoya la maison de la cave au grenier : mais cette rage ménagère était suspecte. Lewis faisait le silence en lui : que fuyait-il? Il s'est montré relativement aimable pendant le déjeuner, mais aussitôt seul avec moi sur la plage il m'a dit d'une voix violente :

— Si ce sale morpion vient encore m'emmerder, je lui tords le cou.

— C'est bien votre faute! dis-je avec irritation. Vous n'aviez qu'à ne pas être si gentil avec lui le premier jour.

— Le premier jour, je me laisse toujours avoir, dit Lewis d'une voix chargée de rancune.

— Oui : mais les autres sont, eux aussi, dis-je vivement. Il faut que vous teniez compte de ça.

Des cailloux ont roulé au-dessus de nos têtes, Dick dévalait le sentier ; il portait un pantalon à carreaux noirs et blancs, une chemise immaculée et une ceinture de cow-boy ; il a couru vers Lewis :

— Pourquoi tu es venu ici? je t'attendais là-haut. Tu as dit hier qu'après déjeuner on irait se promener à bicyclette.

— Je n'ai pas envie d'aller me promener, dit Lewis.

Dick le regarda avec reproche : « Hier tu as dit : on ira demain. Demain, c'est aujourd'hui.

— Si c'est aujourd'hui, ce n'est pas demain, dit Lewis. Qu'est-ce qu'on t'apprend à l'école? Demain, c'est demain. »

Dick ouvrit la bouche d'un air malheureux ; il saisit le bras de Lewis : « Allons! Viens! » dit-il.

Lewis dégagea son bras d'un geste brusque : c'est à peu près cette tête-là qu'il avait eue le jour où il avait donné un coup de pied à un dragon de pierre. Je posai ma main sur l'épaule de Dick :

— Écoute, moi je vais t'emmener promener à bicyclette. On ira au village : on regardera les bateaux et on mangera des glaces.

Dick me considéra sans enthousiasme : « Il a promis de venir, dit-il en désignant Lewis.

— Il est fatigué. »

Dick se tourna vers Lewis : « Tu restes ici ? tu vas te baigner ?

— Je ne sais pas, dit Lewis.

— Je reste avec toi : on va boxer, dit Dick. Et puis on nagera... »

Il levait de nouveau vers Lewis un visage confiant.

— Non! dit Lewis.

J'appuyai ma main sur l'épaule de Dick : « Viens, dis-je. Il faut le laisser. Il a des choses à penser dans sa tête. Moi je dois aller à Rockport et je m'ennuierais toute seule : accompagne-moi. Tu me raconteras des histoires. Et je t'achèterai des illustrés, je t'achèterai tout ce que tu voudras! » dis-je avec l'énergie du désespoir.

Dick tourna le dos à Lewis et se mit à remonter le sentier. J'étais furieuse contre Lewis : on ne se conduit pas comme ça avec un môme! Par-dessus le marché ça ne m'amusait pas de m'occuper de Dick. Heureusement, par profession, je sais mettre un enfant en confiance ; il s'est bientôt déridé. Nous avons fait une course de bicyclettes où je me suis laissé battre de justesse ; j'ai gavé Dick de glaces au cassis, nous sommes montés sur une barque de pêche, enfin j'ai fait tant et si bien qu'il n'a pas voulu me lâcher avant l'heure du dîner.

— Eh bien, vous pouvez me dire merci, dis-je à Lewis en entrant dans la chambre. Je vous en ai débarrassé de ce môme. J'ajoutai : « Vous avez été infect avec lui.

— C'est lui qui peut vous remercier, dit Lewis. Une minute de plus, et je lui brisais les os. »

Il était couché sur son lit dans son vieux pantalon de toile et sa chemisette à manches courtes, et il fumait en regardant le plafond. Je pensais avec rancune qu'il aurait vraiment dû me remercier. J'ôtai ma robe de plage et je commençai à me recoiffer : « Il est temps de vous habiller, dis-je.

— Je suis habillé, dit Lewis. Vous ne voyez pas que j'ai des vêtements sur le corps ? J'ai l'air nu ?

— Vous ne comptez pas descendre comme ça, non ?

— J'y compte très bien. Je ne vois pas pourquoi il faudrait changer de costume sous prétexte que le soleil s'est couché.

— Murray et Ellen le font, et vous êtes chez eux, dis-je. Par-dessus le marché il y aura des gens à dîner.

— Encore! dit Lewis. Je ne suis pas venu ici pour y retrouver la vie idiote de New York.

— Vous n'êtes pas venu ici pour être déplaisant avec tout le monde! dis-je. Déjà hier soir, Ellen commençait à vous regarder d'un drôle d'air. » Je m'arrêtai brusquement : « Oh! et puis après tout je m'en fous! dis-je. Faites ce que vous voulez! »

Lewis finit par s'habiller, en maugréant. « C'est lui qui m'a imposé ce séjour, et maintenant il fait

281

exprès de le rendre insupportable », me dis-je avec
colère. Moi, je faisais de mon mieux, et lui il gâchait
tout. Je décidai que ce soir je ne m'occuperais pas
de lui, c'était trop fatigant d'épier sans cesse ses
humeurs.

Je fis ce que je m'étais promis : je causai avec tout
le monde, et j'ignorai Lewis. Dans l'ensemble, je trouvai
les amis de Murray sympathiques : je passai une bonne
soirée. Vers minuit, presque tous les invités sont
partis, Ellen s'est retirée, Lewis aussi ; je suis restée
avec Murray, le guitariste et deux autres types et on
a continué à parler jusqu'à trois heures du matin.
Quand je suis entrée dans notre chambre, Lewis a
allumé, il s'est dressé dans son lit :

— Alors ? Vous avez fini de faire du bruit avec
votre bouche ? Je ne pensais pas qu'une femme pût
faire tant de bruit à elle toute seule, excepté peut-
être Mme Roosevelt.

— J'aime beaucoup causer avec Murray, dis-je en
commençant à me déshabiller.

— C'est bien ce que je vous reproche ! dit Lewis.
Sa voix se monta : « Des théories, toujours des théories ! ce n'est pas à coup de théories qu'on fait de
bons livres ! Il y a des gens qui expliquent comment
faire des livres, et d'autres qui les font : ce ne sont
jamais les mêmes.

— Murray ne prétend pas être un romancier ; c'est
un critique ; un excellent critique, vous le reconnaissez vous-même.

— C'est un grand bavard ! Et vous êtes là, à l'écouter, avec des sourires intelligents ! Ça donne envie de
vous cogner la tête contre un mur pour y remettre
un peu de bon sens ! »

Je me glissai dans mon lit : « Bonne nuit », dis-je. Il éteignit sans répondre.

Je gardai les yeux ouverts. Je n'étais même plus en colère : je n'y comprenais rien! Ces réunions ennuyaient Lewis, soit, mais enfin toute la journée on nous fichait une paix royale et pour de vrai Murray n'avait rien d'un pédant ; jusqu'ici Lewis aussi avait pris plaisir à sa conversation. Pourquoi cette brusque hostilité ? Sans aucun doute, c'est moi que Lewis visait quand il choisissait de nous gâcher ce séjour ; ses rancunes étaient demeurées vivaces : mais alors il aurait dû me réserver ses mauvaises humeurs. Il fallait qu'il fût fâché contre lui-même pour s'en prendre comme ça au monde entier ; peut-être se reprochait-il ces moments où il avait paru me rendre toute sa tendresse : cette idée me fut si insupportable que je voulus l'appeler, lui parler. Mais ma voix se brisa contre mes dents. J'entendais son souffle égal, il dormait, je n'avais pas le cœur de le réveiller. C'est émouvant un homme qui dort, c'est tellement innocent : tout devient possible ; tout peut commencer, ou recommencer à neuf. Il ouvrirait les yeux, il dirait : « Je vous aime, ma petite Gauloise. » Et justement, non, il ne le dirait pas, cette innocence n'était qu'un mirage : demain serait semblable à aujourd'hui. « Est-ce qu'il n'y a aucun moyen d'en sortir ? » me demandai-je avec désespoir. J'eus un sursaut de révolte. « Que veut-il ? Que fera-t-il ? Que pense-t-il ? » J'étais là, à me torturer de questions, pendant qu'il reposait tranquillement, loin de ses pensées : c'était trop injuste! J'essayai de faire le vide en moi, mais non, je ne pouvais pas dormir. Je me levai sans bruit. Dick m'avait empêchée de me baigner cet après-midi et j'avais envie soudain de la fraîcheur de l'eau. J'ai enfilé mon costume de bain, ma robe de plage, j'ai pris le vieux peignoir de Lewis et je suis descendue pieds nus à travers la maison endormie. Comme la nuit était vaste! J'ai mis mes espadrilles, j'ai couru jusqu'à la plage et je me suis couchée sur le sable. Il faisait très doux, j'ai fermé les yeux sous les étoiles, et le ronronnement de l'eau m'a endormie. Quand je me suis réveillée, un gros astre rouge émergeait de l'eau; c'était le quatrième jour de la Création : le soleil venait de naître, la souffrance des bêtes et des hommes n'avait pas encore été inventée. Je me suis mélangée à la mer; couchée sur le dos, je flottais, les yeux pleins de ciel, et je ne pesais plus rien.

— Anne.

J'ai fait face à la côte : une terre habitée, un homme qui appelait, c'était Lewis en pantalon de pyjama, le torse nu; je retrouvai le poids de mon corps et je nageai vers lui : « Me voilà! »

Il marcha à ma rencontre, l'eau lui montait jusqu'aux genoux quand il me saisit dans ses bras :

— Anne! répétait-il. Anne!

— Vous allez être tout mouillé! Laissez-moi me sécher, dis-je en l'entraînant vers la plage.

Il ne desserra pas son étreinte : « Anne! comme j'ai eu peur!

— Je vous ai fait peur? c'est bien mon tour!

— J'ai ouvert les yeux, le lit était vide et vous ne reveniez pas. Je suis descendu, vous n'étiez nulle part dans la maison. Je suis venu ici et d'abord je ne vous ai pas vue...

— Vous n'avez tout de même pas cru que je m'étais noyée? dis-je.

— Je ne sais pas ce que je croyais. C'était comme un cauchemar! » dit Lewis.

Je ramassai le peignoir blanc : « Frictionnez-moi ; et séchez-vous. »

Il obéit et j'enfilai ma robe ; il s'enveloppa du peignoir : « Asseyez-vous près de moi! » demanda-t-il.

Je m'assis et de nouveau il m'enlaça : « Vous êtes là! je ne vous ai pas perdue. »

Je dis dans un élan : « Jamais vous ne me perdrez par ma faute. »

Pendant un long moment il caressa mes cheveux en silence ; brusquement il dit : « Anne! Rentrons à Chicago! »

Un soleil s'est levé dans mon cœur, plus éclatant que celui qui montait dans le ciel :

— J'aimerais bien!

— Rentrons, dit-il. J'ai tellement envie d'être seul avec vous! Le soir même de notre arrivée j'ai compris quelle sottise j'avais faite!

— Lewis! j'aimerais tant me retrouver seule avec vous! dis-je. Je lui souris : « C'est ça qui vous a mis de si mauvaise humeur. Vous regrettiez d'être venu ici? »

Lewis hocha la tête : « Je me sentais pris au piège ; je ne voyais aucun moyen de m'en sortir : c'était terrible!

— Et maintenant vous voyez un moyen? » demandai-je.

Lewis me regarda d'un air inspiré : « Ils dorment : faisons nos valises et sauvons-nous. »

Je souris : « Essayez plutôt de vous expliquer avec Murray, dis-je. Il comprendra.

— Et s'il ne comprend pas, tant pis », dit Lewis.

Je le regardai avec un peu d'inquiétude : « Lewis!

285

vous êtes tout à fait sûr que vous voulez rentrer ? ce n'est pas un caprice ? Vous ne le regretterez pas ? »

Lewis eut un petit sourire : « Je sais très bien quand j'agis par caprice, dit-il. Je vous jure sur votre tête que ça n'en est pas un. »

De nouveau je cherchai ses yeux : « Et quand nous aurons retrouvé notre maison, pensez-vous que nous retrouverons tout le reste ? ça sera juste comme l'année dernière ? ou presque ?

— Juste comme l'année dernière », dit Lewis d'une voix grave. Il prit ma tête entre ses mains et me regarda longtemps : « J'ai essayé de moins vous aimer : je n'ai pas pu.

— Ah ! n'essayez plus, dis-je.

— Je n'essaierai plus. »

Je ne sais trop ce que Lewis lui a raconté, mais Murray était souriant quand il nous a accompagnés à l'aérodrome le lendemain soir. Lewis n'avait pas menti : à Chicago, tout m'a été rendu. Quand nous nous sommes quittés au coin de l'avenue, il m'a serrée dans ses bras en disant : « Je ne vous ai jamais tant aimée. »

CHAPITRE IX

La secrétaire ouvrit la porte : « Un pneumatique.
— Merci », dit Henri en saisissant le papier bleu.
Il pensa : « Paule s'est tuée. » Mardrus avait beau
lui affirmer qu'elle ne nourrissait aucune idée de
suicide et qu'elle était presque guérie, il y avait à présent quelque chose de maléfique dans la sonnerie du
téléphone, et surtout dans les pneumatiques. Il fut
soulagé en déchiffrant la signature de Lucie Belhomme :
« Il faut que je vous voie d'urgence ; passez chez moi
demain matin. » Il relut avec perplexité le message
impérieux. Jamais Lucie n'avait pris ce ton avec lui.
Josette se portait à merveille, elle était enchantée
du rôle qu'elle tournait dans « la Belle Suzon », elle
allait danser cette nuit au gala des dentelles dans
une grande robe signée Amaryllis ; Henri ne voyait
vraiment pas ce que lui voulait Lucie. Il enfouit le
pneumatique dans sa poche : sûrement un emmer-
dement en perspective, mais un de plus, un de moins,
quelle importance ? Sa pensée revint à Paule et il
tendit la main vers le téléphone, mais il la laissa retomber : « Mlle Mareuil va très bien » ; la réponse ne
variait jamais, ni l'intonation glacée de l'infirmière.

On lui avait interdit de voir Paule, c'était lui qui l'avait rendue folle, ils étaient tous d'accord là-dessus : tant mieux ; ils lui épargnaient la corvée de s'accuser lui-même. Ça faisait si longtemps que Paule lui avait infligé le rôle de bourreau que ses remords s'étaient figés dans une espèce de tétanos : il ne les ressentait plus. D'ailleurs, depuis qu'il avait compris qu'on a toujours tort, quoi qu'on fasse, et surtout si on a cru bien faire, il avait le cœur drôlement léger. Il avalait comme du lait chaud sa ration quotidienne d'insultes.

— J'arrive le premier ? dit Luc.

— Comme tu vois.

Luc se laissa tomber sur une chaise ; il faisait exprès de s'amener en bras de chemise et en chaussons parce qu'il savait que Trarieux détestait le laisser-aller.

— Dis donc, qu'est-ce qu'on fait si Lambert nous lâche ? dit-il.

— Il ne nous lâchera pas, dit Henri vivement.

— Il est cent pour cent pour Volange, dit Luc. Je suis sûr que c'est pour ça que Samazelle a proposé ces articles : pour décider Lambert à nous mettre en minorité.

— Lambert m'a promis sa voix ; dit Henri.

Luc soupira : « Je me demande quel jeu il joue, ce petit zazou ; moi à sa place, j'aurais plaqué depuis longtemps.

— Je suppose qu'un de ces jours il s'en ira, dit Henri ; mais il ne fera pas le jeu des autres ; j'ai tenu mes engagements, il tient les siens. »

Henri s'était fait une règle de défendre Lambert contre Luc et Luc contre Lambert en toute occasion ; mais le fait est que la situation était équivoque ;

Lambert n'allait pas continuer indéfiniment à voter contre ses convictions.

— Silence! voilà l'ennemi! dit Luc.

Trarieux entra le premier, suivi de Samazelle et de Lambert dont le visage était maussade ; personne ne souriait, sauf Luc. Lui seul s'amusait de cette guerre d'usure où personne ne s'était encore usé.

— Avant de discuter la question qui nous réunit aujourd'hui, je voudrais faire un appel à la bonne volonté de chacun, dit Trarieux en fixant sur Henri un regard insistant. Nous sommes tous attachés à *L'Espoir*, reprit-il d'une voix chaude, et pourtant, faute d'entente, nous sommes en train de le conduire à la faillite. Un jour Samazelle dit blanc, le lendemain Perron dit noir : le lecteur s'y perd et achète un autre journal. Il faut de toute urgence que par-delà nos dissensions nous établissions une plate-forme commune.

Henri secoua la tête : « Pour la centième fois, je répète que je ne ferai aucune concession ; vous n'avez qu'à renoncer à me contrer. Je maintiens *L'Espoir* dans la ligne qui a toujours été la sienne.

— C'est une ligne que l'échec du S. R. L. a condamnée et qui est devenue anachronique, dit Samazelle. Plus question aujourd'hui de rester neutre en face des communistes ; il faut être décidément pour ou contre. » Il essaya sans conviction son rire jovial : « Étant donné la manière dont ils vous traitent, je m'étonne que vous vous entêtiez à les ménager.

— Je m'étonne que des hommes qui se disaient de gauche soutiennent le parti des capitalistes, des militaires et des curés, dit Henri.

— Distinguons, dit Samazelle ; toute ma vie j'ai lutté contre le militarisme, contre l'Église et contre

289

le capitalisme. Mais il faut reconnaître que de Gaulle est bien autre chose qu'un militaire, l'appui de l'Église est aujourd'hui nécessaire pour défendre les valeurs auxquelles nous tenons ; et le gaullisme peut être un régime anticapitaliste si des hommes de gauche en prennent les commandes.

— Il vaut mieux entendre ça que d'être sourd, dit Henri ; mais c'est tout juste!

— Je crois pourtant qu'il serait de votre intérêt de chercher avec nous un terrain d'entente, dit Trarieux. Parce qu'enfin, il pourrait vous arriver d'être mis en minorité.

— Ça m'étonnerait », dit Henri ; il fit un léger sourire à Lambert qui ne sourit pas ; évidemment, sa loyauté lui pesait et il tenait à le marquer : « En tout cas, si ça m'arrivait, je démissionnerais, dit Henri, mais je n'accepterais pas de compromis. » Il ajouta avec impatience : « Inutile de discuter jusqu'à demain ; nous avons une décision à prendre, prenons-la. Quant à moi je refuse catégoriquement de publier les articles de Volange.

— Moi aussi », dit Luc.

Tous les regards s'étaient tournés vers Lambert qui dit sans lever les yeux : « Leur publication ne me paraît pas opportune.

— Mais vous les trouvez excellents! dit Samazelle avec éclat. Vous vous laissez intimider!

— Je viens de dire que leur publication ne me paraît pas opportune, c'est clair, non? dit Lambert avec hauteur.

— Vous espériez nous noyauter? Vous avez manqué votre coup », dit Luc d'un ton goguenard.

Trarieux se leva brusquement et il foudroya Henri

du regard : « Un de ces matins, *L'Espoir* fera faillite. Ça sera la récompense de votre entêtement! »

Il marcha vers la porte ; Samazelle et Luc sortirent derrière lui.

— Je peux te parler? demanda Lambert d'une voix morne.

— J'allais te poser la même question, dit Henri. Il sentait sur ses lèvres un sourire faux. Ça faisait des mois, ça faisait même une année qu'il n'avait pas eu avec Lambert de conversation vraiment amicale ; ce n'était pas faute d'avoir essayé, mais Lambert boudait ; Henri ne savait plus comment lui parler.

— Je sais ce que tu vas me dire, dit-il. Tu trouves que la situation n'est plus tenable?

— Elle ne l'est plus, dit Lambert. Il regarda Henri avec reproche : « Tu as le droit de ne pas aimer de Gaulle, mais tu pourrais observer à son égard une neutralité bienveillante. Dans ces articles que tu as refusés, Volange dissociait lumineusement l'idée de gaullisme et celle de réaction.

— Dissocier les idées, c'est un jeu d'enfant! » dit Henri. Il ajouta : « Alors, tu veux revendre tes parts.

— Oui.

— Et tu travailleras aux *Beaux Jours* avec Volange?

— Exactement.

— Tant pis! » dit Henri. Il haussa les épaules : « Tu vois, j'avais bien raison. Volange prêchait l'abstention : mais il guettait son heure. Il a eu vite fait de se jeter dans la politique.

— C'est votre faute, dit Lambert vivement. Vous avez mis la politique partout! Si on peut empêcher que le monde soit entièrement politisé, on est obligé de faire de la politique.

291

— De toute façon vous n'empêcherez rien! dit Henri. Enfin, c'est inutile de discuter : on ne parle plus le même langage, ajouta-t-il. Revends tes parts. Seulement ça pose un problème. Si nous nous les partageons tous les quatre, la situation redevient celle que tu m'as aidé à éviter. Il faudrait s'entendre Luc, toi et moi, sur un type susceptible de les racheter.

— Choisis qui tu veux, ça m'est bien égal, dit Lambert. Tâche seulement de trouver vite ; ce que j'ai fait aujourd'hui, je ne veux pas avoir à le recommencer.

— Je vais chercher ; mais laisse-moi le temps de me retourner, dit Henri. On ne te remplace pas comme ça. »

Il avait jeté ces derniers mots au hasard, mais Lambert parut touché ; il se blessait pour des phrases innocentes et il lui arrivait de prêter de la chaleur à des mots indifférents.

— Puisqu'on ne parle plus le même langage, le premier venu vaut mieux que moi, dit-il d'une voix boudeuse.

— Tu sais bien qu'à côté des idées d'un type, il y a le type lui-même, dit Henri.

— Je sais, c'est ce qui complique les choses, dit Lambert. Toi et tes idées, ça fait deux. Il se leva : « Tu viens avec moi au festival Lenoir ?

— On ferait peut-être mieux d'aller au cinéma, dit Henri.

— Ah non! je ne veux pas manquer ça.

— Eh bien, passe me prendre à huit heures et demie. »

Les journaux communistes avaient annoncé la lecture du chef-d'œuvre en quatre actes et six tableaux où Lenoir « conciliait les exigences de pureté de la poésie avec le souci de délivrer aux hommes un message largement humain ». Au nom du vieux groupe parahumain, Julien se proposait de saboter cette séance. Dans les articles publiés par Lenoir depuis sa conversion, il y avait un fanatisme si servile, il avait fait le procès de son passé et de ses amis avec un zèle si haineux qu'Henri envisageait sans déplaisir de le voir mettre en boîte. Et puis c'était une manière comme une autre de tuer cette soirée : depuis la maladie de Paule, il supportait mal la solitude. Par-dessus le marché il y avait le pneumatique de Lucie Belhomme qui l'intriguait désagréablement.

La salle était comble ; l'intelligentsia communiste était rassemblée au grand complet : la vieille garde, et quantité de nouvelles recrues ; un an plus tôt beaucoup de ces néophytes dénonçaient avec indignation les erreurs et les fautes des communistes ; et puis soudain en novembre, ils avaient compris ; ils avaient compris que ça pouvait servir d'être du parti. Henri descendit l'allée centrale à la recherche d'une place et sur son passage les visages se chargeaient de mépris haineux. Pour ça, Samazelle avait raison : ils ne lui savaient aucun gré de son honnêteté. Toute l'année il s'était échiné à défendre *L'Espoir* contre les pressions gaullistes, il avait pris parti avec violence contre la guerre d'Indochine, contre l'arrestation des députés malgaches, contre le plan Marshall : somme toute, il avait soutenu exactement leurs points de vue. Ça n'empêchait pas qu'on le traitât de faussaire et de vendu. Il s'avança jusqu'aux premiers rangs. Scriassine ébaucha un sourire, mais les jeunes gens groupés autour de Julien regardèrent Henri avec hostilité. Il revint sur ses pas et s'assit au fond de la salle sur une marche d'escalier.

— Je dois être un type dans le genre de Cyrano de Bergerac, dit-il. Je n'ai que des ennemis.

— C'est bien ta faute, dit Lambert.

— Ça coûte vraiment trop cher de se faire des amis.

Il avait aimé la camaraderie, le travail d'équipe : mais c'était en un autre temps, dans un autre monde ; au jour d'aujourd'hui, autant être radicalement seul ; comme ça on n'avait rien à perdre ; pas grand-chose à gagner non plus, mais qui gagne quoi, sur cette terre ?

— Vise la petite Bizet, dit Lambert. Elle a vite attrapé le genre maison.

— Oui, un beau type de militante, dit Henri gaiement.

Quatre mois plus tôt, il lui avait refusé un reportage sur les problèmes allemands et elle avait pleurniché : « Décidément, pour réussir dans le journalisme, il faut se vendre au *Figaro* ou à *L'Humanité*. » Elle avait ajouté : « Je ne peux tout de même pas porter ces papiers à *L'Enclume*. » Et puis au bout d'une semaine, elle avait téléphoné : « J'ai tout de même porté ces papiers à *L'Enclume*. » Et maintenant elle y écrivait chaque semaine, et Lachaume citait avec émotion : « Notre chère Marie-Ange Bizet. » Souliers plats, mal maquillée, elle remontait l'allée centrale en serrant des mains, d'un air important. Elle passa devant Henri qui se leva et la saisit par le bras : « Bonjour !

— Bonjour », dit-elle sans sourire. Elle voulut se dégager.

— Tu es bien pressée : c'est le parti qui t'interdit de me parler ?

— Je ne pense pas que nous ayons grand-chose à nous dire, dit Marie-Ange dont la voix puérile était devenue acide.

— Laisse-moi tout de même te féliciter : tu fais ton chemin.

— J'ai surtout l'impression de faire du travail utile.

— Bravo! tu as déjà toutes les vertus communistes!

— J'espère avoir perdu quelques défauts bourgeois.

Elle s'éloigna avec dignité et à cet instant des applaudissements éclatèrent. Lenoir montait sur l'estrade, il s'asseyait devant la table pendant qu'une claque disciplinée mimait l'enthousiasme. Il disposa des feuillets sur le tapis et se mit à lire une espèce de manifeste ; il lisait d'une voix hachée, en prenant sur chaque mot un élan désespéré, comme s'il avait vu s'ouvrir entre les syllabes des crevasses vertigineuses ; visiblement, il se faisait peur à lui-même ; pourtant, il ne débitait sur la mission sociale du poète et sur la poésie du monde réel que les lieux communs les plus éprouvés. Quand il s'arrêta, il y eut une nouvelle salve d'applaudissements : le camp ennemi ne broncha pas.

— Tu te rends compte! dit Lambert. Où ils en sont tombés pour applaudir ça!

Henri ne répondit pas. Bien sûr, il suffisait de les regarder face à face ces intellectuels de mauvaise foi pour désarmer leur mépris ; c'est par arrivisme, ou par peur, ou par confort moral qu'ils s'étaient convertis et il n'y avait pas de limite à leur servilité ; mais il fallait aussi être de mauvaise foi pour se satisfaire de cette victoire trop facile. Ce n'est pas à ces gens-là qu'Henri pensait quand il se disait le cœur serré : « Ils se haïssent. » Ils étaient sincères ces milliers d'hommes qui avaient lu *L'Espoir*, qui ne le lisaient plus et pour qui le nom d'Henri était celui d'un traître ; le ridicule de cette soirée ne diminuerait en rien leur sincérité ni leur haine.

Lenoir avait attaqué d'une voix apaisée une scène en alexandrins ; un jeune homme se plaignait d'avoir du vague à l'âme ; il voulait quitter sa ville natale ; parents, maîtresses, camarades l'exhortaient à la résignation mais il déjouait les tentations bourgeoises cependant que le chœur commentait son départ en stances sibyllines. Quelques images obscures et quelques mots savants soulignaient la platitude soignée des tirades. On entendit soudain une voix éclatante :

— Mystificateur

Julien s'était levé ; il criait : « On nous a promis de la poésie : où est la poésie ?

— Et le réalisme ? cria une autre voix. Où est le réalisme ?

— Le chef-d'œuvre : nous voulons le chef-d'œuvre !

— A quand la réconciliation ? »

Ils se mirent à scander en frappant du pied : « Réconciliation ! » tandis qu'on criait à travers la salle : « A la porte ! appelez la police ! Provocateurs ! Parlez-nous des camps ! Vive la paix ! Les fascistes au poteau ! N'insultez pas la Résistance ! Vive Thorez ! Vive de Gaulle ! Vive la liberté ! »

Lenoir défiait du regard ses bourreaux ; on avait l'impression qu'il allait tomber à genoux en découvrant sa poitrine ou bien se mettre à danser une danse convulsionnaire. Sans qu'on sût pourquoi, le tumulte se calma et il reprit sa lecture. Maintenant le héros se promenait à travers le monde, cherchant une évasion impossible. Un petit air d'harmonica léger et insolent courut à travers la salle ; un peu plus tard on entendit le coin-coin d'une trompe. Julien ponctuait chaque alexandrin par une quinte de rire qui faisait tressaillir spasmodiquement la bouche de Lenoir. Le rire se propageait de fauteuil en fauteuil, on riait partout, et Henri se mit à rire aussi : après tout, il était venu pour ça. Quelqu'un lui cria « Salaud! » et il rit plus fort. Les applaudissements éclatèrent, parmi les rires et les coups de sifflet. On cria encore : « En Sibérie! A Moscou! Vive Staline! Indicateur! Vendu! » Quelqu'un cria même : « Vive la France. »

— J'espérais que ça serait plus drôle! dit Lambert en sortant de la salle.

— En fait, ce n'était pas drôle du tout, dit Henri. Il se retourna en entendant derrière lui la voix essoufflée de Scriassine :

— Je t'ai aperçu dans la salle, et puis tu as disparu. Je te cherchais partout.

— Tu me cherchais? demanda Henri. Sa gorge se contracta : Qu'est-ce qu'il me veut? Toute la soirée il l'avait su : quelque chose de terrible allait arriver...

— Oui, on va boire le coup au New Bar, dit Scriassine; il faut arroser cette petite fête. Tu connais le New Bar?

— Je connais, dit Lambert.

— Alors, à tout de suite, dit Scriassine qui disparut en coup de vent.

— Qu'est-ce que c'est que le New Bar? demanda Henri.

— C'est vrai que tu ne mets plus les pieds dans ce quartier, dit Lambert en s'asseyant dans l'auto d'Henri. Depuis que les cocos ont annexé le Bar Rouge, les anciens clients qui n'en sont pas se sont réfugiés à côté, dans un nouveau bistrot.

— Va pour le New Bar, dit Henri.

Ils montèrent dans l'auto, et quelques instants plus tard ils tournaient le coin de la petite rue.

297

— C'est ici.

— C'est ici.

Henri arrêta brutalement sa voiture ; il reconnaissait la lumière sanglante du Bar Rouge.. Il poussa la porte du New Bar : « C'est plutôt moche cette crèmerie.

— Oui, mais c'est mieux fréquenté qu'à côté, dit Lambert.

— Oh! ça, j'en doute », dit Henri ; il haussa les épaules : « Heureusement, ça ne m'effraie pas, les mauvaises fréquentations! »

Ils s'assirent à une table ; beaucoup de jeunesse, beaucoup de bruit, beaucoup de fumée ; Henri ne connaissait aucune de ces têtes ; quand il sortait avec Josette, il allait dans de tout autres endroits, et d'ailleurs ça ne lui arrivait pas souvent.

— Whisky? demanda Lambert.

— D'accord.

Lambert commanda deux whiskies de ce ton élégamment blasé qu'il avait emprunté à Volange ; ils attendirent leurs consommations en silence ; c'était vraiment triste, Henri ne trouvait plus rien à dire à Lambert. Il fit un effort :

— Il paraît que le livre de Dubreuilh est sorti.

— Celui dont il avait donné des extraits dans *Vigilance*?

— Oui.

— Je suis curieux de le lire.

— Moi aussi, dit Henri.

Autrefois, Dubreuilh lui passait toujours ses premières épreuves ; ce livre-là, Henri l'achèterait dans une librairie, et il en parlerait avec qui il voudrait mais pas avec Dubreuilh : la seule personne avec qui il aurait aimé parler.

— J'ai retrouvé ce papier que tu m'avais refusé, sur Dubreuilh, dit Lambert. Tu te souviens ? il n'était pas si mal, tu sais.

— Je ne t'ai jamais dit qu'il était mal, dit Henri.

Il se rappelait cette conversation ; c'était la première fois qu'il avait senti chez Lambert une espèce d'hostilité :

— Je vais le reprendre, et faire une étude d'ensemble sur Dubreuilh, dit Lambert. Il hésita imperceptiblement : « Volange me l'a demandé pour *Les Beaux Jours*. »

Henri sourit : « Tâche de ne pas être trop injuste.

— Je serai objectif, dit Lambert. J'ai aussi une nouvelle qui va paraître dans *Les Beaux Jours*, ajouta-t-il.

— Ah ! tu as écrit d'autres nouvelles ?

— J'en ai écrit deux. Volange les aime beaucoup.

— Je voudrais bien les voir, dit Henri.

— Tu ne les aimeras pas, dit Lambert.

Julien apparut dans l'embrasure de la porte et s'avança vers leur table. Il avait passé son bras sous celui de Scriassine ; leurs haines communes leur tenaient provisoirement lieu d'amitié.

— Au travail, camarades ! dit-il d'une voix bruyante. Le moment est enfin venu de réconcilier l'homme et le whisky.

Il avait fixé à sa boutonnière un œillet blanc, et son regard avait retrouvé un peu de son ancien éclat : peut-être parce qu'il n'avait encore rien bu.

— Une bouteille de champagne ! cria Scriassine.

— Du champagne, ici ! dit Henri avec scandale.

— Allons ailleurs ! dit Scriassine.

— Non, non, va pour le champagne, mais surtout

pas de tziganes! dit Julien en s'asseyant précipitamment. Il sourit : « Belle soirée, n'est-ce pas ? Soirée hautement culturelle! Je regrette juste que ça n'ait pas un peu saigné.

— Belle soirée, mais il faudrait qu'elle ait des suites », dit Scriassine. Il regarda Julien et Henri d'un air pressant.

— Il m'est venu une idée pendant la séance : on devrait organiser une ligue pour contrer en toute occasion, de toutes les manières, les intellectuels qui trahissent.

— Et si on organisait une ligue qui contrerait toutes les ligues ? dit Julien.

— Dis donc, tu ne deviendrais pas un rien fasciste ? dit Henri à Scriassine.

— Et voilà, dit Scriassine. Voilà pourquoi nos victoires sont sans lendemain.

— Merde pour les lendemains! dit Julien.

Le visage de Scriassine était devenu sombre : « Il faut tout de même faire quelque chose.

— Pourquoi ? dit Henri.

— J'écrirai un papier sur Lenoir, dit Scriassine. C'est un admirable cas de névrose politique.

— Oh! dis donc! J'en connais qui pourraient lui rendre des points, dit Henri.

— Nous sommes tous des névrosés, dit Julien. Mais tout de même aucun de nous n'écrit en alexandrins.

— C'est juste! » dit Henri ; il se mit à rire : « Dis donc, tu aurais fait une drôle de tête si la pièce de Lenoir avait été bonne.

— Et imagine que Thorez soit venu danser le french cancan ? quelle tête aurais-tu faite ? dit Julien.

— Après tout, Lenoir a écrit de bons poèmes », dit
Henri.

Lambert haussa les épaules d'un air agacé : « Avant
d'avoir abdiqué sa liberté.

— La liberté de l'écrivain : il faudrait savoir ce que
ça veut dire, dit Henri.

— Ça ne veut rien dire, dit Scriassine. Ça ne veut
plus rien dire d'être un écrivain.

— Exact, dit Julien. Ça me donne même envie de
me remettre à écrire.

— Vous devriez bien, dit Lambert avec une soudaine
animation. C'est si rare aujourd'hui les écrivains qui
ne se croient pas chargés de mission. »

« Ça c'est pour moi », pensa Henri ; mais il ne dit
rien. Julien se mit à rire : « Et voilà ! Tout de suite il
me donne une mission : témoigner que l'écrivain n'est
pas chargé de mission.

— Mais non ! » dit Lambert.

Julien mit un doigt sur ses lèvres : « Seul le silence
est sûr.

— Bon Dieu ! dit brusquement Scriassine. Nous
venons d'assister à un spectacle bouleversant, nous
avons vu un homme qui a été notre ami réduit à
l'abjection par le parti communiste : et vous parlez
de littérature ! Vous n'avez donc pas de couilles ?

— Tu prends le monde trop au sérieux, dit Julien.

— Oui ? Eh bien, s'il n'y avait pas des hommes
comme moi pour prendre le monde au sérieux, les
staliniens seraient au pouvoir et je ne sais pas où tu
serais toi.

— Bien tranquille, sous quelques pieds de terre »,
dit Julien.

Henri se mit à rire : « Tu t'imagines que les communistes en veulent à ta peau ?

— Mais ma peau ne les aime pas, dit Julien. Je suis très sensible. » Il se tourna vers Scriassine : « Je ne demande rien à personne. Je m'amuse à vivre tant que la vie m'amuse. Quand elle deviendra impossible, je mettrai les bouts.

— Tu te liquiderais si les communistes étaient au pouvoir ? demanda Henri d'une voix amusée.

— Oui. Et je te conseillerais vivement d'en faire autant, dit Julien.

— Ça c'est énorme ! » dit Henri. Il regarda Julien avec stupeur. « On se croit en train de plaisanter avec des copains, et on s'aperçoit soudain que l'un d'eux se prend pour Napoléon !

— Et dis-moi : qu'est-ce que tu fais en cas de dictature gaulliste ?

— Je n'aime pas les discours ni la musique militaire : mais je m'en tirerai avec un peu de coton dans les oreilles.

— Je vois. Eh bien, je vais te dire une chose : tu finirais par enlever le coton et par applaudir les discours.

— Je ne suis pas suspect d'aimer de Gaulle, tu le sais, dit Scriassine. Mais tu ne peux pas comparer ce que serait une France gaulliste et une France stalinisée. »

Henri haussa les épaules : « Oh ! toi aussi, tu vas bientôt crier : « Vive de Gaulle. »

— Ce n'est pas ma faute si les forces anticommunistes se sont rassemblées autour d'un militaire, dit Scriassine. Quand j'ai voulu regrouper une gauche contre les communistes, tu as refusé.

302

— Tant qu'à être anticommuniste, pourquoi ne pas être militaire ? » dit Henri. Il ajouta avec irritation : « Tu parles d'une gauche ! Tu disais : Il y a le peuple américain, les syndicats. Et dans tes articles tu défends Marshall et compagnie.

— A l'heure qu'il est, la division du monde en deux blocs est un fait : on est obligé d'accepter en bloc ou l'Amérique ou l'U. R. S. S.

— Et tu choisis l'Amérique ! dit Henri.

— Il n'y a pas de camps de concentration en Amérique, dit Scriassine.

— Encore ces camps ! Vous me faites regretter d'en avoir parlé ! dit Henri.

— Ne dis pas ça : c'est l'acte le plus estimable que tu aies jamais fait », dit Lambert. Sa voix était un peu pâteuse ; il en était à son second verre et il supportait mal l'alcool.

Henri haussa les épaules : « A quoi ça a-t-il servi ? la droite les a utilisés pour créer une mauvaise conscience communiste, comme si elle s'en trouvait justifiée ! Dès qu'on parle d'exploitation, de chômage, de famine, ils vous répondent : et les camps de travail. S'ils n'existaient pas, ils les auraient inventés.

— Le fait est qu'ils existent, dit Scriassine, c'est gênant, hein !

— Je plains les gens que ça ne gêne pas ! » dit Henri.

Lambert se leva brusquement : « Vous m'excuserez, j'ai un rendez-vous.

— Je pars avec toi, dit Henri en se levant aussi. Je rentre me coucher.

— Se coucher ! à cette heure-ci ! par une pareille nuit ! dit Julien.

— C'est une grande nuit ! dit Henri ; mais j'ai

303

sommeil. » Il fit un petit salut et marcha vers la porte.

— Où as-tu rendez-vous ? demanda-t-il à Lambert.

— Je n'ai pas de rendez-vous. Mais j'en avais marre. Ils ne sont pas drôles, dit Lambert ; il ajouta avec rancune : « Quand pourra-t-on passer une soirée sans parler politique ?

— On n'a pas parlé : on a déconné.

— On a déconné sur de la politique.

— Je t'avais proposé d'aller au cinéma.

— La politique ou le cinéma ! dit Lambert. Est-ce [u'il n'y a vraiment rien d'autre sur terre ?

— Je suppose que si, dit Henri.

— Quoi ?

— Je voudrais bien le savoir ! »

Lambert donna un coup de pied contre l'asphalte du trottoir ; il demanda d'un ton vaguement revendicant : « Tu ne viens pas boire un verre ?

— Buvons un verre. »

Ils s'assirent à une terrasse ; c'était un beau soir, des gens riaient autour des guéridons : de quoi parlaient-ils ? de petites autos zigzaguaient sur la chaussée, des garçons et des filles passaient enlacés, sur les trottoirs des couples dansaient, on entendait l'écho d'un très bon jazz. Bien sûr, il y avait beaucoup d'autres choses sur terre que la politique et le cinéma : mais pour d'autres gens.

— Deux doubles scotches, commanda Lambert.

— Doubles ! comme tu y vas ! dit Henri. Toi aussi tu te mets à la boisson ?

— Pourquoi, toi aussi ?

— Julien boit, Scriassine boit.

— Volange ne boit pas, et Vincent boit, dit Lambert. Henri sourit : « C'est toi qui vois partout des arrière-pensées politiques ; je disais ça en l'air.

— Nadine non plus ne voulait pas que je boive, dit Lambert dont le visage exprimait déjà un entêtement brumeux ; elle ne m'en croyait pas capable, elle ne me croyait capable de rien : juste comme toi. C'est marrant : je n'inspire pas confiance, conclut-il d'une voix sombre.

— Je t'ai toujours fait confiance, dit Henri.

— Non ; pendant un temps tu as eu de l'indulgence pour moi, rien de plus. » Lambert but la moitié de son verre de whisky et il reprit avec colère : « Dans votre gang, si on n'est pas un génie alors il faut être un monstre ; Vincent, d'accord, c'est un monstre. Mais moi je ne suis ni un écrivain, ni un homme d'action, ni un grand débauché, juste un fils de famille et je ne sais même pas me saouler comme il faut. »

Henri haussa les épaules : « Personne ne te demande d'être un génie ni un monstre.

— Tu ne me demandes rien parce que tu me méprises, dit Lambert.

— Tu es complètement cinglé ! dit Henri. Je regrette que tu aies les idées que tu as, mais je ne te méprise pas.

— Tu penses que je suis un bourgeois, dit Lambert.

— Et moi ? je n'en suis pas un ?

— Oh ! mais, toi, c'est toi, dit Lambert avec rancune. Tu racontes que tu ne te sens supérieur à personne : mais pour de vrai, tu méprises tout le monde : Lenoir, Scriassine, Julien, Samazelle, Volange, et tous les autres, et moi aussi. Évidemment, ajouta-t-il d'une voix à la fois admirative et hargneuse, tu as une si haute moralité ! tu es désintéressé, honnête, loyal, courageux, tu es conséquent avec toi-même :

305

pas une faille! Ah! ça doit être formidable de se sentir sans reproche! »

Henri sourit : « Je peux te jurer que ce n'est pas mon cas!

— Allons donc! Tu es impeccable et tu le sais, dit Lambert d'un ton découragé. Moi je sais bien que je ne suis pas impeccable, ajouta-t-il avec colère, mais je m'en fous : je suis comme je suis.

— Qui te le reproche? » dit Henri. Il dévisagea Lambert avec un peu de remords. Il lui avait reproché de céder à la facilité, mais Lambert avait bien des excuses : une dure enfance, Rosa était morte quand il avait vingt ans, et ce n'est pas Nadine qui l'avait consolé. Au fond, ce qu'il demandait était bien modeste : qu'on lui permette de vivre un peu pour son compte. « Et je ne lui ai guère offert que des exigences », pensa Henri. C'est pour ça que Lambert passait du côté de Volange. Il n'était peut-être pas trop tard pour lui offrir autre chose. Il dit d'une voix affectueuse :

— J'ai l'impression que tu as un tas de griefs contre moi : tu ferais mieux de me les sortir une bonne fois, on s'expliquerait.

— Je n'ai pas de griefs, c'est toi qui me donnes tort, tout le temps; tu passes ton temps à me donner tort, dit Lambert d'une voix lugubre.

— Tu te trompes complètement. Quand je suis d'un autre avis que toi, ça ne veut pas dire que je te donne tort. D'abord on n'a pas le même âge. Ce qui vaut pour moi ne vaut pas forcément pour toi. Par exemple, moi j'ai eu une jeunesse : je comprends bien que tu aies envie de profiter un peu de la tienne.

— Tu comprends ça? dit Lambert.

— Mais oui.

— Oh! et puis si tu me blâmes, je m'en fous, dit Lambert.

Sa voix vacillait, il avait trop bu pour qu'une conversation fût possible, et d'ailleurs, rien ne pressait. Henri lui sourit :

— Écoute, il est tard et nous sommes tous les deux un peu crevés. Mais sortons ensemble un de ces soirs, et tâchons d'avoir une vraie conversation : il y a si longtemps que ça ne nous est pas arrivé!

— Une vraie conversation : tu crois que ça se peut ? dit Lambert.

— Ça se peut si on le veut, dit Henri. Il se leva : « Je te raccompagne ?

— Non, je vais voir si je trouve des copains, dit Lambert d'un air vague.

— Alors à un de ces soirs », dit Henri.

Lambert lui tendit la main :

— A un de ces soirs!

Henri regagna son hôtel ; il y avait un paquet dans son casier : l'essai de Dubreuilh. Tout en montant l'escalier il fit sauter les ficelles et ouvrit le volume à la page de garde : bien entendu, elle était blanche ; qu'est-ce qu'il s'était imaginé ? C'était Mauvanes qui lui envoyait ce livre, comme il lui en envoyait des tas d'autres.

« Pourquoi ? se demanda-t-il, pourquoi sommes-nous brouillés ? » Il se l'était souvent demandé. Les articles de Dubreuilh dans *Vigilance* rendaient juste le même son que les éditoriaux d'Henri : en vérité, rien ne les séparait. Et ils étaient brouillés. C'était un de ces faits sur lesquels on ne peut pas revenir, mais qui ne s'expliquent pas. Les communistes détestaient Henri, Lambert quittait *L'Espoir*, Paule était

folle, le monde courait à la guerre ; la brouille avec
Dubreuilh n'avait ni plus ni moins de sens.

Henri s'assit devant sa table et se mit à couper
les pages du livre ; il en connaissait de grands morceaux.
Il sauta tout de suite au chapitre final : un long chapitre
qui avait dû être écrit en janvier, après la liquidation
du S. R. L. Il se sentit un peu déconcerté. Ce qu'il y
avait de si bien chez Dubreuilh, c'est qu'il n'hésitait
jamais à remettre ses idées en question ; chaque fois,
il repartait à l'aventure. Mais cette fois-ci le revirement
était radical. « Un intellectuel français aujourd'hui
ne peut rien », déclarait-il. Évidemment : le S. R. L.
avait échoué ; les articles de Dubreuilh dans *Vigilance* faisaient du bruit, mais ils n'exerçaient aucune
influence, sur personne ; on accusait Dubreuilh tantôt
d'être un crypto-communiste, tantôt un suppôt de
Wall Street, il n'avait guère que des ennemis : il ne
devait pas être à la fête. Henri était à peu près dans
le même cas que lui, il n'était pas à la fête non plus,
mais ce n'était pas pareil ; il vivait au jour le jour,
il s'arrangeait ; Dubreuilh avec son côté fanatique, il
ne savait sûrement pas s'arranger. D'ailleurs il allait
plus loin qu'Henri. Il condamnait même la littérature.
Henri continua à lire. Dubreuilh allait plus loin encore :
il condamnait sa propre existence. Il opposait au vieil
humanisme qui avait été le sien un humanisme neuf,
plus réaliste, plus pessimiste, qui faisait une large
place à la violence, et presque aucune aux idées de
justice, de liberté, de vérité ; il démontrait victorieusement que c'était là la seule morale adéquate du
rapport actuel des hommes entre eux ; mais pour
l'adopter, il fallait jeter tant de choses par-dessus bord
que personnellement il n'en était pas capable. C'était

bien étrange de voir Dubreuilh prêcher une vérité qu'il ne pouvait pas faire sienne : ça signifiait qu'il se considérait comme mort. « C'est ma faute, pensa Henri. Si je ne m'étais pas buté, le S. R. L. aurait continué à exister, Dubreuilh ne se croirait pas définitivement vaincu. » Inefficace, isolé, doutant que son œuvre ait un sens, coupé de l'avenir, contestant son passé, ça serait le cœur de l'imaginer. Brusquement Henri se dit : « Je vais lui écrire! » Peut-être que Dubreuilh ne répondrait pas ou répondrait avec colère : quelle importance? L'amour-propre, Henri ne savait plus ce que c'était. « Demain, je lui écris », décida-t-il en se couchant. Il se dit aussi : « Demain j'aurai une vraie conversation avec Lambert. » Il éteignit : « Demain. Pourquoi la mère Belhomme veut-elle me voir demain matin? » se demanda-t-il.

La femme de chambre s'effaça et Henri entra dans le salon ; peaux d'ours, tapis, divans bas, c'était le même silence complice qu'au temps où il rencontrait ici une Josette tacitement offerte ; Lucie ne l'avait tout de même pas convoqué pour lui proposer ses charmes quinquagénaires! « Qu'est-ce qu'elle me veut? » se répéta-t-il ; il essayait d'esquiver les réponses.

— Merci d'être venu, dit Lucie. Elle portait une robe d'intérieur sévère, ses cheveux étaient bien rangés mais elle n'avait pas dessiné ses sourcils et cette espèce de calvitie la vieillissait bizarrement ; elle lui fit signe de s'asseoir :

— J'ai un service à vous demander ; ce n'est pas tant pour moi : c'est pour Josette. Vous tenez à elle, ou non ?

— Vous savez bien que oui, dit Henri. Le ton de Lucie était si normal qu'il se sentit vaguement soulagé : elle veut que j'épouse Josette, ou que j'entre dans quelque combine ; mais pourquoi tenait-elle dans sa main droite ce petit mouchoir de dentelle, pourquoi le serrait-elle si fort ?

— Je ne sais pas jusqu'où vous iriez pour lui venir en aide, dit Lucie.

— Dites-moi donc de quoi il s'agit.

Lucie hésita ; elle malaxait entre ses deux mains le chiffon froissé : « Je vais vous le dire, je n'ai pas le choix. » Elle ébaucha un sourire : « On a dû vous raconter que pendant la guerre nous n'avons pas été précisément des résistantes ?

— On me l'a dit.

— Personne ne saura jamais ce que j'ai payé pour avoir la maison Amaryllis à moi et pour en faire une grande boîte, dit Lucie ; d'ailleurs, ça n'intéresse personne et je ne prétends pas vous attendrir sur mon sort. Seulement, il faut que vous compreniez qu'après ça j'aurais joué ma tête plutôt que de la laisser péricliter. Je ne pouvais la sauver qu'en me servant des Allemands : je me suis servie d'eux et je n'irai pas vous raconter que je le regrette. Évidemment, on n'a rien sans rien ; je les ai reçus à Lyons, j'ai donné des fêtes : enfin, j'ai fait le nécessaire. Ça m'a valu quelques ennuis à la Libération, mais c'est déjà loin, c'est oublié. »

Lucie regarda autour d'elle, et elle regarda Henri ; il murmura d'une voix calme : « Et alors ? » Il lui semblait que cette scène avait déjà eu lieu ; quand ça ? dans ses rêves peut-être ; depuis qu'il avait reçu ce pneumatique, il savait ce que Lucie allait lui dire ; depuis un an, il attendait cette minute.

— Il y a un type qui s'occupait avec moi de mes affaires, un nommé Mercier ; il venait souvent à Lyons : il a fauché des photos, des lettres, il a recueilli des ragots ; s'il mange le morceau, nous sommes bonnes pour l'indignité nationale, Josette et moi.

— C'était donc vrai cette histoire de dossier ? dit Henri. Il ne sentait rien qu'une grande fatigue.

— Ah ! vous étiez au courant ? dit Lucie avec surprise ; son visage se détendit un peu.

— Vous vous êtes servie aussi de Josette ? dit Henri.

— Servie ! Josette ne m'a jamais servi à rien, dit Lucie avec amertume ; elle s'est compromise d'une manière parfaitement inutile ; elle est tombée amoureuse d'un capitaine, un beau garçon sentimental et sans aucune influence qui lui a envoyé des épîtres enflammées avant d'être tué sur le front est ; elle les laissait traîner partout, et aussi des photos où ils paradaient tous deux ; de beaux documents, je vous en réponds. Mercier a vite compris le profit qu'il pourrait en tirer.

Henri se leva brusquement et marcha vers la fenêtre. Lucie l'observait, mais il s'en foutait. Il se rappelait le visage indolent de Josette ce matin-là, le premier matin, et cette voix si vraie qui mentait : « Moi, amoureuse ? de qui ? » Elle avait aimé ; c'est un autre qu'elle avait aimé : un beau garçon qui était allemand. Il se retourna vers Lucie et demanda avec effort : « Il vous fait chanter ? »

Lucie eut un petit rire : « Vous n'imaginez pas que je viendrais vous demander de l'argent ? Voilà trois ans que je casque, et j'étais prête à continuer. J'ai même offert le gros sac à Mercier pour lui racheter le dossier, mais il est malin, il voyait loin. » Elle regarda

Henri dans les yeux et dit d'un ton provocant : « Il a été indicateur de la Gestapo, et on vient de l'arrêter. Il me fait dire que si je ne le sors pas de là, il nous met dans le bain. »

Henri garda le silence ; les salopes qui couchaient avec les Allemands, jusqu'ici ça appartenait à un autre monde avec lequel un seul rapport était possible : la haine. Mais voilà que Lucie parlait, il l'écoutait ; ce monde abject, c'était le même que le sien, il n'y en a qu'un. Des bras du capitaine allemand, Josette avait passé dans ses bras.

— Vous vous rendez compte de ce que cette histoire représente pour Josette ? dit Lucie. Avec le caractère qu'elle a, elle ne reprendra jamais le dessus, elle ouvrira le gaz.

— Qu'est-ce que vous voulez que j'y fasse ? qu'est-ce que vous attendez de moi ? dit-il d'une voix irritée. Un indicateur de la Gestapo, je ne connais pas d'avocat qui puisse le sortir de là. Le seul conseil que j'aie à vous donner, c'est de filer en Suisse le plus vite possible.

Lucie haussa les épaules : « En Suisse ! je vous dis que Josette ouvrirait le gaz. Elle était si contente ces jours-ci, le pauvre chou, dit-elle avec un brusque attendrissement ; tout le monde dit qu'à l'écran elle sort d'une manière sensationnelle. Asseyez-vous, ajouta-t-elle avec impatience, et écoutez-moi.

— J'écoute, dit Henri en s'asseyant.

— Un avocat, moi j'en ai un sous la main ! Maître Truffaut, vous ne connaissez pas ? C'est un ami très sûr et qui m'a quelques obligations », dit Lucie avec un demi-sourire. Elle planta son regard dans les yeux d'Henri : « Nous avons étudié l'affaire ensemble, en long et en large. Il dit que la seule solution, c'est que Mercier

312

plaide l'agent double : mais bien entendu, ça ne tient debout que s'il y a un résistant sérieux qui le soutienne.

— Ah! je comprends! dit Henri.

— C'est facile à comprendre », dit Lucie froidement.

Henri eut un petit rire : « Vous croyez que c'est si simple! Le malheur, c'est que tous les camarades savent que Mercier n'a jamais travaillé avec moi. »

Lucie se mordit la lèvre ; soudain, elle ne crânait plus, et il eut peur qu'elle ne se mette à pleurer, ça devait être un spectacle écœurant. Il observait avec un plaisir méchant le visage affaissé, et dans sa tête des mots filaient comme le vent : amoureuse d'un capitaine allemand, elle m'a bien eu ; imbécile! pauvre imbécile! il se croyait sûr de son plaisir, de sa tendresse : imbécile! elle ne l'avait jamais considéré que comme un instrument. Lucie était une femme de tête, elle voyait loin ; si elle avait pris en main les intérêts d'Henri, si elle lui avait jeté Josette dans les bras, ce n'était pas pour assurer la carrière d'une fille dont elle se foutait bien : c'était pour s'attacher un allié utile ; et Josette avait joué son jeu ; elle racontait à Henri qu'elle n'avait jamais aimé afin d'excuser la réserve de son cœur : mais tout l'amour dont ce cœur futile était capable, elle l'avait donné au capitaine allemand qui était si beau garçon. Il avait envie de l'insulter, de la battre, et on lui demandait de la sauver!

— Est-ce que le boulot n'était pas clandestin? dit Lucie.

— Oui, mais entre nous, nous nous connaissions.

— Et le juge d'instruction ne vous croira pas sur parole? Si on vous confronte avec vos copains, ils vous contreront?

— Je ne sais pas, et je ne veux pas en courir le risque,

dit Henri avec irritation. Vous n'avez pas l'air de vous douter que c'est grave, un faux témoignage. Vous tenez à votre maison de couture ; moi je tiens aussi à certaines petites choses.

Lucie avait retrouvé son calme ; elle dit d'une voix neutre : « La principale charge contre Mercier, c'est qu'il a donné deux filles le 23 février 44 au pont de l'Alma. » Elle leva sur Henri un regard interrogateur : « Dans la clandestinité elles s'appelaient Lisa et Yvonne, elles ont passé un an à Dachau, ça ne vous dit rien ?

— Non.

— Dommage ; si vous les aviez connues, ça aurait pu nous aider. En tout cas, évidemment, elles vous connaissent. Si vous affirmez que ce jour-là Mercier était ailleurs, avec vous, est-ce qu'elles ne vont pas se dégonfler ? Et si vous déclarez que vous utilisiez secrètement Mercier comme indicateur, est-ce que quelqu'un osera vous contredire ? »

Henri réfléchit ; oui, il avait beaucoup de crédit, un coup de bluff pouvait réussir. Luc était à Bordeaux en 44, Chancel, Varieux, Galtier étaient morts. Lambert, Sézenac, Dubreuilh, s'ils avaient des doutes, ils les garderaient pour eux. Mais il n'allait pas faire un faux témoignage pour une petite carne dont la peau lui avait plu. Elle avait drôlement bien gardé son secret, l'innocente !

— Dépêchez-vous donc de filer en Suisse! dit-il. Vous y retrouverez un tas de gens très bien. En Suisse, ou au Brésil, ou en Argentine : le monde est grand. C'est un préjugé de croire qu'on ne peut vivre qu'à Paris.

— Vous connaissez Josette, non ? elle commençait tout juste à reprendre goût à la vie. Jamais elle ne tiendra le coup! dit Lucie.

314

Henri pensa avec un élancement au cœur : « Il faut que je la voie! tout de suite! » et il se leva brusquement : « Je vais réfléchir.

— Voilà l'adresse de Maître Truffaut, dit Lucie en tirant de sa poche un morceau de papier. Si vous vous décidez, mettez-vous en contact avec lui.

— A supposer que je marche, dit Henri : comment être sûr que le type restituerait le dossier?

— Que voulez-vous qu'il en fasse? D'abord, il n'a pas intérêt à vous mettre en colère. Et puis le jour où le dossier serait connu, votre témoignage deviendrait suspect. Non. Si vous le tirez d'affaire, il a les mains liées.

— Je vous téléphonerai ce soir », dit Henri.

Lucie se leva, et un instant elle resta plantée en face de lui d'un air hésitant; de nouveau il eut peur qu'elle ne fondît en larmes ou qu'elle ne se jetât à ses pieds; elle se borna à pousser un soupir et elle l'accompagna jusqu'à la porte.

Il descendit vivement l'escalier. Il s'installa au volant de son auto et monta vers la rue Gabrielle. Il avait toujours dans sa poche la petite clef que Josette lui avait donnée, un an plus tôt, par une belle nuit; il ouvrit la porte de l'appartement et entra sans frapper dans la chambre :

— Qu'est-ce que c'est? dit Josette; elle ouvrit les yeux et sourit vaguement : « C'est toi? Quelle heure est-il? C'est gentil d'être venu m'embrasser. »

Il ne l'embrassa pas; il tira les rideaux et s'assit sur un pouf à volants. Entre ces murs capitonnés, parmi ces bibelots, ce satin, ces coussins, on avait peine à croire au scandale, à la prison, au désespoir. Un visage souriait, très rose sous les cheveux fauves.

315

— J'ai à te parler, dit-il.

Josette se redressa un peu sur ses oreillers : « De quoi ?

— Pourquoi ne m'as-tu pas dit la vérité ? ta mère vient de tout me raconter ; et cette fois je veux la vérité, dit-il d'une voix violente. C'est parce qu'elle pensait qu'un jour je pourrais vous rendre service qu'elle t'a jetée dans mes bras ?

— Qu'est-ce qui arrive ? dit Josette en regardant Henri d'un air effrayé.

— Réponds-moi ? c'est pour obéir à ta mère que tu as accepté de coucher avec moi ?

— Il y a bien longtemps que maman me dit de te plaquer, dit Josette ; ce qu'elle voudrait c'est que je me colle avec un vieux. Qu'est-ce qui arrive ? répéta-t-elle d'un ton suppliant.

— Le dossier, dit-il, tu as entendu parler de ce dossier ? le type qui l'a entre les mains a été arrêté et il menace de manger le morceau. »

Josette cacha son visage dans l'oreiller : « On n'en finira donc jamais ! dit-elle avec désespoir.

— Tu te rappelles, le premier matin, ici même, tu m'as dit que tu n'avais jamais aimé personne ; plus tard tu m'as parlé vaguement d'un jeune homme mort en Amérique : c'était un capitaine allemand ton jeune homme ; ah ! tu t'es bien foutue de moi.

— Pourquoi me parles-tu comme ça ? dit Josette. Qu'est-ce que je t'ai fait ? Quand j'étais à Lyons, je ne te connaissais pas.

— Mais quand je t'ai interrogée, tu me connaissais ; et tu m'as menti avec des airs si innocents !

— A quoi ça servait de te dire la vérité ? maman me l'avait défendu ; et après tout tu étais un étranger.

316

— Et pendant un an, je suis resté un étranger pour toi?

— Pourquoi aurait-on parlé de tout ça? » Elle se mit à pleurer doucement entre ses doigts : « Maman dit que si on me dénonce j'irai en prison ; je ne veux pas! je me tuerai plutôt.

— Combien de temps ça a duré ton histoire avec le capitaine?

— Un an.

— C'est lui qui t'a installé cet appartement?

— Oui ; tout ce que j'ai, c'est lui qui me l'a donné.

— Et tu l'aimais?

— Il m'aimait, il m'aimait comme aucun homme ne m'aimera jamais ; oui je l'aimais, dit-elle en sanglotant, ça n'est pas une raison pour me mettre en prison. »

Henri se leva, il fit quelques pas au milieu des meubles choisis par le beau capitaine. Au fond, il avait toujours su que Josette était capable de s'être donnée à des Allemands. « Je n'y comprenais rien à cette guerre », avait-elle avoué ; il avait supposé qu'elle leur souriait, et même qu'elle flirtait vaguement avec eux et il l'excusait ; un sincère amour aurait dû lui paraître plus excusable encore.. Mais le fait est qu'il ne supportait pas d'imaginer sur ce fauteuil un uniforme vert-de-gris et l'homme couché avec elle, peau à peau, bouche à bouche.

— Et tu sais ce qu'elle espère ta mère? que je vais faire un faux témoignage pour vous tirer d'affaire. Un faux témoignage : je suppose que ça ne te dit rien, ajouta-t-il.

— Je n'irai pas en prison, je me tuerai, répéta Josette entre ses larmes ; d'ailleurs ça m'est égal, ça m'est égal de me tuer.

317

— Il n'est pas question que tu ailles en prison, dit Henri d'une voix radoucie.

Allons! inutile de jouer au justicier : il était jaloux, simplement. En bonne justice, il ne pouvait pas en vouloir à Josette d'avoir aimé le premier homme qui l'eût aimée. Et de quel droit lui reprochait-il son silence? Il n'avait aucun droit.

— Au pire, vous serez obligées de quitter la France, reprit-il. Mais on peut vivre ailleurs qu'en France.

Josette continuait à sangloter ; évidemment, ça n'avait aucun sens ce qu'il venait de dire là. La honte, la fuite, l'exil : jamais Josette ne tiendrait le coup ; elle ne tenait déjà pas tant à la vie. Il regarda autour de lui et l'angoisse lui monta à la gorge. La vie paraissait bien frivole dans ce décor de comédie ; mais si un jour Josette ouvrait le gaz, c'est entre ces murs capitonnés, couchée sous ces draps roses qu'elle crèverait ; on l'enterrerait dans sa chemise mousseuse ; la futilité de cette chambre n'était qu'un trompe-l'œil ; les larmes de Josette étaient de vraies larmes, un vrai squelette se cachait sous la peau parfumée. Il s'assit sur le bord du lit.

— Ne pleure pas, dit-il. Je te tirerai de là.

Elle écarta les mèches de cheveux qui coulaient sur son visage mouillé : « Toi ? Tu as l'air si fâché!...

— Mais non, je ne suis pas fâché, dit-il. Je te promets que je te tirerai de là, répéta-t-il avec force.

— Oh oui! Sauve-moi! Je t'en prie! dit Josette en se jetant dans ses bras.

— N'aie pas peur. Il ne t'arrivera rien de mal, dit-il doucement.

— Tu es gentil! dit Josette. Elle se colla à lui et elle lui tendit sa bouche ; il détourna son visage.

318

— Je te dégoûte? murmura-t-elle d'une voix si humble que brusquement Henri eut honte : honte d'être du bon côté. Un homme en face d'une femme, un type qui a de l'argent, un nom, de la culture, et surtout! de la moralité. Un peu défraîchie, depuis quelque temps, la moralité, mais elle pouvait encore faire illusion; à l'occasion, il s'y laissait lui-même prendre. Il embrassa la bouche salée de larmes :

— C'est moi qui me dégoûte.

— Toi?

Elle leva vers lui des yeux qui ne comprenaient rien et il l'embrassa de nouveau, avec un emportement de pitié. Quelles armes lui avait-on données? quels principes? quels espoirs? Il y avait eu les gifles de sa mère, la muflerie des mâles, l'humiliante beauté, et maintenant on avait installé dans son cœur un remords étonné :

— J'aurais dû être gentil tout de suite au lieu de t'engueuler, dit-il.

Elle le regarda anxieusement : « C'est vrai que tu ne m'en veux pas?

— Je ne t'en veux pas. Et je te tirerai de là.

— Comment feras-tu?

— Je ferai ce qu'il faudra. »

Elle poussa un soupir et elle posa la tête sur l'épaule d'Henri; il lui caressa les cheveux. Un faux témoignage : il avait horreur de cette idée. Mais quoi? en se parjurant, il ne ferait de tort à personne; il sauverait la tête de Mercier, ça c'était regrettable : mais tant d'autres méritent de crever et se portent bien! S'il refusait, Josette était bien capable de se supprimer; ou en tout cas, sa vie serait foutue. Non, il ne pouvait pas hésiter : d'un côté, il y avait Josette et de l'autre des scrupules de conscience. Il entortilla une mèche de cheveux autour de son doigt. De toute façon, ça ne profite guère, la bonne conscience. Il l'avait pensé déjà : autant se mettre franchement dans son tort. Voilà qu'on lui offrait une belle occasion de dire merde à la moralité : il n'allait pas la manquer. Il dégagea sa main et la passa sur son visage. Ça ne lui allait pas de jouer au démoniaque. Il ferait ce faux témoignage parce qu'il ne pouvait pas faire autrement, c'est tout. « Comment en suis-je venu là ? » Ça lui semblait à la fois très logique et parfaitement impossible ; jamais il ne s'était senti plus triste.

Henri n'écrivit pas à Dubreuilh, il n'eut pas de conversation cœur à cœur avec Lambert. Des amis, ça signifie des comptes à rendre : pour faire ce qu'il allait faire, il lui fallait être seul. Maintenant que sa décision était prise, il s'interdisait les remords. Il n'avait pas peur non plus. Évidemment, il prenait un gros risque, des recoupements étaient possibles, et quel beau scandale s'il était jamais convaincu de faux témoignage ! Accommodé à la sauce gaulliste ou à la sauce communiste, ça ferait un plantureux ragoût. Mais il ne se faisait pas d'illusion sur l'importance de son action, et quant à son avenir personnel, il s'en foutait. Il combina avec Maître Truffaut la carrière supposée de Mercier ; et c'est à peine s'il avait le cœur un peu barbouillé le jour où il entra dans le cabinet du juge d'instruction. Ce bureau, semblable à des milliers d'autres bureaux, paraissait moins réel qu'un décor de théâtre ; le magistrat, le greffier, n'étaient que les acteurs d'un drame abstrait :

ils jouaient leur rôle, Henri jouerait le sien ; le mot de vérité ne signifiait rien ici.

— Évidemment, un agent double est obligé de donner des gages à l'ennemi, expliqua-t-il d'une voix aisée ; vous le savez aussi bien que moi. Mercier ne pouvait pas nous aider sans se compromettre ; mais les renseignements qu'il fournissait aux Allemands, nous en avons toujours décidé ensemble ; jamais il n'y a eu la moindre fuite concernant les véritables activités du réseau ; et si je suis ici aujourd'hui, si tant de camarades ont échappé à la mort, si *L'Espoir* a pu vivre clandestinement, c'est grâce à lui.

Il parlait avec une chaleur qu'il sentait convaincante ; et le sourire de Mercier corroborait ses paroles ; c'était un assez beau garçon, d'une trentaine d'années, à l'air modeste, au visage plutôt sympathique. « Et pourtant, pensait Henri, c'est peut-être lui qui a donné Borel ou Fauchois ; il en a donné d'autres : sans amour, sans haine, pour de l'argent ; on les a tués, ils se sont tués, et lui continuera à vivre honoré, riche, heureux. » Mais entre ces quatre murs on était si loin du monde où les hommes vivent et meurent, que ça n'avait pas grande importance.

— Il est toujours délicat de décider du moment où un agent double devient un traître, dit le juge ; ce que vous ignorez, c'est que malheureusement, Mercier a franchi cette frontière.

Il fit un signe à l'huissier et Henri se raidit ; il savait qu'Yvonne et Lisa avaient passé douze mois à Dachau, mais il ne les avait jamais vues ; maintenant il les voyait ; Yvonne c'était la brune, elle semblait guérie ; Lisa avait des cheveux châtains, elle était encore maigre et blême comme une jeune ressuscitée ; la

321

vengeance ne lui aurait pas rendu ses couleurs ; mais elles étaient toutes deux bien réelles et ça allait être dur de mentir sous leurs yeux. Ce fut Yvonne qui répéta leur déposition, et son regard ne quittait pas le visage de Mercier :

— Le 23 février 1944, à deux heures de l'après-midi, j'avais rendez-vous au pont de l'Alma avec Lisa Peloux, ici présente ; au moment où je l'accostais, trois hommes se sont avancés vers nous, deux Allemands, et celui-là qui nous a désignées à eux ; il portait un pardessus marron, pas de chapeau, il était rasé comme aujourd'hui.

— Il y a erreur sur la personne, dit Henri avec fermeté. Le 23 février, à deux heures, Mercier était avec moi à La Souterraine ; nous y étions arrivés ensemble la veille ; des copains devaient nous communiquer le plan des entrepôts que les Américains ont pilonnés trois jours plus tard, et nous avons passé la journée avec eux.

— Pourtant c'est bien lui, dit Yvonne ; elle regarda Lisa qui dit :

— C'est bien lui !

— Ne vous seriez-vous pas trompé de date ? dit le juge.

Henri secoua la tête : « Le bombardement a eu lieu le 26 ; les indications ont été transmises le 24 et j'ai passé le 22 et le 23 là-bas ; ces dates-là on ne les oublie pas.

— Et c'est bien le 23 février que vous avez été arrêtées ? dit le juge en se tournant vers les jeunes femmes.

— Oui, le 23 février, dit Lisa. Elles avaient l'air stupéfaites.

— Vous n'avez vu votre dénonciateur qu'un instant, et à un moment où vous étiez bouleversées, dit Henri ; moi j'ai travaillé deux ans avec Mercier, il n'est pas question que je le confonde avec un autre. Tout ce que je sais de lui me répond qu'il n'aurait jamais donné deux résistantes : ceci n'est qu'une opinion. Mais ce que je jure sous la foi du serment c'est que le 23 février 44, il était à La Souterraine avec moi. »

Henri regardait gravement Yvonne et Lisa et elles s'entre-regardèrent avec détresse. Elles étaient aussi sûres de l'identité de Mercier que de la loyauté d'Henri et il y avait de la panique dans leurs yeux.

— Alors, c'était son frère jumeau, dit Yvonne.

— Il n'a pas de frère, dit le juge.

— C'était quelqu'un qui lui ressemblait comme un frère.

— Beaucoup de gens se ressemblent à deux ans de distance, dit Henri.

Il y eut un silence et le juge demanda : « Vous maintenez votre déposition ? »

— Non, dit Yvonne.

— Non, dit Lisa. »

Pour ne pas soupçonner Henri, elles consentaient à douter de leur souvenir le plus sûr ; mais avec le passé, le présent vacillait autour d'elles, et la réalité même ; Henri eut horreur de cette perplexité égarée au fond de leurs yeux.

— Si vous voulez bien relire et signer, dit le magistrat.

Henri relut la page dactylographiée ; traduite en ce style inhumain, sa déposition perdait tout poids, ça ne le gênait pas de signer ; mais il suivit des yeux

323

avec incertitude la sortie des jeunes femmes ; il avait envie de courir après elles, mais il n'avait rien à leur dire.

C'était une journée pareille à toutes les autres et personne ne déchiffrait sur son visage qu'il venait de se parjurer. Lambert le croisa dans le couloir sans lui sourire, mais c'était pour de tout autres raisons : il était blessé qu'Henri ne lui eût pas encore proposé une sortie en tête à tête. « Demain, je l'inviterai à dîner. » Oui, l'amitié était de nouveau permise, finis les précautions et les scrupules : les choses s'étaient si bien passées qu'on pouvait supposer qu'il ne s'était rien passé du tout. « Supposons-le », se dit Henri en s'installant devant son bureau. Il parcourut son courrier. Une lettre de Mardrus : Paule était guérie, mais il était souhaitable qu'Henri ne tentât pas de la revoir ; parfait. Pierre Leverrier écrivait qu'il était disposé à racheter les parts de Lambert ; tant mieux ; il était honnête et austère, il ne rendrait pas à *L'Espoir* sa jeunesse perdue mais on pourrait travailler avec lui. Ah ! on avait apporté des renseignements supplémentaires sur l'affaire de Madagascar. Henri lut les pages dactylographiées. Cent mille Malgaches massacrés contre cent cinquante Européens, la terreur règne dans l'île, tous les députés ont été arrêtés bien qu'ils aient désavoué la rébellion, ils sont soumis à des tortures dignes de la Gestapo, il y a eu un attentat à la grenade contre leur avocat, le procès est faussé d'avance et pas un journal pour dénoncer le scandale. Il sortit son stylo. Il fallait envoyer quelqu'un là-bas : Vincent ne demanderait pas mieux. En attendant, il allait soigner son éditorial. Il venait d'écrire les premières lignes quand la secrétaire ouvrit la porte :

« Il y a un visiteur. » Elle lui tendit une fiche : Maître Truffaut. Henri sentit un petit pincement au cœur. Lucie Belhomme, Mercier, Maître Truffaut, quelque chose s'était passé : il avait des complices.

— Faites-le entrer.

L'avocat tenait à la main une grosse serviette de cuir : « Je ne vous dérangerai pas longtemps », dit-il ; il ajouta d'une voix satisfaite : « Votre déposition a fait sensation ; le non-lieu est assuré. J'en suis profondément heureux. Les erreurs que ce jeune homme a pu commettre, ce n'est pas en prison qu'il les aurait rachetées. Vous lui avez donné la possibilité de devenir un homme nouveau.

— Et de faire de nouvelles saloperies! dit Henri. Mais ce n'est pas la question. Tout ce que j'espère c'est qu'on n'entendra plus parler de lui.

— Je lui ai conseillé de partir pour l'Indochine, dit Maître Truffaut.

— Excellente idée, dit Henri. Qu'il tue autant d'Indochinois qu'il a fait tuer de Français, et ça sera un fameux héros. En attendant, a-t-il rendu le dossier?

— Justement », dit Maître Truffaut. Il extirpa de sa serviette un gros paquet enveloppé de papier marron : « J'ai tenu à vous le remettre en main propre. »

Henri prit le paquet : « Pourquoi à moi? dit-il avec hésitation. Il fallait le remettre à Mme Belhomme.

— Vous en ferez ce que vous voudrez. Mon client s'était engagé à vous le remettre à vous », dit Maître Truffaut d'une voix neutre.

Henri jeta le paquet dans le tiroir; l'avocat avait envers Lucie de mystérieuses obligations : ça ne signifiait pas qu'il la portât dans son cœur. Peut-être

325

s'offrait-il le plaisir d'une vengeance : « Êtes-vous sûr qu'il y a tout ?

— Certainement, dit Maître Truffaut. Ce jeune homme a parfaitement compris qu'une mauvaise humeur de votre part pourrait lui coûter cher. Nous n'entendrons plus parler de lui, j'en suis convaincu.

— Merci de vous être dérangé », dit Henri.

L'avocat ne se leva pas : « Vous ne pensez pas que nous ayons à redouter de démenti ?

— Je ne pense pas, dit Henri. D'ailleurs, il n'y a eu aucune publicité autour de cette histoire.

— Non, heureusement, elle a été arrêtée très vite. »

Il y eut un silence qu'Henri n'essaya pas de rompre, et Maître Truffaut finit par se décider : « Eh bien, je vous laisse travailler. J'espère bien que nous nous reverrons un de ces jours, chez Mme Belhomme. » Il se leva : « Si jamais vous aviez le moindre ennui, prévenez-moi.

— Merci », dit Henri sèchement.

Dès que l'avocat fût sorti, Henri ouvrit le tiroir : sa main s'immobilisa sur le papier brun. Ne rien toucher ; emporter le paquet dans sa chambre, et le brûler sans un regard. Mais déjà il arrachait les ficelles, il éparpillait sur la table les documents : des lettres en allemand, en français, des rapports, des dépositions ; des photographies ; décolletée, constellée de bijoux, Lucie au milieu d'Allemands en uniforme ; assise entre deux officiers devant un seau de champagne, Josette riait à pleine bouche ; elle était debout en robe claire au beau milieu d'une pelouse, le beau capitaine l'enlaçait et elle lui souriait avec cet air de confiance heureuse qui avait si souvent bouleversé Henri ; ses cheveux tombaient librement sur ses épaules, elle semblait plus jeune qu'aujourd'hui, et tellement plus gaie ! comme elle riait ! En

326

reposant les photos sur la table, Henri s'aperçut que ses doigts avaient laissé sur la surface lustrée des traces humides. Il avait toujours su que Josette riait tandis que des milliers de Lisa et d'Yvonne agonisaient dans des camps ; mais c'était une histoire ancienne, bien cachée derrière le commode rideau qui confond le passé, l'absence et le néant. Maintenant, il voyait ; le passé avait été du présent : c'était du présent.

« Mon cher amour. » Le capitaine écrivait dans un français appliqué, coupé de petites phrases en allemand, de petites phrases passionnées. Il semblait avoir été très bête, très amoureux et très triste. Elle l'avait aimé, il était mort, elle avait dû beaucoup pleurer. Mais d'abord, elle avait ri ; comme elle avait ri !

Henri refit le paquet et le jeta dans un tiroir qu'il ferma à clef. « Demain je le brûlerai. » Pour l'instant, il devait finir son article. Il reprit son stylo. Il allait parler de justice, de vérité, protester contre les meurtres et les tortures. « Il faut », se dit-il avec force. S'il renonçait à faire ce qu'il avait à faire, il devenait doublement coupable ; quoi qu'il pensât de lui-même, il y avait ces hommes, là-bas, qu'il fallait essayer de sauver.

Il travailla jusqu'à onze heures du soir, sans prendre le temps de dîner ; il n'avait pas faim ; comme les autres soirs, il alla chercher Josette à la sortie du théâtre, et il l'attendit dans son auto ; elle portait un manteau vaporeux, couleur de brume, elle était très maquillée et très belle. Elle s'assit à côté de lui, et disposa avec soin autour d'elle le nuage qui l'enveloppait.

— Maman dit que tout s'est bien passé : c'est vrai ? demanda-t-elle.

— Oui, sois tranquille, dit-il, tous les papiers sont brûlés.

327

— C'est vrai ?

— C'est vrai

— Et on ne te soupçonnera pas d'avoir menti ?

— Je ne crois pas.

— J'ai eu tellement peur toute la journée ! dit Josette. Je suis à bout de forces. Ramène-moi chez moi.

— D'accord.

Ils roulèrent en silence vers la rue Gabrielle. Josette posa la main sur sa manche : « C'est toi qui as brûlé les papiers ?

— Oui.

— Tu les as regardés ?

— Oui.

— Qu'est-ce qu'il y avait au juste ? Sûrement pas de vilaines photos de moi, dit-elle d'une voix inquiète. On n'a jamais pris de vilaines photos de moi.

— Je ne sais pas ce que tu appelles de vilaines photos, dit-il avec un demi-sourire. Tu étais avec le capitaine allemand et tu étais très jolie. »

Elle ne répondit rien. C'était bien Josette, la même ; mais à travers elle, il revoyait la belle fille trop gaie qui riait sur une photo, indifférente à tous les malheurs ; désormais, elle serait toujours entre eux.

Il arrêta la voiture et suivit Josette jusqu'à la porte cochère : « Je ne vais pas monter, dit-il. Moi aussi je suis fatigué et j'ai un tas de choses à faire. »

Elle ouvrit de grands yeux effarés : « Tu ne montes pas ?

— Non.

— Tu es fâché ? dit-elle. L'autre jour tu as dit que non mais maintenant tu es fâché ?

— Je ne suis pas fâché ; ce type t'a aimée et tu l'as aimé, tu étais bien libre. » Il haussa les épaules : « C'est

328

peut-être de la jalousie : je n'ai pas envie de monter ce soir.

— Comme tu voudras », dit Josette.

Elle lui sourit tristement et pressa le bouton ; quand elle eut disparu, il resta un long moment à regarder l'imposte éclairée. Oui, c'était peut-être simplement de la jalousie : ça lui aurait été insupportable ce soir de la prendre dans ses bras. « Je suis injuste », se dit-il. Mais la justice n'avait rien à voir ici, on ne couche pas avec une femme par justice. Il s'éloigna.

Quand le lendemain Henri l'invita à dîner, Lambert garda son air renfrogné : « Je regrette, je suis pris, dit-il.

— Et demain ?

— Demain aussi. Cette semaine je suis pris tous les soirs.

— Alors, ça sera pour la semaine prochaine », dit Henri.

Impossible d'expliquer à Lambert pourquoi il ne l'avait pas invité plus tôt ; mais Henri décida quelques jours plus tard de revenir à la charge : Lambert serait certainement touché de cette insistance. Il montait l'escalier du journal en retournant dans sa bouche un petit laïus persuasif quand il croisa Sézenac.

— Tiens ! te voilà ! dit-il amicalement. Qu'est-ce que tu deviens ?

— Rien de spécial, dit Sézenac.

Il avait engraissé, il était beaucoup moins beau qu'autrefois.

— Tu ne remontes pas une minute ? Il y a des siècles qu'on ne s'est vus, dit Henri.

— Pas aujourd'hui, dit Sézenac.

329

Brusquement, il dévala l'escalier. Henri monta les dernières marches. Dans le corridor, Lambert adossé au mur semblait l'attendre.

— Je viens de rencontrer Sézenac, dit Henri. Tu l'as vu?

— Oui.

— Tu le vois quelquefois? qu'est-ce qu'il devient? demanda Henri en poussant la porte de son bureau.

— Je crois qu'il est indicateur de police, dit Lambert d'une voix bizarre. Henri le regarda avec étonnement : il y avait une buée sur son front.

— Qu'est-ce qui te fait penser ça?

— Des choses qu'il m'a dites.

— Un drogué qui a besoin d'argent : évidemment c'est le genre de gars dont on peut faire un indicateur, dit Henri. Il ajouta avec curiosité : « Qu'est-ce qu'il t'a raconté?

— Il m'a proposé une drôle de combine, dit Lambert. Il me promettait de me donner les salauds qui ont descendu mon père en échange de certains renseignements.

— Quels renseignements? »

Lambert regarda Henri dans les yeux : « Des renseignements sur toi. »

Henri sentit un spasme au creux de l'estomac.

— En quoi est-ce que j'intéresse la police? dit-il d'une voix étonnée.

— Tu intéresses Sézenac. Le regard de Lambert ne lâchait pas Henri : « Il paraît que tu as témoigné l'autre jour en faveur d'un certain Mercier, un gars qui faisait du marché noir du côté de Lyons et qui fréquentait les Belhomme. Tu as prétendu qu'il travaillait en 43-44 dans notre réseau et qu'il t'a accompagné à la Souterraine le 23 février 44.

330

— C'est exact, dit Henri. Et alors ?

— Jamais tu n'avais rencontré Mercier avant ce dernier mois, dit Lambert d'une voix triomphante ; Sézenac le sait bien, et moi aussi. Je te suivais comme une ombre, cette année-là : il n'y avait pas de Mercier. Ton voyage à La Souterraine a eu lieu le 29 février, il avait été question que je t'accompagne et la date m'avait frappé. C'est Chancel que tu as emmené.

— Tu es complètement sonné ! dit Henri ; il se sentait aussi indigné que si Lambert l'avait injustement soupçonné. J'ai fait deux voyages à La Souterraine, le premier avec Mercier que personne ne connaissait sauf moi. » Il ajouta d'une voix irritée : « Tu ne mérites pas que je te réponde : parce qu'en somme, tu es en train de m'accuser de faux témoignage, rien que ça !

— Le 23 tu étais à Paris, dit Lambert, tout est marqué sur mes carnets, je vérifierai, mais je sais que tu n'as fait qu'un voyage, on en a assez discuté ! Non, ne me raconte pas d'histoires ; la vérité c'est que Mercier tient les Belhomme d'une manière ou d'une autre, et pour sauver ces deux tondues, tu as blanchi un indicateur de la Gestapo !

— Un autre que toi, je lui casserais la gueule, dit Henri. Sors de ce bureau tout de suite, et n'y remets plus les pieds.

— Attends ! dit Lambert. J'ai encore un mot à te dire. Je n'ai rien lâché à Sézenac : pourtant je te jure que j'avais envie qu'il cause. Je ne lui ai rien lâché, reprit-il ; alors maintenant, je me sens quitte. Je reprends ma liberté !

— Il y a longtemps que tu attendais un prétexte ! dit Henri. Tu as fini par t'en inventer un : je te félicite !

— Je n'ai rien inventé ! dit Lambert. Bon Dieu !

ajouta-t-il, quel con j'ai été! Je te croyais tellement honnête, tellement désintéressé! ça m'intimida ! Je m'imaginais que je devais être loyal envers toi. Tu parles de loyauté! Tu juges tout le monde : mais ça ne t'étouffe pas plus qu'un autre, les scrupules. »

Il marcha vers la porte avec tant de dignité qu'Henri eut presque envie de sourire ; sa colère était tombée ; il ne sentait plus qu'une vague angoisse. S'expliquer franchement ? Non, Lambert était trop instable, trop influençable ; aujourd'hui, il avait refusé de renseigner Sézenac, mais demain un aveu pouvait devenir dans ses mains, dans celles de Volange une arme redoutable. Il fallait nier : le danger était déjà assez grand comme ça. « Sézenac cherche des preuves contre moi, il sait qu'il pourrait les vendre cher », pensa Henri. Dubreuilh n'avait jamais entendu parler de Mercier ; il se rappelait peut-être que le 23 février 44 Henri était à Paris ; si Sézenac le prenait par surprise, il n'avait aucune raison de truquer la vérité. « Il faudrait le prévenir. » Mais Henri répugnait à lui réclamer une complicité avant d'avoir seulement tenté de se réconcilier avec lui ; d'ailleurs, il ne pouvait pas envisager de lui confesser la vérité. C'était étrange ; il se disait : « Si c'était à recommencer, je recommencerais » ; et pourtant, il n'aurait pas supporté que quelqu'un d'autre fût au courant de ce qu'il avait fait ; alors il en aurait eu honte. Il ne se sentirait justifié qu'aussi longtemps qu'il ne serait pas découvert : pendant combien de temps ? « Je suis en danger », se répéta-t-il. Quelqu'un d'autre l'était : Vincent. Même si ce n'était pas son gang qui avait exécuté le vieux, Sézenac en savait long sur lui ; il fallait le prévenir. Et il fallait tout de suite aller voir Luc qui soignait chez lui une crise de goutte et rédiger avec lui une lettre de démission. Luc s'attendait depuis longtemps à une crise, il ne se frapperait sans doute pas trop. Henri se leva. « Je ne m'assoirai plus à cette table, pensa-t-il. C'est bien fini, *L'Espoir* n'est plus à moi ! » Il regrettait d'abandonner la campagne qu'il avait amorcée sur les événements de Madagascar : évidemment les autres allaient noyer le poisson. Mais à part ça, il était beaucoup moins ému qu'il ne l'aurait cru. En descendant les escaliers, il se dit vaguement : « C'est la rançon. » La rançon de quoi ? d'avoir couché avec Josette ? d'avoir voulu la sauver ? d'avoir prétendu garder une vie privée alors que l'action exige un homme tout entier ? de s'être entêté dans l'action alors qu'il ne s'y donnait pas sans réserve ? il ne savait pas. Et même s'il avait su, ça n'aurait rien changé.

La nuit où les rotatives imprimèrent sa lettre de démission, Henri recommanda au portier de l'hôtel : « Demain, je n'y suis pour personne, je n'accepte ni visites ni coups de téléphone. » Il poussa sans gaieté la porte de sa chambre : il n'avait pas recouché avec Josette, elle n'avait pas l'air de trop s'en affecter, et c'était très bien comme ça ; n'empêche que ce lit où Henri dormait seul lui semblait austère comme un lit d'hôpital. C'est si bon de mélanger son sommeil à celui d'un autre corps tout chaud, tout confiant : on se réveille nourri. Maintenant au réveil, il se sentait vide. Il eut du mal à s'endormir ; il était d'avance excédé par tous les commentaires que sa démission allait susciter.

Il se leva tard ; il venait d'achever sa toilette quand on lui apporta un pneumatique : il eut un coup au cœur en reconnaissant l'écriture de Dubreuilh. « Je viens de lire votre lettre d'adieux à *L'Espoir*. Vraiment, il est absurde que notre attitude souligne seulement nos désaccords quand tant de choses nous rapprochent. Quant à moi, je suis toujours votre ami. » Il y avait un post-scriptum : « J'aimerais vous parler le plus tôt possible à propos de quelqu'un qui semble vous vouloir du mal. » Longtemps, Henri garda les yeux fixés sur les lignes bleu-noir ; il avait pensé à écrire : et c'est Dubreuilh qui l'avait fait. On pouvait taxer d'orgueil sa générosité : mais alors c'est que l'orgueil était chez lui une vertu généreuse. « Je vais y aller tout de suite », se dit Henri ; et il lui sembla qu'on venait de lâcher dans sa poitrine une armée de fourmis rouges. Qu'avait dit Sézenac ? S'il avait fait naître en Dubreuilh des soupçons, comment mentir avec assez de passion pour les anéantir ? Il n'était sans doute pas trop tard pour le mensonge puisque Dubreuilh lui offrait son amitié ; mais c'était odieux de répondre à une telle offre par un abus de confiance. Pourtant que faire d'autre ? Même Dubreuilh serait scandalisé par un aveu, et alors Henri se sentirait en faute. Il monta dans sa voiture. Pour la première fois, ça lui pesait d'avoir un secret : ça exige qu'on trompe l'autre ou qu'on se trahisse soi-même, l'amitié n'est plus guère possible. Il hésita long-temps devant la porte de Dubreuilh sans se décider à sonner.

Dubreuilh lui ouvrit en souriant :

— Que je suis content de vous voir ! dit-il d'un ton naturel et affairé, comme s'ils avaient eu des choses importantes à débattre après une courte absence.

— C'est moi qui suis content, dit Henri. Quand j'ai reçu votre mot, ça m'a fait drôlement plaisir. Ils en-

traient dans le bureau et il ajouta : « J'avais souvent
pensé à vous écrire. »

Dubreuilh l'interrompit : « Qu'est-ce qui s'est passé?
demanda-t-il. Lambert vous a lâché? »

La vieille curiosité brillait dans ses yeux, ses yeux
rapaces et malins qui n'avaient pas changé.

— Voilà des mois que Samazelle et Trarieux veulent
passer au gaullisme, dit Henri. Lambert a fini par
marcher avec eux.

— Le petit salaud! dit Dubreuilh.

— Il a des excuses, dit Henri avec gêne. Il s'assit
dans le fauteuil habituel et alluma comme d'habitude
une cigarette ; les vraies excuses de Lambert, il fallait
qu'il les garde secrètes. Dubreuilh n'avait pas changé,
ni le bureau ni les rites, mais lui n'était plus le même ;
autrefois on aurait pu l'écorcher, le disséquer sans surprise : maintenant, il cachait sous sa peau une tumeur
honteuse. Il dit rapidement :

— Nous nous sommes disputés et je l'ai poussé à
bout.

— Ça devait finir comme ça! dit Dubreuilh. Il se
mit à rire : « Eh bien, la boucle est bouclée. Le S. R. L.
est mort, on vous a volé votre journal : nous voilà
revenus à zéro.

— C'est de ma faute, dit Henri.

— Ce n'est la faute de personne », dit vivement
Dubreuilh. Il ouvrit un placard : « J'ai du très bon
armagnac, vous en voulez?

— Avec plaisir. »

Dubreuilh remplit deux petits verres et en tendit un
à Henri. Ils se sourirent.

— Anne est encore en Amérique? demanda Henri.

— Elle rentre dans une quinzaine. Comme elle va

être contente, ajouta gaiement Dubreuilh. Elle trouvait si bête qu'on ne se voie plus!

— C'était très bête, dit Henri.

Il aurait voulu s'expliquer, il lui semblait que cette brouille ne serait vraiment liquidée que s'ils en parlaient à cœur ouvert ; et il était tout prêt à reconnaître ses torts. Mais de nouveau, Dubreuilh rompit les chiens.

— On m'a dit que Paule était guérie. C'est vrai ?

— Il paraît. Elle ne veut plus me voir et j'aime autant ça ; elle va s'installer chez Claudie de Belzunce.

— En somme, vous voilà libre comme l'air ? dit Dubreuilh. Qu'est-ce que vous comptez faire ?

— Je vais finir mon roman. Pour le reste, je ne sais pas. Tout ça s'est passé si vite, j'en suis encore étourdi.

— Ça ne vous réjouit pas de penser que vous allez enfin avoir du temps à vous ?

Henri haussa les épaules : « Pas spécialement. Ça viendra sans doute. Pour l'instant, j'ai surtout des remords.

— Je me demande bien pourquoi! dit Dubreuilh.

— Vous avez beau dire ; je suis responsable de tout ce qui est arrivé, dit Henri. Si je ne m'étais pas buté, vous rachetiez les parts de Lambert, *L'Espoir* serait à nous et le S. R. L. tiendrait le coup.

— Le S. R. L. était perdu de toute façon, dit Dubreuilh. *L'Espoir*, oui, on l'aurait peut-être sauvé : et puis après ? Résister aux deux blocs, rester indépendant, c'est ce que j'essaie aussi dans *Vigilance* : mais je ne vois pas bien à quoi ça avance. »

Henri dévisagea Dubreuilh avec perplexité. Était-ce par délicatesse qu'il se dépêchait d'innocenter Henri ? ou voulait-il éviter de mettre en question ses propres conduites ?

— Vous pensez qu'en octobre le S. R. L. n'avait déjà plus ses chances ? dit Henri.

— Je pense qu'il ne les a jamais eues, dit Dubreuilh d'une voix brusque.

Non, il ne parlait pas ainsi par courtoisie : il était convaincu, et Henri se sentit déconcerté. Il aurait bien aimé se dire qu'il n'était pour rien dans l'échec du S. R. L., pourtant cette déclaration de Dubreuilh le mettait mal à l'aise. Dans son livre, Dubreuilh constatait l'impuissance des intellectuels français ; mais Henri n'avait pas supposé qu'il donnât à ses conclusions une portée rétrospective.

— Depuis quand pensez-vous ça ? demanda-t-il.

— Ça fait déjà longtemps. Dubreuilh haussa les épaules : « Dès le début la partie s'est déroulée entre l'U. R. S. S. et les U. S. A. ; nous étions hors du coup.

— Ce que vous disiez ne me semble pourtant pas si faux, dit Henri : l'Europe avait un rôle à jouer et la France en Europe.

— C'était faux ; nous étions coincés. Enfin, rendez-vous compte, ajouta Dubreuilh d'une voix impatiente, qu'est-ce que nous pesions ? rien du tout. »

Décidément, il était toujours le même ; il vous obligeait impétueusement à le suivre et puis soudain il vous plantait là pour foncer dans une nouvelle direction. Bien souvent, Henri s'était dit : « On ne peut rien » ; mais ça le gênait que Dubreuilh l'affirmât avec tant d'autorité : « Nous avons toujours su que nous n'étions qu'une minorité, dit-il ; mais vous admettiez qu'une minorité peut être efficace.

— Dans certains cas, pas dans celui-là », dit Dubreuilh. Il se mit à parler très vite ; visiblement, il en avait lourd sur le cœur, depuis longtemps : « La Résistance, parfait, une poignée d'hommes y suffisait ; tout ce qu'on voulait, somme toute, c'était créer de l'agitation ; agitation, sabotage, résistance, c'est l'affaire d'une minorité. Mais quand on prétend construire, c'est une tout autre histoire. Nous avons cru que nous n'avions qu'à profiter de notre élan : alors qu'il y avait une coupure radicale entre la période de l'occupation et celle qui a suivi la Libération. Refuser la collaboration, ça dépendait de nous ; la suite ne nous regardait plus.

— Ça nous regardait tout de même un peu », dit Henri. Il voyait bien pourquoi Dubreuilh prétendait le contraire ; le vieux ne voulait pas penser qu'il avait eu des possibilités d'action et qu'il les avait mal exploitées : il aimait mieux s'accuser d'une erreur de jugement que d'avouer un échec. Mais Henri restait convaincu qu'en 45, l'avenir était encore ouvert : ce n'était pas pour son plaisir qu'il s'était mêlé de politique ; il avait senti avec évidence que ce qui se passait autour de lui le concernait : « Nous avons raté notre coup, dit-il, ça ne prouve pas que nous ayons eu tort de le tenter. »

— Oh! nous n'avons fait de mal à personne, dit Dubreuilh, et autant s'occuper de politique que de se saouler, c'est plutôt moins mauvais pour la santé. N'empêche que nous nous sommes joliment fourvoyés! Quand on relit ce que nous écrivions entre 44-45, on a envie de rire : faites-en l'expérience, vous verrez!

— Je suppose que nous étions trop optimistes, dit Henri ; ça se comprend...

— Je nous accorde toutes les circonstances atténuantes que vous voudrez! dit Dubreuilh. Le succès de la Résistance, la joie de la Libération, ça nous excuse largement ; le bon droit triomphait, l'avenir était promis aux hommes de bonne volonté ; avec notre vieux fond d'idéalisme, nous ne demandions qu'à le croire. Il haussa les épaules : « Nous étions des enfants. »

Henri se tut ; il y tenait à ce passé : comme on tient, justement, à des souvenirs d'enfance. Oui, ce temps où on distinguait sans hésiter ses amis et ses ennemis, le bien et le mal, ce temps où la vie était simple comme une image d'Épinal, ça ressemblait à une enfance. Sa répugnance même à le renier donnait raison à Dubreuilh.

— Selon vous, qu'est-ce que nous aurions dû faire ? demanda-t-il ; il sourit : « Nous inscrire au parti communiste ? »

— Non, dit Dubreuilh. Comme vous me le disiez un jour, on ne s'empêche pas de penser ce qu'on pense : impossible de sortir de sa peau. Nous aurions été de très mauvais communistes. » Il ajouta brusquement : « D'ailleurs qu'est-ce qu'ils ont fait ? rien du tout. Ils étaient coincés eux aussi.

— Alors ?

— Alors rien. Il n'y avait rien à faire. »

Henri remplit de nouveau son verre. Dubreuilh avait peut-être raison, mais alors, c'était bouffon. Henri revit cette journée de printemps où il contemplait avec nostalgie les pêcheurs à la ligne ; il disait à Nadine : « Je n'ai pas le temps. » Il n'avait jamais de temps : trop de choses à faire. Et pour de vrai il n'y avait rien eu à faire.

— Dommage qu'on ne s'en soit pas avisé plus tôt. On se serait évité bien des emmerdements.

— Nous ne pouvions pas nous en aviser plus tôt ! dit Dubreuilh. Admettre qu'on appartient à une nation de cinquième ordre, et à une époque dépassée : ça ne se fait pas en un jour. Il hocha la tête : « Il faut tout un travail pour se résigner à l'impuissance. »

339

Henri regarda Dubreuilh avec admiration ; le joli tour de passe-passe! il n'y avait pas eu d'échec, seulement une erreur ; et l'erreur même était justifiée, donc abolie. Le passé était net comme un os de seiche et Dubreuilh, une impeccable victime de la fatalité historique. Oui : eh bien, Henri ne trouvait pas ça satisfaisant du tout ; il n'aimait pas penser que d'un bout à l'autre de cette affaire il avait été mené. Il avait eu de grands débats de conscience, des doutes, des enthousiasmes, et d'après Dubreuilh les jeux étaient faits d'avance. Il se demandait souvent qui il était ; et voilà ce qu'on lui répondait : il était un intellectuel français grisé par la victoire de 44 et ramené par les événements à la conscience lucide de son inutilité.

— Vous voilà devenu drôlement fataliste! dit-il.

— Non. Je ne dis pas que l'action en général soit impossible. Elle l'est en ce moment, pour nous.

— J'ai lu votre livre, dit Henri. En somme, vous pensez qu'on ne pourrait faire quelque chose qu'en marchant carrément avec les communistes.

— Oui. Ce n'est pas que leur position soit brillante ; mais le fait est qu'en dehors d'eux il n'y a rien.

— Et pourtant vous ne marchez pas avec eux ?

— Je ne peux pas me refaire, dit Dubreuilh. Leur révolution est trop loin de celle que j'espérais autrefois. Je me trompais ; malheureusement il ne suffit pas de constater ses erreurs pour devenir brusquement quelqu'un d'autre. Vous êtes jeune, vous êtes peut-être capable de sauter le pas : moi pas.

— Oh! moi, il y a longtemps que je n'ai plus envie de me mêler de rien, dit Henri. Je voudrais me retirer à la campagne, ou même foutre le camp à l'étranger, et écrire. Il sourit : « Selon vous, on n'a même plus le droit d'écrire ? »

Dubreuilh sourit aussi : « J'ai peut-être un peu exagéré. Après tout, la littérature n'est pas si dangereuse que ça.

— Mais vous trouvez qu'elle n'a plus aucun sens ?

— Vous trouvez qu'elle en a ? demanda Dubreuilh.

— Oui, puisque je continue à écrire.

— Ce n'est pas une raison. »

Henri regarda Dubreuilh avec soupçon : « Vous écrivez encore ou vous n'écrivez plus ?

— On n'a jamais guéri les manies en prouvant qu'elles n'avaient pas de sens, dit Dubreuilh. Sans ça les asiles seraient vides.

— Ah! bon, dit Henri. Vous n'êtes pas arrivé à vous convaincre vous-même : je préfère ça.

— J'y arriverai peut-être un jour », dit Dubreuilh d'un air malin. Délibérément il rompit les chiens : « Dites donc, je voulais vous prévenir : j'ai eu une drôle de visite hier. Le petit Sézenac. Je ne sais pas ce que vous lui avez fait, mais il ne vous veut pas de bien.

— Je l'ai vidé de *L'Espoir*, il y a déjà longtemps de ça, dit Henri.

— Il a commencé par me poser un tas de questions sans queue ni tête, dit Dubreuilh : si je connaissais un certain Mercier, si vous étiez à Paris je ne sais plus quel jour de 44. D'abord je ne me souviens de rien, et puis en quoi ça le regardait-il ? Je l'ai renvoyé plutôt sèchement, et alors il s'est mis à inventer une histoire à dormir debout.

— Sur moi ?

— Oui ; c'est un mythomane, ce petit gars ; il peut être dangereux. Il m'a raconté que vous aviez fait un

341

faux témoignage pour blanchir un indicateur de la Gestapo ; on vous aurait fait chanter, à travers la petite Belhomme. Il faut l'empêcher de colporter des histoires pareilles. »

Avec soulagement, Henri comprit d'après le ton de Dubreuilh que pas un instant il n'avait supposé que Sézenac dît la vérité ; il suffisait de jeter en souriant une phrase négligente, et l'incident était réglé ; il ne trouvait pas la phrase. Dubreuilh le regarda avec un peu de curiosité :

— Vous saviez qu'il vous détestait à ce point-là ?

— Il ne me déteste pas spécialement, dit Henri. Il ajouta brusquement : « Le fait est que son histoire est vraie.

— Ah ! elle est vraie ? dit Dubreuilh.

— Oui », dit Henri. Ça l'humiliait soudain, l'idée de mentir. Après tout, puisqu'il s'arrangeait de la vérité, les autres n'avaient pas à faire les dégoûtés : ce qui était assez bon pour lui l'était aussi pour eux. Il reprit avec un peu de défi : « J'ai fait un faux témoignage pour sauver Josette qui avait couché avec un Allemand. Vous qui m'avez si souvent reproché mon moralisme, vous voyez que je suis en progrès, ajouta-t-il.

— Alors, c'est vrai que ce Mercier était un indicateur ? demanda Dubreuilh.

— C'est vrai. Il méritait parfaitement d'être fusillé », dit Henri. Il regarda Dubreuilh : « Vous trouvez que j'ai fait une saloperie ? Mais je ne voulais pas que la vie de Josette soit foutue. Si elle avait ouvert le gaz, je ne me le pardonnerais pas. Tandis qu'un Mercier de plus ou de moins sur terre, j'avoue que ça ne m'empêche pas de dormir. »

Dubreuilh hésita : « Il vaut tout de même mieux un de moins qu'un de plus, dit-il.

342

— Évidemment, dit Henri. Mais je suis sûr que Josette se serait liquidée : est-ce que je pouvais la laisser crever ? demanda-t-il avec véhémence.

— Non », dit Dubreuilh. Il paraissait perplexe : « Vous avez dû passer un sale moment !

— Je me suis décidé presque tout de suite », dit Henri. Il haussa les épaules : « Je ne dis pas que je sois fier de ce que j'ai fait.

— Vous savez ce que ça prouve, cette histoire ? dit Dubreuilh avec une soudaine animation. C'est que la morale privée, ça n'existe pas. Encore un de ces trucs auxquels nous avons cru et qui n'ont aucun sens.

— Croyez-vous ? » dit Henri. Décidément il n'aimait pas le genre de consolation que Dubreuilh lui dispensait aujourd'hui : « Je me suis trouvé coincé, c'est vrai, reprit-il. A ce moment-là, je n'avais plus le choix. Mais rien ne serait arrivé si je n'avais pas eu cette liaison avec Josette. Je suppose que là, il y a eu faute.

— Ah ! on ne peut pas tout se refuser, dit Dubreuilh avec une espèce d'impatience. L'ascétisme, c'est bien si c'est spontané ; mais pour ça il faut avoir par ailleurs des satisfactions positives : dans le monde comme il est, on n'en a pas beaucoup. Je vais vous dire : si vous n'aviez pas couché avec Josette, vous en auriez eu des regrets qui vous auraient conduit à faire d'autres sottises.

— Ça, c'est bien possible, dit Henri.

— Dans un espace courbe, on ne peut pas tirer de ligne droite, dit Dubreuilh. On ne peut pas mener une vie correcte dans une société qui ne l'est pas. On est toujours repincé, d'un côté ou d'un autre. Encore une illusion dont il faut nous débarrasser, conclut-il. Pas de salut personnel possible. »

Henri regarda Dubreuilh avec indécision : « Alors qu'est-ce qui nous reste ?

— Pas grand-chose, je crois », dit Dubreuilh.

Il y eut un silence. Henri ne se sentait pas satisfait par cette indulgence généralisée : « Ce que je voudrais savoir, c'est ce que vous auriez fait à ma place, dit-il.

— Je ne peux pas vous le dire, puisque je n'étais pas à votre place, dit Dubreuilh. Vous devriez tout me raconter en détail, ajouta-t-il.

— Je vais tout vous raconter », dit Henri.

CHAPITRE X

L'avion a filé sans escale de Gander sur Paris et il est arrivé avec deux heures d'avance. J'ai laissé mes bagages gare des Invalides et j'ai pris l'autobus. C'était un petit matin tout gris, désert, où mon arrivée clandestine, alors qu'on me croyait bien loin dans les nuages, frisait l'indiscrétion ; un homme balayait le trottoir devant la porte cochère encore fermée, les poubelles n'étaient pas vidées : je m'amenais avant que le décor fût planté et les acteurs maquillés. On n'est évidemment pas une intruse quand on rentre dans sa propre vie : pourtant, comme j'ouvrais et refermais doucement la porte de l'appartement afin de ne pas réveiller Nadine, mes gestes furtifs me donnaient une vague impression de faute et de danger. Aucun bruit dans le bureau de Robert ; j'ai tourné la poignée de faïence : presque tout de suite il a levé la tête, il a repoussé son fauteuil en souriant, il m'a entourée de son bras :

— Mon pauvre petit animal ! tu t'amènes comme ça toute seule ! j'allais partir te chercher.

— L'avion a eu deux heures d'avance, dis-je. J'embrassai ses joues mal rasées ; il était en peignoir, hirsute, avec des yeux gonflés par l'insomnie : « Vous avez travaillé toute la nuit ? c'est très mal.

— Je voulais finir quelque chose avant ton retour. Tu as eu une bonne traversée ? tu n'es pas fatiguée ?

— J'ai dormi tout le temps. Et vous ? Quand on ne vous surveille pas, vous n'êtes pas sage du tout. »

Nous avons parlé gaiement, mais quand Robert a passé dans la salle de bains, j'ai retrouvé ce silence qui m'avait suffoquée au moment où dans l'entrebâillement de la porte je l'avais aperçu tête baissée, en train d'écrire, très loin de moi. Quelle plénitude dans ce bureau où je n'étais pas ! L'air était saturé de fumée et de travail ; une pensée omnipotente convoquait ici à son gré le passé, l'avenir, le monde entier : tout était présent ; aucune absence. Sur une étagère ma photographie souriait, une photo déjà vieille et qui ne vieillirait jamais ; elle était à sa place ; mais moi, Robert avait dû veiller toute la nuit pour me faire une place dans ses journées remplies à ras bord ; et il y avait quelque chose qu'il n'avait pas fini parce que j'étais revenue trop tôt. Je me levai. Les jours de retour, de départ, on fait des découvertes qui ne sont pas plus vraies que la vérité quotidienne, je sais ; et on a beau savoir, on a beau avoir repéré tous les pièges, on tombe dedans tout bêtement ; mais justement il ne me suffisait pas non plus de me dire ça pour en sortir : je n'en sortais pas. Comme ma chambre était vide ! et elle est restée tout aussi vide pendant que j'errais avec incertitude entre la fenêtre et le divan. Il y avait du courrier sur ma table ; des gens me demandaient quand je rouvrirais mon cabinet ; Paule était sortie de clinique, elle m'invitait à venir la voir. Je remarquai que son écriture était moins enfantine que naguère et qu'elle ne faisait plus de fautes d'orthographe ; un mot de Mardrus m'assurait qu'elle était guérie. J'allai embrasser Nadine qui m'accueillit avec indulgence ; elle avait mille histoires à me raconter et je lui promis ma soirée. Robert, Nadine, des amis, du travail : et pourtant je restai immobile dans l'antichambre, à me demander avec stupeur : « Qu'est-ce que je fais ici ?

— Tu m'attendais ? a dit Robert, je suis prêt. »

J'étais contente de quitter cet appartement, de me promener dans des rues qui n'étaient ni pleines, ni vides ; les quais, les Gobelins, la place d'Italie : nous avons marché longtemps en nous arrêtant ici et là à des terrasses de café, et nous avons déjeuné dans le restaurant du parc Montsouris.

Robert avait senti que je n'avais guère envie de parler et lui il avait des tas de choses à me raconter : il racontait. Il était beaucoup plus gai qu'avant mon départ : ce n'est pas que la situation internationale lui parût brillante, mais il avait repris goût à sa vie. Ça comptait beaucoup pour lui de s'être réconcilié avec Henri ; et son livre avait éveillé tant d'échos que, contre toute logique, il en avait entrepris un autre. L'action politique restait impossible ; mais décidément il ne renonçait pas à penser ; il avait même l'impression qu'il commençait seulement à y voir un peu clair. Je l'écoutais. Et il était si impérieusement vivant qu'il m'imposait ce passé dont il me parlait : c'était mon passé, je n'en avais pas d'autre, ni aucun autre avenir que celui qu'il annonçait. Bientôt je reverrais Henri et j'en serais tout heureuse, moi aussi ; ces lettres que Robert avait reçues à propos de son livre, bientôt je les lirais avec lui et j'en serais amusée ou touchée comme lui ; je me réjouirais comme lui de partir pour l'Italie, bientôt.

— Ça ne t'ennuie pas de voyager encore, après tant de voyages ? m'a-t-il demandé.

— Pas du tout. Je n'ai aucune envie de rester à Paris.

Je regardais les pelouses, le lac, les cygnes ; un jour, bientôt, j'aimerais de nouveau Paris ; j'aurais des ennuis, des plaisirs, des préférences, ma vie allait émerger du brouillard, ma vie d'ici, la vraie et elle m'occuperait tout entière. J'ai pris brusquement la parole, il me fallait affirmer qu'il était réel lui aussi ce monde dont me séparait un océan, une nuit ; j'ai raconté ma dernière semaine. Mais c'était encore pire que de garder le silence ; comme l'année précédente, je me suis sentie coupable, odieusement. Robert comprenait tout, trop bien. Là-bas, Lewis se réveillait dans une chambre dévastée par mon absence, il se taisait, il n'avait plus personne. Il était seul, avec dans son lit, dans ses bras, ma place vide. Rien ne rachèterait jamais la désolation de ce matin : le mal que je lui faisais était inexpiable.

Quand nous sommes rentrés, le soir, Nadine m'a dit :

— Paule a téléphoné pour savoir si tu étais là.

— Ça fait la troisième fois, dit Robert ; il faut que tu ailles la voir.

— J'irai demain. Mardrus affirme qu'elle est guérie, ajoutai-je ; mais vous ne savez pas comment elle va, pour de bon ? Henri ne l'a pas revue ?

— Non, dit Nadine.

— Mardrus ne l'aurait pas laissée sortir si elle n'était pas vraiment guérie, dit Robert.

Je dis : « Il y a guérison et guérison. »

Avant de me coucher, j'ai causé longtemps avec Nadine ; elle sortait de nouveau avec Henri, elle en était très satisfaite ; elle me grevilla de questions. Le lendemain, je téléphonai à Paule pour l'avertir de ma visite : sa voix était brève et calme. Je m'amenai vers dix heures du soir dans cette rue qui me paraissait si

348

tragique, l'hiver dernier, et je fus déconcertée par son aspect rassurant ; les fenêtres étaient ouvertes sur la douceur du soir, des gens s'interpellaient d'une maison à l'autre, une petite fille sautait à la corde. Sous la pancarte CHAMBRES MEUBLÉ j'ai pressé un bouton et la porte s'est ouverte, normalement. Trop normalement. A quoi bon ces délires, ces grimaces, si tout était rentré dans l'ordre, si la raison et la routine avaient triomphé ? à quoi bon mes remords passionnés si je devais un jour me réveiller dans l'indifférence ? Je souhaitais presque voir Paule apparaître sur le seuil du studio, hostile, hagarde.

Mais je fus accueillie par une femme souriante et grasse qui portait une élégante robe noire ; elle me rendit mon baiser sans élan et sans réticence ; la pièce était dans un ordre parfait, les miroirs avaient été remplacés et pour la première fois depuis des années, les fenêtres étaient grandes ouvertes.

— Comment vas-tu ? tu as fait un beau voyage ; elle est jolie cette blouse : tu l'as achetée là-bas ?

— Oui ; à Mexico ; ça te plairait ces pays. Je lui mis un paquet dans les bras : Tiens ! je t'ai rapporté des étoffes.

— Comme tu es gentille ! Elle fit sauter la ficelle, ouvrit le carton : « Quelles couleurs merveilleuses ! »

Pendant qu'elle déballait les tissus brodés, je m'approchai de la fenêtre ; on apercevait, comme d'habitude, Notre-Dame et ses jardins : à travers un rideau de soie jaunissante et caduque le lourd entêtement des pierres ; au long du parapet, les boîtes à surprises étaient cadenassées, une musique arabe montait du café d'en face, un chien aboyait et Paule était guérie ; c'était un très ancien soir, je n'avais jamais rencontré Lewis ; il ne pouvait pas me manquer.

— Il faut que tu me parles de ces pays, dit Paule ; tu me raconteras tout ; mais ne restons pas ici : je vais t'emmener dans une boîte très amusante : l'Ange Noir ; ça vient de s'ouvrir et on rencontre tout le monde.

— Qui ça, tout le monde ? demandai-je avec un peu de crainte.

— Tout le monde, répéta Paule. Ce n'est pas loin ; on va y aller à pied.

— D'accord.

— Tu vois, dit Paule comme nous descendions l'escalier, il y a six mois je me serais tout de suite demandé : pourquoi m'a-t-elle dit « Qui ça ? » et j'aurais trouvé un tas de réponses.

Je souris avec un peu d'effort : « Tu as des regrets ?

— Ça serait trop dire. Mais tu ne peux pas imaginer comme le monde était riche, en ce temps-là ; la moindre chose avait dix mille facettes. Je me serais interrogée sur le rouge de ta jupe ; tiens, ce clochard, je l'aurais pris pour vingt personnes à la fois. » Il y avait une espèce de nostalgie dans sa voix.

— Alors, maintenant, le monde te paraît plutôt plat ?

— Oh ! pas du tout, dit-elle d'un ton coupant ; je suis satisfaite d'avoir cette expérience derrière moi, c'est tout. Mais je te promets que mon existence ne va pas être plate ; je fourmille de projets.

— Dis-moi vite lesquels ?

— D'abord je vais quitter ce studio, il m'ennuie. Claudie m'a proposé de m'installer chez elle et j'ai accepté ; et j'ai décidé de devenir célèbre, dit-elle ; je veux sortir, voyager, connaître des gens, je veux la gloire et l'amour ; je veux vivre. Elle avait débité ces derniers mots d'un ton solennel, comme si elle avait été en train de prononcer des vœux.

— Tu penses à chanter, ou écrire ? demandai-je.

— A écrire ; mais pas le genre de niaiseries que je t'avais montrées. Un vrai livre, où je parlerai de moi. J'y ai déjà beaucoup réfléchi ; ça n'aura rien de plaisant, mais je crois que ça fera sensation.

— Oui, dis-je, tu as énormément de choses à dire, il faut les dire !

J'avais parlé avec chaleur ; mais j'étais sceptique. Paule était guérie, sans aucun doute, mais sa voix, ses gestes, ses mimiques, m'inspiraient la même gêne que ces visages faussement jeunes qu'on retaille dans de vieilles chairs ; elle jouerait probablement jusqu'à sa mort le rôle d'une femme normale, mais c'était un travail qui ne la disposait guère à la sincérité.

— C'est ici, dit Paule.

Nous sommes descendues dans une cave chaude et moite comme la jungle de Chichen-Itza ; c'était plein de bruits, de fumées, de garçons et de filles en salopettes qui n'étaient pas du tout de notre âge. Paule choisit près de l'orchestre une table exposée à tous les regards et commanda avec autorité deux doubles whiskies. Elle ne semblait pas sentir que nous étions tout à fait déplacées.

— Je ne veux pas recommencer à chanter, dit-elle. Je ne fais pas de complexe d'infériorité ; physiquement, si je n'ai plus tout à fait les mêmes atouts qu'autrefois, je sais que j'en ai d'autres ; seulement, dans une carrière de chanteuse on dépend de trop de gens. Elle me regarda gaiement : « Sur ce point, tu avais raison c'est ignoble, la dépendance. Je veux une activité virile. »

Je hochai la tête ; à mon avis, elle n'avait plus aucune des qualités nécessaires pour captiver un public ; il

351

valait mieux qu'elle essaie n'importe quoi d'autre.

— Tu penses romancer ton histoire, ou la raconter telle quelle ? demandai-je.

— En ce moment je suis à la recherche d'une forme, dit-elle, une forme neuve ; ce que Henri justement n'a jamais réussi à inventer ; ses romans sont mortellement classiques.

Elle vida d'un trait son verre : « Cette crise a été dure ; mais si tu savais quelle joie c'est pour moi de m'être enfin trouvée ! »

J'aurais voulu lui dire quelque chose d'affectueux, que j'étais contente de la voir heureuse, n'importe quoi ; mais les mots gelaient sur mes lèvres ; c'était cette voix volontaire et ce visage rigide qui me glaçaient ; Paule me semblait plus étrangère que lorsqu'elle était folle. Je dis avec embarras : « Tu as dû traverser de bien drôles de moments.

— Plutôt ! Elle regarda autour d'elle avec une espèce d'étonnement : « Certains jours, tout me paraissait si comique ! je riais à en mourir ; à d'autres moments, c'était l'horreur ; on a dû me mettre la camisole de force.

— On t'a fait des électrochocs ?

— Oui ; j'étais dans un état si bizarre que sur le moment je n'ai même pas eu peur ; mais l'autre nuit, j'ai rêvé qu'on me tirait un coup de revolver dans la tempe et j'ai ressenti une douleur intolérable ; Mardrus m'a dit que c'était sans doute un souvenir.

— Il est bien Mardrus, n'est-ce pas ? dis-je d'un ton incertain.

— Mardrus ! c'est un grand bonhomme ! dit Paule avec véhémence ; c'est extraordinaire avec quelle sûreté il a trouvé la clef de toute cette histoire ; il faut dire que de mon côté, j'ai peu résisté, ajouta-t-elle.

352

— C'est fini, cette analyse ?

— Pas tout à fait, mais l'essentiel est fait. »

Je n'osais pas poser de question, mais elle enchaîna d'elle-même : « Je ne t'ai jamais parlé de mon frère ?

— Jamais ; je ne savais pas que tu avais un frère.

— Il est mort à quinze mois, j'avais quatre ans ; c'est facile de comprendre pourquoi mon amour pour Henri a tout de suite pris un caractère pathologique.

— Henri avait aussi deux à trois ans de moins que toi, dis-je.

— Exactement. Ma jalousie infantile a engendré à la mort de mon frère un sentiment de culpabilité qui explique mon masochisme en face d'Henri ; je me suis fait l'esclave de cet homme, j'ai accepté de renoncer pour lui à toute réussite personnelle, j'ai choisi l'obscurité, la dépendance : pour me racheter ; pour qu'à travers lui, mon frère mort consentît enfin à m'absoudre. » Elle se mit à rire : « Penser que j'en avais fait un héros, un saint ! quelquefois j'en ris toute seule !

— Est-ce que tu l'as revu ? demandai-je.

— Ah ! non ! et je ne le reverrai pas, dit-elle avec élan. Il a abusé de la situation. »

Je gardai le silence ; je connaissais bien le genre d'explications dont avait usé Mardrus, je m'en servais aussi, à l'occasion, je les appréciais à leur prix. Oui, pour délivrer Paule il fallait ruiner son amour jusque dans le passé ; mais je pensais à ces microbes qu'on ne peut exterminer qu'en détruisant l'organisme qu'ils dévorent. Henri était mort pour Paule, mais elle était morte elle aussi ; je ne connaissais pas cette grosse femme au visage mouillé de sueur, aux yeux bovins, qui lampait du whisky à côté de moi. Elle me regarda fixement :

353

— Et toi ? dit-elle.

— Moi ?

— Qu'as-tu fait en Amérique ?

J'hésitai : « Je ne sais pas si tu te souviens, dis-je.
Je t'ai dit que j'avais une histoire là-bas.

— Je me souviens. Avec un écrivain américain. Tu
l'as revu ?

— J'ai passé ces trois mois avec lui.

— Tu l'aimes ?

— Oui.

— Qu'est-ce que tu vas faire ?

— Je retournerai le voir l'été prochain.

— Et puis ? »

Je haussai les épaules. De quel droit me posait-
elle ces questions dont je souhaitais si désespérément
ignorer les réponses ? Elle appuya son menton sur son
poing fermé et son regard se fit encore plus insistant.

— Pourquoi ne refais-tu pas ta vie avec lui ?

— Je n'ai aucune envie de refaire ma vie, dis-je.

— Et pourtant tu l'aimes ?

— Oui ; mais ma vie est ici.

— C'est toi qui le décides, dit Paule. Rien ne t'empêche de la refaire ailleurs.

— Tu sais bien ce que Robert est pour moi, dis-je
avec mauvaise grâce.

— Je sais que tu imagines ne pas pouvoir te passer
de lui, dit Paule ; mais j'ignore d'où vient cette em-
prise qu'il a sur toi : et tu l'ignores aussi. Elle continuait à me scruter : « Tu n'as jamais pensé à te faire de
nouveau analyser ?

— Non.

— Tu as peur ? »

354

Je haussai les épaules : « Pas du tout ; mais à quoi bon ? »

Bien sûr, une analyse aurait pu m'apprendre sur mon compte un tas de petites choses, mais je ne voyais pas à quoi ça m'aurait avancée ; et si elle avait prétendu aller plus loin, je me serais insurgée ; mes sentiments ne sont pas des maladies.

— Tu as beaucoup de complexes, dit Paule d'un ton méditatif.

— Peut-être ; mais tant qu'ils ne me gênent pas...

— Tu n'admettras jamais qu'ils te gênent : ça fait partie précisément de tes complexes. Ta dépendance à l'égard de Robert : ça vient d'un complexe. Je suis sûre qu'une analyse te délivrerait.

Je me mis à rire : « Pourquoi donc veux-tu que je quitte Robert ? »

Le garçon avait posé devant nous deux autres verres de whisky, et Paule vida à demi le sien :

— Il n'y a rien de plus pernicieux que de vivre à l'ombre d'une gloire, dit-elle, on s'étiole. Il faut que toi aussi tu te trouves toi-même. Bois donc, dit-elle brusquement en désignant mon verre.

— Tu ne crois pas que nous buvons trop ? dis-je.

— Pourquoi trop ? dit-elle.

En effet, pourquoi ? J'aime bien moi aussi le charivari que l'alcool déchaîne dans mon sang. Un corps, c'est si juste, c'est même étriqué, on a envie d'en faire craquer les coutures ; elles ne craquent jamais mais par instants on se donne l'illusion qu'on va sauter hors de sa peau. J'ai bu en même temps que Paule ; elle dit avec force :

— Aucun homme ne mérite l'adoration qu'ils exigent de nous, aucun ! Toi aussi, tu es dupe ; donne à Robert

355

du papier et du temps pour écrire : il ne lui manque rien.

Elle parlait très fort pour couvrir le fracas de l'orchestre et il me semblait que des regards se tournaient vers nous avec surprise ; heureusement la plupart des gens dansaient, perdus dans une frénésie glacée.

Je murmurai avec irritation : « Ce n'est pas par dévouement que je reste avec Robert.

— Si c'est seulement par habitude, ça ne vaut pas mieux, dit-elle. Nous sommes bien trop jeunes pour la résignation. » Sa voix s'exaltait et ses yeux s'embuaient. « Je vais prendre ma revanche ; tu ne peux pas imaginer comme je me sens heureuse ! »

Les larmes traçaient de lourds sillons dans sa chair moite ; elle les ignorait ; peut-être en avait-elle tant versé que sa peau était devenue insensible. J'avais envie de pleurer avec elle sur cet amour qui avait été pendant dix ans le sens et l'orgueil de sa vie et qui venait de se changer en un chancre honteux. Je bus une gorgée de whisky et je serrai mon verre dans ma main comme s'il avait été un talisman : « Plutôt souffrir à en mourir, me disais-je, que de jamais éparpiller au vent en ricanant les cendres de mon passé. »

Mon verre a frappé brutalement la soucoupe ; j'ai pensé : « Moi aussi, je finirai par là ! on ricane plus ou moins, mais on finit toujours comme ça, on ne sauve jamais tout le passé ; je me veux fidèle à Robert, alors c'est Lewis qu'un jour mes souvenirs trahiront ; l'absence me tuera dans son cœur et je l'enterrerai au fond de ma mémoire. » Paule continuait à parler et je n'écoutais plus du tout : « Pourquoi est-ce Lewis que j'ai condamné ? » « Non », lui avais-je répondu ; et sur le moment une autre réponse me semblait inconcevable ; mais pourquoi donc ? « Donne à Robert du papier, du temps et il ne lui manque rien », avait dit Paule ; je revoyais ce bureau, si plein sans moi. Quelquefois, l'an dernier entre autres, j'avais voulu me donner de l'importance ; mais même alors je savais que dans tous les domaines qui comptaient pour Robert, je ne lui étais d'aucun secours ; en face de ses vrais problèmes, il était toujours seul. Là-bas il y avait un homme qui avait faim de moi, j'avais ma place entre ses bras, ma place qui restait vide : pourquoi ? Je tenais à Robert de toutes mes forces, j'aurais donné ma vie pour lui mais il ne me la demandait pas, au fond il ne m'avait jamais rien demandé ; la joie que m'apportait sa présence ne concernait que moi ; rester ou le quitter : ma décision ne concernait que moi. Je vidai mon verre. M'installer à Chicago, venir ici de temps en temps : ce n'était pas tellement impossible, après tout ; Robert me sourirait à chaque arrivée comme si nous n'avions jamais été séparés, à peine s'apercevrait-il que je ne respirais plus le même air que lui. Quel goût aurait ma vie, sans lui ? ça, c'était difficile à imaginer ; mais je connaissais trop celui de mes jours à venir, si je les passais ici : un goût de remords et d'absurdité, parfaitement intolérable.

Je suis rentrée très tard, j'avais beaucoup bu, j'ai mal dormi ; pendant que nous prenions notre petit déjeuner, Robert m'a considérée d'un air sévère :

— Tu as une sale mine !

— J'ai mal dormi ; et j'ai trop bu.

Il est venu derrière ma chaise et il a posé ses mains sur mes épaules : « Tu regrettes d'être rentrée ?

— Je ne sais pas, dis-je. Par moments ça me semble absurde de ne pas être là où quelqu'un a besoin de moi ; un vrai besoin, comme personne n'en a jamais eu de moi. Et je n'y suis pas.

357

— Tu crois que tu pourrais vivre là-bas, si loin de tout ? tu crois que tu serais heureuse ?

— Si vous n'existiez pas, j'essaierais, dis-je. Sûrement j'essaierais. »

Les mains se détachèrent de mes épaules ; Robert fit quelques pas et me regarda avec perplexité : « Tu n'aurais plus de métier, plus d'amis, tu serais entourée de gens qui n'ont aucune de tes préoccupations, qui ne parlent même pas ta langue, tu serais coupée de tout ton passé, et de tout ce qui compte pour toi... Je ne crois pas que tu tiendrais le coup longtemps.

— Peut-être pas », dis-je.

Oui, ma vie auprès de Lewis aurait été bien étriquée ; étrangère, inconnue, je n'aurais pu ni me faire une existence personnelle ni me mêler à ce grand pays qui ne serait jamais le mien ; je n'aurais été qu'une amoureuse serrée contre celui qu'elle aime. Je ne me sentais guère capable de vivre exclusivement pour l'amour. Mais que j'étais donc fatiguée de soulever chaque matin le poids si vain d'une journée où je n'étais exigée par personne ! Robert ne m'avait pas répondu qu'il avait besoin de moi. Jamais il ne me l'avait dit. Seulement, auparavant aucune question ne se posait ; ma vie n'était ni nécessaire ni gratuite : c'était ma vie. Maintenant Lewis m'avait interrogée : « Pourquoi ne pas rester, toujours. Pourquoi ? » Et moi qui m'étais promis de ne jamais le décevoir, j'avais répondu : « Non » ; il fallait justifier ce non ; et je ne trouvais pas de justification. Pourquoi ? pourquoi ? sa voix me poursuivait. Dans un sursaut j'ai pensé : « Mais rien n'est irréparable ! » Lewis vivait encore, moi aussi ; nous pouvions nous parler à travers l'Océan. Il avait promis de m'écrire le premier, d'ici une semaine ; si dans sa lettre il m'appelait encore, si ses regrets avaient l'accent d'un appel, je trouverais la force de renoncer à la vieille sécurité ; je répondrais : « Oui, je viens. Je viens pour rester près de vous aussi longtemps que vous voudrez me garder. »

Nous avons établi Robert et moi nos plans de voyages, j'ai fait des calculs soigneux et j'ai télégraphié à Lewis d'adresser sa lettre, poste restante, à Amalfi : pendant douze jours mon destin serait en suspens. Dans douze jours je déciderais peut-être de me risquer follement dans un avenir inconnu, ou alors je m'installerais à nouveau dans l'absence, dans l'attente. Pour l'instant je n'étais ni ici ni là, ni moi-même ni une autre, rien qu'une machine à tuer le temps, le temps qui d'ordinaire meurt si vite et qui n'en finissait pas d'agoniser. Nous avons pris un avion, des cars, des bateaux, j'ai revu Naples, Capri, Pompéi, nous avons découvert Herculanum, Ischia ; je suivais Robert, il m'intéressait à ce qui l'intéressait, je me rappelais ses souvenirs ; mais dès qu'il me laissait seule, quelle hébétude ! à peine faisais-je semblant de lire ou de regarder le décor qui se trouvait planté là ; par moments je ressuscitais avec une précision de schizophrène mon arrivée à Chicago, la nuit de Chichicastenango, nos adieux ; le plus souvent je dormais, jamais je n'ai autant dormi.

Robert a aimé Ischia, nous nous y sommes attardés et nous sommes arrivés à Amalfi trois jours après la date prévue. « Au moins, je suis tranquille, me disais-je en descendant de l'autocar, la lettre est là. » J'ai planté Robert et nos valises sur la place et j'ai marché vers la poste en essayant de ne pas courir ; comme toutes les postes, celle-ci sentait la poussière, la colle, l'ennui ; il ne faisait ni clair, ni sombre, les employés bougeaient à peine dans leurs cages, c'était vraiment un de ces endroits

où les jours se répètent à longueur d'année et les mêmes
gestes à longueur de jour sans que rien n'arrive jamais ;
je comprenais mal que mon cœur pût battre à se briser
tandis que je prenais la queue devant un des guichets ;
une jeune femme a déchiré une enveloppe, un grand
sourire a remué son visage ; ça m'a encouragée. J'ai
montré mon passeport d'un air engageant ; l'employé
a dédaigné les casiers alignés derrière lui, il a pris dans
un placard un paquet qu'il a feuilleté et il m'a tendu une
enveloppe : une lettre de Nadine. J'ai dit :

— Il y en a une autre.

La lettre de Nadine prouvait que la poste fonctionne,
que les lettres arrivent quand elles sont envoyées. J'ai
insisté :

— Je sais qu'il y en a une autre.

Avec un gentil sourire italien, il a posé le paquet
devant moi : « Regardez vous-même. »

Denal, Dolincourt, Dellert, Despeux ; je revins en
arrière, j'inspectai le paquet de A à Z ; toutes ces lettres !
il y en avait qui attendaient depuis des semaines et que
personne ne réclamait : pourquoi aucun marché n'était-il
possible ? aucun échange ? Je dis avec désespoir :

— Et dans le casier D, il n'y a rien à mon nom ?

— Toutes les lettres pour étrangers sont dans ce
paquet.

— Regardez tout de même.

Il a regardé et secoué la tête : « Non, rien. »

Je suis sortie de la poste, je suis restée sur le trottoir,
les bras ballants. Quel atroce escamotage ! Je n'étais
plus sûre du sol sous mes pieds, ni du calendrier ni de
mon propre nom. Lewis avait écrit, et les lettres arrivent,
donc sa lettre devait être ici : elle n'y était pas. Il était
trop tôt pour télégraphier : « Sans nouvelles, inquiète »,

trop tôt pour fondre en larmes, il ne s'agissait somme toute que d'un retard normal, on ne me laissait pas la ressource d'un vaste désespoir ; j'avais mal calculé, c'est tout : une erreur de calcul, c'est bien rare qu'on en meure. Pourtant tandis que je dînais avec Robert sur une terrasse fleurie qui surplombait la mer, je n'étais certainement pas vivante. Il me parlait de Nadine qui sortait assidûment avec Henri, je répondais, nous buvions du vin de Ravello, sur l'étiquette un monsieur moustachu souriait ; les phares des barques de pêche brillaient sur la mer ; autour de nous, il y avait une énorme odeur de plantes amoureuses, rien ne manquait, nulle part, sinon sur une feuille jaune des signes noirs, et ils auraient été les signes d'une absence ; l'absence d'une absence : ce n'est vraiment rien ; elle dévorait tout.

Une lettre était là le jour suivant. Lewis écrivait de New York. Ses éditeurs avaient donné un grand « party » en l'honneur de son livre, il voyait un tas de gens, il s'amusait beaucoup. Oh ! il ne m'avait pas oubliée, il était gai, il était tendre ; mais impossible de déchiffrer entre ses lignes le moindre appel. Je me suis assise à la terrasse d'un café, face à la poste, au bord de l'eau ; des petites filles en sarraux bleus, coiffées de chapeaux ronds, jouaient sur la plage et je les ai regardées longtemps, le cœur vide. Pendant quinze jours, j'avais disposé de Lewis, son visage hésitait entre le reproche et l'amour, il me serrait contre lui, il disait : « Je ne vous ai jamais tant aimée. » Il disait : « Revenez. » Et il était à New York, avec un visage inconnu, des sourires qui ne s'adressaient pas à moi, aussi réel que ce monsieur qui passait. Il ne me demandait pas de revenir ; souhaitait-il encore mon retour ? il suffisait de ce doute pour m'ôter la force de le vouloir. J'attendrais, comme l'an dernier ; seulement je ne savais plus pourquoi je m'étais condamnée aux horreurs de l'attente.

Il y a eu d'autres lettres, à Palerme, à Syracuse ; Lewis en envoyait une par semaine, comme autrefois ; et comme autrefois elles s'achevaient toutes par ce mot : Love, qui veut tout dire et ne signifie rien. Était-ce encore un mot d'amour, ou la plus banale des formules ? La tendresse de Lewis avait toujours été si discrète que je ne savais pas combien je pouvais prêter à sa discrétion. Autrefois, quand je lisais les phrases qu'il avait inventées pour moi, je retrouvais ses bras, sa bouche : était-ce sa faute ou la mienne si elles ne me réchauffaient plus ? Le soleil de Sicile grillait ma peau, mais au-dedans de moi il faisait toujours froid. Je m'asseyais sur mon balcon, ou je me couchais sur le sable, je regardais le ciel brûlant, la mer, et je frissonnais. Certains jours je détestais la mer ; elle était monotone et infinie comme l'absence ; ses eaux étaient si bleues qu'elles me semblaient sucrées ; je fermais les yeux ou je m'enfuyais.

Quand je me suis retrouvée à Paris, dans ma maison, avec des choses à faire, j'ai pensé : « Il faut me reprendre. » Se reprendre, comme on reprend une sauce tournée : ça se fait, c'est faisable. On se recule, on regarde ses soucis, ses ennuis, avec un clin d'œil d'amateur. Je me serais assise à côté de Robert et nous aurions parlé ; ou j'aurais bu du whisky avec Paule à cœur ouvert. D'ailleurs, j'étais capable de me faire la leçon toute seule. Lewis n'était dans mon existence qu'un épisode auquel les circonstances m'avaient fait attacher un prix excessif. Après des années d'abstinence, j'avais souhaité un nouvel amour, c'est très délibérément que j'avais provoqué celui-ci ; je l'avais exagérément exalté parce que je savais que ma vie de femme touchait à sa fin ; mais au fond je pouvais m'en passer. Si Lewis se détachait de moi, je reviendrais facilement à mon ancienne austérité ; ou bien je chercherais d'autres amants, et ils disent tous que quand on cherche on trouve. Mon tort, c'était de prendre mon corps tellement au sérieux : j'avais besoin d'une analyse qui m'enseignerait la désinvolture. Ah! c'est difficile de souffrir sans trahir. Une ou deux fois j'ai essayé de me dire : « Un jour cette histoire finira et je me retrouverai avec un beau souvenir derrière moi, autant en prendre tout de suite mon parti. » Mais je me suis révoltée. Quelle dérisoire comédie! Prétendre tenir notre histoire dans mes seules mains : c'est substituer à Lewis une image, c'est me changer en fantôme et notre passé en souvenirs exsangues. Notre amour n'est pas une anecdote que je peux extirper de ma vie pour me la raconter ; il existe hors de moi, Lewis et moi nous le portons ensemble ; il ne suffit pas de fermer les yeux pour supprimer le soleil : renier cet amour, c'est seulement m'aveugler. Non ; je refusai la prudente réflexion, la fausse solitude et ses consolations sordides. Et j'ai compris que ce refus était encore une feinte : en vérité je ne disposais pas de mon cœur ; j'étais impuissante contre cette angoisse qui s'emparait de moi chaque fois que je décachetais une lettre de Lewis ; mes sages discours ne combleraient pas ce vide au-dedans de moi. J'étais sans recours.

Quelle longue attente! Onze mois, neuf mois, et il restait toujours autant de terre et d'eau et d'incertitude entre nous. L'automne remplaçait l'été. Voilà que Nadine me dit un jour d'octobre :

— J'ai une nouvelle à t'apprendre.

Il y avait dans ses yeux un mélange inquiétant de
défi et de confusion.

— Quoi donc ?

— Je suis enceinte.

— Tu es sûre ?

— Absolument ; j'ai vu un médecin.

Je dévisageai Nadine ; elle savait se protéger et il y
avait une lueur narquoise dans son regard ; je dis :
« Tu l'as fait exprès ?

— Et après ? dit-elle. C'est un crime de vouloir un
enfant ?

— C'est d'Henri que tu es enceinte ?

— Je suppose, puisque c'est avec lui que je couche,
dit-elle en ricanant.

— Et il est d'accord ?

— Il ne sait encore rien.

J'insistai : « Mais il souhaitait un enfant ? »

Elle hésita : « Je ne lui ai pas demandé. »

Il y eut un silence et je dis : « Alors, qu'est-ce que tu
comptes faire ?

— Qu'est-ce que tu veux faire d'un enfant ? des petits
pâtés ?

— Je veux dire : tu comptes te marier avec
Henri ?

— Ça le regarde.

— Tu as bien ton idée.

— Mon idée, c'est d'avoir un enfant. Pour le reste, je
ne demande rien à personne. »

Jamais Nadine ne m'avait soufflé mot de ce désir de
maternité ; était-ce la malveillance qui me suggérait
qu'elle avait surtout souhaité par cette manœuvre
obliger Henri à l'épouser ?

— Tu seras forcée de demander, dis-je. Pour un temps

364

du moins, il faudra que ce soit ton père ou Henri qui supportent cette charge.

Elle se mit à rire avec un air de condescendance amusée : « Allons, donne-moi un conseil ; je vois bien que tu en meurs d'envie. »

— Tu me le reprocheras longtemps.

— Dis toujours.

— Ne suggère pas à Henri de t'épouser sans être sûre qu'il en a vraiment envie ; je veux dire qu'il en a envie égoïstement, pour lui-même, et pas seulement pour l'enfant et pour toi. Sans ça, ce sera un mariage désastreux.

— Je ne lui suggérerai rien, dit-elle de sa voix la plus aiguë. Mais qui te dit qu'il n'en a pas envie ? Bien sûr, si tu demandes à un homme s'il veut un enfant, il prend peur ; mais quand l'enfant est là, il est enchanté Moi je trouve que ça ferait beaucoup de bien à Henri d'être marié, d'avoir un foyer. La vie de bohème, c'est démodé. » Elle s'arrêta, à bout de souffle.

— Tu m'as demandé un conseil, je te l'ai donné, dis-je. Si tu crois sincèrement que le mariage ne pèsera ni à Henri, ni à toi, mariez-vous.

Je doutais que Nadine pût trouver le bonheur à l'intérieur d'une vie ménagère ; je la voyais mal tout absorbée à se dévouer à un mari et à un enfant. Et si Henri l'épousait par devoir, est-ce qu'il ne lui en garderait pas rancune ? Je n'osais pas le questionner. Ce fut lui qui provoqua un tête-à-tête ; un soir, au lieu d'entrer comme d'habitude dans le bureau de Robert, il vint frapper à la porte de ma chambre : « Je ne vous dérange pas ?

— Mais non. »

Il s'assit sur le divan : « C'est là-dessus que vous opérez ? demanda-t-il d'un air amusé.

365

— Oui ; vous voulez en tâter ?

— Qui sait ? dit-il. J'aurais besoin que vous m'expliquiez pourquoi je me sens si désespérément normal : c'est louche, non ?

— Il n'y a rien de plus louche! dis-je avec tant d'élan qu'il me regarda d'un air un peu surpris.

— Alors, il faut vraiment que je me fasse soigner, dit-il gaiement. Mais ce n'est pas de ça que je voulais vous parler », ajouta-t-il ; il sourit : « Je suis venu en quelque sorte vous demander la main de votre fille. »

Je souris aussi : « Est-ce que vous ferez un bon mari ?

— Je m'appliquerai. Vous vous méfiez de moi ? »

J'hésitai, et je dis franchement : « Si vous vous mariez seulement parce que ça arrange Nadine, je me méfie un peu.

— Je comprends ce que vous voulez dire, dit-il. N'ayez pas peur. L'histoire de Paule m'a servi de leçon. Non. D'abord je tiens à Nadine ; et puis, je vais peut-être vous étonner, mais je crois que j'ai une vocation de père de famille.

— Vous m'étonnez légèrement, dis-je.

— Pourtant c'est vrai ; j'en ai été surpris moi-même, mais quand Nadine m'a appris qu'elle était enceinte ça m'a fait un drôle de coup au cœur. Je ne sais pas comment vous expliquer. On se donne tant de mal pour fabriquer des livres que tout le monde critique, ou des pièces qui scandalisent les gens : et puis, simplement en me laissant aller à mon corps, j'ai créé quelqu'un de vivant ; pas un personnage de papier, ça sera un vrai enfant de chair et d'os ; et si facilement...

— J'espère que je vais vite me découvrir une vocation de grand-mère, dis-je. Je suppose que vous allez vous marier le plus tôt possible ? comment allez-vous

vous organiser ? il vous faudra un appartement.

— Nous n'avons pas envie de rester à Paris, dit Henri ; j'aimerais même quitter la France pendant quelque temps ; il paraît que dans certains coins d'Italie on trouve à louer des maisons pour pas cher.

— Et en attendant ?

— Vous savez, on n'a pas encore eu le temps de faire beaucoup de plans.

— Vous pouvez toujours vous installer à Saint-Martin, dis-je ; la maison est assez grande. »

L'idée n'a pas déplu à Nadine ; elle n'a pas voulu habiter le pavillon, parce qu'elle y avait de mauvais souvenirs, je suppose ; elle a fait aménager deux grandes chambres au second étage. Elle a abandonné son poste de secrétaire, elle s'est mise à compulser des livres de puériculture et à tricoter des layettes dont les couleurs éclatantes bousculaient joyeusement toutes les traditions, elle s'amusait beaucoup. C'était une période faste, semblait-il. Henri se félicitait d'avoir échappé aux tourments de la vie politique, Robert ne paraissait pas trop les regretter. Paule se déclarait enchantée de sa nouvelle vie. Elle habitait à présent l'hôtel de Belzunce où elle exerçait les fonctions mystérieuses de secrétaire ; Claudie lui prêtait des robes, et l'emmenait partout ; elle me parlait goulûment de ses sorties, de ses amants et elle voulait m'entraîner dans sa gloire.

— Enfin, fais-toi faire une robe du soir, me dit-elle. Tu n'as pas envie de t'habiller, de te montrer ?

— Me montrer à qui ?

— En tout cas, tu as besoin d'une robe d'après-midi. Cette merveilleuse étoffe indienne, qu'en as-tu fait ?

— Je ne sais pas ; elle est dans mes cartons.

— Il faut la retrouver.

367

Dérisoirement, elle s'est mise à chercher dans mon armoire la guenille princière qui, à l'autre bout du monde et du temps, avait abrité les épaules d'une v'lle Indienne.

— La voilà! on pourrait tailler une blouse extraordinaire là-dedans!

Je touchais avec stupeur l'étoffe aux couleurs de vitrail et de mosaïque. Un jour, dans une ville lointaine où montaient des fumées d'encens, un homme qui m'aimait l'avait jetée dans mes bras : comment avait-elle pu se matérialiser ici, aujourd'hui? De ce vieux songe à ma vie réelle, il n'y avait pas de passage. Pourtant le huipil était là ; et soudain, je ne savais plus où moi j'étais, pour de vrai : ici, en proie à des souvenirs délirants? ou ailleurs, rêvant que j'étais ici, mais déjà au bord du réveil qui me rendrait aux marchés indiens et aux bras de Lewis?

— Confie-le-moi, dit Paule. Claudie le fera couper par un couturier ; je m'arrangerai pour qu'on te le rapporte avant jeudi. Tu viendras jeudi, c'est juré?

— Ça ne m'amuse vraiment pas.

— J'ai promis à Claudie de t'amener. Je voudrais tant lui revaloir un peu tout ce qu'elle fait pour moi! La voix de Paule était aussi pathétique qu'au temps où elle me suppliait de la réconcilier avec Henri.

— Je viendrai un moment, dis-je.

Pour redorer ses jeudis, Claudie avait inventé de financer un prix littéraire décerné par un jury féminin, qu'elle présiderait bien entendu ; elle avait hâte d'annoncer ce grand événement au monde et bien que le projet fût encore vague, elle convoquait le jeudi suivant journalistes et Tout-Paris. Elle se serait fort bien passée de moi, mais un mot impérieux de Paule accompagnait le carton que j'ai reçu le mercredi soir et où gisait, métamorphosé, le vieux huipil. C'était à présent une blouse à ma taille, à la mode ; il s'y attachait une odeur du passé perdu et lorsque je l'ai enfilée, j'ai senti s'infiltrer dans mon sang quelque chose qui ressemblait à de l'espoir ; avec ma peau je touchais la preuve qu'entre le bonheur évanoui et ma torpeur d'aujourd'hui il y avait un passage : il pouvait donc y avoir un retour. Dans la glace mon image rafraîchie par ma toilette neuve était clémente : d'ici six mois, je n'aurais pas beaucoup vieilli ; je reverrais Lewis, il m'aimerait encore. En entrant dans le salon de Claudie je n'étais pas loin de penser : « Après tout, je suis encore jeune ! »

— J'avais tellement peur que tu ne viennes pas ! dit Paule ; elle m'entraîna au fond du vestibule : « Il faut que je te parle, dit-elle d'un air anxieux et important. Je voudrais que tu fasses encore quelque chose pour moi.

— Quoi donc ?

— Claudie tient énormément à ce que tu sois membre de notre jury.

— Mais je ne suis pas compétente ; et je n'ai pas le temps.

— Tu n'aurais rien à faire.

— Alors pourquoi tient-elle à moi ? dis-je en riant.

— Eh bien, à cause du nom, dit Paule.

— Le nom de Robert, dis-je. Le mien ne vaut pas cher.

— C'est le même nom », dit Paule hâtivement. Elle me poussa dans le petit salon : « J'ai peur de t'avoir mal parlé de ce projet ; il ne s'agit pas d'un jeu de société. »

Je m'assis avec résignation : depuis qu'elle était

guérie, Paule discourait à perte de vue sur des niaiseries ;
c'était consternant de la voir se passionner pour cette
histoire idiote autant que jadis pour le destin d'Henri ;
longuement elle me vanta les vertus du nombre sept : il
fallait sept membres dans ce jury. J'eus un sursaut
d'énergie : « Non Paule, je n'ai rien à voir là-dedans.
Non.

— Écoute, dit-elle d'un air inquiet, dis au moins à
Claudie que tu réfléchiras.

— Si tu veux ; mais c'est tout réfléchi. »

Elle se leva et sa voix se fit légère : « C'est vrai ce
qu'on raconte : qu'Henri va épouser Nadine ?

— C'est vrai. »

Elle se mit à rire : « Que c'est drôle! » Elle reprit son
sérieux : « Du point de vue d'Henri, c'est drôle. Mais je
plains Nadine. Tu devrais intervenir.

— Elle fait ce qu'elle veut, tu sais, dis-je.

— Pour une fois, use de ton autorité, dit Paule.
Il va la détruire comme il a voulu me détruire. Évidemment, pour elle Henri est un substitut de Robert,
ajouta-t-elle rêveusement.

— C'est bien possible.

— Enfin, je m'en lave les mains », dit Paule. Elle
marcha vers la porte : « Il ne faut pas que je t'accapare!
viens vite! » dit-elle avec une soudaine agitation.

Le salon était plein de monde ; un petit orchestre
jouait sans entrain des airs de jazz, quelques couples
dansaient ; la plupart des gens étaient occupés à boire
et à manger ; Claudie dansait avec un jeune poète qui
portait un pantalon de velours lavande, un sweatshirt
blanc, et un anneau d'or à une oreille ; il faut dire qu'il
étonnait un peu ; il y avait beaucoup de jeunes gens :
des candidats au nouveau prix littéraire, sans doute, et

370

ils se donnaient tous des airs d'attachés d'ambassade. Ça me fit plaisir de voir une tête connue : celle de Julien ; il était correctement habillé lui aussi et il n'avait pas l'air saoul ; je lui souris et il s'inclina devant moi :

— Puis-je vous inviter à danser ?

— Oh ! non ! dis-je.

— Et pourquoi ?

— Je suis trop vieille.

— Pas plus que d'autres, dit-il avec un coup d'œil vers Claudie.

— Non, mais presque autant, dis-je en riant.

Il rit aussi, mais Paule dit d'une voix sérieuse :

— Anne est bourrée de complexes ! elle regarda Julien avec coquetterie : « Pas moi.

— Quelle chance vous avez ! dit Julien en s'éloignant.

— Trop vieille ! quelle idée ! » me dit Paule d'un ton mécontent : « Jamais je ne me suis sentie plus jeune.

— On se sent comme on se sent », dis-je.

Ce petit coup de jeunesse qui m'avait étourdie un instant, il s'était bien vite dissipé. Les miroirs de verre sont trop indulgents : c'était ça le vrai miroir, le visage de ces femmes de mon âge, cette peau molle, ces traits brouillés, cette bouche qui s'effondre, ces corps qu'on devine curieusement bosselés sous leurs sangles. « Ce sont de vieilles peaux, pensais-je et j'ai leur âge. » L'orchestre s'est arrêté et Claudie a fondu sur moi :

— C'est gentil d'être venue. Il paraît que vous vous intéressez beaucoup à nos projets ? Je serais très heureuse que vous soyez des nôtres.

— J'en serais enchantée, dis-je. Seulement j'ai tant de travail en ce moment !

— Il paraît ; vous êtes en train de devenir la psycha-

371

nalyste à la mode. Laissez-moi vous présenter quelques-uns de mes protégés.

J'étais contente, mais un peu déconcertée qu'elle n'eût pas insisté davantage : elle ne tenait pas tant que ça à mon concours, Paule s'était fait des idées. J'ai serré un tas de mains : des jeunes gens, d'autres moins jeunes. Ils m'apportaient des coupes de champagne, des petits fours, ils s'empressaient, certains maniaient le compliment avec délicatesse ; tous me confiaient entre deux sourires quelque menu rêve : obtenir une entrevue avec Robert, un article de lui pour une jeune revue qui se lançait, une recommandation auprès de Mauvanes, une critique aimable dans *Vigilance*, ou encore ils souhaitaient tant y voir leur nom imprimé! Quelques-uns plus ingénus ou plus cyniques m'ont demandé des conseils : comment s'y prendre pour décrocher un prix et d'une manière générale, pour arriver? A leur idée, je devais en connaître des combines! Je doutais de leur avenir ; on ne devine pas à vue de nez si quelqu'un a ou non du talent, mais on se rend vite compte s'il a de vraies raisons d'écrire : tous ces piliers de salon, ils n'écrivaient que parce qu'on peut difficilement faire autrement quand on tient à mener une vie littéraire, mais aucun d'eux n'aimait le tête-à-tête avec le papier blanc ; ils désiraient le succès sous sa forme la plus abstraite, et malgré tout ce n'est pas la meilleure manière de l'obtenir. Je les trouvais aussi ingrats que leur ambition. L'un d'eux m'a presque dit : « Je suis prêt à payer. » Il y en avait beaucoup que Claudie faisait payer, en nature ; elle rayonnait tandis qu'elle s'expliquait avec des journalistes au milieu d'un cercle d'admirateurs à la chair fraîche. Paule profitait mal de l'aubaine ; elle avait jeté son dévolu sur Julien ; assise à côté de lui, les jambes haut croisées, des jambes encore très belles, elle avait appelé dans ses yeux toute son âme et elle parlait à perdre haleine ; un novice, étourdi par tant de mots, aurait eu bien du mal à se refuser, mais Julien connaissait toutes les chansons. J'écoutais la voix pressante d'un grand vieillard dont le crâne dégarni imitait l'image traditionnelle du génie, et je me faisais des serments : si jamais je perds Lewis, quand j'aurai perdu Lewis, je renoncerai tout de suite et pour toujours à me croire encore une femme : je ne veux pas leur ressembler.

— Voyez-vous, madame Dubreuilh, disait le vieux, je n'en fais pas une question d'ambition personnelle mais les choses que je dis doivent être entendues ; personne n'ose les dire : il faut un vieux fou comme moi pour s'y risquer. Et il n'y a qu'un homme assez courageux pour me soutenir : votre mari.

— Il sera sûrement très intéressé, dis-je.

— Mais il faut que son intérêt soit agissant, dit-il avec véhémence. Ils me disent tous : c'est remarquable, c'est passionnant ! et au moment de publier, ils prennent peur. Si Robert Dubreuilh comprend l'importance de cet ouvrage, auquel j'ai consacré, je peux le dire sans mentir, des années de ma vie, il se doit de l'imposer. Il suffirait d'une préface de lui.

— Je lui en parlerai, dis-je.

Il m'excédait, ce vieux, mais j'avais pitié de lui. Quand on réussit, on a un tas de problèmes, mais on en a aussi quand on ne réussit pas. Ça doit être morne de parler et de parler sans jamais éveiller un écho. Il avait publié jadis deux ou trois livres obscurs, celui-ci représentait sa dernière chance et j'avais peur qu'il ne fût pas bien bon non plus : je me méfiais de tous les gens qui étaient ici. Je me faufilai à travers la cohue et je touchai le bras de Paule.

— Je crois que j'ai fait tout mon devoir. Je m'en vais. Tu me téléphoneras.

— Tu as bien une seconde? elle saisit mon bras avec des airs de conspirateur : « Il faut que je te demande un conseil, à propos de mon livre ; ça m'a tourmentée toutes ces nuits. Crois-tu qu'il serait de bonne politique de faire paraître le premier chapitre dans *Vigilance*?

— Ça dépend, dis-je : du chapitre et de l'ensemble du livre.

— Sans aucun doute, le livre est fait pour être asséné au lecteur d'un seul coup, dit Paule ; il faudrait qu'il le reçoive dans l'estomac sans avoir le temps de se reprendre. Mais d'autre part, une publication dans *Vigilance*, c'est une garantie de sérieux. Je ne veux pas qu'on me prenne pour une femme du monde qui fait des ouvrages de dame...

— Passe-moi le manuscrit, dis-je. Robert te donnera son avis.

— Je ferai poser un exemplaire chez toi demain matin », dit-elle. Elle me planta là et courut vers Julien : « Vous partez déjà?

— Je suis désolé, je dois partir.

— Vous n'oublierez pas de me téléphoner?

— Je n'oublie jamais rien. »

Julien a descendu l'escalier en même temps que moi et il m'a dit de sa voix policée : « Une femme bien charmante, Paule Mareuil ; seulement elle aime trop les queues ; remarquez qu'en soi une queue ce n'est pas une mauvaise chose ; mais les collectionneurs m'ennuient.

— Il me semble que vous avez aussi vos collections, dis-je.

— Non! ce qui définit le collectionneur, c'est le catalogue ; je n'ai jamais tenu de catalogue. »

J'étais de mauvaise humeur en quittant Julien : ça me blessait que Paule fît parler d'elle sur ce ton. Mais tout en échangeant ma toilette d'apparat contre une robe de chambre, je me demandais : « Après tout, pourquoi ? elle s'en fout de ce qu'on pense d'elle, elle a sans doute raison. » Je me voulais différente de ces ogresses trop mûres : en vérité, j'avais d'autres ruses qui ne valaient pas mieux que les leurs. Je me dépêche de dire : je suis finie, je suis vieille ; comme ça j'annule ces trente ou quarante années où je vivrai, vieille et finie, dans le regret du passé perdu ; on ne me privera de rien puisque j'ai déjà renoncé : il y a plus de prudence que d'orgueil dans ma sévérité ; et au fond elle couvre un grossier mensonge : je nie la vieillesse en refusant ses marchandages. Sous ma chair défraîchie j'affirme la survivance d'une jeune femme aux exigences intactes, rebelle à toutes les concessions, et qui dédaigne les tristes peaux de quarante ans ; mais elle n'existe plus, elle ne renaîtra jamais, même sous les baisers de Lewis.

Le lendemain, j'ai lu le manuscrit de Paule : dix pages aussi vides, aussi fades qu'un texte de *Confidences*. Inutile de me frapper : au fond, elle ne tenait pas tant que ça à écrire, un échec ne serait pas tragique ; elle s'était assurée une bonne fois contre le tragique, elle avait pris son parti de tout. Mais je me résignai mal à sa résignation. J'en étais même si attristée que je me dégoûtais de plus en plus de mon métier ; souvent j'avais envie de dire à mes malades : « N'essayez donc pas de guérir, on guérit toujours assez. » J'avais beaucoup de clients, et justement cet hiver-là j'ai réussi quelques cures difficiles ; mais le cœur n'y était pas. Décidément,

je ne comprenais plus pourquoi il est bon que les gens
dorment la nuit, qu'ils fassent l'amour avec facilité,
qu'ils soient capables d'agir, de choisir, d'oublier, de
vivre. Autrefois, ça me semblait urgent de les délivrer,
tous ces maniaques enfermés dans leurs malheurs
étriqués, alors que le monde est si vaste ; à présent, je
ne faisais plus qu'obéir à de vieilles consignes quand
j'essayais de les arracher à leurs obsessions : voilà que
je m'étais mise à leur ressembler! Le monde était toujours aussi vaste : et je ne réussissais plus à m'y intéresser.

« C'est scandaleux! » me suis-je dit ce soir-là. Ils discutaient dans le bureau de Robert, ils parlaient du plan
Marshall, de l'avenir de l'Europe, de tout l'avenir, ils
disaient que les risques de guerre grandissaient, Nadine
les écoutait d'un air effrayé ; la guerre, ça nous concerne
tous, et je ne prenais pas à la légère ces voix inquiètes ;
pourtant je ne pensais qu'à cette lettre, à une ligne de
cette lettre : « A travers l'Océan, les bras les plus tendres
sont bien froids. » Pourquoi en m'avouant des aventures
sans importance, Lewis écrivait-il ces mots hostiles ?
je ne lui avais pas demandé de m'être fidèle, ç'aurait été
stupide avec toute cette eau et toute cette écume entre
nous. Évidemment il m'en voulait de mon absence : me
la pardonnerait-il jamais ? retrouverais-je un jour son
vrai sourire ? Autour de moi ils s'interrogeaient sur le
sort qui menaçait des millions d'hommes, c'était aussi
mon sort ; et je ne me souciais que d'un sourire, un
sourire qui n'arrêterait pas les bombes atomiques, qui ne
pouvait rien contre rien, ni pour personne : il me cachait
tout. « C'est scandaleux », me suis-je répété ; vraiment,
je ne me comprenais pas. Après tout, être aimée, ce
n'est pas une fin ni une raison d'être, ça ne change rien

376

à rien, ça n'avance à rien : même moi, ça ne m'avance à rien. Je suis là, Robert parle avec Henri, ce que pense Lewis, là-bas, en quoi ça me touche-t-il ? Faire dépendre mon destin d'un cœur qui n'est qu'un cœur parmi des millions d'autres, il faut que j'aie perdu la raison ! J'essayais d'écouter, mais en vain ; je me disais : Mes bras sont froids. « Après tout, ai-je pensé, il suffira d'un spasme de mon cœur qui n'est qu'un cœur parmi des millions d'autres pour que ce vaste monde cesse de me concerner à jamais. La mesure de ma vie, c'est aussi bien un seul sourire que l'univers entier ; choisir l'un ou l'autre, c'est aussi arbitraire. » D'ailleurs, je n'avais pas le choix.

J'ai répondu à Lewis, et j'ai dû trouver les mots propices car sa lettre suivante était détendue et confiante. Dorénavant, c'est sur un ton d'amitié complice qu'il m'a tenue au courant de sa vie. Il avait vendu son livre à Hollywood, il avait de l'argent, il louait une maison au bord du lac Michigan. Il semblait heureux. C'était le printemps. Nadine et Henri se sont mariés : eux aussi ils semblaient heureux. Pourquoi pas moi ? J'ai rassemblé tout mon courage. J'ai écrit : « Je voudrais bien voir la maison du lac. » Il pouvait négliger cette phrase, ou me dire : « L'année prochaine vous verrez la maison », ou bien : « Je ne pense pas que vous la voyiez jamais. » Quand j'ai tenu entre mes mains l'enveloppe qui enfermait sa réponse, je me suis raidie comme si j'avais affronté un peloton d'exécution. « Il ne faut pas me faire d'illusion, me disais-je. S'il ne dit rien, c'est qu'il ne veut pas me revoir. » J'ai déplié le papier jaune et les mots m'ont tout de suite sauté aux yeux : « Venez à la fin de juillet, la maison sera tout juste prête. » Je me suis laissée tomber sur le divan : à la dernière seconde

377

on m'avait graciée. J'avais eu si grand-peur que je n'ai éprouvé d'abord aucune joie. Et puis, brutalement, j'ai senti les mains de Lewis contre ma peau et j'ai suffoqué : Lewis! Assise près de lui dans la chambre de New York, j'avais dit : « Nous reverrons-nous ? » Il répondait : « Venez. » Entre nos deux répliques, rien ne s'était passé, cette année fantôme était abolie et je retrouvais mon corps vivant. Quel miracle! Je l'ai fêté comme un enfant prodigue ; moi qui d'ordinaire m'en soucie si peu, pendant tout un mois je l'ai chéri ; je l'ai voulu poli, verni, paré ; je me suis fait faire des robes de plage, des bains de soleil ; dans les cotonnades fleuries je possédais déjà le lac bleu, les baisers ; on voyait cette année-là dans les vitrines d'absurdes jupons longs et soyeux : j'en achetai ; j'acceptai que Paule me fît cadeau du parfum le plus coûteux de Paris. Cette fois j'ai cru aux agences de voyage, au passeport, au visa et aux routes du ciel. L'avion, quand j'y suis montée m'a paru aussi sûr qu'un train de banlieue.

Robert s'était arrangé pour me procurer des dollars à New York. Je retournai à l'hôtel où j'étais descendue à mon premier voyage et on m'y donna, à quelques étages près, la même chambre. Dans les corridors à l'odeur feutrée où veillait un lumignon rouge, je retrouvai le même silence qu'au temps où la curiosité était ma seule passion ; pendant quelques heures, j'ai connu de nouveau l'insouciance. Paris n'existait plus, Chicago pas encore, je marchais dans les rues de New York et je ne pensais à rien. Le lendemain matin je me suis affairée paisiblement dans des bureaux et dans des banques. Et puis je suis remontée dans ma chambre pour chercher ma valise. J'ai regardé dans la glace la femme que ce soir Lewis allait prendre dans ses bras. Il décoifferait ces cheveux, j'arracherais sous ses baisers la blouse taillée dans un huipil indien ; j'y attachai la rose qui serait tout à l'heure piétinée, je touchai ma nuque avec le parfum que m'avait donné Paule : j'avais vaguement l'impression de préparer pour un sacrifice une victime qui n'était pas moi ; une dernière fois je la contemplai : il me semblait qu'on pouvait l'aimer si on m'avait aimée.

J'atterris à Chicago quatre heures plus tard. Je pris un taxi et cette fois je trouvai la maison sans histoires ; le décor était exactement planté ; l'enseigne SCHILTZ rougeoyait en face de la grande affiche ; Lewis assis sur le balcon devant une table lisait. Il m'a fait un signe souriant, il est descendu en courant, il m'a prise dans ses bras et il a dit les mots prévus : « Vous êtes revenue ! enfin ! » Peut-être la scène se déroulait-elle avec une fidélité trop fatale : elle ne semblait pas tout à fait réelle, on aurait dit une copie un peu floue de l'année passée. Ou peut-être étais-je seulement déconcertée par la nudité de la chambre : plus une gravure, plus un livre : « Quel vide !

— J'ai tout expédié à Parker.

— La maison est prête ? comment est-elle ?

— Vous verrez, dit-il. Vous verrez bientôt. » Il me berçait contre lui. « Quelle drôle d'odeur », dit-il avec un petit sourire étonné. C'est cette rose ?

— Non. c'est moi.

— Mais vous n'aviez pas cette odeur autrefois ? »

Soudain, j'eus honte du parfum le plus coûteux de Paris, de la coupe étudiée de ma blouse et de mes jupons soyeux : à quoi bon tous ces artifices ? il n'en avait pas eu besoin pour me désirer. Je cherchai sa bouche ; je n'avais pas tellement envie de faire l'amour mais je voulais être sûre qu'il me désirait encore. Ses mains froissèrent la soie des jupons, la rose tomba par terre, ma blouse aussi et je ne me posai plus de question.

Je dormis longtemps ; quand je me réveillai il était plus de midi. Pendant que je déjeunais, Lewis s'est mis à me parler des voisins que nous aurions à Parker et entre autres de Dorothy, une ancienne amie, qui avait divorcé après un mariage malheureux et qui vivait avec ses deux enfants, chez sa sœur et son beau-frère, à deux ou trois milles de notre maison. Je ne m'intéressai pas beaucoup à Dorothy et peut-être l'a-t-il senti car il m'a demandé brusquement :

— Ça vous ennuierait que je prenne à la radio un match de base-ball ?

— Pas du tout. Je lirai les journaux.

— Je vous ai gardé tous les *New Yorkers*, dit Lewis avec empressement, et j'ai marqué les articles intéressants.

Il posa sur la table de nuit une pile de magazines et il ouvrit la radio. Nous nous sommes étendus sur le lit et je commençai à feuilleter les *New Yorkers*. Mais j'étais mal à l'aise. Ça nous était arrivé souvent les autres années de lire ou d'écouter la radio côte à côte, sans parler : seulement aujourd'hui, je venais tout juste d'arriver, je trouvai étrange que Lewis ne pensât qu'au base-ball quand j'étais couchée près de lui. L'an dernier, nous avions passé toute la première journée à faire l'amour. Je tournai une page, mais je n'arrivais pas à lire. Cette nuit, avant d'entrer en moi, Lewis avait éteint la lumière, il ne m'avait pas donné son sourire, il n'avait pas prononcé mon nom : pourquoi ? Je m'étais endormie sans me poser de question, mais oublier une question, ce n'est pas y répondre. « Il ne m'a peut-être pas tout à fait retrouvée, pensais-je. Se retrouver après un an, c'est difficile. Patience, il me retrouvera. » Je commençai un article et je m'arrêtai, la gorge serrée ; je me fichais du dernier Faulkner et de tout le reste, j'aurais dû être dans les bras de Lewis et je n'y étais pas : pourquoi ? cette partie de base-ball n'en finissait pas. Des heures ont passé, Lewis écoutait toujours ; si au moins j'avais pu dormir, mais j'étais gavée de sommeil ; je me suis décidée :

— Vous savez, Lewis, j'ai faim, dis-je gaiement. Vous n'avez pas faim ?

— Patientez encore dix minutes, dit Lewis. J'ai parié trois bouteilles de scotch sur les Géants : c'est important trois bouteilles de scotch, non ?

— Très important.

Je reconnaissais bien le sourire de Lewis, et cette voix railleuse et tendre ; tout ça aurait été normal un autre jour. Après tout, c'était peut-être normal qu'aujourd'hui ressemble à n'importe quel autre jour ; mais le fait est que ces dernières minutes me parurent horriblement longues.

— J'ai gagné! dit Lewis joyeusement. Il se leva, et tourna le bouton. « Pauvre petite affamée, nous allons vous nourrir! »

Je me levai aussi et je me donnai un coup de peigne : « Où m'emmenez-vous ?

— Que diriez-vous du vieux restaurant allemand ?

— C'est une bonne idée. »

J'aimais bien ce restaurant, j'y avais de bons souvenirs. Nous avons causé gaiement en mangeant des saucisses au chou rouge. Lewis m'a raconté son séjour à Hollywood. Ensuite il m'a emmenée dans le bar des clochards et dans le petit dancing noir où jouait autrefois Big Billy ; il riait, je riais, le passé ressuscitait.

Brusquement j'ai pensé : « Oui, tout ça c'est bien imité! » Pourquoi ai-je pensé ça ? Qu'est-ce qui clochait ? Rien ; rien du tout. Ça devait être moi qui me faisais des idées, le voyage en avion m'avait fatiguée, et aussi l'émotion de l'arrivée. Évidemment, je délirais. Lewis m'avait dit un an plus tôt : « Je n'essaierai plus de ne pas vous aimer. Jamais je ne vous ai tant aimée. » Il me l'avait dit, c'était hier et c'était toujours moi, et c'était toujours lui. Dans le taxi qui nous ramenait vers notre lit, je me suis installée dans ses bras ; c'était bien lui ; je reconnaissais la chaleur râpeuse de son épaule ; je n'ai pas retrouvé sa bouche, il ne m'a pas embrassée ; et au-dessus de ma tête j'ai entendu un bâillement.

Je n'ai pas bougé ; mais je me suis sentie couler au fond de la nuit ; j'ai pensé : « Ça doit être comme ça quand on est fou. » Deux lumières aveuglantes déchiraient les ténèbres, deux vérités également sûres et qui ne pouvaient pas être vraies ensemble : Lewis m'aime ; et quand il me tient dans ses bras, il bâille. Je montai l'escalier, je me déshabillai. Il fallait que je pose une question à Lewis, une question très simple ; d'avance, elle me déchirait la gorge, mais tout valait mieux que cette horreur confuse. Je me couchai. Il se coucha à côté de moi et s'enroula dans les draps :

— Bonne nuit.

Déjà il me tournait le dos ; je m'agrippai à lui :

— Lewis. Qu'y a-t-il ?

— Rien du tout. Je suis fatigué.

— Je veux dire : toute la journée, qu'y a-t-il eu ? Vous ne m'avez pas retrouvée ?

— Je vous ai retrouvée, dit-il.

— Alors, c'est que vous ne m'aimez plus ?

Il y eut un silence : un silence décisif et je restai stupide. Toute la soirée j'avais eu peur, mais je n'avais pas cru sérieusement que ma peur pût être justifiée ; et soudain aucun doute n'était plus possible. Je répétai : « Vous ne m'aimez plus ?

— Je tiens toujours à vous, beaucoup ; j'ai beaucoup d'affection pour vous, dit Lewis d'une voix songeuse. Mais ce n'est plus de l'amour. »

Voilà ; il l'avait dit ; j'avais entendu ces mots de mes oreilles, et rien ne pourrait les effacer, jamais. Je gardai le silence. Je ne savais plus que faire de moi. J'étais restée exactement la même ; et le passé, l'avenir, le présent, tout chancelait. Il me semblait que ma voix même ne m'appartenait plus.

— Je le savais! dis-je. Je savais que je vous perdrais. Dès le premier jour, je l'ai su. Au club Delisa, c'est pour ça que j'ai pleuré : je savais. Et maintenant c'est arrivé. Comment est-ce arrivé ?

— C'est plutôt qu'il n'est rien arrivé, dit Lewis. Je vous ai attendue sans impatience, cette année. Oui, une femme, c'est agréable ; on cause, on couche ensemble, et puis elle repart : il n'y a pas de quoi perdre la tête. Mais je me disais que peut-être en vous revoyant quelque chose se passerait... »

Il parlait d'une voix détachée, comme si cette histoire ne m'avait pas concernée.

— Je comprends, dis-je faiblement. Et il ne s'est rien passé...

— Non.

Je pensai avec égarement : « C'est à cause de cette drôle d'odeur, de ces soieries ; il n'y a qu'à tout recommencer : je porterai le tailleur de l'année dernière... » Mais évidemment mes jupons n'y étaient pour rien.

J'entendis ma voix de très loin : « Alors, qu'est-ce que nous allons faire ?

— Mais j'espère bien que nous allons passer un plaisant été! dit Lewis. N'avons-nous pas passé une bonne journée ?

— Une journée d'enfer!

— Vraiment ? » Il avait l'air désolé : « Je pensais que vous n'aviez rien remarqué.

— J'ai tout remarqué. »

Ma voix m'abandonna ; je ne pouvais plus parler, et d'ailleurs, à quoi bon ? L'an dernier, quand Lewis avait essayé de ne plus m'aimer, j'avais senti à travers ses rancunes et ses mauvaises humeurs qu'il y parvenait mal : j'avais toujours gardé de l'espoir. Cette année, il ne se forçait pas : il ne m'aimait plus, ça me sautait aux yeux. Pourquoi ? Comment ? Depuis quand ? Peu importait, toutes les questions étaient vaines ; comprendre c'est important quand on espère encore et j'étais sûre que je n'avais rien à espérer.

Je murmurai : « Eh bien, bonne nuit. »

Un instant il m'a retenue contre lui : « Je ne voudrais pas que vous soyez triste », dit-il. Il caressa mes cheveux : « Ça n'en vaut pas la peine.

— Ne vous inquiétez pas pour moi, dis-je. Je vais dormir.

— Dormez, dit-il. Dormez bien. »

Je fermai les yeux ; oui sûrement, j'allais dormir. Je me sentais plus épuisée qu'après une nuit de fièvre. « Voilà, pensai-je froidement : rien ne s'est passé ; c'est normal ; l'anormal, c'est qu'un jour quelque chose se soit passé. Quoi ? pourquoi ? » Au fond je n'avais jamais compris : c'est toujours immérité l'amour ; Lewis m'avait aimée sans raison valable ; je ne m'en étais

384

pas étonnée : maintenant il ne m'aimait plus, ce n'était pas étonnant non plus, c'était même très naturel. Soudain les mots explosèrent dans ma tête. « Il ne m'aime plus. » Il s'agissait de moi, j'aurais dû hurler à la mort. Je me suis mise à pleurer. Chaque matin il disait : « Pourquoi riez-vous ? pourquoi êtes-vous si rose, si chaude ? » Je ne rirais plus. Il disait : « Anne ! » Plus jamais il ne le dirait avec cet accent. Plus jamais je ne reverrais son visage de plaisir et de tendresse. « Il faudra tout rembourser, pensais-je à travers mes sanglots ; tout ce qui m'a été donné sans que je l'aie demandé, il faudra le payer avec son poids de larmes. » Une sirène a gémi au loin, des trains sifflaient. Je pleurais. Mon corps se vidait à grands frissons de sa chaleur, je devenais froide et molle comme un vieux cadavre. Si j'avais pu me supprimer tout à fait ! Au moins tant que je pleurais, je n'avais plus d'avenir, je n'avais plus rien en tête : il me semblait que je pourrais sangloter sans ennui jusqu'à la fin du monde.

Ce fut la nuit qui se fatigua la première ; le store de la cuisine jaunit, une ombre touffue s'y imprima en traits décidés. Bientôt il me faudrait me tenir debout, articuler des mots, faire face à un homme qui avait dormi sans larmes. Si au moins j'avais pu lui en vouloir, ça nous aurait rapprochés. Mais non : c'était simplement un homme à qui rien n'était arrivé. Je me levai ; dans la cuisine le matin était silencieux et familier, pareil à tant d'autres matins. Je me versai un verre de whisky que j'avalai avec un cachet de benzédrine.

— Avez-vous dormi ? dit Lewis.

— Pas beaucoup.

— Vous avez eu bien tort !

Il commença à s'affairer dans la cuisine, il me tournait le dos, ça m'aida à parler : « Il y a une chose que je ne comprends pas, dis-je. Pourquoi m'avez-vous laissée venir ? vous auriez dû m'avertir.

— Mais j'avais envie de vous voir », dit Lewis vivement. Il se retourna et me sourit avec innocence : « Je suis content que vous soyez là, je suis content de passer cet été avec vous.

— Vous oubliez une chose, dis-je. C'est que moi je vous aime. Ça n'est pas gai de vivre à côté de quelqu'un qu'on aime et qui ne vous aime pas.

— Vous ne m'aimerez pas toujours, dit Lewis d'un ton léger.

— Peut-être. Mais pour l'instant je vous aime. »

Il sourit : « Vous avez trop de bon sens pour que ça dure longtemps. Sérieusement, reprit-il, pour aimer quelqu'un d'amour, il faut se monter la tête ; quand on est deux à jouer le jeu, ça peut valoir le coup ; mais si on joue seul, ça devient stupide. »

Je le regardai avec perplexité. Était-il vraiment inconscient, ou est-ce qu'il faisait semblant ? Peut-être parlait-il sincèrement : peut-être l'amour avait-il perdu toute importance à ses yeux depuis qu'il ne m'aimait plus. En tout cas, délibéré ou étourdi, son égoïsme me prouvait que je ne comptais plus guère pour lui. Je m'étendis sur le lit. J'avais mal à la tête. Lewis se mit à ranger des livres dans des caisses, et je m'avisai soudain que je n'avais pas touché le fond. J'étais couchée sur la couverture mexicaine, je regardais le store jaune, les murs : je n'étais plus aimée mais je me sentais encore chez moi, et peut-être tout ça appartenait-il à une autre. Peut-être Lewis aimait-il une autre femme. Il y avait eu des femmes dans sa vie, cette année ; il m'en avait parlé, et aucune ne m'avait paru bien inquiétante ; mais peut-être en avait-il rencontré une dont précisément il ne m'avait pas parlé. Je l'appelai :

— Lewis !

Il releva la tête : « Oui ?

— Il faut que je vous pose une question : est-ce qu'il y a une autre femme ?

— Oh ! grands dieux non ! dit-il avec élan. Je ne serai plus jamais amoureux ! »

Je soupirai. Le pire m'était épargné ! ce visage que je ne verrais plus, cette voix que je n'entendrais plus, ils n'existaient pour personne d'autre.

— Pourquoi dites-vous ça ? demandai-je, on ne peut jamais savoir.

Lewis secoua la tête : « Je pense que je ne suis pas fait pour l'amour, dit-il d'une voix un peu hésitante. Avant vous, aucune femme n'avait compté. Je vous ai rencontrée à un moment où ma vie me semblait très vide : c'est pour ça que je me suis jeté dans cet amour avec tant de précipitation ; et puis ça a fini par finir. » Il me dévisagea en silence : « Pourtant, s'il y a quelqu'un qui était fait pour moi, c'était vous, ajouta-t-il. Après vous, il ne peut plus y avoir personne.

— Je vois », dis-je.

La voix amicale de Lewis acheva de me désespérer. S'il avait été agressif, injuste, j'aurais sans doute essayé de me défendre ; mais non ; il semblait presque aussi désolé que moi de ce qui nous arrivait. Ma tête me faisait de plus en plus mal et je renonçai à l'interroger davantage. La seule question décisive : « Lewis, si j'étais restée, auriez-vous continué à m'aimer ? » elle était inutile puisque précisément je n'étais pas restée.

Lewis a été m'acheter des cachets calmants, j'en ai absorbé deux, j'ai dormi. Je me suis réveillée en sur-

saut. « Ça a fini par finir! » me suis-je dit aussitôt. Je me
suis assise près de la fenêtre ; dans mon dos Lewis
emballait des assiettes ; il faisait déjà très chaud ; des
enfants jouaient à la balle dans les orties, une petite
fille chancelait sur un tricycle rouge et je me mordais
les lèvres pour ne pas fondre en larmes. Je suivis des yeux
une longue auto luxueuse qui frôlait le trottoir et je
détournai la tête : la même vue ; la même chambre ;
sur le store jaune était brochée une ombre noire ; Lewis
portait un de ses vieux pantalons rapiécés, il sifflotait ;
le passé me narguait, je ne pouvais plus le supporter.
Je me levai :

— Je vais faire un tour, dis-je.

J'ai pris un taxi, je me suis fait conduire jusqu'au
Loop et j'ai marché longtemps : marcher, ça occupe
presque autant que de pleurer. Les rues me semblaient
hostiles. J'avais aimé cette ville, j'avais aimé ce pays :
mais les choses avaient changé en deux ans et l'amour
de Lewis ne me protégeait plus. Maintenant l'Amérique,
ça signifiait bombe atomique, menaces de guerre,
fascisme naissant ; la plupart des gens que je croisais
étaient des ennemis : j'étais seule, dédaignée, perdue.
« Qu'est-ce que je fais donc ici ? » me demandai-je. A
la fin de l'après-midi, je me retrouvai au pied de l'enseigne SCHILTZ ; dans l'impasse, les poubelles fumaient
avec une bonne odeur d'automne. Je montai l'escalier
de bois, je regardai fixement le damier rouge et blanc
qui camouflait le réservoir à gaz ; un train passa au
loin et le balcon trembla. C'était ainsi exactement le
premier jour, les autres jours. « Je ferais mieux de rentrer à Paris », me dis-je. J'apercevais le coin de l'avenue
où déjà mon départ m'attendait ; le taxi qui m'empor-
terait roulait quelque part dans la ville ; Lewis l'arrê-

terait d'un geste que je connaissais, la portière claquerait, elle avait déjà claqué, une fois, deux fois, trois fois ; et cette fois-ci ça serait pour toujours. A quoi bon trois mois d'agonie ? « Tant que je verrai Lewis, tant qu'il me sourira, je n'aurai jamais la force de tuer en moi notre amour ; mais tuer à distance, tout le monde en est capable. » J'agrippai la balustrade. « Je ne veux pas le tuer. » Non, je ne voulais pas qu'un jour Lewis fût pour moi aussi mort que Diégo.

— J'espère que la maison des dunes va vous plaire ! m'a dit Lewis le lendemain matin.

— Oh ! sûrement, dis-je.

Il entassait dans des caisses les derniers livres, les dernières boîtes de conserves. J'étais contente de quitter Chicago. Du moins à Parker les choses ne s'entêteraient pas à parodier le passé, il y aurait un jardin et nous aurions deux lits, ça serait moins étouffant. Je me mis à faire ma valise ; j'enfouis tout au fond le huipil indien : jamais plus je ne le porterais, il me semblait qu'il y avait quelque chose de maléfique dans ses broderies ; je touchai avec répugnance toutes ces jupes, ces blouses, ces bains de soleil que j'avais choisis avec tant de soin. Je refermai la valise et je me versai un grand verre de whisky.

— Vous ne devriez pas tant boire ! dit Lewis.

— Pourquoi pas ?

J'avalai une pastille de benzédrine ; j'avais besoin de secours pour traverser ces journées où je devais réapprendre heure par heure qu'il ne n'aimait plus. Et aujourd'hui des amis venaient nous chercher en auto, je n'aurais pas une minute pour aller pleurer tranquillement dans quelque coin.

— Anne. Evelyne, Ned.

Je serrai les mains. Je souris. L'auto traversa la ville et puis des parcs et des banlieues ; Evelyne me parlait, je répondais. Nous avons traversé une immense plaine hérissée de hauts-fourneaux, des lotissements, des bois bien peignés, et nous nous sommes arrêtés au bout d'une route que barraient des herbes géantes ; une allée de gravier conduisait vers une maison blanche ; devant, il y avait une pelouse qui descendait en pente douce vers un étang. Je regardai de tous mes yeux les dunes étincelantes, l'eau fleurie de nénuphars, les rideaux d'arbres touffus ; j'allais vivre ici pendant deux mois, comme si j'y étais chez moi, et puis je partirais pour ne jamais revenir !

— Alors ? dit Lewis.

— C'est magnifique !

Au bout de la pelouse, à côté d'un four de briques dont la cheminée fumait, des gens étaient assis ; ils crièrent gaiement : « Bienvenue aux nouveaux locataires ! »

Je serrai des mains : Dorothy, sa sœur Virginia, son beau-frère Willie qui travaillait dans les hauts-fourneaux voisins, et le gros Bert qui était instituteur à Chicago. Des hamburgers rissolaient sur la tôle noire du four, ça sentait bon l'oignon frit et le feu de bois. Quelqu'un me tendit un verre de whisky et je le vidai d'un trait : j'en avais grand besoin.

— N'est-ce pas que la maison est un bijou ? dit Dorothy. Le lac est juste derrière les dunes ; il y a une petite barque pour traverser l'étang : en cinq minutes vous êtes sur la plage.

C'était une femme noiraude, au visage dur et vanné, à la voix exaltée. Elle avait aimé Lewis ; peut-être l'aimait-elle encore ; pourtant il y avait une sincère chaleur dans son regard.

— Le soir, dit-elle, ça sera merveilleux de faire cuire votre dîner en plein air ; les bois sont pleins de branches mortes, il n'y a qu'à les ramasser.

— Je vous achèterai une petite hache, me dit gaiement Lewis, et quand vous ne serez pas sage, vous serez condamnée à fendre du bois. Il me saisit par le bras : « Venez voir la maison. »

Je retrouvai sur son visage le feu joyeux de l'impatience ; il m'avait regardée autrefois avec ce sourire de fierté.

— Les derniers meubles arrivent demain. Ici nous mettrons les lits ; la pièce au fond, ce sera la bibliothèque.

On aurait vraiment dit un couple d'amoureux en train de préparer son nid ; et quand nous sommes revenus dans le jardin, je sentais dans tous les regards une curiosité complice : « Vous gardez un pied-à-terre à Chicago ? demanda Virginia.

— Oui, nous gardons un pied-à-terre. »

Leurs regards nous confondaient ; et je disais « Lewis et moi », je disais « nous ». Nous resterons ici tout l'été, non nous n'avons pas d'auto, nous espérons bien que vous viendrez nous voir. Lewis disait « nous », lui aussi. Il parlait avec animation ; nous avions très peu parlé depuis mon arrivée et c'était la première fois que je le voyais gai : à présent il avait besoin des autres pour être gai. Il faisait beaucoup plus frais qu'à Chicago et l'odeur de l'herbe m'étourdissait. J'avais envie de rejeter ce poids qui m'écrasait le cœur et d'être gaie moi aussi.

— Anne, voulez-vous faire un tour en bateau ?

— Oh ! j'aimerais beaucoup.

Des lucioles s'allumaient dans le crépuscule tandis que

nous descendions le petit escalier ; je m'assis dans la barque et Lewis repoussa le rivage loin de nous ; des herbes gélatineuses s'enroulaient autour de ses rames. Sur l'étang, sur les dunes, c'était une vraie nuit de campagne ; mais au-dessus du pont le ciel était rouge et violet, un ciel sophistiqué de grande ville : les feux des hauts-fourneaux le brûlaient. « C'est aussi beau que les ciels du Mississipi », dis-je.

— Oui. Et dans quelques jours, nous aurons une grosse lune.

Un feu de camp crépitait au flanc des dunes ; de loin en loin, une fenêtre brillait à travers les arbres ; l'une d'elles était la nôtre. Comme toutes les fenêtres qui luisent au loin dans la nuit, elle promettait le bonheur.

— Dorothy est sympathique, dis-je.

— Oui, dit Lewis. Pauvre Dorothy. Elle travaille dans un drugstore à Parker et son mari lui fait une petite rente ; deux enfants, toute la vie ici, sans même un foyer à elle : c'est dur.

Nous parlions des autres entre nous, l'eau noire nous isolait du monde, la voix de Lewis était tendre, son sourire complice ; je me demandai soudain : « Tout est-il vraiment fini ? » J'avais tout de suite donné dans le désespoir par orgueil, pour ne pas ressembler à toutes les femmes qui se mentent, et aussi par prudence, pour m'épargner les supplices du doute, de l'attente, de la déception : je m'étais peut-être trop pressée. La désinvolture de Lewis, ses excès de franchise n'étaient pas naturels : en fait, il n'est ni léger ni brutal, il n'afficherait pas crûment son indifférence si elle n'était pas l'effet d'une décision. Il avait décidé de ne plus m'aimer, soit : mais prendre une décision et puis s'y tenir, ça fait deux.

— Il faudra baptiser notre petit bateau, dit Lewis. Que diriez-vous de l'appeler Anne ?

— Je serais bien fière !

Voilà qu'il me regardait avec un de ses visages d'autrefois ; c'était lui qui avait proposé cette promenade d'amoureux. Peut-être commençait-il à se fatiguer de sa fausse sagesse ; peut-être hésitait-il à me chasser de son cœur. Nous avons regagné la terre et bientôt nos invités sont partis. Nous nous sommes couchés côte à côte dans le lit étroit dressé provisoirement au fond de la bibliothèque. Lewis éteignit la lumière.

— Pensez-vous que vous vous plairez ici ? demanda-t-il.

— J'en suis sûre.

J'appuyai ma joue sur son épaule nue ; il caressa doucement mon bras et je me serrai contre lui. C'était sa main sur mon bras, c'était sa chaleur, son odeur, et je n'avais plus ni orgueil ni prudence. Je retrouvai sa bouche et mon corps fondait de désir tandis que ma main rampait sur le ventre tiède ; il me désirait lui aussi et entre nous le désir avait toujours été de l'amour ; quelque chose recommençait cette nuit, j'en étais sûre. Soudain il fut couché sur moi, il entra en moi, et il me posséda sans un mot, sans un baiser. Ça se passa si vite que je restai interdite. Je dis la première :

— Bonne nuit.

— Bonne nuit, dit Lewis en se retournant vers le mur.

Une rage désespérée m'a prise à la gorge. « Il n'a pas le droit », murmurai-je. Pas un instant il ne m'avait donné sa présence, il m'avait traitée en machine à plaisir. Même s'il ne m'aimait plus, il ne devait pas faire ça. Je me levai, je haïssais sa chaleur. J'allai m'asseoir dans le living-room et je pleurai tout mon saoul. Je n'y comprenais rien. Comment nos corps sont-ils revenus à ce point étrangers, eux qui se sont tant aimés ? Il disait : « Je suis si heureux, je suis si fier » ; il disait : « Anne! » Avec ses mains, ses lèvres, son sexe, avec toute sa chair il me donnait son cœur : c'était hier. Toutes ces nuits dont le souvenir me brûlait encore : sous la couverture mexicaine, sur notre couchette que berçait le Mississippi, à l'ombre des moustiquaires, devant un feu à l'odeur de résine, toutes ces nuits... Ne ressusciteraient-elles jamais ?

Quand je suis revenue dans le lit, épuisée, Lewis s'est soulevé sur un coude ; il m'a demandé avec agacement : « C'est votre programme pour l'été ? passer de bonnes journées et puis pleurer toute la nuit ? »

— Ah! ne prenez pas ce ton supérieur! dis-je avec violence. C'est de colère que je pleure. Coucher comme ça à froid, c'est horrible : vous n'auriez pas dû...

— Je ne peux pas donner une chaleur que je ne ressens pas, dit Lewis.

— Alors il ne fallait pas coucher avec moi.

— Vous en aviez tellement envie, dit-il paisiblement ; je n'ai pas voulu refuser.

— Il aurait mieux valu refuser. Je préfère qu'on décide de ne plus jamais coucher ensemble.

— Ça vaut sûrement mieux si après ça vous devez passer la nuit à pleurer. Tâchez donc de dormir. »

Il n'y avait pas d'hostilité dans sa voix, seulement de l'indifférence. Son calme me déconcertait; je restai couchée sur le dos, les yeux fixes ; le lac grondait au loin avec un bruit d'usine. Lewis disait-il la vérité ? était-ce moi la coupable ? Oui, sans aucun doute, j'étais coupable : pas tant d'avoir mendié ses caresses, mais de

394

m'être inventé de faux espoirs. Sûrement Lewis n'était pas tout à fait au net avec lui-même, c'est ce qui expliquait ses sautes de conduite ; mais pour un homme tel que lui, il n'y a guère de distance entre le refus d'aimer et l'absence d'amour ; il avait décidé délibérément de ne plus m'aimer : le résultat, c'est qu'il ne m'aimait plus. Le passé était bel et bien mort. Une mort sans cadavre, comme celle de Diégo : c'est ce qui rendait difficile d'y croire. Si seulement j'avais pu pleurer sur une tombe, ça m'aurait bien aidée.

— Voilà un séjour qui commence bien mal ! m'a dit Lewis le lendemain matin d'un air inquiet.

— Mais non ! dis-je. Il n'y a rien eu de bien grave. Laissez-moi m'habituer, et tout ira très bien.

— Je voudrais tant que tout aille bien ! dit Lewis. Il me semble que nous pourrions passer du bon temps ensemble. Quand vous ne pleurez pas, je m'entends si bien avec vous.

Son regard m'interrogeait ; il y avait bien de la mauvaise foi dans son optimisme, Lewis faisait bon marché de mes sentiments à moi ; cependant son anxiété était sincère ; ça le désolait de me faire de la peine.

— Je suis sûre que nous passerons un bel été, dis-je.

Ça ressemblait à un bel été. Chaque matin nous traversions en barque l'étang aux herbes gélatineuses, nous escaladions les dunes de sable qui me brûlaient les pieds ; à droite, la plage déserte s'étendait à l'infini ; à gauche, elle allait mourir au pied des hauts-fourneaux empanachés de flammes. Nous nagions, nous nous bronzions au soleil en regardant des oiseaux blancs juchés sur de hautes pattes qui picoraient le sable ; et nous revenions vers la maison, chargés comme des Indiens de morceaux de bois mort. Je passais des heures à lire sur la pelouse au milieu des écureuils gris, des geais bleus, des papillons, et de gros oiseaux bruns au poitrail rouge ; au loin j'entendais cliqueter la machine à écrire de Lewis. Le soir nous allumions un feu dans le four de briques, je faisais fondre un bloc de glace dans lequel était momifié un poulet désarticulé, ou bien Lewis découpait avec une scie un beefsteak pétrifié et nous faisions cuire sous la cendre des épis de maïs enveloppés de feuilles humides. Nous écoutions côte à côte des disques, ou bien nous regardions sur l'écran de la télévision un vieux film, un combat de boxe. Notre bonheur était si bien imité qu'il me semblait souvent que d'un instant à l'autre il allait devenir vrai.

Dorothy était prise à ce leurre, il la fascinait ; elle s'amenait souvent le soir sur sa bicyclette rouge, elle flairait l'odeur des hamburgers, elle respirait la fumée des sarments : « Quelle nuit magnifique! vous voyez les lucioles ? vous voyez les étoiles ? et ces feux de camp sur les dunes ? » Elle me décrivait avidement cette vie qui ne serait jamais la sienne et qui n'était pas vraiment mienne. Elle m'étourdissait de compliments, de conseils et de dévouement. C'est elle qui avait meublé la maison, c'est elle qui nous ravitaillait, et elle nous rendait en outre quantité de services oiseux. Elle arrivait toujours chargée de messages miraculeux : une recette de cuisine, une nouvelle espèce de savon, un prospectus prônant une machine à laver dernier cri, un article critique annonçant un livre sensationnel; elle pouvait rêver pendant des semaines aux avantages d'un frigidaire perfectionné capable de conserver pendant six mois une tonne de crème fraîche ; elle n'avait pas un toit à elle et elle était abonnée à une coûteuse revue d'archi-

tecture où elle contemplait avec délices les fabuleuses
demeures des milliardaires. J'écoutais patiemment ses
projets sans suite, ses cris d'enthousiasme, tout son
bavardage forcené de femme qui n'espère plus rien.
Lewis s'en agaçait souvent : « Jamais je n'aurais pu
vivre avec elle! » me disait-il. Non, il n'aurait pas pu
épouser Dorothy, et je n'avais pas pu l'épouser et il ne
m'aimait plus ; ce jardin, cette maison promettaient un
bonheur qui n'était pour aucun de nous.

Naturellement, c'est Dorothy qui nous a entraînés
un dimanche à la foire de Parker : elle adorait les expé-
ditions collectives. Bert est venu nous chercher dans sa
voiture et Dorothy a transporté dans sa vieille auto
Virginia, Willie et Evelyne. Lewis n'avait pas su refuser, mais il manquait d'enthousiasme. Quant à moi
la perspective de cet après-midi de liesse que devait
suivre un souper chez Virginia me consternait. J'avais
toujours peur, quand j'étais trop longtemps exposée
aux regards, de ne pas tenir jusqu'au bout mon rôle
de femme heureuse.

— Mon Dieu! quel monde! quelle poussière! dit
Lewis en entrant dans le parc d'attractions.

— Ah! ne commencez pas à grogner, dit Dorothy ;
elle se tourna vers moi : « Quand il se met à être maussade, il voudrait éteindre le soleil! »

Son visage brillait d'un espoir un peu fou tandis
qu'elle se précipitait vers un stand de tir aux fléchettes ;
de baraque en baraque, elle semblait escompter d'extra-
ordinaires révélations. Moi, je m'appliquai à sourire ;
je contemplai avec toute la curiosité que je pus rassembler les guenons savantes, les danseuses nues,
l'homme phoque, la femme tronc ; je préférai les jeux
qui exigeaient l'attention de tout mon corps : c'est avec

397

passion que je renversai des quilles et des boîtes de conserves, que je dirigeai sur des tapis roulants des automobiles naines, et que je guidai des avions à travers des ciels peints. Lewis m'observait avec malice : « C'est fou comme vous pouvez prendre les choses au sérieux ! on dirait que vous jouez votre tête ! »

Fallait-il voir des sous-entendus dans son sourire ? pensait-il que j'avais apporté en amour le même sérieux futile, la même fausse ardeur ? Dorothy rétorqua avec vivacité : « Ça vaut mieux que d'afficher en toute occasion de grands airs blasés. » Elle prit mon bras avec autorité. Comme nous passions devant le stand d'un photographe, elle caressa de sa main rude la soie de ma robe : « Anne ! faites-vous photographier avec Lewis ! Vous avez une si jolie robe et cette coiffure vous va si bien !

— Oh ! oui. Nous aimerions tant une photo de vous ! » dit Virginia.

J'hésitai ; Lewis me saisit par le bras : « Allons donc vous immortaliser, dit-il gaiement. Puisqu'il paraît que vous êtes si séduisante. »

« Pour d'autres, pensai-je tristement, et plus jamais pour lui. » Je me suis assise à côté de lui dans un aéroplane peint, et j'ai eu bien du mal à sourire ; il ne remarquait pas mes robes, pour lui je n'avais plus de corps, et à peine un visage. Si du moins j'avais pu penser qu'un cataclysme m'avait défigurée ! Mais c'est moi telle qu'il m'avait aimée qu'il n'aimait plus ; l'élan de Dorothy en témoignait et c'est pourquoi il avait bousculé tout mon équilibre ; je fondais, je m'effondrais. Et il faudrait me tenir droite et sourire jusqu'au cœur de la nuit.

— Lewis, vous devriez tenir compagnie à Evelyne, dit Dorothy, le soleil la fatigue. Elle veut s'asseoir à l'ombre ; quand elle va revenir des toilettes, offrez-lui un verre pendant que nous allons voir les figures de cire.

— Ah! non pas moi! dit Lewis.

— Mais il lui faut un homme pour s'occuper d'elle. Elle ne connaît pas Bert et elle ne peut pas sentir Willie.

— Mais moi je ne peux pas sentir Evelyne, dit Lewis.

— Bon, je resterai avec elle, dit Dorothy avec colère. Je fis un geste et elle dit : « Non, pas vous, Anne. Allez, allez : vous me raconterez. »

Comme nous nous éloignions j'ai dit à Lewis : « Pourquoi n'êtes-vous pas plus gentil avec Dorothy ?

— Mais c'est elle qui a invité Evelyne ; personne ne lui a demandé de l'inviter. »

J'ai renoncé à discuter, et je me suis absorbée à contempler des assassins figés dans leur meurtre auprès de leurs victimes figées dans leur mort ; assise sur son lit d'accouchée, une petite Mexicaine de cinq ans berçait un nouveau-né ; Gœring agonisait sur une civière et des pendus vêtus d'uniformes allemands se balançaient à des potences. Derrière des barbelés, des cadavres de cire s'amoncelaient en un énorme charnier. Je les contemplai, stupéfaite. Voilà que Buchenwald et Dachau reculaient au fond de l'histoire, aussi loin que les chrétiens mangés aux lions du Musée Grévin. Quand je me retrouvai dehors, dans l'étourdissement du soleil, l'Europe tout entière avait filé aux confins de l'espace. Je regardais les femmes aux épaules nues, les hommes en chemises fleuries qui croquaient des hot-dogs ou qui léchaient des glaces : personne ne parlait ma langue, moi-même je l'avais oubliée ; j'avais perdu tous mes souvenirs, et jusqu'à mon image : il n'y avait pas un miroir chez Lewis qui fût à hauteur de mes yeux, je me maquillais à l'aveuglette dans une glace de poche ; c'est à peine si je me rappelais qui j'étais, et je me demandais si Paris existait encore.

J'entendis que Dorothy disait d'une voix fâchée :

— Vous décidez de rentrer, et vous ne demandez même pas l'avis d'Anne. Il paraît qu'à sept heures on va passer de vieux films muets ; et on m'a parlé d'un prestidigitateur extraordinaire.

Sa voix suppliait, mais tous les visages autour d'elle restaient fermés.

— Ah ! rentrons donc ! dit Willie. Il y a des martinis qui nous attendent et tout le monde a faim.

— Les hommes sont tellement égoïstes ! murmura-t-elle.

Je me suis assise entre elle et Willie dans sa vieille voiture ; elle était si désappointée qu'elle garda le silence pendant tout le trajet : moi aussi. En descendant de l'auto elle saisit mon bras et dit abruptement : « Pourquoi ne restez-vous pas ici ? Vous devriez rester.

— Je ne peux pas.

— Mais pourquoi ? C'est tellement dommage !

— Je ne peux pas.

— Au moins vous reviendrez ? Revenez au printemps : ici, c'est la plus belle saison.

— J'essaierai. »

« De quel droit me parle-t-elle ainsi ? me disais-je avec irritation en entrant dans la maison. Pourquoi tant de gentillesse oiseuse alors que Lewis ne m'avait pas dit une seule fois : Vous reviendrez ? » J'acceptai avec empressement le verre de martini que me tendait Willie. J'avais les nerfs à vif. Je contemplais avec détresse la table chargée de pâtés, de salades, de gâteaux :

ça serait long d'en venir à bout! Dorothy avait disparu ;
elle revint, poudrée à blanc, vêtue d'une longue robe
miteuse et fleurie. Bert, Virginia, Evelyne, Lewis arri-
vèrent à leur tour en riant. Ils parlaient tous ensemble
et je n'essayai pas de suivre la conversation ; je regardais Lewis qui était de nouveau très gai et je me demandais : « Quand me retrouverai-je seule avec lui ? » C'est
ainsi que j'avais guetté jadis le départ de Teddy, celui
de Maria. Mais aujourd'hui mon impatience était stupide :
loin des autres, Lewis n'en serait pas plus près de moi.
Bert posa sur mes genoux une assiette de sandwiches,
il me souriait et j'entendis qu'il me demandait :

— Étiez-vous à Paris le 24 août 44 ?

— Anne a passé toute la guerre à Paris, dit Lewis
avec une espèce de fierté.

— Quelle journée! dit Bert. Nous pensions trouver
une ville morte : et partout des femmes en robes fleuries,
avec de belles jambes hâlées, tellement différentes des
Françaises qu'on imagine ici!

— Oui, dis-je, vos reporters ont été déçus par notre
bonne santé.

— Oh! quelques imbéciles! dit Bert. C'était facile de
comprendre que les malades et les vieillards n'étaient
pas dans les rues ; ni les déportés, ni les morts. Son gros
visage devint rêveur : « C'était tout de même une journée extraordinaire!

— Quand je suis arrivé, dit Willie avec regret, on ne
nous aimait plus du tout.

— Oui, nous nous sommes vite fait détester, dit
Bert ; nous nous sommes conduits comme des brutes.

— Forcément, dit Lewis.

— Ça aurait pu s'empêcher, il aurait suffi d'un peu
de discipline...

— Vous trouvez qu'on n'a pas pendu assez de types ? dit Lewis, vivement. On jette des hommes dans la guerre, et puis au premier viol on les pend !

— On n'a que trop pendu, d'accord, dit Bert ; mais justement : c'est faute d'avoir pris dès le début les mesures nécessaires.

— Quelles mesures ? dit Willie.

— Ah ! s'ils se mettent à rabâcher leur guerre, nous n'en avons pas fini ! » dit Dorothy.

Les visages des trois guerriers brillaient d'animation, ils s'arrachaient volubilement la parole ; leur sympathie pour la France n'était pas douteuse, ils n'avaient pour leur propre pays aucune complaisance et pourtant c'est avec gêne que je les écoutais : c'était leur guerre qu'ils se racontaient, une guerre dont nous n'avions été que le prétexte un peu dérisoire ; leurs scrupules à notre égard ressemblaient à ceux qu'un homme peut éprouver devant une faible femme ou une bête passive ; et déjà avec notre histoire ils fabriquaient des légendes de cire. Quand enfin ils se turent, Evelyne me demanda d'une voix languissante :

— Et comment est Paris en ce moment ?

— Envahi d'Américains, dis-je.

— Ça n'a pas l'air de vous plaire ? dit Lewis. Quel peuple ingrat ! nous l'avons gavé de lait en poudre, nous allons l'inonder de coca-cola et de tanks, et il ne tombe pas à nos genoux ! Il se mit à rire : « La Grèce, la Chine, la France ; nous aidons, nous aidons, c'est fou : une nation de boy-scouts.

— Vous trouvez ça drôle ? dit Dorothy d'une voix agressive. C'est beau l'humour ! » Elle haussa les épaules : « Quand nous aurons lâché des bombes atomiques sur toute la terre, Lewis nous régalera encore de quelques bonnes plaisanteries bien noires. »

Lewis me regarda gaiement : « N'est-ce pas un Français qui a dit qu'il valait mieux rire des choses que d'en pleurer ?

— La question n'est pas de pleurer ou de rire mais d'agir », dit Dorothy.

Le visage de Lewis changea : « Je vote pour Wallace, je parle pour lui : que voulez-vous que je fasse de plus ?

— Vous savez ce que je pense de Wallace, dit Dorothy ; jamais cet homme ne créera un vrai parti de gauche ; il sert tout juste d'alibi aux gens qui veulent s'acheter une bonne conscience à bas prix.

— Mon Dieu! Dorothy, dit Willie, un vrai parti de gauche, ce n'est pas Lewis qui peut en créer un, ni aucun de nous...

— Pourtant, dis-je, vous êtes nombreux à penser ce que vous pensez ; il n'y a pas moyen de vous liguer ?

— D'abord nous sommes de moins en moins nombreux, dit Lewis ; et puis nous sommes isolés.

— Et surtout vous trouvez beaucoup plus confortable de ricaner que de tenter quelque chose », dit Dorothy.

Moi aussi, la placide ironie de Lewis m'agaçait parfois ; il était lucide, critique ; souvent même il s'indignait ; mais il avait avec les fautes et les tares qu'il reprochait à l'Amérique la même intimité que le malade avec sa maladie, que le clochard avec sa crasse : ça suffisait pour qu'il m'en parût vaguement complice. Je me dis soudain qu'il me faisait grief de n'avoir pas adopté son pays, mais que jamais il ne se fût fixé dans le mien : c'était bien de l'arrogance. « Pour rien au monde je ne serais devenue américaine! » protestais-je en moi-même. Et pendant qu'ils continuaient à se cha-

mailler, je me demandais avec amusement d'où venait
de surgir en moi cette Colette Baudoche irritée.

L'auto de Bert nous a reconduits chez nous, et Lewis
m'a prise tendrement dans ses bras : « Avez-vous passé
une bonne journée ? »

Son sourire affectueux me dictait ma réponse ; et
mes états d'âme n'intéressaient personne.

— Très bonne, dis-je. J'ajoutai : « Comme Dorothy
était agressive !

« — Elle n'est pas heureuse », dit Lewis ; il réfléchit :
« Virginia non plus, ni Willie, ni Evelyne. C'est une
grande chance que nous avons vous et moi d'être à peu
près bien dans notre peau.

— Je n'y suis pas tellement bien.

— Vous avez de mauvais moments, comme tout le
monde : mais ce n'est pas chronique. »

Il parlait avec tant d'assurance que je ne trouvais
rien à répondre. Il reprit : « Ils sont tous plus ou moins
esclaves : de leur mari, de leur femme, de leurs enfants »
c'est ça leur malheur.

— L'année dernière, vous m'avez dit que vous sou-
haitiez vous marier, dis-je.

— Quelquefois j'y pense. » Lewis se mit à rire : « Mais
aussitôt enfermé dans une maison avec une femme et
des enfants je n'aurais plus qu'une idée : me sauver.

Sa voix gaie me donna du courage : « Lewis, pensez-
vous que nous nous reverrons jamais ? »

Brusquement son visage se rembrunit. « Pourquoi
non ? dit-il d'un ton frivole.

— Parce que nous habitons très loin l'un de l'autre.

— Oui. Nous habitons loin. »

Il disparut dans le cabinet de toilette ; c'était toujours
ainsi : dès que je me rapprochais de lui, il se dérobait ;

sans doute avait-il peur que je ne lui réclame une chaleur, ou des mensonges ou des promesses qu'il ne pouvait pas me donner. Je commençai à me déshabiller.
J'avais bien prévu que ce tête-à-tête serait décevant ;
je n'en étais pas moins déçue. C'était encore une chance
que ma chair fût accordée à celle de Lewis si exactement qu'elle épousât sans peine son indifférence ; nous
dormions dans nos lits jumeaux, séparés par un abîme
glacé, et je ne comprenais même plus le sens du mot :
désir.

J'aurais souhaité que mon cœur fût aussi conciliant.
Lewis prétendait que pour aimer il fallait se monter
la tête : supposons que je cesse de me la monter ? Lewis
dormait, j'écoutais sa respiration égale et pour la première fois j'essayai de le voir avec d'autres yeux que
les miens : avec les yeux malveillants de Dorothy. C'est
vrai qu'il était égoïste. Il avait décidé de tirer de notre
histoire le plus d'agrément et le moins d'ennui possible
et ce que je ressentais, moi, ça lui était bien égal. Il
m'avait laissée venir à Chicago sans m'avertir de rien,
parce que ça lui plaisait de me voir ; une fois qu'il
m'avait eue à sa merci, il m'avait annoncé sans ménage-
ment qu'il ne m'aimait plus ; par-dessus le marché il
exigeait que je lui fasse bonne figure : vraiment, il ne
se souciait que de lui. Et somme toute, pourquoi se
défendait-il si âprement contre les regrets, les émotions,
la souffrance ? Il y avait bien de l'avarice dans cette
prudence. J'essayai le lendemain matin de me fortifier
dans la sévérité. Je regardai Lewis arroser d'un air
réfléchi la pelouse du jardin et je me dis : « C'est un
homme parmi d'autres. Pourquoi m'entêterais-je à le
regarder comme unique ? » J'entendis la voiture des
postes. Le facteur arracha le petit drapeau rouge fiché

sur la boîte aux lettres, il le jeta à l'intérieur avec le courrier. Je montai l'allée de graviers. Pas de lettres, mais un tas de journaux. J'allais lire les journaux, ensuite je choisirais un livre dans la bibliothèque, j'irais nager, l'après-midi j'écouterais des disques : je pouvais faire un tas de choses agréables sans plus me torturer la tête ni le cœur.

— Anne! cria Lewis. Venez voir : j'ai attrapé un arc-en ciel. Il arrosait la pelouse et un arc-en-ciel dansait dans le jet d'eau. « Venez vite! »

Je reconnaissais cette voix pressante et complice, ce visage joyeux : un visage qui ne ressemblait à aucun autre. C'était Lewis, c'était bien lui. Il avait cessé de m'aimer, mais il était resté lui-même. Pourquoi aurais-je pensé soudain du mal de lui? Non ; je ne pouvais pas m'en tirer à si bon compte. En vérité je le comprenais. Moi aussi je déteste le malheur et je répugne aux sacrifices : je comprenais qu'il refusât à la fois de souffrir par moi et de me perdre ; je comprenais qu'il fût trop occupé à se débrouiller avec son propre cœur pour s'inquiéter beaucoup de ce qui se passait dans le mien. Et puis je me rappelai son accent, quand il m'avait dit en crispant sa main sur mon épaule : « Je vous épouserais sur l'heure. » A cet instant j'avais répudié toute rancune, pour toujours. Quand vraiment on ne veut plus aimer, on n'aime plus : mais on ne veut pas à volonté.

Je continuai donc à aimer Lewis : ce n'était pas de tout repos. Il suffisait d'une inflexion de sa voix pour que dans un élan je le retrouve tout entier ; une minute plus tard, je l'avais de nouveau perdu. Quand il est allé passer une journée à Chicago, à la fin de la semaine, je me sentis plutôt soulagée : vingt-quatre heures de

406

solitude, ça serait un répit. Je l'accompagnai à l'arrêt de l'autobus, et je revins lentement vers la maison, le long de la route bordée de jardins et de villas de plaisance. Je m'assis sur la pelouse avec des livres. Il faisait très chaud, pas une feuille ne bougeait ; au loin le lac se taisait. Je tirai de mon sac la dernière lettre de Robert ; il me racontait en détail le procès de Madagascar ; Henri avait écrit un article qui paraîtrait dans le prochain numéro de *Vigilance*, mais c'était bien insuffisant ; il aurait fallu avoir en main un quotidien ou un hebdo à grand tirage pour agir sur l'opinion ; ils avaient pensé à organiser un meeting, mais le temps manquait. Je repliai la lettre. Je suivis des yeux un avion qui passait au ciel : il en passait tout le temps ; il aurait pu m'emporter à Paris. A quoi bon ? Si j'avais été près de lui Robert m'aurait parlé au lieu de m'écrire mais il n'en aurait pas été plus avancé ; je ne pouvais rien pour lui et il ne me réclamait pas, je n'avais aucune raison de m'en aller d'ici ; je regardai autour de moi, l'herbe était bien peignée, le ciel lisse, les écureuils et les oiseaux avaient l'air d'animaux domestiques ; je n'avais non plus aucune raison de rester. Je pris un livre : *La Littérature en Nouvelle-Angleterre ;* un an plus tôt ça m'aurait passionnée ; mais à présent le pays de Lewis, son passé, avaient cessé de me concerner ; tous ces livres qui gisaient sur la pelouse étaient muets. Je m'étirai : que faire ? Je n'avais absolument rien à faire. Je suis restée plantée là, immobile, pendant un temps qui m'a paru très long et soudain j'ai été prise de panique. Être paralysée, aveugle, sourde, avec une conscience qui veille, je me suis dit souvent qu'il n'y a pas de pire sort : c'était le mien. J'ai fini par me lever et je suis rentrée dans la maison. J'ai pris un bain, je me suis lavé la tête, mais je n'ai jamais su m'occuper longtemps de mon corps. J'ai ouvert le frigidaire : une carafe de jus de tomate, une autre pleine de jus d'orange, des salades toutes prêtes, des viandes froides, du lait, je n'avais qu'à tendre la main ; et les placards regorgeaient de conserves, de poudres magiques, de riz-minute qu'il suffit d'ébouillanter : en un quart d'heure j'avais dîné. Il y a sûrement un art de tuer le temps, mais il m'est étranger. Que faire ? J'ai écouté quelques disques et puis j'ai tourné le bouton de la télévision ; je m'amusai à sauter d'un poste à un autre, entremêlant films, comédies, aventures, bulletins d'information, drames policiers, histoires fantastiques. Mais à un moment donné quelque chose s'est passé là-bas dans le monde ; j'avais beau tourner le bouton, l'écran restait blanc. J'ai pensé à dormir. Mais pour la première fois de ma vie j'avais peur des rôdeurs, des voleurs, des échappés d'asile, j'avais peur du sommeil et peur de l'insomnie. Maintenant le lac grondait, des bêtes faisaient craquer des branches mortes ; dans la maison, le silence était étouffant. J'ai barricadé toutes les portes, j'ai été chercher dans ma chambre une couverture et un oreiller, je me suis couchée tout habillée sur le divan et j'ai laissé la lumière allumée. Je me suis endormie ; alors des hommes sont entrés par les fenêtres fermées, ils m'ont assommée. Quand je me suis réveillée un oiseau sifflait, un autre auscultait les arbres à coups de bec. Je préférais encore mes cauchemars à la réalité, j'ai refermé les yeux, mais il faisait grand jour sous mes paupières. Je me suis levée. Comme la maison était vide ! comme l'avenir était nu ! Autrefois j'aurais regardé avec émotion le peignoir blanc jeté en travers d'un fauteuil et les vieilles pantoufles oubliées sous le bureau ;

maintenant je ne savais plus ce que ces objets signifiaient. Ils appartenaient à Lewis, oui, Lewis existait
toujours : mais l'homme qui m'aimait avait disparu
sans laisser de trace. C'était Lewis : ce n'était pas lui.
J'étais dans sa maison, et chez un étranger.

Je sortis, je montai l'allée de gravier : le drapeau de
la boîte aux lettres avait disparu, le facteur était
passé. Je pris le courrier. Il y avait une lettre pour moi :
Myriam voyageait au Mexique avec Philipp, au retour
ils comptaient s'arrêter à Chicago, ils espéraient bien
me rencontrer. Je ne les avais pas revus depuis 46,
mais Nancy était venue à Paris au mois de mai dernier
et je lui avais donné mon adresse en Amérique ; ça
n'avait rien d'extraordinaire que Myriam m'eût écrit,
et pourtant je regardai la lettre avec stupeur. Elle me
rappelait un temps où Lewis n'existait pas pour moi :
comment son absence était-elle devenue ce vide dévo-
rant ? un vide qui engloutissait tout. Le jardin était
mort, mes souvenirs aussi ; impossible de m'intéresser
une seconde à Myriam, à Philipp, à rien. Seul comptait
cet homme que j'attendais et je ne savais même pas qui
il était. Je ne savais pas qui j'étais moi-même. Je
tournai dans le jardin, je marchai de long en large dans
la maison, j'appelai : « Lewis! revenez! aidez-moi! »
J'avalai du whisky et de la benzédrine : en vain. Toujours ce vide insupportable. Je m'assis près de la baie
vitrée et je guettai.

« Lewis! » Il était environ deux heures quand j'entendis son pas sur le gravier ; je m'élançai ; il avait les
bras chargés de paquets : des livres, des disques, du
thé de Chine, une bouteille de chianti ; on aurait dit
des cadeaux, ce jour était un jour de fête. Je lui ai pris
la bouteille des mains :

— Du chianti : quelle bonne idée! Vous vous êtes bien amusé? Vous avez gagné au poker? Que voulez-vous manger : un beefsteak? du poulet?

— J'ai déjeuné, dit Lewis. Il se débarrassait de ses paquets, il ôtait ses souliers, il enfilait ses pantoufles.

— J'ai eu peur toute la nuit sans vous : j'ai rêvé que des rôdeurs m'assassinaient.

— Je suppose que vous aviez bu trop de whisky.

Il alla s'asseoir dans le fauteuil près de la baie vitrée et je m'installai sur le divan : « Vous allez tout me raconter.

— Il ne s'est rien passé d'extraordinaire. »

Je l'avais accueilli avec la disgrâce habituelle aux femmes qui ne sont plus aimées : trop de chaleur, trop de questions, trop de zèle. Il racontait, mais du bout des lèvres. Oui, il avait joué au poker, il n'avait ni gagné ni perdu. Teddy était en prison, pour les raisons ordinaires. Non il n'avait pas vu Martha. Il avait vu Bert mais ils n'avaient parlé de rien de spécial. Il avait l'air agacé dès que je réclamais un détail. Pour finir il a pris un journal et j'ai ouvert un livre que j'ai fait semblant de lire ; je n'avais pas déjeuné, mais je ne pouvais pas manger.

« Mais qu'est-ce que j'attendais donc? » me demandais-je. J'avais renoncé à l'espoir de jamais retrouver le passé ; alors, qu'est-ce que j'escomptais? une amitié capable de remplacer l'amour perdu? mais ça ne serait pas grand-chose, un amour, si quelque chose pouvait en tenir lieu. Non, c'était aussi définitif qu'une mort. De nouveau je pensais : « Si au moins il me restait dans les bras un cadavre! » J'aurais voulu m'approcher de Lewis, poser la main sur son épaule, lui demander : « Comment un tel amour a-t-il pu se volatiliser? expli-

410

quez-vous. » Mais il me répondrait : « Il n'y a rien à
expliquer. »

— Vous ne voulez pas faire un tour sur la plage ?
proposai-je.

— Non, je n'en ai pas du tout envie, dit-il sans lever
les yeux.

Deux heures seulement avaient passé ; j'avais encore
toute la fin de l'après-midi à vivre, et puis la soirée, la
nuit et un autre jour, d'autres jours encore. Comment
les tuer ? Si seulement il y avait eu un cinéma à proxi-
mité, ou bien une vraie campagne avec des forêts, des
prairies où j'aurais marché jusqu'à épuisement ! Mais
ces routes droites bordées de jardins, c'était un préau
de prison. Je remplis un verre. Le soleil brillait et pourtant la lumière n'avait pas assez de vigueur pour tenir
les choses à distance, elles m'écrasaient ; les lettres de
mon livre se collaient à mes yeux et m'aveuglaient :
pas question de lire. J'essayai de penser à Paris, à Robert, au passé, à l'avenir ; impossible ; j'étais enfermée
dans cet instant, ligotée, un carcan au cou. Mon poids
m'étouffait, mon souffle empoisonnait l'air : c'est à
moi que j'aurais voulu échapper ; et justement, c'est ce
qui ne me serait plus jamais donné. « Je veux bien
renoncer à faire l'amour, pensais-je, m'habiller en vieille
dame, avoir des cheveux blancs : mais ne plus jamais me
quitter, quelle torture ! » Ma main toucha la bouteille,
l'abandonna ; j'étais trop entraînée ; l'alcool ravageait
mon estomac sans m'étourdir ni me réchauffer. Qu'allait-
il arriver ? il fallait que quelque chose arrive : ce sup-
plice immobile ne pouvait pas s'éterniser. Lewis lisait
toujours et j'ai eu une brusque illumination : « Ça n'est
plus le même ! » L'homme qui m'aimait avait disparu
et Lewis aussi. Comment avais-je pu m'y tromper !

411

Lewis! Je me le rappelais si bien! il disait : « Vous avez un beau petit crâne, tout rond... Savez-vous combien je vous aime? » Il me donnait une fleur, il demandait : « Est-ce qu'on mange les fleurs en France? » Qu'est-ce qu'il était devenu? et qui m'avait condamnée à ce funèbre tête-à-tête avec un imposteur? Soudain, j'entendis l'écho d'un souvenir détesté : un bâillement.

— Ah! ne bâillez pas! dis-je en fondant en larmes.

— Ah! dit-il, ne pleurez pas.

Je m'abattis de tout mon long sur le divan. Je tombais à pic ; des disques orangés tournoyaient devant mes yeux et je tombais dans les ténèbres.

— Quand vous commencez à pleurer, j'ai envie de m'en aller pour ne plus revenir, dit Lewis avec colère.

J'entendis qu'il quittait la pièce ; je l'exaspérais, j'achevais de le perdre, j'aurais dû m'arrêter ; un instant je luttai : et puis je coulai à fond. Très loin, j'ai entendu des pas ; Lewis marchait dans le sous-sol, il a arrosé le jardin, il est rentré dans la maison. Je continuais à pleurer.

— Vous n'avez pas fini?

Je ne répondis pas. J'étais épuisée, mais je pleurais toujours. C'est fou la quantité de larmes que peuvent contenir des yeux de femme. Lewis alla s'asseoir à son bureau, la machine à écrire cliqueta. « Un chien, il ne le laisserait pas souffrir, pensais-je. Moi je pleure à cause de lui et il ne fera pas un geste. » Je serrai les dents. Je m'étais promis de ne jamais le haïr, cet homme qui m'avait ouvert sans réserve son cœur. « Mais ce n'est plus lui! » me répétais-je. Mes dents claquaient ; ça n'aurait pas été difficile de piquer une crise de nerfs. Je fis un effort qui me déchira de la tête aux pieds, j'ouvris les yeux, j'attachai mon regard au mur :

412

— Que voulez-vous que je fasse? criai-je. Je suis là enfermée, enfermée avec vous. Je ne peux pas aller me coucher dans un fossé.

— Mon Dieu! dit-il d'une voix un peu plus amicale. Comme vous vous faites souffrir!

— C'est vous, dis-je. Vous n'essayez même pas de m'aider.

— Que peut-on faire contre une femme qui pleure?

— N'importe qui d'autre, vous l'aideriez.

— Je déteste vous voir perdre la tête.

— Croyez-vous que je le fasse exprès? croyez-vous que c'est facile de vivre avec quelqu'un qu'on aime et qui ne vous aime plus?

Il restait assis dans son fauteuil, il ne cherchait plus à fuir, mais je savais qu'il ne s'arracherait pas le mot dont nous avions besoin pour conclure cette scène; c'était à moi d'inventer une fin. Je jetai au hasard des paroles : « Je ne suis ici que pour vous, je n'ai que vous! Quand je vous pèse, qu'est-ce que je peux devenir?

— Il n'y a pas de quoi sangloter parce que je n'ai pas envie de causer juste quand vous le souhaitez, dit-il. Est-ce qu'il faut faire toutes vos volontés?

— Ah! vous êtes trop injuste! » dis-je. Je m'essuyai les yeux : « C'est vous qui m'avez invitée à passer l'été ici, vous m'avez dit que vous étiez content que je sois là. Alors vous ne devriez pas prendre ces airs hostiles.

— Je ne suis pas hostile. Quand vous commencez à pleurer, j'ai envie de m'en aller, c'est tout.

— Je ne pleure pas si souvent », dis-je. Je tordis mon mouchoir dans mes mains : « Vous ne vous rendez pas compte. On dirait à certains moments que je suis une ennemie, que vous vous méfiez de moi, ça m'est odieux. »

Lewis est un petit sourire : « Je me méfie un peu.

413

— Vous n'avez pas le droit! dis-je. Je sais très bien que vous ne m'aimez pas ; je ne vous demande plus jamais rien qui ressemble à de l'amour ; je fais de mon mieux pour que nous ayons de bons rapports.

— Oui, vous êtes très gentille, dit Lewis. Mais justement, ajouta-t-il, c'est pour ça que je me méfie de vous. » Sa voix se monta : « Votre gentillesse, c'est le piège le plus dangereux! C'est comme ça que vous m'avez eu l'année dernière. Ça semble absurde de se défendre contre quelqu'un qui ne vous attaque pas, alors on ne se défend pas, et quand on se retrouve seul, on a de nouveau le cœur sens dessus dessous. Non. Je ne veux pas que ça se répète! »

Je me levai, je fis quelques pas pour essayer de me calmer. Me reprocher ma gentillesse, ça c'était tout de même un comble!

— Je ne peux pas être désagréable exprès! dis-je. Vous ne me rendez vraiment pas les choses faciles, ajoutai-je. Si c'est comme ça, je ne vois qu'une solution : c'est de m'en aller.

— Mais je n'ai pas envie que vous partiez! dit Lewis. Il haussa les épaules : « Les choses ne sont pas faciles pour moi non plus.

— Je sais », dis-je.

Décidément, je ne pouvais pas me mettre en colère contre lui. Il avait souhaité me garder près de lui, pour toujours, et j'avais refusé : si aujourd'hui ses humeurs étaient capricieuses et ses désirs incohérents, il ne fallait pas que je m'en étonne ; on se contredit forcément quand on est obligé de vouloir autre chose que ce qu'on veut.

— Je n'ai pas envie de partir, dis-je. Seulement il ne faut pas vous mettre à me détester.

414

Il sourit : « Nous n'en sommes pas là!

— Tout à l'heure vous m'auriez laissée mourir sur place sans lever un doigt.

— C'est vrai, dit-il. Je n'aurais pas pu lever un doigt ; mais ce n'était pas de ma faute : j'étais paralysé. »

Je m'approchai de lui. Pour une fois que nous avions commencé à parler, je voulais profiter de cette chance :

— Vous avez tort de vous méfier de moi, dis-je. Il y a une chose que vous devez savoir : je ne vous en veux pas, je ne vous en ai jamais voulu de ne plus m'aimer; il n'y a pas de raison pour que ça vous soit désagréable de penser à ce que je pense de vous ; il n'y a rien en moi qui puisse vous être désagréable.

Je m'interrompis ; il me regardait avec un peu d'inquiétude ; il avait peur des mots ; moi aussi. J'ai vu trop de femmes essayer de calmer avec des mots les regrets de leur chair ; j'en connais trop qui ont tristement réussi à reconduire jusqu'au lit un homme étourdi de phrases ; c'est affreux, une femme qui travaille à amener contre sa peau les mains d'un homme en s'adressant à son cerveau. J'ajoutai seulement :

— Nous sommes des amis, Lewis.

— Bien sûr! il m'a entourée de son bras et il a chuchoté : « Je regrette d'avoir été si dur.

— Je regrette d'avoir été si sotte.

— Oui! quelle sotte! Vous avez eu une bonne idée pourtant : pourquoi ne pas avoir été vous coucher dans un fossé ?

— Parce que vous ne seriez pas venu m'y chercher. »

Il rit : « Après-demain, j'aurais prévenu la police.

— Vous gagnerez toujours, dis-je. Ça n'est pas juste : jamais je ne pourrai me faire souffrir pendant deux jours, ni essayer de vous faire souffrir une heure.

415

— C'est vrai. Il n'y a pas beaucoup de méchanceté dans ce pauvre cœur. Ni beaucoup de sagesse dans cette tête !

— C'est pour ça qu'il faut être gentil avec moi.

— J'essaierai », dit-il en me serrant gaiement contre lui.

Désormais, il y a eu moins de distance entre nous. Quand nous nous promenions sur la plage, quand nous nous couchions au soleil, ou bien le soir en écoutant des disques, Lewis me parlait avec abandon. Notre entente ressuscitait ; il ne craignait plus de m'enlacer, de m'embrasser. Nous avons même fait l'amour, deux ou trois fois. Quand j'ai senti sa bouche qui retrouvait ma bouche, mon cœur s'est mis à battre éperdument : les baisers du désir ressemblent tellement à des baisers d'amour ! Mais mon corps s'est vite repris. Il ne s'agissait que d'un bref coït conjugal, un acte si insignifiant qu'on comprend mal comment les grandes idées de volupté et de péché ont jamais pu lui être associées.

Les jours passaient sans trop de peine ; c'était surtout les nuits qui m'étaient pénibles. Dorothy m'avait fait cadeau d'un stock de petites capsules jaunes : elle possédait une collection de pilules, de cachets, de comprimés, de capsules à tous usages ; j'avalais toujours deux ou trois hypnotiques avant de me mettre au lit, mais je dormais et je faisais de mauvais rêves. Et bientôt j'ai souffert d'un nouveau mal : voilà que dans un mois, dans quinze jours, dans dix jours, j'allais partir. Reviendrais-je jamais ? reverrais-je jamais Lewis ? sans doute ne connaissait-il pas lui-même la réponse : il prévoyait mal son cœur.

Nous avions décidé de passer la dernière semaine à Chicago. Un soir Myriam a téléphoné de Denver pour me demander si nous pouvions nous voir. J'ai dit oui et nous sommes convenus avec Lewis que je m'amènerais à Chicago un jour avant lui : je le retrouverais à la maison le lendemain vers minuit. Sur le moment ça paraissait très simple. Mais le matin de mon départ, je sentis le cœur me manquer. Nous nous promenions le long de la plage ; le lac était d'un vert si dur qu'on aurait pu marcher sur ses flots. Des papillons morts gisaient sur le sable ; les cottages étaient tous fermés, sauf la cabane des pêcheurs qui faisaient sécher leurs filets à côté d'une barque noire. Je pensais : « C'est la dernière fois que je vois le lac. La dernière fois de ma vie. » Je regardais de tous mes yeux ; je ne voulais pas oublier. Mais pour que le passé reste vivant, il faudrait le nourrir de regrets et de larmes. Comment garder mes souvenirs et protéger mon cœur ? Je dis brusquement : « Je vais téléphoner à mes amis que je ne viens pas.

— Pourquoi ? dit Lewis. Quelle idée!

— Je préfère rester ici un jour de plus.

— Mais vous étiez très contente de les voir », dit Lewis avec reproche, comme si rien au monde ne lui avait été plus étranger qu'une saute d'humeur.

— Je n'en ai plus envie, dis-je.

Il haussa les épaules : « Je vous trouve absurde. »

Je ne téléphonai pas. En effet, c'était absurde de rester si Lewis trouvait ça absurde. Me voir un jour de plus ou de moins, pour lui ça ne comptait guère, alors qu'est-ce que ça m'apportait de traîner un jour de plus sur cette plage ? J'ai fait mes adieux à la ronde. « Vous reviendrez ? » a dit Dorothy et j'ai dit : « Oui. » J'ai préparé mes valises, je les ai confiées à Lewis et je n'ai emporté qu'un petit sac de nuit. Quand il a refermé derrière nous la porte de la maison il m'a demandé :

« Vous ne voulez pas dire au revoir à l'étang ? » J'ai
secoué la tête et j'ai marché vers l'arrêt de l'autobus.
S'il m'avait aimée, ça n'aurait pas été un drame de
le quitter pour vingt-quatre heures ; mais il faisait trop
froid en moi : j'avais besoin de sa présence pour me réchauffer. Dans cette maison je m'étais fait un nid incon-
fortable, mais enfin c'était un nid, je m'en arrangeais.
J'avais peur de m'aventurer dans l'air nu.

L'autobus s'est arrêté. Lewis a mis sur ma joue un
baiser routinier : « Amusez-vous bien », et la portière
a claqué, il a disparu. Bientôt une autre portière
claquerait, il disparaîtrait, pour toujours : comment
allais-je supporter loin de lui cette certitude ? Quand
je me suis installée dans le train, le soir tombait ; une
rose thé infusait dans le ciel et je comprenais maintenant qu'on pût s'évanouir en respirant une rose. Nous
avons traversé la Prairie. Et puis le train est entré
dans Chicago. Je reconnaissais les façades en briques
noires flanquées d'escaliers et de balcons de bois :
c'était, tirée à des milliers d'exemplaires, la maison de
mon amour qui n'était plus ma maison.

Je suis descendue à la station centrale. Les fenêtres
des buildings s'allumaient, les enseignes au néon
commençaient à briller. Les phares, les vitrines en fête,
l'énorme bruit des rues m'étourdissaient. Je m'arrêtai au bord de la rivière. Ses ponts étaient levés, un
cargo aux noires cheminées fendait en deux avec solennité la ville consentante. Lentement je suis descendue
vers le lac, le long des eaux sombres où scintillaient
des feux captifs. Ces pierres transparentes, ce ciel peint,
ces eaux d'où montaient les lumières et les rumeurs
d'une cité engloutie, ce n'était pas un rêve rêvé par
quelqu'un d'autre : c'était humaine, grouillante, réelle,

418

une ville de la terre où je marchais, en chair et en os. Comme elle était belle sous ses brocarts d'argent! Je la regardais de tous mes yeux et quelque chose bourdonnait timidement dans mon cœur. On croit que c'est l'amour qui donne au monde tout son éclat : mais aussi le monde gonfle l'amour de ses richesses. L'amour était mort et voilà que la terre était encore là, intacte, avec ses chants secrets, ses odeurs, sa tendresse. Je me sentais émue comme le convalescent qui découvre que pendant ses fièvres le soleil ne s'est pas éteint.

Ni Myriam ni Philipp ne connaissaient Chicago ; mais ils avaient trouvé moyen de me donner rendez-vous dans le restaurant le plus sophistiqué de la ville. En traversant le hall luxueux, je m'arrêtai devant une glace ; c'était la première fois depuis bien des semaines que je me regardais en pied ; je m'étais coiffée et maquillée en citadine, j'avais exhumé ma blouse en tissu indien ; ses couleurs étaient aussi précieuses qu'à Chichicastenango, je n'avais pas vieilli, je n'étais pas défigurée ; ça ne m'était pas désagréable de retrouver mon image. Je me suis assise au bar, et je me suis rappelé avec surprise en buvant un martini qu'il existe des attentes paisibles et que la solitude peut être légère.

— Chère Anne! Myriam m'embrassait. Sous ses cheveux d'ébène et d'argent elle semblait plus jeune et plus décidée que jamais. La poignée de main de Philipp était chargée d'ineffables sous-entendus. Il avait un tout petit peu engraissé ; mais il avait gardé son charme d'adolescent, et son élégance distante. Nous avons parlé avec incohérence de la France, du mariage de Nancy, du Mexique ; et nous avons été quémander une table dans la grande salle au plafond

419

ruisselant de cristal que régissait un maître d'hôtel dédaigneux. C'était — Dieu sait par quel caprice — la reconstitution exacte de la salle de Bath appelée « Pump-Room » où les Anglais élégants du xviiie venaient prendre les eaux. Des serveurs noirs déguisés en maharadjahs indiens brandissaient sur les piques des quartiers de mouton flambants ; d'autres, travestis en laquais du xviiie, promenaient des poissons géants.

— Quelle mascarade! dis-je.

— J'aime ces endroits ridicules, a dit Philipp, en souriant de son sourire délicat. On lui a enfin concédé la table qu'il avait réservée et il a composé avec scrupule nos menus. Quand nous avons commencé à causer, je me suis aperçue avec surprise que nous n'étions d'accord sur presque rien. Ils avaient lu le livre de Lewis, ils ne le trouvaient pas assez hermétique ; à Mexico les courses de taureaux les avaient écœurés ; en revanche les villages indiens du Honduras et du Guatemala leur semblaient de poétiques édens.

— Poétiques pour le touriste! dis-je. Mais vous n'avez pas vu tous ces gosses aveugles, et les femmes avec leurs ventres ballonnés? Drôle de paradis!

— Il ne faut pas juger les Indiens d'après nos standards à nous, dit Philipp.

— Quand on crève de faim on crève de faim, c'est pareil pour tout le monde.

Philipp leva ses sourcils : « C'est drôle, dit-il ; l'Europe accuse les Américains d'être matérialistes ; mais vous accordez beaucoup plus d'importance que nous aux aspects matériels de la vie.

— Il faut peut-être avoir joui du confort américain pour comprendre à quel point le confort compte peu », dit Myriam.

Elle dévorait avec détachement sa portion de canard aux cerises, sa robe d'un bleu électrique découvrait de belles épaules mûres : elle était certainement capable de dormir dans la remorque d'un trailer et de suivre, pendant un temps, un régime végétarien soigneusement dosé.

— Il ne s'agit pas de confort, dis-je un peu trop vivement ; être privé du nécessaire, ça compte ; rien d'autre ne compte.

Philipp me sourit : « Ce qui est nécessaire aux uns ne l'est pas aux autres. Vous savez mieux que moi combien le bonheur est chose subjective. » Sans me laisser le temps de répondre il enchaîna : « Nous sommes très tentés d'aller passer un an ou deux au Honduras pour travailler en paix ; je suis sûr que ces vieilles civilisations ont beaucoup à nous apprendre.

— Je ne vois vraiment pas quoi, dis-je. Dans la mesure où vous blâmez ce qui se passe en ce moment en Amérique, il vaudrait mieux essayer de faire quelque chose contre.

— Vous aussi, vous donnez dans cette psychose! dit Philipp. Agir : c'est la hantise de tous les écrivains français. Ça trahit de curieux complexes : parce qu'ils savent parfaitement qu'ils ne changeront rien à rien.

— Tous les intellectuels américains plaident l'impuissance, dis-je ; c'est ça ce qui paraît un curieux complexe. Vous n'aurez pas le droit de vous indigner le jour où l'Amérique sera complètement fascisée et où elle déclenchera la guerre. »

Myriam laissa retomber sur son assiette la croquette de riz sauvage piquée au bout de sa fourchette : « Vous parlez comme une communiste, Anne, dit-elle sèchement.

— L'Amérique ne veut pas la guerre, Anne, dit Philipp en fixant sur moi un regard chargé de reproche. Dites-le bien à vos amis français. Si nous la préparons activement, c'est justement pour ne pas avoir à la faire. Et nous ne serons jamais fascistes.

— Ce n'est pas ce que vous disiez il y a deux ans, dis-je. Vous pensiez que la démocratie américaine était sérieusement menacée. »

Le visage de Philipp devint très grave : « Ce que j'ai compris depuis, c'est qu'il n'est pas possible de défendre la démocratie par des méthodes démocratiques. Le fanatisme de l'U. R. S. S. nous oblige à un raidissement symétrique ; ça entraîne des excès que je suis le premier à déplorer : mais ils ne signifient pas que nous ayons choisi le fascisme. Ils expriment le drame général du monde moderne. »

Je le dévisageai avec étonnement ; nous nous entendions bien deux ans plus tôt ; il revendiquait alors fermement l'indépendance de sa pensée : et il s'était laissé convaincre avec tant de facilité par la propagande officielle! Lewis avait sans doute raison quand il me disait : « Nous sommes de moins en moins nombreux... »

— Autrement dit, dis-je, la politique actuelle du State Department vous semble exigée par la situation?

— Même si on pouvait en imaginer une différente, chère Anne, dit-il avec douceur, ce n'est pas moi qui serais capable de l'imposer. Non, si on souhaite refuser toute complicité avec cette époque désolante, la seule solution c'est de se retirer dans quelque coin perdu et d'y vivre à l'écart du monde.

Ils voulaient continuer à mener sans souci leur confortable vie d'esthète, aucun argument n'entame-

rait leur égoïsme distingué. Je décidai de laisser tomber :
« Je crois que nous pourrions discuter toute la nuit
sans nous convaincre, dis-je. C'est bien du temps perdu,
les discussions qui n'aboutissent pas.

— Surtout alors que nous avons été privés de vous
si longtemps et que nous sommes si heureux de vous
revoir ! » dit Philipp avec un sourire. Il se mit à parler
d'un nouveau poète américain.

— Anne, nous remettons cette nuit entre vos mains.
Je suis sûr que vous êtes un guide admirable, dit
Philipp en sortant du restaurant.

Nous sommes montés dans l'auto et je les ai emmenés
au bord du lac. Philipp a approuvé : « C'est le plus beau
des sky-lines d'Amérique, plus beau que celui de New
York. » En revanche les burlesques s'avérèrent inférieurs
à ceux de Boston, les bars de clochards moins pitto-
resques que ceux de San Francisco. Ces rapprochements
m'étonnaient : à quoi pouvait-on comparer ces endroits
qu'une nuit Lewis avait tirés du néant ? avaient-ils
donc leur place dans la géographie ? Le fait est que
je découvrais avec aisance à travers mes souvenirs les
chemins qui y conduisaient. Le club Delisa appartenait
à un passé défunt, il ne se situait nulle part sur terre :
et voilà qu'il m'apparaissait au coin d'une rue qui
en croisait une autre, toutes deux avaient un nom,
elles étaient marquées sur une carte.

— L'ambiance est excellente, dit Philipp d'un air
satisfait. Et tout en regardant les jongleurs, les danseurs,
les acrobates, je me demandais avec malaise ce qui serait
arrivé si deux ans plus tôt, au téléphone, il avait
répondu : « Je viens. » Certainement, nous aurions eu
quelques belles nuits ; mais je ne l'aurais pas aimé
longtemps, je ne l'aurais jamais aimé d'amour vrai.

Ça me semblait bien étrange que le hasard ait décidé pour moi avec tant de sûreté. Sans doute n'était-ce pas un hasard si Philipp m'avait préféré un week-end à Cape Cod, si par déférence pour sa mère il ne m'avait pas rejointe dans ma chambre ; plus passionné, plus généreux, il aurait aussi pensé, senti et vécu autrement : il aurait été un autre. N'empêche que les circonstances un peu différentes auraient pu me jeter dans ses bras, me priver de Lewis ; cette idée me révoltait. Notre histoire m'avait coûté bien des larmes ; pourtant pour rien au monde je n'aurais consenti à l'arracher de mon passé. Et c'était soudain une consolation de penser que même finie, condamnée, elle continuerait à jamais à vivre en moi.

Quand nous sommes sortis du club, Philipp nous a ramenés vers le lac ; les grands buildings s'étaient évaporés dans les brumes de l'aube. Il a arrêté la voiture à côté du planétarium, nous avons descendu les gradins du promontoire pour entendre de plus près le vagissement des eaux bleuissantes : comme elles étaient neuves sous le ciel aux reflets ardoisés ! « Moi aussi, me dis-je avec espoir, ma vie va recommencer : ce sera encore une vie, ma vie à moi. » Le lendemain après-midi j'ai promené Myriam et Philipp à travers des parcs, des avenues, des marchés qui appartenaient de toute évidence à une ville terrestre où je savais me diriger sans tutelle. Si le monde m'était rendu, l'avenir n'était plus tout à fait impossible.

Pourtant, quand au crépuscule l'auto rouge a filé vers New York, j'ai hésité à rentrer : j'avais peur de la chambre délaissée et du deuil de mon cœur. Je me suis assise dans un cinéma ; et puis j'ai marché dans les rues. Jamais encore je ne m'étais promenée seule dans Chicago la nuit ; sous ses gazes pailletées, la ville avait perdu son air hostile, mais je ne savais pas que faire d'elle. Je rôdais, désemparée à travers une fête à laquelle je n'étais pas invitée, et mes yeux s'embuaient. Je serrai les lèvres. Non, je ne veux pas pleurer. En vérité, je ne pleure pas, me dis-je ; ce sont les lumières de la nuit qui tremblent en moi, et leur scintillement se condense en gouttes salées au bord de mes cils. Parce que je suis là, parce que je ne reviendrai pas, parce que le monde est trop riche, trop pauvre, le passé trop lourd, trop léger ; parce que je ne peux pas fabriquer du bonheur avec cette heure trop belle, parce que mon amour est mort et que je lui survivrai.

J'ai pris un taxi ; je me suis retrouvée au coin de l'allée jalonnée de poubelles ; dans la sentine noire, j'ai heurté la première marche de l'escalier ; autour du réservoir à gaz brillait une couronne rouge et au loin un train sifflait. J'ai ouvert la porte ; la chambre était allumée, mais Lewis dormait ; je me déshabillai, j'éteignis, je me glissai dans ce lit où j'avais tant pleuré. Où avais-je trouvé toutes ces larmes ? pour quoi ? soudain il n'y avait plus rien qui méritait un sanglot. Je m'écrasai contre le mur ; depuis si longtemps je ne m'étais pas couchée dans la chaleur de Lewis qu'il me semblait qu'un inconnu m'avait cédé par pitié un morceau de son grabat. Il bougea, il étendit la main :

— Vous êtes revenue ? quelle heure est-il ?

— Minuit. Je n'ai pas voulu arriver avant vous.

— Oh ! j'étais là à dix heures. Sa voix était tout à fait réveillée. « Comme cette maison est triste, n'est-ce pas ?

— Oui. Un hall funéraire.

— Un hall funéraire désaffecté, dit-il. C'est plein

425

de spectres : la petite putain, la folle, le pickpocket, tous ces gens que je ne reverrai plus. Ils ne viendront pas là-bas : j'aime bien la maison de Parker mais elle est très raisonnable. Ici...

— Ici, il y avait une magie, dis-je.

— Une magie? Je ne sais pas. Mais au moins des gens venaient, des choses arrivaient. »

Couché sur le dos dans le noir, il évoquait à haute voix les jours et les nuits passés dans cette chambre, et mon cœur se serrait. Sa vie m'avait paru poétique comme à Philipp celle des Indiens, mais pour lui, quelle austère existence! Que de semaines, que de mois sans une rencontre, sans une aventure, sans une présence! Comme il avait dû souhaiter une femme qui fût tout entière à lui! Un instant il avait cru échapper à la solitude, il avait osé souhaiter autre chose que la sécurité : et il avait été déçu, il avait souffert, il s'était repris. Je passai la main sur mon visage : désormais mes yeux resteraient secs ; je comprenais trop qu'il n'ait pas pu s'offrir le luxe du regret, ni celui de l'attente ; je ne souhaitais pas être une écharde dans sa vie. Je n'avais pas même droit à un regret ; il ne me restait pas une plainte ; il ne me restait absolument rien. Soudain, il alluma ; il me sourit :

— Anne, vous n'avez pas passé un trop mauvais été?

J'hésitai. « Ça n'a pas été le meilleur de ma vie.

— Je sais, dit-il, je sais. Et il y a bien des choses que je regrette. Vous avez cru quelquefois que je me sentais supérieur ou hostile ; ce n'était pas du tout vrai. Mais par moments, j'ai un nœud dans la poitrine. Je laisserais mourir tout le monde et moi-même plutôt que de faire un geste.

426

— Je sais aussi, dis-je. Je suppose que ça remonte très loin ; ça doit venir de ce que vous avez eu une jeunesse trop dure, et sans doute aussi de votre enfance.

— Ah ! vous n'allez pas me psychanalyser ! dit-il en riant, mais déjà sur la défensive.

— Non, n'ayez pas peur. Mais je me rappelle, il y a deux ans, quand au club Delisa, j'ai voulu vous rendre ma bague et partir pour New York, vous m'avez dit après : « Je n'aurais pas pu m'arracher un mot... »

— J'ai dit ça ! Quelle mémoire vous avez !

— Oui, j'ai bonne mémoire, dis-je. Ça n'aide pas. Vous ne vous rappelez pas que ce soir-là nous avons fait l'amour sans un mot, vous aviez l'air presque hostile, et j'ai dit : « Avez-vous au moins de l'amitié pour moi ? » Alors vous vous êtes rencogné contre le mur et vous m'avez répondu : « De l'amitié, mais je vous aime ! »

J'avais imité sa voix rogue et Lewis éclata de rire : « Ça semble absurde ?

— Vous l'avez dit, sur ce ton-là. »

Le regard fixé au plafond il murmura d'un ton léger :

— Peut-être que je vous aime encore.

Quelques semaines plus tôt, je me serais emparée avidement de cette phrase, j'aurais tenté d'en faire germer un espoir ; mais elle n'eut pas d'écho en moi. Il était naturel que Lewis s'interrogeât sur ses états d'âme ; et on peut toujours jouer sur les mots ; mais de toute façon notre histoire était finie, il le savait et moi aussi.

Nous n'avons parlé ni du passé ni de l'avenir, ni de nos sentiments pendant les derniers jours : Lewis était là et moi près de lui, ça suffisait. Comme nous ne deman-

dions rien, rien ne nous était refusé : nous aurions pu
nous croire comblés. Nous l'étions peut-être. La nuit
de mon départ, j'ai dit :

— Lewis, je ne sais pas si je cesserai de vous aimer ;
mais je sais que toute ma vie vous serez dans mon cœur.

Il m'a serrée contre lui : « Et vous dans le mien,
toute ma vie. »

Nous reverrions-nous jamais ? Je ne pouvais plus
m'interroger. Lewis m'a accompagnée à l'aérodrome,
il m'a quittée devant les guichets avec un baiser
hâtif et j'ai fait le vide en moi. Juste avant de monter
dans l'avion, un employé m'a remis une boîte de
carton dans laquelle reposait sous un linceul de papier
soyeux une énorme orchidée. Quand je suis arrivée à
Paris, elle n'était pas encore fanée.

CHAPITRE XI

Une abeille bourdonnait autour du cendrier. Henri leva la tête et respira l'odeur sucrée des phlox. De nouveau sa main glissa sur le papier, il acheva de recopier la page raturée. Il aimait ces matins à l'ombre du tilleul. C'était peut-être parce qu'il ne faisait plus rien d'autre qu'écrire : ça lui semblait de nouveau quelque chose d'important, un livre. Et puis, il était content que Dubreuilh eût aimé son roman ; sûrement cette nouvelle lui plairait aussi. Henri avait l'impression que pour une fois, il avait fait exactement ce qu'il s'était proposé de faire : c'était agréable d'être content de soi.

La tête de Nadine apparut à une fenêtre, entre deux volets bleus :

— Comme tu as l'air studieux! On dirait un écolier en train de faire ses devoirs de vacances.

Henri sourit ; il se sentait une bonne conscience heureuse d'écolier :

— Maria est réveillée ? demanda-t-il.

— Oui, nous descendons, dit Nadine.

Il rangea ses papiers. Midi. Il était temps de partir s'il voulait éviter Charlier et Méricaud. Ils allaient encore entreprendre Dubreuilh, à propos de cet hebdo-

madaire, et Henri était fatigué de répéter : « Je ne
veux pas m'en mêler. »

— Nous voilà! dit Nadine.

Elle portait d'une main un sac à provisions, et de
l'autre un engin dont elle était très fière : ça tenait
le milieu entre une valise et un berceau. Henri s'en
saisit :

— Attention! Ne la bouscule pas! dit Nadine.

Henri sourit à Maria ; il était encore tout étonné
d'avoir tiré du néant une petite fille toute neuve,
une petite fille aux yeux bleus, aux cheveux noirs
qui était à lui. Elle regardait le vide avec confiance
tandis qu'il l'installait au fond de la voiture.

— Filons vite! dit-il.

Nadine s'assit au volant ; elle adorait conduire.

— Je passe d'abord à la gare acheter les journaux.

— Si tu y tiens.

— Bien sûr j'y tiens. Surtout que c'est jeudi.

Le jeudi paraissaient *L'Enclume* et *L'Espoir-Magazine* qui avait fusionné avec *Les Beaux Jours*. Nadine
ne voulait pas manquer de si belles occasions de s'indigner.

Ils achetèrent un tas de journaux et ils roulèrent
vers la forêt. Nadine ne parlait pas quand elle conduisait, elle était bien trop appliquée. Henri regarda avec
amitié son profil têtu. Il la trouvait émouvante quand
elle se fascinait sur une tâche avec ce sérieux passionné.
C'est ça surtout qui l'avait touché quand il avait
recommencé à la voir, sa bonne volonté désordonnée.
« Tu sais, j'ai changé », lui avait-elle dit le premier
jour. Elle n'avait pas tant changé ; mais elle s'était
rendu compte que quelque chose en elle ne tournait
pas rond et elle essayait de se réformer : il avait voulu

l'aider. Il s'était dit que s'il la rendait heureuse, il la délivrerait de ce ressentiment confus qui lui empoisonnait la vie ; puisqu'elle avait tellement envie qu'il l'épousât, il avait décidé de l'épouser : il tenait assez à elle pour tenter le coup. Drôle de fille ! Il fallait toujours qu'elle vous arrachât de haute lutte ce qu'on était tout disposé à lui donner. Henri était certain qu'elle avait machiné sa grossesse, er trichant sur les dates, pour lui forcer la main ; et après ça bien sûr, elle s'était convaincue qu'en le mettant devant le fait accompli elle l'avait seulement aidé à prendre conscience de ses vrais désirs. Il la dévisagea avec perplexité. Elle possédait des trésors de mauvaise foi, mais aussi beaucoup de lucidité ; sûrement au fond d'elle-même elle doutait qu'il eût agi de son plein gré ; c'est en grande partie pour ça qu'il n'avait pas réussi à la rendre vraiment heureuse : elle se disait qu'il ne l'aimait pas d'amour et elle lui en voulait. « Je ferais peut-être mieux de lui expliquer que je me suis toujours senti libre parce que je n'ai jamais été dupe », se dit Henri. Mais ça humilierait péniblement Nadine, de se savoir déjouée ; elle serait convaincue qu'Henri la méprisait et qu'il l'avait prise en pitié : rien ne pouvait la blesser davantage ; elle détestait qu'on la juge et aussi qu'on l'accable de cadeaux trop généreux. Non, ça ne servirait à rien de lui dire la vérité.

Nadine arrêta la voiture au bord de l'étang.

— C'est vraiment un bon coin : en semaine, il n'y a jamais personne.

— On va être bien dans l'eau, dit Henri.

Elle vérifia l'installation de Maria et ils se déshabillèrent ; sous sa robe de toile, Nadine portait un bikini vert, très exigu. Ses jambes étaient moins

431

lourdes qu'autrefois et ses seins aussi jeunes. Il dit gaiement :

— Tu es une belle gueuse!

— Oh! toi aussi, ça peut aller, dit-elle en riant.

Ils coururent vers l'étang. Elle nageait, couchée sur le ventre et elle tenait avec majesté sa tête toute droite au-dessus de l'eau, on aurait dit qu'elle la portait sur un plateau. Il aimait bien son visage. « Je tiens à elle, se dit-il. J'y tiens même beaucoup : pourquoi n'est-ce pas tout à fait de l'amour? » Quelque chose le glaçait chez Nadine : sa méfiance, ses rancunes, sa mauvaise foi, la solitude hostile dans laquelle elle se butait. Mais peut-être que s'il l'avait aimée davantage, elle serait devenue plus ouverte, plus épanouie, plus aimable. Il y avait là un cercle vicieux. L'amour ne se commande pas, ni la confiance. Aucun des deux ne pouvait commencer.

Ils nagèrent longtemps et ils s'étendirent au soleil. Nadine sortit du sac à provisions un paquet de sandwiches. Henri en prit un.

— Tu sais, dit-il au bout d'un moment, j'ai repensé à ce que tu m'as raconté hier sur Sézenac. Je n'arrive pas à y croire. C'est bien de Sézenac qu'il s'agit, Vincent en est sûr?

— Absolument sûr, dit Nadine. Ça lui a pris un an, mais il a fini par retrouver des gens et par les faire parler. Sézenac faisait le coup du passage de la ligne, il a livré des tas de juifs aux Allemands, c'est bien lui.

— Mais pourquoi? dit Henri.

Il entendait la voix enthousiaste de Chancel : « Je t'amène mon meilleur copain. » Il voyait le beau visage dur et pur qui inspirait immédiatement confiance.

— Pour le fric, je suppose, dit Nadine. Personne

ne s'en doutait, mais il devait déjà se droguer.

— Et pourquoi se droguait-il?

— Ça, je n'en sais rien, dit Nadine.

— Où est-il maintenant?

— Vincent voudrait bien le savoir! Il l'a foutu à la porte l'année dernière quand il a su que c'était un poulet; et depuis il a perdu sa trace. Mais il le retrouvera, ajouta-t-elle.

Henri mordit dans son sandwich. Il ne souhaitait pas qu'on retrouve Sézenac. Dubreuilh lui avait promis qu'en cas de coup dur il jurerait avoir très bien connu Mercier; à eux deux ils emporteraient sûrement le morceau : mais il valait tout de même mieux que cette histoire ne revienne jamais sur l'eau.

— A qui penses-tu? dit Nadine.

— A Sézenac.

Il n'avait pas raconté à Nadine l'affaire Mercier. Bien sûr elle n'aurait jamais trahi un secret; mais elle n'encourageait pas aux confidences : elle affichait trop de curiosité et témoignait trop peu de sympathie. De la sympathie, il en fallait beaucoup pour encaisser cette histoire : malgré l'indulgence de Dubreuilh et d'Anne, Henri n'y repensait jamais sans malaise. Enfin, il avait obtenu ce qu'il voulait. Josette ne s'était pas tuée, elle était devenue une starlette dont on parlait beaucoup; toutes les semaines on voyait sa photo dans un journal ou dans un autre.

— On retrouvera Sézenac, répéta Nadine.

Elle déplia un journal; Henri en prit un lui aussi. Tant qu'il était en France, il ne pouvait pas éviter de les regarder et pourtant il s'en serait volontiers passé. Mainmise de l'Amérique sur l'Europe, succès R. P. F., retour massif des collaborateurs, maladresse des

433

communistes : c'était plutôt déprimant. A Berlin, ça ne s'arrangeait pas, la guerre pouvait très bien éclater un de ces quatre matins. Henri se laissa retomber sur le dos et ferma les yeux. A Porto Venere, il n'ouvrirait plus un journal. A quoi bon ? Puisqu'on ne peut rien empêcher, autant profiter de son reste en toute insouciance. « Ça scandalise Dubreuilh : mais il trouve raisonnable de vivre comme si on ne devait jamais mourir, c'est pareil, se dit Henri. A quoi bon se préparer ? De toute façon on n'est jamais prêt, et on l'est toujours bien assez. »

— C'est incroyable le succès qu'ils font à ce misérable livre de Volange ! dit Nadine.

— Forcément : à l'heure qu'il est, toute la presse est à droite, dit Henri.

— Même à droite, ils ne sont pas tous idiots.

— Mais ils ont tellement besoin d'un chef-d'œuvre ! dit Henri.

Le livre de Volange était une grosse misère ; mais il avait lancé un slogan bien ingénieux : « Intégrer le mal. » Avoir été collabo, c'était s'être abreuvé aux fécondes sources de l'erreur ; un lynchage dans le Missouri, c'était le péché donc la Rédemption ; bénie soit l'Amérique pour tous ses crimes et vive le plan Marshall. Notre civilisation est coupable : c'est son plus haut titre de gloire. Vouloir réaliser un monde plus juste, quelle grossièreté !

— Dis donc, ma pauvre âme : quand ton roman à toi paraîtra, qu'est-ce qu'ils vont te passer ! dit Nadine.

— Je m'en doute ! dit Henri. Il bâilla : « Ah ! ça n'est plus drôle ! Je peux voir d'avance l'article de Volange, et aussi celui de Lenoir. Même les autres, ceux qui se prétendent impartiaux, je sais ce qu'ils diront.

434

— Quoi ? dit Nadine.

— Ils me reprocheront de n'avoir écrit ni *Guerre et Paix* ni *La Princesse de Clèves*. Remarque que les bibliothèques sont pleines de tous les livres que je n'ai pas écrits, ajouta-t-il gaiement. Mais ce sont toujours ces deux-là qu'on vous jette à la tête.

— Mauvanes compte te sortir quand ?

— Dans deux mois, à la fin de septembre.

— On ne sera pas loin du départ », dit Nadine. Elle s'étira : « Je voudrais déjà être là-bas.

— Moi aussi », dit Henri.

Ça n'aurait pas été gentil de laisser Dubreuilh seul, il comprenait que Nadine ait tenu à attendre le retour de sa mère pour foutre le camp. Et d'ailleurs Henri se plaisait bien à Saint-Martin. Mais il se plairait encore davantage en Italie. Cette maison au bord de la mer, au milieu des rochers et des pins, c'était juste le genre d'endroit auquel il avait souvent rêvé sans y croire quand il se disait autrefois : tout laisser tomber, partir dans le Midi, écrire.

— On emportera un bon phono et beaucoup de disques, dit Nadine.

— Et aussi beaucoup de livres, dit Henri. On se fera une bonne vie, tu verras.

Nadine se souleva sur un coude : « C'est drôle. On va s'installer dans la maison de Pimienta, et lui se ramène vivre à Paris. Langstone ne veut plus remettre les pieds en Amérique...

— On est tous les trois dans le même cas, dit Henri. Des écrivains qui ont fait de la politique et qui en ont marre. Partir pour l'étranger, c'est la meilleure manière de couper les ponts.

435

— C'est moi qui ai eu l'idée de cette maison, dit Nadine d'un air satisfait.

— C'est toi. » Henri sourit : « Ça t'arrive d'avoir de bonnes idées. »

Le visage de Nadine se rembrunit ; pendant un moment elle regarda l'horizon d'un air dur et elle se leva brusquement : « Je vais donner son biberon à Maria. »

Henri la suivit des yeux. Qu'est-ce qu'elle avait pensé au juste ? Ce qui était sûr, c'est qu'elle se résignait mal à n'être plus qu'une mère de famille. Elle s'assit sur un tronc d'arbre, avec Maria dans ses bras ; elle lui donnait son biberon avec autorité, avec patience, elle mettait son point d'honneur à être une mère compétente, elle avait acquis de solides principes de puériculture et un tas d'objets hygiéniques ; mais jamais Henri n'avait surpris de vraie tendresse dans ses yeux quand elle s'occupait de Maria. Oui, c'est ça qui la rendait difficile à aimer : même avec ce bébé elle gardait ses distances, elle restait toujours murée en elle-même.

— Tu te remets à l'eau ? demanda-t-elle.

— Allons-y.

Ils nagèrent encore un moment, se séchèrent, se rhabillèrent et Nadine reprit le volant.

— J'espère qu'ils seront partis, dit Henri quand l'auto s'arrêta devant la grille.

— Je vais voir, dit Nadine.

Maria dormait. Henri la transporta jusqu'à la maison et la déposa sur le coffre du vestibule. Nadine colla l'oreille à la porte du bureau ; elle poussa le battant :

— Tu es seul ?

436

— Oui. Entrez, entrez donc, cria Dubreuilh.

— Je monte coucher la petite, dit Nadine.

Henri entra dans le bureau et sourit : « C'est dommage que vous n'ayez pas pu venir avec nous : on était bien dans l'eau.

— J'irai un de ces jours », dit Dubreuilh. Il prit sur son bureau une feuille de papier : « J'ai une commission pour vous : il y a un certain Jean Patureau, le frère de l'avocat que vous connaissez, qui a téléphoné en demandant que vous le rappeliez d'urgence. Son frère lui a fait parvenir de Madagascar des renseignements qu'il veut vous communiquer.

— Pourquoi veut-il me voir moi? dit Henri.

— A cause de vos articles de l'an dernier, je suppose, dit Dubreuilh. Vous êtes le seul à avoir cassé le morceau. » Dubreuilh tendit le papier à Henri : « Si le type vous donne des détails sur ce qui se fricote là-bas, vous avez le temps de faire un article pour *Vigilance*, en retardant un peu le numéro.

— Je lui téléphonerai tout à l'heure, dit Henri.

— Méricaud me disait que c'est sans précédent ce qu'ils font là, de juger les accusés sur place, dit Dubreuilh. Dans tous les cas analogues les procès ont eu lieu en France. »

Henri s'assit : « Ça s'est bien passé ce déjeuner?

— Ce pauvre Charlier décolle de plus en plus, dit Dubreuilh. C'est triste de vieillir.

— Ils ont reparlé de l'hebdomadaire?

— C'est pour ça qu'ils venaient. Il paraît que Manheim veut absolument me voir.

— C'est tout de même marrant, dit Henri. Quand on a eu besoin d'argent, on n'a jamais pu en trouver. Et maintenant qu'on ne demande rien à personne,

437

voilà ce type qui vous poursuit pour que vous lui preniez son fric. »

Manheim était le fils d'un gros banquier mort en déportation ; il avait été déporté lui-même et il avait passé trois ans en Suisse dans un sana ; il y avait écrit un livre très mauvais mais plein de bonnes intentions. Il s'était mis en tête de créer un grand hebdomadaire de gauche et il voulait que ce soit Dubreuilh qui le dirige.

— Je vais aller le voir, dit Dubreuilh.

— Et qu'est-ce que vous lui direz ? demanda Henri. Il sourit : « Vous commencez à être tenté ?

— Reconnaissez que c'est tentant, dit Dubreuilh. A part les canards communistes, il n'existe pas un hebdo de gauche. Si vraiment on peut avoir un machin à grand tirage avec photos, reportages, etc., ça vaudrait tout de même le coup. »

Henri haussa les épaules : « Vous vous rendez compte du travail que ça représente, un grand hebdo à succès ? Rien à voir avec *Vigilance*. Il faut s'en occuper nuit et jour, surtout la première année.

— Je sais », dit Dubreuilh. Il chercha le regard d'Henri : « C'est pourquoi je ne peux penser à accepter que si vous marchez aussi.

— Vous savez bien que je pars en Italie, dit Henri avec un peu d'impatience. Mais si vraiment cette histoire vous intéresse, vous n'aurez pas de mal à trouver des collaborateurs », ajouta-t-il.

Dubreuilh secoua la tête : « Je n'ai aucune expérience du journalisme, dit-il ; si cet hebdo se fait, j'ai besoin d'un spécialiste à côté de moi ; et vous savez comment les choses se passent : pratiquement ce sera lui qui aura la haute main sur tout. Il faut que

438

je puisse me fier à lui comme à moi-même : il n'y a que vous.

— Même si je ne partais pas, jamais je ne me mettrais un pareil boulot sur les bras, dit Henri.

— C'est dommage, dit Dubreuilh avec reproche. Parce que ce genre de boulot-là est juste à notre mesure. On aurait pu faire un truc bien.

— Et après? dit Henri. On est encore plus coincés que l'année dernière. Quelle action peut-on avoir? Aucune.

— Il y a tout de même certaines choses qui dépendent de nous, dit Dubreuilh. L'Amérique veut armer l'Europe : voilà un point sur lequel on peut organiser une résistance ; et pour ça, un journal serait drôlement utile. »

Henri se mit à rire : « En somme, vous ne cherchez qu'une occasion pour rentrer de nouveau dans la politique? dit-il. Quelle santé!

— Qui a de la santé? demanda Nadine en entrant dans le bureau.

— Ton père : il n'est pas encore dégoûté de la politique. Il veut remettre ça.

— Il faut bien s'occuper », dit Nadine.

Elle s'agenouilla devant la discothèque et se mit à déranger les disques. « Oui, pensa Henri, Dubreuilh s'ennuie, c'est pour ça qu'il a envie de s'agiter. »

— Je n'ai jamais été si heureux que depuis que j'ai lâché la politique, dit Henri. Je ne rempilerai pour rien au monde.

— C'est pourtant moche, ce marasme, dit Dubreuilh. La gauche complètement dispersée, le parti communiste isolé : il faudrait bien tâcher de se regrouper.

— Vous pensez à un nouveau S. R. L.? demanda Henri d'une voix incrédule.

— Non, surtout pas! dit Dubreuilh. Il haussa les épaules : « Je ne pense à rien de précis. Je constate qu'on est dans de sales draps et je souhaite qu'on s'en sorte. »

Il y eut un silence. Henri se rappelait une scène toute semblable : Dubreuilh le pressait, il se défendait et il pensait que bientôt il serait loin de Paris, ailleurs. Mais en ce temps-là il se croyait encore des devoirs. Aujourd'hui il était assez convaincu de son impuissance pour se sentir absolument libre. Que je dise oui, que je dise non, ce n'est pas du sort de l'humanité qu'il s'agit : seulement de la manière dont je lie mon sort au sien. Dubreuilh tient à les confondre, c'est son affaire ; moi pas. De toute façon il ne s'agit que de lui, que de moi, rien d'autre n'est en jeu.

— Je peux mettre un disque? dit Nadine.

— Bien sûr, dit Dubreuilh.

Henri se leva : « Moi je vais travailler.

— N'oubliez pas de téléphoner à ce type, dit Dubreuilh.

— Je n'oublie pas », dit Henri.

Il traversa le hall et décrocha le téléphone. Le type au bout du fil semblait égaré d'importance et de timidité ; on sentait qu'il avait reçu de l'au-delà un message impérieux qu'il devait transmettre tout de suite, à tout prix à son destinataire. « Mon frère m'a écrit : personne ne fait rien, mais je suis sûr qu'Henri Perron fera quelque chose », dit-il avec pompe, et Henri pensa : « Je n'y coupe pas d'un article. » Il donna rendez-vous à Patureau pour le lendemain, à Paris et il revint s'asseoir sous le tilleul. Voilà pourquoi il était si pressé de partir pour l'Italie ; ici il recevrait encore trop de lettres, trop de visites, trop de coups de téléphone. Il étala ses papiers devant lui. Le phonographe jouait le quatuor de Franck, Nadine écoutait, assise sur le rebord de la fenêtre ouverte ; les abeilles bourdonnaient autour du massif de phlox ; un char à bœufs passa sur le chemin avec un bruit antique. « Quelle paix! » se dit Henri. Pourquoi l'obligeait-on à s'occuper de ce qui se passait à Tananarive ? Il se passe sans cesse des choses horribles sur terre : mais on ne vit pas à travers toute la terre ; méditer à longueur de temps sur de lointains malheurs auxquels on ne peut pas remédier, c'est de la délectation morose. « C'est ici que je vis, et ici c'est la paix », pensa-t-il. Il regarda Nadine ; elle avait un air recueilli qui ne lui était pas habituel ; elle qui avait peine à se concentrer sur un livre, elle pouvait écouter longtemps une musique qu'elle aimait et dans ces moments-là on sentait qu'il se faisait en elle un silence qui ressemblait au bonheur. « Il faut que je la rende heureuse, se dit Henri. Ce cercle vicieux doit pouvoir se briser. » Rendre quelqu'un heureux, ça c'est concret, c'est solide et ça vous absorbe bien assez si vous prenez la chose à cœur. S'occuper de Nadine, élever Maria, écrire ses livres : ce n'était pas tout à fait la vie qu'il souhaitait autrefois. Autrefois il croyait que le bonheur, c'était une manière de posséder le monde : alors que c'est plutôt une façon de se protéger contre lui. Mais c'était quand même beaucoup d'entendre cette musique, de regarder la maison, le tilleul, et sur la table les feuilles manuscrites en se disant : « Je suis heureux. »

L'article d'Henri sur Madagascar parut le 10 août. Il l'avait écrit avec passion. Exécution illégale du principal témoin, attentats contre les avocats, supplices infligés aux accusés pour leur arracher de faux aveux : la vérité était encore bien plus monstrueuse qu'il ne l'avait imaginée. Et ce n'était pas seulement à Tananarive que ces choses se passaient : c'était ici, en France, tout le monde était complice. Complices les Chambres qui avaient voté la levée d'immunité, complices le gouvernement, la Cour de cassation et le président de la République, complices les journaux qui se taisaient et les millions de citoyens qui s'accommodaient de ce silence. « Au moins maintenant, il y en a quelques milliers qui savent », se dit-il quand il eut le numéro de *Vigilance* dans les mains. Et il pensa avec regret : « Ce n'est pas grand-chose. » Il avait étudié cette affaire de si près, il l'avait tellement prise à cœur qu'elle s'était mise à le concerner personnellement. Chaque matin il cherchait dans les journaux les maigres entrefilets consacrés au procès et il y pensait toute la journée. Il avait bien du mal à finir sa nouvelle. Quand il écrivait à l'ombre du tilleul, l'odeur des phlox, les rumeurs du village n'avaient plus le même sens qu'avant.

Il était en train de travailler ce matin-là, distraitement, quand on sonna à la grille. Il traversa le jardin pour aller ouvrir : c'était Lachaume.

— Toi! dit-il.

— Oui. Je voudrais te parler, dit Lachaume d'une voix tranquille. Tu n'as pas l'air content de me voir, mais laisse-moi tout de même entrer, ajouta-t-il. Ce que j'ai à te dire t'intéressera.

Lachaume avait vieilli pendant ces dix-huit mois et il y avait des cernes sous ses yeux.

— De quoi veux-tu me parler?

— De l'affaire malgache.

Henri ouvrit la porte : « Qu'est-ce que tu as à faire avec un sale fasciste?

— Oh! laisse tomber! dit Lachaume. Tu sais ce que c'est que la politique. Quand j'ai écrit cet article, il fallait que je t'exécute. C'est vieux cette histoire.

— J'ai une bonne mémoire », dit Henri.

Lachaume le regarda d'un air peiné : « Garde-moi rancune si tu y tiens. Quoique vraiment, tu devrais comprendre! dit-il avec un soupir. Mais pour l'instant il ne s'agit ni de toi ni de moi : il y a des vies humaines à sauver. Alors tu peux m'écouter cinq minutes.

— Je t'écoute », dit Henri en lui désignant un des fauteuils d'osier. En fait il n'éprouvait plus aucune colère contre Lachaume : tout ce passé était bien trop loin de lui.

— Tu viens d'écrire un très bel article, je dirai même un article bouleversant, dit Lachaume avec décision.

Henri haussa les épaules : « Malheureusement il n'a pas bouleversé grand monde.

— Oui, c'est ça le malheur », dit Lachaume. Il chercha le regard d'Henri : « Je suppose que si on t'offrait la possibilité d'une action plus large, tu ne la refuserais pas?

— De quoi s'agit-il? dit Henri.

— En deux mots, voilà. Nous sommes en train d'organiser un comité de défense des Malgaches. Il aurait mieux valu que ce soit d'autres que nous qui en prennent l'initiative ; mais les idéalistes petits-

443

bourgeois n'ont pas toujours la conscience chatouilleuse ; à l'occasion ils sont capables d'en encaisser gros sans broncher. Le fait est que personne ne lève le doigt.

— Jusqu'ici vous n'avez pas fait grand-chose non plus, dit Henri.

— Nous ne pouvons pas, dit vivement Lachaume. Toute cette affaire a été montée pour liquider le M. D. R. M. ; à travers les parlementaires malgaches, on vise le parti. Si nous les défendons trop bruyamment, ça se retournera contre eux.

— Soit, dit Henri. Alors ?

— Alors j'ai eu l'idée d'un comité dans lequel entreraient deux ou trois communistes et une majorité de non-communistes. Quand j'ai lu ton papier, je me suis dit que personne n'était mieux qualifié que toi pour le présider. » Lachaume interrogea Henri du regard : « Les camarades ne sont pas contre. Seulement avant de te faire une proposition officielle, Lafaurie veut être sûr que tu accepteras. »

Henri garda le silence. Fasciste, vendu, salaud, flic : ils l'avaient promis à toutes les trahisons ; et soudain ils se ramenaient, la main tendue. Ça lui donnait un petit sentiment de triomphe bien agréable.

— Qui y aura-t-il au juste dans ce comité ? demanda-t-il.

— Tous les types un peu importants qui voudront bien marcher, dit Lachaume. Ils ne sont pas légion. Il haussa les épaules : Ils ont tellement peur de se mouiller! Ils laisseraient torturer à mort vingt innocents plutôt que de se compromettre avec nous. Si tu prends l'affaire en main, ça changera tout, ajouta-t-il d'une voix pressante. Toi, ils te suivront. »

Henri hésita : « Pourquoi ne demandez-vous pas plutôt à Dubreuilh ? Son nom a plus de poids que le mien et il dira sûrement oui.

— Ça sera bien d'avoir Dubreuilh, dit Lachaume. Mais c'est ton nom à toi qu'il faut mettre en avant. Dubreuilh est trop près de nous. Il ne faut surtout pas que ce comité ait l'air d'inspiration communiste, ou alors c'est foutu. Avec toi, il n'y a pas d'équivoque.

— Je vois, dit Henri sèchement. C'est dans la mesure où je suis un social-traître que je peux vous être utile.

— Nous être utile ! dit Lachaume d'une voix irritée. C'est aux accusés que tu peux être utile. Qu'est-ce que tu crois ! Qu'est-ce que nous avons à gagner dans cette histoire ? Tu ne te rends pas compte, reprit-il en regardant Henri avec reproche. Tous les jours, ce matin encore, on reçoit de Madagascar des lettres et des dépêches déchirantes : « Parlez ! Alertez l'opinion. Dites aux gens de la métropole ce qui se passe ici. » Et nous avons les mains liées ! Qu'est-ce qui nous reste à faire sinon d'essayer d'agir par la bande ? »

Henri sourit ; la véhémence de Lachaume le touchait. C'est vrai qu'il était capable d'exécuter de basses besognes mais non d'accepter tranquillement qu'on torture et qu'on massacre à gogo des innocents.

— Qu'est-ce que tu veux ! dit-il d'un ton conciliant. Tout est si mélangé chez vous : les mensonges politiques et les sentiments vrais qu'on a du mal à s'y reconnaître.

— Si vous ne commenciez pas tout de suite par nous accuser de machiavélisme, vous vous y reconnaîtriez mieux, dit Lachaume. Vous avez toujours l'air de croire que le parti ne travaille que pour lui-

445

même! Tu te rappelles en 46, quand nous sommes intervenus en faveur de Cristino Garcia, on nous a reproché d'avoir rendu son exécution inévitable. Aujourd'hui nous mettons la sourdine, et alors tu viens me dire : « Vous ne faites pas grand-chose. »

— Ne te monte pas, dit Henri. Tu m'as l'air d'être devenu drôlement susceptible.

— Tu ne te rends pas compte : cette méfiance qu'on rencontre partout! Ça finit par être exaspérant!

Henri eut envie de lui répondre : « C'est bien de votre faute », mais il ne dit rien ; il ne se sentait pas le droit de prendre des supériorités faciles. A vrai dire, il n'en voulait plus à Lachaume. Lachaume le lui avait dit un jour, au Bar Rouge : « J'encaisserai n'importe quoi plutôt que de quitter le parti. » Il estimait que sa propre personne ne pesait pas lourd à côté des intérêts en jeu : pourquoi aurait-il accordé plus de prix à celle d'Henri? Bien sûr, dans ces conditions l'amitié n'était plus possible. Mais rien n'empêchait de travailler ensemble.

— Écoute, moi je ne demande pas mieux que de travailler avec toi, dit-il. Je ne pense pas qu'on ait beaucoup de chances de réussir : mais enfin on va essayer.

Le visage de Lachaume s'éclaira : « Je peux dire à Lafaurie que tu accepteras?

— Oui. Mais explique-moi un peu ce que vous envisagez.

— On va en discuter ensemble », dit Lachaume.

« Voilà! se dit Henri. Ça se vérifie une fois de plus : chaque truc correct qu'on fait se solde par de nouveaux devoirs. » Ses éditoriaux de 47 l'avaient amené à écrire l'article de *Vigilance*, ce qui l'amenait à organiser ce comité : il était repincé. « Mais pas pour longtemps », se dit-il.

— Tu devrais aller te coucher, tu as l'air vannʋ, dit Nadine d'une voix fâchée.

— C'est le voyage en avion qui m'a fatiguée, dit Anne sur un ton d'excuse. Et puis il y a ce décalage des heures : j'ai mal dormi la nuit dernière.

Le bureau avait un air de fête. Anne était rentrée la veille et Nadine avait cueilli toutes les fleurs du jardin pour en remplir la maison. Mais personne n'était bien gai. Anne avait pris un sérieux coup de vieux et elle buvait trop de whisky ; Dubreuilh qui était si remonté ces temps derniers semblait soucieux : sans doute à cause d'Anne. Nadine boudait plus ou moins tout en tricotant quelque chose d'écarlate. Le récit d'Henri avait encore assombri la soirée.

— Alors quoi ? c'est fini ? dit Anne. Il n'y a plus aucun espoir de sauver ces types ?

— Je n'en vois aucun, dit Henri.

— C'était couru que la Chambre noierait le poisson, dit Dubreuilh.

— Si vous aviez assisté à la séance, vous auriez tout de même été étonné, dit Henri. Je croyais être blindé : mais à certains moments, j'ai eu envie de tuer.

— Oui, ils ont été forts, dit Dubreuilh.

— Des politiciens, ça ne m'étonne pas, dit Anne. Ce que je n'arrive pas à comprendre c'est que dans l'ensemble les gens aient si peu réagi.

— Pour ça, ils n'ont pas réagi, dit Henri.

Gérard Patureau et les autres avocats étaient venus à Paris, décidés à remuer ciel et terre ; le comité les

447

avait aidés de son mieux ; mais ils s'étaient heurtés à l'indifférence générale.

Anne regarda Dubreuilh : « Vous ne trouvez pas ça décourageant ?

— Mais non, dit-il. Tout ce que ça prouve c'est que l'action ne s'improvise pas. On est parti de zéro, alors évidemment... »

Dubreuilh était entré dans le comité mais il ne s'en était guère occupé. Ce qui l'avait intéressé dans cette histoire, c'est qu'il avait repris des contacts politiques. Il s'était inscrit au mouvement des « Combattants de la liberté » ; il avait pris part à un de leurs meetings, et il allait recommencer dans quelques jours. Il n'insistait pas pour qu'Henri le suive, il ne lui reparlait pas non plus de l'hebdomadaire, mais de temps en temps il laissait échapper un reproche plus ou moins déguisé.

— Improvisée ou non, aucune action ne mène nulle part à l'heure qu'il est, dit Henri.

— C'est vous qui le dites, dit Dubreuilh. Si on avait eu derrière nous un groupe déjà constitué, un journal, des fonds, on aurait peut-être réussi à toucher l'opinion.

— Ça n'a rien de sûr, dit Henri.

— En tout cas, dites-vous bien que pour avoir des chances de réussir un peu mieux notre coup, quand une occasion se représentera, il faut le préparer d'avance.

— Pour moi, l'occasion ne se représentera pas, dit Henri.

— Allons donc ! dit Dubreuilh. Vous me faites rire quand vous dites que la politique et vous, c'est fini. Vous êtes comme moi. Vous en avez trop fait pour ne plus en faire. Vous serez repincé.

— Non, parce que je vais me mettre à l'abri, dit Henri gaiement.

Les yeux de Dubreuilh s'allumèrent : « Je vous fais un pari : vous ne resterez pas un an en Italie.

— Je tiens le pari », dit Nadine vivement. Elle se tourna vers sa mère : « Qu'est-ce que tu crois ?

— Je ne sais pas, dit Anne. Ça dépend comment vous vous plairez là-bas.

— Comment veux-tu qu'on ne s'y plaise pas ? Tu as vu la photo de la maison : elle n'est pas jolie ?

— Elle a l'air très jolie », dit Anne. Elle se leva brusquement : « Je m'excuse. Je tombe de sommeil.

— Je monte avec toi, dit Dubreuilh.

— Tâche de dormir cette nuit, dit Nadine en embrassant sa mère. Je te jure que tu as une sale mine.

— Je dormirai », dit Anne.

Quand elle eut refermé la porte, Henri chercha le regard de Nadine : « C'est vrai qu'Anne a l'air fatiguée.

— Fatiguée et sinistre, dit Nadine avec rancune. Si elle regrette tant son Amérique, elle n'avait qu'à y rester.

— Elle ne t'a pas raconté comment ça s'est passé là-bas ?

— Penses-tu ! elle est bien trop cachottière, dit Nadine. D'ailleurs, moi, on ne me dit jamais rien », ajouta-t-elle.

Henri la dévisagea avec curiosité : « Tu as de drôles de rapports avec ta mère.

— Pourquoi drôles ? dit Nadine d'un air piqué. Je l'aime bien, mais souvent elle m'agace ; je suppose que c'est pareil pour elle. Ça n'a rien de rare, c'est comme ça les rapports de famille. »

Henri n'insista pas ; mais ça l'avait toujours frappé :

449

ces deux femmes se seraient fait tuer l'une pour l'autre et pourtant il y avait entre elles quelque chose qui ne collait pas. Nadine devenait beaucoup plus agressive et beaucoup plus butée quand sa mère était là. Anne fit des efforts pour paraître gaie, les jours suivants, et Nadine se dérida ; mais on avait toujours l'impression qu'un orage pouvait éclater d'un instant à l'autre.

Ce matin-là, Henri les aperçut de sa chambre qui sortaient du jardin bras dessus, bras dessous, en se riant au visage ; quand elles traversèrent de nouveau la pelouse, deux heures plus tard, Anne portait sous son bras une flûte de pain, Nadine des journaux, et elles avaient l'air de se disputer.

C'était l'heure du déjeuner. Henri rangea ses papiers, se lava les mains et descendit dans le living-room. Anne était assise au bord d'une chaise, l'air absent ; Dubreuilh lisait *L'Espoir-Magazine* et Nadine, debout à côté de lui, le guettait.

— Salut ! Quoi de neuf ? dit Henri en souriant à la ronde.

— Ça ! dit Nadine en désignant le journal. J'espère que tu vas aller casser la figure à Lambert, ajouta-t-elle sèchement.

— Ah ! c'est commencé ? Lambert me traîne dans la merde ? dit Henri avec un sourire.

— S'il n'y traînait que toi !

— Tenez, dit Dubreuilh en tendant le journal à Henri.

Ça s'appelait « Peints par eux-mêmes ». Lambert commençait par déplorer une fois de plus la néfaste influence exercée par Dubreuilh : c'était sa faute si après un brillant départ Henri avait perdu tout talent. Ensuite Lambert résumait le roman d'Henri à l'aide de citations tronquées et accolées de manière burlesque. Sous prétexte de fournir les clefs d'un livre qui n'en avait pas, il donnait sur la vie privée d'Henri, de Dubreuilh, d'Anne, de Nadine, un tas de détails mi-vrais mi-faux, choisis de façon à les rendre aussi odieux que ridicules.

— Quel salaud! dit Henri. Je me rappelle cette conversation sur nos rapports avec l'argent ; et voilà ce qu'il en a tiré ; ce paragraphe dégueulasse sur « l'hypocrisie des privilégiés de gauche ». Quel salaud! répéta-t-il.

— Tu ne vas pas laisser passer ça ? dit Nadine.

Henri interrogea Dubreuilh du regard : « J'aimerais bien lui casser la figure, ça ne serait d'ailleurs pas difficile. Mais qu'est-ce qu'on y gagnera ? Un scandale, des échos dans tous les journaux, un nouvel article, pire que celui-ci...

— Cogne assez fort, et il taira sa gueule, dit Nadine.

— Sûrement pas, dit Dubreuilh. Tout ce qu'il demande, c'est à faire parler de lui : il sautera sur l'occasion. Je suis pour qu'Henri laisse tomber, conclut-il.

— Et alors, le jour où ça lui chantera, qu'est-ce qui l'empêche de faire un nouvel article et d'y aller encore plus fort ? dit Nadine. S'il se dit qu'il n'a rien à craindre, il ne se gênera pas.

— C'est comme ça dès qu'on se mêle d'écrire, dit Henri. Tout le monde a le droit de vous cracher dessus : beaucoup regardent même ça comme un devoir.

— Moi je n'écris pas, dit Nadine. On n'a pas le droit de me cracher dessus.

— Oui, au début ça indigne, dit Anne. Mais tu verras : on s'y fait. » Elle se leva : « Si on déjeunait. »

Ils s'assirent autour de la table en silence. Nadine

piqua dans le ravier un rond de saucisson et son visage se détendit : « Ça m'agace de penser qu'il va triompher en paix, dit-elle d'un ton perplexe.

— Il ne triomphe pas tant que ça, dit Henri. Il tenait à écrire des récits, des romans : et à part ses articles, Volange n'a rien publié de lui, depuis cette fameuse nouvelle qui était si mauvaise. »

Nadine se tourna vers Anne : « On t'a dit ce qu'il a osé écrire la semaine dernière ?

— Non.

— Il a déclaré que les pétinistes avaient aimé la France à leur manière et qu'ils sont plus près des gaullistes qu'un résistant séparatiste. Personne n'avait encore été jusque-là ! dit Nadine d'un air satisfait. Ah ! ils ont drôlement tourné les vieux copains, ajouta-t-elle. Tu as lu le compte rendu de Julien sur le livre de Volange ?

— Robert me l'a montré, dit Anne. Julien ! Qui aurait cru ça !

— Ce n'est pas si étonnant, dit Dubreuilh. Un anarchiste aujourd'hui, que veux-tu qu'il devienne ? Les petits jeux de destruction, à gauche, ça n'amuse personne.

— Je ne vois pas pourquoi un anarchiste deviendrait fatalement un R. P. F. », dit Nadine.

Elle prenait toute explication pour une excuse, et souvent elle refusait de comprendre pour ne pas se gâcher le plaisir de s'indigner. Il y eut un silence. Leurs conversations à quatre n'avaient jamais été faciles : elles l'étaient moins que jamais. Henri se mit à parler avec Anne d'un roman qu'elle avait rapporté d'Amérique et qu'il venait de lire. Dubreuilh pensait à autre chose, Nadine aussi. Tout le monde fut soulagé quand le repas s'acheva.

— Est-ce que je peux prendre la voiture ? demanda
Nadine en sortant de table. Si quelqu'un voulait
s'occuper de Maria, j'irais bien faire un tour.

— Je m'occuperai de Maria, dit Anne.

— Tu ne m'emmènes pas ? dit Henri en souriant.

— D'abord tu n'en as aucune envie, dit Nadine.
Et puis j'aime mieux être seule, ajouta-t-elle en souriant.

— Ça va, je n'insiste pas ! dit Henri. Il l'embrassa :
« Promène-toi bien, et sois prudente. »

Il n'avait pas envie d'aller se promener, mais guère
non plus de travailler. Dubreuilh affirmait que sa
première nouvelle était bonne, celle qu'il voulait écrire
à présent lui tenait à cœur ; mais il se sentait un peu
désemparé ces jours-ci. Il n'était déjà plus en France,
et pas encore en Italie, le procès de Tananarive était
fini sans l'être puisque les accusés refusaient de se
défendre et que le verdict était prévu d'avance ; les
activités de Dubreuilh l'agaçaient et pourtant il lui
enviait vaguement les joies qu'il en tirait. Il prit un
livre. Grâce au ciel, les heures, les jours ne lui étaient
plus comptés, il n'était pas obligé de se forcer. Il
attendait d'être installé à Porto Venere pour commencer
son nouveau récit.

Vers sept heures, Anne l'appela pour prendre l'apé-
ritif selon un rite qu'elle avait instauré. Dubreuilh
était encore en train d'écrire quand Henri entra dans
le bureau. Il repoussa ses papiers :

— Voilà une bonne chose de faite.

— Qu'est-ce que c'est ? demanda Henri.

— Le plan de ce que je dirai vendredi, à Lyon.

Henri sourit : « Vous avez vraiment du courage.
Nancy, Lyon : quelles villes sinistres !

— Oui, c'est sinistre Nancy, dit Dubreuilh, et

pourtant je garde un bon souvenir de cette soirée.

— Je vous soupçonne d'être un rien vicieux, dit Henri.

— Peut-être », dit Dubreuilh. Il sourit : « Je ne saurais pas vous expliquer. Après le meeting on est allé dans un bistrot manger de la choucroute et boire de la bière, l'endroit n'avait rien de rare, je connaissais à peine les types qui étaient avec moi, on ne parlait presque pas. Mais on avait fait un truc ensemble, un truc dont on était contents : c'était bien.

— Je sais, j'ai connu ça », dit Henri. A la guerre, pendant la Résistance, au journal la première année, il avait eu de ces moments : « Ça ne m'est jamais arrivé au S. R. L., ajouta-t-il.

— A moi non plus », dit Dubreuilh. Il prit des mains d'Anne un verre de martini et en but une gorgée : « Nous n'étions pas assez modestes. Pour avoir de ces petits bonheurs il faut travailler dans l'immédiat.

— Dites donc, ça ne me semble pas si modeste de vouloir empêcher la guerre! dit Henri.

— C'est modeste, parce que nous ne nous ramenons pas avec des idées préconçues que nous voudrions imposer au monde, dit Dubreuilh. Le S. R. L. avait un programme constructif : c'était forcément de l'utopie. Ce que je fais maintenant ressemble bien plus à ce que j'ai fait en 36. On essaie de se défendre contre un danger donné en utilisant les moyens du bord. C'est beaucoup plus réaliste.

— C'est réaliste si ça sert à quelque chose, dit Henri.

— Ça peut servir », dit Dubreuilh.

Il y eut un silence. « Qu'est-ce qu'il a au juste dans la tête? » se demanda Henri. Il avait trop facilement accepté le point de vue de Nadine. « Il s'agite parce qu'il s'ennuie. » C'était court, ce cynisme. Il avait appris à ne pas prendre aveuglément Dubreuilh au sérieux : ça n'autorisait pas à le regarder comme un étourdi.

— Il y a une chose que je ne comprends pas, dit Henri. Vous disiez l'année dernière que personnellement vous ne pouviez pas encaisser ce que vous appeliez « le nouvel humanisme », et voilà que vous marchez à fond avec les communistes. Ce qui vous gênait ne vous gêne donc plus ?

— Vous savez, dit Dubreuilh, cet humanisme, c'est tout juste l'expression du monde d'aujourd'hui. On ne peut pas plus le refuser qu'on ne peut refuser le monde. On peut bouder, c'est tout.

« Voilà ce qu'il pense de moi, se dit Henri. Je boude. » Jusqu'à sa mort, Dubreuilh continuerait à prendre des supériorités sur son propre passé et sur celui des autres. « Enfin, c'est moi qui ai été le chercher », se dit Henri. Il voulait le comprendre et non se défendre contre lui. Inutile de se défendre : il se savait en sécurité. Il sourit :

— Pourquoi avez-vous cessé de bouder ?

— Parce qu'un jour je me suis senti de nouveau dans le coup, dit Dubreuilh. Oh ! c'est très simple, reprit-il. L'année dernière, je me disais : « Tout est mal, le moindre mal est encore trop dur à avaler pour que je le regarde comme un bien. » Seulement la situation s'est encore aggravée. Le pire mal est devenu tellement menaçant que mes réticences à l'égard de l'U. R. S. S. et du communisme me sont apparues comme très secondaires. Dubreuilh regarda Henri : « Ce qui m'étonne c'est que vous ne sentiez pas ça comme moi. »

Henri haussa les épaules : « J'ai vu pas mal de communistes, ce mois-ci, j'ai travaillé avec Lachaume. Je comprends bien leur point de vue : mais ça ne colle pas, avec eux, ça ne collera jamais.

— Il ne s'agit pas d'entrer au parti, dit Dubreuilh. Mais il n'y a pas besoin d'être d'accord sur tout pour lutter ensemble contre l'Amérique et contre la guerre.

— Vous êtes plus dévoué que moi, dit Henri. Je ne vais pas sacrifier la vie que j'ai envie de mener à une cause à laquelle je ne crois qu'à moitié.

— Ah! ne me sortez pas ce genre d'argument! dit Dubreuilh. Ça me fait penser à Volange quand il dit : « L'homme ne mérite pas qu'on s'intéresse à lui. »

— Ça n'est pas du tout pareil, dit Henri vivement.

— Plus que vous ne croyez. » Dubreuilh interrogea Henri du regard : « Vous êtes bien convaincu qu'entre l'U. R. S. S. et l'Amérique il faut choisir l'U. R. S. S. ?

— Évidemment.

— Eh bien, ça suffit. Il y a une chose dont il faudrait se convaincre, dit-il avec feu, c'est qu'il n'y a pas d'autre adhésion que le choix, pas d'autre amour que la préférence. Si on attend pour s'engager de rencontrer la perfection absolue, on n'aime jamais personne et on ne fait jamais rien.

— Sans réclamer la perfection, on peut tout de même trouver que les choses sont plutôt moches, et ne pas avoir envie de s'en mêler, dit Henri.

— Moches par rapport à quoi? dit Dubreuilh.

— Par rapport à ce qu'elles pourraient être.

— C'est-à-dire à des idées que vous vous faites », dit Dubreuilh. Il haussa les épaules : « L'U. R. S. S. telle qu'elle devrait être, la révolution sans larmes, tout ça ce sont de pures idées, c'est-à-dire zéro. Évidemment, comparée à l'idée la réalité a toujours tort; dès que l'idée s'incarne, elle se déforme ; seulement la supériorité de l'U. R. S. S. sur tous les socialismes possibles, c'est qu'elle existe. »

Henri regarda Dubreuilh d'un air interrogateur :

— Si ce qui existe a toujours raison, il ne reste qu'à se croiser les bras.

— Pas du tout. La réalité n'est pas figée, dit Dubreuilh. Elle a un avenir, des possibilités. Seulement pour agir sur elle et même pour la penser, il faut s'installer en elle et non s'amuser à des petits rêves.

— Vous savez, je ne rêve guère, dit Henri.

— Quand on dit : « Les choses sont moches » ou comme moi l'an dernier : « Tout est mal », c'est qu'on rêve en douce à un bien absolu. Il regarda Henri dans les yeux : « On ne s'en rend pas compte, mais il faut une drôle d'arrogance pour placer ses rêves au-dessus de tout. Si on était modeste, on comprendrait qu'il y a d'un côté la réalité, et de l'autre rien. Je ne connais pas de pire erreur que de préférer le vide au plein », ajouta-t-il.

Henri se tourna vers Anne qui buvait silencieusement un second martini : « Qu'en pensez-vous ?

— Personnellement, j'ai toujours eu de la peine à regarder un moindre mal comme un bien, dit-elle. Mais c'est que j'ai cru trop longtemps en Dieu. Je pense que Robert a raison.

— Peut-être, dit Henri.

— Je parle en connaissance de cause, dit Dubreuilh. Moi aussi j'ai essayé de justifier mes humeurs par l'indignité du monde. »

Henri remplit de nouveau son verre. Est-ce que Dubreuilh n'était pas justement en train de justifier ses humeurs à coups de théories ? « Mais si on va par là, c'est aussi par humeur que j'essaie de dévaloriser ce qu'il me dit », pensa-t-il. Il décida de lui faire crédit, du moins jusqu'à la fin de la conversation.

— Tout de même, ça me semble plutôt pessimiste, votre manière de voir les choses, dit-il.

— Là encore, ce n'est pessimiste que par rapport à des idées que je me faisais autrefois, dit Dubreuilh ; des idées beaucoup trop souriantes ; l'histoire n'est pas souriante. Mais comme il n'y a aucun moyen de lui échapper, il faut chercher la meilleure façon de la vivre : à mon avis, ce n'est pas l'abstention.

Henri aurait voulu lui poser d'autres questions, mais on entendit dans le hall un bruit de pas et Nadine poussa la porte :

— Salut, bande d'ivrognes! dit-elle gaiement. Vous pouvez boire à ma santé : je mérite un toast d'honneur! Elle les regarda d'un air triomphant : « Devinez ce que j'ai fait ?

— Quoi donc ? dit Henri.

— J'ai été à Paris et je vous ai vengés : j'ai giflé Lambert. »

Il y eut un petit silence.

— Où l'as-tu rencontré ? comment ça s'est-il passé ? demanda Henri.

— Eh bien, je suis montée à *L'Espoir*, dit Nadine avec fierté. Je me suis amenée dans la salle de rédaction ; ils étaient tous là, Samazelle, Volange, Lambert, et un tas de nouveaux, avec de sales gueules ; ça fait un drôle d'effet de voir ça! Nadine se mit à rire : Lambert a eu l'air soufflé, il a bafouillé des choses mais je ne l'ai pas laissé parler. « J'ai une vieille dette envers toi », je lui ai dit : « Je suis contente que tu m'aies donné l'occasion de te rembourser. » Et je lui ai balancé ma main dans la figure.

— Qu'est-ce qu'il a fait ? dit Henri.

— Oh ! il l'a fait à la dignité, dit Nadine, il a pris de grands airs. Je me suis dépêchée de partir.

— Il n'a pas dit que je pourrais faire mes commissions moi-même ? c'est ce que j'aurais dit à sa place, dit Henri. Il ne voulait pas engueuler Nadine, mais il était très mécontent.

— Je n'ai pas écouté ce qu'il a dit, dit Nadine. Elle regarda à la ronde avec un peu de défi : « Alors ? vous ne me félicitez pas ?

— Non, dit Dubreuilh. Je ne trouve pas ce que tu as fait là bien malin.

— Moi je trouve ça très malin, dit Nadine. J'ai vu Vincent en sortant de là et il m'a dit que j'étais une gaillarde, ajouta-t-elle d'un ton vindicatif.

— Si tu as envie de publicité, tu as réussi ton coup, dit Dubreuilh. Les journaux vont s'en donner à cœur joie.

— Je m'en fous des journaux, dit Nadine.

— La preuve que tu ne t'en fous pas ! »

Ils se toisèrent avec animosité.

— Si ça vous plaît qu'on vous couvre de merde, tant mieux pour vous, dit Nadine avec colère ; moi ça ne me plaît pas. Elle se tourna vers Henri : « Tout ça c'est ta faute, dit-elle brusquement. Pourquoi as-tu été raconter nos histoires à tout le monde ?

— Voyons : je n'ai pas parlé de nous, dit Henri. Tu sais bien que tous les personnages sont inventés.

— Allons donc ! il y a cinquante trucs dans ton roman qui s'appliquent à papa ou à toi ; et j'ai très bien reconnu trois phrases de moi, dit-elle.

459

— Elles sont dites par des gens qui n'ont aucun rapport avec toi », dit Henri ; il haussa les épaules : « Évidemment j'ai montré des types d'aujourd'hui, qui sont à peu près dans la situation où nous sommes : mais il y en a des milliers comme ça, ce n'est ni ton père ni moi en particulier ; au contraire, sur la plupart des points mes personnages ne nous ressemblent pas du tout.

— Je n'ai pas protesté parce qu'on aurait encore dit que je fais des histoires, dit Nadine aigrement, mais tu crois que c'est agréable ? On cause avec vous, tranquillement, on se croit de pair à compagnon, et pendant ce temps vous observez, vous prenez des notes en dedans de vous-mêmes, et toc un beau jour on retrouve noir sur blanc des mots qu'on avait dits pour qu'ils soient oubliés, des gestes qui ne comptaient pas. J'appelle ça de l'abus de confiance !

— On ne peut pas écrire un roman sans piquer des trucs autour de soi, dit Henri.

— Peut-être, mais alors les écrivains, on ne devrait pas les fréquenter », dit Nadine rageusement.

Henri lui sourit : « Tu es bien mal lotie !

— Moque-toi de moi maintenant, dit-elle en devenant très rouge.

— Je ne me moque pas de toi », dit Henri. Il entoura de son bras les épaules de Nadine : « On ne va pas faire un drame avec cette histoire.

— C'est vous qui faites un drame ! dit Nadine. Ah ! vous avez bonne mine quand vous êtes là tous les trois à me regarder avec des airs de juge !

— Allons, personne ne te juge », dit Anne d'une voix conciliante. Elle chercha le regard de Dubreuilh : « C'est tout de même satisfaisant de penser que Lambert a reçu une bonne gifle. »

460

Dubreuilh ne répondit rien. Henri essaya de rompre les chiens : « Tu as vu Vincent ? Qu'est-ce qu'il devient ?

— Qu'est-ce que tu veux qu'il devienne ? dit-elle d'un ton rogue.

— Il est toujours à la radio ?

— Oui. » Nadine hésita : « J'avais une belle histoire à vous raconter, mais je n'ai plus envie.

— Allez : raconte! dit Henri.

— Vincent a retrouvé Sézenac! dit Nadine. Dans un petit hôtel du côté des Batignolles. Dès qu'il a eu l'adresse, il a été frapper chez Sézenac, il voulait lui dire sa façon de penser. Sézenac a refusé de lui ouvrir. Vincent s'est posté devant l'hôtel et l'autre s'est sauvé par un escalier de secours. Depuis trois jours il n'a pas reparu : ni à l'hôtel, ni à son restaurant, ni dans les bars où il se ravitaille en drogue, nulle part ». Elle ajouta d'une voix triomphante : « C'est un aveu, non ? S'il n'avait rien sur la conscience, il ne se cacherait pas.

— Ça dépend de ce que Vincent lui a dit à travers la porte, dit Henri. Même innocent, il a pu prendre peur.

— Mais non. Un innocent aurait essayé de s'expliquer », dit Nadine. Elle se tourna vers sa mère et dit d'un ton agressif : « Ça n'a pas l'air de t'intéresser. Pourtant tu l'as connu, Sézenac.

— Oui, dit Anne. Il m'a paru drogué au dernier degré. Quand on en arrive à ce point-là, on est capable de n'importe quoi. »

Il y eut un lourd silence. Henri pensait avec inquiétude : « Vincent retrouvera Sézenac. Et alors ? » Si Sézenac parlait, si Lambert était assez furieux contre Henri pour confirmer son histoire, qu'arriverait-il ? Anne et Dubreuilh se posaient la même question.

— Eh bien, si c'est tout l'effet que ça vous fait,

461

j'aurais mieux fait de garder mon histoire pour moi! dit Nadine avec dépit.

— Mais non, dit Henri. C'est une drôle d'histoire : c'est pour ça qu'on rêve dessus.

— Ne prends pas la peine d'être poli! dit Nadine. Vous êtes de grandes personnes et je ne suis qu'une enfant. Ce qui m'amuse ne vous amuse pas, c'est normal. Elle marcha vers la porte : « Je monte voir Maria. »

Elle bouda toute la soirée. « Cette vie à quatre ne lui vaut rien », pensa Henri. « En Italie ça ira mieux. » Et il pensa avec un peu d'angoisse : « Plus que dix jours. » Tout était réglé. Nadine et Maria partaient en wagon-lit, il les précédait en voiture. Dans dix jours. Par moments il sentait déjà sur son visage un vent tiède à l'odeur de sel et de résine, et une bouffée de bonheur lui montait au cœur. A d'autres instants, il éprouvait un regret qui ressemblait à de la rancune : comme si on l'avait exilé contre son gré.

Toute la journée du lendemain, Henri repensa à la conversation qu'il avait eue avec Dubreuilh et qui s'était prolongée tard dans la nuit. La seule question, affirmait Dubreuilh, c'est de décider parmi les choses qui existent celles qu'on préfère. Il ne s'agit pas de résignation : on se résigne quand entre deux choses réelles on accepte celle qui vaut le moins ; mais au-dessus de l'humanité telle qu'elle est, il n'y a rien. Oui, sur certains plans, Henri était d'accord. Préférer le vide au plein, c'est ce qu'il avait reproché à Paule : elle se cramponnait à de vieux mythes au lieu de le prendre tel qu'il était. Inversement, il n'avait jamais cherché en Nadine « la femme idéale » ; il avait choisi de vivre

462

avec elle tout en connaissant ses défauts. C'est surtout quand on pensait aux livres et aux œuvres d'art que l'attitude de Dubreuilh semblait justifiée. On n'écrit jamais les livres qu'on veut et on peut s'amuser à regarder tout chef-d'œuvre comme un échec ; pourtant nous ne rêvons pas d'un art supra-terrestre : les œuvres que nous préférons, c'est d'un amour absolu que nous les aimons. Sur le plan politique, Henri se sentait moins convaincu : parce que là le mal intervient ; il n'est pas seulement un moindre bien : il est l'absolu du malheur, de la mort. Seulement si on attache de l'importance au malheur, à la mort, aux hommes un à un, il ne suffit pas de se dire : « De tout façon l'histoire est malheureuse », pour se sentir autorisé à s'en laver les mains : c'est important qu'elle soit plus ou moins malheureuse. Le soir tombait ; Henri ruminait à l'ombre du tilleul quand Anne apparut en haut du perron :

— Henri! Elle l'appelait d'une voix calme, mais pressante et il pensa avec ennui : « Encore un drame avec Nadine. » Il marcha vers la maison.

— Oui ?

Dubreuilh était assis à côté de la cheminée et Nadine debout en face de lui, les mains enfoncées dans les poches de son pantalon, l'air buté :

— Sézenac vient de s'amener, dit Anne.

— Sézenac ?

— Il prétend qu'on cherche à le tuer. Il se cache depuis cinq jours mais il ne peut plus tenir : cinq jours sans drogue, il est à bout. Elle désigna la porte de la salle à manger : « Il est là, couché sur le divan, malade comme un chien. Je vais le piquer. »

Elle tenait une seringue à la main et il y avait une boîte de pharmacie sur la table.

— Tu le piqueras quand il aura causé, dit Nadine d'une voix dure. Il espérait que maman serait assez poire pour l'aider sans lui poser de questions, ajouta-t-elle. Seulement, pas de chance, j'étais là.

— Il a parlé? demanda Henri.

— Il va parler, dit Nadine. Elle marcha vivement vers la porte et l'ouvrit ; d'une voix presque aimable, elle appela : « Sézenac! »

Henri s'immobilisa sur le seuil à côté d'Anne tandis que Nadine s'approchait du divan ; Sézenac ne bougea pas, il gisait sur le dos, il gémissait, ses mains s'ouvraient et se crispaient spasmodiquement : « Vite! dit-il, vite!

— Tu vas l'avoir ta piqûre, dit Nadine ; maman t'apporte de la morphine, regarde. »

Sézenac tourna la tête, son visage ruisselait de sueur.

— Seulement d'abord tu vas me répondre, dit Nadine. En quelle année as-tu commencé à travailler pour la Gestapo?

— Je vais mourir, dit Sézenac ; des larmes coulaient sur ses joues et il lançait des coups de pied dans le vide. C'était un spectacle difficile à supporter et Henri aurait bien voulu qu'Anne y mît fin tout de suite ; mais elle semblait paralysée ; Nadine s'approcha du divan :

— Réponds et on te fera ta piqûre, dit-elle. Elle se pencha sur Sézenac : « Réponds ou ça va aller mal. En quelle année?

— Jamais », murmura-t-il dans un souffle. Il donna encore un coup de pied et retomba sur le lit, inerte ; il y avait un peu de mousse blanche au coin de ses lèvres.

Henri fit un pas vers Nadine : « Laisse-le!

— Non ; je veux qu'il parle, dit-elle avec violence. Il parlera ou il crèvera. Tu entends, reprit-elle en revenant sur Sézenac, si tu ne parles pas, on te laisse crever. »

Anne et Dubreuilh restaient figés sur place ; le fait est que si on voulait savoir à quoi s'en tenir sur Sézenac, c'était le moment ou jamais de le questionner ; et mieux valait savoir.

Nadine attrapa Sézenac par les cheveux : « On sait que tu as donné des juifs, des tas de juifs : quand as-tu commencé ? dis-le. » Elle lui secouait la tête et il gémit :

— Tu me fais mal !

— Réponds, combien de juifs as-tu donnés ? dit Nadine.

Il poussa un petit cri de douleur : « Je les aidais, dit-il, je les aidais à passer. »

Nadine le lâcha : « Tu ne les aidais pas ; tu les donnais. Tu en as donné combien ? »

Sézenac se mit à sangloter contre l'oreiller.

— Tu les donnais, avoue ! dit Nadine.

— Un de temps en temps, pour sauver les autres, il fallait, dit Sézenac. Il se souleva et regarda autour de lui d'un air hagard : « Vous êtes injustes ! J'en ai sauvé. J'en ai sauvé beaucoup.

— C'est le contraire, dit Nadine. Tu en sauvais un sur vingt, pour qu'il t'envoie des clients, et tu donnais les autres. Combien en as-tu donné ?

— Je ne sais pas », dit Sézenac. Soudain il cria : « Ne me laissez pas crever !

— Oh ! ça suffit », dit Anne en marchant vers le divan ; elle se pencha vers Sézenac et releva sa manche ; Nadine revint vers Henri : « Tu es convaincu ?

— Oui, dit-il ; pourtant, ajouta-t-il, je n'arrive pas encore à y croire. » Souvent il avait vu Sézenac l'œil vitreux, les mains moites, il le voyait prostré sur ce divan ; mais tout ça n'effaçait pas l'image du jeune héros cravaté de rouge qui se promenait de barricade en bar-

465

ricade avec un grand fusil sur l'épaule. Ils revinrent
s'asseoir dans le bureau et Henri demanda :

— Et alors, qu'est-ce que nous allons faire ?

— Il n'y a pas de question, dit Nadine vivement ;
il mérite une balle dans la tête.

— C'est toi qui vas la tirer ? dit Dubreuilh.

— Non ; mais je vais téléphoner à la police, dit
Nadine qui tendit la main vers l'appareil.

— La police ! tu te rends compte de ce que tu dis !
dit Dubreuilh.

— Tu livrerais un type à la police ? dit Henri.

— Merde alors ! un type qui a donné des dizaines de
juifs à la Gestapo, tu parles que je vais me gêner ! dit
Nadine.

— Laisse ce téléphone, et assieds-toi, dit Dubreuilh
avec impatience. Il n'est pas question d'appeler les flics.
Ceci dit, il faut prendre une décision : on ne peut pas le
soigner, l'abriter et le rendre tranquillement à son joli
métier.

— Ça serait logique ! dit Nadine. Elle s'était adossée
au mur et elle regardait les autres d'un air noir.

Il y eut un silence. Quatre ans plus tôt tout aurait
été simple : quand l'action est une réalité vivante, quand
on croit à des buts, le mot de justice a un sens ; un
traître, ça s'abat. Que faire d'un ancien traître quand on
n'espère plus rien ?

— Gardons-le ici deux ou trois jours, le temps de le
remettre sur pied, dit Anne ; il est vraiment très
malade. Et puis on l'expédiera en quelque colonie lointaine : en A. O. F. par exemple, nous connaissons des
gens là-bas. Il ne reviendra jamais : il a trop peur de se
faire descendre.

— Et qu'est-ce qu'il deviendra ? On ne va pas lui

466

donner des lettres de recommandation, dit Dubreuilh.

— Et pourquoi pas? Faites-lui donc une rente pendant que vous y êtes, dit Nadine. Sa voix tremblait de passion.

— Tu sais, jamais il ne se désintoxiquera, c'est une vraie loque, dit Anne. De toute façon, la vie qu'il a devant lui est bien assez horrible.

Nadine frappa du pied : « Il ne s'en tirera pas comme ça!

— Il y en a tant d'autres qui s'en sont tirés! dit Henri.

— Ce n'est pas une raison. » Elle regarda Henri avec soupçon : « Est-ce que tu aurais peur de lui par hasard?

— Moi?

— Il avait l'air de savoir des choses sur ton compte.

— Il suppose qu'Henri faisait partie du gang de Vincent, dit Dubreuilh.

— Mais non, dit Nadine. Tu l'as entendu. Il m'a dit : « Si je parlais, ton mari risquerait les mêmes ennuis que moi. »

Henri sourit : « Penses-tu que j'aie été agent double?

— Je ne sais pas ce que je dois penser, dit-elle. Moi on ne me dit jamais rien. Je m'en fous, ajouta-t-elle. Vous pouvez garder vos secrets. Mais je veux que Sézenac paye! Vous vous rendez compte de ce qu'il a fait, non?

— Nous nous rendons compte, dit Anne. Mais à quoi ça t'avancerait de le faire payer? On ne ressuscite pas les morts.

— Tu parles comme Lambert! on ne les ressuscite pas, mais ça n'est pas une raison pour les oublier. Nous ne sommes pas morts, nous pouvons encore penser à eux et ne pas baiser les pieds de ceux qui les ont assassinés.

— Mais nous les avons oubliés, dit Anne d'une voix brusque. Ce n'est peut-être pas notre faute ; mais ça fait que nous n'avons plus aucun droit sur le passé.

— Je n'ai rien oublié, dit Nadine ; pas moi.

— Toi comme les autres ; tu as ta vie, tu as une petite fille ; tu as oublié. Et si tu tiens tant à ce qu'on punisse Sézenac c'est pour te prouver le contraire ; mais c'est de la mauvaise foi.

— Refuser d'entrer dans vos petites cuisines, c'est de la mauvaise foi! » dit Nadine ; elle marcha vers la porte-fenêtre :

— Eh bien, vos scrupules, moi j'appelle ça de la lâcheté! cria-t-elle avec violence. Elle claqua la porte derrière elle.

— Je la comprends, dit Anne ; quand je pense à Diégo, je la comprends. Elle se leva : « Je vais lui préparer un lit dans le pavillon ; il dort, vous n'avez qu'à le transporter... » Elle sortit brusquement et Henri eut l'impression qu'elle était au bord des larmes.

— Autrefois, j'aurais été capable de le descendre moi-même, dit Henri. Aujourd'hui ça n'aurait aucun sens. Et pourtant c'est scandaleux d'aider un type pareil à vivre, ajouta-t-il.

— Oui, toute solution sera forcément mauvaise, dit Dubreuilh. Il regarda Sézenac : « Le seul moment où les problèmes comportent une solution, c'est quand ils ne se posent pas. Si nous étions dans le coup, il n'y aurait pas de problème. Seulement maintenant, on est dehors ; alors notre décision sera forcément arbitraire. » Il se leva : « Couchons-le. »

Sézenac dormait, son visage était calme ; les yeux fermés, il retrouvait un peu de son ancienne beauté. Il ne pesait pas lourd. Ils le transportèrent jusqu'au

468

pavillon et le couchèrent tout habillé sur le lit. Anne étendit une couverture sur ses jambes.

— Ça semble si inoffensif, quelqu'un qui dort, murmura-t-elle.

— Il n'est peut-être pas si inoffensif que ça, dit Henri. Il sait sûrement un tas de choses sur Vincent et sur ses copains. Et à l'heure qu'il est, il y en a beaucoup qui blanchiraient volontiers un ancien gestapiste pour pouvoir sacquer d'anciens maquisards.

— Vous ne croyez pas que s'il savait des choses, Vincent aurait déjà eu des ennuis ? dit Anne.

— Écoute, dit Dubreuilh, tout en le soignant, essaie donc de le cuisiner : les drogués parlent facilement, nous saurons peut-être ce qu'il a dans le ventre. Il réfléchit : « Je pense que de toute façon, le mieux ça sera de l'embarquer.

— Pourquoi a-t-il fallu qu'il se ramène ici ! » dit Anne.

Elle semblait si bouleversée qu'Henri pensa qu'il fallait la laisser seule avec Dubreuilh. Il monta dans sa chambre en disant qu'il avait l'appétit coupé et qu'il mangerait un morceau un peu plus tard avec Nadine.

Il s'accouda à la fenêtre ; il apercevait au loin la masse sombre d'une colline, et tout près, le pavillon où Sézenac gisait : c'est ainsi qu'il gisait dans le studio de Paule, par une joyeuse nuit de Noël. Ils se riaient au visage, ils se félicitaient de la victoire, ils criaient avec Preston : « Vive l'Amérique » et ils buvaient à la santé de l'U. R. S. S. Et Sézenac était un traître, la secourable Amérique se préparait à asservir l'Europe, et quant à ce qui se passait en U. R. S. S., il valait mieux ne pas y regarder de trop près. Vidé des promesses qu'il n'avait jamais enfermées, le passé n'était plus qu'un

469

attrape-nigaud. Dans la colline noire, les phares d'une auto creusèrent une large rainure brillante. Longtemps, Henri resta immobile à regarder serpenter dans la nuit ces routes de lumière. Sézenac dormait et ses crimes avec lui. Nadine arpentait la campagne ; il n'avait aucune envie d'une explication. Il se coucha sans attendre son retour.

A travers un rêve confus, Henri crut entendre soudain un bruit insolite, un bruit de grêle ; il ouvrit les yeux ; un rai de lumière fusait sous la porte : Nadine était rentrée et sa colère veillait, mais le bruit ne venait pas de sa chambre ; il y eut une pluie de petits cailloux contre les vitres. « Sézenac », pensa Henri en sautant du lit. Il ouvrit la fenêtre et se pencha : Vincent. Il enfila hâtivement des vêtements et descendit dans le jardin.

— Qu'est-ce que tu fous ici ?

Vincent était assis sur le banc de bois vert appuyé au mur de la maison ; son visage était calme mais son pied gauche battait le sol d'un mouvement convulsif, la jambe de son pantalon tremblait.

— J'ai besoin de toi. Tu as ton auto ?

— Oui ; pourquoi ?

— Je viens de descendre Sézenac : il faut l'enlever d'ici.

Henri regarda Vincent avec stupeur : « Tu l'as descendu ?

— Il n'y a pas eu de parti, dit Vincent, il dormait, je me suis servi de mon silencieux, ça n'a fait aucun bruit. » Il parlait d'une voix nette et rapide ; il ajouta : « Seulement ce salaud n'a pas voulu brûler.

— Brûler ?

— On a fauché des tablettes de phosphore aux Chleuhs dans le maquis ; ça marche très bien d'habi-

470

tude ; mais peut-être que maintenant elles sont trop vieilles, j'avais pourtant fait attention à les garder au sec ; j'ai attendu trois heures et le ventre est à peine entamé ; il commence à se faire tard ; on va l'embarquer dans l'auto.

— Pourquoi as-tu fait ça ! » murmura Henri. Il s'assit sur le banc ; il savait que Vincent était capable de tuer, qu'il avait tué ; mais c'était un savoir abstrait ; jusqu'ici, Vincent était un meurtrier sans victime ; sa manie, comme la boisson ou la drogue ne mettait en danger que lui ; et voilà qu'il était entré dans le pavillon, un revolver au poing, il avait posé le canon sur une tempe vivante, et Sézenac était mort ; pendant trois heures, Vincent était resté en tête à tête avec un copain qu'il venait d'abattre et qui ne voulait pas brûler : « On l'aurait expédié dans quelque jungle d'où il ne serait jamais revenu !

— Plus souvent ! dit Vincent ; sa jambe se calmait, mais sa parole semblait moins sûre. Sézenac ! une donneuse ! tu te rends compte ! qu'est-ce qu'il nous a possédés ! Chancel qui disait : « C'est mon petit frère ! » et moi, pauvre con ! si je ne m'étais pas méfié, question drogue, il me filait aux poulets ; et j'ai fait des trucs pour lui que je n'ai jamais faits pour personne. Même si j'avais été certain que ça me coûtera ma peau, je me serais offert la sienne.

— Comment as-tu su qu'il était ici ?

— J'avais suivi sa piste », dit Vincent d'un air vague. Il ajouta : « Je suis venu en vélo, j'aurais fourré les débris dans un sac, attaché une pierre au sac et balancé le tout dans la rivière ; je me serais bien débrouillé tout seul. Je ne comprends pas pourquoi il n'a pas brûlé ! » répéta-t-il d'un air perplexe. Un instant il

471

médita en silence et il se leva : « On ferait aussi bien de
se dépêcher.

— Qu'est-ce que tu veux faire ?

— On va l'emmener prendre un bain, un petit bain
d'éternité ; j'ai repéré un endroit au poil. »

Henri ne bougea pas ; il lui semblait qu'on lui demandait de tuer Sézenac avec ses propres mains.

— Qu'est-ce qui ne colle pas ? dit Vincent. On ne
peut pas le laisser là, non ? Maintenant si tu ne veux pas
m'aider, ça va, prête-moi seulement la bagnole et je
tâcherai de m'en tirer sans toi.

— Je vais t'aider, dit Henri ; mais je te demande
une chose en échange : promets-moi de quitter ce
gang.

— Ce que je viens de faire là, c'est du travail d'isolé,
dit Vincent ; et pour mon gang, je te répète ce que je
t'ai dit autrefois : tu n'as rien de mieux à m'offrir. Tous
ces salauds qui se ramènent, qu'est-ce que vous faites
contre eux ? rien. Alors laisse-nous nous défendre.

— Ce n'est pas une manière de se défendre.

— Tu n'en as pas de meilleure à me proposer. Viens
ou ne viens pas, ajouta Vincent, mais décide-toi.

— Ça va, dit Henri ; je viens.

Ça n'était pas le moment de discuter ; d'ailleurs il
ne savait pas de quoi il parlait, rien ne semblait vrai ;
un petit vent jouait avec les branches du tilleul, l'odeur
des roses vieillissantes montait vers la maison aux
volets bleus, c'était une de ces nuits comme toutes les
nuits, où rien n'arrive. Il suivit Vincent à l'intérieur
du pavillon, et ce fut le monde quotidien qui bascula
dans le néant ; l'odeur était irréfutable : épaisse,
triomphante, l'odeur qui remplit les cuisines quand on
flambe les duvets d'un poulet. Henri regarda le lit et

472

retint une exclamation : un nègre. L'homme couché sur le drap blanc avait un visage tout noir.

— C'est le phosphore, dit Vincent. Il rejeta le drap : « Regarde ça ! »

Le petit trou dans la tempe était bouché avec du coton, pas une trace de sang, Vincent était méticuleux. Le corps aux côtes saillantes avait la couleur du pain brûlé et le phosphore avait creusé au milieu du ventre une faille profonde ; il n'y avait aucun rapport entre Sézenac et ce gisant noirâtre.

— Et les vêtements ? dit Henri.

— Je les embarque dans mes sacoches ; je m'en charge. Il saisit le cadavre sous les bras : « Attention qu'il ne se casse pas en deux ; ça ferait du vilain », dit-il d'une voix compétente d'infirmier. Henri prit le cadavre par les pieds et ils le transportèrent jusqu'au garage.

— Attends que je prenne mon attirail, dit Vincent.

Il avait caché sa bicyclette derrière un buisson ; il en ramena une corde et un sac alourdi par une pierre.

— Il ne tiendra pas dans le sac ; mais je vais m'arranger, dit Vincent. Il ligota solidement contre le ventre de Sézenac la pierre enveloppée dans le sac qu'il amarra par un nœud coulant autour du corps : « Comme ça, il est sûr d'aller au fond », dit-il avec satisfaction.

Ils couchèrent la chose sur la banquette arrière et la recouvrirent d'un plaid. La maison semblait dormir ; seule la fenêtre de Nadine restait allumée : se doutait-elle de quelque chose ? Ils poussèrent la voiture jusqu'à la route, et Henri s'efforça de démarrer en silence ; le village aussi semblait dormir, mais il y avait sûrement des insomniaques qui épiaient tous les bruits.

— Il en a donné beaucoup de juifs ? demanda Henri. La justice n'avait pas grand-chose à voir dans cette histoire, mais il avait besoin de se convaincre des crimes de Sézenac.

— Des centaines ; c'était du travail à la grosse, ces passages de ligne. Salaud! quand je pense qu'il a failli m'échapper! dit Vincent. C'est ma faute, j'ai fait une maladresse ; quand j'ai retrouvé sa piste, j'ai eu la connerie de courir à son hôtel, je l'aurais descendu dans sa chambre ce qui n'aurait pas été bien malin ; il a refusé de m'ouvrir et il m'a filé entre les doigts. Je l'ai tout de même eu!

Il parlait, d'une voix qui bredouillait un peu, tandis que la voiture roulait sur la route endormie ; on avait peine à croire, sous ce ciel silencieux, que des hommes, un peu partout, étaient en train de mourir, de tuer, et que cette histoire était vraie.

— Pourquoi travaillait-il avec la Gestapo ? dit Henri.

— Besoin de fric, dit Vincent. Je croyais qu'il se droguait seulement depuis la mort de Chancel, depuis que tout a commencé à devenir dégueulasse ; mais non, ça remonte loin. Pauvre Chancel! il disait que Sézenac aimait la vie dangereuse et il admirait ça, il ne se doutait pas que ça voulait dire la drogue et du fric à tout prix.

— Mais pourquoi se droguait-il? c'était un jeune bourgeois bien de chez lui.

— C'était un dévoyé, dit Vincent d'un air puritain, un dévoyé qui est devenu un salaud. Il se tut et au bout d'un instant il fit un signe :

« Voilà le pont. »

La route était déserte, la rivière déserte ; en une seconde ils balancèrent au-dessus du parapet la chose qui avait été Sézenac ; il y eut un bruit d'eau, un remous, quelques rides et de nouveau une rivière ingénue, la route déserte, le ciel, le silence. « Jamais je ne saurai qui vient de s'engloutir », pensa Henri ; cette idée le gênait comme s'il avait au moins dû à Sézenac une exacte oraison funèbre.

— Je te remercie, dit Vincent quand ils eurent fait demi-tour.

— Garde tes remerciements, dit Henri ; je t'ai aidé parce qu'il fallait bien ; mais je suis contre, plus que jamais.

— Un salaud de moins, c'est un salaud de moins, dit Vincent.

— Sézenac, je comprends que tu aies tenu à lui régler son compte, dit Henri ; mais des types que tu ne connais pas, ne me dis pas que tu as de vraies raisons de les descendre : c'est une espèce de drogue que tu as trouvée là, toi aussi, une manie.

— Tu te trompes, dit Vincent vivement ; je n'aime pas tuer ; je ne suis pas un sadique, je déteste le sang. Il y en avait des types dans le maquis pour qui descendre des miliciens c'était une partie de plaisir : ils les découpaient en rondelles, avec leurs mitraillettes ; moi j'avais horreur de ça. Je suis un type normal, tu le sais bien.

— Il doit y avoir quelque chose qui cloche, dit Henri ; ce n'est pas normal de tuer pour tuer.

— Je ne tue pas pour tuer, mais pour que certains salauds crèvent.

— Et pourquoi tiens-tu tellement à ce qu'ils crèvent ?

— Un gars que tu détestes vraiment, c'est normal de souhaiter qu'il crève ; c'est dans le cas contraire qu'on serait tordu. Il haussa les épaules : « C'est des salades ces histoires que les tueurs c'est des obsédés sexuels et tout le fourbi ; je ne dis pas que dans la bande il n'y ait pas un ou deux cinglés ; mais les plus

475

déchaînés, c'est de bons pères de famille qui baisent tout leur content et sans histoire. »

Ils roulèrent un moment en silence.

— Tu comprends, dit Vincent. Il faut savoir de quel côté on est.

— Pas besoin de tuer pour ça, dit Henri.

— Il faut se mouiller.

— Gérard Patureau, quand il va défendre des Malgaches au risque de se faire lyncher, il se mouille et ça a un sens. Arrange-toi pour te mouiller en faisant quelque chose d'utile.

— Qu'est-ce que tu veux faire d'utile quand on va tous crever dans la prochaine guerre ? On peut régler des comptes, c'est tout.

— Il n'y aura peut-être pas la guerre.

— Tu parles ! On est fait comme des rats ! dit Vincent.

Ils arrivaient devant le jardin et Vincent ajouta :

— Écoute, si jamais il y avait un pépin, tu ne sais rien, tu n'as rien vu, rien entendu. Sézenac a disparu et vous avez pensé qu'il avait mis les bouts. S'ils te racontent que j'ai parlé, sois sûr et certain que c'est un bluff. Nie tout.

— S'il y a un pépin, je ne te laisserai pas tomber, dit Henri. Pour l'instant, fous le camp en silence.

— Je fous le camp.

Henri rentra l'auto dans le garage ; quand il ressortit, Vincent avait disparu ; on pouvait supposer en effet que Sézenac s'était envolé ; Vincent n'avait pas mis les pieds à Saint-Martin ; il ne s'était rien passé.

Il s'était passé quelque chose ; dans la grisaille du petit matin ils étaient assis tous les trois au milieu du living-room, Anne et Dubreuilh enveloppés de robes de chambre, et Nadine tout habillée ; elle pleurait ;

elle releva la tête et dit d'une voix hagarde : « D'où viens-tu ? »

Il s'assit à côté d'elle et passa un bras autour de ses épaules. « Pourquoi pleures-tu ?

— C'est ma faute! gémit Nadine.

— Qu'est-ce qui est ta faute?

— C'est moi qui ai téléphoné à Vincent. J'ai téléphoné du café. Pourvu qu'on n'ait rien entendu! »

Anne dit vivement : « Elle voulait seulement que Vincent dénonce Sézenac à la police.

— Je l'ai supplié de ne pas venir, dit Nadine ; mais rien à faire. Je l'ai attendu sur la route, j'avais peur. Il m'a juré qu'il voulait causer avec Sézenac, il m'a renvoyé dans ma chambre. Beaucoup plus tard, il a jeté des cailloux dans ma fenêtre, il m'a demandé quelle était la tienne. Qu'est-ce qui est arrivé? demanda-t-elle d'une voix terrorisée.

— Sézenac est au fond de la rivière avec une grosse pierre au cou, dit Henri ; on ne le retrouvera pas si tôt.

— Oh! mon Dieu! Nadine pleurait avec des sanglots qui remuaient tout son corps vigoureux.

— Sézenac méritait une balle dans la peau, tu l'as dit toi-même, dit Dubreuilh ; et je crois bien que c'est ce qui pouvait lui arriver de mieux.

— Il était vivant, et maintenant il est mort! dit Nadine ; c'est tellement horrible! »

Une long moment ils la laissèrent pleurer sans rien dire ; elle releva la tête : « Qu'est-ce qui va se passer maintenant?

— Rien du tout.

— Si on le retrouve?

— On ne le retrouvera pas, dit Henri.

477

— On va s'inquiéter de sa disparition ; qui sait s'il n'a pas dit à son amie ou à des copains qu'il venait ici ? est-ce que personne au village n'a remarqué tes allées et venues et celles de Vincent ? et s'il y a près de Vincent un autre mouton et qu'il devine tout ?

— Ne t'agite pas. Si le pire arrive, je me défendrai.

— Tu es complice d'un assassinat.

— Je suis sûr qu'avec un bon avocat je serai acquitté, dit Henri.

— Non, ce n'est pas sûr ! » dit Nadine.

Elle pleurait avec une passion de remords qui consternait Henri ; c'est par rancune contre ses parents et contre lui-même qu'elle était entrée dans la cabine téléphonique ; était-ce vraiment impossible de déraciner en elle le ressentiment têtu dont elle était la première victime ? comme elle se rendait malheureuse !

— On te mettra en prison, pendant des années ! dit-elle.

— Mais non ! dit Henri.

Il prit Nadine par le bras : « Viens te reposer. Tu n'as pas dormi de la nuit.

— Je ne pourrai pas dormir.

— Tu vas essayer. Moi aussi. »

Ils montèrent l'escalier et ils entrèrent dans la chambre d'Henri. Nadine s'essuya les yeux et se moucha bruyamment : « Tu me détestes, n'est-ce pas ?

— Tu es cinglée ! dit Henri. Tu sais ce que je pense ? ajouta-t-il : c'est que toi tu détestes un peu tout le monde. Les autres, ça m'est égal ; mais il ne faut pas que tu me détestes, moi : parce que moi, je t'aime, mets-toi ça dans la tête.

— Mais non tu ne m'aimes pas, dit Nadine. Et tu as raison : je ne suis pas aimable.

— Assieds-toi là », dit Henri. Il s'assit à côté d'elle et posa sa main sur la sienne. Il avait bien envie de se retrouver seul, mais il ne pouvait pas abandonner Nadine à ses remords ; il en avait lui-même parce qu'il n'avait pas réussi à gagner sa confiance : « Regarde-moi ! » dit-il.

Elle tourna vers lui un pauvre visage aux yeux battus et il eut un grand élan vers elle. Oui, ce qu'on préfère à tout, on l'aime ; il tenait à elle plus qu'à n'importe qui : il l'aimait et il fallait qu'il l'en convainque.

— Tu penses vraiment que je ne t'aime pas ? c'est sérieux ?

Nadine haussa les épaules : « Pourquoi m'aimerais-tu ? Qu'est-ce que je t'apporte ? Je ne suis même pas jolie.

— Ah ! laisse tomber ces complexes idiots, dit Henri. Tu me plais comme tu es. Et ce que tu m'apportes, c'est toi : c'est tout ce que je te demande puisque je t'aime. »

Nadine le regarda d'un air désolé : « Je voudrais bien te croire.

— Essaie.

— Non, dit-elle. Je me connais trop.

— Je te connais aussi, tu sais.

— Justement.

— Je te connais et je ne pense que du bien de toi : alors ?

— Alors c'est que tu me connais mal. »

Henri se mit à rire : « Voilà un beau raisonnement !

— Je suis moche ! dit Nadine. Tout le temps je fais des choses moches.

— Mais non. Ce soir tu étais en colère et ça se comprend. Tu n'as pas prévu ce qui allait se passer. Cesse donc de te ravager.

479

— Tu es gentil, dit Nadine. Mais je ne le mérite pas. »
Elle se remit à pleurer : « Pourquoi est-ce que je suis
comme ça? Je me dégoûte.

— Tu as bien tort, dit Henri tendrement.

— Je me dégoûte! répéta-t-elle.

— Il ne faut pas, mon chéri, dit Henri. Vois-tu, tout
irait beaucoup mieux si tu n'avais pas décidé que
personne ne t'aime : tu en veux aux gens de leur soi-
disant indifférence, alors de temps en temps tu leur
mens ou tu leur fais un coup en vache, par représailles.
Mais ça ne va jamais très loin, et ça ne part pas d'une
âme bien noire. »

Nadine secoua la tête : « Tu ne sais pas de quoi je suis
capable. »

Henri sourit : « Je le sais très bien.

— Non, dit-elle d'une voix si désespérée qu'Henri la
prit dans ses bras.

— Écoute, dit-il, si tu as quelque chose sur le cœur, tu
ferais mieux de me le dire. Ça te paraîtra moins terrible,
quand tu l'auras dit.

— Je ne peux pas, dit Nadine. C'est trop
moche.

— Ne le dis pas si tu ne veux pas, dit Henri. Mais si
c'est ce que je pense, ce n'est pas si grave. »

Nadine le regarda avec inquiétude : « Qu'est-ce que tu
penses?

— Il s'agit de quelque chose qui nous concerne toi
et moi?

— Oui, dit-elle sans le quitter des yeux. Ses lèvres
tremblaient.

— Tu as fait exprès d'être enceinte? C'est ça qui te
tourmente? »

Nadine baissa la tête : « Comment as-tu deviné?

— Il fallait bien que tu aies triché : c'était la seule explication.

— Tu avais deviné! dit-elle. Ne me dis pas que je ne te dégoûte pas!

— Mais Nadine, tu n'aurais jamais accepté que je t'épouse à contrecœur, jamais tu ne m'aurais fait de chantage! C'est juste un petit jeu que tu as joué avec toi-même. »

Elle leva les yeux vers lui d'un air suppliant :

— Non, je n'aurais jamais fait de chantage.

— Je sais bien. Tu as dû avoir une crise d'hostilité contre moi, pour une raison ou pour une autre, alors tu as machiné cette histoire ; ça t'amusait de m'imposer une situation que je n'avais pas voulue ; mais tu risquais plus que moi puisque tu n'as jamais eu sérieusement l'intention de me forcer la main.

— C'était quand même moche! dit Nadine.

— Mais non. C'était surtout inutile : un peu plus tôt un peu plus tard, on se serait mariés et on aurait eu un enfant.

— C'est vrai, ça? dit Nadine.

— Évidemment. On s'est mariés parce que ça nous plaisait à tous les deux. Je me sentais d'autant moins de devoirs envers toi que je me doutais que tu avais voulu ce qui t'arrivait.

Nadine hésita : « Je suppose bien que si ça t'avait déplu de vivre avec moi, tu ne l'aurais pas fait, dit-elle.

— Fais un petit effort de plus, dit Henri gaiement. Comprends que ça me déplairait si je ne t'aimais pas.

— Ça, c'est autre chose, dit Nadine. On peut se plaire avec quelqu'un sans l'aimer.

— Pas moi, dit Henri. Enfin! pourquoi ne veux-tu

481

pas croire que je t'aime? ajouta-t-il avec un peu d'impatience.

— Ce n'est pas ma faute, dit Nadine en soupirant. Je suis méfiante.

— Tu ne l'as pas toujours été, dit Henri. Avec Diégo tu ne l'étais pas. »

Nadine se raidit : « C'était différent.

— En quoi?

— Diégo était à moi.

— Pas plus que je ne le suis, dit Henri vivement. La différence c'est qu'il était un enfant : mais il aurait vieilli. Et si tu ne décidais pas a priori que tout adulte est un juge, donc un ennemi, mon âge ne te gênerait pas.

— Avec toi, ça ne sera jamais comme avec Diégo, dit Nadine fermement.

— Il n'y a pas deux amours qui soient pareils, dit Henri. Mais pourquoi comparer? Évidemment si tu cherches dans notre histoire autre chose que ce qu'elle est, tu ne le trouveras pas.

— Je n'oublierai jamais Diégo, dit Nadine.

— Ne l'oublie pas. Mais ne te sers pas de tes souvenirs contre moi. C'est ce que tu fais, ajouta-t-il. Pour un tas de raisons, tu boudes ta vie présente ; alors tu te réfugies dans le passé ; au nom du passé, tu prends des supériorités sur tout ce qui t'arrive. »

Nadine le regarda d'un air un peu hésitant : « Oui, je tiens à mon passé, dit-elle.

— Je te comprends bien, dit Henri. Seulement, il faut voir une chose : ce n'est pas parce que tu as des souvenirs très forts que tu mets de la mauvaise volonté à vivre ; c'est l'inverse ; tu utilises tes souvenirs pour te justifier. »

Nadine garda un moment le silence ; elle se mordait la lèvre inférieure d'un air concentré : « Pourquoi est-ce que je suis de mauvaise volonté ?

— Par ressentiment, par méfiance. Ça fait un cercle vicieux, dit Henri. Tu doutes de mon amour, alors tu m'en veux et pour me punir, tu te méfies de moi et tu boudes. Mais réfléchis, dit-il d'une voix pressante : si je t'aime, je mérite ta confiance et tu es injuste en ne me la donnant pas. »

Nadine haussa les épaules d'un air désolé : « Si c'est un cercle vicieux, on ne peut pas en sortir.

— Tu peux, dit Henri. Si tu le veux, tu peux. » Il la serra contre lui : « Décide de me donner ta confiance même sans être sûre que je la mérite. L'idée d'être dupe te fait horreur : mais ça vaut encore mieux que d'être injuste. Et tu verras, ajouta-t-il : je la mériterai.

— Tu me trouves injuste avec toi ? dit Nadine.

— Oui. Tu es injuste quand tu me fais grief de ne pas être Diégo. Injuste quand tu me regardes comme un juge alors que je suis un homme qui t'aime.

— Je ne veux pas, dit Nadine d'une voix anxieuse, je ne veux pas être injuste. »

Henri sourit : « Ne le sois plus. Si tu y mets un peu de bonne volonté, je finirai bien par te convaincre », dit-il en l'embrassant.

Elle jeta les bras autour de son cou : « Je te demande pardon, dit-elle.

— Je n'ai rien à te pardonner. Viens, ajouta-t-il. Maintenant tu vas essayer de dormir. On reparlera de tout ça demain. »

Il l'aida à se coucher et la borda dans son lit. Il regagna sa chambre. Jamais il n'avait parlé si franchement avec Nadine et il lui semblait que quelque chose

483

en elle avait fléchi. Il fallait persévérer. Il soupira. Et alors ? Pour la rendre heureuse il aurait fallu qu'il le fût lui-même. Ce matin, il ne savait plus du tout ce que ce mot pouvait bien vouloir dire.

Deux jours plus tard les journaux n'avaient pas signalé la disparition de Sézenac. Henri croyait encore sentir autour du pavillon une odeur de brûlé, l'image du visage boursouflé, du ventre entaillé, ne s'effaçait pas ; mais ce cauchemar était déjà recouvert par une autre angoisse : les Trois venaient de rompre avec Moscou, la situation était si tendue entre l'Est et l'Ouest que la guerre semblait imminente. Henri et Nadine condui- sirent Dubreuilh en auto gare de Lyon cet après-midi : il était sombre, comme tant de monde. Henri le regarda de loin serrer des mains dans le hall de la gare : il devait penser que c'était dérisoire de s'en aller justement aujourd'hui défendre la paix à coups de discours. Pour- tant, quand il se dirigea vers les quais en compagnie de trois autres types, Henri les suivit des yeux avec une espèce de regret. Il avait l'impression d'être exclu.

— Qu'est-ce qu'on fait ? demanda Nadine.

— D'abord allons chercher ton billet, et le tryp- tique.

— On y va quand même ?

— Oui, dit Henri. Si on voit que la situation s'ag- grave, on remettra notre départ. Mais peut-être il y aura une détente. On a fixé une date : pour l'instant, on s'y tient.

Ils firent des courses, ils achetèrent des disques, ils passèrent à *Vigilance,* et puis à *L'Enclume,* voir Lachaume : les communistes avaient décidé de prendre officiellement l'affaire malgache en main, aussitôt le verdict rendu ; le bureau politique ferait une déclaration, on ferait circuler des pétitions, on organiserait des meetings ; Lachaume s'appliquait visiblement à l'optimisme, mais il savait bien qu'on n'obtiendrait rien ; touchant la situation internationale, il n'était pas gai non plus. Henri emmena Nadine au cinéma. Au retour, comme ils roulaient sur l'autoroute, à travers un crépuscule mouillé, elle le harcela de questions auxquelles il ne pouvait pas répondre. « S'ils veulent te mobiliser, qu'est-ce que tu feras ? Comment ça se passera-t-il si les Russes occupent Paris ? Qu'est-ce qu'on deviendra si l'Amérique gagne ? » Le dîner fut morne et tout de suite après Anne monta dans sa chambre. Henri resta dans le bureau avec Nadine. Elle tira de son sac deux enveloppes gonflées et son coupon de wagon-lit :

— Tu veux voir ton courrier ?

— Oui, donne-le-moi.

Nadine lui passa une des enveloppes, elle examina son billet : « Tu te rends compte ! Je vais voyager en wagon-lit : j'aurai honte.

— Tu n'es pas contente ? Autrefois, tu avais tant envie de voyager en wagon-lit.

— Quand je voyageais en troisième, j'enviais les gens des wagons-lits ; mais je n'aime pas penser que maintenant c'est moi qu'on va envier », dit Nadine. Elle remit le coupon dans son sac : « Depuis que j'ai ce billet dans les mains, ça me paraît terriblement réel ce départ.

— Pourquoi dis-tu : terriblement ?

— C'est toujours un peu terrible, un départ, non ?

— Moi, ce qui me gêne, c'est l'incertitude, dit Henri. Je voudrais être sûr qu'on pourra partir.

— De toute façon, on aurait pu reculer la date, dit

Nadine. Ça ne t'ennuie pas de ne pas prendre part à ce meeting dont parlait Lachaume?

— Puisque les communistes vont donner à fond, on n'a plus besoin de moi, dit Henri. Si on commence à remettre ce départ, il n'y a pas de raison de s'arrêter, ajouta-t-il vivement. Le 14, un nouveau procès commence. Et quand on en aura fini avec Madagascar, il arrivera d'autres choses. Il faut couper court.

— Oh! ça te regarde », dit Nadine.

Elle se mit à tripoter les *Argus* et il déplia une lettre : une lettre de jeune homme, très aimable. Il y avait beaucoup de lettres aimables. D'ordinaire, ça lui faisait plaisir. Mais cette nuit, sans qu'il sût trop pourquoi, ça l'irritait de penser qu'aux yeux de certaines gens il passait pour un beau spécimen humain. La pendule sonna dix heures. Dubreuilh était en train de parler contre la guerre. Henri pensa soudain qu'il aurait voulu être à sa place. Il s'était dit souvent : « La guerre, c'est comme la mort, ça ne sert à rien de s'y préparer. » Mais quand un avion pique du nez, il vaut mieux être le pilote qui essaie de le redresser qu'un passager terrorisé. Faire quelque chose, ne fût-ce que parler, c'était mieux que de rester assis dans son coin avec ce poids obscur sur le cœur. Henri imagina la salle pleine de monde, les visages tendus vers Dubreuilh, Dubreuilh tendu vers eux, leur lançant des mots : pas de place en eux pour la peur, pour l'angoisse ; ensemble ils espéraient. A la sortie, Dubreuilh irait manger du saucisson en buvant du beaujolais : ça serait un bistrot quelconque, personne n'aurait grand-chose à dire aux autres, mais ils se sentiraient bien. Henri alluma une cigarette. On n'arrête pas une guerre avec des mots ; mais la parole ne prétend pas forcément changer l'histoire : c'est

aussi une certaine manière de la vivre. Dans le silence
de ce bureau, abandonné à ses cauchemars intimes,
Henri sentait qu'il la vivait mal.

— Le dernier numéro a une bonne presse, dit Nadine.
On dit beaucoup de bien de ta nouvelle.

— Elle se tient, cette revue, dit Henri avec indifférence.

— Son seul tort, c'est d'être une revue, dit Nadine.
Évidemment, pour ce qui est de l'actualité, ça serait
autre chose si on avait un hebdo.

— Pourquoi ton père ne se décide-t-il pas ? dit Henri.
Il en grille d'envie. Les types de son mouvement en
seraient ravis et les communistes voient le projet d'un
très bon œil. Qu'est-ce qui l'arrête ?

— Tu sais bien, dit Nadine. Il ne veut pas s'en mêler
sans toi.

— C'est absurde, dit Henri. Il trouvera tous les collaborateurs qu'il voudra.

— Ça n'est pas pareil, dit Nadine vivement. Il
aurait besoin de quelqu'un sur qui il puisse se reposer
les yeux fermés. Il a changé, tu sais, ajouta-t-elle. Ça
doit être l'âge. Il ne se croit plus capable de n'importe
quoi.

— Je pense qu'il finira tout de même par se décider,
dit Henri. Tout le monde l'y pousse.

Nadine chercha le regard d'Henri : « Si nous n'étions
pas partis pour l'Italie, ça t'aurait amusé de t'en occuper ?

— On part justement pour fuir ce genre de trucs, dit
Henri.

— Pas moi, dit-elle. Moi je pars pour vivre au soleil
dans un bel endroit.

— Bien sûr, il y a ça aussi », dit Henri.

Nadine tendit la main vers les lettres : « Je peux lire ?
— Si ça t'amuse. »

Il se mit à feuilleter les *Argus* mais sans conviction ;
il ne s'occuperait plus de *Vigilance*, tout ça ne le
concernait plus.

— Elle est gentille la lettre du petit étudiant, dit
Nadine.

Henri se mit à rire : « Celui qui dit que ma vie lui
sert d'exemple ?

— On suit les exemples qu'on peut, dit Nadine avec
un sourire. Sérieusement, reprit-elle, il a compris des
trucs.

— Oui. Mais c'est idiot cette idée d'homme total.
En fait je suis un écrivain petit-bourgeois qui se
débrouille tant bien que mal et plutôt mal que bien
entre ses obligations et ses goûts : rien de plus. »

Le visage de Nadine s'assombrit : « Et moi, qu'est-ce
que je suis ? »

Henri haussa les épaules : « La vérité c'est qu'il ne
faut pas s'occuper de ce qu'on est. Sur ce plan-là, on ne
peut pas s'en tirer. »

Nadine le regarda d'un air indécis : « Sur quel autre
plan veux-tu que je me mette ? »

Henri ne répondit rien. Et lui : sur quel plan allait-il
se mettre, quand il serait en Italie ? Il recommencerait
à se passionner pour ce qu'il écrirait, il ne serait plus
tenté de se mettre en question comme écrivain. Soit.
Mais ça ne sauve pas tout d'être un écrivain. Il voyait
mal comment il éviterait de penser à lui.

— Tu as Maria, tu as ta vie, tu as des choses qui
t'intéressent, dit-il mollement.

— J'ai aussi beaucoup de temps, dit Nadine. A Porto
Venere on aura énormément de temps.

488

Henri dévisagea Nadine : « Ça te fait peur ?

— Je ne sais pas, dit-elle. Je me rends compte qu'avant d'avoir ce billet en poche, je n'avais jamais vraiment cru à ce départ. Tu y croyais, toi ?

— Évidemment.

— Ce n'est pas si évident, dit Nadine d'une voix un peu agressive. On parle, on échange des lettres, on fait des préparatifs : mais tant qu'on n'est pas monté dans le train, ça pourrait très bien n'être qu'un jeu. » Elle ajouta : « Est-ce que tu es seulement sûr que tu as envie de partir ?

— Pourquoi demandes-tu ça ? dit-il.

— Une impression que j'ai, dit-elle.

— Tu penses que j'ai peur de m'ennuyer avec toi ?

— Non. Tu m'as dit vingt fois que je ne t'ennuyais pas et j'ai décidé de te croire, dit-elle d'un ton grave. Je pense à l'ensemble...

— Quel ensemble ? » dit Henri.

Il était un peu irrité. Ça ressemblait bien à Nadine : elle voulait des trucs, plus âprement que n'importe qui, et quand elle les obtenait, elle s'affolait. C'est elle qui avait eu l'idée de cette maison, elle semblait y tenir si fort que pas un instant Henri n'avait remis ce projet en question. Soudain elle le laissait seul devant un avenir qui n'était plus donné.

— Tu dis que tu ne liras plus les journaux : mais tu les liras, dit Nadine. Ça fera drôle quand on recevra *Vigilance*, ou cet hebdomadaire, si un jour il paraît.

— Écoute, dit Henri, quand on s'en va comme ça pour longtemps il y a toujours un mauvais moment à passer. Ce n'est pas une raison pour changer brusquement tous ses plans.

489

— Ça serait bête de partir seulement pour ne pas changer nos plans, dit Nadine posément.

— Tu as entendu ce que disait ton père l'autre jour ? Si je restais, tout recommencerait comme autrefois, quand tu me reprochais de ne pas prendre le temps de vivre.

— J'ai dit beaucoup de bêtises autrefois, dit Nadine.

— Cette année, j'ai pris mon temps et j'ai été très heureux, dit Henri. Je pars en Italie pour que ça continue.

Nadine le regarda d'un air hésitant : « Si tu penses vraiment que tu seras heureux là-bas... »

Henri ne répondit pas. Heureux : le fait est que le mot n'avait plus de sens. On ne possède jamais le monde : pas question non plus de se protéger contre lui. On est dedans, c'est tout. A Porto Venere comme à Paris, toute la terre serait présente autour de lui avec ses misères, ses crimes, ses injustices. Il pouvait bien user le reste de sa vie à fuir, il ne serait jamais à l'abri. Il lirait les journaux, il écouterait la radio, il recevrait des lettres. Tout ce qu'il gagnerait, c'est qu'il se dirait : « Je n'y peux rien. » Brusquement, quelque chose explosa dans sa poitrine. Non. La solitude qui l'étouffait ce soir, cette muette impuissance, ce n'est pas ça qu'il voulait. Non. Il n'accepterait pas de dire à jamais : « Tout se passe sans moi. » Nadine avait vu clair : pas un instant il n'avait vraiment choisi cet exil. Il se rendait compte soudain que depuis des jours il en subissait l'idée avec horreur.

— Tu serais contente si on restait ici ? demanda-t-il.

— Je serai contente partout si toi tu l'es, dit-elle avec élan.

— Tu avais envie de vivre au soleil, dans un bel endroit ?

— Oui. Nadine hésita : « Tu sais, les gens qui rêvent au paradis, quand on les met au pied du mur, ils ne sont plus si pressés d'y aller, dit-elle.

— Autrement dit, tu regretterais de partir ? »

Nadine le regarda d'un air sérieux : « Je te demande une chose : fais ce dont tu as envie, toi. Je pense que je suis aussi égoïste qu'avant, ajouta-t-elle, mais je suis moins courte. Si je pense t'avoir forcé la main, ça m'empoisonnera l'existence.

— Je ne sais plus bien ce dont j'ai envie », dit Henri. Il se leva et mit sur le plateau du phonographe un des disques qu'il venait d'acheter. S'il ne partait pas, il ne trouverait pas souvent le temps de les écouter. Il regarda autour de lui. S'il ne partait pas, il savait ce qui l'attendait ; cette fois, il était prévenu : « Au moins j'éviterai certains pièges », se dit-il ; et il pensa avec résignation : « Je tomberai dans d'autres. »

— Veux-tu qu'on écoute un peu de musique ? dit-il. Nous n'avons pas besoin de rien décider ce soir.

Mais il savait qu'il était déjà décidé.

CHAPITRE XII

Est-ce que je pressentais déjà que j'en viendrais là ?
Quand j'ai fauché cette fiole dans le sac de Paule, je
comptais la jeter : et je l'ai cachée au fond de ma boîte
à gants. Il suffit de monter dans ma chambre, il suffit
d'un geste, et j'en aurai fini. Ça me rassure de penser ça.
J'appuie ma joue contre l'herbe chaude, je dis à voix
basse : « Je veux mourir » ; ma gorge se dénoue, je me
sens soudain très calme.

Ce n'est pas à cause de Lewis. Voilà quinze jours que
la grosse orchidée s'est fanée, que je l'ai jetée, une
affaire classée. Déjà à Chicago, j'ai commencé à guérir :
je guérirai, je ne pourrai pas m'en empêcher. Ce n'est
pas à cause de ces hommes qu'on assassine un peu
partout, ni à cause de la guerre qui menace : être tué
ou mourir, ça ne fait pas tant de différence, et tout le
monde meurt, au même âge à peu près, à quarante ans
près. Rien de tout ça ne me touche ; si les choses me
touchaient, je me sentirais vivante, je ne souhaiterais
pas cesser de l'être. Mais de nouveau, comme en ce jour
de mes quinze ans, où j'ai crié de peur, la mort me tra-
que. Je n'ai plus quinze ans. Je n'ai plus la force de
fuir. Pour quelques jours d'attente, le condamné à mort
se pend dans sa cellule : et on voudrait que je patiente

pendant des années! A quoi bon? Je suis fatiguée. La mort semble bien moins terrible, quand on est fatigué. Si je peux mourir du désir que j'ai d'elle, profitons-en.

Voilà quinze jours que ça dure : depuis le moment où j'ai débarqué à Paris. Robert m'attendait gare des Invalides. Il ne m'a pas vue tout de suite. Il marchait le long du trottoir, à petits pas de vieillard et j'ai pensé dans un éclair : « Il est vieux! » Il m'a souri, son regard était toujours aussi jeune : mais son visage a commencé à se défaire, il se défera jusqu'au jour où il se décomposera. Depuis, je ne cesse plus de penser : « Il en a pour dix ou quinze ans, pour vingt ans peut-être : c'est court vingt ans! Et puis il mourra. Il mourra avant moi. » La nuit, je me réveille en sursaut, je me dis : « Il mourra avant moi. » Il parlait avec Henri ce matin, ils disaient qu'il fallait recommencer, qu'on recommence toujours, qu'on ne peut pas faire autrement, ils tiraient des plans, ils discutaient. Et moi je regardais ses dents ; il n'y a que ça de loyal dans un corps : les dents où le squelette se découvre ; je regardais le squelette de Robert et je me disais : « Il attend son heure. » L'heure viendra. On nous laisse languir plus ou moins longtemps, mais il n'y a jamais de grâce. Je verrai Robert couché sur un lit, le teint cireux, un faux sourire aux lèvres, je serai seule devant son cadavre. Quel mensonge, les tranquilles gisants de pierre qui dorment côte à côte dans les cryptes, et ces époux enlacés sur leurs urnes funéraires! On peut bien mélanger nos cendres : on ne confondra pas nos morts. J'ai cru pendant vingt ans que nous vivions ensemble ; mais non ; chacun est seul, enfermé dans son corps, avec ses artères qui durcissent sous la peau qui se dessèche, avec son foie, ses reins qui s'usent et son sang qui pâlit, avec sa mort qui mûrit sourdement en lui et qui le sépare de tous les autres.

Je sais ce que Robert me dirait, il me l'a déjà dit :
« Je ne suis pas un mort en sursis. Je suis un vivant. »
Il m'avait convaincue. Mais c'est qu'alors il parlait à
une vivante, et la vie est la vérité des vivants. Je jouais
avec l'idée de mort : avec l'idée seulement ; j'étais encore
de ce monde. Aujourd'hui, c'est autre chose. Je ne joue
plus. La mort est là ; elle masque le bleu du ciel, elle
a englouti le passé et dévoré l'avenir ; la terre est glacée,
le néant l'a reprise. Un mauvais rêve flotte encore à
travers l'éternité : une bulle, que je vais crever.

Je me soulève sur un coude ; je regarde la maison, le
tilleul, le berceau où dort Maria ; c'est un jour comme
les autres, et en apparence le ciel est bleu. Mais quel
désert ! Tout se tait. Peut-être ce silence, c'est seulement le silence de mon cœur. Il n'y a plus d'amour en
moi, pour personne, pour rien. Je pensais : « Le monde
est vaste, inépuisable, on n'a pas assez d'une existence
pour s'en saouler ! » Et je le regarde avec indifférence, il
n'est plus qu'un immense exil. Que m'importent les
lointaines galaxies et les milliards d'hommes qui m'igno-
rent à jamais ! Je n'ai que ma vie, elle seule compte,
et justement elle ne compte plus. Je ne vois plus rien à
faire sur terre. Mon métier, quelle plaisanterie ! comment
oserais-je empêcher une femme de pleurer, obliger un
homme à dormir ? Nadine aime Henri, je ne compte
plus pour elle. Robert a été heureux avec moi comme
il l'aurait été avec une autre ou seul. « Donne-lui du
papier, du temps, il ne lui manque rien. » Il me regrettera, bien sûr ; mais il n'est pas doué pour les regrets et
d'ailleurs il sera bientôt sous terre, lui aussi. Lewis avait
besoin de moi ; j'ai pensé : « Il est trop tard pour commencer, trop tard pour recommencer », je me suis donné

495

des raisons, toutes les raisons m'ont quittée ; il n'a plus besoin de moi. Je tends l'oreille : pas un appel, nulle part. Rien ne me défend contre cette petite fiole qui m'attend au fond de la boîte à gants.

Je me suis redressée, j'ai regardé Maria. Sur son petit visage fermé, c'est encore ma mort que j'aperçois. Un jour, elle aura mon âge et je ne serai plus là. Elle dort, elle respire, elle est bien réelle : elle est la réalité de l'avenir et de l'oubli. Ce sera l'automne, elle se promènera dans ce jardin peut-être, ou ailleurs ; si par hasard, elle prononce mon nom, personne ne répondra : et mon silence se perdra dans le silence universel. Mais elle ne le prononcera même pas ; mon absence sera si parfaite que tout le monde l'ignorera. Ce vide me donne le vertige.

Pourtant je me rappelle, la vie a été belle comme une foire, quelquefois, et le sommeil tendre comme un sourire. A Gao, nous dormions sur la terrasse de l'hôtel, à l'aube la brise s'engouffrait dans la moustiquaire et le lit tanguait comme une barque ; c'était sur le pont d'un bateau à l'odeur de goudron, une grosse lune orange se levait derrière Égine ; le ciel et la terre se mélangeaient dans les eaux du Mississippi, le hamac se balançait dans la cour où coassaient des crapauds et je voyais les constellations se bousculer au-dessus de ma tête. J'ai dormi dans le sable des dunes, dans le foin des granges, sur la mousse, sur des aiguilles de pin, sous des tentes, dans le stade de Delphes et dans le théâtre d'Épidaure avec le ciel pour toit, sur le plancher des salles d'attente, sur des banquettes de bois, dans de vieux lits à baldaquin, de grands lits campagnards rembourrés de duvet, et sur des balcons, sur des bancs, sur des toits. J'ai dormi aussi dans des bras.

496

Assez! Chaque souvenir réveille une agonie. Que de morts je porte en moi! Morte la petite fille qui croyait au paradis, morte la jeune fille qui pensait immortels les livres, les idées et l'homme qu'elle aimait, morte la jeune femme qui se promenait comblée dans un monde promis au bonheur, morte l'amoureuse qui se réveillait en riant dans les bras de Lewis. Elles sont aussi mortes que Diégo et que l'amour de Lewis ; elles non plus, elles n'ont pas de tombe : c'est pour ça qu'on leur interdit la paix des enfers ; elles se souviennent encore, faiblement, et elles appellent en gémissant le sommeil. Pitié pour elles. Enterrons-les toutes à la fois.

J'ai marché vers la maison, j'ai passé sans bruit devant la fenêtre de Robert. Il est assis à sa table, il travaille ; comme il est près! comme il est loin. Il suffirait de l'appeler, il me sourirait : et après? Il me sourirait à distance : une distance infranchissable. De sa vie à ma mort, il n'y a pas de passage. Je suis montée dans ma chambre, j'ai ouvert la boîte à gants : j'ai pris la fiole. La mort qui est en moi, je la tiens dans ma main : tout juste une petite fiole brunâtre. Soudain, elle ne me menace plus, elle dépend de moi. Je me suis couchée sur le lit, en serrant la fiole, et j'ai fermé les yeux.

J'avais froid et pourtant j'étais en sueur ; j'avais peur. Quelqu'un allait m'empoisonner. C'était moi, ce n'était plus moi, il faisait nuit noire, tout était très loin. Je serrai la fiole. J'avais peur. Mais de toute mon âme, je voulais vaincre la peur. Je la vaincrai. Je boirai. Sinon tout recommencera. Je ne veux pas. Tout recommencera ; je retrouverai mes idées en ordre, toujours dans le même ordre, et aussi les choses, et les gens, Maria dans son berceau, Diégo nulle part, Robert paisiblement en marche vers sa mort, Lewis vers l'oubli, moi vers la raison, la raison qui maintient l'ordre : le passé en arrière, l'avenir en avant, invisible, la lumière séparée des ténèbres, ce monde émergeant victorieusement du néant et mon cœur tout juste là où il bat, ni à Chicago, ni près du cadavre de Robert, mais dans sa cage, sous mes côtes. Tout recommencera. Je me dirai : « J'ai fait une crise de dépression. » L'évidence qui me cloue sur ce lit, je l'expliquerai par de la dépression. Non! J'ai assez renié, assez oublié, assez fui, assez menti ; une fois, une seule fois et à jamais, je veux faire triompher la vérité. La mort a vaincu : à présent, c'est elle qui est vraie. Il suffit d'un geste, et cette vérité deviendra éternelle.

J'ai ouvert les yeux. Il faisait jour ; mais il n'y avait plus de différence entre la nuit et le jour. Je flottais sur du silence : un grand silence religieux comme au temps où je me couchais sur mon édredon en attendant qu'un ange m'enlève. Le jardin, la chambre se taisaient. Moi aussi. Je n'avais plus peur. Tout consentait à ma mort. J'y consentais. Mon cœur ne bat plus pour personne : c'est comme s'il ne battait plus du tout, c'est comme si tous les autres hommes étaient déjà retombés en poussière.

Des bruits sont montés du jardin : des pas, des voix ; mais ils ne dérangeaient pas le silence. Je voyais, et j'étais aveugle, j'entendais et j'étais sourde. Nadine a dit très haut d'une voix irritée : « Maman n'aurait pas dû laisser Maria seule. » Les mots ont passé au-dessus de ma tête sans m'effleurer, leurs mots ne pouvaient plus m'atteindre. Soudain, il y a eu en moi un faible écho : un petit bruit rongeur. « Est-il arrivé quelque chose ? » Maria seule sur la pelouse : un chat pouvait la griffer, un chien la mordre. Non : on riait dans le

jardin ; mais le silence ne s'est pas refermé. L'écho répéta :
« Je n'aurais pas dû. » Et j'ai imaginé la voix de Nadine,
énorme et indignée : « Tu n'aurais pas dû! tu n'avais
pas le droit! » Le sang m'est monté au visage et quelque
chose de vivant m'a brûlé le cœur : « Je n'ai pas le
droit! » La brûlure m'a réveillée. Je me suis redressée,
j'ai regardé les murs avec hébétude ; je tenais la fiole
dans ma main, la chambre était vide, mais je n'étais
plus seule. Ils entreront dans la chambre ; je ne verrai
rien, mais ils me verront. Comment n'y ai-je pas pensé ?
Je ne peux pas leur infliger mon cadavre et tout ce
qui s'ensuivra dans leurs cœurs à eux : Robert penché
sur ce lit, Lewis dans la maison de Parker avec des
mots qui dansent devant ses yeux, les sanglots furieux
de Nadine. Je ne peux pas. Je me suis levée, j'ai fait
quelques pas, je suis tombée assise devant ma coiffeuse.
C'est étrange. Je mourrai seule ; pourtant ma mort
ce sont les autres qui la vivront.

Longtemps, je suis restée devant la glace à regarder
mon visage de rescapée. Les lèvres seraient devenues
bleues, les narines pincées ; mais pas pour moi : pour
eux. Ma mort ne m'appartient pas. La fiole est encore
là, à portée de ma main, la mort est toujours présente :
mais les vivants le sont davantage encore. Du moins
tant que Robert vivra, je ne pourrai pas leur échapper.
Je range la fiole. Condamnée à mort ; mais aussi
condamnée à vivre ; combien de temps ? dix ans ?
vingt ans ? Je disais : vingt ans, c'est court. Maintenant
dix ans, ça me semble infini ; un long tunnel noir.

— Tu ne descends pas ?

Nadine a frappé, elle est entrée, elle est debout à
côté de moi. Je me sens pâlir. Elle serait entrée. Elle
m'aurait vue sur le lit, le corps convulsé : quelle horreur !

499

— Qu'est-ce que tu as ? tu es malade ? demande-t-elle d'une voix inquiète.

— J'avais mal à la tête. Je suis montée prendre de l'aspirine.

Ma voix sort sans effort de ma bouche, elle me paraît normale.

— Et tu as laissé Maria seule, dit Nadine d'un ton grondeur.

— Je serais redescendue tout de suite, mais je t'ai entendue. Alors je suis restée me reposer un moment. J'ajoute : « Ça va bien mieux. »

Nadine me regarde d'un air soupçonneux : mais tout ce qu'elle soupçonne, c'est que j'ai des ennuis de cœur.

— C'est vrai ? tu te sens mieux ?

— L'aspirine m'a fait du bien. Je me lève pour échapper à ce regard inquisiteur : « Descendons. »

Henri m'a tendu un verre de whisky. Il regardait des papiers avec Robert qui s'est mis à m'expliquer des choses d'un air joyeux. Je me demandai avec stupeur : « Comment ai-je pu être si étourdie ? Comment n'ai-je pas pensé aux remords sans fin que je lui préparais ? » Non, ce n'était pas de l'étourderie. Pendant un instant, j'ai vraiment passé de l'autre côté, là où plus rien ne compte, où tout est égal à rien.

— Tu m'écoutes ? dit Robert. Il me sourit : « Où es-tu ?

' — Ici », dis-je.

Je suis ici. Ils vivent, ils me parlent, je suis vivante. De nouveau, j'ai sauté à pieds joints dans la vie. Les mots entrent dans mes oreilles, peu à peu ils prennent un sens. Voilà les devis de l'hebdomadaire et les maquettes que propose Henri. Est-ce que je n'ai pas

500

l'idée pour un titre? aucun de ceux auxquels on a
pensé jusqu'ici ne convient. Je cherche un titre. Je
me dis que puisqu'ils ont été assez forts pour m'arracher
à la mort, peut-être qu'ils sauront m'aider de nouveau
à vivre. Ils sauront sûrement. Ou on sombre dans
l'indifférence, ou la terre se repeuple; je n'ai pas
sombré. Puisque mon cœur continue à battre, il faudra
bien qu'il batte pour quelque chose, pour quelqu'un.
Puisque je ne suis pas sourde, je m'entendrai de
nouveau appeler. Qui sait? peut-être un jour serai-je
de nouveau heureuse. Qui sait?

DU MÊME AUTEUR

PRIVILÈGES (1955). (Repris dans la coll. Idées sous le titre FAUT-IL BRÛLER SADE ?)

LA LONGUE MARCHE, *essai sur la Chine* (1957).

MÉMOIRES D'UNE JEUNE FILLE RANGÉE (1958).

LA FORCE DE L'ÂGE (1960).

LA FORCE DES CHOSES (1963).

LA VIEILLESSE (1970).

TOUT COMPTE FAIT (1972).

LES ÉCRITS DE SIMONE DE BEAUVOIR (1979), par Claude Francis et Fernande Gontier.

LA CÉRÉMONIE DES ADIEUX suivi de ENTRETIENS AVEC JEAN-PAUL SARTRE, août-septembre 1974 (1981).

Témoignage

DJAMILA BOUPACHA (1962),
en collaboration avec Gisèle Halimi.

Scénario

SIMONE DE BEAUVOIR (1979), un film de Josée Dayan et Malka Ribowska, réalisé par Josée Dayan.

COLLECTION FOLIO

Dernières parutions

Impression Bussière à Saint-Amand (Cher),
le 13 novembre 1991.
Dépôt légal : novembre 1991.
1er dépôt légal dans la collection : juin 1972.
Numéro d'imprimeur : 3244.
ISBN 2-07-036770-3./Imprimé en France.

54313